Susanne Abel

WAS ICH NIE GESAGT HABE

Gretchens Schicksalsfamilie

SUSANNE ABEL

WAS ICH NIE GESAGT HABE

GRETCHENS SCHICKSALSFAMILIE

Roman

dtv

Von Susanne Abel
ist bei dtv außerdem erschienen:
Stay away from Gretchen. Eine unmögliche Liebe

MIX
Papier | Fördert
gute Waldnutzung
FSC® C083411
FSC
www.fsc.org

Originalausgabe 2022
3. Auflage 2022

Umschlaggestaltung: semper smile, München
unter der Verwendung von Motiven
von Getty Images / Three Lions; E Dean; Klaus Vedfelt;
Iuliia Isaieva / shutterstock.com / Alfa Photostudio
Satz: Greiner & Reichel, Köln
Gesetzt aus der Adobe Garamond Pro 11,4 / 14,8˙
Druck und Bindung: CPI books GmbH, Leck
Printed in Germany · ISBN 978-3-423-29023-4

Für Gudrun Schönherr und Thomas Abel,
meine Geschwister, die ich nie kennenlernte

»Es gibt keine Geheimnisse,
die die Zeit nicht irgendwann offenbart.«

Jean Racine, Britannicus (1669)

PROLOG

Thommy, denkt Greta und taucht im Gestern und hört ihn weinen und sieht wie er den Globus zerschmettert und Angst hat vor dem Vater, und sie steht neben ihm und ist seine Mama und sagt zu Konrad dass sie es war.

Als wolle sie diese Gedanken und Gefühle für immer festhalten, zieht sie ihr Heft unter dem Zeitungsstapel hervor, nimmt den Kuli und schreibt.

Der Thommy macht nicht die Welt kaputt
Der Thommy macht nicht die Welt kaputt

und sie sieht sein lausbübisches Grinsen und taucht tiefer in ihr lausbübisches Grinsen und ist in ihrer Kindheit in Ostpreußen und Opa sagt, mein kleiner Lorbass und hat sie lieb und sie …

ein Lorbass macht die Welt kaputt
der Thommy ist ein Lorbass der Thommy ist …

»Guten Morgen, Mam. Ich hab Croissants mitgebracht«, sagt Konrad und stellt Kaffeetassen auf den Tisch. »Wir können noch schnell zusammen frühstücken.«

Sie reißt die Bäckertüte auf und riecht an den Butterhörnchen und beißt hinein und …

Konrad lacht und »Was ist denn ein Lorbass?«

»Das weißt du doch«, sagt sie, und der Kaffee ist heiß.

»Ich habe es vergessen. Sag schon, Mam.«

»Na ein Lausbub!«, sagt sie und denkt an ihn an ihren Thommy und Thommy muss in die Schule und brav sein und … »Wo ist Thommy?«

»Ich bin doch dein Thommy, Mam«, sagt Konrad und schaut so komisch und ich verstehe das nicht

EINS.
1. und 2. Juli 2016

Tom Monderath fährt mit überhöhter Geschwindigkeit Richtung Stadt. Er rast nicht nur, weil er viel zu spät dran ist, sondern auch, weil er vor seinen Gefühlen davonfahren will. Die zunehmende Verwirrtheit seiner Mutter Greta geht ihm unter die Haut. Seit einem Jahr ist ihre Alzheimer-Erkrankung diagnostiziert, und er hat gelernt, damit umzugehen. Doch wenn er, wie heute, den Eindruck hat, dass sie nicht mehr weiß, wer er ist, schmerzt ihn das bis ins Mark.

Vor dem Deutzer Bahnhof sucht er einen Parkplatz. Vergeblich. Er stellt den Wagen im Halteverbot ab und hetzt durch die Eingangshalle, den Tunnel, hält Ausschau nach dem richtigen Gleis und entdeckt es in der Mitte. Außer Atem bremst er ab und ist kurz irritiert, denn zwischen Tunnel und Bahnsteig ist lediglich ein Wanddurchbruch. Der Bahnsteig dahinter wirkt mit der niedrigen Decke düster und eng und macht so gar nicht den Eindruck, als könnte hier mehr halten als eine S-Bahn. »Achtung bitte auf Gleis 11. Die Ankunft des ICE 129 aus Amsterdam verzögert sich um fünfzehn Minuten. Grund dafür ist eine Betriebsstörung.«

Tom rückt sein Baseballkäppi zurecht, holt tief Luft und überlegt, ob er kehrtmachen und seinen Wagen umparken soll.

»Herr Monderath?« Eine schrille Stimme unterbricht seine Gedanken.

Vor Tom hat sich eine vielleicht fünfundfünfzigjährige Fremde mit einem bändchengeschmückten Rollkoffer und einer Vorliebe für Pink, kurzen Röcken und Sonnenstudios aufgebaut. Er verzieht sein Gesicht zu einem Lächeln, denn er ist es gewohnt, erkannt zu werden. Schließlich moderiert er seit Jahren die Hauptnachrichten bei FFD, einem großen deutschen Fernsehsender.

»Und ich hab noch zum meiner Annita gesagt: ›Das issa, sach ich.‹ Aber sie hat gesagt: ›Nee!‹ Und jetzt sind Sie es doch …«

Kichernd steht plötzlich auch die erwähnte Freundin neben ihr, schaut an Tom hoch, als wäre er das siebte Weltwunder, zückt ihr Smartphone und fragt, ob sie ein Selfie mit ihm machen können.

»Klar.« Tom tritt zwischen die beiden Damen, geht ein wenig in die Knie, um mit ihnen auf einer Höhe zu sein, und lächelt routiniert in Annitas Handy.

»Ich hoffe, Sie kommen bald zurück. Geht es Ihnen denn wieder gut?«, sagt die Braungebrannte, die der Aussprache nach dem Kölner Uradel entstammt, und tätschelt seinen Arm.

»Ja, klar«, antwortet Tom und will nur noch weg, bevor sich auch die umstehenden Reisenden Gedanken über ein Selfie mit ihm machen.

»Kann ich vielleicht ein Autogramm haben?«, fragt Annita.

»Tut mir leid, aber ich hab keine Autogrammkarten dabei.«

Im nächsten Moment streckt sie ihm einfach ihren Reiseproviant entgegen, den sie in einer Metzgerei erstanden hat, und kichert nervös. »Sie sehen in natura übrigens viel besser aus als im Fernsehen. Also Ihre Augen … ich hätte nicht gedacht, dass die so blau sind.«

Tom lächelt gequält, schreibt *Alles Gute, Tom Monderath* auf den Schweinekopf und wünscht den beiden Freundinnen, von denen er mittlerweile weiß, dass sie übers verlängerte Wochenende nach Malle fliegen, einen schönen Urlaub. Er entschuldigt sich, dass er dringend telefonieren müsse, und macht auf dem Absatz kehrt.

»Und alles Gute für Ihre Gesundheit!«, ruft ihm dat Annita laut hinterher.

Tom fingert nach seiner Sonnenbrille, schiebt die Baseballkappe tiefer ins Gesicht und geht Richtung Gleisende, wo keine Menschen stehen.

Alles Gute für Ihre Gesundheit! Das ist nett gemeint, aber er kann es nicht mehr hören. Früher hat er die Begegnungen mit seinen Zuschauern immer genossen. Aber das ist vorbei, seit alle über seine Gesundheit reden und ihn mitleidig anschauen.

PANIKATTACKE! Die ›Bild‹-Zeitung hat ihm diese Diagnose bescheinigt, als Tom vor zwölf Wochen während seiner Nachrichtensendung eine Art Schwächeanfall hatte. Live. Und ganz Deutschland hat zugeschaut. Als *DAS DRAMA UM TOM MONDERATH* wurde das Thema medienwirksam ausgeschlachtet, in höchstpeinlicher Betroffenheit. Plötzlich schien es geradezu en vogue zu sein, jemanden zu kennen, der mindestens einen kannte, der auch unter Panikattacken litt.

Nur er, der Hauptakteur Tom Monderath, äußerte sich nicht, was zu immer neuen Spekulationen Anlass bot. Tom bekam lukrative Angebote. Er wurde zur Teilnahme an Talkshows eingeladen, und sogar ein Verlag trat mit einer größeren Summe an ihn heran. Aber er dachte gar nicht daran, sich zu erklären, und vereinbarte mit seinem Chef einen zweimonatigen Sonderurlaub. Krankschreibenlassen war keine Option, auch deshalb nicht, weil Tom dem nächsten Arzt, der mit irgendeiner Psychodiagnose herumfantasiert hätte, höchstwahrscheinlich an den Kragen gegangen wäre. Er war nicht krank! Und es ging ihm nicht schlecht!

Im Gegenteil. Er ist frisch verliebt – in Jenny und auch in ihr vierzehn Wochen altes Söhnchen Carl. Mit ihnen erlebt er gerade die glücklichste Zeit seines Lebens. Nach Jahren auf der Überholspur, in denen es um nichts anderes ging als um seinen Job und seine Karriere, hat er diesen Break mehr als verdient.

Inzwischen ist Tom am Ende des Bahnsteigs angekommen und hat von dort einen Blick auf das Gebäude, um das er seit fast drei Monaten einen großen Bogen gemacht hat: den Sender. Nicht einmal letzte Woche, als er die Verlängerung seiner Auszeit verhandelt hat, war er hier. Heute jedoch ging es nicht anders. Die Züge aus Amsterdam fahren den Hauptbahnhof nicht an, sondern halten nur an dieser ewig im Bau befindlichen, unübersichtlichen Station zwischen Messe und linkem Rheinufer – der schäl Sick, wie man in Köln sagt.

Tom ruft Jenny an, von der er sich vor zwei Stunden verabschiedet hat. »Ich vermiss dich.«

»Und ich dich erst mal«, antwortet sie mit sanfter, rauchiger Stimme. »Ist er schon da?«

»Verspätet.«

»Ich würde so gerne Mäuschen spielen. Das wird bestimmt superspannend.«

Tom ist sich da nicht so sicher. Er wollte den Mann, den er erwartet, nicht treffen. Aber das hat er mit Jenny schon rauf und runter diskutiert. Und sie hat ihn überzeugt.

Die beiden Frischverliebten hauchen Zärtlichkeiten ins Telefon, bis Jennys Schnurren von hohem Kindergeschrei unterbrochen wird. »Da hat einer Hunger«, sagt sie, widmet sich ihrem Baby und verabschiedet sich von Tom. »Bis später, mein Süßer.«

Um weder das Sendegebäude vor sich noch die beiden Mallorca-Freundinnen hinter sich zu sehen – die ihm winken, sobald er in ihre Richtung blickt –, hat Tom während des Gesprächs einen Sommerflieder betrachtet, der hinter dem Gleis aus dem Schotter wächst und seine Äste bis auf den Bahnsteig streckt. Erst als er sein Handy wegsteckt, nimmt er wahr, dass der Busch voller Marienkäfer ist.

Einen unwirtlicheren Ort hätten sie sich für die Begattung nicht aussuchen können, denkt er, beugt sich vor und betrachtet ein Sonnenkäferweibchen, das Blattläuse verspeist, während sich das Männchen auf ihrem Rücken an sie klammert.

Anfang Juni? Wie kann das sein, wo die Paarungszeit normalerweise doch Ende März ist, fragt er sich.

Er googelt und wird in seinem Zweifel bestätigt.

Die Natur ist also auch nicht mehr das, was sie einmal war, denkt er und gönnt es den beiden. Er weiß, dass Marienkäfer sich achtzehn Stunden lang paaren und dass die Weibchen sich gerne von mehreren Männchen begatten lassen – obwohl ein einziges Mal für eine Befruchtung auch genügen würde.

Ein Zug fährt durch, aber das bringt die kopulierenden Käfer nicht aus der Ruhe.

Tom schmunzelt. Dass er sich an diesen Kram noch erinnert. Vor ewigen Zeiten musste er in Bio ein Referat über diese Insekten halten, eine Strafarbeit, weil er im Biologieunterricht mit provozierenden Fragen zum Thema Aufklärung gestört hatte. Vierzehn war er da vielleicht und interessierte sich für kaum etwas anderes außer Sex. Eigentlich sollte Tom über die unkontrollierte Verbreitung des asiatischen Marienkäfers referieren, blieb aber nach einer kurzen Einführung prompt an einer Besonderheit hängen, die sowohl die asiatischen als auch die europäischen weiblichen Marienkäfer verbindet: der Spermatheca, in der die Weibchen die Spermien aufbewahren.

Eine Spermientheke, was für eine praktische Einrichtung!

Mit diesem Satz hatte er damals die gesamte Klasse zum Grölen gebracht und der Lehrerin hektische Flecke ins Gesicht getrieben.

Irre, dass man so einen Scheiß nicht vergisst!

»Achtung bitte auf Gleis 11. Die Ankunft des ICE 129 aus Amsterdam verzögert sich um weitere zehn Minuten.«

Tom überlegt, ob er nicht einfach abhauen soll. Wirklich Lust hat er nicht auf dieses Treffen mit dem Mann, von dessen Existenz er bis vor neun Wochen nichts wusste. Als Tom über ein Ahnenforschungsportal einen DNA-Test machte, um Nachforschungen über seine mütterliche Linie anzustellen, bekam er die verschlüsselte Nachricht: *halfbrother match*. Und zwar gleich doppelt. Die Auswertung war klar: *väterlicherseits*. Noch ein Familiengeheimnis, dachte Tom damals. Mit einer dementen Mutter und Problemen im Job war sein Leben kompliziert genug. Da brauchte er nicht auch noch vermeintliche Halbbrüder.

Bist du denn gar nicht neugierig?, fragte Jenny, als sie darüber sprachen.

Nein, antwortete Tom. Und dennoch schoben sich Gedanken an die unglückliche Ehe seiner Eltern immer wieder in den Vordergrund. Es wunderte ihn nicht, dass sein Vater offensichtlich mindestens zwei Geliebte gehabt hatte. Aber sich mit den Ergebnissen dieser Liebschaften zu befassen, das passte ihm nicht in den Kram. Er wollte lieber in der Gegenwart bleiben und seine eigene neue Liebe genießen. Deshalb reagierte er nicht auf das Ergebnis.

Bis er – immer noch verschlüsselt – über das Ahnenforschungsportal eine E-Mail bekam.

> *Mein Name ist Henk van Dongen. Ich bin 1964 geboren, lebe in Amsterdam und habe vor Kurzem durch Zufall erfahren, dass der Mann, den ich immer für meinen Vater gehalten habe, offensichtlich nicht mein Vater ist. Nach dem Ergebnis des DNA-Tests scheinen wir denselben Erzeuger zu haben.*

Erzeuger! Seltsamer Begriff, dachte Tom und hatte, obwohl er es nicht wollte, wieder ein eventuelles Doppelleben seines Vaters vor Augen. Trotzdem reagierte er nicht auf das Schreiben des fremden Holländers.

Doch der gab nicht auf. Er schickte ein Foto. Und dann wurde es unheimlich, denn als Tom das Bild anklickte, war ihm, als würde er in einen Spiegel schauen. Nur dass sein grinsendes Ebenbild einen Bart rund um den Mund trug – einen Henriquat – und etwas faltiger war.

Es dauerte keine halbe Stunde, dann hatte Tom alles über den sechs Jahre älteren Henk van Dongen herausgefunden. In Zeiten von Instagram und Facebook war das einfach. Für ihn als Journalisten sowieso. Weil er weiter anonym bleiben wollte – und damit Henk ihn nicht umgekehrt ausspionieren konnte –, legte Tom einen extra E-Mail-Account an, änderte seinen Vornamen zu Theo und verwendete als Familiennamen den Geburtsnamen seiner Mutter: Schönaich. Trotz der phänomenalen Ähnlichkeit ließ er die DNA noch einmal in einem deutschen Labor abgleichen. Vielleicht auch nur, um Zeit zu schinden. Die 99,9-prozentige Bestätigung überraschte ihn nicht. Dennoch wollte er auf Abstand bleiben und schlug Henk vor, dass man sich ja im Laufe des Sommers einmal in Holland treffen könne. Unverbindlich.

»Klar«, schrieb dieser zurück und bat um ein Foto. Tom schickte ein Bild, das der Schulfotograf von ihm in der ersten Klasse gemacht hatte. Keine zwei Tage später überfiel ihn Henk damit, dass er am 1. Juli nach Köln käme – geschäftlich. Tom wunderte sich, welche Geschäftstreffen ein Intensivpfleger aus Amsterdam im Rheinland hatte, konnte jedoch nicht nachfragen, ohne dass Henk erfuhr, was er schon alles über ihn wusste.

Erst wollte Tom antworten, dass er leider verreist sei, doch Jenny überzeugte ihn, die Angelegenheit nicht weiter aufzuschieben, und so ließ er sich auf ein Treffen ein.

»Achtung bitte auf Gleis 11. Einfahrt des ICE 129 mit Weiterfahrt nach Frankfurt Flughafen. Dieser Zug verkehrt heute in umgekehrter Wagenreihung. Die Wagen der ersten Klasse befinden sich in den Abschnitten D bis E.«

Na super, denkt Tom. Genau am anderen Ende.

Wie eine quarzgraue Schlange kriecht der Intercity-Express in den Bahnhof. Tom hechtet an ihm entlang, vorbei an den beiden Malle-Touristinnen, die ihm winkend ein aufgekratztes »Tschöchen« zurufen. Als der Zug endlich steht, spürt Tom, dass sein Herz schneller schlägt. Vor Aufregung. Die Trittbretter werden ausgefahren. Türen gehen auf. Reisende steigen aus. Tom reckt den Hals und versucht, zwischen den Aussteigenden Henk zu erblicken. Vergeblich.

»Hallöchen«, raunt ihm eine hellblonde Dragqueen nasal zu. Sie klimpert mit den künstlichen Wimpern, macht eine ausladende Handbewegung und schwebt über den Bahnsteig. »Wen haben wird denn da?«

Tom lächelt gequält. Er hätte sich denken können, dass hauptsächlich Männer aussteigen würden. Fröhlich, in Grüppchen, mit viel Gepäck, Küsschen-Küsschen und großem Hallo. Er läuft den ganzen Bahnsteig wieder zurück, aber zwischen all den Touristen, die offensichtlich den Christopher Street Day besuchen wollen, ist kein Henk in Sicht. Die Türen schließen. Der Zug rollt an. Da tippt ihm von hinten jemand auf die Schulter. Tom schnellt herum.

»Theo?«

Vor ihm steht sein biologischer Halbbruder: Henk van Dongen.

»Hi«, antwortet Tom, mustert den Fremden, mit dem er bisher nur per E-Mail kommuniziert hat, hält ihm die Hand hin und registriert, dass wenigstens die anders aussieht als seine eigene.

»Ich wusste es«, sagt Henk.

»Was?«

»Dass du aussiehst wie ich. Nach dem Kinderbild wusste ich es.«

»Hattest du eine gute Reise?«, fragt Tom auf Holländisch, weil man das so fragt und er in seiner Aufregung irgendetwas sagen muss, um sich zu beruhigen.

»Es war ein wenig turbulent«, antwortet Henk, dem die Verlegenheit ins Gesicht geschrieben ist.

»Was hältst du davon, wenn wir irgendwo eine Kleinigkeit essen gehen?«

»Gute Idee.«

Mit dem Strafzettel im Handschuhfach und Henk auf dem Beifahrersitz fährt Tom nach Köln-Dünnwald, einem Stadtteil, in dem er, soweit er sich erinnern kann, noch nie war. Davon ausgehend, dass in einer Vorstadt-Trattoria keiner die Abendnachrichten schaut, hofft er, dass ihn dort niemand erkennt. Schon gar nicht mit Sonnenbrille und Baseballkappe.

»Wohnst du hier in der Nähe, Theo?«, fragt Henk.

»Ja«, lügt er und fährt zum zweiten Mal über dieselbe Kreuzung, weil er hier ohne Navi aufgeschmissen ist.

»Was hältst du davon, wenn wir mit einer gemischten Vorspeisenplatte beginnen?«, schlägt Tom vor, als sie endlich bei dem Italiener in der Odenthaler Straße angekommen sind, den er im Netz ausfindig gemacht hat. »Gibt es irgendetwas, was du nicht isst?«

»Ich esse alles!«

Als der Ober kommt, bestellt Tom eine Flasche Wasser und Antipasti Misto.

Henk studiert die Speisekarte und ordert: »Ich hätte gerne die Bistecca Pizzaiola, aber ohne Kapern.«

Der Kellner hat Mühe, das Holländisch-Deutsch zu verstehen, und schreibt sich alles auf. Als er fertig ist, fragt Henk, ob er statt der Pasta Pommes haben könne.

»Subito, Signore«, sagt der Ober, notiert weiter und wendet sich dann Tom zu.

Doch bevor er seine Bestellung abgeben kann, meldet sich Henk noch einmal zu Wort. »Sorry, streichen Sie das. Ich nehme doch lieber eine Pizza Margherita.«

Während der Kellner angestrengt lächelt, ist Tom sprachlos. Henk bestellt, wie er das gewöhnlich macht. Umständlich. Unentschlossen. Verwirrend. Kann es sein, dass solche Marotten genetisch bedingt sind? Mit äußeren Ähnlichkeiten, der gleichen Stimmlage oder auch einer gleichen Gangart hat er gerechnet. Aber damit?

»Und was darf ich Ihnen bringen?«, will der Ober wissen.

»Bistecca alla Casa«, sagt Tom so entschieden wie noch nie. »Und bringen Sie uns eine Flasche Chianti.«

»Sehr gerne, Signor Monderath«, sagt der Kellner und sammelt die eingeschweißten Speisekarten ein.

Fuck, denkt Tom und taxiert Henk durch seine dunklen Gläser, ob er etwas gemerkt hat.

Offensichtlich nicht, denn der schaut sich die Plastikreben über dem schief hängenden Bild der Seufzerbrücke an, auf dessen Rahmen der Staub flirrt und kleine Spinnfäden im Sonnenlicht glänzen. »Schön hier«, sagt er.

»Ja«, antwortet Tom automatisch, obwohl er selten in einer derart geschmacklos eingerichteten Bude wie dieser war, und überlässt Henk das Vorkosten, nachdem der Ober die Flasche Chianti entkorkt hat. Der Holländer schnuppert, schlürft, schlotzt und nickt schließlich anerkennend – genauso wie Tom es sonst immer macht. Wie um Himmels willen kann das sein?

Der Kellner füllt zwei Rotweingläser und empfiehlt sich. Normalerweise fällt es Tom leicht, mit Menschen ins Gespräch zu kommen. Daraus hat er schließlich auch einen Beruf gemacht. Aber die Umstände und vor allem Henks Verhalten irritieren ihn. Händeringend sucht er nach einer Smalltalk-Strategie.

»Ich hab's gewusst!«, unterbricht Henk seine Überlegungen.

»Was?«

»Du bist dieser Nachrichtensprecher.« Er spricht langsam, als wäre jedes Wort ein Triumph. »Das Foto, das du mir geschickt hast, habe ich auch bei StayFriends gefunden. War ganz einfach.«

Wie in Zeitlupe nimmt Tom seine Sonnenbrille ab, grinst Henk an und prostet ihm zu. Dann schauen sich vier auffallend blaue Augen lange an.

»Das ist definitiv das Verrückteste, was ich je in meinem Leben erlebt habe«, sagt Tom nach einer gefühlten Ewigkeit und schüttelt lachend den Kopf.

»Kann ich absolut bestätigen.«

Sie essen und reden, und reden und essen und lachen. Suchen und finden immer neue Gemeinsamkeiten. Sie lieben den Sommer mehr als den Winter. Sie reden wild gestikulierend. Haben andauernd kalte Füße und müssen immer in Bewegung sein.

»Und wie sieht es mit der Liebe aus?«, will Henk wissen.

»Frauen! Definitiv!«

»Ok, dann haben wir hier den ersten wichtigen Unterschied«, lacht Henk und kann Tom nicht verstehen. Männer sind doch eindeutig aufregender, in jeder Hinsicht.

»Du hast keine Ahnung, wovon du redest!«, empört sich Tom schmunzelnd. Er hat den Eindruck, dass er diesen Holländer schon ewig kennt. »Erzähl mal, wie bist du aufgewachsen?«

Henk schwärmt von einer glücklichen Kindheit auf dem Land, in der es ihm an nichts fehlte. Einzig Geschwister hätte er gerne gehabt.

»Weißt du, in welchem Verhältnis deine Mutter und mein Vater standen?«, fragt Tom.

»Offensichtlich in einem innigen. Zumindest einmal, oder?«

»Ja, aber was sagt sie?«

»Meine Mutter ist tot. Ich kann sie leider nicht mehr fragen.« Henk schenkt sich Rotwein nach und ergänzt: »Wim fragen will ich nicht. Das würde ihm vermutlich das Herz brechen.«

»Wim?«

»Er hat mich großgezogen. Ich hätte mir keinen besseren Vater wünschen können als ihn.«

Tom denkt darüber nach, ob das einen Unterschied macht. Biologisch oder nicht? Prägend ist doch der soziale Einfluss.

»Er hat mich immer unterstützt«, fährt Henk fort. »Wim war der Erste, dem ich gestanden habe, dass ich schwul bin.«

»Und? Wie hat er reagiert?«

»Er hat gesagt, dass es einzig und allein wichtig ist, dass ich glücklich bin. Und dann hat er sich mit jedem in der Familie angelegt, der anders dachte.«

Tom überlegt, wie das im umgekehrten Fall gewesen wäre. Wahrscheinlich wäre Schwulsein für seinen Vater unter die Rubrik »psychische Krankheiten« gefallen. Nicht auszudenken, was dieser veranstaltet hätte, wenn Tom auch in dieser Hinsicht nicht seinen Erwartungen entsprochen hätte. Wahrscheinlich hätte Konrad ihn in eine Umerziehungstherapie gesteckt. »Da hast du wirklich Glück gehabt.«

»Und jetzt erzähl von deinem Vater. Wie ist er?«

Um Zeit zu gewinnen, winkt Tom den Kellner heran, bestellt eine weitere Flasche Wasser und versucht es erst einmal mit einer halbwegs neutralen Beschreibung. »Er hat ungefähr genauso ausgesehen wie ich.« *Wir* zu sagen, bringt er nicht über die Lippen.

»Und sein Charakter? Sein Wesen?«

»Da gibt es gar nicht so furchtbar viel zu erzählen. Er hat viel gearbeitet und war wenig zu Hause und … Ein typischer Rheinländer, Mitglied in jedem Verein, einer, der besonders an Karneval zu Hochtouren aufläuft und …« Tom stottert sich etwas zusammen, denn er will Henk nicht offenbaren, was für ein schlechtes Verhältnis er zu seinem Vater hatte. Das ganze Thema hat er in den letzten Jahren ad acta gelegt. Dass es jetzt wieder geballt hochkommt, stört ihn sehr.

Der Kellner erlöst ihn, fragt, ob die Herren noch etwas wünschen, und da auch Henk den Kopf schüttelt, verlangt Tom die Rechnung und gibt vor, noch zu einem wichtigen Termin zu müssen.

Weil sie zu viel Wein getrunken haben, lassen sie das Auto stehen und fahren mit einem Taxi in die Innenstadt. Henk ist auffallend schweigsam und schaut ernst aus dem Fenster. Auch Tom stellt keine Fragen, da er befürchtet, dann auch selbst Antworten geben zu müssen, die er nicht geben will.

Auf der Deutzer Brücke flattern Regenbogenfahnen, wie in ganz Köln an diesem Wochenende. Außer natürlich am Dom, denkt Tom grinsend.

»Sehen wir uns wieder?«, fragt Henk.

»Bestimmt«, antwortet Tom und ist sich nicht sicher. »Ich bin oft in Holland.«

Vor dem *Steigenberger* am Rudolfplatz nehmen sie sich zum Abschied in den Arm. Schweigend. Dann lässt Tom sich den knappen Kilometer nach Hause ins Gereonsviertel fahren. Er ist froh, wieder allein zu sein, erschlagen von dem, was sich in den letzten Stunden zugetragen hat. Kopfschüttelnd denkt er darüber nach, wie es sein kann, dass von den Milliarden Spermien, die sein Vater lebenslang produziert hat, zwei das Rennen gemacht und zwei so ähnliche Typen wie ihn und Henk produziert haben?

Er bezahlt den Taxifahrer und sieht beim Aussteigen Henks Handy auf dem Sitz liegen. Es scheint ihm aus der Tasche gerutscht zu sein. Fuck! Tom atmet genervt durch und bittet den Fahrer, ihn zurück zum Hotel zu bringen. Dort steigt er aus und betritt die Lobby. Auf dem Weg zur Rezeption wird er von hinten umarmt. Erschrocken dreht er sich um und blickt in die hellgrauen Augen eines gebräunten Mittdreißigers.

»Henk! Darling. Ich habe schon gesehen, du hast das Zimmer neben mir. Seit wann bist du hier?«, fragt der Fremde auf Englisch mit schwedischem Akzent und wirft sich Tom an den Hals.

Bevor er erwidern kann, dass es sich um eine Verwechslung handelt, mustert der Schwede Tom von oben bis unten und sagt laut: »Gut siehst du aus ohne Bart – so viel jünger.«

Tom sieht sein Konterfei in der Spiegelung der Drehtür und findet auch, dass er ohne Bart gut aussieht. »Aber ich …«

Er hat keine Chance.

»Ich habe dir so viel zu erzählen«, sagt der Schwede, auf dessen T-Shirt groß *Synchro Libido* steht, nimmt seine sieben Shoppingtüten vom Boden auf und eilt balletteus Richtung Aufzug.

Tom folgt ihm, denn wenn Henk sein Zimmernachbar ist, dann muss er das Handy ja nicht unpersönlich an der Rezeption abgeben.

Synchro Libido drückt auf die Acht, erzählt, dass er kürzlich in der wichtigsten Sportsendung Schwedens aufgetreten ist. »Fernsehen! Verstehst du?« Er nimmt sich selbst aufs Korn, sagt, er sei jetzt ein Fernsehstar, und verdreht die Augen. »Und jetzt rate mal, wer noch da war.«

Tom zuckt die Schultern, doch selbst wenn er es gewusst hätte, hätte er keine Chance gehabt, zu antworten.

»Natalia Ischtschenko! Diese Russenbitch.«

Tom versteht nur Bahnhof, bis ihm einfällt, dass er den Namen bei seiner Recherche über Henk gelesen hat. Natalia Sergejewna Ischtschenko ist eine russische Olympiasiegerin im Synchronschwimmen, die die Bestrebungen der Männer, mit dieser Sportart ebenfalls bei Olympischen Spielen antreten zu können, kategorisch ablehnt. Als Co-Trainer der niederländischen Synchronschwimmer-Nationalmannschaft kämpft Henk ebenfalls dafür, dass männliche Synchronschwimmer auch bei Olympia und nicht nur bei den Gaygames antreten dürfen.

»Die hat uns doch wirklich als ›widernatürlich‹ bezeichnet, dieses vertrocknete Neutrum!« Wie Giftpfeile schießen die Worte aus seinem Mund.

Im vierten Stock hält der Lift. Die Tür öffnet sich, und mit lautem »Salut les chéries« steigen zwei Franzosen zu – offensichtlich auch Synchronschwimmer, denn auf ihren Baseballkappen ist *SIRÈNE* zu lesen, was Tom mit Meerjungfrau übersetzt.

Grosses Bises mit Synchro Libido. Auch Tom wird rechts und links und noch mal rechts geküsst. Die beiden Sirènes – eine blond, die andere schwarzhaarig – sind ebenfalls begeistert von seinem jungen Aussehen und bemerken kichernd, dass er doch zugeben soll, dass er etwas hat machen lassen.

»Nichts! Ich schwöre«, sagt Tom, doch die drei Männer glauben ihm kein Wort und reden wild durcheinander auf ihn ein.

Da öffnet sich in der achten Etage die Fahrstuhltür, und das fröhliche Geschnatter verstummt schlagartig. Vor der Tür steht Henk. Der Echte. Der Ältere. Der mit Bart. Wie bei einem Tennismatch schießen die Köpfe von Synchro Libido und den beiden Sirènes von links nach rechts und zurück, während Henk Tom erklärt, dass er eben runterfahren wollte, um zu sehen, ob er sein Handy vielleicht im Eingangsbereich verloren habe. Tom grinst, hält ihm das Smartphone hin und will sich verabschieden, als Synchro Libido endlich seine Sprache wiederfindet.

»Mooo-ment!« Mit einer eleganten Bewegung stellt er sich vor den Aufzug und nimmt Tom so jegliche Fluchtmöglichkeit. »Wie konntest du uns deinen Zwillingsbruder nur verheimlichen?«, sagt er vorwurfsvoll zu Henk.

Das meinen auch die beiden Sirènes und fordern ihren holländischen Freund auf, ihnen den jungen, gut aussehenden Mann doch bitte vorzustellen.

Es braucht nur einen kurzen Blick von Tom, dann weiß Henk, was er zu sagen hat. »Das ist Theo. Mein Kölner Bruder.«

»Theeeeo!«, rufen die drei im Chor und sind sich einig, dass darauf erst einmal etwas getrunken werden muss.

Sie müssen Tom nicht wirklich überreden – er findet es durchaus witzig, einmal nicht der prominente Anchorman zu sein, sondern einfach nur Theo, der Bruder von Henk. Der gut aussehende Bruder!

Erst wird die Minibar in Henks Zimmer geplündert, und mit jedem Schluck lungern sie relaxter auf dem Hotelbett und den herangeschobenen Sesseln. Bevor sie verdursten, geht Synchro Libido nach drüben in sein Zimmer, leert dort den Kühlschrank und bringt zusätzlich noch eine Flasche Sekt mit, die er zum Vorglühen besorgt hat. Die Neugier der Sportlerkollegen aus Schweden und Frankreich kennt keine Grenzen, und es macht Henk und Tom – beziehungsweise Theo – Spaß, ihnen einen Bären aufzubinden und zu erzählen, dass sie nach der Geburt getrennt wurden und sich erst vor Kurzem wiedergefunden hätten.

»Neiiiiin!« Synchro Libido fängt mit der Fingerspitze eine Träne der Rührung auf.

Als Toms Handy klingelt, strecken die Jungs neugierig die Hälse und sehen *Jenny* auf dem Display.

»Deine Frau?«, fragt die blonde Sirène.

»Ja«, antwortet Tom nach kurzem Zögern, denn das hat er noch nie gesagt. Aber Freundin oder gar Kollegin trifft es nicht.

»Und sie heißt Jenny?«

Er nickt und nimmt den Anruf entgegen.

»Na? Hast du dein Treffen mit Henk schon hinter dir?«, will sie wissen.

»Nein.«

Henk und die anderen wagen es kaum, Luft zu holen, und starren Tom an.

»Kannst du nicht reden?«

»Nicht wirklich«, sagt Tom. Und dann stellt sie ihm lauter Fragen, die er mit Ja oder Nein beantworten kann.

Ob Henk nett ist? Ja!

Ob sie sich gut verstanden haben? Ja!

Und ob …

Da hält es Synchro Libido nicht länger aus, und er ruft laut: »Hallo, Jenny.«

»Hi, Jenny«, rufen nun auch die anderen.

»Wo bist du denn?«, will sie wissen.

»Im *Steigenberger*«, antwortet Tom, wechselt auf FaceTime und lässt alle nacheinander in die Kamera grüßen.

Jenny ist begeistert. Und die Jungs sind es von ihr.

»Wir müssen uns unbedingt bald kennenlernen, Henk«, sagt sie.

»Ja. Unbedingt!«

Im Hintergrund meldet sich Carlchen. »Okay, mein Typ wird verlangt. Habt noch viel Spaß. Wann kommst du nach Hause?«

»Morgen«, säuselt Synchro Libido, gibt Tom ein Küsschen auf die Wange und verabschiedet sich von Jenny mit einem fröhlichen: »Love you.«

Nachdem Tom als Theo sämtliche Wann-, Wie- und alle weiteren Fragen über Jenny beantwortet hat und die Jungs in Entzücken über die Bilder vom süßen Carlchen ausgebrochen sind, sagt er, dass es nun doch Zeit für ihn sei, nach Hause zu gehen.

»Das kommt überhaupt nicht infrage«, meinen die Franzosen.

Auch für Synchro Libido ist das keine Option. »Du kommst mit uns ins *Corner*.«

»Was ist denn das *Corner*?«, will Tom wissen.

»Du kennst das *Corner* nicht? Als Kölner?« Synchro Libido ist konsterniert.

»Es ist eine Kneipe«, klärt Henk auf, zieht sich ein frisches T-Shirt an und hüllt sich in einen Nebel aus Gaultier.

Tom registriert, dass es sich dabei um denselben Duft handelt, den er selbst seit den Neunzigern verwendet – wenn auch in einer anderen Dosierung –, und entscheidet, dass ein ordentliches Kölsch nach dem klebrigen Sekt nicht verkehrt sein kann.

Nachdem sich alle außer Tom umgezogen haben, überqueren sie den Habsburgerring, und in der Sekunde, in der sie in die Schaafenstraße einbiegen, bereut er, dass er nicht doch auf dem Nachhauseweg ist. Vor ihm liegt das sogenannte Bermudadreieck, in dem sich eine Schwulenbar an die andere reiht. Diese Ecke hat er als geborener Kölner noch nie betreten. Er hat Fluchtgedanken und ist atemlos. Wie Helene Fischer, die aus Boxen wummert, über denen auf der Straße Regenbogenfahnen hängen. Als würden sie es ahnen, haken sich die beiden Franzosen rechts und links bei Tom unter und schieben ihn beherzt weiter in die Straße hinein, in der alles, was sie wollen, da und die große Freiheit pur, ganz nah ist. Alles singt und tanzt. Nach fünfzig Metern ist kein Weiterkommen. Um Tom herum räkeln sich Männer in schwarzen Netzhemdchen oder mit nichts als einem Piercingring am Oberkörper. Viele tragen knapp geschnittene Lederhöschen, manche Chaps, mit wenig drunter. Tom wird taxiert, abgeschätzt, angeflirtet. Es verunsichert und amüsiert ihn gleichermaßen. Ihm schießt durch den Kopf, dass das *Drama um Tom Monderath* eine überraschend neue Richtung bekäme, wenn jemand in genau diesem Moment ein Bild von ihm machen und an die Presse durchstechen würde.

»Hier, Theo!« Synchro Libido hat sich durch den Pulk gekämpft und drückt Tom eine Flasche Kölsch in die Hand.

Die Weather Girls lassen es Männer regnen, und alles bebt.

Zweites Kölsch. Nun ist Freddy Mercury nicht zu stoppen. Die Männer um ihn herum auch nicht. Sie singen, lachen, tanzen, küssen einander. Tom krallt sich an seiner Flasche fest und tanzt nicht. Dabei tanzt er gerne, wenn inzwischen auch nur noch an Karneval. Wieder drängt sich sein Vater vor und lässt sich auch mit dem nächsten Kölsch nicht wegspülen.

Okay, dann bin ich halt auch ein typischer Rheinländer, der nur an Karneval zu Hochtouren auflaufen kann.

Er spürt eine Hand auf seinem Arsch. Eine wissende Hand, die meint, zu ihm zu gehören wie der Name auf der Tür von Marianne Rosenberg. Fuck! Schlagartig ist Tom stocknüchtern, dreht sich um, sieht ein lüsternes Lächeln. Er weiß, dass das hier auf jeden Fall keine wahre Liebe ist, die nie mehr vergeht, und ergreift in der wabernden Masse die Flucht. Vom Straßenrand aus hält er Ausschau nach Henk, kann ihn aber nirgendwo entdecken und geht.

»Tom!« Keine hundert Meter weiter, auf dem Rudolfplatz, hat Henk ihn eingeholt.

»Sorry«, sagt Tom. »Das ist nicht meine Welt. Lass uns irgendwann wieder in Ruhe treffen, aber …«

»Ich verstehe, dass das für einen Hetero gewöhnungsbedürftig ist«, sagt Henk.

»Ja, das ist es. Außerdem brauche ich dringend eine Mütze Schlaf.« Tom legt seine Hand auf Henks Schulter, sagt »Tschüss« und geht leicht wankend in Richtung Friesenviertel.

Henk folgt ihm. »Ich kann dich doch jetzt nicht gehen lassen. Nicht nach dem, was heute alles passiert ist.«

Alle paar Meter bleiben sie stehen und drehen sich mit den ewig gleichen Argumenten im Kreis. Tom will Henk nicht auch noch zeigen müssen, wo er wohnt. Deshalb steuert er schließlich einen Taxihalteplatz an, obwohl er weiß, dass der Fahrer ihn höchstwahrscheinlich rausschmeißen wird, wenn er hört, dass das Ziel seines Fahrgasts gerade mal vierhundert Meter weit entfernt ist.

»Lass uns telefonieren, Henk«, verabschiedet sich Tom und hat schon den Türgriff des Daimlers in der Hand.

»Ich hab noch eine Frage«, sagt Henk.

»Ja?«

»Weiß dein Vater, dass du dich mit mir triffst?«

Zögerlich schlägt Tom die Taxitür wieder zu. Der Fahrer flucht wild gestikulierend. Doch das registriert Tom nur am Rand, denn der Gedanke, dass Henk annimmt, sein Vater würde noch leben, erschüttert ihn geradezu. Wie kann er nur auf diese Idee kommen? Ich habe doch immer in der Vergangenheitsform von ihm geredet …

Als zwei Fahrgäste in den Wagen hinter seinem Taxi steigen, flippt der Fahrer aus und brüllt: »Verschwindet, ihr besoffenen Idioten! Ihr macht mir das ganze Geschäft kaputt!«

»Sorry!« Tom legt den Arm um Henk und geht mit ihm ein paar Meter vom Taxi weg. Vor der Leuchtwerbung einer Versicherung, auf der eine glückliche Familie in einem SUV-Cabrio dem Morgenrot entgegenfährt, bleibt er stehen. »Mein Vater ist tot. Schon seit fast zwanzig Jahren.«

Henk starrt ihn ungläubig an. »Ich dachte …« Als hätte er keine Kraft mehr, länger aufrecht zu stehen, rutscht er an der Plakatwand nach unten und bricht in Tränen aus.

Tom geht neben ihm in die Hocke, auch wenn er keine Idee hat, was er jetzt sagen könnte.

»Entschuldige, ich weiß, das ist bekloppt«, erklärt Henk schließlich, als er sich wieder gefangen hat.

Hilflos denkt Tom, dass dieser Typ gerade mehr um seinen Vater weint, als er es jemals getan hat. Was für eine verrückte Geschichte!

»Woran ist er gestorben?«

»Herzinfarkt.«

Kopfschüttelnd starrt Henk vor sich hin. »Seltsam, ich denke auch immer, dass ich einmal an einem Herzinfarkt sterbe.«

»Wie kommst du denn darauf?«

»Keine Ahnung. Oder vielleicht ist es doch eine …«

»Was?«

»Eine Vorahnung. Vielleicht weiß man ja tief in sich, woran man einmal sterben wird.« Und dann erzählt Henk von seinem Beruf als Krankenpfleger, in dem er regelmäßig dem Tod begegnet und Gespräche mit Sterbenden führt. Zuletzt flüstert er: »Irrerweise sagen viele, dass sie das Wissen um ihr Ende schon lange in sich tragen.«

»Ich bin mir schon immer sicher, dass ich steinalt werde«, antwortet Tom und spricht nicht aus, dass er denkt: Hoffentlich bekomme ich dann kein Alzheimer wie meine Mutter.

Schweigend sinnieren sie vor sich hin, und nicht einmal Tom stört es, hier an der Ehrenstraße auf dem Bordstein zu sitzen und die lauten Nachtschwärmer aus dem Kölner Umland an sich vorbeiziehen zu lassen.

»Ich hab einen Wunsch«, sagt Henk plötzlich. »Ich würde gerne sein Grab besuchen.«

Tom schaut einer pinkfarbenen Stretch-Limousine hinterher, aus deren heruntergelassenen Scheiben Bergischgladbacherinnen mit aufgespritzten Fahrradschlauchlippen kreischend Abschied vom Junggesellinnenleben nehmen – und gibt ihm keine Antwort.

»Du denkst jetzt bestimmt, dass ich verrückt bin, oder?«

»Nein«, lügt Tom und kann es nicht fassen. Er würde jetzt eigentlich auch gerne laut in die Nacht schreien.

»Kannst du mir sagen, wo er begraben ist?«

»Melatenfriedhof«, antwortet Tom leise.

Henk zückt sein Smartphone und gibt den Friedhof in den digitalen Stadtplan ein. »Der ist ja ganz in der Nähe!« Er rappelt sich auf und wankt in die Richtung, die ihm auf dem Display angezeigt wird.

Fassungslos schaut Tom ihm nach, wie er, ohne nach rechts oder nach links zu schauen, einfach den vierspurigen Ring überquert. Ein Auto muss ausweichen und hupt. Zeitverzögert zeigt Henk ihm den Mittelfinger und geht weiter.

»Verflucht! Was soll das denn? Es ist mitten in der Nacht.«

Doch Henk reagiert nicht.

Tom weiß, dass er ihn so nicht gehen lassen kann. Er steht auf und läuft hinter ihm her. Zum Glück springt die Fußgängerampel gerade auf Grün. »Komm, ich bringe dich ins Hotel. Schlaf dich dort erst einmal aus«, sagt er, als er ihn eingeholt hat.

»Nein!« Mit starrem Blick aufs Handydisplay geht Henk in Richtung Westen und lässt sich von sämtlichen Argumenten, vor allem von dem, dass der Friedhof nachts verschlossen ist, nicht aufhalten.

Und so wanken sie durchs Belgische Viertel, über den Brüsseler Platz, wo Hunderte durstige Menschen den Verkehr und auch den Ordnungsdienst nicht durchlassen und auf Hochbeeten sitzen, weil sie nicht mehr stehen können. Wo Geschrei und Gelächter von den Wänden der Häuser hallt und verstärkt wird und eine Akustik entsteht, als würden achtzigtausend Zuschauer einem Spiel zwischen Real Madrid gegen den FC Liverpool entgegenfiebern. Mindestens.

Was für ein Segen, dass ich hier weggezogen bin, denkt Tom und stolpert hinter dem zielstrebigen Henk her.

Sie unterqueren eine Bahnbrücke, auf der ein nicht enden wollender Güterzug rattert und die anwohnenden Kölner endgültig vom Schlafen abhält. Henk steckt sein Handy ein und hält sich die Ohren zu. Doch anstatt weiter geradeaus zum Friedhof zu gehen, biegt er danach links ab. Tom ist es recht.

»Hier war ich schon mal«, sagt Henk und schaut in Richtung Süden, wo nichts zu sehen ist als schwarze Nacht.

Klar warst du schon mal da, denkt Tom bitter. Hier ist ja auch der Schwulenstrich.

»Hier ist die gay-cruising-area.«

»Ach«, erwidert Tom mit gespielt überraschter Miene und überlegt, wie er Henk zurück in die Innenstadt lotsen könnte. »Man lernt doch immer noch dazu.«

Vom nahen Hügel, der nach dem Ende des Zweiten Weltkriegs im Inneren Grüngürtel aus den Überresten der zerbombten Ruinen aufgeschüttet wurde, weht eine Haschischwolke herüber.

Henk nimmt die Fährte auf und ruft Richtung Glut: »Habt ihr vielleicht noch einen Joint übrig?«

»Das kannst du vergessen«, raunt Tom. »Die denken bestimmt, du bist ein Bulle. Dope ist hier nicht so legal wie in deiner Heimat.«

»Klar, Digga«, antwortet eine Stimme aus der Dunkelheit.

Kurz danach sitzt Tom neben Henk auf dem Gras, zieht den Rauch in den letzten Lungenzipfel und hofft, dass der Holländer den Friedhofsbesuch vergessen hat.

»Hatte er eine schöne Bestattung?«

»Hör mal, das ist alles bescheuert! Es ist kurz nach vier. Der Friedhof hat zu, lass uns zurückgehen.«

Mit spitzen Fingern hält Henk den Joint, damit ja kein Krümelchen verschwendet wird. Er zieht, sagt mit glasigen Augen »Bullshit!« und macht sich wieder auf den Weg.

An der Aachener Straße steuert er die Tankstelle an, und während er am Nachtschalter mit dem Verkäufer verhandelt, beschließt Tom, dass er das nächste Taxi anhalten und abhauen wird. Doch wenn man eins braucht, dann kommt keins. Natürlich! Dafür kommt Henk zurück mit einer Flasche Rüttgers Club, einer Tüte Chips und Schokolade.

Die Tafel verputzen sie, noch bevor sie die vierspurige Straße überqueren, und als sie vor dem Friedhofportal ankommen, steht schwarz auf weißer Emaille das, was Tom seit einer Stunde gepredigt hat: *Öffnungszeit im Sommer 7 Uhr.*

Henk reißt die Chipstüte auf und schaufelt den Inhalt in sich hinein, als könne er so besser denken. Dann schauen sie einander an. Lange. Sehr lange. Keiner zuckt. Ohne Tom aus den Augen zu lassen, stellt Henk die Flasche auf den Boden und macht eine Räuberleiter.

»Das ist nicht dein Ernst«, flüstert Tom und entdeckt das Verschworene in Henks Blick. Ohne eine Sekunde weiter zu überlegen, stellt er seinen Fuß in Henks Handflächen und stemmt sich an der Friedhofsmauer hoch, als hätten sie beide das schon hundert Mal so getan. Oben hält er sich mit einer Hand fest, streckt die andere aus, nimmt erst die Sektflasche entgegen und hilft dann Henk auf die Mauerkrone. Hinter ihnen ist alles schwarz.

»Komm. Lass uns verschwinden. Wir können morgen …«

»Bullshit!«, unterbricht ihn Henk und lässt sich langsam an der Friedhofsmauer hinab. Er streckt die Hand nach der Sektflasche aus, die Tom ihm reicht, bevor er seinen Widerstand aufgibt und Henk folgt.

»In welche Richtung?«

Tom hat keine Ahnung. Und die hätte er auch nicht, wenn es hell wäre, denn es ist ewig her, dass er das Grab seines Vaters besucht hat. Um genau zu sein, war das letzte Mal auch das einzige Mal – am Tag der Beerdigung. Aber weil er am 2. April bei der Beisetzung von Guido Westerwelle eine Sondersendung moderiert hat, erinnert er sich an breite Wege. Ein straßenartiges Netz. Da müssen sie hin.

Nichts ist zu sehen, nicht einmal ein Pfad. Vorsichtig tasten sie sich parallel zur Mauer an einer Gräberreihe entlang. Vereinzelt flackern Grablichter, aber die haben keine Kraft, die Umgebung zu erhellen, und so erkennen sie auch dann nichts, als sich ihre Augen ein wenig an die Dunkelheit gewöhnt haben. Über ihnen färbt sich der Himmel langsam dunkelblau. Humboldt hätte es auf seinem Cyanometer mit neununddreißig bestimmt.

Verrückt, denkt Tom, dass ihm das gerade jetzt einfällt. Als kleiner Junge wollte er Naturforscher werden. Damals schenkte ihm Konrad eine kleine, runde Pappscheibe, mit der er wie der große Forschungsreisende das exakte Blau des Himmels definieren konnte.

Erste Umrisse erscheinen. Von Bäumen. Hecken. Grabmalen. Ohne Henk würde Tom durchdrehen. Ohne Henk wäre er auch nicht hier, wo kein Lebender etwas zu suchen hat, auf diesem Gelände, das im Mittelalter vor der Stadtmauer lag, Hinrichtungsstätte war, und wo jahrhundertelang die Aussätzigen von Köln untergebracht waren.

Sie gelangen auf eine breite Querstraße, und in der Geschwindigkeit, mit der die Erde sich um die Sonne dreht, wird es heller. Aus dem Schwarz treten schemenhafte Figuren hervor. Tom findet alles gruselig, aber irgendwie gibt ihm der ältere Bruder – Bruder, denkt er, kann ich wirklich Bruder sagen? –, der zielstrebig Richtung Westen geht, ein Gefühl von Sicherheit. Verrückt. Als würde Henk seine Gedanken erraten oder als hätte er dieselben Ängste, greift er nach Toms Hand und drückt sie kurz. Tapfer gehen sie weiter. Von Minute zu Minute verdrängt der Tag mehr die Nacht, das Licht gibt Farben preis, die die Vögel mit ihrem immer lauter werdenden Morgenkonzert begrüßen.

Tom wünscht sich, dass die Posaunenengel, die den Verstorbenen den Weg zur Auferstehung weisen, auch Henk und ihm zeigen, wo es langgeht. Vergebens. Sie rühren sich nicht.

Von der Aachener Straße hört Tom ein Martinshorn. Ob sie jemand beobachtet hat, wie sie über die Mauer gestiegen sind?

Die Polizeisirene entfernt sich, als vor ihnen ein in Stein gehauenes Mitglied der Kölner Prinzengarde strammsteht. Er muss nicht mehr die Prinzen während der Karnevalszeit bewachen, sondern alle Kölner, die hier ihre ewige Ruhe gefunden haben: die Millowitschs, Ostermanns oder Wischnewskis, aber auch die ungezählten Schmitzens, Küppers und Schulzes. Hier auf Melaten hat er Ewigkeitssession.

Dieser freundlich dreinblickende Soldat ist für Tom die Orientierung. Ihn hat er sich gemerkt. Jetzt geht er schneller, zieht Henk an der Hand mit, vorbei an einem überlebensgroßen Erzengel, vor dem der Grünspan nicht haltmacht und der nach oben zeigt, dorthin, wo nicht nur das Jüngste Gericht wartet, sondern auch die Tauben herkommen, denen es egal ist, auf wem sie ihre Kacke hinterlassen. Tom erinnert sich, dass rechts das Feld mit den uniformen steinernen Grabkreuzen liegt, wo die Opfer der sogenannten Tausend-Bomber-Nacht von 1942 und die Toten des Peter-und-Paul-Angriffs vom Juni 1943 in Massenbestattungen beerdigt wurden.

Danach kommen Gräber, die bunt sind und geschmückt mit Luftballons, Girlanden, Windrädern und Teddybären. Unter ihnen liegen Kinder, die starben, bevor ihr Leben begann.

»Wie schrecklich«, sagt Henk und bleibt an den Fotos und Worten hängen, die neben den Namen stehen: *Dem über alles geliebten Louis, Der unvergessenen Paula, Dem Sonnenschein Thomas,* dem seine Schwester einen eingeschweißten Brief an die kleine Trauerweide gebunden hat: *Du bist der Bruder, den ich nie kennenlernen durfte. Was hätten wir alles zusammen machen können, wenn du gelebt hättest?*

»Komm«, sagt Tom, der weiß, dass es jetzt nur noch ein paar Meter sind.

Und dann, nach all diesen opulenten Skulpturen und liebevoll gepflegten Gräbern, hinter einer Thujahecke, stehen sie plötzlich vor einem schwarzen polierten Granit mit der Inschrift

MONDERATH

Auf der Platte, die das Grab verschließt, stehen in der Reihenfolge ihrer Geburt

Wilhelm 1895–1933
Ida 1900–1943
Franz 1921–1942
Konrad 1928–1997
Elizabeth 1933–1943

Tom zeigt auf den schmucklosen Stein. »Konrad. Das war er.«

»Die anderen sind die Eltern und Geschwister?«, fragt Henk.

Tom nickt. Ihm fällt auf, dass er seinen Vater zum ersten Mal inmitten seiner Familie sieht. Und nicht allein.

»Dann war Konrad also nach 1943 der einzig Überlebende? Mit fünfzehn Jahren?«

»Ja. Scheißkrieg«, sagt Tom und denkt, dass Konrads Geschwister sehr jung starben. Elizabeth mit zehn, und Franz wurde gerade mal einundzwanzig.

Henk köpft die Sektflasche, hält sie Richtung Grabstein, wie ein Glas, das man zum Toast hebt, nimmt einen Schluck und reicht sie an Tom weiter. Der lässt die süße Plörre durch seine Kehle rinnen und liest die unterschiedlichen Sterbejahre. Seltsam. Er weiß nicht, warum, aber er ist immer davon ausgegangen, dass sein Vater die gesamte Familie bei einem einzigen Bombenangriff verloren hat. Krampfhaft versucht er sich zu erinnern, was Pap darüber erzählt hat. Mit seinem vom Alkohol und Haschisch benebelten Gehirn lässt es sich schwer denken, aber das Gefühl macht sich breit, dass er als Kind einmal nachgefragt hat und dann nie wieder, weil er nach der knappen Antwort spürte, wie sein Vater in einer tiefen Traurigkeit versank.

»Es ist ein schöner Ort.« Henks Worte holen ihn in die Gegenwart zurück. Tom schaut zu Henk, der sich auf den Boden setzt und an den Grabstein lehnt. »So friedlich.«

»Stimmt.« Tom setzt sich neben ihn. Sein Blick fällt auf das Kalksteingrabmal gegenüber, auf dem oberhalb des Familiennamens ein Satz eingraviert ist: DIE LIEBE HÖRET NIMMER AUF.

Mit einem Mal erinnert sich Tom daran, wie sein Vater abends im Bett mit ihm kuschelte, wie er ihm aus dem ›Struwwelpeter‹ vorlas und lachte, weil der kleine Tömmes, wie er ihn liebevoll nannte, das halbe Buch auswendig konnte. Wie er ihn beim

Mensch-ärgere-dich-nicht-Spielen gewinnen ließ. Ihn im Auto vorne sitzen ließ, obwohl es verboten war. Wie sie im Siebengebirge Steine suchten und sein Pap ihm erzählte, dass Riesen diese dort abgelegt hatten. Seit Jahrzehnten hat er nicht mehr an diese Liebe gedacht, sondern nur an die Kälte, die später zwischen ihnen gewesen war.

Und dann taucht vor seinem inneren Auge die Szene auf, die Tom immer wegschieben muss, wenn sie ihn einholt. Der letzte Moment mit seinem Vater. Der letzte Blick, bevor er damals als Siebenundzwanzigjähriger nach Paris fuhr. Pap hatte ihn um ein klärendes Gespräch gebeten, aber Tom sagte, er habe keine Zeit, und ging. Grußlos. Konrad starb noch am selben Tag. Seither verdrängt Tom den Gedanken, dass er das Herz seines Vaters endgültig gebrochen hatte und deshalb schuld ist an seinem Tod.

Henk hält die Flasche gegen das Licht, um zu sehen, wie viel noch drin ist. »Der Rest ist für ihn.«

Nacheinander stehen sie auf, treten vor das Grab, halten die Flasche gemeinsam und lassen den Sekt auf die Granitplatte fließen. Tom fragt sich, ob Konrad etwas von Henks Existenz wusste.

»Prost, Pap«, sagt er, und zum ersten Mal seit Jahrzehnten fühlt er sich ihm nahe. Hat Sehnsucht nach ihm. Und würde so gerne mit ihm reden und alles verstehen.

»Prost«, sagt Henk mit Tränen in den Augen. »Ohne Konrad würde es mich nicht geben.«

Tom ist froh, dass er nicht allein hier ist, dass Henk neben ihm steht.

Ein Rabe lässt sich auf dem Lebensbaum hinter dem Grabstein nieder.

»Krraaab, krraaab, krraaab«, krächzt er, und es ist Tom, als würde er sie beobachten. Von diesem grünen Symbol der Ewigkeit aus. »Krraaab, krraaab, krraaab.«

ZWEI.
Mai 1933 – Juli 1943

»Krraaab, krraaab, krraaab«, krächzte der Rabe auf der Thuja hinter dem Pfarrer, der den blumengeschmückten Sarg mit Weihwasser besprengte. »Krraaab, krraaab, krraaab.«

Der fünfjährige Konrad sah, wie der Vogel hinter einer Weihrauchwolke verschwand.

»Wir bitten dich, Gott. Komm Wilhelm Monderath mit deiner Liebe entgegen und nimm alle Schuld von ihm«, sagte der Priester, und dann sah Konrad, wie sechs Männer sich gleichzeitig nach den Tauen bückten, die unter dem Sarg hindurchliefen, sie anzogen und ihn langsam in das Erdloch hinabließen.

»Krraaab, krraaab, krraaab.«

Als die Männer die Seile hochgezogen hatten und nach einer Verbeugung zur Seite gegangen waren, trat Konrad, der von allen Conny genannt wurde, mit seiner Mutter und seinem zwölfjährigen Bruder Franz einen Schritt vor, griff wie sie in das aufgeschüttete Erdreich und warf eine Handvoll ins Grab. Dann noch eine. Es klang hohl, als die Erde auf das Holz aufschlug. Conny konnte sich nicht vorstellen, dass sein Vater jetzt da unten in dieser Holzkiste lag, obwohl er gesehen hatte, wie über ihm der Sargdeckel geschlossen und dann zugeschraubt worden war.

»Krraaab, krraaab, krraaab.« Der Weihrauch war verflogen, und der Rabe breitete die Flügel aus, flog tief eine Runde über der schwarz gekleideten Trauergemeinde und stieg dann in die Lüfte.

Zitternd drückte Conny die Hand seines großen Bruders und

hielt sich an ihm fest, sonst wäre er vielleicht auch weggeflogen. Geflohen. In den Himmel, wo sein Vater jetzt eigentlich war, wie ihm die Oma erzählt hatte. Verstohlen blickte Conny nach oben. Aber da war nicht einmal eine Wolke zu sehen, auf der Pap hätte sitzen können.

»Was haben wir für ein Glück, so eine Weitsicht hat man nur selten.« Das hatte sein Vater am Samstag gesagt. Am Samstag! Und jetzt war er nicht mehr da. Dabei war der Samstag erst vor vier Tagen gewesen.

Pap hatte Conny mit zum Dom genommen, zu einem Termin, den er mit dem Dombaumeister gehabt hatte.

»Das ist mein Jüngster«, hatte Pap ihn dem Chef vom Dom vorgestellt.

Und oben, in fünfundvierzig Meter Höhe auf der Dachgalerie, hatte Conny durch die steinerne Brüstung hindurchgeschaut und zwischen den kleinen Spitzbögen auf das Häusermeer geblickt, die vielen Kirchtürme bewundert und begeistert ausgerufen: »Köln ist die schönste Stadt von der ganzen Welt!«

Pap streichelte ihm lachend über den Kopf und antwortete: »Und eine der ältesten Deutschlands. Deine Vaterstadt.« Dann zeigte er in den Kölner Süden, wo sie wohnten. Ganz nahe am Rhein, von dem Conny sicher war, dass er der größte Fluss von der ganzen Welt war.

»Hast du den Dom auch gebaut, Pap?«, fragte Conny, denn sein Vater war Architekt. Der beste von der ganzen Welt.

Pap lachte und meinte, dass der Dom schon vor vielen hundert Jahren errichtet worden war, lange vor seiner eigenen Geburt.

Sicherlich war der Dom die allerälteste Kirche von allen. Auf der ganzen Welt.

»Und siehst du da hinten das Siebengebirge?« Wilhelm Monderath zeigte auf eine Gebirgskette am Horizont.

Conny stellte sich auf die Zehenspitzen, den Hals gestreckt, und zog sich an der steinernen Brüstung hoch, aber er konnte trotzdem nicht darüberblicken. Da nahm sein Vater ihn auf den Arm, und jetzt konnte auch Conny sehen, was er gemeint hatte.

»Von dort kommen die Steine, mit denen man den Dom gebaut hat«, sagte er. Conny erkannte die Hügel und sog den warmen Pap-Duft aus Nadelholz und Zigaretten in sich auf. Später, das nahm er sich vor, wollte er einmal so groß sein wie sein Pap, denn dann würde er den besten Überblick haben. Von allen.

»Wie viele Hügel sind das?«, fragte Pap, und Conny zählte sie. Laut. Bis fünf, denn die anderen Zahlen kannte er noch nicht.

»Sechs. Und. Sieben«, ergänzte Pap und erklärte ihm anschließend, wie die Berge entstanden waren. »Vor langer Zeit, lange bevor es den Dom gab, staute sich das Wasser im Rhein und konnte nicht weiterfließen. Da kamen sieben Riesen und schaufelten das Flussbett frei. Und als sie mit ihrer Arbeit fertig waren, klopften sie ihre Spaten auf den Boden, damit sich der Dreck löste. Die Dreckklumpen, die abfielen, kann man heute noch sehen. Sieben Stück.«

Der Herr Dombaumeister wollte Pap etwas zeigen. Deshalb gingen sie weiter und stiegen immer höher bis auf die siebzig Meter hohe Aussichtsplattform des Vierungsturmes. Conny konnte kaum atmen, weil es so schön war. Eine Möwe segelte im Wind. Er blickte ihr nach und entdeckte auf den Tabernakeln der Turmobergeschosse überlebensgroße Engel. Sie musizierten.

»Das sind Friedensengel«, erklärte sein Pap ihm. »Sie wachen über die Stadt.«

Da spürte Conny, dass ihm in Köln niemals etwas passieren würde.

Auf der Rückfahrt durfte er im Auto vorne sitzen, wie immer, wenn er mit Pap allein unterwegs war.

»Wenn du willst, können wir bald mal einen Ausflug ins Siebengebirge machen«, sagte sein Vater und gab Gas.

»Sind die Riesen weg?«, fragte Conny, denn er hatte Angst vor ihnen.

Normalerweise gingen er und sein Bruder Franz nach dem Abendbrot immer auf ihr Zimmer, um vor dem Zubettgehen noch ein wenig zu spielen. Aber an diesem Samstag meinte ihre Mutter, dass sie sitzen bleiben sollten, weil sie eine Überraschung hätte. Conny liebte Überraschungen und schaute sie erwartungsvoll an.

»Ihr bekommt noch ein Geschwisterchen«, sagte seine Mam strahlend.

Und so wie Pap schaute, wusste er es bereits.

»Ich will dann aber ein Schwesterchen«, rief Conny, und alle lachten.

»Ich will auch ein Mädchen!« Sein Vater legte den Arm um Mam und gab ihr einen Kuss auf die Wange.

»Mal sehen, was der Klapperstorch bringt«, antwortete sie.

»Wenn es ein Mädchen wird, dann soll sie auf jeden Fall Lizzy heißen«, meinte Pap und bat Franz, das Grammofon anzuwerfen. Dann tanzte er mit Mam, die immer noch ihre Schürze umhatte, zum Schlager von Willi Ostermann Walzer und sang lauthals mit: »Einmal am Rhein und dann zu Zwei'n alleine sein.«

Mit dem Lachen seiner Eltern aus dem Nebenzimmer und der Überlegung, woher der Klapperstorch die Kinder bekam, schlief Conny ein.

Am nächsten Morgen zerfetzte ein Schrei seine Träume. Innerhalb von Sekunden standen er und Franz dort, woher das Schreien gekommen war: im Schlafzimmer ihrer Eltern. Conny sah, wie sein Vater auf dem Rücken lag. Mit offenem Mund, sein Gesicht war dunkelblau. Die Mutter schüttelte ihn heulend und flehte, er möge zurückkommen. Aber Pap reagierte nicht und hatte die Augen so komisch offen. Auch Franz sprang auf das Bett und schüttelte seinen Vater ebenfalls, schrie und weinte. Wie gelähmt stand Conny in der Tür und vergaß zu atmen.

Stumm beobachtete er, wie immer mehr Menschen in die Wohnung kamen. Nachbarn. Leichenbeschauer. Verwandte. In der Stube wurde das Grammofon zur Seite geräumt und auch der Tisch, damit in der Mitte Platz war für den Sarg, in den sie seinen Vater gebettet hatten, den Rosenkranz um die weißen Finger gelegt. Die Fensterläden wurden verschlossen, Stühle rund um den Sarg gestellt und Kerzen angezündet.

Großmutter Helene kam aus Lindenthal und beweinte ihren Sohn. Stundenlang. Als sie ging, sagte sie zu Mam: »Ich habe selbst zwei Männer verloren.« Ihren Enkeln schaute sie beim Abschied tief in die Augen. »Ihr müsst jetzt tapfer sein.«

»Ja«, sagte Franz.

Conny nickte und hielt die Luft an, denn er mochte Großmutter Helenes Atem nicht, der immer nach Veilchenpastillen und Zwiebeln roch.

Dass sie tapfer sein sollen, sagten auch Oma Katring und Opa Max, die zu Fuß die zwei Kilometer aus dem Färberviertel gekommen waren. Und als sie aufbrachen, ermahnten sie Franz, dass er jetzt auf seine Mutter aufpassen müsse. Und auf den kleinen Bruder.

Dann kamen die vier Geschwister von Mam. Nach und nach. Blass und erschrocken. Aus ganz Köln. Auch sie meinten, die Jungen sollten tapfer sein.

Am Morgen vor der Beerdigung war auch Heinrich, der Bruder des Vaters, den alle nur Drickes nannten, angereist. Extra aus Berlin. Er schaute sich den toten Wilhelm lange an. Mit seinen geröteten Augen, die seine dicken Brillengläser vergrößerten. Dann legte er den Arm um Mam, ging mit ihr ins Nebenzimmer, und Conny hörte, wie seine Mutter weinte und etwas von Umständen sagte.

Jetzt war er allein mit seinem Vater. Zum ersten Mal, seit dieser sich nicht mehr bewegt hatte und so seltsam aussah. »Pap«, flüsterte er.

Doch sein Vater reagierte nicht. Er roch auch anders als sonst. Nach Apotheke. Zaghaft berührte Conny die bleichen Hände und erschrak, weil sie kalt waren – und hart. »Pap«, flüsterte er ein weiteres Mal.

Und als er wieder nicht antwortete, legte sich graue Schwere über Conny, die alle Farben erstickte.

»Wir müssen uns fertig machen«, sagte Franz am Morgen der Beerdigung, und dabei überschlug sich seine Stimme. Wie öfter in letzter Zeit. Er knöpfte Conny den Matrosenanzug zu und zog ihm einen geraden Scheitel durch sein Haar. Dann stopfte er sich das Braunhemd des deutschen Jungvolks in seine kurze Hose, nahm Conny bei der Hand und ging mit ihm und Mam durchs Treppenhaus. Die Aufwartefrau kehrte die Treppe und schaute nicht mürrisch wie sonst, denn heute waren sie etwas Besonderes: die Kinder, die jetzt keinen Vater mehr hatten.

Unten auf der Straße hatte Onkel Drickes die Tür zu seinem Mercedes 260 aufgehalten, Franz und Conny waren nach hinten geklettert, und ihre Mam hatte auf dem Beifahrersitz Platz genommen. Und so waren sie aus der Kölner Südstadt herausgefahren, über die Ringe, auf denen das geschäftige Treiben weitergegangen war, als wäre dies ein Mittwoch wie jeder andere. Und nicht der Tag, an dem die Welt stillstand.

»Krraaab, krraaab, krraaab.«

Tapfer stand Conny zwischen seiner Mutter und Franz, gab Menschen, die »Herzliches Beileid« sagten, die Hand und machte einen Diener. Er schaute in keine Gesichter, nur auf Schuhe, und hörte: »Krraaab, krraaab, krraaab.«

Als die Kränze auf dem zugeschaufelten Grab verteilt waren

und das Kreuz mit der Inschrift *Wilhelm Monderath 22. 8. 1895–13. 5. 1933* in die Erde gesteckt wurde, wünschte Conny sich, einer der Riesen würde kommen und seinen Vater wieder ausgraben. Aber es kam keiner.

Onkel Drickes fuhr sie zurück in die Kölner Trajanstraße. Er schaltete den Motor nicht aus, als er vor dem Haus hielt. »Du kannst dich jederzeit bei mir melden, Ida, wenn ihr etwas braucht. Wir sind eine Familie.« Dann wandte er sich seinen Neffen zu und versprach: »Ich werde mich jetzt wie ein Vater um euch kümmern.«

Franz deutete ein Nicken an, und Conny schaute fragend.

So schaute er immer noch, als Onkel Drickes längst wieder nach Berlin gefahren und in der Wohnung alles fremd war, weil sein Vater fehlte.

»Darf ich mit Conny noch ein bisschen in den Römerpark?«, fragte Franz vielstimmig.

Ida nickte. »Du hörst auf deinen großen Bruder, ja?«

Conny nickte auch.

Franz nahm ihn bei der Hand, die sich warm anfühlte und an der er sicher war. Mit jedem Schritt über die Straße in den Park hinein fiel das Schwere von ihm ab, denn hier waren keine schwarz gekleideten Erwachsenen, die seltsam schauten. Hier waren Maikäfer, die er gleich mit Franz fangen würde.

Doch der blieb plötzlich stehen und schaute neugierig Richtung Universitätsgebäude, vor dem eine ungewohnte Betriebsamkeit herrschte. »Komm«, sagte er zu Conny und ging schneller.

Immer mehr Kinder aus der Gegend rund um das Eierplätzchen kamen angerannt. Keiner blickte Conny und Franz bedröppelt an, weil sie jetzt die Monderathkinder ohne Vater waren. Nein, hier ging es um etwas ganz anderes. Aufregung und Abenteuer lagen in der Luft. Conny musste sich anstrengen, um mit den meist älteren Kindern und besonders mit Franz Schritt zu halten, schließlich waren seine Beine nur halb so lang wie die des hochgeschossenen Bruders.

Keine hundert Meter weiter sahen sie, wie auf dem Vorplatz der Universität Lastkraftwagen rangiert wurden, sodass sie mit der Heckseite kreisförmig zueinanderstanden. In der Mitte schichteten fröhliche Studenten in der Kleidung ihrer Burschenschaften einen Holzhaufen auf. Erwartungsvoll verfolgten die Kinder das Treiben und gingen immer näher. Die ebenfalls anwesende Schutzpolizei vertrieb sie, und sie rannten so schnell davon, dass Conny ihnen kaum folgen konnte. Er stolperte, rappelte sich auf, und dann kamen ihm die Großen schon wieder entgegen. Neugierig und entschlossen, sich nichts entgehen zu lassen. Sie kletterten auf Bäume, und weil Conny zu klein war, machte Franz eine Räuberleiter, und zwei der anderen Jungen, die schon oben waren, zogen ihn und hielten ihn fest, bis auch Franz neben ihm auf dem dicken Ast saß, von dem aus sie alles gut sehen konnten.

Der Hintern tat Conny weh, und er hatte Angst, weil es langsam dunkel wurde. Aber er sagte nichts.

SA- und SS-Kapellen marschierten auf, spielten das Horst-Wessel-Lied, und er musste pinkeln. Aber er sagte nichts.

Dann entleerte ein Feuerwehrmann einen Benzinkanister über den Holzscheiten, und ein zweiter warf ein brennendes Streichholz hinein. Die Flammen tobten befreit und wild, und niemand bemerkte, dass es unter Conny tropfte. Auch er selbst nicht, denn wie alle anderen verfolgte er atemlos, wie ein junger Student hervortrat und gegen das krachende Feuer anschrie: »Wir haben unser Handeln gegen den undeutschen Geist gewendet! Wir übergeben alles Undeutsche dem Feuer!«

Ein Zweiter rief: »Gegen Dekadenz und moralischen Zerfall! Für Zucht und Sitte in Familie und Staat! Ich übergebe der Flamme die Schriften von Heinrich Mann, Ernst Glaeser und Erich Kästner.« Dann warf er drei Bücher ins Feuer.

Conny sah, wie die umstehenden Studenten johlten, als die Flammen die Bücher fraßen.

»Gegen Frechheit und Anmaßung, für Achtung und Ehrfurcht vor dem unsterblichen deutschen Volksgeist! Verschlinge, Flamme, auch die Schriften von Tucholsky und Ossietzky!«, schrie ein Dritter. Zwei weitere Bücher folgten.

Das Feuer färbte die Gesichter orange, und die hellen Flammen spiegelten sich in den weit aufgerissenen Augen der Jungen auf dem Baum. Sie johlten und klatschten wie die Älteren.

Ihre Begeisterung steckte Conny an. Er ließ den Ast los, klatschte auch – und fiel zwei Meter in die Tiefe.

»Was fehlt dir denn?«, fragte der Arzt im Krankenhaus.

Mein Pap, dachte Conny und zeigte stumm auf den rechten Arm und beide Beine.

Eine Krankenschwester schnitt ihm den brandig riechenden Matrosenanzug vom Leib. Es tat so weh, dass Conny hätte schreien müssen. Aber er blieb still.

Der rechte Arm und die Beine wurden eingegipst, und zum Trost durfte er bei seiner Mam schlafen. In ihrem Bett, denn das seines Vaters war mit einer Tagesdecke abgedeckt.

Franz bekam von seiner Mutter eine Tracht Prügel, die nicht nötig gewesen wäre, denn ihm tat es am meisten leid, dass er seinen kleinen Bruder nicht beschützt hatte. Viel öfter als sonst war er jetzt zu Hause und ließ sich sogar bei den Treffen des Deutschen Jungvolks entschuldigen, um mit Conny *Mensch ärgere dich nicht* zu spielen. Er ließ den kleineren Bruder sogar gewinnen. Immer. Trotzdem konnte er ihm kein Lächeln entlocken.

Es dauerte über eine Woche, bis Franz als Erstem auffiel, dass Conny nicht mehr sprach. »Warum sagst du denn nichts?«, fragte er unsicher.

Er bekam keine Antwort.

Auch seine Mutter versuchte alles, um ihrem Jüngsten ein Wort zu entlocken. Vergeblich.

»Der Junge wird schon wieder reden, wenn er etwas zu sagen hat«, meinte Oma Katring, die einen Apfelkuchen mitgebracht hatte. »Nicht wahr, Conny?«

Er aß seinen Lieblingskuchen. Schweigend.

Als seine Mutter mit ihm zu dem Arzt fuhr, der ihn vergipst hatte und jetzt untersuchte, ob die Knochen richtig zusammengewachsen waren, wollte sie wissen, ob es möglich sei, dass Konrad sich bei dem Sturz vom Baum auch am Kopf verletzt hatte. Der Doktor stellte Conny viele Fragen, die alle unbeantwortet blieben, und machte schließlich eine Röntgenaufnahme von Connys Schädel. Er konnte nichts Auffälliges entdecken und empfahl Wechselbäder.

Als er wieder mit Franz in einem Zimmer schlief, hätte Conny ihn gerne gefragt, wo Pap jetzt war. Und gerne hätte er auch mit Franz darüber geredet, wie schade er es fand, dass der Klapperstorch jetzt nicht mehr kam, denn der brachte bestimmt nur Ehepaaren ein Kind. Doch Worte kamen nicht über seine Lippen.

Oma Katring erschien kurz vor Weihnachten und schickte Conny und Franz in die Agrippastraße zum Großvater. Dort durften sie sogar schlafen, wahrscheinlich damit Opa nicht allein war, denn Oma übernachtete bei Mam. Am nächsten Tag gingen sie mit Opa in die Kirche St. Georg zur Weihnachtsmesse. Als der Priester von dem Engel sprach, der verkündete, dass heute der Heiland geboren sei, reckte Conny den Hals, um wenigstens den Stern über der Krippe sehen zu können. Dann spielte die Orgel. Conny kannte das Lied von dem Ross, das entsprungen war. Zumindest die erste Zeile. Sein Pap hatte es letztes Weihnachten gesungen. Mit seiner tiefen Stimme. Es war die schönste Stimme von allen, dachte Conny, und hinter seinen Tränen verschwamm die Welt.

Am Ausgang entdeckte er zwischen all den Erwachsenen, die sich »Fröhliche Weihnachten« wünschten, seine Tante Mia, die Schwester von Mam, die dort auf sie wartete. Strahlend flüsterte sie Opa etwas zu, sagte dann, es gäbe eine große Überraschung, und begleitete Franz und Conny nach Hause.

Mam saß im Bett und hielt ein Baby im Arm. »Das ist euer Schwesterchen«, sagte sie.

Conny musste es die Sprache nicht mehr verschlagen, denn er hatte ja seit Mitte Mai keine mehr. Deshalb setzte der umgekehrte Effekt ein. »Lizzy?«, fragte er erstaunt.

»Ja«, antwortete seine Mutter mit Tränen in den Augen.

Mit Lizzy waren sie wieder zu viert. Alles drehte sich fortan um sie und nicht mehr um das schweigende Sorgenkind. Conny musste keine Wechselbäder, keine besorgten Blicke oder komischen Fangfragen mehr über sich ergehen lassen. In die Hilfsschule, wie schon befürchtet wurde, musste er auch nicht, sondern er lernte nach Ostern in der Volksschule in der Mainzer Straße Buchstaben auf seine Schiefertafel zu schreiben. Stolz machte er die Schularbeiten. Wie Franz. Als Conny *K o e l n* in Sütterlin schreiben konnte, lachte Lizzy zum ersten Mal. Ab da strahlte sie jeden und alles an. Auch die Kuckucksuhr. Sie quiekte vor Freude, wenn sich das Törchen öffnete, deshalb schob Conny die Kleine in jedem unbeobachteten Moment im Stubenwagen zu der Uhr.

»Achtung, Lizzy!« Er stellte sich auf einen Hocker, bewegte den großen Zeiger bis zur Zwölf, der krächzende Kuckuck schaute heraus, und sein Schwesterchen prustete vor Lachen.

Conny durfte die Kleine nicht hochheben, denn sie hatte Mühe, ihren Kopf zu heben, obwohl sie schon fünf Monate alt war.

Heimlich fing Ida an, in ihrem Gesundheitsbuch nachzuschlagen. Im Laufe der Zeit fand sie heraus, dass sämtliche Entwicklungsschritte ihrer Tochter auffallend verzögert waren. Als Lizzy neun Monate alt war und sich alle wunderten, von wem das Kind sein breites Gesichtchen und die schräg stehenden Augen geerbt hatte, zog Ida Lizzy und dem kleinen Conny die Sonntagskleider an und fuhr mit ihnen mit der Straßenbahn nach Nippes zu dem bekannten Kinderfacharzt Dr. Hermann Pfeifer. Dort ließ sie erst ihrem Jungen die Ohren untersuchen, denn Conny klagte immer wieder über Schmerzen. Der Arzt schaute mit einem Otoskop in Connys äußere Gehörgänge und verschrieb Tropfen gegen die leichte Entzündung. Dann stellte Ida ihre kleine Tochter vor.

Der Doktor, hinter dem ein Plakat der NS-Volkswohlfahrt mit der Parole *GESUNDE ELTERN, GESUNDE KINDER* hing, warf nur einen Blick auf das Mädchen, dann bestätigte er Idas Verdacht. Lizzy hatte das, was man Mongolismus nannte. Pfeifer untersuchte die Kleine eingehend, stellte fest, dass sie »zu allem Elend«, wie er es nannte, auch noch einen Herzfehler hatte, und sagte ihr ein kurzes Leben voraus. »Ich empfehle ihnen, sich nicht zu sehr an dieses Kind zu binden und es in eine Anstalt zu geben.«

Ida schob Lizzy eine frische Stoffwindel unter den Po und wischte sich mit dem Handrücken die Tränen weg. Die Kleine strampelte mit den Füßen und strahlte sie an.

Im Hinausgehen warf Dr. Pfeifer einen Blick auf Konrad. »Seien Sie froh, dass sie auch gesunde Kinder haben.«

Mit Conny an der Hand und Lizzy auf dem Arm irrte Ida am Botanischen Garten vorbei, weiter über den Adolf-Hitler-Platz, durch das Eigelsteinviertel und ließ den Bahnhof und den Dom hinter sich. Nach unzähligen Stunden wusste sie nicht, wie sie den Weg zu ihren Eltern in der Agrippastraße gefunden hatte.

»Was um Himmels willen ist passiert?«, fragte Oma Katring, als ihre völlig aufgelöste Tochter vor der Tür stand.

Ohne ein Wort der Begrüßung platzte es aus Ida heraus: »Wir sollen Lizzy in eine Anstalt bringen, weil sie sowieso sterben wird …«

Sterben? Erst jetzt begriff Conny, wieso seine Mutter nach dem Arztbesuch so anders war als sonst, warum sie kein Wort auf dem langen, anstrengenden Fußweg gesagt hatte. Sterben! Das schlimmste Wort auf der ganzen Welt.

»Der liebe Gott hat uns dieses Kind geschickt. Und wir werden alles gemeinsam tragen. Lizzy kommt in keine Anstalt. Basta!«, bestimmte Oma Katring.

Conny wusste nicht, was eine Anstalt war, und traute sich auch nicht zu fragen.

»Babababa«, plapperte die Kleine und juchzte.

Nachdem sie einen Schluck getrunken und gegessen hatten, packte die Oma ein paar Äpfel ein, und zusammen gingen sie in die Kirche St. Maria im Kapitol und beteten zum heiligen Hermann Josef, dem Schutzpatron für Mütter und Kinder. Und wie der Heilige es vor achthundert Jahren schon gemacht hatte, brachten sie der Madonna mit dem Jesuskind auf dem Arm Äpfel als Opfergabe dar.

Abends konnte Conny nicht einschlafen vor Angst, dass seine Mam schreien würde, weil Lizzy so ein blaues Gesicht haben würde wie sein Pap. Er faltete seine Hände zum Gebet, presste die Augen zusammen und flehte den lieben Gott an, Lizzy nicht sterben zu lassen. Er versprach ihm, nie wieder zu sündigen, und flehte ihn an, dem Hermann Josef auszurichten, dass er ab sofort jeden Tag mit einem Apfel vorbeikommen würde, wenn er nur …

»Was flüsterst du denn so komisch?«, fragte Franz, der im Bett neben ihm lag.

»Ich bete zum lieben Gott wegen Lizzy«, sagte Conny.

»Blödsinn«, entgegnete Franz, dessen Stimme inzwischen immer tief war. »Es gibt keinen Gott.«

Als Conny am nächsten Morgen erwachte, lag Lizzy strahlend in ihrem Bettchen. Das war für ihn der Beweis, dass Franz diesmal nicht recht hatte.

In der Schule konnte Conny nicht aufpassen, denn er hatte nur einen Gedanken. Er musste nach dem Unterricht zu Hermann Josef und ihm seinen Pausenapfel bringen.

Mit dem Ledertornister auf dem Rücken bog Conny nicht wie die anderen Kinder, die auch in der Trajanstraße wohnten, rechts ab, sondern ging geradeaus weiter. Er überquerte den breiten Ubierring, auf dem die Straßenbahn fuhr, und wusste, dass er bis zu der Fabrik, wo es immer nach Schokolade roch, immer geradeaus gehen musste.

»Wo willst du denn hin?«, fragte Frau Ochs, die Mutter seines Mitschülers Hans Abraham, die ihm mit dem Kinderwagen entgegenkam.

»Ich muss zu Hermann Josef«, sagte Conny und ging zielstrebig weiter. Und weiter und weiter. Immer geradeaus. Bis er plötzlich am Hafen stand. Er war noch niemals hier gewesen, und schon gar nicht allein, und wusste nicht, ob er nach rechts gehen sollte, oder nach links … Ein Lastwagen hupte, weil er mitten auf der Straße stand. Conny sprang zur Seite, zitterte vor Angst und übersah das Pferdefuhrwerk, das ihm auf der anderen Straßenseite entgegenkam.

»Vorsicht!«, brüllte der Kutscher, die Brauereipferde wieherten, und Conny schrie laut auf. Von hinten spürte er eine Hand, die ihn wegzog, kurz bevor er unter die Hufe geraten konnte.

»Was machst du hier?«, schimpfte seine Mam.

Unter Tränen stammelte Conny, dass er wegen Lizzy und dem Heiligen und den Äpfeln hier sei. Da nahm seine Mutter ihn in den Arm und weinte mit ihm.

»Lizzy wird nichts passieren«, sagte sie schließlich, putzte sich die Nase, setzte Conny auf den Gepäckträger ihres Fahrrades und fuhr mit ihm nach Hause.

Dort saß Frau Ochs mit ihrem Söhnchen Gerhard und Lizzy am Küchentisch. Die Kinder spielten. Mam kochte sich und der Nachbarin einen Kaffee und erzählte, warum Conny unterwegs gewesen war.

»Ach, du bist so ein lieber Junge«, sagte Luise Ochs und streichelte ihm übers Haar.

Von diesem Tag an kam Frau Ochs öfter mit ihren Kindern vorbei. Der kleine Gerhard spielte mit Lizzy und Conny mit Hans Abraham, dessen Vater auch gestorben war. Die beiden Jungen verstanden sich gut und machten manchmal sogar miteinander Hausaufgaben, während ihre Mütter beim Handarbeiten darüber sprachen, wie schwer das Leben als Witwe war.

An Weihnachten wurde Lizzy ein Jahr alt und konnte schon im Kinderstühlchen sitzen. Sie machte sich einen Spaß daraus, alles, was sie in die Hände bekam, auf den Boden fallen zu lassen, weil sie wusste, dass Conny sich danach bückte und es ihr wieder in die Hand gab, damit sie es gleich mit lautem Lachen erneut wegwerfen konnte.

»Hoch sollst du leben! Dreimal hoch«, sang Conny ihr nachmittags immer wieder vor. Er musste mit ihr in der Küche bleiben, um das Christkind nicht beim Vorbereiten zu stören. Als es draußen schon fast dunkel war, kamen Opa Max und Oma Katring und kurz danach Onkel Drickes mit Großmutter Helene.

Onkel Drickes setzte sich auf den Platz, auf dem Connys Vater immer gesessen hatte, freute sich über den rheinischen Kartoffelsalat und die leckere Schinkenwurst und sagte, dass er so etwas Gutes in Berlin nie bekäme.

Ungeduldig beobachtete Conny, wie langsam alle aßen. Im Gegensatz zu ihm, dem es heute gar nicht schnell genug gehen konnte. Als sie endlich fertig waren, ging erst Mam raus, und dann meinte Onkel Drickes, er müsse mal eben draußen eine rauchen – was seltsam war, denn sonst rauchte er doch auch am Tisch.

»Gleich ist Bescherung, meine Maus.« Oma Katring wollte Lizzy aus dem Hochstühlchen nehmen, als sich Großmutter Helene vordrängte.

»Komm auch mal zu mir, meine kleine Elisabeth.«

Lizzy schaute die Frau, die ihr fremd war, mit großen Augen an, und weil sie nicht nur beim Staunen niemals den Mund zumachte, sabberte sie, und ein Speichelfaden landete auf dem weißen Spitzenkragen und der dunkelblauen Kostümjacke der Großmutter. Mit ausgestreckten Armen stellte sie die Kleine auf den Boden.

»Kann das Kind denn noch nicht stehen?«, fragte sie erstaunt, als Lizzys Beine versagten.

»Sie ist halt ein bisschen bequem. Unsere Ida war auch eine Spätentwicklerin«, sagte Oma Katring und hob Lizzy vom Boden hoch.

Endlich ertönte ein Glöckchen, und Conny hörte auf dem Weg ins Wohnzimmer, wie Großmutter Helene meinte, dass ihre beiden Jungen schon mit elf Monaten gehen konnten und auch schon sauber waren. Oma Katring sagte daraufhin nichts. Sie drückte Lizzy an ihren ausladenden Busen, stimmte das Weihnachtslied an, und dann öffneten sich die Flügeltüren zum Wohnzimmer.

»Stille Nacht, heilige Nacht«, sangen alle, und jetzt bekam nicht nur Lizzy den Mund nicht mehr zu, sondern auch Conny, denn noch nie hatte er einen so schön geschmückten Weihnachtsbaum gesehen. Mit so vielen Kerzen. Und vor allen Dingen mit so vielen Geschenken darunter.

Conny bekam neue hellbraune Lederschuhe von Mam, Socken von Oma Katring, eine lederne Geldbörse von Opa Max, in die er den Geldschein stecken konnte, den Großmutter Helene ihm zusammen mit der Tafel Schokolade überreichte. Die tollsten Geschenke jedoch kamen vom Berliner Christkind. Für Lizzy eine Filzpuppe der Firma Steiff, die in einer braunen SA-Uniform steckte und den rechten Arm hochstrecken konnte. Franz bekam ein Kartenspiel – das *Führerquartett* – und Conny das Brettspiel *Durch Kampf zum Sieg*.

»Das sind die gleichen Regeln wie bei *Mensch ärgere dich nicht*«, erklärte Onkel Drickes, und Conny sah, wie sein Opa den Kopf schüttelte und sich einen Klaren einschenkte.

Mam sagte, wie schade es sei, dass Wilhelm das alles nicht mehr erleben könne, und schnäuzte sich die Nase. Onkel Drickes tätschelte den Arm seiner Mam, und Conny dachte darüber nach, ob der Onkel sie heiraten würde. Schließlich hatte er gesagt, dass er sich um ihn und Franz sorgen wolle wie ein Vater.

»Jetzt siehst du mal, wie es mir ergangen ist«, sagte Großmutter Helene zu ihrer Schwiegertochter. »Ich hatte auch niemanden mehr, als der Vater von Heinrich starb. Und dann hatte ich das gleiche Pech mit dem Vater von Wilhelm.«

Ida hatte nicht gezählt, wie oft sie diesen Satz ihrer Schwiegermutter schon gehört hatte. Als der liebe Gott die Einfühlsamkeit verteilt hat, muss Helene Monderath verhindert gewesen sein, dachte sie bitter. Bevor Wilhelm sie zum ersten Mal mit nach Hause genommen hatte, hatte er sie darauf vorbereitet, dass seine Mutter etwas hart wirkte.

Sie wirkte nicht nur so, sondern sie war es auch. Hart und unerbittlich hatte sie sich dagegen gewehrt, dass ihr Sohn vor vierzehn Jahren eine Handwerkertochter aus dem Färberviertel heiratete. Es konnte noch so viel Wasser den Rhein hinunterfließen, in all den Jahren blieb Helene distanziert. Ida hatte sich daran gewöhnt und sich eine Art Hornhaut zugelegt, außerdem hatte sie immer Wilhelm, der sich schützend vor sie stellte. Aber seit er nicht mehr lebte, war Ida empfindlicher und Helenes Kälte schutzlos ausgeliefert.

Sie faltete das Geschenkpapier zusammen, rollte die Seidenbänder auf und brachte beides in die Küche, damit niemand merkte, wie sie sich fühlte. Das Papier und die Bänder packte sie in die Tischschublade, knallte sie zu, ging ans Fenster und schaute hinaus in die sternenlose Nacht. In der Spiegelung der Scheibe sah sie, wie die Tür geöffnet wurde, und sie erschrak, denn für einen Augenblick war es, als käme Wilhelm zu ihr in die Küche. Drickes sah ihrem verstorbenen Mann unglaublich ähnlich.

»Nimm es Mutter nicht übel. Du weißt doch, wie sie ist«, sagte er, stellte sich neben sie und zündete eine Zigarette an.

Schweigend nahm Ida die Eckstein, die er ihr anbot, zog den Qualm bis in ihren letzten Lungenzipfel und bekam, weil sie nur selten rauchte, einen Hustenanfall.

»Und wie läuft es sonst? Ist alles gut? Kann ich dir mit irgendwas helfen?«, fragte er.

Ida hatte sich schon vor Weihnachten vorgenommen, mit Drickes über Lizzy zu sprechen. Schließlich war er Arzt, und sie vertraute ihm. Um Zeit zu gewinnen und auch, um zu überlegen, wie sie anfangen könnte, holte sie einen Aschenbecher aus dem Küchenbuffet und stellte ihn aufs Fensterbrett. »Ich mach mir Sorgen um die Kleine. Der Kinderarzt sagt, dass sie einen Herzfehler hat, aber ich bin mir nicht sicher, ob er sie gründlich genug abgehört hat, und …« Sie drückte ihre Zigarette aus und schaute ihren Schwager flehend an. »Kannst du sie mal untersuchen?«

Drickes zündete sich mit der Glut eine zweite Zigarette an. »Was erwartest du von mir? Kein Arzt der Welt kann sie gesund machen.«

»Aber wie kannst du das beurteilen?«

»Ich habe Augen im Kopf, Ida. Sie leidet an Mongolismus. Um das zu sehen, brauche ich keine Untersuchung. Wenn sie ein schwaches Herz hat, dann ist das vielleicht sogar ein Segen.« Seine Hand berührte die ihre.

Ida schlug sie weg und fühlte sich, als würde ihr jemand die Luft zum Atmen nehmen.

»Du musst doch verstehen, dass …«

»Sei still!«, herrschte sie ihn an und sah, wie das linke Auge ihres Schwagers nervös flackerte.

»Mach dir doch nichts vor, Ida. Aus so einem Wesen kann trotz intensivster Bemühungen nichts herausgeholt werden. Das Leben ist eine Qual für das Kind. Und für dich sowieso.«

»*Wesen?* Du bezeichnest Lizzy nicht einmal als Mensch.« Ida nahm ihm die brennende Zigarette aus der Hand und drückte sie energisch aus. »Verschwinde! Hau ab, bevor ich mich vergesse.« Sie warf den Aschenbecher in den Spülstein und sah Conny, der mit großen Augen in der Tür stand.

»Ich wollte fragen, ob ihr mitspielt?«, sagte er leise.

»Ich komme gleich, mein Schatz.«

Sie verstand nicht, was Drickes seiner Mutter zuflüsterte, bevor diese pikiert aufstand und sich mit verkniffenem Mund wortlos nickend verabschiedete. Ida begleitete die beiden nicht nach draußen, und als sie hörte, dass die Tür ins Schloss fiel, setzte sie sich zu ihrer Familie an den Tisch, riss gedankenverloren die Schokoladentafel auf und schob einen Riegel in den Mund.

»Aber …«, beschwerte Conny sich, schließlich war diese Tafel Stollwerck zartbitter sein Geschenk.

»Komm, Junge, die verputzen wir jetzt zur Feier des Tages«, sagte Opa und grinste seinen Enkel verschmitzt an. »Ich will auch ein Stück, und dann spielen wir. Und wenn ich verliere, kaufe ich dir eine neue.«

Mit Lizzy auf dem Schoß schaute Ida zu, wie ihre Eltern, die die NS-Ideologie verachteten, mit Conny und Franz das Spiel *Durch Kampf zum Sieg* aufbauten, nur um den Abend zu retten.

»Sogar die Schokolade schmeckt nicht mehr so wie vor der Machtergreifung«, bemerkte Opa, der auf keinen Fall mit den braunen Figürchen spielen wollte, und würfelte.

»Kann sie ja auch nicht«, sagte Oma.

»Wieso?« Opa rückte mit seiner Figur vier Felder in Richtung Sieg.

»Frau Ahl, die bei Stollwerck arbeitet, hat mir erzählt, dass sie keinen Rohkakao mehr verwenden dürfen. Der wird als rassenverschlechterndes Erbgift betrachtet, weil er aus Kulturen stammt, die als minderwertig eingestuft werden.«

Conny würfelte eine Sechs, und mit seinem nächsten Zug warf er die rote Spielfigur von Opa raus.

»Das auch noch!«, sagte Idas Vater und kippte einen Klaren.

Am ersten Januar des neuen Jahres brachte Frau Ochs eine Neujahrsbrezel vorbei und wünschte ein gesundes und glückliches 1935.

Sie und Mam trafen sich jetzt öfter, und manchmal brachte Frau Ochs auch ihre beiden Kinder vorbei, wenn sie etwas erledigen musste. Die beiden Kleinen spielten schön miteinander, und Conny war froh, einen Spielkameraden zu haben, denn sein Bruder Franz war nach der Schule meist mit den anderen Pimpfen des Jungvolks unterwegs.

Am ersten April feierte Franz seinen vierzehnten Geburtstag. Er wurde zur Feier des Tages in der Hitlerjugend aufgenommen und war jetzt noch weniger zu Hause als während seiner Zeit beim Jungvolk. Conny beneidete ihn um die schmucke Uniform und fand es ungerecht, dass er erst in drei Jahren Pimpf sein durfte.

Er musste sich damit zufriedengeben, im Stechschritt durch den Römerpark zu marschieren. Auf gespielten Heimatabenden hatte er als Kameradschaftsführer die Befehlsgewalt und nahm Hans Abraham den Schwur ab: »Ich verspreche, in der Hitlerjugend allezeit meine Pflicht zu tun in Liebe und Treue zum Führer und zu meiner Fahne.«

»Füha, Füha«, sagte der kleine Gerhard, und mit Handtüchern als Fahnenersatz zogen sie um den Küchentisch, an dem Lizzy auf ihrem Kinderstühlchen saß, und sangen: »Vorwärts! Vorwärts! Schmettern die hellen Fanfaren. Vorwärts! Vorwärts! Jugend kennt keine Gefahren. Deutschland, du wirst leuchtend steh'n, mögen wir auch untergehn.«

Lizzy jauchzte. Als sich der Schlüssel in der Tür drehte, hörte Conny schlagartig auf zu singen. Aus Bemerkungen seiner Mam wusste er, dass es besser war, Spiele dieser Art zu beenden, wenn sie in der Nähe war.

»Vorwärts! Vorwärts!«, rief Hans Abraham.

»Lass uns lieber *Vater, Mutter, Kind* spielen«, sagte Conny, der wie immer darauf bestand, der Vater zu sein, und Hans Abraham sich wie immer weigerte, die Mutterrolle einzunehmen.

»Dann bist du Arzt«, bestimmte Papa Conny. Und mit seinen Kindern Gerhard und Lizzy setzte er sich ins Wartezimmer der Praxis Dr. Ochs, weil Lizzys Steiffpuppe, die auf den Namen Hugo getauft wurde, den Arm nicht mehr heben konnte.

An diesem Abend musste Franz für die Schule sein »Familien- und Heimatbüchlein« ausfüllen, ein fünfundsiebzigseitiges Heft, in das alles eingetragen werden sollte, was »in Familie und Heimat für jeden bleibenden Erinnerungswert besitzt«. Bis hin zu den Ur-Ur-Großeltern sollten die Angaben reichen, und es sollte nichts ausgelassen werden, weder die Herkunft des Namens, der Besitz der Familie noch eine Erwähnung, was man in seiner äußeren Erscheinung und in Anlagen und Neigungen von seinen Vorfahren geerbt hatte. Damit eine gewisse Einheitlichkeit gewährleistet war, wurden im Vorwort des Büchleins auf einer Seite Bezeichnungen vorgeschlagen.

Conny saß mit am Küchentisch und hörte mit offenem Mund zu, als seine Mam Franz diktierte, dass sein Vater groß und die Gestalt breit, die Gliedmaßen seiner Hände und Füße lang waren, die Farbe der Haare blond, ihre Form wellig, der Bartwuchs stark und dessen Farbe dunkler war als die der Kopfhaare. Augen, Augenbrauen, Haut, Gesichtsform, nichts wurde ausgelassen, auch nicht der Zustand der Zähne. Conny ging auf die Toilette, reckte den Hals und studierte im Spiegel seine eigenen Gesichtszüge. Er war froh, dass sein Kinn auch rund, die Haut rosig, die Ohren anliegend, der Mund breit, die Nase gerade, die Augen blau und die Stirn hoch war. Wie bei seinem Pap.

Als er zurückkam, fragte Franz, dessen Mittel- und Zeigefinger von der Tinte schwarz gefärbt waren, nach den Geschwistern des Vaters.

»Es gibt nur einen. Heinrich Pütz, also Onkel Drickes«, sagte Mam.

»Und warum heißt er nicht wie wir?«, wollte Conny wissen.

»Weil er einen anderen Vater hatte«, meinte seine Mam mit bitterer Miene und sagte den Jungen, dass es jetzt Zeit sei, ins Bett zu gehen.

Mehrere Monate arbeitete Franz immer abends an diesem Familienbüchlein, und sockenstrickend beantwortete ihm Mam alle Fragen. Conny blätterte derweil in seinem Sammelalbum *Deutsche Kolonien*, und manchmal klebte er auch ein Sammelbild, das in Zigarettenpackungen lag, mit Mehlkleister ein, aber es fehlten ihm sehr viele. Im Gegensatz zu den anderen Jungen in seiner Klasse und der Nachbarschaft hatte er keinen Vater mehr, der rauchte. Nur manchmal steckte ihm Opa, der eigentlich Zigarrenraucher war, welche zu.

Besonders spannend wurde es für Conny, als Franz zum Abschnitt *Meine Geschwister* kam, denn jetzt fand auch er seinen Platz im Büchlein.

Franz taxierte Conny und schrieb geflissentlich auf.

»Lies vor«, verlangte Conny.

»Klein, dick, keine Haare und abstehende Ohren«, sagte Franz bierernst.

»Aber …«, entrüstete sich Conny.

»Alles gut. Ich schreibe auf, dass du der Oberarier bist«, grinste Franz.

»Hör auf mit den Faxen, Franz, und sieh zu, dass du fertig wirst«, ermahnte ihn Mam. »Wenn du in dem Tempo weitermachst, kannst du in zehn Jahren deine eigenen Kinder eintragen.«

»Nach wem ist Conny benannt?«, fragte Franz.

»Nach dem früheren Kölner Oberbürgermeister Konrad Adenauer«, sagte Ida und meinte, dass es vielleicht besser sei, dies nicht in dieses Heft zu schreiben.

Franz legte das Löschblatt ein und streifte über die tintennassen Buchstaben, wie er es immer tat, wenn er fertig war.

»Komm, wenigstens noch Lizzy«, forderte ihn Mam auf. »Dann kannst du hinter das Geschwisterkapitel einen Haken machen.«

Widerwillig legte Franz das Löschblatt zur Seite und trug den Namen *Elisabeth, genannt Lizzy* und das Geburtsdatum seiner kleinen Schwester ein. Ernst und auch so, als wolle er schnell fertig werden, beschrieb er ihre äußere Erscheinung: Mund offen, Augen schräg stehend. Finger kurz. Dann starrte er vor sich hin und bemerkte nicht, wie die Schreibfeder auf das Papier drückte, wie Tinte herausfloss und ein dunkler Fleck entstand.

»Pass doch auf!«, tadelte ihn Ida, die mit ihrem Nadelspiel klapperte und strickte, ohne auf den halb fertigen Socken zu schauen.

Franz zuckte zusammen, saugte mit dem Löschpapier die Tinte auf und druckste herum. »Muss ich reinschreiben, dass sie erbkrank ist?«

»Was?« Ida ließ erschrocken eine Masche fallen. »Wer sagt das?«

»Niemand«, log er und klappte das Büchlein zu.

Am 15. September lag Conny schon im Bett. Franz, der wie immer sonntags seine Zeit bei der Hitlerjugend verbrachte, war noch nicht zu Hause.

Das Brüllen seiner Mutter riss ihn aus dem Dämmerschlaf. »Du bist vierzehn Jahre alt, und wenn ich dir sage, dass du Punkt sechs zu Hause bist, dann bist du um Punkt sechs zu Hause. Ist das klar?«

»Aber …«, hörte Conny seinen Bruder.

»Ob das klar ist?«

»Ja.«

Bis Franz im Bett lag und seine Mutter ein letztes Mal nach ihm sah, stellte Conny sich schlafend. Dann fragte er flüsternd: »Wo warst du?«

»Wir haben im Volksempfänger noch die Rede vom Reichsparteitag gehört«, antwortete Franz und erzählte begeistert, wie gerne er dabei gewesen wäre, als Hermann Göring die Rassegesetze verlesen hatte. Seine Stimme vibrierte, als er sich vorstellte, wie es sein musste, vor dem Führer und der Parteielite aufmarschieren zu dürfen.

Conny spürte nur die Begeisterung seines Bruders und hätte sogar seine Zigarettenbildchen von der Elefantenjagd und den maskierten Buschmännern, die ihm Hans Abraham am Nachmittag geschenkt hatte, dafür gegeben, gemeinsam mit Franz zu marschieren. Mit seinen siebeneinhalb Jahren verstand er nicht, was die Nürnberger Rassegesetze bedeuteten. Er begriff auch nicht, weswegen die Mutter von Hans Abraham in der Küche weinte, und ebenso wenig, warum Franz von seiner Mam eine Ohrfeige bekam, weil er sich geweigert hatte, der Nachbarin zum Abschied die Hand zu geben.

»Aber sie ist jüdisch«, verteidigte sich Franz und rieb seine Wange.

Seine Mutter tobte, wie Conny es noch nie erlebt hatte, sagte, dass sie ab sofort andere Saiten mit ihm aufziehen würde, packte im Kinderzimmer die Zeitschriftensammlung, die auf Franz' Nachttischchen lag, und stürmte damit in die Küche.

»Das kannst du nicht machen, Mam! Die gehören mir«, flehte Franz und wollte sie ihr wegnehmen.

»Wag es nicht, mich anzupacken«, herrschte sie ihn an, hob mit dem Scheuerhaken die Ofenringe an und warf die »Dreckspamphlete«, wie sie die Ausgaben von ›Der Stürmer‹ nannte, ins Feuer.

»Nicht das Extrablatt zum Nürnberger Reichsparteitag!«, schrie Franz.

Conny konnte sich nicht erinnern, wann er ihn das letzte Mal mit Tränen in den Augen gesehen hatte.

Auch seine Mutter weinte. Sie nahm Lizzy aus dem Hochstühlchen und drückte sie an sich: »Ist sie unwertes Leben?«, fragte sie Franz mit tränenerstickter Stimme.

Er schaute versteinert und gab ihr keine Antwort.

Conny verstand kein Wort. Unwertes Leben? Was sollte das sein? Er spürte, dass es besser war, diese Frage jetzt nicht zu stellen.

Weihnachten feierten sie dieses Jahr bei Oma Katring und Opa Max. Es gab keine Geschenke von Onkel Drickes, die Schokolade mit dem Fünfreichsmarkschein von Großmutter Helene brachte der Briefträger.

Nach alter Familientradition ging Oma Katring am ersten Tag des neuen Jahres mit all ihren Enkelkindern ins Hänneschen Theater, das gleich um die Ecke, in der Sternengasse, war. Conny liebte das Puppenspiel, und vor allen Dingen liebte er das mutige, freche Hänneschen, das sich weder von seinem Bärbelchen noch dem Schutzmann oder dem Krokodil die Butter vom Brot nehmen ließ. In diesem Jahr ging es um die Entstehungsgeschichte des Theaters, und eine neue Puppe wurde eingeführt. Ein habgieriger Bösewicht mit einer riesigen Hakennase, wulstigen Lippen und dämonenhaften Augenbrauen: der jüdische Pferdehändler Abraham Schmul. Er war ein habgieriger Bösewicht und ausbeuterischer Halsabschneider, der alle austrickste. Conny hielt den Atem an, er konnte die Spannung kaum aushalten, und als Schmul sich auf die Lauer legte, um auch Hänneschen eine Falle zu stellen, schrie er wie die anderen Kinder und konnte so verhindern, dass der Pferdehändler gewann. Hänneschen vermöbelte ihn, und unter dem tosenden Applaus aller schlug er den feigen Juden in die Flucht.

»Was machst du denn für ein Gesicht?«, fragte Opa Max seine Frau, als sie wieder nach Hause kamen.

»Selbst das Hänneschen ist ihnen nicht heilig«, sagte sie und setzte Wasser auf.

»Wem?«

»Na wem wohl? Der braunen Brut!«

Conny verstand kein Wort.

Nach den Winterferien wurde auf dem Schulhof ein neuer Abzählreim eingeführt:

Eins, zwo, drei, vier, fünf, sechs, sieben, acht, neun.
In Breslau steht eine Scheun',
In Breslau steht ein Puppenhaus,
da gucken vier, fünf Frauen raus.
Eine macht Seide,
die andre macht Kreide,
die eine macht Hemden,
dir eins, mir eins,
und der Jude kriegt keins.

Regelmäßig wurde Hans Abraham von den Lehrern im Unterricht bloßgestellt und immer öfter von den anderen Mitschülern als »Judenschwein« gehänselt. Weil Conny nicht auch gehänselt werden wollte, vermied er es, mit ihm gesehen zu werden. Unter Vorwand ging er früher oder später in die Schule oder machte einen extra Umweg, um nicht auf Hans Abraham zu treffen. Nachmittags hatte er auch keine Zeit mehr, schließlich musste er zur Vorbereitung seiner Kommunion mehrfach in der Woche in die Kirche Sankt Severin.

Eines Tages stellte sich ihm Hans Abraham in den Weg. »Bist du jetzt nicht mehr mein Freund?«, fragte er.

»Lass mich«, sagte Conny feige und ging einfach weiter.

»Warum kommt denn Hans Abraham nicht mehr zum Spielen vorbei?«, wollte Ida von Frau Ochs wissen, als sie an Ostern zum Kaffeetrinken zu Gast war.

»Ich weiß es nicht. Er sagt, er hat jetzt andere Freunde«, hörte Conny Frau Ochs antworten, und er wusste, dass das nicht stimmte.

Er hatte ein schlechtes Gewissen, auch, weil er sich im neuen Schuljahr nach Ostern neben einen anderen Jungen setzte. Aber seit seiner Kommunion konnte er regelmäßig seine Sünden beichten, und das dreifache *Gegrüßt seist du Maria voll der Gnaden* befreite ihn von seinem Gewissensdruck.

Der Sommer kam, und Conny sah den Freund nur noch aus der Ferne. Als seine Mutter im Juni sagte, Frau Ochs habe Conny ausdrücklich zum achten Geburtstag von Hans Abraham eingeladen, behauptete Conny, er habe Ohrenschmerzen. Ida steckte ihm das Fieberthermometer unter die Zunge, aber es zeigte nicht einmal erhöhte Temperatur.

»Du reißt dich jetzt zusammen und gehst«, bestimmte sie.

Conny war der einzige Gast, verdrückte verlegen zwei Stückchen Apfelkuchen und beobachtete neidisch, wie Hans Abraham ein neues Sammelalbum auspackte: *XI. Olympische Spiele 1936*.

Am ersten August wurden in Berlin die Sommerspiele eröffnet, und wie die anderen Kinder aus dem Viertel fieberte Conny mit den deutschen Athleten. Selbst wenn sie auf der Straße spielten, verpassten sie keinen Wettkampf, denn aus den offenen Fenstern der Kölner Südstadt hallte der Radioton. Conny legte sich auch ein Sammelalbum zu und bekam heimlich von Franz, der jetzt rauchte – was Mam aber nicht wissen durfte –, Zigarettenbildchen. Er traf sich wieder öfter mit Hans Abraham, und gemeinsam trugen sie täglich mit Bleistift die neuesten Errungenschaften auf dem Medaillenspiegel ein. Sie kamen kaum hinterher, denn die Athleten des Deutschen Reiches erhielten eine Medaille nach der anderen. Es war wie im Rausch und ein weiteres Indiz für die Überlegenheit der nordischen Rasse.

Von Tag zu Tag wurde es spannender, weil der Turner Konrad Frey fast jeden Wettbewerb gewann. Und dann sprang der schwarze Amerikaner Jesse Owens weiter, als jemals ein Mensch gesprungen war. Auch er gewann Gold.

In der Sommerhitze debattierten die Jungen im Römerpark und waren sich sicher: »Egal, wie gut dieser Neger auch ist, er wird unsere deutschen Kämpfer nicht besiegen. Niemals!«

Und sie behielten recht, denn Owens hatte am Ende zwar die meisten Goldmedaillen – nämlich vier –, aber der Volksdeutsche Konrad Frey hatte insgesamt sechs. Drei Gold-, eine Silber- und zwei Bronzemedaillen. Außerdem hatte das Deutsche Reich am Ende insgesamt neunundachtzig Medaillen. Dann kamen die Amerikaner. Und danach lange nichts mehr.

Obwohl die Olympischen Spiele schon am 16. August beendet waren, ging das Sammeln und Tauschen der Bildchen noch wochenlang weiter. Es war zum Verrücktwerden. Conny hatte sogar Jesse Owens doppelt, ebenso die deutschen Diskuswerfer und die erfolgreichen Turmspringer. Aber egal, was er anstellte, er kam nicht an das Bildchen des erfolgreichsten deutschen Athleten Konrad Frey. Und genau dieses Bild hatte Hans Abraham.

»Ich gebe dir das Eröffnungsbild mit dem Führer«, bot Conny an.

Hans Abraham schüttelte den Kopf.

Conny gab nicht auf. »Ich hab auch Alfred Schwarzmann doppelt. Der hat im Mehrkampf Gold geholt«, sagte er Ende September.

»Ich rücke den Frey nicht raus. Niemals! Und wenn ich fünf davon hätte«, erklärte der achtjährige Hans Abraham.

»Dann bist du nicht mehr mein Freund.«

»Ist mir doch egal!« Hans Abraham stolzierte mit seinem Album davon.

Conny lief hinter ihm her. Enttäuscht und voller Wut. Aus seinem Mund kamen Worte, die er auf dem Schulhof von den anderen gehört hatte: »Judensau. Verräter.«

Hans Abraham hielt inne, wirbelte herum und starrte ihn entsetzt an. Dann holte er aus und versetzte Conny einen Schlag, sodass er zu Boden fiel. Conny rappelte sich auf und fiel über Hans Abraham her. Völlig unkontrolliert schlugen die beiden Freunde aufeinander ein und ließen erst voneinander ab, als Conny aus der Nase blutete und Hans Abraham weinte, weil sein Hemd zerrissen war.

Das Nasenbluten hörte auf, weil seine Mutter ihm einen kühlen Lappen in den Nacken legte. Aber die Wut auf Hans Abraham legte sich nicht.

»Ich hätte als Erster in der Straße mein Album komplett, wenn dieser Trottel sich nicht weigern würde, mir das letzte Bildchen von Konrad Frey zu geben«, schimpfte er, als sein großer Bruder sich an diesem Abend in das Bett neben ihm legte.

»Und warum klaust du es ihm nicht?«, fragte Franz. »Die Juden klauen doch auch alles, was nicht niet- und nagelfest ist.«

Am nächsten Morgen wachte Conny mit Fieber auf. Seine Mutter machte ihm kalte Wadenwickel. Lizzy, die inzwischen laufen konnte, wich nicht von seinem Bett und schaute ihn mit großen Augen an. »Conny. Aua.«

Er schlief fast den ganzen Tag, und als es schon dunkel war, riss ihn das Schreien seiner Mam aus dem Schlaf. »Warst du dabei, Franz?«

Neugierig schlich Conny in den Flur und hörte, wie Ida Franz erneut diese Frage stellte. Der druckste herum, dass er mit seinen Freunden unter der Eisenbahnbrücke gewesen sei und nicht im Römerpark.

»Du sollst mich nicht anlügen«, schrie Ida, und dann sah Conny durch den Türspalt, wie sie Franz eine Ohrfeige gab. »Ob du dabei warst, will ich wissen?«

»Ja«, gab er kleinlaut zu. »Aber ich habe nichts gemacht.«

Wie von Sinnen schlug Ida auf Franz ein. »Du gehst mir ab sofort nicht mehr zu dieser Verbrecherbande. Die Hitlerjugend ist für dich gestorben. Ein für alle Mal!«

»Was ist denn passiert?«, fragte Conny seinen Bruder, als der sich seinen Schlafanzug anzog.

»Ach, nichts.«

»Ja, aber warum macht Mam so ein Theater?«

»Die beruhigt sich schon wieder.«

Franz war schon in der Schule, als Conny am nächsten Tag aufwachte. Mit rot geränderten Augen stellte ihm seine Mutter wortlos das Frühstück hin, und sogar Lizzy schien bedrückt.

»Was ist los?«, fragte er seine Mam, doch sie gab ihm keine Antwort.

Er schaute aus dem Fenster und sah, dass unten auf der Straße ungewöhnlich viele Menschen herumstanden, ernst miteinander redeten und immer wieder in Richtung Römerpark zeigten. Weil er kein Fieber mehr hatte, bat ihn seine Mutter, nachmittags zum Kartoffelgeschäft am Eierplätzchen zu gehen, um fünf Pfund Festkochende zu kaufen. Conny war froh, der bedrückenden Stimmung zu Hause zu entkommen. Außerdem war er neugierig.

Schon vor der Tür fing er Fetzen auf wie: »Da vorne ist es passiert.«

»Zusammengetreten haben sie ihn.«

»Der war erst acht.«

»Hitlerjugendüberfall.«

»Die Juden dürfen sich eben nicht wundern, wenn sie uns provozieren.«

»Was ist denn passiert?«, hörte er eine alte Frau in dem Kartoffelgeschäft fragen.

»Das wissen Sie nicht?«, antwortete die Händlerin. »Der Junge von Frau Ochs ist tot.«

»Der kleine Gerhard?«, platzte Conny entsetzt heraus.

»Nein, der Große!«

Conny ließ das leere Einkaufsnetz fallen und torkelte aus dem Laden. Tot? Hans Abraham? Der Satz seiner Mutter schoss ihm wie eine Kugel in den Kopf: WARST DU DABEI, FRANZ?

Wie fremdgelenkt stolperte Conny über die Straße, zurück ins Haus, hatte Mühe, die Treppen hochzusteigen. Kraftlos öffnete er die Tür, schlich ins Kinderzimmer und sah, dass sein Olympiade-Sammelalbum nicht da lag, wo er es zuletzt hingelegt hatte. Mit zitternden Händen schlug er es auf. Er wusste es, bevor er ihn sah: Konrad Frey! Jemand hatte sein Bild eingeklebt. Und Conny wusste, dass dieser Jemand Franz war.

»Conny?« Die Stimme seiner Mutter kam näher.

Blitzschnell schob er das Album unter die Matratze.

»Ich hab gar nicht gehört, dass du zurückgekommen bist. Wo sind die Kartoffeln?«

»Mir war schwindelig«, flunkerte Conny und setzte sich aufs Bett.

Ida legte ihre Hand auf seine Stirn und sagte, dass er sich ausruhen solle. Sie zog ihm die Schuhe aus und deckte ihn zu. Conny drückte seine Augen zusammen und war froh, als sich ihre Schritte entfernten.

Judensau. Verräter. Zusammengetreten haben sie ihn. Der Junge von Frau Ochs ist tot. WARST DU DABEI, FRANZ? In Connys Kopf hämmerten die Sätze, und mit jedem Wort wuchs die Gewissheit, dass er schuld war an diesem Tod. Er spürte unter sich das Olympiade-Album. Glühend heiß. Vor Schreck riss er die Augen auf.

»Scheiße«, entfuhr es ihm, und er wusste, dass er dieses Beweisstück verschwinden lassen musste, weil Franz sonst ins Gefängnis kam.

Er tat, als würde er schlafen, als seine Mutter ihn zum Abendbrot rief. Und er verharrte in dieser Stellung, als Franz sich in sein Bett legte und stumm gegen die Decke starrte.

»Ich muss zu Oma Katring«, sagte Ida am nächsten Morgen nach dem Frühstück. »Kann ich dich mit Lizzy für eine Stunde allein lassen?«

»Klar«, antwortete Conny und fragte Lizzy, was sie spielen wolle.

»Uwwelpeter lesen«, antwortete die Kleine begeistert, lief los und holte ihr Bilderbuch aus dem Schlafzimmer, in dem sie mit ihrer Mutter schlief.

Als Ida die Wohnungstür hinter sich zuzog, packte Conny das Olympiade-Album und schob es in seinen Hosenbund, nahm Lizzy das Bilderbuch aus der Hand und zog ihr eine Strickjacke an. Er blickte aus dem Fenster und sah, dass seine Mam losradelte.

»Conny vorlesen«, forderte Lizzy.

»Später«, sagte er, nahm sie an der Hand und zog sie zur Wohnungstür.

Doch Lizzy konnte stur sein, wenn sie sich etwas in den Kopf gesetzt hatte. Sie protestierte und wollte das Bilderbuch mitnehmen.

»Mensch, Lizzy!«, fuhr Conny sie an, und weil sie sich mit Händen und Füßen wehrte, zog er das Album unter dem Pullover hervor und drückte es ihr in die Hand. »Wir lesen heute was Neues. Und zwar draußen.« Dann verließ er mit ihr die Wohnung, trug sie die Treppe hinunter und setzte sie in den Kinderwagen, der am Kellerabgang parkte. Obwohl sie mit ihren fast drei Jahren schon laufen konnte, war sie viel zu langsam. Und Conny hatte es eilig.

Lizzy hielt das Album fest in ihren Händen, während Conny sie zielstrebig über die holprige Agrippinaufer schob, an den Speicherhäusern vorbei, kurz vor dem Bayenturm abbog, in einem unbeobachteten Moment die Hafenschranke passierte und an der Rheinböschung hielt. Als er sicher war, dass ihn niemand beobachtete, entriss er Lizzy das Album mit dem Bild von Konrad Frey und warf es in hohem Bogen in den Strom. Seine Schwester schrie auf und wollte aus ihrem Gefährt klettern, das sich dadurch in Bewegung setzte.

»Was machst du da?«, fragte eine tiefe Stimme hinter Conny.

Er drehte sich erschrocken um und blickte in das ernste Gesicht eines Wachmanns, der gerade noch verhindern konnte, dass der Kinderwagen ins Wasser rollte.

»Uwwelpeter!!!« Lizzy schluchzte und zeigte ins Wasser, wo das Corpus Delicti davonschwamm und in den Fluten des Rheins unterging.

»Verschwindet hier. Das ist zu gefährlich für Kinder!«, forderte der Polizist.

Conny nickte und schob mit hochrotem Kopf seine heulende Schwester nach Hause. Er konnte sie erst beruhigen, als er ihr aus dem ›Struwwelpeter‹ vorlas. *»Es ging spazieren vor dem Tor ein kohlpechrabenschwarzer Mohr. Die Sonne schien ihm aufs Gehirn. Da nahm er seinen …«*

»… Sonneschirm«, rief Lizzy und klatschte in ihre kleinen Händchen.

»Ich habe gesündigt«, flüsterte Conny am Samstag im Beichtstuhl, berichtete dem Priester davon, dass er sich mit einem Freund gestritten und ihn beschimpft hatte.

»Ich spreche dich los von deinen Sünden im Namen des Vaters und des Sohnes und des Heiligen Geistes. Gelobt sei Jesus Christus!«, sagte der Priester auf der anderen Seite des Gitters.

»In Ewigkeit. Amen«, antwortete Conny, verließ den Beichtstuhl, murmelte im Hinausgehen die beiden »Gegrüßt seist du Maria voll der Gnaden«, die ihm der Pfarrer aufgetragen hatte, und flehte danach den lieben Gott an, er möge Franz verzeihen. Denn Conny wusste, dass er ihn nicht auch noch verlieren konnte.

Mit zitternden Händen las Ida die Todesanzeige im jüdischen Gemeindeblatt, das ihr jemand in den Briefkasten gesteckt hatte:

Am 30. September 1936, 19 Uhr, wurde mein liebes Kind, unser lieber Bruder, Neffe und Enkel Hans nach kurzer schwerer Krankheit von uns genommen. In tiefer Trauer Frau Witwe Luise Ochs und Anverwandte. Köln, 1. Oktober 1936, Trajanstraße.

Normalerweise wäre sie zu Frau Ochs gegangen, die ihr wie eine Freundin ans Herz gewachsen war, und hätte ihr einen Kondolenzbesuch abgestattet. Aber weil Ida nicht wusste, wie sie sich verhalten sollte, verschob sie diesen Besuch Tag für Tag.

Als es eine Woche später klingelte, erschrak sie. Was, wenn es Frau Ochs war, die wissen wollte, welche Rolle Franz bei dem Überfall auf ihren Sohn gespielt hatte?

»Esuuch«, trällerte Lizzy fröhlich und lief Richtung Wohnungstür. »Esuuch!«

Ida legte die Schürze ab, richtete mit routinierten Handgriffen ihr Haar und öffnete die Tür. Im Treppenhaus stand nicht Frau Ochs, sondern ein junger Mann in der Uniform der Hitlerjugend.

»Heil Hitler«, begrüßte er sie zackig, stellte sich als Oberkameradschaftsführer Sürth vor und bat, mit ihr über Franz reden zu dürfen.

Weil die Hauswartfrau auffällig unauffällig hinter Herrn Sürth die gedrechselten Streben wienerte, bat Ida ihn hinein. Ihr Herz raste. Gleich würde er ihr eröffnen, dass man Franz wegen des Überfalls zur Rechenschaft ziehen würde.

»Ich wollte mich erkundigen, warum Franz nicht mehr zu den Heimatabenden kommt«, eröffnete Sürth das Gespräch. »Mir ist zu Ohren gekommen, dass er das nicht mehr darf.«

Um Zeit zu gewinnen, fragte Ida, ob sie ihm etwas zu trinken anbieten dürfe, und bat ihn, im Wohnzimmer Platz zu nehmen. Der Kuckuck krächzte zu Lizzys Freude zehn Mal, während Ida und Sürth an einem Kräuterlikör nippten. Nachdem er das Glas abgestellt hatte, schwärmte er davon, dass die Jugend Deutschlands Zukunft sei und Franz die Anlage habe, es in besonderem Maße in dieser Organisation weit zu bringen.

»Franz is' Lizzy seine Bruder«, sagte die Kleine und strahlte den Fremden an.

Um sich an etwas festhalten zu können, zog Ida Lizzy auf den Schoß und drückte sie an sich. »Wissen Sie, Herr Sürth, ich finde, dass Franz sich mehr auf die Schule konzentrieren sollte.« Eigentlich wollte sie ihm sagen, dass in der HJ nicht die Werte vermittelt wurden, nach denen sie und ihr verstorbener Mann ihren Sohn großziehen wollten. Dann sah sie, wie Sürth Lizzy taxierte. Besser nicht auffallen, dachte Ida. Besser nicht anecken. »Wenn er seine Hausaufgaben macht, dann kann er selbstverständlich wieder …«, sagte sie und war froh, als sie die Wohnungstür hinter ihm schließen konnte.

»Winke, winke«, rief ihm Lizzy durch die geschlossene Tür hinterher.

Nach diesem Besuch setzte Ida die Kleine auf den Gepäckträger und radelte mit ihr wie jeden Tag, wenn die Jungen in der Schule waren, in die Agrippastraße zu ihrer Mutter und erledigte ihre Einkäufe auch im Färberviertel, um ja nicht Luise Ochs über den Weg zu laufen.

Anfang 1937, als in der Straße, in der sie aufgewachsen war, eine Wohnung frei wurde, zögerte Ida nicht lange und zog mit ihren Kindern in ihr altes Quartier. Die Wohnung war zwar kleiner und hatte auch keine Innentoilette, dafür war sie billiger und entsprach eher ihrer Witwenrente. Das Wichtigste war allerdings, dass ihre Eltern im Haus nebenan wohnten.

Als der Lastwagen, den Opa Max organisiert hatte, über die gepflasterte Agrippastraße ruckelte und vor der Toreinfahrt hielt, standen Idas drei Brüder und auch die beiden Sattlergesellen ihres Vaters bereit und schleppten die Kisten und Körbe, die Schränke, Stühle und Betten in die Wohnung im zweiten Stock. Conny und Franz halfen aus Leibeskräften mit, und Ida dachte, dass dieser männliche Einfluss ihren Söhnen guttun würde.

———

»Conny, reich mir mal die Ahle.«

»Da drüben hinter dem Falzknochen steht der Eimer mit den Beschlägen. Bring mir den mal.«

In jeder freien Minute hielt sich Conny in der Sattlerwerkstatt seines Opas auf, die ein Haus weiter im Hinterhof zwischen einer Bohnerwachsmanufaktur und einer Glaserei lag. Er liebte den Geruch von Leder, die Geschäftigkeit, mit der die beiden Gesellen und auch sein Opa geschickt mit langen, dicken Nadeln und ebensolchen Fäden hantierten und Pferdegeschirre fertigten, wie sie an der Nähmaschine Taschen, Tornister oder Geldbörsen herstellten und dabei hauptsächlich ein Thema hatten: Fußball.

Conny hatte die Namen Fritz Szepan oder Ernst Kuzorra noch nie gehört. Er wusste auch nicht, wo die Stadt Schalke lag, aber auch er wurde vom Fußballfieber erfasst, und sein Herz schlug schneller, wenn die Gesellen voller Leidenschaft davon berichteten, was sie über den Verein in der Wochenschau gesehen hatten. Spätestens als dieser nicht nur deutscher Meister, sondern auch Pokalsieger wurde, war Conny glühender Anhänger des S04 und erklärte den Jungen aus der Agrippastraße, was der Schalker Kreisel ist.

»Hier hast du Zigarettenbildchen«, sagte Opa Max beim gemeinsamen Abendessen und reichte ihm Klebebilder seiner Idole Kuzorra und Szepan.

Conny erschrak. »Danke, aber ich sammle nicht.«

»Seit wann das denn?«, wollte Opa wissen.

In diesem Moment traf Connys Blick den seines Bruders. Und er wusste, dass Franz die Antwort zu dieser Frage kannte.

Zum ersten Mal seit Monaten musste er an Hans Abraham denken und auch daran, dass in der alten Schule niemand ein Wort über den verstorbenen Mitschüler verloren hatte. Selbst der Lehrer nicht. Es war, als hätte es ihn nie gegeben.

»Nich traurig sein, kleine Conny«, sagte Lizzy, richtete sich in ihrem Kinderstühlchen auf und drückte ihm einen feuchten Schmatzer auf den Mund.

Conny wischte sich mit dem Handrücken über die Lippen und senkte den Kopf, damit niemand seine Tränen sah.

»Glück un' Segen, Glück un' Segen«, weckte ihn Lizzy singend am 22. Februar 1938. Auf Connys Geburtstagskuchen waren zehn Kerzen. Endlich war er alt genug, um ins Jungvolk der Hitlerjugend aufgenommen zu werden. Für die Pimpfenprobe musste er nicht nur siebzig Meter in maximal fünfzehn Sekunden laufen, eine Minute die Luft anhalten und sämtliche Strophen des Horst-Wessel-Liedes singen, sondern auch den Lebenslauf vom Führer in sechs Sätzen vortragen. Conny schaffte alles mit Bravour, gehörte endlich dazu und durfte endlich auch die braune Uniform anziehen.

Als wäre das nicht schon Glück genug, kam Ende März Adolf Hitler nach Köln. Über der Stadt lag eine feierliche Stimmung, wie Conny sie noch niemals erlebt hatte. Alle Glocken läuteten, als er mit seiner Jungenschaft in die mit Hakenkreuzfahnen geschmückte Innenstadt marschierte.

Ein Volk, ein Reich, ein Führer war auf einem Transparent am Alten Markt zu lesen, wo schon Tausende Menschen in ihren

Sonntagskleidern auf das Erscheinen des Reichskanzlers warteten. Conny war froh, dass er und die anderen Pimpfe sich ganz vorne vor der SA aufstellen durften, die entlang des Zugwegs eine Menschenkette bildeten. Er vergaß Hunger und Durst; nicht einmal beim Rosenmontagsumzug hatte er so eine Spannung erlebt, die von Stunde zu Stunde größer wurde. Marschmusik hallte in den Gassen, und auch Franz marschierte mit seiner Kameradschaft an den Wartenden vorbei.

Und dann schob die Sonne die Wolken zur Seite, ein Brausen kam näher und näher, wurde lauter und zu einem einzigen Chor, einem allumfassenden »Heil Hitler«. Der Führer stand in seinem schwarzen Mercedes, und für Conny war es, als würde er direkt auf ihn zufahren. Sein Herz drohte zu zerspringen, das »Heil« wollte nicht mehr aus seinem Mund kommen, als Adolf Hitler ihm direkt ins Gesicht schaute. IHM! Dieser Blick traf ihn wie ein heiliger Blitz, und mehr noch als zuvor wusste Conny, dass er dem Führer bis in alle Ewigkeit folgen wollte. Wie Franz.

Conny fieberte den Mittwochs- und Samstagstreffen entgegen, saugte den nationalpolitischen Unterricht auf und lernte in den Grundsätzen der Rassenkunde, dass Juden, Zigeuner, psychisch Kranke sowie körperlich und geistig Behinderte aus der Volksgemeinschaft auszuschließen seien. Und vor allen Dingen durfte er marschieren.

»Die blauen Dragoner, sie reiten.« Connys Füße gingen automatisch links, rechts, links, rechts, und er fühlte sich erhaben, weil die Passanten stehen bleiben und die Fahne grüßen mussten. »Und mögen die Alten auch schelten, so laßt sie nur toben und schrei'n. Und stemmen sich gegen uns Welten, wir werden doch Sieger sein.« Links, rechts, links, rechts.

Plötzlich sprang einer der Größeren aus der Reihe und schlug einem Mann, der nicht grüßte, den Hut vom Kopf.

Conny vergaß kurz den Text, aber das Marschieren ging automatisch weiter. Links, rechts, links, rechts. »Wir werden weiter marschieren, wenn alles in Scherben fällt. Heute gehört uns Deutschland und morgen die ganze Welt.«

Sie wurden immer lauter, und als sie in der Severinstraße an jüdischen Geschäften und einem Judenhaus vorbeikamen, wurde ihr Gesang zu Geschrei.

Leider durfte Conny nicht dabei sein, als die Hitlerjugend am 9. November durch die Straßen zog. Mit glühenden Wangen erzählte Franz am nächsten Morgen, wie sie auf die Scheiben der Fleischerei Pins *Juda verrecke* geschrieben hatten.

»Schäm dich! Juden sind auch Menschen!«, sagte Mam.

»Läuse sind auch Tiere und werden trotzdem totgeknipst«, antwortete Franz linkisch und bekam rote Flecken am Hals.

Richtig, dachte Conny.

»So redest du nicht, solange du deine Füße unter meinem Tisch hast«, fuhr seine Mutter ihn an und gab dem Siebzehnjährigen eine schallende Ohrfeige.

Die nächste Ohrfeige bekam Franz fast zehn Monate später bei Kriegsbeginn, als überall in der Stadt Transparente hingen, auf denen stand: *Wer bei Juden kauft, ist ein Volksverräter!*

»Wie kannst du es wagen, dich ohne mein Wissen bei der Waffen-SS zu melden?«, schrie Ida ihn an und hielt zitternd den Einberufungsbefehl in der Hand. »Du bist noch nicht volljährig, und außerdem machst du erst einmal dein Abitur.«

»Das hole ich nach, wenn der Krieg vorbei ist«, entgegnete Franz und sagte weiter, dass er gemäß den Bestimmungen mit achtzehn Jahren berechtigt sei, sich ohne Erlaubnis der Eltern als Kriegsfreiwilliger zu melden.

Connys Herz schlug schneller. Seit er im Rundfunk die Reichstagsrede des Führers gehört hatte, wollte er nichts lieber, als mit

Franz und Adolf Hitler gegen die unverschämten Polen zu kämpfen.

»Nich' weinen, Mam«, flehte die fast sechsjährige Lizzy und hielt sich an Idas Rockzipfel fest.

Sie malte ihrem großen Bruder eine Sonne zum Abschied. Ida packte ihm belegte Brote ein und stammelte, dass er aufpassen solle, damit ihm nichts passierte. Conny trug stolz den Marschrucksack, und als er zusammen mit Franz aus der Haustür trat, sah er, wie Mam oben mit Lizzy am Fenster stand und beide bitterlich weinten.

»Du bist jetzt das Familienoberhaupt«, sagte Franz auf dem Heumarkt, wo Lastwagen bereitstanden, die die jungen Helden in die Kasernen fahren sollten. »Du musst auf Lizzy und Mam aufpassen. Und wenn was ist, schreib mir.« Er nahm Conny den Rucksack ab, kniff ihm in die Wange und sprang auf die Ladefläche.

Conny brachte kein Wort heraus, blieb wie versteinert stehen. Erst als der Konvoi den Platz in Richtung Rhein verließ, salutierte er. Seine Augen schwammen in Tränen.

»Abends, wenn ich schlafen geh, vierzehn Englein um mich stehn«, betete Mam und verteilte alle Engel an Häupten, Füßen, zur Rechten und zur Linken.

»Swei sudecken, swei aufwecken, Himmelsparadei«, ergänzte Lizzy.

Conny war froh, dass seine Mam entschieden hatte, dass Lizzy nun in Franz' Bett schlafen durfte. So war er nachts wenigstens nicht allein.

»Nich' traurig sein, kleiner Conny«, flüsterte Lizzy ins Dunkel hinein.

Am nächsten Tag hatte er schulfrei und musste sich zusammen mit seinen Kameraden von der Hitlerjugend an der Vorbereitung für Luftschutzkeller beteiligen. Sie stopften Sand in alte Säcke und füllten damit Kellerfenster aus. Dann schleppten sie Bretter heran, die vor die Säcke genagelt wurden, und schaufelten alles mit Erde zu, weil das ein ausgezeichneter Splitterschutz war. Mit dabei war Kurt, der mit seiner Mutter vor Kurzem in die Sternengasse, die parallel zur Agrippastraße verlief, gezogen war und der sich wie Conny freute, mithelfen zu dürfen.

Weniger begeistert war Opa Max. Er brauchte Connys Hilfe am Nachmittag in seiner Werkstatt, um Verdunklungsvorrichtungen zu zimmern. »Ich hab immer gesagt, dass Hitler Krieg bedeutet!«, fluchte er und hämmerte wütend die schwarze Plane auf Holzrahmen. »Wer Wind sät, wird Sturm ernten.«

Conny wusste, dass es besser war, nichts zu sagen und nichts zu fragen. Und er wusste auch, dass Opas Ansichten nichts in seinem Kriegstagebuch verloren hatten, das er ab sofort für die Schule schreiben musste.

»Eure Bücher sollen ein Dokument des Sieges werden«, hatte sein Lehrer gesagt.

Täglich machte Conny Skizzen und beschrieb die Truppenbewegungen im Osten. Dafür bekam er eine Eins.

Er freundete sich mit Kurt an, der mit ihm nicht nur den Weg zu den Jungvolktreffen teilte, sondern auch die Begeisterung für die Erfolge der Wehrmacht. Und wie Kurt, der ein Jahr älter war als Conny, wurde er an seinem zwölften Geburtstag im Februar 1940 Hordenführer. Nun durfte er die zehnjährigen Pimpfe kreuz und quer über Schulhöfe, Wiesen und Äcker jagen und die kleinste Aufsässigkeit oder Mängel an der Uniform mit Strafexerzieren ahnden. Befehlen machte ihm Spaß. Noch mehr freuten ihn jedoch die anerkennenden Blicke des Unterführers.

»Hoffentlich kommt bald etwas Schwung in den Krieg!«, sagte Kurt an einem Dienstag im März auf dem Nachhauseweg.

Wie seinerzeit bei den Olympischen Spielen fieberte Conny nun mit seinem neuen Freund mit den deutschen Truppen mit, die in breiter Front in Oslo und Kopenhagen, in Holland, Belgien und Luxemburg einmarschierten und den Traum von einem Großgermanischen Reich Wirklichkeit werden ließen. Sie konnten es kaum fassen, dass endlich der Kampf gegen den Erzfeind Frankreich begann.

»Wie kühn der Führer war!«, meinte Conny zu Kurt, und beiden war klar, dass Deutschland siegen würde.

Jede Nacht gab es Fliegeralarm, weil offensichtlich Engländer im Anflug waren, und Kurt sagte: »Wenn Tschurtschill meint, uns dadurch zu zermürben, ist er auf dem Holzweg.«

Dann fiel Dünkirchen. Abends kletterte Conny heimlich aufs Dach und sah, wie die Flakscheinwerfer ein feindliches Flugzeug verfolgten. Ein wunderbares Schauspiel, dem er gerne länger zugeschaut hätte, wenn seine Mam ihm nicht wütend befohlen hätte, sofort herunterzukommen. Leider konnte er sich am nächsten Tag nicht mit Kurt treffen, um Splitter der Flugabwehrkanone zu sammeln, denn er hatte Bauchkrämpfe, wie öfter in der letzten Zeit.

Im Volksempfänger hörte er, dass »unsere deutschen Truppen nun am Nordpol sind«, und er schrieb in sein Tagebuch, dass ganz Frankreich zu »unseren Füßen liegt«. *In wenigen Monaten haben wir ein Weltreich vernichtet! Und nun wird es weitergehen gegen England.*

Conny weinte vor Enttäuschung, weil er nicht mit ins Jungvolklager am Diemelsee fahren durfte. Seine Bauchkrämpfe wollten einfach nicht enden.

»Wahrscheinlich ist das die Aufregung«, tröstete ihn Mam und legte ihm Wickel um den Bauch. Abends setzte sie sich an Lizzys Bett und erzählte vor dem Einschlafen von Pap. Conny lauschte den Geschichten vom Kennenlernen seiner Eltern und der Hochzeit gerne – auch wenn er sie schon Hunderte Male gehört hatte.

»Lizzy will auch heiraten«, sagte die Kleine.

»Wen denn?«, fragte Mam.

»Conny!«

»Du kannst mich nicht heiraten, ich bin dein Bruder.«

»Doch«, erklärte sie und ließ sich nicht davon abbringen.

Mam musste in Opas Sattlerwerkstatt mitarbeiten, weil die beiden Gesellen an der Front waren – und das, obwohl es mehr Aufträge gab als je zuvor. Pferde waren in den großen Schlachten im Osten unentbehrlich, somit wurden Sättel und Geschirre gebraucht und die Sattlerei zu einem kriegswichtigen Betrieb erklärt. Außerdem benötigte die Wehrmacht Taschen. Da Leder Mangelware war, wurden sie in unterschiedlichen Größen aus beschichteten Zeltplanen gefertigt. Auch Oma Katring arbeitete mit.

Ida war froh über die Arbeit in der Sattlerwerkstatt. So konnte sie ihre Dienstverpflichtung in einem Kölner Rüstungsbetrieb abwenden und Lizzy mit zur Arbeit nehmen.

Conny hingegen war sauer. Weil Ferien waren und es ihm wieder besser ging, musste er auf seine Schwester aufpassen. Alles hätte er lieber getan, als mit ihr die Zeit totzuschlagen. Erst wollte sie *Mensch ärgere dich nicht* spielen. Aber Conny war nicht in der Stimmung, zumal Lizzy sich nie an Regeln hielt, immer gewann und sich dann scheckig lachte. Er versuchte, im Volksempfänger etwas über die Wehrmacht zu erfahren, und lauschte den nicht enden wollenden Lageberichten der Kriegsfront.

»Ugo Bauchweh hat«, sagte Lizzy und klopfte ihrem Kuschel-Nazi, wie Opa ihren Hugo immer nannte, auf den Bauch.

»Dann gib ihm halt was zu essen!« Entnervt wechselte Conny auf den zweiten Kanal, der wie immer Marschmusik spielte.

»Muss su Doktor.«

»Dann spiel doch, dass du der Doktor bist und ihn untersuchst.«

»Nein, Conny«, bestimmte sie und hielt ihm Hugo, der durch zu viel Zuneigung ziemlich ramponiert aussah, hin.

Conny gab auf. Er drückte sein Ohr auf den Nazibauch und lauschte. »Ohohoh«, sagte Dr. Konrad Monderath voller Sorge. »Das sieht nicht gut aus. Hat er was Schlimmes gegessen?«

»Hühnerfutter!« Lizzy lauschte ebenfalls. »Was machen?«

»Operieren!«, entschied Conny.

Lizzy, die das Wort nicht kannte, schaute ihn fragend an und sagte: »Ja!« Sie konnte gar nicht so schnell schauen, wie Conny die Schere aus Mams Nähschatulle holte und die untere Klinge in den kleinen Hugo stieß. Atemlos starrte sie auf Connys Hände.

»So, gleich haben wir es!« Schnippschnapp war der braune Bauch so offen wie Lizzys Mund.

Mit einer Hand holte Conny Holzwolle aus dem Leib, doch erst, als er die schlaffe Hülle zwischen beiden Händen hatte, schrie Lizzy: »Ugo, Nein!!!«

Sie hörte erst auf zu weinen, als Conny ihr vorschlug, gemeinsam in die Werkstatt zu gehen, damit Opa den Bauch mit groben Stichen wieder zunähen konnte.

Eine Woche später kehrte Kurt aus dem Sommerlager zurück. Conny musste nicht mehr auf seine Schwester aufpassen, sondern durfte mit ihm ins Stadionbad fahren. Kurt zeigte ihm, dass man kraulend schneller durchs Wasser kam, und machte ihm Mut, vom Fünfmeterturm zu springen. Vor allem aber zeigte er Conny, in welche Kabinen Löcher gebohrt waren, durch die man Mädchen beobachten konnte. Erst sah Conny einen nackten Po, dann, als das Fräulein sich umdrehte, blickte er auf schwarze krauselige Haare unterhalb eines Nabels. Eine heiße Welle, wie er sie noch nie erlebt hatte, breitete sich in seinem Körper aus.

»Ihr Lotterbuben!« Die Stimme einer Frau ließ die beiden erschrocken zurückweichen. »Ich melde euch dem Bademeister.« Conny und Kurt starrten in ein wütendes Gesicht, das von oben über die Kabinenwand blickte.

In Windeseile kramten sie ihre Sachen zusammen, verließen das Schwimmbad und radelten wie die Teufel davon. Erst im Stadtwald fühlten sie sich wieder sicher und wurden etwas langsamer.

»Hast du diese Brüste gesehen?«, fragte Kurt atemlos.

Allein das Wort löste bei Conny aus, dass das aufregende Gefühl zurückkam. Anstatt Kurt zu antworten, konzentrierte er sich ganz auf dieses Prickeln, das stärker wurde, weil mit jeder Auf- und Abwärtsbewegung der Beine sein steifes Glied an der Hose rieb.

Als er am nächsten Morgen wach wurde, spürte er ungewohnte Feuchtigkeit auf dem Bauch. Erschrocken schlug er die Decke zurück und sah, dass seine Schlafanzughose nass war.

Das sah auch Lizzy im Bett daneben. »Mein Conny hat in Hose macht.«

»Klappe«, herrschte er sie an.

»Nich' schlimm«, beruhigte sie ihn.

Beim Frühstück gab das Oberkommando der Wehrmacht im Radio bekannt, dass über London eine Million Kilo Bomben abgeworfen worden waren, und weil Samstag war, sollte Conny die Zinkwanne vom Speicher holen, damit nachmittags gebadet werden konnte.

»Ich bin sauber. Ich war ja im Schwimmbad«, sagte er, weil er sich keinesfalls nackt zeigen wollte, jetzt, wo er befürchten musste, dass sein Schnibbel jederzeit abstehen könnte.

»Ich habe gesündigt«, murmelte Conny am nächsten Morgen im dunklen Beichtstuhl. Wie immer hatte er panische Angst, eine Sünde zu vergessen. Er zählte auf, dass er einen Apfel gestohlen hatte, unartig zu seiner Mutter gewesen war, seine Schwester beschimpft hatte, und überlegte dabei krampfhaft, was ihm noch einfallen könnte, um nicht erzählen zu müssen, was im Stadionbad vorgefallen war. Durch das Gitter sah er den alten Priester, und weil es ihm schien, als sei der eingeschlafen, erzählte er es doch.

»Hattest du unkeusche Gedanken?«, fragte die Stimme von der anderen Seite mit auffallendem Interesse.

»Nein … Herr Pfarrer«, stotterte Conny, und zum ersten Mal glaubte er zu wissen, was unkeusche Gedanken waren.

Die Absolution zu erhalten war befreiend, und Conny fühlte sich danach stets, als würde die Sonne heller scheinen. Doch diesmal regnete es in Strömen, als er die Kirche verließ.

Abends fielen Bomben auf Köln. Conny saß mit seiner Mam, Lizzy und Hausnachbarn dicht gedrängt im Luftschutzkeller. Über ihnen zitterte das Haus, und Conny wurde den Gedanken nicht los, dass das die Strafe Gottes war.

Kurz vor Weihnachten war es schrecklich kalt. An manchen Tagen sogar unter minus zwanzig Grad, sodass die Fenster mit dicken Eisblumenschichten bedeckt waren. Conny streute gerade Asche im Hof, damit niemand auf dem gefrorenen Boden ausrutschte, als plötzlich Franz hinter ihm stand. Breitschultrig. Mit roten Wangen. Wohlgenährt. In der schmucken grauen Uniform der Division Totenkopf mit der Doppelrune am Kragenspiegel. Conny umarmte ihn überglücklich.

Auch oben in der Wohnküche, die als einziger Raum beheizt war, fiel die Begrüßung herzlich aus. Mam weinte vor Freude, und Lizzy musste ihrem großen Bruder gleich das Wichtigste erzählen: dass sie nämlich einen Schneidezahn verloren hatte und dass ein anderer schon wackelte.

Wie immer feierten sie am Weihnachtsmorgen Lizzys Geburtstag und erfreuten sich an der Siebenjährigen, weil sie auch noch unter dem Weihnachtsbaum »Hoch soll leben!« sang.

Das sei ja nicht verkehrt, schließlich hätte auch Jesus Geburtstag, meinte Mam.

Zur Feier des Tages gab es Himmel und Ääd, die Lieblingsspeise von Franz.

»So was Leckeres bekomme ich in der Kaserne nicht.« Franz gab seiner Mutter ein Küsschen auf die Wange, schnitt die gebratene Blutwurst an und schob sie zusammen mit dem Kartoffelbrei und Apfelmus in seinen Mund.

»Lizzy will auch Küsschen«, sagte die Kleine.

Franz gab ihr kauend einen dicken Schmatzer.

Sie schaute ihren Bruder verzückt an. »Lissy Franz heiraten.«

»Ja, und ich?«, hakte Conny mit gespieltem Ernst nach. »Ich dachte, du heiratest mich.«

»Alle swei beide!« Die Zahnlücken-Lizzy strahlte ihre Brüder an.

Als die Familie in alter Tradition zum Weihnachtsgottesdienst aufbrach, verkündete Franz, dass er die Weihnachtsringsendung im Radio hören wollte.

»Ich hab Bauchkrämpfe«, sagte Conny.

»Aber …« Mam sah ihn misstrauisch an.

Conny krümmte sich mit schmerzverzerrtem Gesicht, wich dem Blick seiner Mutter aus und floh aufs Klosett. Er lauschte, bis Mam und Lizzy gegangen waren, dann zog er pro forma an der Spülkastenkette und ging zurück zu Franz in die Wohnung, der zwei Stühle direkt vor den Volksempfänger gestellt hatte. Es knisterte und rauschte.

»Hier ist der Großdeutsche Rundfunk, angeschlossen alle Sender der besetzten Gebiete.« Eine Orgel ertönte, und der Radiosprecher wünschte wachsame, wehrhafte und trotz allem wundervolle Weihnacht. »Vom Polarkreis bis zum fernsten Süden, vom Atlantik bis zum Ostraum.«

Am nächsten Tag genoss Conny die Blicke, die sein Bruder in der Agrippastraße auf sich zog, denn Franz war nicht irgendein Soldat. Nein, er gehörte zur Elite. Sie gingen zusammen zum nahen Waidmarkt, wo das Kino Kristallpalast stand, in das Franz ihn eingeladen hatte.

Conny war stolz und aufgeregt, denn er war noch nie im Kino gewesen. Schon von Weitem sah er die lange Schlange und befürchtete, dass sie keinen Platz bekommen würden. Aber die Uniform schien Wunder zu bewirken, und schnell saßen die beiden Brüder in der dritten Reihe. Der Vorhang ging auf, die ›Deutsche Wochenschau‹ begann. Untermalt von triumphaler Musik, erlebte Conny, wie die vierzehntausend Kilometer lange Reichsgrenze von tapferen Soldaten geschützt wurde. Auf der großen Leinwand sah er, wie sie vom Nordkap bis zu den Pyrenäen, von der Hohen Tatra bis nach Polen den Weihnachtsfrieden sicherten, wie sie trotzdem Geschenke bekamen und als große Kameradschaft miteinander ›Stille Nacht, Heilige Nacht‹ sangen.

Es musste wunderbar sein, dieser Gemeinschaft anzugehören, dachte Conny und war trotzdem froh, dass sein Bruder jetzt nicht irgendwo kämpfte wie die drei Brüder seiner Mutter, seine Onkel, sondern aufrecht neben ihm saß und ihm zulächelte, bevor der Hauptfilm ›Kleider machen Leute‹ mit Heinz Rühmann begann.

Mit großen Augen verfolgte Conny, wie der Schneidergeselle Wenzel entlassen wird, weil er einen Frack verpfuscht hat. Den nimmt er mit, zieht ihn an und wird für Graf Stroganoff, den Abgesandten des Zaren, gehalten. Als der wahre Stroganoff auftaucht, wird es turbulent und immer verzwickter, bis Heinz Rühmann seiner heimlichen Liebe Nettchen die ganze Wahrheit gesteht. Als die beiden sich küssten, wurde es Conny ganz heiß.

Während der Abspann lief, schaute er seinen strahlenden Bruder von der Seite an und überlegte, ob dieser schon einmal ein Mädchen geküsst hatte.

»Hat es dir gefallen?«, fragte Franz auf dem Nachhauseweg.

»Sehr«, sagte Conny.

Nachts ging die Sirene. Fliegeralarm. Franz sprang auf und zog sich an.

»Langsam«, meinte Conny. »Wenn es ernst wird, alarmieren sie noch einmal.«

»Ich weiß. Aber ich will unbedingt ein Foto von einem Fliegerangriff für meine Truppe mitnehmen.«

Schnell hatte Conny sich seine warmen Kleider angezogen und stand wenig später mit Franz auf dem Dach, wo sie im Lichtstrahl der Flakscheinwerfer feindliche Flugzeuge auf der anderen Rheinseite ausmachten.

»Perfekt!« Franz war begeistert und drückte auf den Auslöser.

Dann war ein ferner Donner zu hören, und über Mülheim brach ein großes Feuer aus. Die Flammen loderten gegen den Nachthimmel.

»Schauerlich schön«, sagte Conny, dessen Wangen vor Aufregung glühten. Er fand es schade, dass sein großer Bruder morgen schon wieder fahren musste.

Am nächsten Tag begleitete er ihn zum Hauptbahnhof. Seine Mutter blieb mit Lizzy zu Hause, weil es viel zu kalt war und sie Angst hatte, dass das Mädchen sich erkältete. In der Hohen Straße betrat Franz eine Apotheke und verlangte Pervitin.

»Die Wirkung ist Ihnen bekannt?«, fragte der alte Apotheker streng.

»Klar«, erwiderte Franz. »Als Soldat braucht man etwas, was einen wach hält.«

»Aber übertreiben Sie es nicht.«

Franz grinste süffisant, bezahlte und steckte das Metallröhrchen mit den Tabletten ein.

»Ich bin auch oft müde«, sagte Conny, als sie am Dom vorbeigingen. »Fast jede Nacht ist Fliegeralarm. Kannst du mir nicht eine von diesen Tabletten geben?«

»Dafür bist du noch zu jung«, erklärte Franz ernst.

Überall auf Gleis zwei standen Soldaten, die von ihren Angehörigen verabschiedet wurden. Zumeist Verlobte und Ehefrauen, aber auch Mütter, die sich mit Taschentüchern ihre Tränen abwischten und ihren Liebsten letzte Worte mit auf den Weg gaben.

»Wenn mir etwas zustößt, dann wende dich an diese Adresse«, sagte Franz und reichte Conny eine Visitenkarte.

»Aber …« Conny blieben die Worte im Hals stecken. Zustoßen! Franz durfte so etwas nicht einmal denken! Weil er nicht wollte, dass sein Bruder seine Tränen sah, senkte er den Kopf und las verschwommen, was auf der Karte stand: *Dr. med. Heinrich Pütz, Kantstraße 44A, Berlin.*

»Du weißt, wer das ist? Onkel Drickes.«

Conny nickte und erinnerte sich vage an den Bruder seines verstorbenen Vaters, den er schon seit sechs Jahren nicht mehr gesehen hatte.

»Pass auf, dass du die nicht verlierst.«

Schlotternd vor Kälte nickte Conny, und als Franz in den Zug stieg, konnte er sich nicht länger zusammenreißen und weinte.

Wütend packte sich Opa Max Holzscheite auf den Arm und stapfte damit zurück in die Werkstatt.

»Willst du arbeiten? Es ist doch Sonntag«, sagte Ida, die mit Lizzy auf dem Weg zu ihrer Mutter war.

Opa Max gab ihr keine Antwort und stopfte das Holz in den Kanonenofen, der neben dem Zuschneidetisch stand.

»Ist was passiert, Vater?«

Energisch verschloss er die Ofentür und zog Zeltplane aus dem Regal. »Ob was passiert ist, willst du wissen?« Mit einem

Schwung rollte er die Plane auf dem Tisch aus. »Josef, Hans und Ernst sind vermisst, und mein Enkel ist bei der Waffen-SS! Und du fragst mich, ob was passiert ist?«

Lizzy bekam Angst und versteckte sich hinter ihrer Mutter.

Ida konnte verstehen, dass Max das ungewisse Schicksal ihrer Brüder, von denen es seit Monaten kein Lebenszeichen mehr gab, zusetzte.

»Die Nazis ziehen sich die jungen Kerle als Verbrecher heran, und die haben viel zu wenig Grips im Hirn, um zu überblicken, was sie da tun. Wusstest du, dass die Waffen-SS zu den Wachmannschaften der Konzentrationslager gehört?«

»Aber Franz hat mir erzählt, dass er als Panzerfahrer ausgebildet wird.«

»Glaubst du im Ernst, dass er dir die Wahrheit sagt? Wenn man ihn fragt, was er genau macht, dann weicht er doch nur aus. Wenn ich jünger wäre, hätte ich ihn zusammengeschlagen, damit er keinen Fuß mehr vor den anderen setzen kann. Warum hast du ihm nicht auch eine Überdosis von diesem Kraut gegeben, dass er sich vor Schmerzen krümmt wie …?«

In diesem Moment öffnete Conny die Werkstatttür, und das Gespräch verstummte schlagartig.

»Opa böse«, sagte Lizzy beim Abendbrot.

»Nein, Opa hat nur Sorgen«, erklärte Ida und beäugte Conny unsicher. Was hatte er verstanden? Hatte er genug gehört, um die Schlussfolgerung zu ziehen, dass seine regelmäßigen Bauchkrämpfe kein Zufall waren? Dass sie daran schuld war? Vor einigen Monaten, als sie Angst hatte, dass Conny ihr wie Franz entgleiten könnte, war sie verzweifelt zum Grab ihres Mannes gegangen und hatte ihn gefragt, was sie tun solle. Da war ihr Blick auf die Thujahecke hinter seinem Grabstein gefallen. Ida wusste, dass diese Pflanze giftig war. Vorsichtig hatte sie sich in der Apotheke erkundigt und sich langsam an die richtige Dosis herangetastet, die Conny ans Haus fesselte, wenn sein Übereifer in Sachen Jungbund wieder einmal überhandnahm.

Kurz vor Mitternacht gingen die Sirenen los. Ida lag noch im Bett, da hörte sie kurz hintereinander mehrere Bomben krachend einschlagen. Ziemlich nahe.

»Conny, steh auf. Es ist Fliegeralarm!«, rief sie, schulterte den bereitgestellten Rucksack mit den wichtigsten Papieren, Wasser und Proviant, packte Lizzy in mehrere Decken und trug sie aus der Wohnung in den Keller.

Sie setzten sich gerade schweigend zur Hausgemeinschaft, als es über ihnen zu zischen anfing. Es knallte. Das ganze Haus zitterte. Alle hielten den Atem an, und Ida hörte, wie draußen eine Mauer zusammenfiel. Das Licht flackerte, ging aus, und dann saßen sie im Dunkeln.

»Ist unser Haus getroffen?«, fragte Conny aufgeregt.

Niemand gab ihm Antwort.

Als keine Detonationen mehr zu vernehmen waren, humpelte der beinamputierte Luftschutzwart hinaus, um zu sehen, was passiert war. Er kehrte mit der Meldung zurück, dass die Flieger nicht mehr zurückzukommen schienen. Ida nahm den Rucksack und trug die schlafende Lizzy wieder nach oben. Conny kam fünf Minuten später und berichtete aufgeregt, dass am Griechenmarkt die ganze Straße voller Schutt und Glas lag und zwei Häuser vollkommen zerstört waren.

»Du hast bei mir zu bleiben, wenn wir aus dem Keller kommen. Verstanden?«

Conny nickte. Aber als sie ihn nach dem Frühstück zu den Großeltern schickte, um nachzusehen, wie es ihnen ging, dauerte es stundenlang, bis er zurückkam.

»Konrad Monderath! Wo warst du so lange?«, herrschte Ida ihn an.

»Oma und Opa geht es gut. Aber zwei Tote hat es gegeben«,

berichtete er atemlos. »Eine Mutter und ein Kind. Das andere Kind ist blind. Und die Tochter des Pferdemetzgers ist verschüttet.«

Ida sah den Abenteuerblick in Connys Augen. Kurz überlegte sie, Thujaspitzen aufzubrühen, doch dann entschied sie sich anders. »Setz dich, Conny.« Sie nahm seine kalten Hände in ihre. »Es ist zu gefährlich da draußen. Ich will dich nicht auch noch verlieren.«

»Keine Angst, Mam. Ich habe es Franz versprochen.«

»Was hast du ihm versprochen?«

»Dass ich auf dich und Lizzy aufpasse«, sagte Conny.

Ida schloss ihn in ihre Arme und brachte vor lauter Tränen kein Wort heraus.

Die britische Armee gratulierte auf ihre Weise und bombte Köln ins neue Jahr.

Auch die Nacht zu Connys dreizehntem Geburtstag am 22. Februar, im zweiten Kriegsjahr, verbrachten sie stundenlang im Keller. Sie litten unter Schlafmangel und wussten nie, was passieren würde, wenn über ihnen Flugzeuge dröhnten. Idas große Sorge war, dass Lizzy erkranken würde und fiebrig die Nächte im Luftschutzkeller verbringen müsste.

Fliegeralarm Nummer 179, schrieb Conny in sein Tagebuch. *Die grichische Armee hat kapituliert.* Ida sagte ihm, dass man griechisch mit »ie« schreibt. Er verbesserte es und notierte darunter: *Nach acht Tagen Krieg liegt Yugoslawien am Boden. Unsere Truppen sind in Nordafrika. Deutschland wird siegen!*

Am Vorabend des 20. April zog er Hilfslinien mit dem Bleistift und notierte in seiner schönsten Schrift: *Morgen hat der Retter Deutschlands Geburtstag.*

Doch am nächsten Tag, als Kurt im Hof stand und pfiff, weil er Conny abholen wollte, damit sie mit der Hitlerjugend durch das fahnengeschmückte Köln marschieren konnten, war Conny leider verhindert. Er hatte Bauchkrämpfe.

Im Sommer notierte er stolz, wie Franz in der Ukraine mithalf, den russischen Untermenschen zu vernichten.

Ida waren diese Einträge ein Gräuel. Sie wollte sich gar nicht vorstellen, was ihr gerade einmal zwanzig Jahre alter Sohn genau tat. Sie hatte hauptsächlich Angst um ihn. Franz hatte ein gutes Herz – dessen war sie sich sicher, denn in jedem seiner Feldpostbriefe richtete er ein paar Zeilen an seine kleine Schwester: *Meine allerliebste kleine Lizzy*, hatte er in seinem letzten Brief geschrieben. *In der Stadt Solotschiw haben wir ein Kätzchen gerettet. Das darf jetzt im Panzer mitfahren. Und nun rate mal, wie wir die Mieze getauft haben. Sie heißt wie du: Lizzy!*

Schon unzählige Male hatte sie der Kleinen diese Zeilen vorgelesen, mitsamt der Grüße an die gesamte Familie. Nur den letzten Satz las sie still: *Schickt mir Pervitin.*

Ida wusste, dass man den Frontsoldaten nichts Negatives schreiben sollte, überall gab es Aushänge wie: *Verzagte Briefe schreibt man nicht: Die Front erwartet Zuversicht!* Deshalb schrieb sie Franz Alltägliches, dass Conny jetzt in den Flegeljahren war und deshalb nicht mehr mit Lizzy in einem Zimmer schlafen wollte, und auch, dass die Kleine immer nach ihrem Franz fragte und dass sie täglich für ihn beten würden. Ida grüßte von Oma und Opa, der viel Arbeit hatte und seine Werkstatt vergrößern konnte, weil der jüdische Glaser nicht mehr da war. Sie packte Dauerwurst, wegen der sie wochenlang auf das Fett, das ihr laut Lebensmittelkarte zustand, verzichtet hatte, in eine Schachtel. Dann radelte sie zu ihrem Hausarzt, weil das Pervitin neuerdings verschrieben werden musste.

»Ich halte nichts von diesem Aufputschmittel«, sagte der Arzt, als sie nach über einer Stunde endlich in sein Sprechzimmer gerufen wurde.

»Das ist für meinen Sohn an der Front.«

»Es unterdrückt Müdigkeit, Hungergefühl und Schmerz und verleiht für kurze Zeit ein Gefühl der Stärke. Aber man wird davon abhängig, und als Nebenwirkung verändert sich die Persönlichkeit.«

Ida stammelte, dass Franz ja nur ab und zu eine dieser Tabletten schluckte, und als sie endlich das Rezept in Händen hielt, nahm sie sich vor, das nächste Mal einen anderen Arzt zu konsultieren. Wütend eilte sie die Treppe hinunter, rannte über den Waidmarkt zur nächsten Apotheke und holte das goldfarbene Metallröhrchen mit den dreißig Tabletten Pervitin ab.

Conny legte seinem Bruder auch einen Brief bei, Lizzy malte ihm eine Katze, die wie eine Sonne aussah, und dann schickten sie das Päckchen in Richtung Osten.

Täglich hörten sie im Wehrmachtsbericht jubelgetränkte Aneinanderreihungen der Siege. Doch anders als Conny, der begeistert in sein Kriegstagebuch schrieb, dass die Deutschen im Osten zweitausend Panzer und viertausend Flugzeuge zerstört und schon vierzigtausend Gefangene genommen hätten, dachte Ida an die jungen Männer, deren Namen sie immer öfter in den Todesanzeigen des ›Westdeutschen Beobachters‹ las. *Gefallen für Führer, Volk und Vaterland.* Von ihnen hörte man im Volksempfänger nichts. Und sie dachte an ihre verschollenen Brüder.

Dann ertönte die Sirene. Mitten am Tag. Und Conny war nicht da, obwohl sie ihm aufgetragen hatte, in der Nähe zu bleiben. Mit Lizzy auf dem Arm rannte Ida durch die Agrippastraße, suchte in der Sternengasse und schrie sich die Seele nach ihm aus dem Leib. Keiner hatte ihn gesehen.

Im Luftschutzkeller schaukelte sie die Kleine hin und her, als könne diese Bewegung auch sie selbst beruhigen. Als die Tiefflieger kamen, duckte sie sich und wartete auf den Knall. Zum Glück vergeblich.

Ida konnte gar nicht schnell genug aus dem Keller herauskommen, gab Lizzy bei ihrer Mutter ab und rannte durchs Viertel. Sie suchte in jedem Winkel. An der Hohen Pforte. Im Krummer Büchel. Fragte jeden – auch am Griechenmarkt und am Wasserturm. Doch keiner hatte Conny gesehen. Nach einer Stunde hörte sie Stimmen, die aus einer Ruine am Blaubach kamen. Sie reckte ihren Hals. Und dann sah sie ihn mit anderen Jungen zwischen Schutthaufen auf einem Brandmauerrest stehen. In zehn Metern Höhe.

Conny schleuderte etwas mit dem rechten Arm in hohem Bogen auf die ebenfalls zerbombte Nachbarruine. Das Etwas explodierte, und er riss siegessicher die Arme in die Luft. »Ich bin der Weltmeister im Blindgängerweitwurf!«

»Du kommst auf der Stelle da runter, Konrad Monderath!«, schrie Ida und schimpfte mit ihm auf dem Weg nach Hause.

»Ist doch nichts passiert«, verteidigte sich Conny aufmüpfig.

»Erstens hast du in den Ruinen nichts verloren, und zweitens hast du beim Fliegeralarm nach Hause zu kommen. Und zwar postwendend.«

»Aber das war doch nur ein Propagandaflieger. Der hat Zettel abgeworfen.« Zum Beweis zog er ein Flugblatt aus der Hosentasche und hielt es ihr hin.

Sie riss ihm das Papier aus der Hand, sagte, dass er sich den nächsten Schwimmbadbesuch aus dem Kopf schlagen könne, weil er bis auf Weiteres Hausarrest hätte. Dabei überflog sie das Blatt, auf dem in Schreibmaschinenschrift geschrieben stand:

Predigt des Bischofs von Münster, gehalten am 3. August 1941. Andächtige Christen! Seit einigen Monaten hören wir Berichte, daß aus Heil- und Pflegeanstalten für Geisteskranke auf Anordnung von Berlin Pfleglinge, die schon länger krank sind und vielleicht unheilbar erscheinen, zwangsweise abgeführt werden.

Idas Knie wurden weich. Sie stützte sich an einer Häuserwand ab und las weiter, dass Angehörige regelmäßig nach kurzer Zeit Todesmitteilungen erhielten. Der Bischof äußerte den Verdacht, dass diese zahlreichen unerwarteten Todesfälle von Geisteskranken absichtlich herbeigeführt würden und dass man dabei jener Lehre folge, die behaupte, man könne »lebensunwertes Leben« vernichten, weil man meine, diese Menschen seien für Volk und Staat nichts wert.

—

Conny verzog sich in sein Zimmer, stinkwütend, dass seine Mam ihn wie ein Kleinkind behandelte.

Nachts konnte er nicht schlafen. Er war hellwach. So wach wie Franz an der Front, dachte er voller Stolz. Also war er doch nicht zu jung für diese Tabletten, die Mam in das Paket an Franz gelegt hatte und von denen er in einem unbeobachteten Moment eine stibitzt hatte.

Er hörte Schritte im Flur und Stimmen, schlich hinaus und lauschte. Seine Mam weinte in der Küche, und Opa sagte, dass er im englischen Radio auch schon von den Predigten des Bischofs von Galen gehört hätte und dass die Drecks-Nazis vor nichts haltmachten. »Wenn man die unproduktiven Menschen gewaltsam beseitigen darf, dann wehe unseren Soldaten, die als Krüppel in die Heimat zurückkehren!«

Conny erschrak. Er wusste, dass es Hochverrat war, feindliche Sender zu hören. Dass Opa ihn so in Gewissenskonflikte brachte, machte ihn wütend, denn eigentlich müsste er ihn melden. Aber wenn er das tat, würde er sicherlich Ärger mit Mam bekommen. Außerdem mochte er seinen Opa. Conny schlich in sein Zimmer zurück und schrieb in sein Kriegstagebuch, was der Lehrer in der Schule ihnen vor einigen Tagen gesagt hatte: *Diese verdammten Pfaffen. Sie glauben wohl, jetzt sei ihre Stunde gekommen.*

Die Nacht wollte kein Ende nehmen. Nicht einmal ein Fliegeralarm sorgte für Abwechslung.

Conny hatte kein Auge zugemacht und löste in der ersten Stunde beim Rechnen trotzdem als Schnellster die Textaufgabe, die der Lehrer diktierte.

»5 % der Bevölkerung ist erbminderwertig und hat zehn Kinder. 75 % der Bevölkerung ist Durchschnitt und hat zwei Kinder. 20 % der Bevölkerung ist erbhochwertig und hat nur ein Kind. Wie sieht die Zusammensetzung der Bevölkerung nach fünf, zehn und zwanzig Generationen aus?«

In Windeseile errechnete Conny, dass die nordische Rasse in fünfhundert Jahren keinen Lebensraum mehr haben würde und dass die Zukunft des tausendjährigen Reiches nur sichergestellt war, wenn man verhinderte, dass die Erbminderwertigen sich fortpflanzten.

»Ich hab 'ne Eins in Rechnen«, sagte er eine Woche später, als er nach der Schule in die Werkstatt kam. Er hoffte, so seine Mutter, die noch immer wütend auf ihn war, ein wenig zu besänftigen. Aber Mam schien das nicht zu interessieren. Sie stand mit den Großeltern in einer Ecke der Werkstatt, und Conny hörte, was Oma in der Kirche erfahren hatte: das Morden von Behinderten sollte beendet worden sein.

»Dann können sie sich jetzt voll und ganz auf die Juden konzentrieren!« Opa echauffierte sich nicht nur darüber, dass sie neuerdings zum Tragen des gelben Sterns gezwungen wurden. Er hatte auch gehört, dass in diesen Stunden zahllose jüdische Kölner Familien auf dem Deutzer Bahnhof zusammengetrieben, in Viehwaggons gepfercht und in Ghettos verfrachtet wurden.

»Sei still, Max«, ermahnte ihn Oma Katring. »Wenn dich einer hört. Du redest dich um Kopf und Kragen.«

»Ist doch wahr!« Er konnte sich nicht beruhigen. »Die Züge haben Köln noch nicht verlassen, da versteigern sie ein paar Meter weiter in der Messe das Mobiliar, das sie den Leuten abgenommen haben. An arische Ausgebombte!«

Conny behielt seine Begeisterung über die großartige Rede des Führers Mitte Dezember für sich und schrieb in sein Kriegstagebuch: *Roosevelt führt uns nicht mehr an der Nase herum. Ein neuer Weltkrieg ist ausgebrochen. Aber diesmal wird Deutschland siegen!*

Später notierte er: *Weihnachten haben wir im Luftschutzkeller verbracht*, und schrieb auch, dass im Januar Hunderte Soldaten alle Hände voll zu tun hatten, um den Schnee wegzuräumen und das Eis aufzuhacken, damit die Straßenbahnen wieder fahren konnten.

Conny schrieb seinem Franz, wie stolz er auf ihn sei, und auch, wie sehr er sich darauf freute, wenn er Heimaturlaub bekäme. Er sehnte sich nach ihm, und weil er sicher war, dass sein Bruder, der bei minus vierzig Grad in der Nähe des Illmensees kämpfte, das Pervitin nun noch mehr brauchte als zuvor, wagte Conny es nicht, noch einmal eine Tablette zu stibitzen.

Im Februar 1942 wurde Conny vierzehn und war endlich Hitlerjunge. Wie zuvor Kurt meldete er sich zum HJ-Streifendienst. Dort machte man ihm zur Auflage, dass er sich später freiwillig zur Waffen-SS melden müsse.

»Jawoll«, sagte Conny, knallte die Haken zusammen und wusste, dass er zu Hause besser nichts davon erzählte. Wie eine Auszeichnung trug er die schmale Armbinde mit der Aufschrift *HJ-Streifendienst* und die weiße Kordel an der Mütze. In einem Brief berichtete er seinem Franz, dass er im Kino Ausweiskontrollen machen durfte, damit sich die unter Vierzehn- und Achtzehnjährigen keine Filme ansahen, die für ihre Altersgruppen nicht zugelassen waren. Weil er befürchtete, dass seine Mam es lesen könnte, schrieb er nicht, dass sein Kontrolltrupp nun selbst Filme zu sehen bekam, für die sie eigentlich zu jung waren.

Venus vor Gericht war so ein Film. Schon allein das Plakat versetzte Conny in höchste Aufregung. Die Handlung war für ihn völlig nebensächlich, er wartete nur auf die Szene, in der die junge Frau vor dem Künstler Modell stand.

Nachts im Bett stellte er sich vor, was er im Kino nur ansatzweise zu sehen bekam: das nackte Model. Und er war froh, dass Lizzy bei seiner Mutter im Zimmer schlief.

Conny befand sich in einem Zustand der Dauererregung. Allein das Wort Brust oder gar deren Anblick auf dem Titelblatt der Zeitschrift ›Geist und Schönheit‹ zum Thema Freikörperkultur, an das Kurt herangekommen war, genügte, um all sein Blut blitzartig in die Körpermitte schießen zu lassen. Das Lesen einer Anordnung des Reichsführer-SS Heinrich Himmler auf einer Litfaßsäule am Waidmarkt brachte ihn einer Ohnmacht nahe: *Volksgenossen, die mit Zivilarbeitern oder -arbeiterinnen polnischen Volkstums Geschlechtsverkehr ausüben, sonstige unsittliche Handlungen begehen oder Liebesverhältnisse unterhalten, sind sofort festzunehmen.*

Den Inhalt des Textes begriff er nicht, er sah nur das Wort *Geschlechtsverkehr* und vergaß völlig, was er für seine Mutter erledigen sollte.

»Und wo sind die Kartoffeln?«, fragte Ida, als er nach Hause kam.

»Gab keine mehr«, log Conny, behauptete, er habe Bauchkrämpfe, und verzog sich auf die Toilette.

Als seine Mam ihn erneut losschickte, um im Kaufhof Schulhefte zu besorgen, sah er eine Postkarte, auf der ein Wehrmachtssoldat mit einer hübschen blonden Frau im Gras saß. Darunter stand: *Das ist die Liebe der Soldaten.* Conny gab eines der Hefte zurück, zeigte auf die Karte und sagte der Verkäuferin verlegen, dass sie für seinen Bruder an der Front sei. Auf dem Nachhauseweg überlegte er, sie wirklich Franz zu schicken. Ob sein Bruder schon einmal eine Liebe gehabt hatte?

Er nahm sich vor, ihm abends zu schreiben, wenn seine Mam schlief, und schlich in die Wohnung, um die Karte in seinem Zimmer zu verstecken. Aus der Küche hörte er ein lautes Schluchzen. Lizzy kam ihm mit weit aufgerissenen Augen und offenem Mund entgegen.

»Was ist denn passiert?«, wollte Conny wissen.

Die Kleine nahm ihn an der Hand und zog ihn neben den Herd, wo Ida weinend auf dem Boden kauerte und einen Brief in ihren Händen hielt.

»Was ist, Mam?«

Sie konnte nicht sprechen.

Conny nahm ihr das Schreiben ab und las:

Mit schwerem Herzen muss ich Ihnen die traurige Nachricht machen, dass Ihr lieber Sohn Franz Monderath am 14. April 1942 an der Zuglinie nach Demjansk den Heldentod fand. Ein kleiner Trost für Sie mag sein, zu wissen, dass er nicht leiden brauchte. Ein Granatsplitter in den Hinterkopf machte seinem Leben auf der Stelle ein Ende.

Die Buchstaben verschwammen unter Connys Tränen.

Heldengrab an der Eisenbahn. Heil Hitler.

Die Tränen waren noch nicht getrocknet, als nachts tausend britische Flugzeuge Köln bombardierten. Eineinhalb Stunden dauert der Großangriff, und am Morgen danach flohen Zehntausende Einwohner unkontrolliert aus der Stadt, rheinaufwärts oder ins Bergische Land. Auch Kurt und seine Familie waren dabei.

Conny verfolgte wie durch eine dicke Wand, dass Mam und seine Großeltern ebenfalls überlegten, wegzugehen. Es interessierte ihn nicht. Er hatte seinen Bruder verloren, den wichtigsten Menschen in seinem Leben. Das alleine war ihm wichtig.

Seine Mam versuchte, bei der Hitlerjugend eine Dienstbefreiung für Conny zu erwirken. Aber in der Stadt, in der siebzehn Kirchen und rund vierzigtausend Wohnungen zerstört oder beschädigt waren, wurde jede Hand gebraucht, und so musste der Vierzehnjährige mit seinen Kameraden in Ruinen und Kellern Leichen bergen und in Zinkbehältern das einsammeln, was von den zerfetzten Menschen noch übrig war. Als Conny sich zwei Wochen danach noch immer übergeben musste und schließlich kollabierte, steckte Ida ihn ins Bett und fuhr ein weiteres Mal zu den Verantwortlichen der HJ.

»Meine kleine Conny schlafen muss«, flüsterte Lizzy.

Conny öffnete die Augen einen Spalt und sah, wie sie mit ihrem Hugo auf dem Arm vor seinem Bett stand. Lizzy strahlte ihn an, und als er müde grinste, krabbelte sie zu ihm ins Bett. Conny schlang seine Arme um sie und war froh, dass er wenigstens noch eine Schwester hatte.

Doch dann kam Mam zurück und sagte, dass er sich zusammenreißen müsse, weil es im Krieg keine Ausnahmen geben könne.

Weil so viele Kölner in den Luftschutzkellern unter ihren Häusern begraben wurden, hatte Mam eine Bunkerkarte für die gesamte Familie besorgt. Beim nächsten Alarm eilten sie mit Opa und Oma in den gerade einmal dreihundert Meter entfernten Tiefbunker am Georgsplatz. Vor der Tür war eine lange Schlange, und als sie endlich vor dem Bunkerwart standen, schaute der Lizzy an und schüttelte den Kopf. »Sie kann ich hier nicht reinlassen.«

»Was? Aber wieso?«, fragte Mam entsetzt.

»Ich habe genaue Anweisungen. Das Kind würde einem gesunden Menschen die Luft zum Atmen wegnehmen.«

Mam war sprachlos. Selbst Opa sagte nichts. Und weil von hinten Menschen drängelten, gingen sie zur Seite und ließen andere durch.

»Bleibt ihr mit Conny hier«, sagte Mam zu Opa und Oma.

»Das kommt gar nicht infrage!«, widersprach Oma Katring.

Sie eilten zurück in die Agrippastraße, suchten im Keller unter Opas Werkstatt Schutz und sprachen kein Wort.

Opa fand heraus, dass im Keller des Brauhauses Dünnwald in der Herzogstraße mehr als einhundertfünfzig Menschen Platz hatten. Da er schon seit Jahren für den Brauereibesitzer arbeitete, bekamen sie dort einen garantierten Schutzplatz.

Acht Minuten brauchten sie dorthin. Conny beobachtete, wie die anderen Menschen auf Lizzy reagierten. Niemand nahm Anstoß an ihr. Im Gegenteil. Nach einer langen Nacht, in der Lizzy mit dem Lied ›Der Mai ist gekommen‹ ein Lächeln in die Gesichter der Menschen zauberte, schenkte ihr eine alte Dame Wolle und eine Häkelnadel und brachte ihr über die Monate mit Engelsgeduld das Häkeln bei.

Conny funktionierte. Er ging mit Mam auf den Schwarzmarkt, um Essen oder Brennmaterial zu besorgen, entschuldigte sich immer öfter bei der Hitlerjugend und gab vor, Bauchkrämpfe zu haben. Er zählte die Fliegeralarme nicht mehr und schrieb auch nichts in sein Kriegstagebuch. Es gab eh keinen Lehrer mehr, der das kontrollierte. Und im Winter, der so kalt war, dass die Wasserleitungen und die Toiletten einfroren, dachte er nicht an Weihnachten, sondern nur an Kälte und Hunger und daran, dass es Franz nicht mehr gab.

Im Februar schaufelte er mit beiden Händen Schnee in zwei Eimer, damit seine Mam Wasser schmelzen und damit kochen konnte. Auf dem Weg nach oben hörte er im Treppenhaus das laut aufgedrehte Radio der Nachbarn. Er kannte die Stimme. Reichspropagandaminister Joseph Goebbels. Conny blieb vor der geschlossenen Tür stehen und horchte.

»Wäre die deutsche Wehrmacht nicht in der Lage, die Gefahr aus dem Osten zu brechen, so wäre damit das Reich und in kurzer Folge ganz Europa dem Bolschewismus verfallen.«

Und als Goebbels sagte, dass die Engländer glaubten, das deutsche Volk sei des Kampfes müde, fühlte Conny sich ertappt. Ja, er war müde in letzter Zeit.

»Gelobt ihr mit heiligem Eid der Front, daß die Heimat mit starker Moral hinter ihr steht und ihr alles geben wird, was sie nötig hat, um den Sieg zu erkämpfen?«

Conny wollte auf keinen Fall, dass die Tommies recht hatten, und noch weniger wollte er, dass Franz umsonst gestorben war. Als der Reichspropagandaminister fragte, ob er den totalen Krieg wolle, riss er seinen rechten Arm nach oben und schrie: »Ja!«

Dann rannte er zu seiner Mutter und beschwor sie, dass sie nicht aufgeben dürften.

Ich hab doch schon den totalen Krieg, dachte Ida zynisch und ruckelte den Wassertopf auf dem Herd, damit der Schnee schneller schmolz. Sie hatte nicht nur ihren Sohn verloren, sie saß fast jede Nacht im Keller und konnte sich nicht erinnern, wann sie das letzte Mal eine Nacht durchgeschlafen hatte. Dieser verdammte Krieg dauerte jetzt schon fast dreieinhalb Jahre, und sie hatte das Gefühl, dass das Zerstörungswerk immer schlimmer wurde. Seit August 1939 bezog sie die Lebensmittel über Karten. Das, was ihnen zustand, reichte vorne und hinten nicht. Im letzten Angriff waren zudem so viele Geschäfte zerstört worden, dass oft nur improvisierte Versorgung möglich war. Ein paar Scheite Holz oder eine Handvoll Kartoffeln ergattert zu haben, war ein regelrechter Erfolg. Und jetzt war auch noch ein amtlicher Brief mit der Aufforderung gekommen, dass sie sich am Dienstag, dem 25. Februar 1943, um 13:15 Uhr mit der am 24. Dezember 1933 geborenen Elisabeth Monderath zur amtsärztlichen Untersuchung pünktlich einzufinden habe.

»Was, wenn sie mir Lizzy wegnehmen?«, fragte sie zitternd ihre Mutter.

»Fahr nach Lindenthal zu deiner Schwiegermutter«, empfahl ihr diese. »Sie soll dir die Adresse von deinem Schwager geben. Er ist doch Arzt, vielleicht …?«

Ida glaubte nicht daran, dass Drickes, der sich damals, vor nun schon so vielen Jahren, abschätzig über Lizzy geäußert hatte und zu dem sie seither keinerlei Kontakt mehr pflegte, helfen könnte. Aber er war ihre einzige Chance. Sie ließ die Neunjährige bei ihrer Mutter und radelte in den nobleren Stadtteil im Kölner Westen.

»Frau Monderath wohnt schon länger nicht mehr hier«, sagte eine fremde Dame, die ihr die Tür öffnete.

»Und wissen Sie, wo sie jetzt ist?«

»Sie ist vor drei Jahren verstorben.«

Sprachlos ging Ida die Freitreppe hinunter. Erst als sie unten angekommen war, drehte sie sich noch einmal um und fragte die Nachmieterin, die ihr nachsah, ob sie wüsste, wie sie den Sohn der Verstorbenen erreichen könne.

»Tut mir leid.«

»Wo geht ihr hin?«, wollte Conny am nächsten Dienstag wissen, denn es war ungewöhnlich, dass Lizzy und sie sich unter der Woche die Sonntagskleider anzogen.

»Arzttermin«, antwortete Ida, ohne ihn anzusehen.

Lizzy erklärte ihrem Hugo, dass er brav sein müsse, weil sie ihn heute nicht mitnehmen könne. »Und meine Conny darf auch nich' mit. Nur Lizzy und Mam.« Sie grinste ihren fünfzehnjährigen Bruder frech an. »Conny muss Ugo aufpassen.«

»Genau! Ich hab ja sonst nix zu tun«, sagte er und ging in die Schule.

Im Gesundheitsamt am Adolf-Hitler-Platz wurde Lizzy in Augenschein genommen, gewogen und vermessen. Eine Krankenschwester half, sie wieder anzuziehen, sodass Ida mit dem Amtsarzt in dessen Büro gehen konnte.

»Die Mam kommt gleich wieder, mein Schatz«, sagte Ida und gab Lizzy ein Küsschen auf die Wange.

Lizzy nickte und flüsterte ihr ins Ohr: »Nich' traurig sein.«

Ida streichelte über das Haar ihrer Kleinen und sagte: »Ich hab dich lieb.«

Der Amtsarzt räusperte sich, und sie folgte ihm in sein Zimmer. Er zeigte auf einen freien Stuhl, setzte sich ihr gegenüber an seinen Schreibtisch und schrieb in seine Akten. Ida wollte ihn nicht verärgern, deshalb fragte sie nichts, obwohl sein Schweigen kaum zu ertragen war. Endlich legte der Doktor seinen Stift zur Seite und schaute sie an. »Elisabeth wird in die rheinische Landesklinik für Jugendpsychiatrie in Bonn eingeliefert.«

»Aber …«

»Dort kann die beste Pflege im Rahmen des Möglichen neuzeitlicher Therapie durchgeführt werden.«

»Aber …« Ida riss sich zusammen und stammelte: »Aber … aber dann will ich sie wenigstens selbst hinbringen.«

»Wir kümmern uns«, sagte der Arzt, bat um Verständnis, dass er keine Zeit für weitere Fragen hätte und sie nun gehen müsse.

Um Verständnis bat man Ida auch am nächsten Morgen, als sie an der Pforte der Landesklinik in Bonn stand und sich erkundigen wollte, wie es ihrer Tochter ging. Sie solle sich gedulden, das Kind müsse sich eingewöhnen, sagte man und gab ihr einen Besprechungstermin bei einem Arzt in einer Woche. Ida zitterte auf dem Nachhauseweg. Nicht nur wegen der Kälte, sondern vor Angst um ihr Kind, das noch keinen einzigen Tag von seiner Mutter getrennt gewesen war.

Am 4. März stand sie bereits eine Stunde vor dem verabredeten Termin an der Pforte und erfuhr, dass man Lizzy verlegt hatte. In die Kinderfachabteilung nach Waldniel.

»Wo ist das denn?«

»In der Nähe von Mönchengladbach.«

Ida versuchte, sofort einen Zug dorthin zu bekommen. Da es wegen der Bombenschäden zu Streckensperrungen kam, gelangte sie nur bis Köln, rannte nach Hause, informierte ihre Mutter und bat sie, sich um Conny zu kümmern. Dann fuhr sie die siebzig Kilometer mit dem Rad. Sie spürte den Hunger nicht und auch nicht den eisigen Regen, und konnte nichts anderes denken, als dass sie zu ihrem Kind wollte.

Um fünf Uhr nachmittags stand sie vor dem massiven, monolithischen viergeschossigen Bau. Von drinnen hörte sie Stimmen, aber man ließ sie nicht vor, weil weder Besuchszeit noch Sprechstunde waren.

»Außerdem«, schob die Krankenschwester nach, die an der Pforte saß, »haben wir derzeit eine Besuchssperre wegen Masern.«

Ida hätte durchdrehen und alles zusammenschlagen können, aber sie riss sich zusammen, weil ihre innere Stimme ihr sagte, sie würde dadurch alles nur schlimmer machen. Sie zwang sich zu einem Lächeln und bekam die abweisende Schwester schließlich dazu, mit dem ärztlichen Leiter wenigstens telefonieren zu dürfen.

»Ihr Kind steht unter Beobachtung, gute Frau«, sagte Dr. Beese. »Vor zwei bis drei Monaten kann ich nichts über Elisabeth sagen.« Dann beendete er das Gespräch, weil er einen dringenden Termin hätte.

Nachts schlief Ida in einer Scheune hinter Rommerskirchen und kam völlig entkräftet und unterkühlt in der Agrippastraße an.

»Verbrecher!«, fluchte ihr Vater und warf vor Wut einen Hammer in die Ecke.

Oma Katring kochte ihrer Tochter eine Suppe, damit sie wieder zu Kräften kam.

»Wann wird Lizzy entlassen?«, fragte Conny.

»Ich weiß es nicht«, sagte Ida und weinte.

Conny legte den Arm um sie. »Das wird schon wieder, Mam.«

Ida wollte ihm glauben, aber dazu fehlte ihr der Mut.

Zwei Tage später konnte sie endlich mit der Stationsschwester in Waldniel telefonieren.

»Sie hat seit gestern Temperatur«, erklärte diese.

Ida war einerseits beruhigt, weil Lizzy ja schon die Masern gehabt hatte, andererseits machte es sie verrückt, nicht bei ihrem Kind zu sein. Sie knibbelte sich die Finger blutig, bat darum, morgen wieder anrufen zu dürfen – und bekam keine Antwort.

»Zieh dich an, Ida. Wir fahren da hin«, sagte Opa Max entschlossen. Er hatte ein Motorrad organisiert. Ida klammerte sich an seinen breiten Rücken und spürte die Erschütterungen nicht, als sie über die rumpelige Landstraße fuhren.

»Wir wollen das Kind sehen«, sagte der Handwerker in Waldniel und machte nicht im Entferntesten den Eindruck, dass er sich abweisen lassen würde.

Die Oberschwester kam an die Pforte. »Es geht leider nicht.«

»Dann will ich den Arzt sprechen.«

»Der ist auf einem Ausritt.«

»Auf einem Ausritt? Na, das ist ja interessant.« Mit seiner muskulösen Rechten schob Max Höger die Schwester zur Seite. »Wir haben Zeit. Wir können warten.«

Eine Stunde saßen sie in einem kalten und menschenleeren Flur, bis endlich ein Mann in einem weißen Kittel an ihnen vorbeiging.

Ida sprang auf. »Sind Sie Doktor Beese?«

»Nein, worum geht es denn?«

»Um meine Tochter. Elisabeth Monderath.«

Der Arzt machte ein ahnungsloses Gesicht.

»Warum ist meine Enkelin hier? Was genau hat sie denn? Seit zehn Tagen werden wir vertröstet.« Max sprach laut, und die roten Flecken in seinem Gesicht schmolzen ineinander.

»Lizzy, also Elisabeth Monderath, heißt die Kleine. Bitte, ich muss wissen, was mit ihr los ist. Ich bin doch ihre Mutter.«

Weil Opa Max laut wurde und drängte, lotste sie der Arzt, der sich ihnen nicht vorgestellt hatte, in ein Untersuchungszimmer. Mit einer Kopfbewegung forderte er sie auf, vor dem Schreibtisch Platz zu nehmen, suchte im Aktenschrank und kam mit einer Kladde zurück. »Die Diagnose müsste Ihnen ja bekannt sein«, begann er. »Mongoloider Schwachsinn. Solche Kinder sind weder bildungs- noch erziehungsfähig.«

»Aber sie kann stricken.« Die Halsschlagader von Max schwoll an, ein Zeichen, dass er kurz vor dem Platzen war.

»Häkeln«, verbesserte Ida.

»Hören Sie, Doktor Ähm. Dieses Kind fällt niemandem zur Last. Und wir nehmen es jetzt wieder mit.«

»Wir haben gehört, dass sie Fieber hat. Ich kann gut für Lizzy sorgen. Ich habe zwei Söhne großgezogen.«

»Sie können sich gerne an Anstaltsdirektor Beese wenden.« Der Arzt stand auf und wollte zum Aktenschrank zurückgehen.

Max erhob sich und stellte sich ihm in den Weg. »Nur weil Sie studiert haben, müssen Sie nicht meinen, dass Sie etwas Besseres sind.«

»Ich muss Sie bitten, zu gehen!«

»Und was, wenn wir das nicht machen?«, fragte Max und packte ihn am Arm.

»Vater, bitte«, sagte Ida, die befürchtete, dass Lizzy die Folgen zu spüren bekäme.

Der Doktor versuchte, sich aus dem Griff zu befreien, was den Sattler noch mehr provozierte. Es kam zu einem Handgemenge. Die Akte fiel auf den Boden. Ida bückte sich und suchte die Zettel zusammen. Dabei fiel ihr Blick auf die Beschreibung ihrer Tochter:

Gutmütig, harmlos, willig, für nichts zu gebrauchen.
Das Kind ist nicht dressierfähig.
Geistiger Zustand: unterhalb eines Tieres angesiedelt.

Es war, als täte sich die Erde unter ihr auf. Aber sie wusste, dass sie ihr Kind verlieren würde, wenn die Situation weiter eskalierte, deshalb nahm Ida all ihre Kraft zusammen, drückte dem Arzt die Akte in die Hand, entschuldigte sich bei ihm, dankte für das Gespräch und kündigte an, sich bei Doktor Beese zu melden. Dann nahm sie ihren Vater am Arm und zog ihn nach draußen.

Drei Stunden lang weinte sie auf dem Motorrad leise vor sich hin, und kaum war sie in ihrer Wohnung, setzte sie sich an den Küchentisch und schrieb dem sehr verehrten Herrn Doktor Beese, dem Anstaltsdirektor der Kinderfachabteilung Waldniel, einen Brief. Sie erklärte ihre Situation, die Lebenszusammenhänge mit den Großeltern, die Tatsache, dass sie für die Kriegswirtschaft auch mit dem Kind arbeiten konnte. Sie bat um Verständnis, weil sie nicht nur ihren Mann, sondern auch ihren erstgeborenen Sohn verloren hatte, und ersuchte den Fachmann untertänigst, ihr mitzuteilen, wann sie ihr Kind wieder abholen könne.

Nachts lag Conny, der nichts fragte, aber in dessen Augen sie ihre Angst sah, neben ihr.

Mehrfach radelte sie in den nächsten Tagen zur Hauptpost in der Straße an den Dominikanern und versuchte von dort aus, den Arzt telefonisch zu erreichen. Vergeblich. Auch auf der Station, zu der man sie nach vielem Bitten endlich durchstellte, bedauerte man, ihr keine Auskunft über ihre Tochter geben zu können. An einem Montag kam endlich ein Brief, den Doktor Beese unterschrieben hatte.

Sehr geehrte Frau Monderath,
zu meinem Bedauern muss ich Ihnen mitteilen, dass Ihr Töchterchen am 1. April 1943 an einer von Masern ausgelösten Lungenentzündung verstorben ist. Die Leiche und Habseligkeiten wird aus seuchenpolizeilichen Gründen am 2. April 1943 um 14 Uhr hier beerdigt.

Das war vor vier Tagen, dachte Ida, wankte in ihr Schlafzimmer, nahm Ugo aus Lizzys Bett, drückte ihn an sich. Masern? Sie wusste, dass diese Diagnose nicht stimmen konnte, und brach zusammen.

Conny saß in der Ruine am Blaubach in einem Zimmer im zweiten Stock, das einmal ein Wohnzimmer gewesen sein musste, und lehnte sich an eine halbwegs erhaltene Standuhr, auf der die Zeit stehen geblieben war. Er konnte sich nicht daran erinnern, wie lange er schon hier war, wie lange er sich hier versteckt hatte, weil er nichts mehr hören wollte. Nicht Opas Flüche, dass diese Nazi-Verbrecher sie umgebracht hatten. Und auch nicht Mams Wimmern. »Mein Kind! Mein Kind!«

Wie ein Igel rollte er sich ein, schloss die Augen und wollte nichts mehr denken. Er wollte nicht mehr sein, wünschte, dass es einen Alarm geben würde, die Bomber ihn mit einem Schlag befreien würden, damit er bei Lizzy sein konnte und bei Franz – und bei Pap.

»Krraaab, krraaab, krraaab.«

Conny öffnete ein Auge und sah einen Raben auf der zerbombten Brandmauer sitzen. »Krraaab, krraaab, krraaab.«

Hau ab, dachte er. Aber der Vogel blieb und machte einfach weiter mit seinem »Krraaab, krraaab, krraaab«.

»Lass mich in Ruhe!« Es waren die ersten Worte, die er seit Tagen gesagt hatte. Er blickte sich um, suchte etwas, womit er werfen könnte, um den aufdringlichen Vogel zu vertreiben. »Ich will das alles nicht. Dich nicht. Mich nicht. Nichts.«

Der Rabe schaute Conny an.

»Kannst du mich nicht allein lassen?« Tränen tropften auf seine kurze, zerrissene Hose.

»Conny?« Die Stimme seiner Oma.

Er antwortete nicht.

»Bitte, komm raus, Jung. Ich weiß, dass du da drin bist. Komm nach Hause.«

Mit sauberer Uniform und rot geweinten Augen trat Conny eine Woche später seinen Dienst bei der Hitlerjugend an und erfuhr, dass er als Flakhelfer eingesetzt werden sollte, weil die Soldaten an der Front gebraucht wurden. Zu jedem anderen Zeitpunkt hätte er sich darüber gefreut. Er wollte schon seit Jahren Kriegsdienst verrichten. Aber jetzt musste er sich um Mam kümmern. Sie hatte doch nur noch ihn. Das hatte er Franz versprochen. Und auch seiner Oma.

Conny redete mit seinem Gruppenführer, doch der sah ihn nur herablassend an. »Sei kein Muttersöhnchen, Monderath. Der Führer braucht dich. Abtreten!«

Zu Hause sagte keiner ein Wort dazu. Opa in der Werkstatt

nicht. Auch Oma, die jetzt immer für alle kochte, schwieg. Und erst recht seine Mam, die stumm die dünne Suppe löffelte. Aber er spürte, dass sie ihn alle nicht gehen lassen wollten.

»Willst du Hugo als Maskottchen mitnehmen?«, fragte seine Mam, als sie wieder in ihrer Wohnung waren und sie mit Conny seinen Rucksack packte.

Er wusste, wie sehr sie an dem Letzten, dass ihr von Lizzy geblieben war, hing. Sein Hals schnürte sich zu, er brachte kein Wort heraus und schüttelte den Kopf.

Auf dem Fliegerhorst-Ostheim, dem Militärflugplatz der Wehrmacht im Kölner Osten, bezog er Ende April eine Baracke und bekam eine Holzpritsche zugewiesen. Kaum hatte er verstanden, wie die zum Schutz des Fliegerhorstes aufgestellten Flugabwehrkanonen zu bedienen waren, ging ein Alarm los, und alle rannten durcheinander.

Conny sah, wie die Suchscheinwerfer blitzartig den Himmel erhellten und versuchten, feindliche Flugzeuge zu orten. Er reichte die Flakmunition an, die zur Abwehr von feindlichen Flugzeugen abgefeuert wurde. Er funktionierte. Nacht für Nacht.

Auch am 29. Juni. Kurz nach ein Uhr am Morgen wurde der Alarm ausgelöst, dann kam eine Invasion von Bombern. Im Sekundentakt warfen sie Luftminen ab, Sprengbomben, Brandbomben, Phosphorbrandbomben. Neunzig Minuten lang. Über ganz Köln brannte der Himmel. Conny wusste, dass die einzigen Menschen, die er noch hatte, unter diesem Himmel waren.

Noch bevor es Tag wurde, entfernte er sich unerlaubt vom Dienst. Ohne den Dom, der durch die vielen Brände rußgeschwärzt war, hätte er nicht gewusst, in welche Richtung er gehen sollte. Kilometerweit lagen zusammengestürzte Häuser auf den Straßen. Brannten Ruinen. Irrten Menschen umher. Mit wirren Blicken. Andere schrien verschüttet unter Trümmern. Überall lagen Tote. Mit abgerissenen Köpfen oder Gliedmaßen. Brandopfer, in der großen Hitze auf Kindergröße geschrumpft.

Conny wollte nur noch raus aus diesem Leid. Aber die Welt war ein einziges Elend. Es gab kein Köln mehr. Nur Grauen.

Auf der anderen Seite des Rheins stolperte er am Heumarkt über Wasserschläuche und rauchende Schutthaufen. Überall Frauen, Kinder und auch Greise, die mit rauchgeschwärzten Gesichtern versuchten, den Flammen wenigstens einen kleinen Teil ihrer Beute abzuringen.

Durch die kleinen, brennenden Gässchen der Altstadt eilte Conny wie durch einen glühenden Backofen. Aus den Kellerlöchern kam ihm der Geruch von brennenden Leichen entgegen. In der Schildergasse saßen Menschen, die sich an Habseligkeiten klammerten und zusahen, wie ihr Heim in Flammen aufging. Ein kleiner Junge führte seine Mutter, die in der Nacht blind geworden war, an der Hand. Kinder irrten umher und fanden ihre Eltern nicht.

Conny ging schneller. Mam, Opa und Oma. Sie waren im Brauhauskeller. Der war sicher. Er bog ab. Doch in der Herzogstraße stand kein Brauhaus mehr. Es gab nur Steine. Und Qualm. Keine Stimmen von Verschütteten. Nur Leichen. Zu Dutzenden nebeneinandergelegt.

»Da drin hat keiner überlebt. Die sind alle erstickt«, hörte er jemanden sagen.

Conny rannte an der Reihe der Toten entlang. Mit der Wucht eines Dampfhammers schlugen Gedanken durch seinen Kopf. Jagten Ängste durch seinen Körper. MAM. Wo war Mam? Wo die Großeltern? Doch in einem Bunker? In der Agrippastraße? Im Keller? Da erkannte er den Stoff der Schürze von Oma Katring. Sie lag auf dem Bauch, ihre Arme waren seltsam verdreht. Neben ihr lagen mehrere Leute, die aussahen, als würden sie schlafen. Auch Opa. Connys Kopf drohte zu zerspringen, sein Puls beschleunigte sich und auch seine Schritte. Nein, es durfte nicht sein. Mam musste überlebt haben. Er weinte. Schrie. Schrie nach ihr und ging zum Kellerabgang der Brauhausruine.

»Du kannst da nicht rein!«, rief eine Frau, die ihr schreiendes Kleinkind an ihren Körper presste. »Der Keller ist einsturzgefährdet!«

Conny beachtete sie nicht, ging über die Trümmer hinweg hinab.

»MAM!« Im hinteren Teil des Luftschutzkellers hatte ein Pfeiler nachgegeben, die Decke war teilweise eingestürzt.

Er warf Steine zur Seite und grub sich mit blutigen Händen Bahn. Weil es dunkel war, zückte er seine Dynamo-Taschenlampe und brachte sie per Handdruck zum Leuchten.

Da sah er eine Hand mit zwei Eheringen am Ringfinger, die etwas umklammerte. Es war Hugo. »Mam!«

Conny grub einhändig weiter. Zitternd, fieberhaft, schreiend. Und sah ihr Gesicht. Sah trübe Augen und ein Lächeln. Eingefroren. Aus einer weit entfernten Welt.

»Mam«, flüsterte er, berührte weinend ihre Wangen und spürte, wie kalt sie war.

Dann hörte er ein Grollen, und über ihm stürzte alles zusammen.

DREI.
Juli 2016

Tom steht auf einer Klappleiter in dem viel zu vollen Kellerverschlag seines Elternhauses in Köln-Porz, in dem man dringend einmal ausmisten müsste. Offensichtlich wird hier seit Jahren alles reingestellt, was niemand mehr braucht. Ausrangierte Liegestühle, Kunstlederkoffer in Maigrün und Rotweinrot, ein kaputter Sonnenschirm, abgefahrene Winterreifen, alte Deckenlampen, Tapetenreste. Seit dem Friedhofsbesuch mit Henk verfolgt es Tom, dass er so gut wie nichts über die Familie seines Vaters weiß. Und so hat er sich heute, kaum, dass sich seine Mutter nach dem Essen zu einem Mittagsschläfchen aufs Sofa gelegt hatte, in den Keller geschlichen. Hier und da hat er bei seinen letzten Besuchen eine Frage fallenlassen, aber auf die Auskünfte seiner Mutter ist kein Verlass.

Ganz oben auf dem Metallregal sieht Tom Kartons, die dem Aufkleber nach aus der Praxis seines Vaters stammen. Er zieht einen heraus, hebt den Deckel an. Patientenakten. Er überlegt, ob und, wenn ja, wie lange so etwas aufbewahrt werden muss, schiebt den Karton zurück und nimmt sich vor, das zu recherchieren und gelegentlich einen Aktenvernichter kommen zu lassen. Dann klettert er von der Leiter, räumt Gerümpel aus dem Weg, um die Leiter weiter hinten aufstellen zu können, und findet in einer alten Margarineschachtel Studienunterlagen seines Vaters aus Heidelberg. Daneben liegt ein abgegriffener Ordner mit Rechnungen. Alphabetisch sortiert von 1956 bis 1966. Tom blättert darin und wundert sich, dass sein Pap offensichtlich alles aufgehoben hat, sogar eine Hotelrechnung aus Brüssel aus dem Jahr 1958.

Unter demselben Buchstaben findet er die Rechnung einer Friedhofsgärtnerei aus Krefeld. *Für Grabschmuck zum Anstaltsfriedhof Waldniel.* Ausgestellt an Weihnachten 1963. Kranzschleifenaufdruck: *Unvergessen Elisabeth Monderath *1933.* Tom erinnert sich, dass sein Vater ihm einmal von ihr, er nannte sie Lizzy, erzählt hat. Damals – Tom war vielleicht in der ersten oder zweiten Klasse – hatte er Pap gefragt, warum der Michael von Familie Wieder, die im Haus nebenan wohnte, so komisch sei. Mit schrägen Augen, außerdem könne er nicht richtig sprechen. Sein Vater erklärte ihm daraufhin, dass diese Kinder etwas ganz Besonderes seien. Mit Tränen in den Augen beschrieb er seine kleine Schwester, die fröhlich war, gerne sang und immer aus dem ›Struwwelpeter‹ vorgelesen bekommen wollte. Aber von dieser Anstalt Waldniel hatte er nichts gesagt.

»Was um Himmels willen machst du hier?«

Tom dreht sich erschrocken um und muss sich am Regal festhalten, weil die alte Leiter wackelt.

Vor dem Kellerverschlag steht seine Mutter. Mit wirrem Blick.

»Nichts, Mam, ich wollte nur etwas suchen«, sagt er mit ruhiger Stimme, stellt den Ordner zurück und klettert von der Leiter.

Doch die 85-jährige Greta hört ihm nicht zu und steht schon mitten im Keller. »Hier sind die ganzen Sachen. Die hab ich ja schon überall gesucht!«, ruft sie, nimmt einen alten Reisewecker aus dem Regal und stellt fest, dass er stehen geblieben ist. »Das müssen wir in Ordnung bringen.«

»Gute Idee«, sagt Tom und weiß, dass er seine Mutter so schnell wie möglich aus diesem Keller herausbekommen muss, weil Alzheimerkranken die Fähigkeit fehlt, sich auf das Wesentliche zu konzentrieren, und zu viele Sinneseindrücke eine Welle der Unruhe auslösen. Nach zwei Polizeieinsätzen – dem ersten, als Greta auf der Autobahn durch halb Deutschland fuhr, weil sie offensichtlich die Orientierung verloren hatte, und dem zweiten, weil sie sich in der Stadt verirrte und mitten in der Nacht unter einer Rheinbrücke gefunden wurde – und einem Aufenthalt in der Gerontopsychiatrie hat Tom gelernt, mit der Erkrankung seiner Mutter umzugehen.

»Das ist eine gute Idee«, wiederholt er, klappt die Leiter zusammen und stellt das Gerümpel, das er rausgeräumt hat, wieder in den Kellerverschlag. »Was hältst du davon, wenn wir heute zum Kaffeetrinken einen kleinen Ausflug machen?« Er weiß, dass er Greta damit immer kriegt. Sie lässt sich gerne durch die Gegend kutschieren.

»Und wohin?«

»Wohin du willst, Mam«, sagt er, lässt ihr den Reisewecker und auch das leere Weckglas, an das sie sich klammert, schiebt sie sacht Richtung Ausgang und verschließt das Vorhängeschloss.

»Ich will in die Stadt«, sagt Greta entschieden.

Am Samstag ist die Stadt proppenvoll, denkt Tom und überlegt, wie er sie geschickt auf eine andere Idee bringen könnte.

Aber Greta ist entschlossen. »Ich will ins *Café Wahlen*.«

»Frau Monderath, was für eine Freude«, begrüßt sie die dauergewellte Verkäuferin, die mit dem gestärkten weißen Schürzchen über dem stramm sitzenden schwarzen Bleistiftrock hinter der Kuchentheke steht. »Wir haben uns ja ewig nicht mehr gesehen.«

Die in die Jahre gekommene Kölnerin nickt Tom zu, und Greta strahlt. Wie immer, wenn sie erkannt wird. Und wie immer, wenn sie hier zum Kaffeetrinken ist, bestellt sie ein Stückchen Schwarzwälder Kirsch. »Mit einer Portion Sahne extra.«

Tom nimmt seine Mam am Arm, als er mit ihr die drei Stufen nach oben geht und in dem lang gezogenen Café, in dem vor sechzig Jahren die Zeit angehalten wurde, einen freien Platz sucht. Fast alle Tische sind besetzt. Von älteren Kölner Pärchen, die schweigend voreinandersitzen, weil sie sich schon seit Jahren alles erzählt haben. Eine Gruppe jüngerer Gäste verstummt, als sie vorbeigehen. Sie alle sind um die dreißig und allesamt männlich. Während Tom seiner Mam den Stuhl unter den Hintern schiebt und auf die Bestellung wartet, muss er innerlich schmunzeln, denn ihm scheint, als habe er die Herren, die ihn nun flüsternd taxieren, schon einmal gesehen. Vor einer Woche, zwei Straßen weiter, leicht bekleidet und hemmungslos.

»Was glotzen die denn so blöde?«, fragt Greta etwas zu laut. »Die denken bestimmt, wir sind ein Liebespaar.«

»Die sind nur neidisch, Mam, weil wir so gut aussehen«, flüstert Tom und zwinkert ihr spitzbübisch zu.

Der Kaffee wird serviert und gleich darauf die Torte, auf die Greta sich stürzt, als hätte sie vor Wochen zum letzten Mal etwas zu essen bekommen. »Die Schwarzwälder ist noch besser als die von Guste-Oma«, sagt sie und schiebt sich einen zweiten Bissen zwischen die Zähne.

Toms Blick fällt auf die eingeklemmten Zeitungen, die hinter ihr an einem Garderobenständer hängen. *Traumatisiert und ziellos – aus Kriegsgebieten geflohene Minderjährige in Deutschland*, titelt die ›Frankfurter Allgemeine Zeitung‹.

Sein Vater war ebenfalls als Jugendlicher allein, nachdem er seine ganze Familie im Krieg verloren hatte. Was Mam wohl davon weiß? Tom wagt es nicht, sie zu fragen. Er will ihre Erinnerungen an Krieg und Flucht nicht wachrütteln und ist einfach nur froh, dass sie zufrieden ist.

Ein älterer Herr nimmt seinen Mantel von der Garderobe und lächelt Greta im Vorbeigehen zu. »Geht es dir gut?«

»Ja, sicher. Und selbst?«, will sie kauend von ihm wissen.

»Man wird nicht jünger. Was waren das für schöne Zeiten.« Zwischen den beiden entspinnt sich ein Smalltalk, dem Tom entnimmt, dass sie sich von den Roten Funken her kennen, einem Traditionskorps des Kölner Karnevals, dem sein Vater angehört hat.

»Ich denke gerne an Conny. Er war ein feiner Kerl«, sagt der Fremde.

»Du aber auch!« Greta kichert und leckt Sahne von der Kuchengabel.

Von hinten nähert sich eine ältere Dame, die seit der Hochzeit von Priscilla mit Elvis Presley weder Frisur noch Haarfarbe geändert hat, und zieht den Herrn ungeduldig am Ärmel. »Das Taxi, Karlheinz!«

Karlheinz deutet eine Verneigung an, nickt Tom zu und folgt seiner Begleiterin schlurfend Richtung Ausgang.

»Wer war denn das, Mam?«, raunt Tom.

»Keine Ahnung!«, sagt sie und fängt an, von Toms Torte zu essen. »Aber hast du die Nase gesehen? Der lässt auch keine Rotweinflasche stehen.« Sie spricht so laut, dass auch Karlheinz das noch mitbekommen kann, falls seine Hörgerätebatterien geladen sind.

Tom registriert die neugierigen Blicke von den Nachbartischen, beugt sich vor und hofft, dass seine Mutter ihre Lautstärke anpasst, wenn auch er leise spricht: »Warst du oft mit Pap hier?«

»Ja, sicher.«

»Erzähl mal von ihm, Mam.«

»Er war ein feiner Kerl, der Conny.«

Niemals hat sie Conny zu ihm gesagt, denkt Tom und weiß, dass sie das nur nachplappert. Er bestellt die Rechnung und schielt auf die Uhr. In drei Stunden ist Helga, die Nachbarin, die seine Mutter betreut, wieder zurück.

»Und wohin willst du jetzt?«, fragt er, als sie wieder im Auto sitzen.

»Na, wie immer.«

»Was ist immer?«

»Na, ans Grab. Das weißt du doch.«

Dann sind sie und Pap offensichtlich immer nach dem Kaffeetrinken zum nahen Friedhof gefahren, denkt Tom. Das ist schon verrückt, dass sie sonst nie nach dem Café-Besuch diesen Wunsch geäußert hat. Jetzt, wo Konrad durch die Begegnung mit Karlheinz wieder in ihr Gedächtnis gespült wurde, erinnert sie sich an alte Routinen. »Machen wir, Mam«, sagt er und steuert zum zweiten Mal innerhalb weniger Tage den Melatenfriedhof an. Diesmal betritt er ihn durch das Hauptportal.

Ohne Orientierungsprobleme steuert Greta auf das Familiengrab zu und wirkt kurz irritiert, als sie die Inschrift auf der Grabplatte liest.

»Was ist, Mam?« Tom rechnet damit, dass sie sich gleich wundert, warum der Name ihres Ehemanns auf der Platte steht.

Doch sie antwortet nicht, sondern bückt sich und reißt das Unkraut, das zwischen dem Split aus der Grabumrandung wuchert, heraus. »Mein Gott, wie es hier aussieht!« Büschel um Büschel fliegen nach hinten.

Tom liest den Namen, der unter dem seines Vaters steht: *Elisabeth.* Die Gärtnereirechnung aus dem Ordner fällt ihm ein. Warum hat Pap seiner Schwester einen Kranz zu einem anderen Friedhof schicken lassen?

Auch wenn Tom weiß, dass er sich nicht darauf verlassen kann, dass die Aussagen seiner Mutter der Realität entsprechen, versucht er es. Erst einmal allgemein. »Hat Pap denn jemals über seine Geschwister geredet?«

»Ja, sicher«, sagt Greta. »Der Franz war ein hohes Tier bei der Waffen-SS. Aber der liegt hier nicht.«

Tom fällt auf, mit welchem Stolz sie die Waffen-SS herausposaunt, und er fragt sich, ob es möglich gewesen ist, mit Anfang zwanzig schon Karriere in dieser Eliteeinheit gemacht zu haben. Aber das interessiert ihn im Moment nicht. »Und Elisabeth?«, hakt er nach.

»Das war Lizzy. Die kam um. Unwertes Leben«, sagt Greta geschäftig und wirft weiter Unkraut hinter sich. »Die liegt auf einem Anstaltsfriedhof. In Waldniel.«

Während seine Mutter schnaubend dafür sorgt, dass jedes Stückchen Natur, das neben der schweren Grabplatte sprießt, vernichtet wird, sucht er in seinem Smartphone erst den Ort. Waldniel liegt in der Nähe von Mönchengladbach. Als er den Begriff *Anstalt* sowie das Todesjahr von Lizzy hinzufügt, erscheint ein Buchtitel: *Das Kind ist nicht abrichtfähig – Euthanasie in der Kinderfachabteilung Waldniel 1941–1943*. Toms Puls beschleunigt sich, und er drückt auf *Jetzt kaufen*.

Plötzlich klingelt sein Handy. Es ist Jenny.

»Ich weiß, dass du bei deiner Mutter bist, und ich will dich eigentlich auch nicht stören, Tom. Aber hast du es in den Nachrichten gehört?«

»Nein. Was?«

»Die haben in der Nähe meiner Wohnung eine Fliegerbombe gefunden, und das halbe Viertel wird evakuiert. Wir müssen aus der Wohnung raus. Ich wollte dir nur Bescheid geben, dass ich mit Carlchen zum Sammelplatz gehe. Wir werden ins Südstadion gebracht, bis das Ding entschärft ist.«

»Quatsch, wir holen dich ab. Ihr kommt zu mir.«

Mit seiner Mutter auf dem Beifahrersitz rast Tom über die Universitätsstraße in den Kölner Süden.

»Was ist denn passiert?«, fragt Greta.

»Ach, die haben eine Weltkriegsbombe gefunden. Die evakuieren. Wir holen jetzt Jenny und den Kleinen ab.«

»Wer ist denn Jenny?« Greta krallt sich an ihrem Sicherheitsgurt fest, als Tom beschleunigt, um noch über die eben auf Rot gesprungene Ampel zu kommen.

Er muss sich konzentrieren, denn es gibt schon jetzt einen Rückstau, weshalb er verbotenerweise links abbiegt, um durch die Seitenstraßen schneller in der Südstadt zu sein. Tom hat nicht die Geduld, jetzt seiner Mam zum hundertsten Mal zu erklären, dass Jenny seine Freundin ist. Und zwar die Frau, mit der er in den letzten Wochen mehrfach zu Besuch war. Die mit dem Baby.

Im Radio hört er die Meldung, dass der Blindgänger, der bei Bauarbeiten am Karthäuserwall entdeckt wurde, noch heute entschärft werden muss, da er einen gefährlichen Langzeitzünder enthält, der jederzeit zur Detonation führen könnte. Die Polizei fordert alle Einwohner fünfhundert Meter rund um die Fundstelle der englischen Zehn-Zentner-Bombe auf, unverzüglich ihre Wohnungen zu verlassen.

»Siebentausendachthundert Personen sind von der Evakuierung betroffen«, sagt der Leiter des Ordnungsamtes der Stadt Köln im Interview. »Evakuierungsverweigerer werden notfalls mit Zwang aus dem Bereich entfernt. Ein Zeitpunkt für die geplante Entschärfung steht noch nicht fest, sie kann aber erst nach der erfolgreichen Evakuierung erfolgen.«

»O Gott, o Gott«, jammert Greta, und erst jetzt registriert Tom ihre Angst.

Er schaltet das Radio aus und sagt betont ruhig: »Mach dir keine Sorgen, Mam. Die haben alles im Griff.«

Greta gibt ihm keine Antwort und starrt geradeaus auf den Verkehrspolizisten, der Tom mit seiner Kelle ein Zeichen gibt, anzuhalten. »Sie können hier nicht durch!«

»Hören Sie, ich will nur meine Freundin abholen. Sie steht mit ihrem Baby am Chlodwigplatz. Und …«

Der Polizist, der Tom erkennt und ihn mit Namen anspricht,

sagt, dass er leider keine Ausnahme machen könne. Doch Tom gibt nicht auf. Mit seinem ganzen Charme und dem Gewicht seines Namens als prominenter Moderator gelingt es ihm, von einem Motorradpolizisten über den Sachsenring eskortiert zu werden. Dabei telefoniert er über die Freisprechanlage pausenlos mit Jenny, die ihm zu Fuß entgegenkommt und ihn über ihren genauen Standort auf dem Laufenden hält.

»Ab hier geht es wirklich nicht mehr weiter«, sagt der Motorradpolizist, der neben ihm gehalten hat, durch das offene Fenster. Sie stehen vor der mit quergestellten Polizeiwagen abgeriegelten Kreuzung, über die eine Kolonne von Transportern und Krankenwagen fährt, die die Anwohner in Sicherheit bringen.

Tom weiß, dass Jenny weniger als hundert Meter entfernt ist. Er holt sich das Okay des Polizisten, parkt den Wagen am Straßenrand und versichert Greta, dass er gleich wieder zurück ist. Dann läuft er zwischen dem blau und orange blinkenden Großaufgebot von Feuerwehr, Ordnungsamt, Polizei und Hilfsorganisationen in Richtung Chlodwigplatz und sieht Jenny mit dem Kinderwagen, die ihm von Weitem zuwinkt.

»Großartig, dass es geklappt hat«, sagt sie außer Atem.

Tom gibt ihr ein Küsschen, nimmt ihr den Rucksack ab und auch die Wickeltasche, und zu zweit eilen sie zurück zum Wagen. Der vier Monate alte Carl scheint die Geschwindigkeit zu genießen und strahlt Tom aus dem Kinderwagen an.

»Heute ist was geboten. Was, Chef?«, ruft Tom und lacht zurück.

»Ich war nicht zu Hause, als die den ersten Klingeldurchgang gemacht haben. Deshalb wurde es jetzt so hektisch«, versucht Jenny im Laufschritt zu erklären und macht sich Sorgen, dass auch das Klösterchen, wie das Krankenhaus rund hundert Meter vom Fundort der Bombe heißt, evakuiert werden muss. »Stell dir das mal vor. Die ganzen Leute aus der Intensivstation.«

»Ja, das ist Wahnsinn«, sagt Tom, geleitet sie zwischen den Rettungswagen und Transportern über die Vorgebirgstraße zu seinem Auto und ist froh, dass sie es so rasch schaffen. Schlagartig hält er inne. Und fühlt sich, als wäre die Bombe bereits explodiert, denn das Auto ist leer, seine Mutter verschwunden. »Fuck!«, entfährt es ihm, und er blickt sich um. Doch in keiner der vier Himmelsrichtungen kann er Greta entdecken.

Den Polizisten, die den Verkehr regeln, ist keine alte Dame mit einem rosafarbenen Hütchen aufgefallen. Sie haben alle Hände voll zu tun, Tausende Kölner gleichzeitig in Sicherheit zu bringen, da interessiert sich niemand für eine einzelne alte Frau, der man ihre Verwirrtheit nicht ansieht. Tom könnte sich in den Hintern treten, dass er sie unbeobachtet gelassen hat. Er hätte wissen müssen, dass die vielen Eindrücke seine Mutter durcheinanderbringen. Er spürt, wie sich sein Hals zusammenzieht.

Ich dumme Kuh, denkt Jenny. Wieso hat sie sich darauf eingelassen, eine Ausnahme zu sein. Warum hat sie Tom überhaupt angerufen? Sie kennt ihn doch, hätte ahnen können, dass er sie in dieser Situation nicht allein lassen würde. Dabei hat die Stadt doch alles super organisiert. Sie sieht, wie Tom mit Polizisten verhandelt, wie er unruhig hin und her läuft, um seine Mutter irgendwo zu entdecken. Angst kriecht in ihr hoch. Sorge um ihn. Was, wenn er doch nicht so belastbar ist, nicht so cool, wie er immer vorgibt? Schließlich hat sie vor drei Monaten mitangesehen, wie er während einer Livesendung zusammengebrochen ist. Und sie kennt den Grund dafür. Anfangs wollte sie ihm immer sagen, dass es gut wäre, der Sache auf den Grund zu gehen, denn sie weiß aus eigener Erfahrung, dass eine Panikattacke keine einmalige Erscheinung ist. Aber weil er, seit sie ein Paar sind, so glücklich war, trat dieser Gedanke immer mehr in den Hintergrund.

»Sie müssen das Evakuierungsgebiet umgehend verlassen«, befiehlt ein Polizist.

»Aber ich kann doch nicht weg, meine Mutter …«, sagt Tom und bleibt wie eingefroren stehen.

Jenny spürt seine Angst. Sie eilt zu ihm, übergibt ihm den Kinderwagen und nimmt ihm den Autoschlüssel ab. »Lass mich mal, Tom.« Daran, dass er ihr nicht widerspricht, merkt sie erst recht, wie es um ihn steht.

Sie parkt den Wagen außerhalb des Sperrgebietes und rennt zurück. Als sie zehn Minuten später völlig außer Atem wieder an der Kreuzung ist, hat Tom Carlchen auf dem Arm und drückt den Kleinen so fest an sich, als würde er ihm Halt geben.

»Wir brauchen eine Strategie«, sagt Jenny einigermaßen ruhig. »Versetz dich doch mal in Greta hinein. Was hat sie wohl gedacht?«

Tom konzentriert sich. »Sie ist neugierig. Immer.« Angestrengt schaut er sich um, dann deutet er auf das mittelalterliche Stadttor auf der anderen Straßenseite. »Sie kennt die Ulrepforte. Dort haben die Roten Funken ihr Hauptquartier, und da war sie oft mit meinem Vater.«

Vor dem Stadttor sind die Einsatzfahrzeuge der Hilfsorganisationen wie Perlen an einer Schnur aufgestellt und warten auf ihren Transporteinsatz. Gerade als Jenny etwas einfällt und sie ihren Gedanken aussprechen will, fährt vom Stammsitz der *Kölsche Funke rut-wieß vun 1823* kommend ein elfenbeinfarbener Großtransporter der Kölner Malteser auf sie zu. Mit Blaulicht. Und vorne, direkt neben dem Fahrer und einem Helfer in leuchtrotmarinefarbener Jacke, sitzt Greta. Glücklich lächelnd, als würde sie in das Abenteuer ihres Lebens aufbrechen.

»Tom, da ist sie!«, ruft Jenny und versucht, den Wagen anzuhalten.

Der Fahrer hupt sie zur Seite. Nur Greta versteht das Gefuchtel als Winken und grüßt fröhlich zurück.

Zusammen mit Tom läuft Jenny neben dem Transporter her, aber der wird schneller und braust davon.

»Dann wissen wir jetzt wenigstens, wo sie ist«, sagt Tom außer Atem und fällt ihr, Carlchen protestierend zwischen sich, erleichtert um den Hals. Zu Fuß, weil sie mit dem Auto wegen der Sperren nicht zum Südstadion fahren können, machen sie sich auf den Weg.

Zwanzig Minuten später sind sie am Stadioneingang angekommen. Obwohl Tom nicht im Gefahrenbereich wohnt und damit anders als Jenny und ihr Sohn keine Zutrittsberechtigung hat, gewährt man ihm Einlass. Er konnte den Ordnungsdienst überzeugen, dass seine demente Mutter unter den Evakuierten sein muss. Sie gehen durch die Turnhalle, in der die verschiedenen Hilfsorganisationen Biertischgarnituren aufgestellt haben, an denen Familien mit Kindern sitzen, Alte neben ihren Rollatoren, Gebrechliche mit Beatmungsgeräten. Wo helfende Hände Tee ausschenken, belegte Brote verteilen – und geduldige Zuhörer Zuversicht verbreiten.

Im Bereich der Malteser werden sie endlich fündig. Inmitten einer Gruppe von Alten sitzt Greta und erzählt mit angstvoll aufgerissenen Augen, dass auch sie fliehen musste. Vor den Russen. Aus Ostpreußen.

»Mam«, sagt Tom erleichtert und tippt ihr auf die Schulter.

»Na, da bist du ja endlich«, sagt sie. »Bist du auch schon mit Flohpulver bestreut worden?«

Tom sieht den anderen Evakuierten an, wie sie peinlich berührt so tun, als hätten sie Gretas Verwirrtheit nicht wahrgenommen. Er wirft Jenny ein hilfloses Lächeln zu und überlegt fieberhaft, wie er seine Mutter von hier wegkriegen könnte. Weg aus diesem Stadion, aber vor allem weg aus diesen Erinnerungen an Krieg und Flucht, die sie jetzt offensichtlich wieder als gegenwärtige Realität erlebt. Dass sie im Grenzdurchgangslager Friedland mit Flohpulver bestreut wurde, hatte sie ihm früher einmal erzählt. Um sie zu beruhigen, sagt er: »Wir sind in Sicherheit, Mam.«

»Wir müssen zusehen, dass wir zusammenbleiben.« Vor Angst zitternd krallt sie sich an ihm fest.

Im Kinderwagen meldet Carlchen sich zu Wort.

Schlagartig hat Greta Krieg und Flucht vergessen, springt auf und beugt sich über den Schreihals. »Oh, wen haben wir denn da? Du hast bestimmt Hunger, was?«

»Das glaube ich auch«, entgegnet Jenny, nimmt den Kleinen hoch und blickt sich nach einem Platz um, wo sie ihn in Ruhe stillen kann. »Können Sie mich begleiten?«, fragt sie Greta.

»Ja, sicher!«

Situation gerettet, denkt Tom und beobachtet, wie seine Mutter neben Jenny auf einer freien Bank sitzt und Carlchens Fuß streichelt, während der gierig saugt.

»Ich hab auch Kinder«, hört er seine Mutter sagen.

»Ich weiß«, sagt Jenny und lächelt Tom an.

Das ist er wieder, dieser Blick, denkt er und könnte platzen vor Glück. Seit Jahren kannte er Jenny als Kollegin und konnte nie etwas anfangen mit ihr. Im Gegenteil. Sie sah nicht aus wie die blonden, langhaarigen Frauen, mit denen er bisher Affären hatte, und sie war auch bedeutend älter als diese. Außerdem ging sie ihm mit ihrem besserwisserischen Verhalten immer auf die Nerven. Doch dann traf ihn genau dieser Blick Ende April. Mitten ins Herz. Und seitdem ist er der glücklichste Mann auf dem rheinischen Planeten.

Hinter sich hört er Satzfetzen aus angeregten Unterhaltungen. Seine Mutter scheint nicht die Einzige zu sein, die ausgelöst durch den Blindgängerfund wieder in ihre Kindheit und Jugend zurückkatapultiert wurde. In eine Zeit, in der Bomben zur Tagesordnung gehörten. Der Geräuschpegel wird immer lauter, und Tom ist es, als würden diese vielen alten Menschen die Gemeinschaft genießen.

Jenny gibt Greta Carlchen auf den Arm, damit er ein Bäuerchen machen kann, und kommt zu ihm.

»Fahr du deine Mutter nach Hause«, schlägt sie vor. »Ich bin hier bestens aufgehoben. Und bei der Gelegenheit kann ich endlich mal alle Nachbarn kennenlernen.«

Als sie auf ein Taxi warten, überlegt Tom, sich zu seinem Wagen fahren zu lassen, aber dann sieht er das Verkehrschaos und entscheidet sich dagegen. »Nach Porz bitte«, sagt er dem Fahrer, setzt sich mit Greta in den Fond des Wagens und ruft Helga an.

»Ich hab schon auf euch gewartet. Ist alles in Ordnung?«

»Ja, alles gut«, sagt Tom, denn er will jetzt auf keinen Fall etwas von Bombenfund erzählen, um in seiner Mutter nicht wieder neue Ängste auszulösen. »Wir sind gleich da.«

Er sucht in seinem Handy nach einem schönen Foto von Carlchen und zeigt es seiner Mam, weil er weiß, dass Kinderbilder sie immer beruhigen.

Ihn beruhigt, dass er seine Mutter gleich Helga übergeben kann, die seit Jahrzehnten in einer kleinen Wohnung im Dachgeschoss lebt und die Tom seit seiner frühesten Kindheit kennt. Als Gretas Krankheit vor einem Jahr festgestellt wurde und auch eine Heimunterbringung im Raum stand, hatte die verwitwete Helga sich bereit erklärt, für sie zu sorgen. Sie war der Meinung, dass man einen alten Baum nicht verpflanzen solle. Seitdem ist sie tagsüber meist in der Wohnung seiner Mutter und hat, um auch nachts notfalls reagieren zu können, ein Babyfon installiert. Als Lohn erhält sie von Tom ein festes Gehalt und ist froh, dass sie ihre Putzstellen aufgeben konnte.

»Das war ein schöner Tag«, sagt Greta und fällt todmüde in ihr Bett.

»Willst du denn kein Abendbrot mehr?«, wundert sich Helga.

»Da geht nix mehr rein«, meint Tom grinsend. »Erst zwei Stückchen Schwarzwälder, und dann hat sie eine ganze Platte mit Schnittchen verdrückt.«

»Ist doch Quatsch«, murmelt Greta. »Du weißt auch nicht immer alles.«

»Stimmt!«, sagt Tom, gibt ihr ein Gute-Nacht-Küsschen auf die Wange, erzählt Helga in der Küche bei einem Feierabendbier, was den ganzen Tag über war, und lässt sich von einer Taxe in seine Wohnung in der Kölner Innenstadt bringen.

Am nächsten Morgen fahren die Straßenbahnen wieder Richtung Chlodwigplatz. Würde an den Kiosken und in den Zeitungskästen des ›Kölner Express‹ nicht das Plakat mit der Überschrift: *ENTSCHÄRFUNG IN DER NACHT ERFOLGREICH* hängen, niemand käme auf die Idee, dass gestern irgendetwas anders in der Stadt war als sonst. Tom steigt an der Ulrepforte aus, packt seinen Koffer in den Wagen und holt dann fünfhundert Meter weiter Jenny ab. Mit allem, was sie und Carlchen für ein verlängertes Wochenende brauchen.

Sie sieht übernächtigt aus, und kaum sind sie auf der A4, ist sie auch schon eingeschlafen. Tom freut sich an dem Kleinen, der auf dem Beifahrersitz rückwärtsgerichtet in seiner Babyschale liegt, im Akkord seinen Schnuller traktiert und sich keine von Toms Bewegungen entgehen lässt. Und er freut sich noch mehr darauf, seiner Liebsten zum ersten Mal den Ort zu zeigen, den er seit seiner Kindheit kennt und liebt wie keinen anderen – wenn man von Köln einmal absieht: Domburg auf der Halbinsel Walcheren.

Erst hinter Antwerpen räkelt sich Jenny und strahlt ihn im Rückspiegel an.

»Es wird dir gefallen«, flüstert Tom, um den inzwischen eingeschlafenen Carl nicht zu wecken. Und denkt dabei an seine Ferienwohnung in dem Bauwerk auf den Dünen. Es wurde im ausgehenden Jahrhundert im Stil der Neorenaissance errichtet, doch für ihn als Kind war es ein verwunschenes Schloss, in dem Ritter lebten und Geister spukten.

Drei Stunden später sind sie endlich am Ziel.

»Komm, Jenny. Jetzt gibt es erst mal eine Palastführung.«

»Als Erstes muss ich aufs Klo.«

Tom stellt die Koffer und die Tasche mit dem zusammengeklappten Reisebett ab, nimmt Jenny den Maxi-Cosi mit dem kleinen Carl aus der Hand und führt sie durch die lichtdurchflutete offene Wohnung ins Badezimmer.

Das Baby ist inzwischen aufgewacht und macht quäkend auf sich aufmerksam.

»Verstehe, Chef«, sagt Tom und nimmt ihn auf den Arm. »Du hast Hunger.«

Um diese Annahme zu bestätigen, holt Carlchen tief Luft und schreit aus Leibeskräften.

»Und ’ne frische Hose braucht er bestimmt auch«, ruft Jenny durch die offene Badezimmertür und drückt die Spülung.

Tom schnuppert an der Windel, sagt »stimmt« und versucht, ihn schaukelnd zu beruhigen. »Du kannst ihn im Schlafzimmer stillen.« Er zeigt Jenny den Raum, der von einem überbreiten Boxspringbett dominiert wird und von dem aus man einen Blick auf die Nordsee hat.

Jenny setzt sich aufs Bett, legt Carlchen an, und schlagartig wird sein Schreien von einem genüsslichen Schmatzen abgelöst.

»Und? Gefällt es dir?«, fragt Tom und faltet das Kinderbett auseinander.

»Eine richtige Yuppie-Junggesellenbude. Und so stylish«, meint die 41-Jährige und grinst ihn frech an.

»Ach, der Style wird sich bald ändern«, antwortet Tom und fläzt sich neben sie. »Schließlich habe ich die Chaosqueen im Schlepptau.« Lächelnd streichelt er über Jennys kurzes schwarzes Haar und küsst sie hinters Ohr.

Ihr Blick fällt auf das 1,80 Meter hohe Schwarz-Weiß-Foto an der linken Wand, auf dem eine junge Frau die Hände vors Gesicht geschlagen hat und mit den Armen ihre nackten Brüste bedeckt. »Christy Turlington?«

»Ja. Dieses Bild war in einer Modezeitschrift, und ich hatte es in meinem Jugendzimmer aufgehängt. Ich hab mir geschworen, wenn ich mal Geld habe, dann kaufe ich mir das Foto«, erklärt Tom und überlegt kurz, ob ihm das jetzt peinlich sein soll, denn sein Ruf in Sachen Frauen ist katastrophal.

Doch dann sagt Jenny: »Die ist gut drauf. Wusstest du, dass sie Literatur und Philosophie studiert hat und 1993 die Kampagne der Tierrechtsorganisation PETA *ich würde lieber nackt gehen als Pelz tragen* unterstützt hat?«

»Zufälligerweise wusste ich das.« Erleichtert küsst Tom sie auf den Mund. »Und wusstest du, dass ich dich liebe?«

»Ich weiß alles!«, antwortet sie und strahlt ihn an.

Sie reicht ihm das satte Baby und rappelt sich auf. »Ich suche mal die Wickelsachen zusammen.«

Mit dem Kleinen auf dem Arm öffnet Tom die Balkontür und tritt hinaus. Der Wind bläst, die Wellen brechen sich laut am Strand. Es ist Flut. Schützend hält er seine Hand vor Carls Köpfchen und dreht sich so, dass der Kleine einen besseren Blick hat. »Schau mal, da ist das Meer.«

Das Baby studiert die neue Umgebung mit offenem Mund.

»Und ganz weit da hinten ist Amerika.« Tom zeigt mit dem Finger gen Westen. Er muss grinsen, als ihm einfällt, dass das seine Mutter früher immer zu ihm gesagt hat.

Carlchen antwortet mit einem lauten Bäuerchen.

»Shit, ich hab vergessen, die Pampers einzupacken«, hört er Jenny von hinten fluchen.

Chaosqueen, denkt Tom und antwortet: »Kein Problem, ich besorg welche.«

Er geht zu Fuß die vierhundert Meter bis zum Supermarkt und kommt durch die Schuitvlotstraat, an dem Ferienhaus vorbei, das seine Familie fast zwanzig Jahre lang besessen hat. Im Hof tobt eine Horde Kinder. Das laute Gewusel gefällt Tom, gerade weil es so ein krasser Gegensatz zu früher ist, als er hier immer allein spielte. Lächelnd schlendert er weiter.

Normalerweise ist ihm Einkaufen ein Gräuel. Doch um die Ecke bei *Albert Heijn* war er schon vor vierzig Jahren gerne, als sowohl er selbst als auch der Supermarkt noch kleiner waren. In den Ferien und an den vielen Wochenenden, die seine Eltern und er in Domburg verbrachten, kaufte der kleine Tömmes, wie sein Vater ihn nannte, hier täglich Zigaretten für Konrad und deckte sich mit dem Wechselgeld mit Lakritztalern ein.

Vor dem Regal mit den Papierwindeln überlegt Tom, ob Größe zwei oder drei die richtige für Carl ist. Weil er sich nicht entscheiden kann, nimmt er beide.

Auf dem Weg zu den Süßigkeiten stellt sich ihm eine vielleicht 60-jährige Kundin mit Vorliebe für Leggins und Animalprint in den Weg. »Herr Monderath, Sie sind es ja wirklich. Ich bin gerade auf Urlaub hier und hab noch gezweifelt und hab zu meinem Kurt gesagt …«

Diesmal ist Toms Lächeln gequält.

»Ich hoffe, Sie kommen bald zurück. Geht es Ihnen denn

wieder gut?«, sagt die Fremde, die der Aussprache nach aus dem Ruhrpott kommen muss und seinen Arm tätschelt.

»Ja, klar«, antwortet Tom und will nur noch an ihr vorbei.

»Kann ich vielleicht ein Autogramm haben?«

»Tut mir leid, aber ich muss wirklich weiter.«

Er macht auf dem Absatz kehrt, fingert nach seiner Sonnenbrille, schiebt sich die Baseballkappe tiefer ins Gesicht und durchsucht im Süßigkeitengang die Regale.

»Doch, Kurt, das ist der!«, hört er plötzlich die Dame von eben laut reden.

»Quatsch. Und wenn schon. Der ist weg vom Fenster. Ich mochte den eingebildeten Schönling nie.«

Tom hechtet zur Kasse, legt die Windelpackungen und die beiden Tüten Lakritztaler aufs Fließband und starrt auf die Ware, um weiteres Angeglotztwerden gar nicht erst zu sehen.

»Your Pampers are ready to be served!«, ruft er, als er die Wohnungstür aufgeschlossen hat.

»Super, du bist ein Schatz«, antwortet Jenny, die in der halben Stunde, in der er nicht da war, seiner Wohnung ihre Note aufgedrückt hat.

Schon seltsam, denkt Tom, dem normalerweise nichts über seine Ordnung geht. Aber es gibt auch in dieser Hinsicht kein Normalerweise mehr. Es gibt nur das Gefühl, endlich nach Hause gekommen zu sein.

Während Jenny den Kleinen wickelt, liest Tom ihr aus der Speisekarte vor, die er aus dem Gourmet-Restaurant unten im Haus mitgebracht hat.

»Hast du nicht gesagt, dass wir essen gehen?«, fragt sie.

»Ach, ich will es mir lieber hier mit dir gemütlich machen«, antwortet er und verschweigt, dass er heute keine Lust mehr auf eventuelle Begegnungen mit deutschen Fernsehzuschauern hat.

Jenny kann sich eine Bemerkung darüber, dass es in so einem edlen Restaurant nur ein einziges Gericht für Veganer gibt, nicht verkneifen und schlägt vor, am nächsten Tag einen Großeinkauf zu machen, um selbst kochen zu können.

Weil Tom seine Küche noch nie benutzt hat, gibt es weder Geschirr noch Pfannen oder Töpfe in den Küchenschränken. Mit Grauen denkt er an Supermärkte und Haushaltswarengeschäfte und gibt ihr keine Antwort. Telefonisch und auf Niederländisch bestellt er für Jenny Linguine Pesto ohne Burrata und sagt, dass sie auch den Wein in der Soße weglassen sollen. Dann kommt seine Bestellung. Die dauert. Wie immer. Erst ordert er Tournedos Simmentaler, bevorzugt allerdings statt der Knollensellerie Spargel. Schließlich bestellt er auf Hummer um. Kaum hat er aufgelegt, drückt er die Wahlwiederholung, will nun doch die Tournedos. Allerdings mit einem gemischten Salat ohne Gurken und als Beilage Fritten.

Jenny lässt ihn nicht aus den Augen und flüstert ihrem Carlchen etwas ins Ohr.

»Was?«, fragt Tom.

»Och, ich hab ihm nur gesagt, dass ich es toll finde, dass du so gut Holländisch kannst«, meint sie keck grinsend, und Tom weiß genau, dass sie sich über seine Bestellmarotte lustig macht.

»Lass dir nichts einreden von dem Biest, Carlchen«, flüstert er dem Kleinen ins andere Ohr. Und zu Jenny: »Ich schlage vor, dass wir gleich morgen früh nach Middelburg fahren, da können wir alles besorgen, was wir brauchen.«

Sie sind die Ersten, die am nächsten Morgen punkt neun das Haushaltswarengeschäft in der Langeviele betreten. Das Baby hat sie seit fünf Uhr früh wach gehalten, was bei allem Elend den Vorteil hat, dass die anderen Touristen sich um diese Zeit noch in ihren Betten räkeln. Carl dagegen ist schon wieder müde und schläft tief und fest in seinem Tragetuch, das Jenny sich vor den Bauch gebunden hat.

Gemeinsam suchen sie Töpfe, Pfannen, Besteck und ein Messerset aus, fahren anschließend in den größten Supermarkt der Middelburger Innenstadt und decken sich mit allem ein, was sie für diese Ferientage brauchen können.

»Gleich fall ich in Ohnmacht vor Hunger«, sagt Jenny und reißt noch auf dem Parkplatz die Tüte mit den Poffertjes auf, die sie sich eigentlich für den Nachmittag mitgenommen haben.

»Ich zeig dir, wo es die besten Pommes gibt.« Tom fährt dreihundert Meter und parkt hinter dem mittelalterlichen Stadhuis.

In der Frituur füttern sie sich gegenseitig und machen Pläne für den Tag.

»Ich muss unbedingt mit euch ans Meer«, sagt Jenny und schiebt Tom eine Pommes zwischen die Zähne.

»Unbedingt!«, sagt er.

»Und ich muss dich mindestens eine halbe Stunde lang küssen und danach …«

»Noch unbedingter.«

»Und was willst du?«

»Ich muss eigentlich gar nichts mehr wollen«, sagt Tom und strahlt Jenny an. »Ich hab alles.«

Sie sieht, wie ein Ständer mit Ansichtskarten vor ein Souvenirgeschäft geschoben wird. »Ich gleich auch«, haucht sie, gibt Tom ein Küsschen und gleitet von ihrem Stuhl. »Ich brauche nur noch Souvenirs.«

Im Laden deckt Jenny sich mit allem Kitsch ein, der über das niederländische Königshaus geboten wird, und als sie ihn in der Ferienwohnung ausbreitet, schlägt Tom die Hände über dem Kopf zusammen.

»Hast du etwa vor, die hier aufzuhängen?«, fragt er und betrachtet das geschmacklose Wandtellerset, auf dem die Regentenfamilie abgebildet ist.

»Klar will ich das«, sagt Jenny ernst und zieht die Aufhängungen aus einer Tüte. »Hier muss doch was an die Wand!« Sie legt den Teller von König Willem-Alexander im Krönungshermelin neben den von Königin Máxima mit einem Diadem auf dem blonden Schopf. »Die passen so wunderbar zu den Tellern von Kronprinzessin Catharina-Amalia, Prinzessin Alexia und Prinzessin Ariane. Findest du nicht auch?«

Es wundert Tom nicht, dass sie all diese Namen kennt, und er betrachtet die an Scheußlichkeit kaum zu überbietenden Teller. »Wirklich schade, dass ich weder Hammer noch Nägel hier habe.«

»Kein Problem. Ich habe vorgesorgt.«

Sie wühlt in ihrer Tasche, und als sie sieht, wie Tom sämtliche Gesichtszüge entgleisen, lacht sie sich schlapp. »Entspann dich! Ich würde es nie wagen, deinen minimalistischen Style zu zerstören.«

Jenny wacht auf, dreht sich im Bett herum und sieht neben sich auf der Tagesdecke ihr schlafendes Baby liegen. Sie hat richtig gehört. Hämmern. Sie räkelt sich, schaut auf ihr Handy. 14 Uhr. Es hämmert erneut. Neugierig steht sie auf, öffnet die Schlafzimmertür einen Spalt und traut ihren Augen nicht. Tom steht vor der Wand, die bisher nichts war als sandfarbene Wüste, und hängt den letzten Wandteller auf.

Was für ein irrer Typ, denkt sie und schüttelt nur noch den Kopf, als sie sieht, dass der Tisch gedeckt ist. Außerdem riecht es lecker. Noch nie, seit sie zusammen sind, hat er etwas gekocht. Er hat immer behauptet, dass er nicht einmal harte Eier hinbekommen würde, und jetzt hat er sogar eine Pastasoße gezaubert.

»Euer Hochwohlgeboren«, begrüßt er sie, legt den Kopf schräg und zieht einen Stuhl zurück, damit sie sich setzen kann. Er serviert die Fusilli und schüttet einen Klacks Soße darüber.

Jenny nimmt einen ersten Bissen der Pasta, die nicht nur verkocht ist, sondern auch ohne Salz, und stippt den zweiten in die Soße.

»Ich hab extra die Zwiebeln weggelassen und Chili auch.«

»Lecker«, flunkert sie. Hätte ihr früher jemand gesagt, dass DER Star des Senders FFD, Tom Monderath, den sie immer für ein wenig arrogant gehalten hat, einmal Rücksicht auf den Speiseplan einer stillenden Mutter nehmen würde, hätte sie ihn für bekloppt erklärt.

Tom holt zwei Flaschen Bier aus dem Kühlschrank. »Ich hoffe, es ist nicht zu kalt. Ich hab gegoogelt – alkoholfreies Bier ist erlaubt. Wir haben allerdings vergessen, Gläser zu kaufen.«

»Ich trinke eh lieber aus der Flasche«, sagt sie und prostet ihm zu. Auch Fürsorge hätte sie Tom nicht zugeschrieben. Und nie im Leben hätte sie vermutet, wie sehr sie diese genießen würde. Nach über zehn Jahren Singledasein war Jenny daran gewöhnt, alles allein zu machen. Sogar ihr Kind wollte sie ohne Vater großziehen. Und dann war von einem Tag auf den anderen alles anders. Und es fühlt sich selbstverständlich an. Und wunderschön. Sie lässt das Bier durch ihre Kehle rinnen. »Mein Erstes seit über einem Jahr. Ein Hochgenuss.«

»Na, Hochgenuss, ich weiß nicht«, entgegnet Tom und stellt seine leere Flasche ab. »Manche sagen zu Heineken auch Grachtenpisse.«

»Echt?«

»Wusstest du das nicht?«, fragt er und muss schmunzeln, weil er ihr ansieht, wie sie dieses neue Wissen speichert. »Grachtenpisse hat mein Vater zu der Plörre gesagt und ist deshalb nie ohne einen Kasten Kölsch nach Domburg gefahren.«

»'ne eschte Kölsche also, dein Vater. Hast du deinen Humor von ihm geerbt?«, fragt sie und nimmt den nächsten Schluck.

Tom überlegt kurz, dann stellt er die Teller zusammen und räumt ab. Sie schaut ihm zu, wie er den Abwasch macht, die Spülmaschine in Gang setzt und sowohl auf der Arbeitsfläche als auch auf dem Herd ein Spezialspray verteilt, das verspricht, Fingerabdrücke mit einem Wisch zu entfernen – und wienert, als ginge es darum, diese Küche in einen keimfreien OP zu verwandeln. Endlich bricht er sein Schweigen: »Übrigens: Henk hat sich gemeldet. Er will morgen mal rumkommen. Ist das okay für dich?«

»Ja, klar«, sagt Jenny. »Ich bin so gespannt auf ihn.«

Hand in Hand gehen sie ans Meer. Zum ersten Mal. Ein Leben voller erster Male. Nebeneinander stehen sie an der Wasserkante, eine selbstverständliche Dreiereinheit. Jenny schließt die Augen, hört die Wellen und spürt den Wind in ihrem Gesicht.

Wie Tom zieht sie ihre Schuhe aus und krempelt die Hosen hoch und hüpft durch das eiskalte Wasser. Sie betrachtet ihren Kleinen, der mit Staunen die neuen Geräusche in sich aufnimmt, sicher und geborgen an Toms Bauch. Und sie betrachtet Tom. Er sieht so glücklich aus.

»Was denkst du, Schatz?«, ruft er, um die Brandung zu übertönen.

Jenny lächelt. Schatz. Wieder eine Premiere.

Die Sonne scheint, als sie Richtung Westkapelle gehen. Tom trägt Carlchen im Tragetuch und spürt seinen aufgeregten Atem. Möwen tanzen im Wind, und es scheint ihm, als würden sie ihn begrüßen. Die tosende Flut spült Treibholz an Land – Taue, Fischernetze und ein rostiges Ölfass. Bei jedem halbwegs interessant aussehenden Stück lässt Jenny Toms Hand los und schaut sich die Fundstücke genau an. Teile einer verrosteten Spraydose, die wie eine Blüte aussehen, ein ausgewaschenes Holz in Form eines Hais, ein Brett mit der Aufschrift *Hudson Bay 1991*.

»Was suchst du?«, fragt Tom.

»Ich bin kein Sachensucher!«, ruft sie, um die brechenden Wellen zu übertönen. »Ich bin eine Finderin.«

Tom fällt ein, dass sein Vater immer Treibhölzer für ihn gesammelt und daraus mit ihm am Strand Piratenburgen gebaut hat. Und wie er hier als Kind die tiefsten Löcher gegraben hat – ein ganzes Kanalsystem, um das Meerwasser umzuleiten. Er spürt das schlafende Carlchen vor seinem Bauch, sieht Jenny, die das, was von der Spraydose noch übrig ist, einsteckt und das Hudson-Brett den Wellen übergibt.

Ich weiß nicht, ob ich jemals so glücklich war in meinem Leben, denkt er und umschließt ihre Hand.

Einige Hundert Meter und ein paar Fundstücke weiter blinzelt sie ihn im Gegenlicht an. »Dein Schatz hat Hunger!«

»Dann gibt es jetzt *appelgebak met slagroom*.«

Sie schaut ihn fragend an. »Was?«

»Lecker Apfelkuchen«, übersetzt er und geht mit ihr zielstrebig im Gegenwind Richtung *Strandpaviljoen Noordduine*.

Nie zuvor hab ich zu einer Frau Schatz gesagt, denkt Tom. Nicht gerade einfallsreich. Aber treffend.

Windgeschützt hinter Glas trinken sie heißen Kakao und schaufeln fröhlich den warmen Apfelkuchen in sich hinein. So wie er es früher als Kind auch immer gemacht hat. Fast immer allein mit Pap, denn seine Mam hat den Wind nicht gut vertragen. Die Sonne auch nicht. Nicht nur zu Hause in Köln, auch hier hat sie sich oft ins abgedunkelte Schlafzimmer zurückgezogen. Mit Kopfschmerzen. Es fuchst Tom, dass seine Eltern sich in dieses Wochenende geschlichen haben. Und dass er sich nicht dagegen wehren kann, weil ganz Domburg voller Erinnerungen an sie ist. Besonders an Pap. Sogar an diesem Tisch hat er immer mit ihm gesessen.

»Was war dein Vater eigentlich für ein Typ?«, fragt Jenny, als könnte sie seine Gedanken lesen.

»Der Erfinder des Schweigens«, antwortet Tom nach kurzem Zögern und schaut durch den beschlagenen Windschutz aufs Meer. »Wir hatten nicht das beste Verhältnis«, setzt er nach und erzählt von seiner Pubertät, in der ihm Konrad mit Gewalt den Irokesenschnitt abrasiert hat. Auch das spielte sich in Domburg ab.

»Und? War das dann das Ende deiner Punkerkarriere?«

»Nein!« Tom lacht und bestellt die Rechnung. »Es war der Anfang. Aber auch der Anfang vom Ende mit meinem Vater.«

Als es Carlchen offensichtlich langweilig wird, weil ihm die Bewegung fehlt, fängt er an, sich lauthals zu beschweren. Tom nimmt ihn aus dem Tuch, kreuzt seine beiden Ärmchen über der Brust, sichert sie mit der linken Hand und hält ihn mit der Rechten im Bereich der Windel fest – ganz so, wie er es auf YouTube bei einem amerikanischen Arzt vom Pacific Ocean Pediatrics gesehen hat –, und schlagartig ist der Kleine wieder ruhig.

»*Goede Techniek*«, lobt ihn ein Holländer vom Nebentisch, dessen quirlige Kinderschar den ganzen Laden aufmischt.

Tom nickt stolz.

Jenny drückt ihm einen Kuss auf die Wange und flüstert in sein Ohr: »Naturtalent.«

Sie sind kurz vor dem Mittagessen, als Henk vor der Tür steht. Zum Frühstücken. Mit einer Tüte Brötchen, einem Begrüßungsküsschen für Jenny, einer brüderlichen Umarmung für Tom und einem XXL-Geschenk für Carlchen. Der Kleine kann sich nicht entscheiden, was ihn mehr interessiert: das ein Meter zwanzig große plüschige Einhorn oder der Onkel, der pausenlos auf ihn einredet.

»Du bist ja sooooo süß! Kann ich ihn mal nehmen?«

»Ja, klar«, sagt Jenny und legt ihm den Kleinen in den Arm.

Carl stellt das Atmen ein und studiert den Fremden mit offenem Mund. Irgendetwas scheint ihm nicht zu passen, denn er verzieht die Schnute und beginnt zu schreien. Jenny will Henk das Baby gerade wieder abnehmen, und auch Tom macht einen Schritt nach vorne, da hält der holländische Halbbruder mit gekonntem Griff den Kleinen hoch, kreuzt seine beiden Ärmchen über der Brust, sichert sie mit der linken Hand und stützt ihn mit der Rechten im Bereich der Windel. Carlchen entspannt sich und schläft innerhalb von Sekunden ein. Jenny ist verdattert. Tom ebenfalls. Und das auch, weil Henk innerhalb von Minuten völlig selbstverständlich zur Familie gehört.

»Ich habe in meiner Krankenpflegerausbildung ein Jahr auf der Neonatologie gearbeitet«, sagt Henk mit einem gewissen Stolz und setzt sich aufs Sofa.

»Ach!« Jenny ist entzückt, nimmt neben ihm Platz und fragt, ob er ihr Tipps geben kann zum Thema Blähungen und Fieber, will wissen, was er vom Impfen hält und von gezuckertem Tee.

Henk hat zu allem eine Antwort.

Tom stellt ihm einen Kaffee hin, überlegt kurz, ihm Carl abzunehmen, damit der in seinem Bettchen in Ruhe weiterschlafen kann. Aber er spürt, dass das jetzt seltsam wäre. Störend irgendwie.

»Tee für dich, Jenny?«

Sie nickt und löchert Henk weiter mit Fragen.

Tom fällt auf, wie sein Halbbruder Jenny umgarnt. Regelrecht mit ihr flirtet. Ein Womanizer! Das hat er offensichtlich auch geerbt, denkt Tom, und er registriert, dass Jenny sich in seiner Nähe wohlfühlt. Aus den Augenwinkeln beobachtet er Henk, den er ja heute erst zum zweiten Mal sieht und mit jeder seiner Gesten und Antworten ein Stück besser kennenlernt.

Tom serviert den Tee, setzt sich in einen Sessel, beäugt das pinkfarbene Ungeheuer und überlegt, ob es unhöflich ist, solche Scheußlichkeiten einfach verschwinden zu lassen.

»Ich hätte auch gerne Kinder«, sagt Henk zu Jenny.

»Und? Da gibt es doch heute Möglichkeiten.«

»Klar«, entgegnet er. »Wenn ich jünger wäre und reich, dann würde ich mir in den USA eine Leihmutter suchen. Aber als Krankenpfleger und Single …«

Kurz streift sein Blick den von Tom.

Verrückt, denkt der. Mein ganzes Leben lang wollte ich keinen Nachwuchs. Niemals. Er erinnert sich, wie er als Zwanzigjähriger einen Urologen aufgesucht hat, weil er unbedingt sterilisiert werden wollte. Der hat ihn damals nur altväterlich belächelt und ihm einen Beratungstermin bei pro familia nahegelegt. Tom fand es immer befremdlich, dass Freunde zum Teil schon als Jugendliche von ihren zukünftigen Familien geredet haben, von ihren Kindern – dem Natürlichsten und Selbstverständlichsten der Welt. Nur für ihn war es das nie. Warum, das hat er sich nicht gefragt. Doch jetzt, da sein Ebenbild mit Carl auf dem Arm ihm gegenübersitzt, sieht er eine Vatervariante. Ein gelebtes »Was wäre, wenn?«.

Carlchen wacht wieder auf. Henk spricht zärtlich mit ihm auf Holländisch und sieht glücklich aus. Tom zückt sein Smartphone und hält diesen Augenblick fest.

Eine Stunde später drehen die beiden Brüder eine Runde durchs Dorf. Allein mit Carl, weil Jenny einen Mittagsschlaf machen wollte. Tom hat sich das Babytuch fest vor den Bauch gebunden und steuert die Fischbude am Anfang der Wijngaardstraat an. »Matjes?«, fragt er Henk.

»Klar«, grinst der.

Am Stehtisch draußen verdrücken sie nicht nur ein, sondern jeder zwei Fischbrötchen.

»Irre, der Kleine sieht keinem von euch ähnlich«, meint Henk.

»Ist ja auch nicht von mir.« Tom wischt sich den Mund mit einer Serviette ab. »Du musst wissen, dass Jenny und ich erst seit einem Vierteljahr zusammen sind.«

Henk ist platt und erklärt, dass er sich sicher war, dass die beiden, die auf ihn so eingespielt wirken, schon eine Ewigkeit ein Paar seien. »Dann habt ihr jetzt eine Patchwork-Situation?«

»Nein, zum Glück nicht«, sagt Tom.

»Wieso? Wo ist der Vater?«

»Es gibt keinen Vater!«

»One-Night-Stand?«, fragt Henk und beißt in den Fisch.

»Samenbank«, antwortet Tom und denkt, dass er noch nie mit Jenny darüber geredet hat. Er hat es gehört, weil sich nichts schneller verbreitet als Geschichten, die nicht der Norm entsprechen.

»Ah, deshalb kennt sie sich so gut mit den verschiedenen Möglichkeiten aus«, meint Henk.

Abends, als Toms Halbbruder gegangen ist, stolpert Jenny über das pinkfarbene, einhörnige Spielzeug, das mitten im Apartment liegt, weil Henk vorgeführt hat, wie der Kleine sich drauflegen, anlehnen und sogar dahinter verstecken kann. »Was für ein Schrott«, sagt sie. »Das Ding ist auf jeden Fall zu groß für meine Wohnung.«

»Wieso, der ist doch schön«, foppt Tom.

Jenny wirft ihm das Plüschtier zu. »Na dann. Haste endlich was zum Kuscheln, wenn ich mal nicht da bin.«

Tom tut so, als würde ihm das Einhorn etwas ins Ohr flüstern. »Ach, wirklich?«, sagt er zu ihm, lauscht erneut, blickt in die triefenden Plastikaugen und meint: »Nein, natürlich nicht. Wir haben nichts dagegen, wenn du auf dem Rücken nach Amerika schwimmst.« Er drückt das übergroße Scheusal gegen die Lehne, sodass es rechts neben ihm sitzend auch in die züngelnden Flammen des Elektrokamins schauen kann.

»Noch 'ne Grachtenpisse?«, flüstert Jenny, um Carlchen nicht zu wecken.

Tom nickt grinsend und legt seinen Arm um sie, als sie sich – links! – neben ihn setzt.

»Und was sagst du zu Henk?«

Sie prostet ihm zu und nimmt einen Schluck. »Wenn dein Vater der Erfinder des Schweigens war, dann hat er diese Eigenschaft offensichtlich nicht an Henk weitergegeben.«

Tom nickt zustimmend.

»Aber ist schon irre, die schwule Ausgabe von dir zu sehen«, meint sie und kuschelt sich eng an ihn.

»Ich bin ganz froh, dass ich nicht auch eine schwule Ausgabe bin«, sagt Tom und küsst sich von Jennys Hals abwärts.

Beide Handys vibrieren gleichzeitig. Synchron greifen sie danach, um sie auszuschalten. Und genauso synchron blicken sie neugierig aufs Display.

Danke für den schönen Tag!!! 😙😙😙, schreibt Henk und sendet ein Foto. Und zwar das, das Tom ihm geschickt hat. Bearbeitet. Mit einem Rahmen aus pinkfarbenen Spermien. Und mittendrin Henk mit Carlchen auf dem Arm.

»Künstler ist er auch noch«, meint Tom, nimmt Jenny das Smartphone aus der Hand, legt beide weg und küsst da weiter, wo er vorhin aufgehört hat.

»Ich muss dir etwas sagen«, flüstert sie.

»Später«, haucht er.

Bei der Heimfahrt liegt der pinkfarbene Rückenschwimmer auf der Ablage, glotzt Richtung Westen und sieht so nicht, wie Tom auf Höhe von Kerpen über den Villerücken fährt und sich vor ihnen für einen magischen Augenblick das Panorama der Kölner Bucht mit dem Dom in der Mitte offenbart.

»Zu mir oder zu dir?«, fragt er und hofft, dass Jenny mit zu ihm kommt, denn in seinem Loft ist viel mehr Platz als in ihrer kleinen Wohnung.

»Zu mir«, sagt sie und hört sich müde an.

Es käme für Tom nicht infrage, sich von ihr zu trennen, deshalb lädt er ohne Diskussion neben der Severinstorburg alles aus, was in Jennys Wohnung gehört, und trägt es nach oben. Auch das Einhorn, das in dem vollgestellten Einzimmerappartement, in dem das Chaos regiert, nun wirklich zu viel ist.

Am nächsten Morgen spurtet er über den Chlodwigplatz, um Sachen fürs Frühstück zu besorgen. Passanten kommen ihm entgegen und lächeln ihn an. Das ist er gewohnt. Aber als einer »Glückwunsch!«, sagt und ein anderer: »Chapeau, dass Sie das so lange verschweigen konnten!«, ist er irritiert. Am Kiosk liest er die Antwort. Auf der Titelseite der ›BILD‹-Zeitung steht: *Kölner Starmoderator ist Vater.* Darunter ein großes Foto aus dem Strandpaviljoen Noordduine, wie er stolz auf Carlchen blickt, der auf seiner Hand ruht, während Jenny ihm einen Kuss auf die Wange gibt.

Tom Monderath: Das verheimlichte Liebesglück, titelt der ›Kölner Express‹.

»Diese Wichser«, flucht Jenny und liest den ganzen Artikel laut vor: »*Endlich hat der Moderator sein Glück gefunden … Vor zwölf Wochen noch haben wir uns Sorgen gemacht, als er vor laufender Kamera in seiner Abendsendung eine Panikattacke hatte (Express berichtete). Und jetzt freuen wir uns mit ihm über sein großes Glück.*«

Sie knallt die Zeitung auf den Tisch. »Du musst einen Medienanwalt einschalten. Die können doch nicht einfach behaupten, dass du Vater bist.«

»Aber sie können schreiben, dass ich mein großes Glück gefunden habe«, antwortet Tom und strahlt sie an. Er überzeugt Jenny, dass es keinen Sinn macht, sich mit der Presse auf ein Versteckspiel einzulassen. »Die werden dann nur heiß. Wenn wir aber selbstverständlich damit umgehen, ist es in ein paar Tagen kein Thema mehr.«

Auf der Fahrt zu seiner Wohnung springt am Barbarossaplatz die Ampel auf Rot. Wie immer. Auf dem gleichfarbigen Zeitungskasten der ›BILD‹, der neben dem ›Express‹-Kasten am Straßenrand steht, sieht Tom auf dem Werbeflyer sein Konterfei und darüber groß erneut die Schlagzeile: *Kölner Starmoderator ist Vater.* Er erwischt sich bei dem Gedanken, dass es ihm gefällt, dass nun alle Welt denkt, er sei der Vater von Carl. Und er ist froh darüber, dass es keinen anderen Mann gibt, der in Jennys Leben eine Rolle spielt – und auch nicht in dem von Carlchen.

»Guten Tag, Herr Monderath«, begrüßt ihn der Concierge im Gerlingquartier und reicht ihm die Post, die er für ihn angenommen hat. »Ich hoffe, es geht Ihnen gut?«

»Blendend!«, sagt Tom. »Und selbst?«

Er fährt mit dem Aufzug nach oben in seine Penthousewohnung, kickt die Schuhe von den Füßen, wirft die Post auf den Tisch, rollt seinen Koffer Richtung Hauswirtschaftsraum und lässt dort die überdimensionale Plastiktasche fallen, die Jenny ihm noch im Treppenhaus hinterhergetragen hat. Mit Pinky, wie sie das Ungetüm neckend getauft hat. Der schaut Tom mit erwartungsvollen Glupschaugen an.

»Was?«, fragt er und schiebt die Tasche neben den Trockner.

Er macht sich einen Espresso, studiert die Briefe und denkt an den Satz aus einem Film von Wim Wenders: »Zu Hause ist da, wo die Rechnungen ankommen.«

Dann macht er den Buchkarton auf. *Das Kind ist nicht abrichtfähig – Euthanasie in der Kinderfachabteilung Waldniel 1941–1943* von Andreas Kinast.

Das hatte er ganz vergessen. Er blättert darin und bleibt an den Fotos hängen. Schwarz-Weiß-Bilder von geistig behinderten Kindern, die als Forschungsobjekte dienten. Tom reißt sich davon los und liest, dass »*die Beseitigung behinderter Kinder und Erwachsener bereits seit den 1920er Jahren ein fester Bestandteil der NS-Ideologie war.*« Dann stößt er auf den geheimen Runderlass des Reichsministers des Inneren vom August 1939 »*betr. Meldepflicht für mißgestaltete usw. Neugeborene*«, darunter Diagnosen mit Formulierungen wie »*Mongoloider Schwachsinn*«, »*Unterhalb eines Tieres*« oder »*Seelenlose Wesen*«. Er findet Interviews mit dem medizinischen Leiter Professor Dr. Catel, für den das Töten der Kinder kein Verstoß gegen die Menschlichkeit darstellte, sondern »*deren höchste Erfüllung*«, und der behauptete, »*Schmerzempfindung setzt Bewusstsein voraus, was vollidiotischen Kindern fehlt*«.

Immer tiefer gräbt Tom sich in dieses Buch, in dem der Autor in detektivischer Kleinarbeit alles zusammengetragen hat, was in der Kinderfachabteilung Waldniel zwischen 1941 und 1943 geschah. Verbrechen, denen fast einhundert Kinder zum Opfer fielen. Anhand von Einzelschicksalen beleuchtet Kinast, wie Kinder ihren Eltern gegen deren Willen weggenommen wurden und wie diese innerhalb kürzester Zeit verstarben. Meist an den gleichen Ursachen. Zumindest auf den Totenscheinen. Tom zittert. Eigentlich müsste er einigermaßen abgehärtet sein. Als Journalist, der früher in Kriegsgebieten ebenso unterwegs war wie beim Erdbeben von Haiti oder dem Wirbelsturm Katrina, hat er schon viel Schreckliches gesehen und erlebt. Aber er hatte noch nie ein Buch in der Hand, das ihn persönlich dermaßen berührte.

Über den Verlag erhält er die Kontaktdaten des Autors und mailt ihn an, ob er irgendetwas über Elisabeth Monderath wüsste.

Ja, antwortet Andreas Kinast am Nachmittag. Der Name ist ihm geläufig, weil er sich, wie er schreibt, mit den Kindern lange, oft und intensiv beschäftigt hat. *Sie war eines der neunundneunzig Kinder, die unter dem Vorwand, in dieser Anstalt behandelt zu werden, getötet wurden.* Um Genaueres zu sagen, müsste er allerdings in seinen Unterlagen nachsehen, deshalb verabreden sie sich für den Abend zu einem Telefonat.

»Es gibt in der Krankenakte der kleinen Elisabeth eine Gewichtskurve«, sagt Kinast. »Demnach ist sie in kurzer Zeit extrem abgemagert. Man hat sie, wie auch die anderen Kinder, gezielt unterernährt.«

»Ist Lizzy daran gestorben? Also verhungert?«, fragt Tom zögernd und hört am anderen Ende der Leitung, wie in Papier geblättert wird.

»Man muss davon ausgehen, dass der Marasmus nicht die eigentliche Todesursache war, dazu war sie zu kurz in der Anstalt.«

Marasmus! Tom atmet flach. Die totale Auszehrung des menschlichen Körpers infolge von Nährstoff- und Proteinmangel. »Wie lange war sie dort?«

»Etwas mehr als einen Monat«, antwortet Kinast.

»Steht in der Krankenakte, woran sie gestorben ist?«

»Masern, haben sie geschrieben. Diese Todesursache wurde ebenso wie Lungenentzündung offiziell oft angegeben.«

Als Tom im Bett liegt, ist an Schlaf nicht zu denken. Die verzweifelten Briefe der Eltern, die bei Besuchen im »Schutzengelhaus« ihre Kinder vollständig ausgehungert und verwahrlost vorfanden, kann er nicht wegschieben. Auch nicht die Antworten der Ärzte, die schrieben, dass alles getan würde, was für die Pflege der Kinder erforderlich sei, um dann – kurze Zeit später – den »hochverehrten« Eltern Benachrichtigungen vom Tod der »lieben« Kinder zukommen zu lassen. Mit dem Hinweis, dass das Kind aus Seuchenschutzgründen »leider« bereits bestattet werden musste. Dem Schreiben lag die Rechnung bei – für Pflegekosten und Beerdigung. Sätze wie Peitschenhiebe. Wie Stromstöße. Sätze, die seine Großmutter hat ertragen müssen und auch sein damals fünfzehnjähriger Vater.

Tom würde gerne mit Jenny darüber reden. Aber es ist mitten in der Nacht. Sie muss schlafen. Er denkt an seinen Vater, der seiner Schwester an ihrem dreißigsten Geburtstag einen Kranz hat niederlegen lassen, auf einem Friedhof, von dem Kinast ihm erzählte, dass dort niemand weiß, wo welche Kinder begraben sind. Und er spürt seinen Schmerz.

Weil Tom nicht schlafen kann und nicht weiß, wohin mit seinen aufgewühlten Gefühlen, fährt er nach Porz. Nachts um drei. Und schleicht in den Keller. Durchsucht alles. Systematisch. Und findet nichts. Kein Foto. Keinen Brief. Es ist, als hätte es Lizzy nie gegeben. Und auch die gesamte Familie seines Vaters nicht.

VIER.
1944–1954

»Mama!«

Conny wälzte sich hin und her. An sein Ohr drang Schreien. Flehen. »Mama!«

Für einen Moment kam er zu sich und registrierte, dass nicht er es war, der schrie. Er öffnete die Augen einen Spalt, drehte den Kopf nach rechts und sah auf dem Lazarettbett neben sich einen anderen liegen. Mit blutdurchtränktem Verband um den Kopf.

»Mama!«, schrie der Verwundete erneut.

Sei endlich still, dachte Conny und hätte auch gerne nach seiner Mam gerufen. Aber er hatte keine Mutter mehr. Und auch keine Kraft. Er versank erneut in die Fieberwelt zwischen Ohnmacht und Schlaf, die dunstig und grau war wie der zerschmetterte Wald. In dem auf gelb-braunen Baumstümpfen von Minen zerfetzte Körper lagen und in den Bäumen hingen. Die Feldjacken durchlöchert und voll getrocknetem Blut.

Satzfetzen. Auf Deutsch. Und in einer Sprache, die er nicht verstand. Und dann wieder: »Mama.«

»Wo bin ich?«, stammelte Conny kraftlos.

»In Vossenack. Hürtgenwald. Verbandsplatz«, sagte einer, der links neben ihm lag.

Conny hob den Kopf ein wenig und erkannte unzählige Feldbetten. Dazwischen Soldaten mit dem Rotkreuz-Zeichen auf

Brust und Arm, die Verwundete versorgten und Eimer trugen voll blutiger Arme und Beine.

Ist der Krieg vorbei? Sein Mund war verklebt. Er hatte keine Kraft, diese Frage zu stellen, und rutschte wieder hinab in die neblige Zwischenwelt, in der das Grauen regierte.

Gemetzel. Der Boden blutdurchtränkt. Eine Hölle aus Feuer und Tod. Kameraden und Feinde liegen dicht nebeneinander. Jung wie er. Und starren ihn aus gefrorenen Gesichtern an. Ein amerikanischer Scharfschütze, der offensichtlich wie er selbst den Anschluss verpasst hat, schießt auf alles, was sich bewegt. Conny flieht durch den Wald, fällt und riecht das modrige Laub unter dem Schnee. Über seinen Kopf hinweg pfeifen Kugeln. Er rennt weiter. Rennt an zerstörten Panzern vorbei, zwischen denen Tote liegen und Verwundete. Eiskalter Schneeregen peitscht ihm ins Gesicht, und von Bäumen prallen Schrapnelle ab. Er stolpert über Körper. Hat keine Kraft mehr, über sie zu steigen, fällt in einen durchnässten Bombentrichter. Und liegt auf Toten. Nach zweiundsiebzig Stunden ohne Schlaf ist er demoralisiert und erschöpft und denkt im Wegdämmern, dass man in vielen Jahren hier Gerippe finden wird – und seine Erkennungsmarke.

Als er wieder zu sich kommt, weil neben ihm einer röchelt, hört er kein Schießen mehr. Mit letzter Kraft rappelt er sich auf, um die Lage zu peilen. Im nächsten Augenblick haut ihn ein heftiger Schlag von den Füßen. Er fühlt, wie es ihm warm den Rücken herunterläuft. Es hat ihn tatsächlich erwischt.

Conny erwachte, weil er zur Seite gedreht wurde und ein Sanitäter seinen Verband wechselte. Als der die festgebackene Kompresse von der eitrigen Wunde riss, schrie er auf.

»Glück gehabt. Ist nur 'ne Fleischwunde«, sagte der Sanitäter. »Schulterdurchschuss.«

Gott sei Dank nicht wieder der Bauch, dachte Conny, der mit schwersten Unterleibsverletzungen aus der Ruine des Brauhauskellers gezogen worden war. In einem Krankenhaus im Bergischen Nümbrecht hatte man ihn wieder zusammengeflickt, vergipst und abgewartet, bis auch er seinen Beitrag zum Endsieg leisten konnte. Freiwillig, denn er wollte sich für den Tod von Franz, seiner Mutter und den Großeltern rächen.

Mit seinen fünfzehn Jahren kam Monderath, wie er jetzt nur noch genannt wurde, in das Wehrertüchtigungslager Germeter in der Eifel und wurde in vier Wochen zum Soldaten gedrillt.

»Ich schleife euch, dass die Füße sich bis ans Zahnfleisch abnutzen!«, schrie sein Ausbilder, der vielleicht drei Jahre älter war als er.

Conny lernte, mit Marschgepäck zu laufen, auf dem Boden zu robben und über Hindernisse zu klettern. »Monderath, bis du auf der Mauer bist, habe ich mit meiner Oma eine ganze Insel bevölkert.«

»Ja, aber …« Conny keuchte sich die Lunge aus dem Hals.

»Schnauze! Du nachgemachter Mensch«, wurde er beschimpft und auf eine Strafrunde geschickt.

Nach vier Wochen war der hochaufgeschossene und abgemagerte Konrad Monderath Soldat. Er bekam eine Uniform, die an Armen und Beinen zu kurz war, durfte helfen, seine Vaterstadt zu verteidigen, und wurde weiter gedrillt: »Du vom Himmel geschissenes Fragezeichen.«

Er wurde sechzehn – was außer ihm keiner merkte – und fühlte sich wie ein Mann.

Als der Führer im September 1944 verfügte, dass *jeder Bunker, jeder Häuserblock in einer deutschen Stadt und jedes deutsche Dorf zu einer Festung werden müsse, weil es angesichts der aus dem Westen heranahenden Amerikaner nur noch Halten der Stellung oder Vernichtung gibt*, zog Conny mit seinen Kameraden in die dicht bewaldeten Hügel bei Aachen, den Hürtgenwald. Er war einer von achtzigtausend Soldaten, die die Amerikaner auf ihrem Vormarsch Richtung Rhein aufhalten sollten. Mit aller Gewalt. Obwohl sie den einhundertvierzigtausend Amerikanern zahlenmäßig unterlegen waren, machten sie ihnen in dem undurchdringlichen Wald mit den steilen Hängen das Leben schwer und hielten deren Panzer mit Tellerminen und Handgranaten auf.

Weil Monderath der Schnellste in seiner wild zusammengewürfelten Einheit war und durch den Drill auch abgestumpft, war es seine Spezialität, kurz vor dem Eintreffen der amerikanischen Kettenfahrzeuge Tellerminen im Schlamm zu verstecken. Wenn die Panzer dann in Flammen standen, die Bordmunition explodierte und die Besatzung bei dem Versuch, zu entkommen, erschossen wurde, dachte Conny jedes Mal, was er von einem älteren Kameraden gelernt hatte: innerer Reichsparteitag.

Jetzt erst fiel Conny auf, dass kein »Mama« mehr zu hören war.

»Ist der Krieg denn vorbei?«, fragte er.

Der Mama-Rufer gab keine Antwort. Er wurde hinausgetragen. Tot.

»Wir haben für ein paar Tage Waffenstillstand«, antwortete der Sanitäter. »Doktor Stüttgen hat das ausgehandelt.«

Jetzt erst fiel es Conny auf, und er war regelrecht irritiert, dass es dieses Schießen und Explodieren, das ihn seit neun Wochen begleitet hatte, nicht mehr gab. Dafür hörte er die Sprache der Amis. Sie lagen auch auf Pritschen und wurden gesundgepflegt. Halbwegs. Wie er.

Dann wühlten die Granaten das Tal wieder auf, und sie waren erneut Feinde. Waren zweihundertzwanzigtausend Mann in Sommerkleidung, die in diesem Winterkrieg froren. Die sich auf Äckern wälzten. Wimmerten, um Hilfe schrien in Erdlöchern, die keinen Schutz boten, weil sie wegen des steinigen Bodens viel zu flach waren. Wenn Conny mit seiner Einheit nachts Minen rund um den Gefechtsstand der Amerikaner verlegte, hörte er ihre Stimmen und zitterte vor Kälte und Angst.

In einer besonders kalten Nacht – Conny hatte Mühe, seine steif gefrorenen Glieder zu bewegen – trat keine zehn Meter von ihm entfernt einer seiner Kameraden auf eine Mine. Es war der siebzehnjährige Ernst, der seit Tagen im Schlaf gewimmert hatte. Conny schrie auf, und da traf ihn ein harter Schlag von hinten.

Als er wieder zu sich kam, hörte er »Hands up!« und »Fucking Krauts« und war sich sicher, dass er diesmal sterben würde. Es war ihm egal. Er hatte die Schnauze voll von diesem Leben. Von Hunger, Durst und Dreck – und vor allem von dieser elendigen Kälte. Doch dann spürte er, wie starke Hände ihn packten. Er wurde auf einen Jeep geworfen und weggefahren. Es war ihm egal.

In einem Auffanglager wurde er registriert, bekam eine Karte um den Hals gehängt, auf der *PRISONER OF WAR* stand, darunter *Konrad Monderath* und *1944–12–1*. Das Datum seiner Gefangennahme.

Eine Kolonne von Lastkraftwagen transportierte die Kriegsgefangenen an die Kanalküste, in die Normandie, wo sie offene Landungsschiffe besteigen mussten. Conny hatte das Meer noch nie gesehen und war verwundert, wie hoch die Wellen der bewegten Nordsee waren. Unter der Wolldecke, in die er sich wie die anderen Gefangenen einmummelte, hatte er keine Kraft, daran zu denken, was nun mit ihm passieren würde. Erst schlotterte er gegen die Kälte an – von der er bis dahin nicht gewusst hatte, dass sie noch steigerungsfähig war. Dann kämpfte er mit der Seekrankheit. Vergeblich.

Als sie wieder an Land waren, brachte ein Güterzug sie weiter. Nach Liverpool, wie er dem Schild auf dem Bahnhof entnehmen konnte. Dort marschierten sie in einer Kolonne von dreihundert Mann zum Hafen, wo mehrere Transportschiffe der US-Marine auf sie warteten. Unter dem Kommando der amerikanischen Militärpolizei ging Conny als einer der Letzten an Bord der mausgrauen einhundertvierzig Meter langen *Black Victory*. Hinunter in den Frachtraum, in dem zuvor Rad- und Kettenfahrzeuge aufs europäische Festland gebracht worden waren. Zuletzt wurden über ihnen die stählernen Lukenabdeckungen geschlossen. Dampfturbinen stampften. Die Reise begann. Mit unbekanntem Ziel.

In der Dunkelheit fingen die Männer an zu spekulieren. Wohin würde man sie bringen?

»Nach Afrika zum Arbeitseinsatz«, sagte einer.

»Bloß nicht zu den Franzosen«, meinte ein anderer.

Conny beteiligte sich nicht an den Gesprächen. Stumm hörte er zu, wie ein paar Männer in seiner Nähe darüber redeten, dass man sie nach Amerika bringen würde. In den Wilden Westen, von dem Karl May in seinen Büchern erzählte. Conny kannte diesen Karl May nicht, aber von den Amis hatte er in seinen politischen Schulungen nichts Gutes gehört. Gerissen sollen sie sein und ohne jegliche Kultur. Außerdem, und das wusste einer der Mitgefangenen zu berichten: »Ganz Amerika ist voller Juden und Neger.«

Als das Transportschiff nach zehn Tagen immer noch auf See war und Conny das Tageslicht nur sah, wenn er den Latrinenkübel leerte, waren sich die Männer sicher: Ihr Ziel konnte nur Amerika sein.

Sie hatten recht. Eine Woche später, am 3. Januar 1945, legte das Schiff im Hafen von Norfolk, Virginia, an.

Connys Augen mussten sich erst wieder an die Helligkeit gewöhnen, als die Luken geöffnet wurden. Doch es ging schneller als die Umstellung seines Gehirns, das auch an Land noch Seegang simulierte und so dafür sorgte, dass die ehemaligen Kriegshelden in Zweierreihen erst von Bord und dann über das

Hafengelände wankten, als seien sie betrunken. In einem zur Registratur umfunktionierten Gebäude sorgte ein anderer Eindruck dafür, dass sich Connys Wanken verstärkte. Denn an Tischen saßen weibliche Angehörige der US Army. In schicken Uniformen, toll frisiert und geschminkt. Mit roten Fingernägeln.

Conny fielen fast die Augen aus dem Kopf. Er war nicht der Einzige. Die Männer wurden registriert, weitergeleitet und mussten sich in einer anderen Halle ausziehen. Während Conny wie befohlen aus seiner verdreckten Uniform schlüpfte, beobachtete er skeptisch, wie zwei bullige Kerle die nackten Kameraden mit weißem Entlausungspulver bestreuten. In einem atemberaubenden Tempo. Er hatte solche Menschen noch nie gesehen. Nur im Rassekundeunterricht waren sie ihm begegnet – als »Untermenschen«. Schwarz.

Nachdem auch er routiniert entlaust worden war, durfte er kalt duschen, bekam seine dreckige, aber ebenfalls ungezieferfreien Wehrmachtsklamotten zurück und marschierte mit den anderen Gefangenen weiter in Richtung Gleise. Alle rechneten damit, in den bereitstehenden Güterzug einsteigen zu müssen. Aber die als Bewacher abgestellten GIs trieben sie weiter. Zu einem *Transport Pullman*-Reisezug. Der Schock darüber, dass dieses Luxusgefährt für sie bereitstand, war schnell verflogen, und jeder versuchte, einen der Fensterplätze zu ergattern. Conny hatte Glück, und als der Zug sich in Bewegung setzte, klebte er mit seiner Nase an der Scheibe.

Der Sechzehnjährige, dessen Welt bisher die Domstadt gewesen war, hatte jahrelang nichts als Verdunklung erlebt. Jetzt sah er grelle Leuchtreklamen. Massenweise Autos. Das Land schien ihm reich. Erst einmal. Doch je weiter sie in den Süden kamen, desto öfter waren Holzhäuser zu sehen, primitiv zusammengenagelt, verwahrlost, und davor unzählige Kinder. Alle waren schwarz.

Und schwarz waren auch die Kellner im Zug, die Kaffee verteilten und belegte Brote. Mit einem freundlichen Lachen im Gesicht.

Nach einem Tag auf den ratternden Schienen blieb der Zug im Bahnhof von Charlotte, North Carolina, stehen. Niemand durfte aussteigen. Von draußen schauten Menschen herein. Conny kam sich vor wie im Zoo.

Neugierig betrachtet wurden sie auch, als sie einen Tag später endlich am Bestimmungsort ankamen. In Jackson, Mississippi. Ihre Ankunft schien sich wie ein Lauffeuer in den umliegenden Ortschaften herumgesprochen zu haben, so viele Menschen kamen und bestaunten die besiegten Feinde.

Schau einfach nicht hin, dachte Conny und konzentrierte sich auf den verpickelten Nacken seines Vordermannes, als sie bei frühlingshaften elf Grad geschlossen zum Basislager Clinton marschierten, in dem, so sagte man ihnen, dreitausendvierhundert deutsche Kriegsgefangene untergebracht waren.

Hinter einer drei Meter hohen Umzäunung aus doppeltem Stacheldraht, Wachtürmen mit Suchscheinwerfern und Soldaten mit Maschinengewehren bekamen sie schwarze Hemden samt Hosen mit den Buchstaben *PW* auf jedem Bein und bezogen ihre Unterkünfte. Einfache Holzbaracken, in denen jeweils zehn Mann untergebracht waren; jedem standen drei Quadratmeter siebzig zu. Conny war der einzige Neuzugang in der Hütte, die ihm von einem Gefangenen gezeigt wurde, der schon länger im Lager war.

Von seinen Mitbewohnern sah er erst einmal nichts als deren Hinterlassenschaften an den Bretterwänden neben den Betten: Hakenkreuze, das Konterfei des Führers oder Postkarten von leicht bekleideten Fräuleins. Er legte seine verschlissene Wehrmachtsuniform, die er für zeremonielle Anlässe wie Beerdigungen und Feiertage behalten durfte, in seine Ablage. Mehr hatte er nicht. Dann bezog er sein Stockbett.

Es krachte in den Lagerlautsprechern. »Die Neuankömmlinge haben sich unverzüglich in der Kantine einzufinden!«, hallte es auf Deutsch in zackigem Befehlston.

Das musste man Conny nicht zweimal sagen. Er sprang von der Leiter, stopfte sein viel zu weites Hemd in die Hose, rannte hinaus und reihte sich ein in die Kolonne der anderen Kameraden, die durch die Barackenstraßen marschierten, in der eine Hütte neben der anderen stand. Er konnte vor Hunger kaum denken, und so registrierte er das fast idyllisch anmutende Lager nicht, in dem Bänke neben den Eingängen der Hütten standen, wo Bäumchen wuchsen und die kleinen Areale mit Gartenzäunen abgetrennt waren.

In einen Blechnapf wurden Gulasch und Spätzle gefüllt, und Conny schlug sich den Bauch voll. Auch mit dem Nachschlag. Danach hatte er Bauchkrämpfe, da sein Magen so viel Essen nicht mehr gewohnt war.

»Antreten zur Einweisung«, war der nächste Befehl, der über Lautsprecher kam.

»Dieses Lager steht unter deutscher Selbstverwaltung«, erklärte ein Offizier, der im Deutschen Reich ein höheres Tier gewesen sein musste und die Gefangenen mit dem Hitlergruß in Empfang nahm. Weil es ihm in Fleisch und Blut übergegangen war, schnellte auch Connys rechter Arm nach oben. In der anschließenden Rede des Offiziers erfuhr er, dass die USA sich an die Genfer Konventionen hielten, ein internationales Abkommen, das die Ausstattung der Kriegsgefangenen mit Nahrung, Kleidung, Medizin und sanitären Einrichtungen regelte. »Kameraden! In Artikel 15 steht, dass jeder Kriegsgefangene mindestens einmal im Monat von einem Arzt untersucht wird«, sagte der Offizier zackig und ergänzte, dass es im Lager Bibliotheken, Filme und Bildungseinrichtungen gebe. Sie erfuhren, dass sie im März, wenn das Pflanzen auf den Plantagen wieder begann, zur Arbeit abkommandiert würden. Nun sollten sie sich jedoch erst einmal untersuchen lassen.

Geleitet von extra dafür abgestellten Gefangenen marschierten sie zum Camp-Hospital, in dem deutsche und amerikanische Ärzte arbeiteten, die auch die Lagerbediensteten versorgten. Als endlich der Buchstabe M an der Reihe war, trat Conny vor.

54 Kilo, 1,96 Meter, schrieb ein deutscher Sanitäter auf eine Karte. Der ebenfalls deutsche Arzt untersuchte Connys Erfrierungen an den Füßen und gab ihm eine Salbe, mit der er die Durchblutung anregen könne. Weil seine Schulter immer noch eiterte, verabreichte er ihm Penicillin.

Neben dem Krankenhaus war die Lagerbibliothek, in der Conny nach Büchern des einzigen Schriftstellers fragte, von dem er jemals gehört hatte. Aber sämtliche Exemplare von Karl May waren ausgeliehen.

Abends, als Conny mit seinen neuen Stubenkameraden auf der Bank vor der Hütte saß, erzählte Kurt, der vom Oberrhein stammte, in seinem badischen Dialekt, dass die höchsten deutschen Offiziere in diesem Lager untergebracht waren. »Sogar der General von Arnim, der Nachfolger vom Rommel!«

»Musst aber nicht glauben, dass der auf einer Pritsche schläft«, lachte Hans aus Bochum. »Der hat ein Haus und dazu noch ein Auto und einen Fahrer.«

Insgesamt fünfundzwanzig Generäle, mehrere Oberste, Majore und Kapitäne waren hier untergebracht, erfuhr Conny weiter. Auch sie lebten in speziellen Unterkünften.

»Und den Buckel krumm machen müssen die Herren auch nicht«, ergänzte Kurt spöttisch und bot Conny eine Zigarette an. »Unsereiner schon!« Er klärte den Neuankömmling – und mit Abstand Jüngsten – darüber auf, dass die Gefangenen, wenn sie außerhalb des Geländes arbeiteten, achtzig Cent pro Tag bekamen. »Geld genug für Zigaretten.«

»Und was für eine Arbeit ist das?«, fragte Conny.

»Auf einer Baumwollplantage.« Kurt zündete sich mit dem Stummel die nächste Zigarette an und erzählte von seinem Einsatz im vergangenen Jahr und von der Sommerhitze, die schlimmer war als in Afrika. Er musste es wissen. Denn in Afrika war Kurt auch gewesen.

Ein Sirenensignal aus dem scheppernden Lautsprecher war das Zeichen für die Männer, ihre Nachtruhe anzutreten, und Conny kletterte auf sein Stockbett.

»Morgen früh um halb sechs ist die Nacht vorbei«, sagte Hans.

Und Kurt, der das Bett unter ihm hatte, meinte kurz vor dem Einschlafen: »Der von Arnim verträgt die Hitze nicht. Der lässt sich, wenn es wärmer wird, nach Jackson kutschieren. Im dortigen Kino gibt es eine Klimaanlage.«

Conny hatte keine Ahnung, was eine Klimaanlage war. Er war nur froh, dass die Kameraden nett waren. Besonders froh war er aber darüber, dass er endlich ein Dach über dem Kopf hatte und keiner mehr schoss.

Am nächsten Tag meldete er sich zum Englischunterricht an.

»*How do you do*«, schrieb der Lehrer – auch er ein Deutscher – mit Kreide auf die Tür der Waschküche, die als Unterrichtsraum fungierte.

»Hau du ju du«, sprachen Conny und die anderen Schüler ihm langsam nach, während über ihnen das Wasser von den aufgehängten Kleidern tropfte. Conny konnte sich nicht mehr daran erinnern, wann er das letzte Mal eine Schulbank gedrückt hatte, und sog das neue Wissen begierig auf.

Er lernte »Sänk ju« zu sagen, und »Ju aa wällkamm« und auch »Se wessa is fein«.

Schön war das Wetter auch am 22. Februar, seinem siebzehnten Geburtstag. Wolkenlos und vierzehn Grad warm. Oder, wie die Amis meinten: 57,2 Grad Fahrenheit.

»My name is Konrad. I am from Cologne in Germany«, konnte Conny sich bereits vorstellen, doch das half ihm reichlich wenig, als er zum ersten Mal im Lagerkino saß.

God is my Pilot flimmerte es von der Leinwand. Die Musik war bombastisch. Die Bilder von den Fliegern auch. Doch Conny verstand kein einziges Wort der schmuck gekleideten amerikanischen Helden, deren Copilot Gott war und auf die eine schmachtende Blondine wartete.

»Was schaust du dir den Dreck auch an«, meinte Hans, der abgeschossen worden war, am Abend und machte keinen Hehl daraus, wie sehr er die Amerikaner verachtete.

Bevor Conny antworten konnte, redete Kurt. Wie immer. Und wie so oft redete er sich in Rage, denn er war der Meinung, dass Hans nie verstehen würde, dass sie um ihre besten Jahre betrogen wurden.

»Wag es nicht, etwas gegen den Führer zu sagen«, drohte der dreißigjährige Hans, der wie viele im Lager seinen Oberlippenbart wie der Führer trug, mit hochrotem Kopf.

Conny sagte keinem seiner Stubenkameraden, dass er sich zu einem Politiklehrgang angemeldet hatte. Er wollte keinen Ärger.

»Mein Name ist Dr. Sieber«, stellte sich der Kursleiter vor. Er war ein vielleicht fünfundvierzigjähriger Jurist und Gefangener wie die anderen. Er hielt ein Plädoyer für Demokratie, Freiheit und Selbstbestimmung »Ich will, dass ihr Soldaten denkende Menschen werdet.« Im Hinausgehen sprach er Conny kurz an. »Wie alt sind Sie?«

»Siebzehn, Herr Doktor«, antwortete Conny.

»Es freut mich, dass Sie hier sind«, sagte er, berührte kurz Connys Schulter und lächelte.

Abends, als Conny auf seiner Pritsche lag, zerbrach er sich den Kopf darüber, wieso Soldaten denkende Menschen werden sollten. Meinte der Jurist etwa, das seien sie nicht?

Am nächsten Tag rasten Jeeps mit Military Police durchs Camp. Etwas war passiert. Conny erfuhr von Kurt, dass einer der Gefangenen tot aufgefunden worden war. Mit durchgeschnittener Kehle.

»Haben das die Amis …?«

»Nein«, unterbrach ihn Kurt. »Unsere.«

»Und wen?«

»Sieber, den kennst du nicht. So ein Sozi.«

Conny sah, wie drei Gefangene, die Hände auf dem Rücken gefesselt, einen gesicherten Transporter besteigen mussten und weggefahren wurden.

»Die kommen nach Oklahoma«, hörte er die umstehenden Männer murmeln und wusste nicht, was das zu bedeuten hatte.

Zur Trauerfeier des Juristen zogen alle Stubenkameraden ihre alten Uniformen an. Außer Hans. Conny auch nicht. Er hatte genug vom Tod und wollte auf keine Beerdigung. Aber darüber sprach er nicht. Lieber meldete er sich zum Küchendienst und lernte von dem Koch aus Berlin-Spandau, dass man in der Reichshauptstadt zu den Frikadellen Buletten sagte und in Bayern Fleischpflanzerl.

Grüße aus Mississippi, schrieb Kurt auf eine spezielle Karte für Kriegsgefangene und adressierte sie an seine Mutter in Offenburg. Frl. Else Bauer in Schutterwald wurde in den zugelassenen vierundzwanzig Zeilen eines Briefes gegrüßt, geküsst und mit schmachtenden Sätzen versorgt. Frl. Martha Huber in Renchen ebenso.

»Pro Woche dürfen wir zwei Briefe und eine Postkarte schreiben«, erklärte Kurt. »Schreib, damit deine Leute wissen, wo du bist.«

»Ja«, murmelte Conny und verschwieg, dass es keine Leute mehr gab auf der anderen Seite der Welt. Niemanden.

In einer Mischung aus Bewunderung und Abscheu lauschte er, wenn Kurt vorlas, was Else, Martha oder Annebärbel ihm an Durchhalteparolen und Liebesschwüren schrieben, und begutachtete die Fotos, die sie ihm schickten. Als Kurt jedoch den Brief seiner Mutter vorlesen wollte, nahm Conny Reißaus, zog sich hinter ihre Hütte zurück und schnitzte ein Stück Holz, das herumlag, mit seinem Taschenmesser glatt. Ohne zu denken. Als über Lautsprecher die Nachtruhe verkündet wurde, hatte das Holzstück zwei Türme. Wie der Kölner Dom.

Ohne dass er erfuhr, warum, wurde Conny im März in ein kleineres Zweitlager nach Lake Washington gebracht, wo er fortan zusammen mit fünfhundert anderen POWs lebte. Kurt und Hans waren nicht mit dabei. Täglich wurden die Männer mit Pritschenwagen zu ihren Einsatzorten, den Baumwollfeldern, gefahren, wo sie – und das verstand Conny erst später – noch billigere Arbeitskräfte als die Schwarzen waren. Unter der Bewachung von Weißen, die keinen Hehl aus ihrer Verachtung für die Deutschen machten, die vor Kurzem noch Adolf Hitler zugejubelt hatten, musste er nun täglich unter der heißen Sonne zwischen den jungen Baumwollsetzlingen Unkraut harken, die Pflanzen ausdünnen, umpflanzen und wässern.

Weil Conny seit einem Jahr Kette rauchte, hatte er Schmacht. Doch noch hatte er kein Geld verdient. Und so ärgerte es ihn umso mehr, dass die Bewacher Zigaretten anzündeten, vor seinen Füßen fallen ließen und ihn provozierend anschauten, wenn sie diese in Zeitlupe austraten.

Am ersten Mai machte eine Schreckensnachricht die Runde im Lager. Der Führer sei tot. Er habe sich im Führerbunker zusammen mit Eva Braun erschossen. Conny zitterte ungläubig. Doch der deutsche Lagerleiter bestätigte das Gerücht und forderte die Männer auf, trotzdem zur Arbeit zu gehen. »Und zwar aufrecht!«

Als sie am Wachhäuschen vorbei aus dem Lager marschierten, sah Conny den Wachhabenden an ihrem Grinsen an, dass die

Nachricht vom Tod Adolf Hitlers auch sie erreicht hatte. Er stieg auf die Ladefläche eines der bereitstehenden Pritschenwagen und starrte vor sich hin.

»Sir.« Der schwarze Fahrer riss ihn aus seinen finsteren Gedanken und gab ihm ein Zeichen, die Hand wegzunehmen, damit seine Finger nicht eingeklemmt wurden, wenn er die Seitenklappe hochschlug.

Conny nickte und wunderte sich, dass der Mann ihn anlächelte. Ohne jegliche Häme.

Wie in Trance schufteten sie den ganzen Tag. In jeder Pflanzreihe ein Mann. Keiner redete auch nur ein Wort. Jeder war mit seinen Gedanken allein. Und erst recht mit seinen Ängsten. Was sollte das Reich für eine Zukunft haben ohne den Führer? Conny merkte nicht, dass er seine Harke immer schneller in den Boden rammte und alle anderen weit hinter sich ließ. Erst ein riesiger Vogel, der ihn im Landeanflug fast streifte, riss ihn aus seinen Sorgen.

Ein Pelikan, schoss ihm durch den Kopf. Und ihm fiel ein, dass dieser Vogel auf seinem Füllfederhalter abgebildet war. Conny haute weiter die Harke in den Boden, mit noch mehr Kraft, und dachte an seine Mam, die ihm zum zehnten Geburtstag einen Pelikanfüller geschenkt hatte. Vor seinen Füßen fielen Tropfen auf die trockene Erde. Es waren seine Tränen.

Conny atmete tief ein und versuchte, wieder stark zu sein. Wie immer. Doch dann dachte er an Lizzy, die seine Geburtstagskerzen auspustete und ›Der Mai ist gekommen‹ sang. Er hörte ihr fröhliches Lachen und sackte in sich zusammen. Krümmte sich und biss sich auf die Hand, um sein Schreien zu ersticken. MAM! LIZZY! Er vermisste sie so sehr.

Plötzlich hörte Conny ein Rascheln. Erschrocken blickte er sich um und entdeckte zwischen den Baumwollpflanzen ein Kind. Es beobachtete ihn. Mit offenem Mund und aufgerissenen

Augen. Ein Junge. Acht Jahre vielleicht. Als er merkte, dass Conny ihn gesehen hatte, huschte er davon.

Mit dem Handrücken wischte Conny seine Tränen weg, und als ein anderer Gefangener sich auf seine Höhe gearbeitet hatte, tat er so, als wäre er in die Hocke gegangen, um das Unkraut mit der Hand aus dem Boden zu ziehen.

»Schau mal! Da hinten ist der Mississippi.«

»Egal«, sagte Conny. »Der Rhein ist schöner.«

Am nächsten Tag entdeckte er zwischen den Baumwollpflanzen eine Schlange. Sie war riesig und schälte sich gerade aus ihrer Haut. Conny hatte gehört, dass es in den amerikanischen Südstaaten viele Giftschlangen gab, deshalb betrachtete er sie aus sicherem Abstand, machte den Arm lang und berührte sie mit dem Harkenstiel. Das mindestens ein Meter zwanzig lange Reptil suchte schlängelnd das Weite. Conny folgte ihr und drückte mit dem Stiel gegen die bereits abgestreifte Haut, denn er wollte sie mitnehmen, damit ihm im Lager einer sagen konnte, ob sie giftig war oder nicht.

Ein Pfiff ertönte, und als er sich umdrehte, sah er, wie einer seiner Bewacher, der ihn mit dem Feldstecher beobachtete, Zeichen gab, weiterzuarbeiten.

»Scheiße«, murmelte Conny und harkte wieder Unkraut.

Am Ende der Schicht ging er seine gesamte Pflanzreihe zurück und hielt Ausschau. Vergebens. Er war schon am Ende und hatte die Hoffnung, die Schlangenhaut zu finden, bereits aufgegeben, da entdeckte er sie. Zusammengerollt und mit einem Stein beschwert. Conny wusste: Die hatte jemand extra so hingelegt. Und zwar für ihn. Und er wusste auch, wer dieser jemand war.

Im Lagerladen kaufte er am Abend nicht nur Zigaretten, sondern auch eine Tüte Marshmallows und legte sie am nächsten Tag unter den Stein.

Er konnte es kaum erwarten, nach seiner Zwölf-Stunden-

Schicht wieder an der Stelle vorbeizugehen, und freute sich schon von Weitem, als er sah, dass die Tüte verschwunden war. Und noch mehr freute er sich, als er entdeckte, dass eine zweite Schlangenhaut auf ihn wartete.

Die nächste Tüte Marshmallows wechselte ihren Besitzer, und Conny erntete den Respekt seiner Stubenkameraden, als er die dritte Haut zum Trocknen aufhing.

Es musste eines der Kinder sein, die er aus der Ferne vor einer der Hütten gesehen hatte, die am Rand des Plantagengeländes standen. Diese Behausungen waren viel armseliger als seine Unterkunft im Lager. Dort wohnten die Schwarzen, die ebenso wie die POWs auf den Feldern arbeiteten. Nur eben getrennt, weil offensichtlich jemand verhindern wollte, dass sie in Kontakt miteinander treten konnten. Conny wusste nicht, wer daran mehr Interesse hatte: die US-Armee oder die weißen Plantagenbesitzer, die in ihren herrschaftlichen Anwesen lebten und die Kriegsgefangenen behandelten, als wären sie Luft. Immer wieder kreisten Connys Gedanken um den Jungen, der ihn beim Weinen beobachtet hatte. Wie sah sein Leben wohl aus? Wie viele Geschwister hatte er?

In seiner Fantasie stellte er sich vor, wie er mit ihm nach Hause ging. Er formulierte die Sätze, die er dann mit dessen Mutter oder Vater sprechen würde: »Hello. My Name is Konrad. I am from Cologne in Germany. So nice to meet you.«

»Hello«, begrüßte er den schwarzen Fahrer des Pritschenwagens am nächsten Morgen und dachte für einen Moment, dass dieser Mann vielleicht der Vater des kleinen Schattens sein könnte.

»Sir!«, antwortete der und strahlte noch mehr als sonst, denn normalerweise begrüßte ihn kein Weißer.

Wie an jedem Tag raste er in halsbrecherischem Tempo über die Pisten, die von dem sintflutartigen Regen ausgewaschen waren. Die Männer auf der offenen Ladepritsche mussten sich an den Seitenklappen festhalten, damit sie nicht abrutschten. Kurz bevor sie auf die Plantage einbogen, kam eine Horde schwarzer Kinder aus Richtung der Hütten und rannte barfuß hinter dem Pritschenwagen her. Einer von ihnen – das erkannte Conny genau – war sein kleiner Freund.

Drei Schüsse fielen. Die Kinder stoben wild schreiend auseinander. Conny riss den Kopf herum und sah, dass nicht wie vermutet der Bewacher, der neben dem Fahrer in der Kabine saß, in die Luft geschossen hatte. Es war der Plantagenbesitzer, der in der Allee stand, die zu seinem Herrenhaus führte, und mit seinem Gewehr für Ordnung sorgte.

»Was für ein Arschloch!«, entfuhr es Conny. Und als sie dicht an diesem blassen rothaarigen Hünen vorbeifuhren, sagte er es noch einmal. »Arschloch!«

Die Arbeit in dem subtropischen Klima fiel Conny an diesem Tag noch schwerer als sonst. Es war unerträglich. Und nicht, weil es heiß war und schwül.

»Wir machen hier die Sklavenarbeit«, sagte einer und hielt mit seiner Verachtung für die weißen Farmer, für die sie täglich mindestens zwölf, oft jedoch bis zu vierzehn Stunden arbeiteten, nicht hinter dem Berg. »Und die wollen uns was von Demokratie und Menschenrechten erzählen!«

Stimmt, dachte Conny, der die Mär vom Land der unbegrenzten Möglichkeiten, in dem alle gleich seien, in den letzten Wochen rauf und runter gehört hatte. »Wenn man sieht, wie die mit ihren eigenen Leuten umgehen«, sagte er laut.

»Die Schwarzen sind nicht deren eigene Leute. Das sind für die Menschen zweiter Klasse.«

»Ich dachte, wir sind das!« Conny riss vor Wut eine Baumwollpflanze aus. Extra!

Die Tüte Marshmallows ließ er an diesem Tag in seiner Tasche, weil er befürchtete, den kleinen Kerl damit in Gefahr zu bringen.

Der Himmel wurde schwarz. Es sah aus, als würde die Welt untergehen. Und dann ging sie wirklich unter. Nass bis auf die Knochen kamen sie ins Lager zurück und erfuhren, dass der Krieg zu Ende war. Deutschland hatte kapituliert. Bedingungslos.

Conny zog seine Kleider aus und hörte die Stubenkameraden spekulieren.

»Sicherlich kommen wir jetzt bald nach Hause«, sagte einer.

»Vergiss es. Solange die hier billige Arbeitskräfte brauchen, weil ihre eigenen Leute noch nicht einsetzbar oder tot sind, lassen die uns hier nicht raus.«

Conny dachte an die vielen toten Amerikaner, die er im Hürtgenwald gesehen hatte – später erfuhr er, dass es zwölftausend waren –, und schloss daraus, dass er noch eine Zeit hierbleiben würde.

Er hatte recht, wurde weiter von einer Plantage zur anderen gekarrt und musste im Herbst schließlich die schwerste Arbeit verrichten: das Baumwollpflücken. Die Kapseln, aus denen er die flauschigen Wollbausche zog, waren spitz und rissen seine sowieso schon schrundigen Hände auf. Wie die anderen Gefangenen trug er eine Leinentasche, die schwerer und schwerer wurde, je mehr Baumwolle er erntete. Er schleppte sich krumm unter dem blauen Himmel mit den Wölkchen, die hingetupft und weiß waren wie das von Baumwollpüscheln übersäte Feld. Abgewinnen konnte Conny diesem Anblick nichts, denn die Felder schienen grenzenlos, und wenn sie eine Plantage abgeerntet hatten, wurden sie auf die nächste gekarrt.

Jede Nacht fiel er, kaum dass er sich hingelegt hatte, vor Erschöpfung in den Schlaf, und selbst in seinen Träumen gab es nichts anderes als Baumwolle.

Mitte Oktober leerte er seine Tasche am Sammelplatz am Ende eines Feldes. Meterhoch stapelte sich das weiße Gold und wurde von Schwarzen auf Lastwagen geladen. Am Horizont braute sich ein Unwetter zusammen, Wind kam auf, und alle Gefangenen bekamen den Befehl, beim Laden zu helfen, damit die Fasern nicht nass wurden. Conny überlegte, wo er anpacken könnte. Da entdeckte er ein Kind, das mit beiden Händen Baumwolle in einen Bambuskorb schaufelte. Es war sein kleiner Schlangenhautfreund, den er seit Monaten nicht gesehen hatte, weil er auf anderen Plantagen gearbeitet hatte. Conny griff in die Baumwolle, ging zu dem Jungen und half ihm, den Korb zu füllen. Er spürte, wie der Kleine neben ihm kurz erschrak. Dann arbeiteten sie Hand in Hand, als hätten sie nie etwas anderes getan.

Der Wind wurde stärker und trieb die Regenfront vor sich her.

»Faster. Work faster!«, brüllte eine männliche Stimme.

Schneller kann ich nicht, Idiot, dachte Conny, blickte sich um und sah den Plantagenbesitzer, der mit seinem bellenden Hund die Arbeiter antrieb. Er erkannte ihn sofort. Das rothaarige Arschloch, das auf die Kinder geschossen hatte.

Der Junge neben ihm legte einen Zahn zu und arbeitete, so schnell er konnte. Mit Augen voller Angst.

»Everything is okay«, flüsterte Conny ihm zu und berührte beruhigend die kleine Hand.

Er bekam einen kurzen Blick und ein schüchternes Lächeln. Dann wuchtete Conny den vollen Korb in den Lastwagen, nahm dafür einen leeren entgegen und arbeitete mit dem Jungen weiter.

»My name is Conny«, flüsterte er.

Er bekam keine Antwort. Deshalb fing er an zu raten. »Your name is John?«

Stoisch griffen die kleinen Hände in den Baumwollberg.

Conny versuchte es mit Harry. Mit Archibald. Mit allen Namen, die er, seit er in Amerika war, gehört hatte. George, Albert, Franklin.

»Faster!«, brüllte der Rothaarige.

»Faster. Faster. Faster«, äffte Conny ihn leise nach und sah, dass dies dem Kleinen gefiel.

Die Wolken schoben sich vor die Sonne. Es war, als hätte einer das Licht ausgeknipst. Schwarze kamen mit Planen angerannt und deckten die noch auf dem Boden liegende Baumwolle ab.

»Jimmy«, rief einer von ihnen.

Der Junge hob den Kopf und lief zu den Männern.

»Jimmy also«, sagte Conny lächelnd und sah zu, wie Jimmy seinen Leuten half, die Planen festzuzurren.

Anfang Dezember wurde Conny wieder ins Camp Clinton gebracht. Ohne Arbeit verging die Zeit im Winter noch langsamer als sonst.

Wie lange würde die Gefangenschaft noch andauern?

Und was wäre dann?

Das Spekulieren der Männer ging ihm auf die Nerven. Vor allem das Gerede von Kurt, der außer Frauen nicht viel im Kopf zu haben schien. Noch mehr nervten ihn allerdings die Ausführungen derer, die von der Zukunft mit ihren Familien redeten.

In der Lagerküche wurden Dresdener Stollen gebacken. Und Aachener Printen. Die Männer probierten, aber Conny bekam keinen Bissen hinunter.

»Mensch, mit dir ist ja gar nichts mehr los«, sagte Kurt und forderte ihn auf, mit ihm und den anderen auf Tannenbaumersatzsuche zu gehen.

Conny trottete mit. Leidenschaftslos, denn Weihnachten interessierte ihn nicht.

Sie fanden eine Kiefer, sägten sie ab und versuchten, sie festlich zu schmücken, falteten aus Zeitungen Sterne, und damit in dieser südlichen Wärme eine Anmutung von Schnee entstand, legten sie kleine Baumwollpüschel auf die Äste.

Conny hätte nicht gedacht, dass man auf ›O Tannenbaum‹

marschieren kann. Er trug wie die anderen zu Ehren des hohen Feiertages die Wehrmachtsuniform, war abwesend dabei, als einer der Gefangenen, der Priester war, in der Kantine die Weihnachtsmesse von dem Engel hielt, der mit Freude verkündete, dass heute der Heiland geboren sei.

Dann sangen alle das Lied ›Es ist ein Ros entsprungen‹. Hätte Conny nicht ganz vorne gesessen, er wäre jetzt hinausgerannt. Er musste mit den Tränen kämpfen, dachte an Pap und fühlte sich zwischen den Kameraden verloren und einsam. Krampfhaft dachte er über eine Ablenkung nach. Er schloss die Augen und versuchte sich vorzustellen, wie Jimmy gerade feierte, und fragte sich, welche Geschenke es in der armseligen Holzhütte gab. Plötzlich hatte er eine Idee.

Am Dreikönigstag meldete er sich freiwillig, um den Baum zu entsorgen. Doch er schnitt nicht Brennholz daraus, wie es ihm aufgetragen worden war, sondern er sägte zwei Latten zu je einem Meter fünfzig zurecht, nagelte in Höhe von vierzig Zentimetern jeweils einen Tritt darauf und freute sich schon jetzt aufs Frühjahr, wenn er diese Stelzen mit auf die Plantage des Rothaarigen nahm, um sie Jimmy zu schenken.

Am Tag, als die Stelzen fertig waren, wurde er über den Lagerlautsprecher in das Büro der Lagerleitung kommandiert.

»Monderath, Sie werden übermorgen entlassen und können die Reise Richtung Heimat antreten.«

Conny traute seinen Ohren nicht. Er knallte die Haken zusammen, trat aus der Stube und ging über das Gelände.

Heimat? Was soll ich da?, fragte er sich und machte kehrt.

»Gibt es eine Möglichkeit, in Amerika zu bleiben?«

»Nein. Abtreten!«

Weil er öfter in der Lagerküche ausgeholfen hatte, wusste Conny, dass immer frühmorgens die Lebensmittel angeliefert wurden. Vielleicht könnte er sich auf dem Lastwagen herausschmuggeln.

Am nächsten Morgen kundschaftete er die Lage aus und strich um den Hintereingang der Kantine herum.

»Sir!«, begrüßte ihn der Fahrer, der aus dem Lieferwagen stieg.

»Sir!«, grüßte Conny zurück. Es war der Nette, der ihn im letzten Sommer öfter auf die Plantagen gefahren hatte. Vielleicht würde er sogar mitspielen. Conny überlegte, dass er sich hinter den Kisten auf der Ladefläche verstecken könnte. Doch dann malte er sich aus, was die Amis mit dem Schwarzen machen würden, wenn das herauskäme. Und er verwarf seinen Plan.

»You wait!«, bat er den Fahrer, rannte wie der Teufel durchs Lager, holte in seiner Baracke die Stelzen aus dem Versteck und raste mit ihnen zurück. »Know you Jimmy?«, erkundigte er sich atemlos.

Der Fahrer schaute ihn mit fragenden Augen an.

Mit Händen und Füßen erklärte Conny, dass das der Junge war, der auf der Plantage des Rothaarigen lebte, zeigte an, wie groß er wohl war, und erklärte, dass die Stelzen für ihn seien. Conny war sich nicht sicher, ob der Fahrer ihn verstand, aber freundlich, wie er war, nahm er die Latten entgegen und winkte lachend, als er Richtung Ausgang fuhr.

Zwei Tage später verließ Conny zusammen mit zweihundert Mann marschierend das Camp.

Die Hauptstraße von Jackson war gesäumt mit neugierigen Bewohnern. Wie bei ihrer Ankunft. Und mittendrin stand ein Junge, der alle überragte. Er grinste breit, als Conny an ihm vorbeizog.

»Jimmy!«, rief er und salutierte.

Anfang 1946 betrat Conny in Le Havre wieder europäischen Boden. Nach zwei Jahren, in denen er vergessen hatte, was Frieren war. Schlotternd vor Kälte wurde er in einer zugigen Hafenhalle registriert, gefilzt und war sich sicher, dass er nun zu den Gefangenen gehörte, die in Frankreich bleiben mussten. Zu seiner Überraschung bekam er jedoch vierzig Reichsmark Entlassungsgeld ausgezahlt und eine Eisenbahnfahrkarte dritter Klasse zu seinem Heimatort Köln in die Hand gedrückt.

»Allez!«, befahl ein Militärpolizist und forderte ihn auf, das Registrierungsgebäude zu verlassen.

»Aber meine Tasche, my bag …«

Auch die Zeichensprache konnte oder wollte der Franzose nicht verstehen, wurde lauter und half mit dem Gewehrkolben nach. »ALLEZ!«

Conny presste die Lippen zusammen, gab sich einen Ruck und ging los. Er wollte nicht riskieren, dass die Franzosen es sich doch noch einmal anders überlegten und auch ihn, wie so viele andere, als Kriegsgefangenen behielten.

Als er im Zug saß und aus dem Fenster starrte, sah er die Landschaft nicht, weil sich ein Tränenfilm über seine Augen legte. Er hatte seinen wertvollsten Besitz verloren. Seine Schlangenhäute.

Zehn Tage und unzähliges Umsteigen später war er wieder in Köln. Übermüdet, hungrig, unrasiert. Die Hohenzollernbrücke lag halb im Rhein. Wenigstens der Dom stand noch. Wie ein Mahnmal kam er Conny vor in dieser zerbombten Trümmerwüste, in der dreißigtausend Menschen in Kellern hausten und noch viel mehr in notdürftig zusammengezimmerten Baracken und Nissenhütten. Weil er kein Ziel hatte, ging er in die Richtung, in der er früher gewohnt hatte. Durch die Hohe Straße, in der rechts und links an den Ruinen Zettel hingen oder mit Kreide geschrieben stand, wo die früheren Bewohner verblieben waren. Auf mich wartet keine Nachricht in der Agrippastraße, dachte Conny und bog kurz vor dem zerstörten Färberviertel rechts ab. In der Straße, in der die Schwester seiner Mutter mit ihrer Familie gewohnt hatte, stand kein Haus mehr. Er ging die Trümmergrundstücke ab, suchte nach Spuren, fragte Passanten und erfuhr, dass auch sie alle umgekommen waren.

Auf dem Neumarkt reihte er sich in die Schlange derer ein, die von einer Suppenküche des Roten Kreuzes ihre einzig warme Mahlzeit am Tag entgegennahmen. Menschen jeden Alters, die nach Jahren der Mangelernährung an Hungerödemen litten.

»Wie? Du hees keene Bleschnaapf, Jung?«, fragte die Frau mit der Suppenkelle in der Hand, als Conny endlich an der Reihe war. Ihre vertraute Sprache versetzte ihm einen Stich. Mitten ins Herz.

»Nein«, sagte er halblaut, drehte sich weg und fühlte sich unter diesen Hunderten von Menschen allein. Mutterseelenallein!

Mit seinem Geld konnte er nichts anfangen, da es kaum etwas zu kaufen gab, und zu tauschen hatte er nichts. Weil er sich durchfragte und immer half, wenn eine starke Hand gebraucht wurde, gelang es ihm im Laufe des Tages, einen Essnapf zu ergattern – nicht aus Blech, sondern aus einem ehemaligen Stahlhelm. Auch einen Löffel, einen Strohsack und eine Wolldecke konnte er organisieren. Über das Wohlfahrtsamt bekam er einen Platz in einem Hochbunker in der Ehrenfelder Körnerstraße, in der die unterschiedlichsten Menschen zusammengepfercht waren.

Als Conny sich am Abend einen Platz suchte, sah er ausgebombte Frauen mit und ohne Kinder, Flüchtlinge aus den Ostgebieten, Kriegsversehrte und entlassene Kriegsgefangene. Familien mit fünf Personen drängten sich in einer lichtlosen Zelle von sechs Quadratmetern zusammen. Eintausendfünfhundert Menschen, wie ihm die Frau des Hausmeisters sagte, die Toiletten, Waschbecken und Küche gemeinsam nutzten. Viele verseucht mit Läusen, an Rachitis und Tuberkulose erkrankt. Sie alle verband eines: Sie waren körperlich und seelisch zerschunden. Hier zu wohnen hieß, man gehörte automatisch zum untersten Rand der Gesellschaft.

Die Luft war stickig. Kalt war es auch. Aber Conny war froh, untergekommen zu sein, denn draußen war es noch kälter.

Er fand schnell Arbeit. Zupacken hat er in Amerika gelernt, und in der Stadt, die zu achtzig Prozent in Schutt lag, wurde jede helfende Hand gebraucht. Im Frühjahr schaufelte der inzwischen Achtzehnjährige Kriegstrümmer auf Lastwagen. Mit den einhundertvierunddreißig Reichsmark, die er dafür im Monat bekam, konnte er wenig anfangen, weil die Geschäfte leer waren. Doch weil er in den Trümmern oft etwas fand, was er auf dem Schwarzmarkt eintauschen konnte, wie Schmuck oder Bettwäsche, hielt er sich einigermaßen über Wasser. Und als ihm im Sommer einer beibrachte, wie man Auto fuhr, war er erst Beifahrer und dann Fahrer und fuhr den Kriegsschutt auf einen der insgesamt elf Trümmerberge Kölns. Als im November der Herkulesberg schon fünfundzwanzig Meter hoch war, brach über Europa der strengste Winter des zwanzigsten Jahrhunderts herein. Bei minus zwanzig Grad und hohem Schnee war an weitere Trümmerbeseitigung nicht zu denken. In der Stadt wurden die Lebensmittel, die zuvor schon knapp gewesen waren, noch knapper, denn der Rhein war auf einer Strecke von sechzig Kilometern gefroren, die Binnenschifffahrt eingestellt. Wer nicht erfrieren oder verhungern wollte, musste stehlen. Holz, Briketts, Lebensmittel.

In seiner Silvesterpredigt rechtfertigte Erzbischof Josef Frings den grassierenden Diebstahl: »Wir leben in Zeiten, da in der Not auch der Einzelne das wird nehmen dürfen, was er zur Erhaltung seines Lebens notwendig hat, wenn er es auf andere Weise, durch seine Arbeit, nicht erlangen kann.«

Wie achtzig Prozent der Deutschen war auch Conny unterernährt. Er wog sechzig Kilo bei einer Größe von inzwischen einem Meter neunzig. Aber er überlebte. Im Gegensatz zu Hunderttausenden, die verhungerten oder erfroren.

»Deutschland, Deutschland ohne alles. Ohne Butter, ohne Speck. Und das bisschen Marmelade frisst uns die Besatzung weg«, sangen Tausende Kölner zur Melodie des Deutschlandliedes auf einer der zahlreichen Hungerdemonstrationen. Auch Conny, inzwischen neunzehn Jahre alt, protestierte mit.

Das Elend nahm kein Ende und war kaum auszuhalten. Auch in dem Bunker nicht, in dem es wegen der Enge und der fehlenden Rückzugsmöglichkeiten zu ständigen Konflikten der Bewohner untereinander kam und Conny nicht schlafen konnte, wenn die Schreie der misshandelten Frauen in der Nacht immer lauter wurden.

Dann, an einem Tag im März, veränderte sich für ihn alles. Zum ersten Mal nach seinem Kinobesuch im Gefangenenlager in den Südstaaten sah er wieder einen Film. Als Vorfilm lief nicht wie üblich eine Wochenschau, mit der die Besucher über die Nachrichten in Deutschland und der Welt informiert wurden, sondern ›Todesmühlen‹, ein Dokumentarfilm, der von den Amerikanern unmittelbar nach der Befreiung der Konzentrationslager gedreht worden war. Zu dramatischer Musik sah Conny, wie Tore geöffnet wurden und dahinter Männer in gestreifter Gefangenenkleidung aus hohlen Augen in die Kamera blickten. Von zwanzig Millionen Opfern wurde gesprochen. Von zweihundert Lagern mit Namen wie Dachau, Majdanek, Bergen-Belsen, Buchenwald sowie der Tötungsanstalt Hadamar. Hunderte von Kindern – auch sie in Sträflingskleidung – zeigten ihre Arme mit den eintätowierten Erkennungsnummern. Soldaten trugen halb verhungerte Menschen, die keine Kraft mehr hatten, zu stehen, aus den Lagerhallen. Immer tiefer führte der Film hinein in die Todesfabriken mit den Duschen, in die man Gefangene eingesperrt hatte und Zyklon B anstatt Wasser durch die Düsen strömen ließ. Conny sah Berge aus nackten, zum Skelett abgemagerten Leichen vor Krematorien und halb verbrannte Körper in erloschenen Öfen liegen.

In einer Halle horteten die Nazis alles, was sie den Juden abgenommen hatten. Koffer. Brillen. Goldzähne. Frauenhaar. Puppen und Teddybären. Bergeweise. Akkurat getrennt.

Anwohner aus der Umgebung von Weimar wurden gezeigt, wie sie sich das Konzentrationslager Buchenwald ansehen mussten. Auf der Leinwand sah Conny anfangs lachende Gesichter von Frauen, die wirkten, als würden sie zu einem Picknick aufbrechen. Zwischen ihnen Landwirte, die laut Kommentarsprecher Asche der Leichen zur Düngung ihrer Felder verwendet hatten. Angesichts der nicht enden wollenden Massengräber, in denen die Toten noch offen lagen, verging den »Lagerbesuchern« das Lachen. Und alle behaupteten, nichts davon mitbekommen zu haben.

Es gab keinen Hauptfilm, und keiner wagte, zu protestieren. Beim Hinausgehen hörte Conny zwischen dem betretenen Schweigen der Filmbesucher das Wort »Propaganda«. Und noch leiser, aber immer wieder: »Sollen wir jetzt eigentlich an allem schuld sein?«

Allein zog er durch die Stadt, vergaß die Zeit, dachte nicht an die Ausgangssperre und suchte zum ersten Mal seit seiner Rückkehr wieder sein altes Viertel auf. Nur am Wasserturm konnte er erkennen, dass er in der Nähe sein musste, denn es stand kein einziges Haus mehr. Als er die Patrouillenfahrzeuge der Amerikaner sah, versteckte er sich in einer Ruine. Die ganze Nacht starrte er vor sich hin. Zwei Fragen hämmerten in seinem Kopf: War Franz dabei gewesen? War er einer der Waffen-SS-Männer gewesen, die in diesen Lagern Wache hielten? Der Gedanke daran war kaum zu ertragen. Und doch gab es noch eine schlimmere Frage, die die Bilder der Kinder auf Sektionstischen betrafen. Sie hatten sich in Conny Seele gebrannt. Es waren Kinder, die aussahen wie Lizzy. Er schlug seinen Kopf gegen die Mauer. Wieder und wieder. Und fühlte Schuld, weil auch er einer von denen war, weil auch er an Hitler geglaubt hatte.

Als er am nächsten Morgen aus der Ruine kroch und durch Köln streifte, hatte sich sein Blick verändert. Selbst die zerlumpten Kinder, die ohne Schuhe in den Suppenküchenschlangen standen, kamen ihm nicht mehr elendig vor.

»Drickes?«

Conny drehte sich erschrocken um und blickte in die Augen einer verwirrten, vielleicht fünfzigjährigen Frau, die ihn entsetzt anschaute und dann vor sich hinredend weiterging.

Den ganzen Tag über ging ihm der Name nicht mehr aus dem Kopf, und plötzlich war die Adresse wieder da, die Conny auf Wunsch von Franz vor vielen Jahren auswendig gelernt hatte. Heinrich Pütz, Kantstraße 44A, Berlin. Erinnerungen an den Onkel, den alle in der Familie nur Drickes genannt hatten und der plötzlich verschwunden war, wurden wach und ließen ihn nicht mehr los. Sollte er noch leben, gäbe es doch noch ein Familienmitglied! Tagelang redete Conny sich ein, dass das alles Quatsch sei, schließlich war auch Berlin zerstört. Aber dann versuchte er es doch. Er hatte nichts zu verlieren. Wie erwartet kam sein Brief zurück. Mit dem Vermerk: *Absender unbekannt.*

Im Bunker hatte er mehrfach mitbekommen, wie Menschen über das Rote Kreuz den neuen Aufenthaltsort ihrer Angehörigen erfahren hatten.

»Kennen Sie das Geburtsdatum?«, fragte ihn eine Rotkreuzschwester im Suchdienstbüro.

»Nein«, sagte Conny, der nicht wusste, ob der Halbbruder seines Vaters jünger oder älter war als dieser. Er konnte nicht einmal mit Sicherheit sagen, dass er auch in Köln geboren war. Nur den Namen kannte er: »Pütz. Heinrich Pütz. Ein Arzt.«

An den Sonntagen wurde im katholischen Köln nicht gearbeitet. Der Hunger war jedoch stärker als der Glaube an den lieben Gott, deshalb half Conny in den Dörfern südlich von Köln auf Bauernhöfen aus, die von Frauen bewirtschaftet wurden, weil ihre

Männer im Krieg geblieben waren. Geld bekam er dafür keines, aber zu essen. Und das war viel mehr wert.

Obwohl er es vorzog, im Freien zu schlafen – in Scheunen oder in der Kabine des Lastkraftwagens –, behielt er den Bunkerplatz als festen Wohnsitz und übernachtete dort immer, wenn das Wetter schlecht war.

»Du hast einen Brief bekommen, Jung«, sagte die Frau des Hausmeisters, als Conny nach einem Sommergewitter völlig durchnässt in der Körnerstraße ankam.

Noch nie hatte er Post bekommen. Zittrig öffnete er den blauen Umschlag des Roten Kreuzes und traute seine Augen nicht, als er las, dass Dr. Heinrich Pütz in Kriegsgefangenschaft war. In der UDSSR, Lager 7393/7. Vor Freude umarmte er die verdatterte Hausmeisterfrau.

Auf seinem eisernen Etagenbett konnte Conny nicht schlafen, und das lag diesmal nicht am Gegröle Betrunkener oder den zahllosen Streitereien. In Gedanken formulierte er Sätze: *Lieber Onkel, welche Freude, zu hören, dass du lebst. Auch ich war in Kriegsgefangenschaft. In Amerika. Jetzt bin ich wieder in Köln und helfe mit, unsere ehemals schöne Heimatstadt wieder aufzubauen. Mam, Franz, Lizzy und die Großeltern sind tot. Ich habe niemanden mehr.*

Conny konnte seine Tränen nicht mehr stoppen, denn noch nie hatte er diese Wahrheit in Worte gepackt. Er fühlte sich einsam bis auf die Knochen und drückte sich sein Kopfkissen vors Gesicht, damit niemand sein Schluchzen hörte.

Auf das Briefpapier, das er am nächsten Tag kaufte, schrieb er alles. Mit Tintenbleistift. Seitenweise. Alles, was endlich aus ihm rausmusste. An jemanden, dem er sich anvertrauen konnte. Jemandem, der wie ein Vater war.

»Das ist viel zu lang«, sagte eine Frau beim Roten Kreuz, zu der er den Brief brachte, weil er gehört hatte, dass die Post nach Sibirien über das Schweizer Rote Kreuz abgewickelt wurde. Sie gab ihm eine für die Kriegsgefangenenpost vorgedruckte Postkarte, auf der nicht viel mehr Platz war als:

Lieber Onkel Drickes, ich bin so froh, dass du lebst, und hoffe, dass es dir so gut geht wie mir. Dein Neffe Konrad (Conny)

Monatelang wartete er und hatte die Hoffnung schon aufgegeben, als Anfang 1948 endlich eine ebenso vorgedruckte Antwortkarte kam. Aus der UDSSR.

Mein lieber Conny, was für eine große Freude von Dir zu hören. Es geht mir noch gut und ich … Die nächsten Worte waren geschwärzt. *Halte die Ohren steif und grüß mir mein Köln, Dein Onkel Drickes*

Sein Onkel Drickes lebte. Das war das Allerwichtigste. Er war nicht mehr allein. Vom Roten Kreuz hatte Conny erfahren, dass das Lager 7393/7 sich in Sibirien befand und dass die Gefangenen nichts über ihren Aufenthaltsort schreiben durften.

Ab da lebte Conny von Postkarte zu Postkarte. Es dauerte manchmal Monate, bis die Antwort kam.

Als er seinem Onkel schrieb, dass er vorhätte, sich mit einem Fuhrunternehmen selbstständig zu machen, weil er so gut Lastkraftwagen fuhr, hatte der im fernen Osten lebende Verwandte eine andere Idee: *Hol dein Abitur nach. Und werde Arzt wie ich, und wenn ich erst einmal zurückkomme, dann können wir zusammen praktizieren.*

Studieren?, schrieb Conny zurück. *Dafür habe ich doch gar kein Geld.* Doch er fand den Gedanken, Menschen – am liebsten Kindern – zu heilen, nicht schlecht und erkundigte sich, wo er das Notabitur machen könnte.

Die Antwort von Onkel Drickes kam, als Conny bereits seit zwei Monaten auf der Abendschule war: *Geh nach Heidelberg. In der Hirschgasse 20 wohnt mein Studienfreund Hermann Holloch. Der wird dir helfen.*

Am 24. Mai 1949, einen Tag nach Gründung der Bundesrepublik Deutschland, stieg der einundzwanzigjährige Conny in Heidelberg aus dem Zug. Das Erste, was er sah, als er aus dem Bahnhof trat, waren amerikanische Soldaten. Daran war er gewöhnt. Aber dass es in der Stadt keine Kriegsruinen gab, war für ihn befremdlich und verstörend zugleich. Die Straßen waren sauber, die Fenster intakt. Schaufenster glänzten in der Mittagssonne, in Vorgärten blühten Blumen, und die Einwohner wirkten gut genährt – die Stadt erschien wie eine Oase der Normalität.

»Wie komme ich bitte zur Hirschgasse?«, fragte er eine Marktfrau, die Spargel verkaufte.

In einem Dialekt, den Conny nur sehr schwer verstand, machte sie ihm klar, dass er den Neckar überqueren müsse. Conny ging über eine alte Sandsteinbrücke, und als er in der Mitte war, drehte er sich um, betrachtete die Altstadt und dahinter das Schloss. Ihm wurde warm ums Herz, und zum ersten Mal hatte er ein Gefühl von Zukunft. Während er weiterging, überlegte er, ob es in Heidelberg auch eine *schäl Sick* gab wie in Köln – also eine eher schlechte Uferseite. Bestimmt wohnte der Freund seinen Onkels auf der Heidelberger schäl Sick. Doch nach einer Viertelstunde, als eine Anwohnerin auf Nachfrage auf das Haus, das er suchte, zeigte, war Conny sich da nicht mehr so sicher. Die Nummer 20 war eine viergeschossige Gründerzeitvilla mit Jugendstilelementen, Erkertürmchen aus Sandstein, geschwungenen Balustraden, einem Balkon, einer Loggia und verspielten Gauben unter dem Schieferdach. Die angrenzenden Häuser waren ähnlich opulent.

Offensichtlich gab es in Heidelberg keine schäl Sick. Als er näher kam, sah er Jeeps der US Army vor dem Haus und im Hof parken. Das Gelände selbst wurde von einem GI in weißen Gamaschen bewacht. Conny zückte noch einmal die Karte seines Onkels und verglich die Adresse. Er war an der richtigen Stelle. Und irritiert. Gerade, als er sich ein Herz nahm, die Straße überquerte und auf den Wachhabenden zuging, überholte ihn eine Frau und rannte, eine Schürze um den Bauch gebunden, auf den GI zu.

»Robert Cooper. Wissen Sie, wo der ist?«, fragte sie außer Atem.

Der Soldat beachtete sie nicht.

Sie fluchte und rief in den Hof hinein: »Verdammt! Cooper, bist du hier irgendwo?«

Conny überlegte kurz, ob er ihr helfen sollte, schließlich sprach er ein wenig Englisch und könnte übersetzen. In dem Moment wurde die Flügeltür der Villa geöffnet, zwei Corporals schlugen die Hacken zusammen und salutierten, ein Sergeant Major erschien und schritt zum Jeep. Aus der Garage hastete ein schwarzer GI, riss die Beifahrertür auf und grüßte den Vorgesetzten militärisch.

Die Frau neben Conny fuchtelte wild mit den Armen, schaute den Afroamerikaner an und rief: »Bob!«

Der tat so, als habe er nichts gehört, setzte sich ans Steuer, startete den Motor und fuhr aus der Ausfahrt. Die Frau rannte schreiend neben dem Jeep her.

Oha, dachte Conny und wandte sich höflich an den Wachsoldaten. »Hello, Sir. My name is Konrad Monderath. I am from Cologne, Germany and looking for Professor Hermann Holloch.«

»Wait!«, befahl der Soldat.

Eine halbe Stunde später erschien eine dürre, verhuschte Frau an der Hausecke und winkte ihn zu sich. »Was wollen Sie von meinem Mann?«

Conny sagte, dass er der Neffe von Dr. Heinrich Pütz sei und sein Onkel gemeint hätte, dass Professor Holloch ihm vielleicht helfen könne, jetzt, da er vorhabe, in Heidelberg zu studieren.

»Mein Mann ist verreist«, meinte Frau Holloch und sagte, er solle in ein paar Monaten noch einmal vorbeikommen. Dann wünschte sie ihm alles Gute für den Start in Heidelberg und verschwand um die Hausecke, so still und unauffällig, wie sie zuvor erschienen war.

Conny fand eine Stelle als Nachtportier im *Hotel Adler*, einem renommierten Haus in der Altstadt. Das hatte neben einem kleinen Verdienst auch den Vorteil, dass er keine Wohnung brauchte, da er auf dem Boden der Rezeption schlafen konnte. Außerdem kam er über die Hotelküche an Nahrungsmittel. Kleidung organisierte er sich, wenn Gäste das eine oder andere liegenließen.

In der Nacht vor der Aufnahmeprüfung kam er mit Dr. Platzack ins Gespräch, einem Gast, der regelmäßig in Zimmer zehn abstieg. Wie immer meldete er sich noch spät, weil er einen Weinbrand aus der bereits geschlossenen Hotelbar wollte. Obwohl ihm das vom Besitzer untersagt war, ließ Conny sich diesmal überreden, um den leicht untersetzten fünfzigjährigen Brillenträger schnell loszuwerden. Er war müde und wollte schlafen. Doch Platzack ließ sich nicht abwimmeln, verwickelte Conny so lange in ein Gespräch, bis er ihm noch einen weiteren Asbach Uralt einschenkte.

»Seien Sie mir nicht böse, Herr Dr. Platzack, aber ich muss mich jetzt wirklich zurückziehen. Ich habe morgen etwas Wichtiges vor.«

»Was ist es denn, wenn ich fragen darf?«, wollte der Gast mit schwerer Zunge wissen und blieb stehen, obwohl die Flasche längst weggeräumt war.

»Ich will mich für die Aufnahmeprüfung zum Medizinstudium anmelden.«

»Da gebe ich Ihnen einen Tipp, mein junger Freund. Sagen Sie, dass Ihr Vater Arzt ist. Somit weiß die Universität, dass Sie versorgt sind.«

Conny hatte diesen Ratschlag, auf den er nichts gab, weil

er den Herrn aus Nummer zehn für einen Schwätzer hielt, am nächsten Morgen vergessen. Doch als er die Schlange von Hunderten anderer junger Leute sah, fiel er ihm wieder ein.

»Ja, will denn jetzt jeder Arzt werden?«, fragte die Sekretärin im Anmeldebüro, machte auf die Ärzteschwemme der Nachkriegszeit aufmerksam und darauf, dass Jungmediziner alles andere als rosige Berufsaussichten hätten.

Conny ließ sich nicht abbringen, log, dass sein Vater Arzt sei und er vorhabe, nach dem Studium in dessen Praxis einzusteigen. Er bekam als einer von sechzig Bewerbern den begehrten Platz und Herr Dr. Platzack nachts einen Asbach extra.

Im Herbstsemester 1949 begann sein Medizinstudium. Fortan schrieb Conny seinem Onkel nach Sibirien von den Fortschritten und wunderte sich, dass der auch 1950 noch in Kriegsgefangenschaft war.

Weil er sich kein Zimmer leisten konnte, lernte Conny in der Universitätsbibliothek und übernahm, auch um praktische Erfahrungen zu sammeln, zwei Nachtschichten pro Woche auf Station drei der Klinik. Trotzdem behielt er seine Nachtportierstelle und war an manchen Tagen so müde, dass er beinahe im Stehen einschlief.

In der Universitätsklinik gab es eine ältere Schwester. Sie hieß Margret, war Oberschwester und von allen gefürchtet. Bereits in seiner ersten Arbeitswoche hatte sie Conny dabei erwischt, wie er in einem leeren Krankenzimmer schlief. Seitdem hatte sie ihn im Auge.

Conny tat alles, um vor ihr zu verbergen, in was für einer Situation er lebte. An einem Freitag, als er zur Arbeit auf der Station erschien, hätte er am liebsten auf dem Absatz kehrtgemacht. Die Oberschwester teilte sich in dieser Nacht die Schicht mit ihm. Als einzige.

»Guten Abend, Schwester Margret«, sagte er.

Sie sah nicht vom Übergabeprotokoll auf.

Kurz vor 22 Uhr, als Conny die Runde machte, um die Bettpfannen zu leeren, sah er auf dem Weg zur Toilette, wie über Zimmer vier das Alarmlicht anging. Sekunden später riss ein Patient die Tür auf.

»Schnell, Pfleger!«, rief er Conny zu.

Conny stellte die Bettpfannen auf dem Boden ab, rannte in das voll belegte Sechserzimmer und erkannte sofort die Notsituation. Der Mann im dritten Bett, mit einem schweren Trümmerbruch am Bein, war bewusstlos. Conny fühlte seinen Puls. Nichts. Panik stieg in ihm auf. Eine Sekunde lang überlegte er, ob er Schwester Margret rufen sollte, dann sah er eine angebissene Räucherwurst auf dem Nachttisch des Patienten liegen und erinnerte sich daran, dass er in der Gefangenschaft gesehen hatte, wie ein Sanitäter jemanden, der Essen aspiriert hatte und bewusstlos war, mit Herzmassage wiederbelebte.

Beherzt griff Conny ein, legte seine Hände auf den Brustkorb des Mannes und drückte rhythmisch zu. Nach dem dritten Mal riss der Patient die Augen auf, keuchte. Und als er würgte und das Wurststück ausspuckte, stand Schwester Margret auf der anderen Seite des Bettes.

»Ich wollte Sie rufen, aber …«, stammelte Conny, während er zuschaute, wie sie den Patienten untersuchte, der aufgeregt erklärte, dass er großen Hunger gehabt hätte und deshalb an das Lebensmittelpaket gegangen war, das seine Frau ihm dagelassen hatte.

»Es ist ja noch mal gut gegangen«, sagte sie und wünschte den Männern in Zimmer vier eine Gute Nacht.

Conny warf die ausgespuckte Wurst ins Klo, reinigte die Bettpfannen gründlich, um Zeit zu gewinnen. Er befürchtete, dass die Oberschwester ihn abstrafen würde, weil er seine Kompetenzen überschritten hatte.

»Setzen Sie sich, Herr Monderath«, befahl sie, als er nach zwanzig Minuten endlich das Schwesternzimmer betrat.

Während er auf das große Donnerwetter wartete, wechselten sich in seinen Gedanken Rechtfertigungen und Entschuldigungen ab.

»Bolus-Aspiration. Das erkennt nicht jeder«, sagte sie und schob ihm einen Kaffee hin.

Conny war sprachlos. Er wusste von den anderen Schwestern und Studenten, dass sie niemals ihren Kaffee teilte.

Kurz vor Mitternacht, als klar war, dass alles auf der Station ruhig bleiben würde, meinte sie: »Legen Sie sich ins Zimmer zwölf. Ich rufe Sie, wenn etwas ist.«

»Danke«, sagte Conny und hätte sie am liebsten umarmt.

Kurz vor Weihnachten gratulierte ihm sein Onkel aus dem fernen Sibirien zum Physikum und bat Conny, noch einmal bei seinem Studienfreund Hermann Holloch vorzusprechen, auch weil er sich inzwischen Sorgen machte, was mit diesem geschehen war. Normalerweise hätte Conny nicht noch einmal in der Villa am Neckar vorbeigeschaut. Er wollte nicht erneut abgewiesen werden. Doch als er nach Onkel Drickes' Karte und erneuter Bitte vorsprach, hatte er Glück und wurde vorgelassen.

Das Ehepaar lebte in den ehemaligen Dienstbotenzimmern unter dem Dach ihrer Villa, die wie viele Häuser in Heidelberg von den Amerikanern beschlagnahmt worden war. Anders als beim ersten Mal war Frau Holloch nett, die Rückkehr ihres Gatten hatte sie völlig verändert. Conny wurde hineingebeten, bekam Kaffee und Kuchen, erzählte, dass sein Onkel immer noch in Sibirien und seine gesamte Familie im Krieg umgekommen war.

»Sie müssen Weihnachten zu uns kommen«, sagte Elise Holloch.

»Das ist sehr nett«, erwiderte Conny, lehnte jedoch mit der Begründung ab, dass er sich bereits zum Dienst im Krankenhaus eingetragen hatte. Der wahre Grund war jedoch ein anderer: Seit Jahren ging er allem aus dem Weg, was mit Weihnachten zu tun hatte. Diese Tage erinnerten ihn noch mehr als sonst daran, dass er allein war.

»Nehmen Sie das, Herr Monderath«, sagte Schwester Margret am ersten Weihnachtsfeiertag und drückte ihm eine Flasche Cognac in die Hand, die ihr der Ehemann einer Patientin geschenkt hatte.

Conny bedankte sich und ging mit dem Cognac in das kleine Patientenzimmer neben der Putzkammer, in dem Schwester Margret ihn schlafen ließ, wenn die Belegung es zuließ. Über Weihnachten war es ruhig auf der Station. Jeder, der konnte, war zu Hause. Conny lag auf dem Bett und starrte die Flasche an. Ihm fiel ein, dass die Hollochs ihm erzählt hatten, dass ihre beiden Söhne im Krieg gefallen waren, und er dachte, dass die Weihnachtstage für sie bestimmt auch schwer waren. Deshalb setzte er den Borsalino, den ein Geschäftsmann im *Hotel Adler* liegen gelassen hatte, auf und machte sich auf den Weg in die Hirschgasse.

»Merry Christmas«, grüßte der Wachsoldat vor der Villa.

»Merry Christmas, Sir«, grüßte Conny zurück und salutierte. Dann ging er zum Hintereingang und dort die Wendeltreppe hinauf und klopfte an der Tür. Muffige Wärme schlug ihm entgegen, als Frau Holloch in Cocktailschürze die Tür zur früheren Gesindekammer öffnete.

»Konrad, das ist ja eine Überraschung«, sagte der Hausherr, der von seinem Stuhl aufstand. »Es wäre doch nicht nötig gewesen, ein Geschenk mitzubringen.«

Frau Holloch klatschte vor Freude in die Hände und nahm ihm den Hut ab. Da sah Conny zu seiner Überraschung eine junge Frau in der Küchenecke stehen.

»Darf ich Ihnen Greta vorstellen?«

Er reichte ihr die Hand und verneigte sich. »Angenehm. Monderath mein Name.«

»Schönaich«, sagte sie ein wenig verlegen, drehte sich um und schnitt den Kuchen an.

Hermann Holloch bot ihm eine Zigarre an, und durch den Qualm sah Conny, wie Elise Holloch und Fräulein Schönaich in der Küchenecke miteinander flüsterten. Worüber, das konnte er nicht verstehen, aber er hatte das Gefühl, dass es mit ihm zusammenhing.

»Wollen Sie auch, Herr Monderath?«, fragte das Fräulein Greta und legte ihm ein Stück Linzertorte auf den Teller.

»Danke.« Konrad schaute sie schüchtern an, und für einen Moment trafen sich ihre Blicke. Ihm fiel auf, wie ungewöhnlich traurig ihre grünen Augen wirkten.

»Elis, sei so gut«, bat Hermann Holloch.

Die Gattin verstand, holte vier Weinbrandgläser aus dem Schrank, entkorkte eine Flasche Dujardin und füllte die Gläschen. »Die wärmsten Jäckchen sind die Konjäckchen. Auf unsere Überraschungsgäste!«

Formvollendet stieß Conny erst mit der Gastgeberin an, dann mit Hermann Holloch und schließlich mit Greta und überlegte, in welchem Verhältnis sie wohl zu den Hollochs stand. Sie nippte. Conny beobachtete aus den Augenwinkeln, wie sie ihre Lippen zusammenpresste, als würde der scharfe Weinbrand in ihrem Mund schmerzen. Dann gab sie sich einen kleinen Ruck und leerte das Glas in einem Zug.

»War es immer Ihr Wunsch, Arzt zu werden?« Elise Holloch riss ihn aus seinen Gedanken und füllte sein Gläschen nach. Auch das des inzwischen rotwangigen Fräuleins.

»Ja, sicher«, sagte er. »Ich hätte mir nicht vorstellen können, Architektur zu studieren wie mein Vater.«

Als Frau Holloch ihm weiter Fragen stellte und Conny antwortete, hatte er nicht das Gefühl, dass Greta zuhörte. Auch er hatte Probleme, sich auf das Gespräch mit den Hollochs zu konzentrieren. Er konnte die Augen nicht von ihr lassen. Und das nicht, weil er sie sonderlich hübsch fand. Im Gegenteil, sie war ihm viel zu burschikos für eine junge Frau. Und doch war sie wie ein Magnet, denn sie strahlte die abgrundtiefe Traurigkeit aus, die er seit Jahren zu verbergen versuchte – sogar vor sich selbst. Conny überlegte, ob sie vielleicht die Verlobte einer der beiden gefallenen Söhne gewesen war, die aus den mit Trauerflor geschmückten Rahmen von der Wand schauten.

»Nein, Kinderarzt wollen Sie werden? Das ist aber schön«, jubelte Elise Holloch und riss die Aufmerksamkeit an sich.

Hermann Holloch zündete sich und Conny eine weitere Zigarre an. »Ich denke, Sie sollten sich das noch einmal überlegen, lieber Konrad«, meinte er und schlug ihm vor, besser Gynäkologe zu werden wie sein Onkel.

Hinter dem Qualm sagte Fräulein Schönaich abrupt: »Ich muss jetzt los. Ich habe meinen Eltern und dem Großvater versprochen, dass ich …« Sie sprach den Satz nicht zu Ende und griff nach ihrem Mantel.

»Aber du kannst doch so nicht gehen«, sagte Elise Holloch. »Konrad, würden Sie unsere Nichte nach Hause begleiten?«

»Selbstverständlich.«

Doch da war Greta auch schon grußlos aus der Tür.

Conny schnappte sich seinen Hut, verabschiedete sich rasch von seinen Gastgebern und lief hinter ihr her. Er sah, wie sie am Ende der Wendeltreppe in ihren Mantel schlüpfte. Als er die Haustür hinter sich schloss, wankte sie gerade über den verschneiten Hof und sprach den Wachsoldaten an. Worüber sie redeten, verstand er nicht. Er hörte nur, dass es Englisch war und um Ziegelhausen ging.

»Because it's Christmas!«, hörte er den GI sagen, bevor er den Jeep startete und mit Greta auf dem Beifahrersitz aus dem Hof in Richtung Osten fuhr.

Dann wohnt sie also in Ziegelhausen, dachte Conny und machte sich im Schneegestöber auf den Rückweg zur Uniklinik.

Gerade als die Kälte endlich aus seinen Gliedern gewichen war und die Müdigkeit ihn übermannte, klopfte es an der Tür.

»Ich brauche Ihre Hilfe, Herr Monderath«, sagte Schwester Margret.

Conny sprang in seine Schuhe, fuhr sich kurz durch die Haare und eilte auf den Krankenhausflur.

»Was ist passiert?«, fragte er.

»Es gab einen Unfall mit mehreren Verletzten. Und jetzt ist auch noch eine Diakonisse mit Kopfverletzungen eingeliefert worden. Können Sie die zum Röntgen fahren?«

Innerhalb von Sekunden hatte Conny einen Kittel an und schob die Verletzte mit dem blutdurchtränkten Kopfverband und dem ebensolchen Habit im Krankenstuhl in Richtung Röntgenabteilung.

Als er die Patientin auf die Station zurückfuhr, kam ihnen eine andere Diakonisse entgegen. »Die Polizei hat sie gekriegt, Schwester Erdmuthe.«

Die Angesprochene, der ein schwerer Schädelbasisbruch bescheinigt worden war, murmelte ein Dankesgebet. Conny schob sie ins Zimmer dreizehn und half ihr zusammen mit der Mitschwester auf das Bett.

»Gleich kommt ein Arzt«, sagte Conny und schob den Krankenstuhl Richtung Tür.

»Jetzt wird dieses Fräulein Schönaich endlich in seine Schranken gewiesen«, hörte er die Verletzte sagen, die sich von ihrer Mitschwester aus dem Habit helfen ließ.

Schönaich?, dachte er misstrauisch, warf im Hinausgehen einen Blick auf die Patientenakte und sah eine Adresse in Ziegelhausen.

Am 27. Dezember 1952 lag die aufgeschlagene ›Rhein-Neckar-Zeitung‹ auf dem Tisch im Schwesternzimmer.

»Zimmer dreizehn«, sagte Schwester Margret und deutete auf die Polizeimeldung. Conny las:

In Ziegelhausen soll eine 21-jährige Heidelbergerin die Oberin des evangelischen Kinderheimes tätlich angegriffen und mit einem Stuhlbein zusammengeschlagen haben. Das Opfer wurde mit Schädelverletzungen in die Universitätsklinik eingeliefert. Die mutmaßliche Täterin wurde auf der Flucht von der Polizei gestellt und festgenommen.

Am Neujahrstag schaute er bei den Hollochs vorbei und wünschte ihnen ein gutes neues Jahr. Doch das war nicht der Hauptgrund seines Besuchs. Ihn trieb die Neugier in die Hirschgasse – und die Hoffnung auf ein Stückchen Kuchen.

»Wie geht es denn Ihrer Nichte?«, fragte er scheinbar nebenbei, als er schon das zweite Stück verdrückte.

»Sie ist bei ihrer Schwester. In Bad Nauheim«, antwortete Elise Holloch und widmete sich nervös einem Kuchenkrümel auf der gestärkten Tischdecke. »Die ist überraschend erkrankt. Schwer.«

»Ach, das tut mir aber leid«, sagte Conny und dachte, dass sie schlecht log. »Was hat die Arme denn?«

»Frauengeschichten«, antwortete sie und suchte mit flackerndem Blick Rettung bei ihrem Mann.

»Und was macht das Studium?«, fiel dem Professor originellerweise ein, bevor er Conny eine Zigarre anbot.

Schwester Erdmuthe – oder Nummer dreizehn, wie sie von der ganzen Station genannt wurde – war eine schwierige Patientin. Sie hielt alle auf Trab.

Conny, der im Rahmen seiner Famulatur an den Visiten teilnahm, sah, wie die evangelische Ordensschwester selbst den Oberarzt zur Schnecke machte, weil er sich weigerte, sie zu entlassen.

»Ich weiß, dass man das nicht einmal denken darf, aber ich kann verstehen, dass man bei der die Beherrschung verliert«, sagte Schwesternschülerin Heide in einer Pause.

»Reiß dich zusammen«, sagte eine andere. »Sonst kommst du auch fünf Monate hinter Gitter.«

»Weiß man eigentlich, wer Nummer dreizehn zusammengeschlagen hat? Und warum?«, fragte Conny.

»Ich hab gehört, dass es eine junge Mutter war, die ihr Kind sehen wollte. An Weihnachten.«

Aha, dachte Conny. Dann hat das Fräulein Greta also ein Kind.

An seinem fünfundzwanzigsten Geburtstag, am 22. Februar, hielt Schwester Margret eine besondere Überraschung für ihn bereit.

»Kommen Sie, Herr Monderath«, sagte sie streng und lotste ihn übers Klinikgelände.

Obwohl Connys Beine so viel länger waren als ihre, hatte er Mühe, Schritt zu halten.

»Das geht so nicht mehr weiter mit Ihnen«, erklärte sie außer Atem.

Er überlegte fieberhaft, was er falsch gemacht haben könnte, da betrat sie das Schwesternwohnheim und ging dort die Kellertreppe hinab. Conny folgte ihr und traute seinen Augen nicht, als sie neben dem Heizungskeller ein Räumchen aufschloss, in dem ein Bett stand, ein kleiner Tisch und ein Stuhl.

»Ich habe den Hausmeister gebeten, das für Sie herzurichten«, sagte sie und zuppelte die bezogene Bettdecke zurecht. »Sie brauchen ein Dach über dem Kopf. Das ist ja kein Zustand, wo bald Ihre Prüfungen anstehen.«

Conny musste den Kopf ein wenig einziehen, wollte Danke sagen und sie vor Freude umarmen. Doch Schwester Margret machte einen Schritt zurück, blickte ihm ernst in seine blauen Augen und hob den Drohfinger. »Und wehe, Sie sind nicht anständig!«

»Ehrensache!« Er grinste in sich hinein.

Conny war sehr anständig. Zumindest in seinem Zimmer. Und erst recht im Schwesternwohnheim. Schließlich wohnte sein Drache – wie er Schwester Margret liebevoll hinter ihrem Rücken nannte – zwei Etagen über ihm.

Ganz so anständig war er allerdings außerhalb des Klinikgeländes nicht. Er war in seinen besten Jahren, sah, seit er ein wenig zugenommen hatte, umwerfend gut aus – und genoss es, dass ihm vor allem die Herzen der Schwesternschülerinnen zuflogen. Orte, um sich mit den jungen Frauen zu einem ungestörten Stelldichein zu treffen, gab es genug. Am Neckarufer, im Philosophengärtchen und auch im Kino.

Im April saß er mit Hedi im Schlosskino auf der Hauptstraße. In der letzten Reihe, denn da konnte man schön unanständig sein. Connys Hand lag fest auf ihrem strammen Oberschenkel. Und ihre auf seinem. Der Kinovorhang ging auf, und die Fanfare der Wochenschau ertönte. Bundeskanzler Adenauer war auf seinem ersten Staatsbesuch in Amerika. Im Prinzip interessierte Conny das. Aber noch viel interessanter war Hedis Strumpfhalter, den er unter dem Stoff ihres Faltenrockes erspürte. Sämtliches Blut schoss ihm aus dem Kopf und konzentrierte sich keine zwanzig Zentimeter von Hedis Hand. Und so registrierte er genauso wenig wie die Amerikaner, die Adenauer in Chicago empfingen, dass ›Heidewitzka, Herr Kapitän‹ nicht die Hymne der neu gegründeten Bundesrepublik war. Auch der Hauptfilm, *Ich hab mein Herz in Heidelberg verloren*, ging an Conny vorbei, denn was war schon die vermeintliche Studentin Hella Romberg, die im Film zwei Männern den Kopf verdrehte, gegen Hedi und ihre wissende Hand.

Am Samstag, dem 30. Mai, war er mittags auf dem Weg in die Unibibliothek, um zu lernen. Abends wollte er sich wieder mit Hedi treffen. Im Kino. *Ich hab mein Herz in Heidelberg verloren* lief inzwischen in der zweiunddreißigsten Woche. Auf der Brücke über der Staustufe sah er von Weitem eine junge Frau stehen. Sie starrte in das aufgewühlte Wasser. Conny verlangsamte seinen Gang, denn ihre Haltung kam ihm seltsam vor. Wollte sie sich etwa in den Neckar stürzen? Vorsichtig ging er näher und erkannte sie. »Guten Tag, Fräulein Greta«, rief er gegen die herabstürzenden Wassermassen an.

Sie wirbelte herum und starrte ihn mit ängstlich aufgerissenen Augen an, wirkte wie ein gejagtes Tier. Angeschossen gar. Verletzt.

»Sie sind wieder zurück?«, fragte er, um irgendwie mit ihr ins Gespräch zu kommen.

Greta starrte an ihm vorbei und griff nach einem leeren Korb, der neben ihr auf dem Boden stand.

»Wie war es denn in Bad Nauheim?«

Conny sah ihr an, dass er sie in Verlegenheit gebracht hatte, und fügte rasch hinzu: »Ich hoffe, Ihre Schwester ist wieder gesund? Frau Holloch hat mir erzählt, dass Sie bei ihr sind.«

Sie nickte und sagte dann übergangslos: »Ich muss jetzt los. Ich habe eingekauft, meine Tante wartet.«

Connys Blick fiel in den leeren Korb. Er verkniff sich ein Grinsen. »Ich muss auch in die Richtung«, meinte er, obwohl das Blödsinn war, denn er kam ja gerade vom Neuenheimer Neckarufer und war auf dem Weg in die Altstadt. Aber er hatte so ein ungutes Gefühl und wollte sie nicht allein auf diesem Fluss zurücklassen.

Als das Wasserrauschen am Ende des Stegs leiser wurde, hätte er ihr am liebsten gesagt, dass er Bescheid wusste. Dass sie sich nicht vor ihm zu verstecken brauchte. Er kramte Zigaretten aus seiner Tasche, bot ihr eine an und rauchte auch nicht, als sie ablehnte.

»Die längeren Haare stehen Ihnen gut, wenn ich das sagen darf.« Er wusste, wie holprig diese Worte aus seinem Mund kamen und dass sie alles andere als überzeugend waren, denn Greta Schönaich sah schrecklich aus. Ihr Gesicht war eingefallen und blass, die viel zu weiten Kleider schlotterten um ihren Leib. Aber er musste reden, weil er es anders nicht aushielt.

Sie strich sich die Strähnen aus dem Gesicht. »Eigentlich muss ich jetzt gehen.«

»Haben Sie morgen vielleicht Zeit? Ich würde Sie gerne zu einer Tasse Kaffee und einem Stückchen Schwarzwälder Kirschtorte einladen«, hörte Conny sich sagen.

Sie wich seinem Blick aus und antwortete fast nebenbei: »Sonntags geht es bei mir nie.«

»Dann vielleicht an einem anderen Tag nach Feierabend? Wir könnten auch ins Kino gehen.« O Gott, was rede ich für einen Dreck, verfluchte er sich und suchte nach Worten, die zu ihr durchdrangen.

»Vielleicht.« Greta fegte über die Straße, öffnete das Hoftor zur Villa und grüßte den Wachsoldaten.

Conny starrte noch eine ganze Weile in die Richtung, in der sie verschwunden war, und ging erst, als er sich sicher war, dass sie nicht wieder herauskommen würde.

Er vergaß seine Verabredung und machte in den nächsten Tagen immer den Umweg über die Wehrstegbrücke, wenn er zur

Uni oder in die Bibliothek ging. Doch Greta war nirgends zu sehen. Conny überlegte, ob er einfach in der Wohnung der Hollochs vorbeischauen sollte, aber dann kam ihm das aufdringlich vor, und er wollte Greta auch nicht in Verlegenheit bringen.

Am zweiten Juni stand in der Altstadt eine Traube von Menschen vor einem Radio- und Fernsehgeschäft. Neugierig erkundigte er sich bei einer Heidelbergerin, die in der letzten Reihe stand, was es denn an einem Dienstag mitten in der Woche zu sehen gäbe.

»Gleich wird die junge Königin von England gekrönt.«

Conny interessierte sich nicht für Monarchien und schlenderte weiter. Er musste schmunzeln, denn es schien, als würde heute kein Heidelberger arbeiten, alle hatten nur die Krönung im Kopf. Bis er um eine Ecke bog und vor einer Näherei zwei fand, die ein anderes Thema hatten: Ein junger Amerikaner und eine mittelalte Frau stritten sich.

»Verschwinde!«, schrie die Frau.

Conny ging an ihnen vorbei und überlegte, wo er sie schon einmal gesehen hatte. Es fiel ihm nicht ein.

»Ich wollen wissen, wo is meine Gretchen und wo meine Kind?«, hört Conny den hochgewachsenen Schwarzen sagen, der ungewöhnlicherweise Zivilkleidung trug.

Am nächsten Tag begegnete ihm die Frau wieder. Sie kam aus der Villa, in der die Hollochs wohnten, schob wütend ihr Fahrrad über die Straße und fuhr auf dem Wehrsteg Richtung Altstadt.

Seltsam, dachte Conny und machte sich auf denselben Weg. Er wollte in der Unibibliothek die Bücher abholen, auf die er schon lange gewartet hatte und die er für die Prüfungsvorbereitungen brauchte. Als er zurückging – der Umweg über die Hirschgasse war ihm inzwischen zur Gewohnheit geworden –, sah er am Neuenheimer Ufer eine Frauengestalt. Langsam setzte sie einen

Schritt vor den anderen und ging Richtung Wasser. Conny lief los, ließ die Frau mit dem kurz geschorenen Haar nicht aus den Augen, und als er vielleicht fünfzig Meter von ihr entfernt war, erkannte er, dass es Greta war.

»Halt!«, rief Conny panisch und rannte in ihre Richtung.

Ohne zu reagieren, ging sie weiter, die Augen starr auf den Neckar gerichtet, und setzte in voller Montur einen Fuß nach dem anderen ins Wasser.

»Bleiben Sie stehen!«, schrie Conny.

Er sah, wie sie einen weiteren Schritt nach vorn tat, den Halt verlor, abrutschte, von der Strömung erfasst und in die Tiefe gezogen wurde.

Conny warf die Tasche mit den Büchern zur Seite, zog im Laufen die Schuhe aus und stürzte sich in den Fluss. Greta durchbrach etwa dreißig Meter von ihm entfernt die Wasseroberfläche, machte unkoordinierte Kraulbewegungen, ging unter, wurde erneut an die Oberfläche geschwemmt, versuchte zu atmen, schluckte Wasser und trieb weiter ab. Mit aller Kraft kraulte Conny in ihre Richtung, und als er sie nicht mehr sah, tauchte er nach ihr. In dem trüben Neckarwasser konnte er erst nichts erkennen. Dann sah er etwas Helles, das musste Greta sein. Mit voller Kraft schlug er die Beine zusammen, verdrängte mit seinen Armen das Wasser und glitt in ihre Richtung. Endlich bekam er sie zu packen. Greta schlug panisch um sich. Es gelang ihm, mit ihr an die Wasseroberfläche zu kommen. Sie klammerte sich an ihm fest, drückte ihn unter und sich über Wasser und schnappte nach Luft. Conny rang mit ihr. Er befreite sich aus ihrem Klammergriff, packte sie unter den Achseln, schwamm in Rückenlage mit ihr ans rettende Ufer und zog sie an Land. Gretas Gesicht war schneeweiß, die Lippen dunkelblau. Sie atmete nicht mehr. Er schüttelte sie, beugte sich über sie und presste rhythmisch mit beiden Händen übereinander auf ihre Brust.

»Los! Kommen Sie zurück!«, schrie er sie an.

Sie rülpste. Literweise Luft.

»Ja, gut so«, sagte Conny atemlos, stellte sie auf ihre Beine, umschlang sie von hinten und presste rhythmisch gegen ihren Magen. Sie öffnete den Mund und kotzte in einem Schwall das Neckarwasser wieder aus.

»Prima«, ermunterte er sie.

Greta würgte weiter. Als nichts mehr zu kommen schien, ging er mit ihr in die Knie und drückte sie fest an seine Brust. Sie schlotterten beide.

»Warum haben Sie das denn gemacht?«, fragte er sie mit tränenerstickter Stimme, legte die Arme um sie und schützte sie mit seinem ganzen Körper.

»Mein Kind«, hauchte Greta mit geschlossenen Augen.

»Welches Kind?«

»Marie.«

»Ist es denn auch im Wasser?« Conny war entsetzt.

»Nein, sie haben es mir weggenommen.«

Zwei Sanitäter sprangen aus einem Rettungswagen und rannten ans Ufer.

»Sie ist stabil«, sagte Conny und half, Greta auf die Trage zu legen.

»Wo bringen Sie sie hin?«, fragte er und ging klatschnass neben ihr her.

»Sind Sie ein Angehöriger?«

»Nein. Ich habe sie gerettet. Ich bin Arzt.«

»Und wie ist Ihr Name?«

»Monderath, Konrad Monderath.«

Er sah, wie Greta in den Krankenwagen geschoben wurde. »Wohin bringen Sie sie?«, fragte er erneut.

»Nach Wiesloch. In die Psychiatrie.«

Conny schaute dem Krankenwagen nach, bis er nicht mehr zu sehen war. Dann schnappte er sich seine Schuhe, suchte die Bücher zusammen, die aus der Tasche gefallen waren, und ging hoch zur Straße. Überall standen Menschen, denen der Schrecken ins Gesicht geschrieben stand. Sie verstummten, als Conny auf ihrer Höhe war, und fingen wieder an, miteinander zu tuscheln, als er ihnen den Rücken zugekehrt hatte. Elise Holloch kam ihm entgegengelaufen.

»Wo …? Wie …? Was …?« Sie brachte keinen Satz zu Ende.

»Sie lebt«, sagte er.

»Gott sei Dank!« Mit zittrigen Händen nahm sie ihm die Büchertasche ab und ließ ihm gar keine andere Wahl, als mit zu ihr nach Hause zu gehen.

Oben, unter dem Dach, bekam er trockene Kleidung, die an Armen und Beinen zu kurz war und nach Mottenkugeln roch. Es interessierte Conny nicht, ob sie Hermann Holloch oder einem der gefallenen Söhne gehörte. In seinem Kopf dröhnten die Worte: *Mein Kind! Mein Kind!*

Aus dem Treppenhaus hörte er schnelle Schritte, dann hektisches Klopfen an der Tür. Elise Holloch öffnete.

»Wo ist sie?«, schrie eine Frau. Dabei überschlug sich ihre Stimme.

»Im Krankenhaus, Emma.«

Conny streckte den Kopf aus dem Zimmer und erkannte im Flur die Frau, die er schon mehrmals gesehen hatte. Einmal vor der Villa und zuletzt in der Altstadt, als sie mit dem Amerikaner gestritten hatte. Und jedes Mal außer sich. Offensichtlich wollte Elise Holloch nicht, dass er das Gespräch mitbekam, denn sie schob die Frau ins Treppenhaus und zog die Tür hinter sich zu.

Conny vernahm Wortfetzen. »Schande!« – »Luder!«

»Wer war das?«, fragte er, als Elise Holloch zurückkam.

»Gretas Mutter«, sagte sie mit bitterer Miene.

Conny hatte keine Lust auf Spaziergänge mit einer der Schwesternschülerinnen. Auch die Kinobesuche sagte er allesamt ab und lag nachts grübelnd in seiner Kellerklause. Die Frage, warum sich eine so junge Frau wie Greta das Leben nehmen wollte, quälte ihn. Conny wusste, was Frauen alles erleiden mussten. Jeden Tag sah er das in der Klinik. Frauen mit Geschlechtskrankheiten. Mit ungewollten Schwangerschaften. Vergewaltigte Frauen.

Was wohl Greta passiert war? Hing es mit dem Mann zusammen, den er mit ihrer Mutter gesehen hatte? Hatte er ihr das Kind weggenommen? Er versuchte, sich einen Reim darauf zu machen, was der Streit von Gretas Mutter und dem Schwarzen mit dem Selbstmordversuch zu tun hatte. Hatte der Mann nicht gesagt, dass er sein Kind wollte? Und sein Gretchen? Meinte er etwa Greta? War er der Vater des Kindes? Ohne zu einer Antwort zu gelangen, schlief Conny irgendwann ein und schreckte mitten in der Nacht auf. Zitternd.

Er hatte von seiner Mutter geträumt, wie sie in der Küche kauerte und nur noch die Kraft hatte, immer und immer wieder zu rufen: »Mein Kind! Mein Kind!«

»Dein Kind gibt es hier nicht!«, sagte die Krankenschwester, riss der nackten Greta die Arme hoch und zog ihr ein Kittelkleid aus blauem Drillich über.

Greta ließ es geschehen.

Sie wurde in einen Saal geführt, wo es gleich etwas zu essen geben sollte und in dem Frauen saßen, die rhythmisch ihre Körper vor- und zurückbewegten, schrille Schreie ausstießen oder teilnahmslos ins Nichts starrten. Greta sah sie wie durch einen grauen Schleier. Auch der Geruch von Exkrementen und Erbseneintopf war hinter dickem Grau. Sie war eine unter zweihundert anderen Patientinnen und war doch nicht hier.

»Bobby«, flüsterte sie auf ihrer Pritsche im Schlafsaal.

Als Gretchen die Augen aufmacht, sieht sie Bob.

Er hebt ihr neugeborenes Kind aus dem Korb und legt es ihr in den Arm. »Wir haben das schonste Baby von der ganzen Welt!«

»Was mich nur wundert«, meint Gretchen. »Warum ist sie nicht wenigstens braun?«

»Ich war weiß auch einmal. Das dauert ein paar Monate, bis wir endlich haben unsere Farbe. Don't worry. Keine Sorgen.« Er streichelt das Köpfchen der Kleinen. »Mary«, sagt er und schaut Gretchen fragend an.

»Mary? Marie?«, wiederholt sie und überprüft den Klang. »Marie Cooper. Das klingt schön!«

»Aufstehen! Die Nacht ist vorbei!«

Eine scharfe Stimme hinter grauem Nebel und eine Hand, die ihre Bettdecke zurückschlug.

Greta hatte Mühe, ihre Lider zu heben. Sie versuchte sich aufzurichten. Und sackte wieder ab.

»Ich bin in Umständen, Bob«, sagt Gretchen zitternd.

»In What?«

Sie zeigt auf ihren Bauch. »Ich bekomme ein Kind.«

»A Baby?« Er braucht einen Moment, bis die Nachricht bei ihm angekommen ist. Dann sieht sie ein Leuchten in seinen Augen. »Das ist das Schonste von die ganze Welt, Gretchendarling.«

Hände packten Greta und schleppten sie unter eine Dusche. Der harte Wasserstrahl traf ihren Rücken und drückte sie zu Boden.

Bob reißt die Tür seines Jeeps auf und hebt Gretchen heraus.

»Was soll das?«, fragt sie kichernd.

»Du haben gesagt, du willst nicht mehr gehen zu Fuß«, sagt er und legt sie auf eine Decke.

Unter ihnen knacken kleine Äste. Bobs Lippen hauchen Küsse auf ihren Hals, wandern über ihre Ohren zum Mund. Sie hat ihn erwartet, ersehnt, an nichts anderes gedacht in den letzten Tagen. Glück durchströmt jede noch so kleine Faser ihres Körpers. Dieser Moment soll nie vergehen, denkt sie und stößt einen tiefen Seufzer aus. Sie zieht Bob an sich und küsst ihn voller Leidenschaft. Zum ersten Mal ohne Angst davor, vom Küssen schwanger zu werden.

»Frl. Schönaich. Wissen Sie, warum Sie hier sind?«, fragte jemand, der aussah wie ein Arzt, und leuchtete in ihre Augen.

»Bobby«, schluchzt sie kraftlos und spürt seine starke Hand, sieht sein strahlendes Lächeln, fällt in die blendende Sommersonne, die die Umgebung verschwinden lässt, spürt den Fahrtwind und hört den Motor des Jeeps, den Bobby lenkt.

»Ich haben eine Surprise«, sagt er, fährt in ein Wäldchen, holt eine Tasche vom Rücksitz und hält sie Gretchen hin.

»Was ist das?« Sie wirft einen Blick hinein und entdeckt eine Uniform.

»For dich, dann du musst nicht verstecken longer.«

Sie zögert. Niemals würde ihr jemand bei genauerem Hinsehen den GI abnehmen. Trotzdem zieht sie die zu große Uniform über ihr Sommerkleid, krempelt Ärmel und Beine hoch und setzt das Schiffchen auf den Kopf. »Gut so?«

Bob springt um den Wagen und nimmt Haltung ein. »YES, Ma'am!«

Gretchen hat tausendmal gesehen, wie sich hochgestellte Militärs verhalten, drückt ihren Rücken durch, hebt das Kinn an, würdigt Bob keines Blickes und marschiert mit ihren ein Meter sechzig an ihm vorbei. Er salutiert und verneigt sich kurz.

»Madam Captain!«, sagt er zackig.

Sie grüßt militärisch zurück und begibt sich in den Wagen. »Und, Cooper? Was ist unser Auftrag?«

»You are the Boss, Ma'am!«

Gretchen verkneift sich ein Grinsen. »Dann würde ich sagen: Der Sonne entgegen!«

»Sehr wohl, Ma'am!« Er wendet den Wagen und fährt auf die Landstraße.

»Greta?« Eine Männerstimme, die nicht zu dieser Welt gehörte. Sie presste das Kopfkissen auf ihre Ohren, um sie nicht hören zu müssen.

Und Gretchen genießt die Freiheit und das Unbeschwertsein. »Schneller!«, befiehlt sie, und Bob gibt Vollgas. Damit sie nicht umfällt, wenn Bob die Schlaglöcher umfährt, hält sie sich mit der linken Hand an der Frontscheibe fest und fühlt sich wie der Führer, der im Auto stehend am Volk vorbeigefahren ist. Und alle haben SIEG HEIL geschrien!

Langsam reckt Gretchen den rechten Arm. »Sieg Heil!« Die Kappe fliegt ihr vom Kopf.

»Fuck!«, brüllt Bob und macht eine Vollbremsung. Entsetzt schaut er sie an. »Sieg Heil?«

Gretchen lässt sich auf den Sitz plumpsen. »WAS?«

Er gibt ihr keine Antwort.

»Greta?«, wiederholte die störende Männerstimme, als sie sich im Bett unruhig bewegte. Dann legte sich eine Hand auf ihren Arm. »Sie sind hier in Sicherheit. Ihnen kann nichts passieren.«

Sie schlug die Hand weg, wollte zurück in die Bobbywelt, in

der er ihre Kappe aus dem modrigen Graben fischt und ihr mit den Worten »Hier, meine kleine Nazi« das nasse Schiffchen voll schwarzem Schlick auf den Kopf drückt.

Die stinkenden Tropfen rinnen ihr über das Gesicht.

»Wenn du denkst, dass mir das was ausmacht, hast du dich geschnitten, Blödmann!«, sagt sie, fängt mit der Zunge den Moder auf und leckt ihn genüsslich, als wäre er Schokolade.

»Kannst ruhig so weitermachen«, schreit sie ihn an. »Du blöder Ami-Arsch! Ich bin zäh wie Leder …« Hart wie Krupp-Stahl verkneift sie sich dann doch, schlägt die Beine übereinander und verschränkt ihre Arme.

Gretchen fällt eine Beschimpfung nach der nächsten ein, aber sie spricht sie nicht aus. Als sie im Neckartal sind und sich der Bergrücken des Königstuhls am Horizont abzeichnet, biegt Bob von der Landstraße ab und steuert Richtung Ufer.

»Was soll das?«, fragt sie, als er den Motor ausmacht.

»Du musst waschen dein Haar.«

»Das hast du mir nicht vorzuschreiben«, erwidert sie.

Er dreht den Rückspiegel so, dass sie sich sehen kann. »Was wollen du sagen deine Mom?«

Mist, er hat recht. Sie sieht furchtbar aus und wird Ärger bekommen, wenn sie so nach Hause kommt.

»Soll ich helfen dir?«, fragt er und zieht seine Schuhe aus.

»Quatsch!«

»Okay«, sagt er und schlüpft in Windeseile aus seiner Uniform. Gretchen weiß nicht, wohin mit ihren Augen, und blickt verschämt zu Boden. Bob rennt ins Wasser. Verstohlen schaut sie ihm hinterher. Er ist nur mit einer Unterhose bekleidet und taucht unter.

Langsam zieht sie ihre Schuhe aus.

»Komm!«, ruft Bob ihr zu. »Wasser is so nice.«

Sie rafft den Rock und steigt bis zu den Knien in den Fluss. Mit der hohlen Hand schöpft sie Wasser, wäscht ihr Gesicht und benetzt ihr Haar.

»Du musst gehen komplett in Wasser.«

»Kann ich nicht, ich habe keinen Badeanzug.«

»Hier is nobody.«

Gretchen läuft rot an. »Doch, du!«, blafft sie ihn an.

»Okay«, sagt er und dreht sich im Wasser um. »Ich schauen weg!«

Sie zieht ihr geblümtes Kleid und den rosafarbenen Unterrock aus und blickt verschämt in seine Richtung. Sie trägt nur noch Unterwäsche. Mit einer Hand bedeckt sie ihre Brust, die andere legt sie schützend über ihre Scham und watet mit kleinen Schritten in den kühlen Neckar. Ihr Atem geht schneller, langsam gewöhnt sie sich an die Temperatur und geht weiter.

Als sie bis zum Bauchnabel im Wasser steht, holt sie tief Luft, geht in die Knie, taucht den Kopf unter und schnell wieder auf. Nach vorne gebeugt massiert sie sich den Dreck aus den Haaren. Der Untergrund ist glitschig. Gretchen verliert den Halt. »Hilfe, ich kann nicht sch…«, schreit sie, rutscht ab und landet in Bobs Armen.

Er trägt sie ans Ufer. Sie schlingt die Arme um seinen Hals, schmiegt sich an seine nackte Haut und empfindet keinerlei Scham, nur diese unerklärliche, unfassbare Kraft, die sie mit ihm verbindet.

»Gretchendarling«, haucht er in ihr Ohr und bedeckt ihren Körper mit Küssen.

»Greta?«, sagte die Männerstimme, und sie schlug die Augen auf.

Conny lächelte Greta an. Endlich war sie aufgewacht. Seit zwei Wochen kam er regelmäßig, hatte an ihrem Bett gesessen und gesehen, wie sie sich gequält hatte. »Es ist ein schöner Sommertag. Sollen wir rausgehen? Die Sonne tut Ihnen sicherlich gut.«

Sie gab ihm keine Antwort, und es war, als würde sie durch ihn hindurchblicken.

Beim nächsten Besuch schlurfte sie im Anstaltsgarten neben ihm her. Sprachlos.

Was ist mit Ihrem Kind?, hätte er sie gerne gefragt, aber er traute sich nicht, aus Angst, sie in einen noch tieferen Abgrund zu stürzen.

Weil er das Schweigen nicht aushielt, erzählte er ihr irgendwelche Alltagsgeschichten, die ihn selbst nicht interessierten. Auch darauf reagierte sie nicht.

Conny brachte ihr Kurfürstenkugeln mit und freute sich einfach nur, dass sie abbiss.

Beim fünfzehnten Besuch wagte er es. Leise und ohne sie anzusehen. »Was ist mir Ihrem Kind, Fräulein Greta?«

Kurz schaute sie ihn an, räusperte sich und sprach dann mit leiser Stimme: »Sie haben es mir weggenommen.«

»Wer?«

»Amerikaner.«

Dann ließ sie ihn stehen und trottete zurück ins Hauptgebäude der badischen Heil- und Pflegeanstalt. Conny überlegte, ihr nachzugehen, doch dann entschied er, sie in Ruhe zu lassen. Er wollte nicht weiterbohren.

»Sollen wir mal wieder ins Kino?«, fragte Hella.

»Muss für die Prüfung lernen«, antwortete er.

Und dann saß er über seinen Büchern und hatte den ersten Satz schon vergessen, bevor der zweite begonnen hatte.

»Sie sind mager geworden, Konrad«, sagte Schwester Margret,

die ihn zwar immer noch siezte, nun aber Konrad nannte, und kniff ihm in die dürren Rippen.

Wie läuft es mit der Prüfung?, schrieb Onkel Drickes.

Was sollte Conny ihm antworten? Dass er nichts anderes im Kopf hatte als Greta. Dass er alles darum geben würde, dass sie wieder gesund wurde.

Lieber Onkel Drickes, schrieb Conny zurück. *Ich habe jemanden kennengelernt. Sie hat viel mitgemacht, ich weiß nicht, wie ich ihr helfen könnte.*

Nach vier Wochen kam die Antwort: *Viele Frauen haben viel mitgemacht im Krieg. Ich würde dir empfehlen: Hab Geduld. Liebe heilt alle Wunden.*

Liebe? Dieses Wort hatte Conny noch nicht einmal gedacht. »Liebe«, sagte er leise vor sich hin, als müsse er sich daran gewöhnen.

»Morgen müssen Sie mir die Daumen drücken für meine Prüfung«, sagte er am nächsten Sonntag.

Greta biss in ein Hefeweckchen, das er ihr mitgebracht hatte. »Ich werde entlassen.«

»Das ist ja wunderbar! Soll ich Sie abholen und nach Hause bringen?«

»Ich hab kein Zuhause mehr.«

Conny war froh, dass Elise Holloch sich ihrer annahm und Greta bei ihr und ihrem Mann unter dem Dach wohnen konnte. Die Amerikaner hatten den ersten Stock der Villa geräumt, und so bezogen die Hollochs endlich wieder eine richtige Wohnung.

Trotz der Anforderungen im Studium half Conny, diese zu renovieren. Immer wenn Elise Holloch schimpfte, schloss er die Fenster, weil er befürchtete, die Amerikaner im Hof könnten sie verstehen. »Jetzt schau dir an, wie die gehaust haben. Wie die Barbaren. Es gibt kein unzivilisierteres Volk als diese Besatzer.«

Bei seinen regelmäßigen Besuchen nahm Conny zu seiner großen Freude wahr, dass Greta langsam aufblühte. Erst kochte und backte sie für die Hollochs – dann bekam sie eine Stelle in einer Füllhalterfabrik und kaufte sich ein Fahrrad, damit sie schneller nach Handschuhsheim kommen konnte.

Als Conny im Frühjahr 1954 sein Staatsexamen bestanden hatte, schenkte sie ihm einen modernen Kugelschreiber mit der Gravur *Dr. med. Konrad Monderath* und bot ihm das Du an.

Ab und zu gingen sie miteinander spazieren. Die Hirschgasse hinauf, wo sie ihm das ehemalige Bienenhaus zeigte, in dem sie mit ihrer Familie nach der Flucht gewohnt hatte, und bis hoch in den Philosophenweg.

Conny hatte tage-, nein, wochen-, nein, monatelang überlegt, wie er ihr seine Liebe gestehen könnte. Er hatte solche Angst, zurückgewiesen zu werden und sie dann ganz zu verlieren.

Wie jeden Sonntag schlenderten sie den Berg hinauf. Rechts und links breiteten sich Wiesen aus, auf denen erstes zartes Grün sprießte, das eingerahmt war von Sträuchern, deren Knospen sich von den Sonnenstrahlen ins Leben küssen ließen. Es roch nach Neuanfang und Aufbruch. Conny wusste, heute musste er es ihr sagen. Sie bogen auf den Philosophenweg ein, und er steuerte gezielt das Philosophengärtchen an. »Sollen wir uns da hinten auf diese Bank setzen?«

»Welche?«, fragte Greta.

»Die unter der Buche.«

»Mist«, dachte Greta und wollte am liebsten kehrtmachen. Seit Jahren war sie nicht mehr hier gewesen. Nicht in diesem Park und erst recht nicht auf dieser Bank, auf der sie sich immer heimlich mit Bob getroffen hatte. Im Hinsetzen sah sie das Herz, das Bob in den Baum geritzt hatte. Und las das FOREVER, das ihr heute wie Hohn vorkam. Für immer wollte er sie lieben, er hatte ihr sogar einen Heiratsantrag gemacht. Vor der Familie! Und dann hatte er sie einfach sitzengelassen mit dem Kind. Ohne Geld. Er war schuld, dass sie Marie hatte ins Heim geben müssen. Er war schuld, dass sie die Beherrschung verloren hatte, weil sie ihre geliebte Kleine nicht hatte sehen dürfen. Er war schuld, dass sie ins Gefängnis gekommen war und dann das Sorgerecht verloren hatte. Dieser Arschloch-Bob-Cooper war schuld an ihrem verpfuschten Leben. Am liebsten hätte sie jetzt dieses beschissene FOREVER aus der Rinde geschnitten. Denn es gab kein Forever!

»Hast du ein Taschenmesser, Konrad?«

»Nein, ausgerechnet heute nicht. Ich habe immer ein Taschenmesser dabei, und …«, stotterte er. Dann holte er tief Luft, drückte sein Kreuz durch und drehte sich ganz zu ihr hin. »Ich muss mit dir reden, Greta.«

Ich mit dir auch, dachte sie. Sie würde ihm erzählen, dass sie sich nie wieder auf einen Mann einlassen wollte. Nie wieder. Und dass sie froh war, einen Freund wie ihn zu haben.

»Greta, ich weiß es schon lange und weiß nicht wie, aber …« Er war hektisch und nervös. »Aber ich habe mich in dich verliebt.«

Sie schaute ihn aus großen Augen an. Überrascht. Ungläubig. Aber sie lachte ihn nicht aus. Deshalb war Conny erlöst, dass er es endlich gesagt hatte.

Ihre Augen füllten sich mit Tränen.

»Greta«, sagte er und wollte ihre Hand greifen.

Sie schnellte zurück, wischte sich mit dem Ärmel die Tränen ab und zog die Rotze hoch. Dann stand sie einfach auf und lief davon.

Scheiße, dachte Conny. Jetzt habe ich alles kaputtgemacht.

Wie gelähmt saß er noch stundenlang auf der Bank und starrte ins Neckartal. Sein Leben kam ihm vor wie eine Strafe.

Greta arbeitete im Akkord. Schneller als die anderen, um an nichts anderes denken zu müssen als an die Füller, die sie abpackte. Trotzdem hämmerten die Fragen von Tante Elis in ihrem Kopf. Auch im Akkord!

Erst hatte sie wissen wollen, warum Konrad nicht mehr kam.

Greta hatte geantwortet, sie wisse es nicht – was Tante Elis nicht geglaubt hatte. Sie hatte nicht aufgegeben, und gestern Abend hatte Greta ihr unter Tränen gestanden, dass sie Konrad niemals würde lieben können. Was sie Elis hingegen nicht gesagt hatte, war, dass sie überhaupt niemals wieder in ihrem Leben lieben wollte. Weil sie nie wieder so verletzt werden wollte. Weil sie nie wieder verlassen werden wollte. Und weil sie nie wieder alles verlieren wollte.

»Liebe kann man lernen«, hatte Elis gekontert. »Was denkst du eigentlich? So einen Mann kriegst du nicht noch mal.«

Greta verpackte schwarze Füller. Und blaue. Und am Dienstag Kugelschreiber, und dachte an das Argument, dass sie als Frau, die schon einmal ein Kind bekommen hatte – und noch dazu ein uneheliches –, froh sein könne, dass sich überhaupt ein Mann für sie interessierte.

»Kommst du mit zum Endspiel?«, fragte ihre Arbeitskollegin Doris.

»Klar«, meinte Greta. Sie war zwar nicht sonderlich interessiert an Fußball, aber die Stimmung, die ganz Deutschland erfasst hatte, weil die Nationalmannschaft im Endspiel der Weltmeisterschaft stand, hatte auch sie erreicht, und sonntags hatte sie sowieso nie etwas vor.

Ganz Heidelberg war auf den Beinen, und den Gesprächen nach wussten vor allem die Männer genau, was Sepp Herberger zu tun hatte, damit Deutschland gewann. Die sieben Kolleginnen trafen sich auf dem Platz vor der Heiliggeistkirche und gingen in den *Roten Ochsen*. Der war brechend voll, obwohl das Spiel Deutschland gegen Ungarn erst in zwei Stunden beginnen sollte. Sie wurden nicht eingelassen. Und so war es in jeder Altstadt-Wirtschaft, die einen Fernsehapparat hatte.

»Wir müssen uns aufteilen, sonst klappt das nie«, entschied Doris eine Viertelstunde vor Anpfiff. Sie war so etwas wie die Anführerin und flüsterte Greta zu, dass sie eine Idee habe.

Am Hintereingang eines Brauhauses in der Steinstraße war das Toilettenfenster offen. Per Räuberleiter kletterte erst Greta, die eine selbst genähte Caprihose aus blauem Drillich anhatte, ins Fenster, dann zog sie Doris nach oben. Der Saal war rammelvoll. Die Stimmung angespannt, weil Deutschland beim letzten Spiel gegen die Ungarn haushoch verloren hatte. Alle redeten fachsimpelnd durcheinander.

»Abgeschlachtet haben die uns in der Vorrunde.«

»8:3! Hoffentlich hat der Herberger diesmal die Richtigen dabei.«

»Die Ungarn verlieren nie.«

In einer Ecke stand das Fernsehgerät auf einem kleinen Wandregal, davor im Halbrund standen die Stühle eng an eng. Alle waren besetzt. Einer saß auf dem Sitz, ein anderer auf der Lehne. Von hinten wurde geschoben, denn immer mehr Menschen wollten in den Saal.

»Komm!« Greta nahm Doris bei der Hand und zog sie hinein.

Sie drückten sich zwischen Körpern durch, quetschten sich an Stühlen vorbei – und als das Spiel kurz vor siebzehn Uhr in Bern angepfiffen wurde, hatten sie ein Plätzchen ergattert, wo man zumindest stehen konnte.

»Hallo«, sagte jemand neben Greta.

Es war Konrad.

Sie erschrak. »Hallo«, antwortete sie und überlegte, was sie sagen sollte. Ihr fiel nichts ein. Konrad war mit einer ganzen Gruppe von Männern und jungen Frauen da, die, als in der sechsten Minute ein Ungar das erste Tor schoss, wild diskutierten.

Zwei Minuten später. Das zweite Tor der Gegner.

»Das wird nichts mehr«, sagte Greta zu Doris, die vor lauter Zigarettenqualm kaum den kleinen Bildschirm mit dem grauweißen Bild erkennen konnte.

»Wollen wir wetten?«, mischte Konrad sich ein.

Greta blickte an ihm hoch und sagte nichts.

»Kennst du den?«, flüsterte Doris.

Bevor Greta antworten konnte, wurde es in der Wirtschaft laut, denn Max Morlock schoss für Deutschland das 1:2.

Aus den Augenwinkeln beobachtete Greta, wie die Blondine, die neben Konrad stand, an ihm hochsprang und ihn leidenschaftlich umarmte. Danach blickte er grinsend Richtung Fernsehgerät und nippte ab und zu an seinem Bier. Sie überlegte, wie lange das Spiel wohl noch dauerte, und beschloss, dass sie auf jeden Fall in der Halbzeitpause gehen würde, schließlich hatten auch die Hollochs einen Fernsehapparat. Dann wurde es wieder laut. Alle sprangen auf und brüllten, weil der Schiedsrichter einen Eckball freigab. Für Deutschland! Greta sah nichts als Rücken und hörte, dass Fritz Walter schoss, Helmut Rahn übernahm, der ungarische Torwart einen Fehler machte, und alle brüllten: »TOOOOOR!«

»Um was haben wir eigentlich gewettet?«, raunte ihr Konrad grinsend zu, nachdem sich der ganze Saal wieder ein wenig beruhigt hatte.

Greta zuckte mit den Schultern. Ihr fiel nichts ein.

Ihr fiel auch nicht ein, was sie Doris sagen sollte, die sie neugierig musterte. Wieder ratterten die Sätze von Tante Elis in ihrem

Kopf: *Er ist nett. Er ist gut. Er kann dir eine Zukunft bieten. Liebe kann man lernen.*

In der zweiten Halbzeit regnete es in Bern noch stärker als in der ersten. Der Platz war feucht und glatt. Der Favorit Ungarn bekam mehrmals die Führung auf den Fuß. Hidegkuti traf nur den Pfosten, Kocsis die Querlatte, Kohlmeyer rettete auf der Linie, und der deutsche Torhüter Toni Turek zeigte einige erfolgreiche Paraden.

All das verfolgte Conny nur nebenbei. Schuld daran war die einzige Frau, die in diesem Saal eine Hose trug und eine kecke Schiebermütze auf dem Kopf hatte. Er hatte in den letzten Wochen alles versucht, um Greta zu vergessen. Hatte sich in ein amouröses Abenteuer nach dem anderen gestürzt, sich eingeredet, dass es sowieso besser sei, sich eine Frau zu suchen, die nicht so kompliziert wäre wie Greta.

Sechs Minuten vor Ende der regulären Spielzeit nahm Flügelstürmer Helmut Rahn eine halbherzig abgewehrte Flanke auf, zog vom Strafraumeck ab und überwand Grosics mit einem Flachschuss zum 3:2 für Deutschland.

Alle sprangen auf: »Toooor, Tooor, Toooor!«

Conny sah, wie Greta ihrer Freundin um den Hals fiel, vor Freude hüpfte und dabei ihre Schiebermütze verlor. Noch nie hatte er sie so unbeschwert gesehen. Das machte ihn glücklich und unglücklich zugleich. Er hörte kaum, wie der ganze Saal immer lauter wurde, weil der Ungar Puskás ein Tor schoss, das wegen einer Abseitsstellung jedoch nicht anerkannt wurde.

»Aus! Aus! Aus! Das Spiel ist aus. Deutschland ist Weltmeister.« Die Stimme des Sprechers überschlug sich. Hedi fiel ihm um den Hals, und er klatschte sich mit seinen Studienkollegen ab. Von hinten tippte ihn Greta an.

»Glückwunsch! Du hast gewonnen«, sagte sie.

»Ja, und was?«, fragte Conny.

»Kannst du mich nach Hause begleiten?«

»Klar«, antwortete er unsicher und froh zugleich. Vielleicht entspann sich ja wieder eine Freundschaft zwischen ihnen?

Auch in Heidelberg regnete es inzwischen in Strömen. Jeder, der konnte, verschwand unter einem Schirm, die anderen rannten oder stellten sich in Hauseingängen oder Toreinfahrten unter, in der Hoffnung, dass die Niederschläge aufhörten. Conny war der Regen völlig egal. Und er hatte den Eindruck, dass es Greta ebenso ging, denn sie schlenderte langsam neben ihm her, als würde die Sonne scheinen. Sie sprach kein Wort, und auch er wollte nichts sagen, aus Angst, es könnte das Falsche sein. Auf der Mitte der Alten Brücke blieb sie stehen. Klatschnass wie er.

»Wie stellst du dir eigentlich deine Zukunft vor?«, fragte sie.

Conny überlegte. Sollte er ihr jetzt davon erzählen, dass er hoffte, sein Onkel würde endlich aus der Gefangenschaft entlassen werden, damit sie gemeinsam eine Praxis aufbauen könnten? Oder dass er sich gut vorstellen konnte, in einem Krankenhaus zu arbeiten, weil es schön war, dabei zu sein, wenn Kinder geboren wurden?

»Ich will wieder eine Familie haben. Und viele Kinder!«, platzte es aus ihm heraus.

»Okay!« Greta, wischte sich die Regentropfen aus dem Gesicht und grinste ihn keck an.

Er war irritiert. Was meinte sie mit »Okay«?

»Ich will das auch«, sagte sie und nahm seine Hand.

FÜNF.
Juli 2016

Tom sitzt im Auto. Der Scheibenwischer kämpft mit dem Starkregen, der plötzlich eingesetzt hat. Passanten suchen hastig nach einem Unterstand. Innerhalb kürzester Zeit sind ganze Straßenzüge unter Wasser gesetzt. Ein Feuerwehrauto hupt ihn zu Seite. Der Verkehr ist ein einziges Stop-and-go.

Mist, er kommt zu spät. Er wählt die Nummer seiner Assistentin Sabine und bittet sie, dem Intendanten, mit dem er gleich ein Gespräch über seinen beruflichen Wiedereinstieg hat, zu sagen, dass er sich einige Minuten verspäten wird.

Kaum hat er aufgelegt, klingelt sein Handy. Es ist Henk.

»Hast du schon in deine E-Mails geschaut?«, fragt er.

»Wieso?«

Es blitzt, kurz danach kracht ein heftiger Donner.

Henk erzählt ihm, dass der zweite biologische Halbbruder, der im Ahnenforschungsportal aufgetaucht ist, sich gemeldet hat.

Fuck, denkt Tom, und weil der Wagen steht, öffnet er die E-Mail in seinem Smartphone. Die Nachricht ist von Stephan Glowaky. Er lebt in Chicago, stammt jedoch aus Korschenbroich. Tom wirft das Handy auf den Beifahrersitz und schlägt mit der Hand aufs Lenkrad. Korschenbroich, Hometown von Berti Vogts, was kommt denn noch?

Auf die nächste Kreuzung kann er auch bei Grün nicht fahren, weil der Querverkehr alles blockiert. Doch Tom kann sich darüber nicht echauffieren. Er fragt sich stattdessen, in was für einem bekloppten Film er eigentlich ist. Sein Leben lang hat er darunter gelitten, Einzelkind zu sein. Erst vor Kurzem, als seine demenzkranke Mutter erstmals über ihre Vergangenheit redete, fand Tom heraus, dass Greta mit ihrer ersten großen Liebe, dem Afroamerikaner Bob Cooper, 1949 ein Kind bekommen hatte, das ihr weggenommen wurde. Auf der Suche nach seiner Schwester Marie machte Tom einen DNA-Test bei Ancestry. Er erfuhr, dass sie in den USA lebte, nahm Kontakt zu ihr auf und lud sie nach Köln ein. Doch nur wenige Tage, nachdem seine Mutter ihre jahrzehntelang vermisste Tochter in die Arme geschlossen hatte, bekam Tom eine weitere Auswertung des Ahnenforschungsportals: Neben Marie existierten zwei weitere genetische Halbbrüder. Henk und dieser Glowaky.

Erst dreißig Minuten später erreicht Tom die andere Rheinseite, fährt in die Tiefgarage des Senders und hat eine Stinkwut. Sein Parkplatz ist belegt. Dass dieser Anblick seinen Blutdruck so hochschnellen lässt, liegt vor allem an dem Auto, das darauf steht: das rote BMW Cabriolet, das seine Mutter sich gekauft hat, als klar war, dass sie nicht mehr Auto fahren kann. Der Händler nahm den Wagen mit den vielen Extras nicht zurück, deshalb hat Tom es einem Kollegen aus dem Sender weiterverkauft.

In der hintersten Ecke des Parkhauses findet er einen letzten freien Platz und hat durch die Suche weitere Minuten verloren. Auf dem Weg zum Aufzug kommt ihm Oberbeleuchter Manni entgegen und haut ihm anerkennend auf die Schulter. »Na, Vatta!«

Tom fährt mit dem Aufzug nach oben in die Chefetage, wo seine Assistentin Sabine schon auf ihn wartet.

»Toll, dass du wieder da bist. Du siehst gut aus«, sagt sie und drückt ihm ein paar Unterlagen in die Hand.

Er bedankt sich mit einem Grinsen und eilt in den Konferenzraum, wo bereits Intendant Gisbert Wehrle, Fernsehchef Alexander Baumgart und Redaktionsleiter Clemens Weiner auf ihn warten.

»Tut mir leid, aber da draußen geht gerade die Welt unter«, sagt Tom, begrüßt jeden der Herren mit Handschlag und setzt sich mit ihnen an den Konferenztisch.

»Es freut mich, dass es Ihnen wieder besser geht«, meint Wehrle.

Tom, der um dieses Gespräch gebeten hat, weil er der Meinung ist, es sei an der Zeit, nach fast vier Monaten wieder zu arbeiten, unterbreitet seine Vorstellung, in Zukunft einen Tag pro Woche weniger zu moderieren. Doch Fernsehchef Baumgart hat andere Vorstellungen, denn mit dem jungen Moderator Jan Rickels, der Tom in seiner Auszeit vertreten hat, sind die Quoten besser als je zuvor.

»Lassen Sie uns über eine Alternative nachdenken«, schlägt Wehrle vor.

Als erfolgsverwöhnter Anchorman war Tom bisher das Aushängeschild von FFD und hat nicht im Traum damit gerechnet, dass man ihm widerspricht. Im Gegenteil, er ging fest davon aus, dass man ihm eine Art roten Teppich ausrollt, Hauptsache er, das Aushängeschild des Senders, kommt wieder zurück. Tom lässt sich nichts anmerken, er weiß, wie man sich jovial durchhangelt. Sein jahrelanger Aufenthalt in den USA war die beste Schule auf diesem Parcours, deshalb setzt er sein smartestes Lächeln auf und sagt, dass er sich über Vorschläge freue.

»Wir denken an eine Talkshow. Einmal pro Woche. Und zwar am Sonntagabend.« Alexander Baumgart erhebt sich. »Lassen Sie sich das durch den Kopf gehen, Herr Monderath.« Er verabschiedet sich, weil er einen anderen Termin hat. An der Tür dreht er sich noch einmal um. »Und herzlichen Glückwunsch zu Ihrer Vaterschaft!«

Nach dem Treffen will Sabine wissen, was in der Runde besprochen wurde. Sie hat Tom während seiner Abwesenheit immer wieder geschrieben, wie sehr sie sich auf seine Rückkehr freut, weil sie mit seinem Ersatz, Jan Rickels, Schwierigkeiten hat. Dann kann auch sie sich eine Bemerkung darüber, dass sie es irre findet, dass er und Jenny ihr Verhältnis vor der gesamten Belegschaft so geschickt verheimlicht haben, nicht verkneifen. »Und dass Jenny uns allen einen Bären aufgebunden hat mit dieser Samenbankstory, ist mega!«

In der Türkei verhängt Erdogan den Ausnahmezustand, in Aleppo enthaupten Rebellen angeblich einen Jungen, und Theresa May redet in Berlin mit Merkel über den Brexit. Doch die gesamte Nachrichtenabteilung des Senders scheint sich mit nichts anderem zu befassen als mit dem Tratsch, der in der ›Bild‹-Zeitung stand. Und jeder gibt seinen Senf dazu.

Nur einer gratuliert ihm nicht zu dem Kind: Aufnahmeleiter Lars Heuser, der ihm für das rote Cabrio nach wie vor fünfunddreißigtausend Euro schuldet und der im Parkhaus auf ihn wartet, weil er wieder einmal um Zahlungsaufschub bitten will.

»Besprich das mit Sabine, Jens«, sagt Tom kurz angebunden.

»Lars«, verbessert ihn dieser.

»Jens oder Lars, das ist mir egal.« Tom weiß nie, welcher Vorname der richtige ist, weil sich alle bei FFD konsequent an diesem Running Gag beteiligen, von dem niemand mehr weiß, wann und warum er begonnen hat. »Hauptsache, du parkst in Zukunft nicht mehr auf meinem Parkplatz.«

»Ich wusste ja nicht, dass du …«

Toms Blick streift das geschmacklose Nashorn-Tattoo auf dem Bizeps des Rothaarigen, dann lässt er ihn einfach stehen und geht zu seinem Wagen.

Jenny räumt Zeugs von ihrem vollgestellten Esstisch und stellt Tom eine Tasse Kaffee hin.

»Wie ich diesen Wehrle hasse!« Obwohl kaum Platz in dem Einzimmerappartement ist, geht er auf und ab und sagt, dass er am liebsten alles hinschmeißen würde.

Jenny kennt Tom lange genug, um zu wissen, wie sehr es an seinem Ego kratzt, durch den jüngeren Jan Rickels ersetzt zu werden. »So ganz verstehe ich dich nicht. Das ist doch ein großartiges Angebot mit der Talk-Show«, versucht sie, zu ihm durchzudringen.

Er erwidert nichts, schnappt sich die Tasse, geht ans Fenster und schaut hinaus auf den Chlodwigplatz, schimpft und flucht in einem fort.

»Aber …«

Doch Tom holt kaum Luft zwischen seinen Hasstiraden auf alles und jeden. So hat sie ihn früher oft erlebt, als sie nur seine Kollegin war und zwischendurch selbst Opfer dieser Ausbrüche wurde.

»Die Krönung war Lars. Ich könnte mir in den Arsch treten, dass ich diesem Vollpfosten die Karre verkauft habe. Dieser aufgeblasene Schönling!«

Jenny hält es kaum noch aus, räumt Babystrampler vom Wäscheständer, legt sie halbwegs unordentlich zusammen und drückt sie ins Regal neben dem faltbaren Wickeltisch.

»Am liebsten würde ich wieder in die USA zurückkehren!«, hört sie ihn mit Nachdruck sagen.

Seine Worte versetzen ihr einen Stich, und ihr Hals schnürt sich zusammen. Sie hört ihm nicht weiter zu, denkt nur, dass alles ganz schnell wie ein Kartenhaus zusammenbrechen kann.

»Du musst nicht wegen mir und Carl in Köln bleiben«, sagt sie laut und klappt mit Karacho den Wäscheständer zusammen. »Wenn du uns als Klotz am Bein empfindest, dann …«

Tom wirbelt herum und schaut sie wie vom Donner gerührt an. »Wie kommst du denn da drauf?«

Sie gibt ihm keine Antwort und stellt den Wäscheständer raus ins Treppenhaus. Als sie zurückkommt, geht Tom auf sie zu, hält sie an ihren Schultern fest und blickt sie an.

»Hey.«

Sie weicht ihm aus.

»Jenny, so hab ich das doch nicht gemeint.« Er setzt sich auf den Stuhl, zieht sie auf seinen Schoß und versichert ihr, nichts lieber zu wollen als ein Leben mit ihr und dem Kleinen. »Ich würde niemals ohne dich irgendwohin gehen.«

Jenny will aufstehen. »Und außerdem ist das ja sowieso keine Option wegen deiner Mutter.« Sie weiß, dass sie hart wirkt, aber sie ist wie erstarrt.

Tom hält sie fest, berührt ihr Kinn und dreht ihren Kopf sanft so, dass sie ihn ansehen muss. »Stimmt. Aber auch ohne meine Mutter würde ich nichts tun, was uns trennen könnte.«

Er küsst sie. Zärtlich. Sie will ihm glauben und hat doch – wie schon so oft in ihrem Leben – eine Hand an der Handbremse. Bloß nicht abhängig werden von einem Mann! Sie löst sich aus seiner Umarmung und steht auf.

»Hey, Jenny. Glaub mir doch.« Tom schaut sie hilflos an.

Als wolle sie sich selbst beweisen, dass sie die Kontrolle nicht verliert, dass sie Oberwasser behält, reißt sie ihr T-Shirt über den Kopf, schlüpft aus ihrer Hose und setzt sich wieder auf seinen Schoß. Küsst ihn fordernd. Knöpft sein Hemd auf, was nicht schnell genug geht, deshalb hilft er nach. Als er in sie eindringt, stöhnt sie laut.

Dann schreit Carlchen.

»Shit!«, haucht sie und bewegt sich schneller auf ihm, in der Hoffnung, dass sie explodiert.

Aber das Baby gibt nicht auf. Im Gegenteil.

Sie lässt von ihm ab und nimmt den Kleinen außer Atem hoch. »Ich brauche einen Babysitter.«

»WIR brauchen einen Babysitter«, sagt Tom und zieht sich langsam wieder an. Verunsichert, weil es sich so anfühlt, als habe die Magie einen Riss bekommen. Er schaut ihr zu, wie sie Carlchen füttert, wickelt und zusammen mit ihrem Kind wie eine Einheit wirkt. Eine abgeschlossene Einheit. Und er ist außen vor.

»Brauchst du was aus dem Supermarkt? Ich mache gleich für meine Mutter einen Großeinkauf«, fragt er – auch um selbst auf andere Gedanken zu kommen.

»Danke, ich hab alles«, meint Jenny und blickt nicht von ihrem Kleinen auf.

Es regnet noch immer Bindfäden, als er am Nachmittag über den Rhein nach Porz fährt. Vor seinem Elternhaus packt er die Einkäufe aus und geht mit den Taschen hinein. Er hat für seine Mutter einen Strauß pinkfarbene Dahlien mitgebracht. Die hat sie schon immer geliebt. Außerdem eine Packung weiche Karamellbonbons.

»Alles klar, Mam?«, fragt Tom.

»Sicher«, antwortet sie und lässt ihr Kreuzworträtsel fallen.

Auch für Helga, die wie immer tagsüber in Gretas Wohnung ist, zieht er etwas aus der Tüte: eine große Schachtel Merci-Schokolade.

»Das ist ein Angriff auf meine schlanke Linie«, sagt Helga und tätschelt ihren Bauch.

»Welche schlanke Linie?«, fragt Greta und stopft sich zwei Bonbons gleichzeitig in den Mund.

»Was habe ich diese erfrischende Direktheit vermisst!« Tom

schaut Helga entschuldigend an. Klar, von schlanker Linie ist die 67-jährige Nachbarin locker vierzig Kilo entfernt. Trotzdem ist ihm peinlich, dass seine Mutter in ihrer Demenz nach und nach die gesellschaftlichen Standards vergisst und wie ein Kind einfach ausplaudert, was sie denkt.

Zusammen mit Helga, die so tut, als habe sie den Spruch nicht gehört, packt er den Einkauf aus und räumt ihn weg.

»Das gehört nicht in diesen Schrank.« Helga nimmt ihm die Kekspackungen ab und verstaut sie im Hängeschrank hinter den Tassen. Mit einem kurzen Seitenblick auf Greta gibt sie Tom zu verstehen, dass es besser ist, die Kekse zu verstecken. Seine Mam hat inzwischen jegliches Gefühl für die richtige Dosierung verloren und würde, wenn man sie ließe, auch drei volle Packungen hintereinander verdrücken.

»Alles gut bei dir, Jung?«, fragt sie.

Zeitlebens nennt sie ihn Jung. Das gefällt ihm, weil es sich warm anfühlt, nach Heimat. Dass sie ihn jedoch immer noch so behandelt, als wäre er einer, geht ihm manchmal auf den Zwirn.

»Ja. Wieso?«

»Du siehst gestresst aus.«

Er holt eine Vase aus dem Wohnzimmerschrank, versorgt die Blumen, und als er das Papier wegwirft, sieht er, dass der ›Kölner Express‹ mit ihm und seiner heimlichen Familie auf dem Titel im Altpapierkorb liegt. Seit dem Beginn seiner beruflichen Karriere hat Helga immer alles ausgeschnitten, was über ihn veröffentlicht wurde, und in Ordnern verwahrt. Auch alles Private. Dass sie genau diesen Artikel nicht einzukleben scheint, ist kein Zufall.

Erst überlegt er, nichts zu sagen, doch dann denkt er daran, wie angespannt die Stimmung immer ist, wenn er mit Jenny vorbeischaut, deshalb spricht er es einfach aus: »Was hast du nur gegen Jenny?«

»Ich hab's dir gesagt«, antwortet Helga mit verkniffener Miene und weiß genau, dass er auf den Zeitungsartikel anspielt. »Die sucht nur einen Vater für ihr Kind. Aber bitte, du bist alt genug.«

»Wer sucht einen Vater für sein Kind?«, fragt Greta kauend.

»Niemand, Mam!« Tom ringt nach den richtigen Worten. Er weiß, dass Helga misstrauisch ist, seit Jenny ihr gleich, als er sie zum ersten Mal mit nach Hause gebracht hat, erzählte, dass sie zwar ein Kind, aber keinen Vater wolle.

»Ich will mich ja nicht einmischen, aber es ist doch komisch, dass sie erst keinen Vater benötigt, und kaum ist das Kind auf der Welt, hängt sie sich an dich dran.«

»Welches Kind?« Greta hört auf zu kauen.

Tom gibt ihr keine Antwort, und er hat auch keine Lust, Helga wieder einmal zu erklären, dass nicht Jenny es war, die den ersten Schritt gemacht hat, sondern er, nachdem er wochenlang versucht hatte, gegen seine Verliebtheit anzukämpfen. Grundsätzlich schätzt er an Helga, dass sie nie ein Blatt vor den Mund nimmt. Selbst dass sie ihm früher die Leviten las, wenn er Mist gebaut hatte, findet er im Nachhinein gut – denn wenn es drauf ankam, stand sie hinter ihm und verteidigte ihn nach außen, als wäre er ihr eigen Fleisch und Blut.

Tom kennt Helga seit seiner Kindheit und hat erst als Erwachsener verstanden, wie wichtig es war, dass sie für ihn sorgte, wenn seine Mutter regelmäßig in sogenannten Sanatorien verschwand. Aber das geht jetzt doch zu weit. Schließlich ist er kein Jugendlicher mehr.

»Ich verstehe dich nicht, Helga. Seit Jahren liegen du und Mam mir in den Ohren, dass ich mir endlich eine Frau suchen soll, und jetzt habe ich eine, und dann ist es auch wieder nicht recht.«

»Du hast eine Frau?« Verdattert steht Greta auf und stellt sich Tom in den Weg. »Warum weiß ich davon nichts?«

Er zückt sein Handy und zeigt seiner Mutter zum hundertsten Mal ein Bild von Jenny.

Greta betrachtet die Frau mit den kurzen schwarzen Haaren und sagt wie immer: »Die sieht couragiert aus.«

»Ist sie auch, Mam«, sagt Tom und schaut Helga scharf an.

»Warum bringst du sie nicht mit?«, will Greta wissen. »Deine Freunde sind auch meine Freunde.«

Er drückt seiner Mutter einen Kuss aufs Haar. »Mach ich. Wir kommen demnächst zum Mittagessen.« Beim Rausgehen flüstert er Helga zu: »Gib ihr doch wenigstens eine Chance, okay?«

Schnaubend fischt sie die Zeitung aus dem Altpapierkorb, reißt die Titelseite ab und steckt sie in ihre Schürze.

Auf der Rückfahrt in die Stadt versucht Tom Jenny zu erreichen. Vergeblich. »Es tut mir leid, dass ich vorhin so ausgerastet bin«, spricht er auf den Anrufbeantworter.

Was für ein beschissener Tag, denkt er, hält es in seiner Wohnung keine fünf Minuten aus, zieht seine Laufklamotten an und joggt Richtung Rhein. An Feuerwehrautos vorbei, die Keller auspumpen, und an Mitarbeitern der Stadtwerke, die verstopfte Gullys vom Laub befreien. Tom läuft über das Konrad-Adenauer-Ufer, die vierspurige Alleestraße, dann unten am Rheinufer in Richtung Norden. An der Bastei vorbei zur Rheinaue, auf der Äste liegen, die dem Sturm nicht standhalten konnten. Als wolle er vor sich selbst und auch vor den Regentropfen davonlaufen, spurtet er zwischendurch.

Unter der Zoobrücke bleibt er stehen, kotzt sich die Lunge aus dem Leib und schaut auf sein Handy. Keine Nachricht von Jenny. Er hat ein seltsames Gefühl, läuft weiter und denkt daran, dass er einmal gelesen hat, dass die erste Phase der Verliebtheit schon nach drei Monaten zu Ende sein kann. Dass dann die rosarote Brille verrutscht und man wieder klarer sieht. Will Jenny ihn vielleicht gar nicht mehr? Und wie ist es bei ihm? Ist dieser ganze Liebestaumel vielleicht komplett hormongesteuert?

Einen Rheinkilometer weiter denkt Tom daran, dass ihm in der Vergangenheit nichts wichtiger war als seine Unabhängigkeit. Jahrzehntelang war er beruflich auf der ganzen Welt unterwegs. Er hat es genossen, dass er immer für sich allein entscheiden konnte. Der Job eines Anchormans brachte ihn nach Köln zurück. Es war reizvoll, hier etwas aufzubauen. In der Stadt, in der er aufgewachsen ist und an der sein Herz hängt. Seine Heimkehr war auch wichtig, weil seine Mutter ihn brauchte.

Aber was wäre, wenn es Greta morgen nicht mehr gäbe? Würde er hierbleiben? Würde er sich anbinden lassen wollen von einer Frau und deren Kind? Will er in einer Beziehung leben, die ihn in seiner Freiheit beschneidet? Tom denkt an den kleinen Carl, der ebenso wie Jenny sein Herz erobert hat. Er muss schmunzeln beim Gedanken daran, dass er den Verdacht hat, dieser Zwerg würde eine Strategie verfolgen mit seinem Geschrei. Eine Strategie, die kein anderes Ziel hat, als ihn und Jenny vom Sex abzuhalten.

Jeder weitere Schritt und sein regelmäßiger Atem helfen Tom, das Chaos in seinem Gehirn zu sortieren. Er weiß, dass er will, dass das mit Jenny gelingt. Und mit Carlchen. Dafür muss sich etwas an der Wohnsituation ändern, dieses Hin- und Herpendeln zwischen den beiden Wohnungen ist auf Dauer nichts. Und er muss sich beruflich entscheiden.

Er läuft zurück in Richtung Stadt. Der Regen lässt langsam nach, und Tom denkt an den Vorschlag von Wehrle. Eine Talkshow. Eigentlich ist das ein Karrieresprung. Einmal pro Woche moderieren. Themen, die er vertiefen kann. Ihm fallen Gäste ein, mit denen er sich schon intensiver unterhalten wollte. Andere als die üblichen, die in jeder Talkshow auftauchen. Bilder von laufenden Shows rattern durch sein Gehirn, und ihm wird klar, dass er auch das anders machen will. Kein Studio. Wenn, dann will er in einer Location produzieren, die etwas Besonderes hat. So wie Jauch seinerzeit im Berliner Gasometer.

Tom sieht den Rhein nicht, der parallel zu ihm fließt und in dem Äste und Baumstämme treiben. Er hat den Dom fest im Blick und auch die Bastei. Dieses Panorama-Restaurant, das in den Zwanzigerjahren auf dem Überrest eines massiv gemauerten Verteidigungsgangs der geschleiften Inneren Wallanlage errichtet wurde. Acht Meter über dem Turmstumpf ragt es zum Rheinufer hinaus und vermittelt den Eindruck einer schwebenden Plattform.

Immer, wenn sein Vater und er früher an der Bastei vorbeikamen oder die Familie dort zum Kaffeetrinken einkehrte, zitierte dieser ein Gedicht von Joachim Ringelnatz:

Es schlägt der Leuchtturm durch die Nacht seine unermüdlichen Strahlen.
Es schleichen Schiffe überwacht, die lassen sich bezahlen.
Wie Perlenreihen und Geschmeid lichtern die Ufer am Rheine.
Ein Mädchen weint ihr Herzeleid, am Kai auf steile Steine.
Sie trägt ein helles Wiesenkleid und steht sonst ganz im Dunkel.
Das Wasser spiegelt kein Herzeleid, es spiegelt nur Gefunkel.
Ich rufe schmatzend den Ober herbei, er will mich nicht verstehen.
Ich wünsche: Es möchte sich die Bastei jetzt karussellartig drehen.

Tom hat sich als Kind immer gewünscht, dass sie sich dreht wie ein Karussell, und er muss schmunzeln, dass er immer noch sämtliche Zeilen parat hat.

Und dann schießt es ihm durch den Kopf: die Bastei! Das ist es. Das ist die ideale Location. Er läuft schneller, den Hochwasserdamm hinauf, und versucht, von außen einen Blick in das spektakuläre Aussichtsrestaurant zu werfen. Vergeblich. Es ist verrammelt und steht, soweit er weiß, leer.

Angefixt von der Idee spurtet er nach Hause, springt unter die Dusche, schließt die Augen und genießt das warme Wasser, das über sein Gesicht perlt.

Er hört sein Telefon klingeln, denkt, dass es Jenny ist, und springt tropfnass heraus. Es ist Henk. Tom zögert. Doch weil er ihn heute Morgen schon abgewimmelt hat, nimmt er den Anruf an, stellt auf Freisprecher und schnappt sich ein Handtuch.

»Sorry, dass ich heute früh so kurz angebunden war«, sagt er. »Aber ich hatte einen wichtigen Termin, und danach war auch die Hölle los.«

»Ich hab mit Stephen telefoniert«, sagt Henk. »Der ist ja so nett.«

»Wer ist das?« Tom trocknet sich ab.

»Na, ich habe dir doch heute Morgen von ihm erzählt. Unser Halbbruder aus Chicago.«

Jesses, denkt Tom und bindet sich das Handtuch um.

»Und jetzt halte dich fest: Stephen hat einen DNA-Test gemacht, weil er adoptiert ist.«

»Fuck!« Tom setzt sich auf den Badewannenrand.

Henk ist begeistert, regelrecht euphorisch.

»Halt mich da raus«, unterbricht ihn Tom. »Und ganz besonders meinen Namen. Mir ist das im Moment alles zu viel.«

»Aber …«

»Oder hast du etwa?«

»Nein«, versichert Henk.

Als er aufgelegt hat, starrt Tom eine gefühlte Ewigkeit vor sich hin. Fassungslos. Dann gibt er sich einen Ruck, bückt sich nach seinen regennassen Joggingsachen und geht in den Hauswirtschaftsraum, um sie aufzuhängen. Doch der Wäscheständer ist belegt. Von Pinkie, dem einhörnigen Ungeheuer, das seine Hauswirtschafterin offensichtlich gewaschen hat. Es glotzt ihn an.

»Was?«, blafft Tom und bekommt keine Antwort.

Den wird er offensichtlich genauso wenig los wie Henk, denkt er. An den anderen Halbbruder will er gar nicht erst denken.

Tom lässt die Sportklamotten fallen, geht wie ferngesteuert in seine Küche, zieht eine Rotweinflasche aus dem Weinschrank, entkorkt sie und trinkt ein Glas in einem Zug aus. Das nächste kippt er direkt hinterher und verflucht seinen Vater, überlegt, ob sein Fremdgehen der Grund war für die Spannungen seiner Eltern oder ob er fremdgegangen ist, weil es Spannungen gab. Eigentlich würde er das jetzt gerne mit Jenny besprechen. Aber er will nicht wieder ein neues Problem bei ihr abladen.

Als die Flasche leer ist, macht er direkt die nächste auf und dreht seine Anlage auf volle Lautstärke, hört Clash, singt mit und flucht auf diesen Ficker, wie er seinen Vater inzwischen nennt. Den Fickweltmeister!

Plötzlich steht Jenny vor ihm.

»Tom!« Sie sieht ihn halb nackt auf dem Sofa liegen, die Beine auf die Rückenlehne gelegt. Er schaut sie ungläubig an.

»Mach die Musik leiser«, schreit sie, damit er sie versteht, und hält ihrem im Maxi-Cosi schlafenden Carlchen die Ohren zu.

»Jenny«, lallt Tom und grinst. Steht wie in Zeitlupe auf und will sie umarmen.

»Die Musik. Verdammt, mach die Musik leiser.«

Er wankt durch den Raum, verliert dabei das um die Hüfte geschlungene Handtuch und klappt seinen Laptop zu.

Gott sei Dank ist die Musik aus, denkt Jenny und wundert sich, dass Carlchen bei diesem Höllenlärm nicht aufgewacht ist.

»Wie schön, dass du hier bist, meine Süße«, lallt Tom und verabschiedet sich in Richtung Toilette.

Sie ist heilfroh, dass er nur betrunken ist. Zwei Stunden hat sie versucht, ihn telefonisch zu erreichen. Sie lag bereits im Bett und konnte vor Sorgen um ihn nicht einschlafen, denn Tom geht immer ans Telefon. In ihrer Fantasie sah sie ihn schon mit einem Herzinfarkt unter dem Tisch liegen. Also zog sie sich mitten in der Nacht an, packte den Kleinen ein und fuhr hierher.

»Komm ins Bett«, ruft er aus dem Schlafzimmer.

Sie legt sich neben ihn. Er schlingt seine Arme um sie und drückt sie fest an sich. »Sorry, dass ich heute so doof war.«

»Ich auch«, flüstert sie und ist einfach nur froh, dass sie bei ihm ist.

Am nächsten Morgen, als seine Kopfschmerztabletten endlich wirken und nachdem er sich zum zehnten Mal für seinen elendigen Zustand von gestern Nacht entschuldigt hat, erzählt Tom Jenny von den Ideen rund um die Talkshow.

»Klingt mega«, sagt sie. »Hast du das Wehrle schon erzählt?«

»Nein, ich will es erst einmal ausarbeiten. Vielleicht können wir das ja gemeinsam machen, und du leitest die Redaktion?«

»Glaubst du, dass es eine gute Idee ist, als Pärchen zusammenzuarbeiten?«

»Du nicht?«

»Nö!«, sagt sie eher leidenschaftslos. »Sag mal, warum hast du dich gestern eigentlich so volllaufen lassen?«

Schlagartig fallen Tom die Fortpflanzungserfolge seines Vaters wieder ein. Er überlegt kurz, ob er Jenny davon erzählen soll.

Aber dann entschließt er sich, jetzt nicht davon anzufangen. Nicht, weil er es ihr vorenthalten will – im Gegenteil! –, sondern weil es nicht schon wieder um andere Themen gehen soll als um ihre Beziehung. Er stellt einen Stuhl vor ihren und setzt sich rittlings drauf. »Was hältst du davon, wenn wir zusammenziehen?«

»Im Prinzip viel«, sagt Jenny. »Aber. Ich habe nicht das Geld, um deinen Ansprüchen zu genügen.«

»Aber du könntest doch bei mir einziehen. Hier ist Platz.«

»Ganz ehrlich, ich glaube nicht, dass das eine gute Lösung ist. Erstens ist das deine Wohnung, und viel doofer ist, dass ich dann von dir abhängig wäre.«

»Aber …«

»Ich glaube an die Gleichberechtigung in einer Beziehung.«

»Ich auch«, sagt er. »Aber es wäre doch Quatsch, eine künstliche Situation zu schaffen. Ich verdiene nun mal mehr. Das teile ich gerne mit dir.«

»Und wenn es schiefgeht zwischen uns? Dann stehe ich mit Carlchen auf der Straße. Du weißt vielleicht nicht, wie schwierig es ist, in Köln eine Mietwohnung zu finden, weil du dir alles kaufen kannst.«

Sie hat recht, denkt Tom und setzt, um Zeit zu gewinnen, Teewasser auf. »Jenny, es ist toll, Geld zu haben. Und es gibt mir auch Freiheiten. Aber am Ende des Tages brauche ich das alles nicht. Darauf kommt es nicht an. Ich habe das als Kind erlebt. Wenn ich bei Helga und ihrem Mann Alfred unterm Dach in ihrer kleinen Butze war, da habe ich mich tausendmal wohler gefühlt als unten bei meinen Eltern, wo wir Platz hatten und alles Geld der Welt.«

»Ja, gut! Dann können wir ja in meine Wohnung ziehen«, sagt sie und schaut Tom ernst an.

Erst am Zucken ihrer Augen erkennt er, dass sie sich ein Lachen verkneift. Schließlich sind ihre fünfundvierzig Quadratmeter schon für sie und Carlchen zu eng.

Tom gibt ihr einen Kuss, den sie zärtlich erwidert. »Lass uns es einfach ausprobieren. Du kannst deine Wohnung ja erst einmal behalten.«

Sie küssen sich weiter, und als gerade so eine Idee aufkommt, dass sie vielleicht noch einmal ins Bett gehen könnten, wacht Carlchen auf.

Zwei Tage verbringen sie in Toms Wohnung, gehen nicht einmal zum Einkaufen vor die Tür, und am Ende lässt sich Jenny darauf ein, es zu versuchen.

Am Wochenende fahren sie zu dritt nach Porz. Zum Mittagessen.

Jenny hatte angeboten, das Kochen zu übernehmen. Schließlich sollte Helga keine zusätzliche Arbeit mit ihnen haben. Aber die ließ über Tom ausrichten, dass es für sie keinen Unterschied mache, für zwei oder für vier Personen zu kochen.

Es duftet schon im Treppenhaus, als sie und Tom aus dem Aufzug kommen. Tom bringt den schlafenden Carlchen im Maxi-Cosi. Leise schließt er die Tür auf, trägt den Kleinen in sein früheres Kinderzimmer, damit seine Mutter das Baby erst gar nicht sieht. Er legt ihn aufs Bett und sichert mit Kissen ab, dass er nicht herausfallen kann.

Die Kuckucksuhr krächzt zwölf Mal.

»Pünktlich wie die Maurer«, ruft Helga aus der Küche.

Im Wohnzimmer blickt Greta, die in ihrem Fernsehsessel sitzt, von der ›Apotheken-Umschau‹ auf. »Das ist ja eine Überraschung. Bist du zufällig in der Gegend?«

»Ja«, sagt Tom und gibt ihr zur Begrüßung ein Küsschen auf die Stirn. »Ich hab Jenny mitgebracht, Mam. Erinnerst du dich an sie?«

»Als könnte ich mich an all die Frauen erinnern, die du mir schon vorgestellt hast.«

Tom schaut Jenny an und verdreht grinsend die Augen.

»Guten Tag, Frau Monderath«, sagt Jenny.

Toms Mutter blickt kurz auf, und Jenny sieht an ihrem fragenden, leicht verwirrten Blick, dass sie wirklich nicht weiß, wer sie ist.

»Machen Sie Kreuzworträtsel?«

»Ja, sicher. Man muss was tun, damit man nicht verblödet.«

»Essen ist fertig«, ruft Helga aus der Küche.

Tom hilft seiner Mutter aus dem Sessel, während Jenny schon einmal in die Küche geht. Sie stellt den Karton mit Kuchen aus Gretas Lieblingscafé auf der Küchentheke ab und wendet sich an Helga.

»Hallo, Frau Schmitz. Kann ich noch etwas helfen?«, fragt sie. Im nächsten Moment gefriert ihr Lächeln. Sie hätte ahnen können, dass Helga etwas kocht, das sie als Veganerin nicht isst.

»Hallo«, antwortet Helga und sagt, dass alles bereits erledigt sei.

Im Bruchteil von Sekunden fasst Jenny sich wieder und setzt sich auf den Platz, den Helga ihr zuweist. Auch Tom und Greta gesellen sich dazu.

»Was gibt es denn?«, will Tom wissen.

»Dein Lieblingskinderessen«, sagt Helga und stellt eine große Platte mit Speckpfannkuchen auf den Tisch.

Toms Gesichtszüge entgleisen. Er holt Luft, doch bevor er etwas sagen kann, stößt Jenny ihn unter dem Tisch an.

»Du musst das nicht essen«, sagt er.

»Wieso?« Jenny sieht, dass Helga, die damit beschäftigt ist, Gretas Serviette auf deren Schoß zu platzieren, genau registriert, was los ist. Den Triumph gebe ich dir nicht, denkt sie. Was mich nicht umbringt, macht mich härter!

Höflich hält sie Helga ihren Teller hin und hat den Eindruck, dass Tom neben ihr das Atmen eingestellt hat. Sie führt den ersten Bissen zum Mund. »Lecker«, sagt sie und konzentriert sich darauf, nicht zu würgen.

»Der Kleine schläft aber ganz schön lange«, sagt Helga im Versuch, ein Gespräch in Gang zu bringen.

»Klar. Schließlich hat er die Nacht zum Tage gemacht«, meint Tom und wirft Jenny einen unsicheren Blick zu.

»Welcher Kleine?«, fragt Greta mit vollem Mund.

Während Helga erzählt, dass Tom als Kind auch eine Nachteule war, konzentriert sich Jenny darauf, den ekligen Speck runterzuschlucken.

Zum Glück erlöst sie ihr Telefon. Verstohlen schaut sie aufs Display. »Sorry, da muss ich rangehen.«

»Verflucht noch mal, Helga«, sagt Tom, als Jenny die Terrassentür hinter sich zugezogen hat. »Ich hab doch gesagt, dass wir auch kochen können.«

»Ich hab das wirklich vergessen, Tom. Es tut mir leid.«

»Ich glaub dir kein Wort!« Wütend stellt er die Teller zusammen.

»Ich muss aufs Klo«, sagt Greta, und an ihrem panischen Blick sieht Tom, dass es schnell gehen muss.

Helga und er stehen gleichzeitig auf, aber er ist schneller, nimmt seine Mutter am Arm und ist froh, dass er den Raum verlassen kann. Hoffentlich ist diesmal nichts danebengegangen, denkt er und riecht, dass es anders ist.

Als er zwanzig Minuten später mit seiner frisch geduschten Mam aus dem Badezimmer kommt, telefoniert Jenny immer noch, während Helga mit dem kleinen Carlchen auf ihren Knien auf dem Sofa sitzt und singt: »Ich binne 'ne Kölsche Jung, watt willste mache? Ich binne 'ne Kölsche Jung und tun jern lache. Ich bin och sonst nit schlecht, 'ne, ich bin brav, min Lieblingswörtsche heiss Kölle Alaaf!«

Der Kleine schaut sie wie hypnotisiert an und formt sein Mündchen, als würde er mitsingen wollen.

»Ja, wo kommt das Schätzchen denn jetzt her?«, fragt Greta, klatscht in die Hände und setzt sich daneben.

Und dann singen sie zu dritt und scheinen die Welt um sich herum vergessen zu haben. »Ich binne 'ne Kölsche Jung, watt willste mache?«

Jenny zieht die Terrassentür auf.

»Was war denn?«, fragt Tom.

»Ach, bei Face to Face Media ist die Redaktionsleitung ausgefallen. Die haben mir ein ziemlich geiles Angebot vorgeschlagen. Aber das geht ja nicht.«

Tom weiß, dass die Arbeit bei dieser Firma, die für die Fernsehsendung ›Lange vermisst‹ Menschen rund um den Globus sucht, schon immer Jennys größte Leidenschaft war, und er überlegt, wie er sie unterstützen könnte.

»Haben Sie denn keine Mutter, die Ihnen hilft, Jenny?«, fragt Helga vom Sofa her. Tom hat gar nicht gemerkt, dass sie aufgehört hat, zu singen.

»Nein. Ich hab keinen Kontakt zu ihr.«

»Ich hab auch keinen Kontakt mehr zu meiner Mutter«, sagt Greta dem kleinen Carlchen und nimmt ihn auf den Arm. »Nicht wahr, mein süßer kleiner Glatzkopf.«

»So, dann wollen wir jetzt mal Kaffee kochen«, meint die übergewichtige Helga und erhebt sich mit einem Stöhnen.

»Ich helfe Ihnen.« Tom hört, wie Jenny im Hinausgehen sagt: »Sie können gerne Du zu mir sagen.«

»Isch bin die Helga.«

»Und ich bin die Greta«, sagt seine Mam neben ihm und strahlt den kleinen Carl an.

Jenny stellt Kaffeetassen und Kuchenteller, die Helga ihr anreicht, auf einen Dinett-Servierwagen. Sie registriert, dass Helga ihrem Blick ausweicht und nicht aufhört, Kaffeepulver in den Filter zu löffeln.

»Ich hab das vergessen mit dem Speck«, murmelt sie vor sich hin.

Jenny weiß, dass das nicht stimmt, aber sie ist froh, dass Helga wenigstens mit ihr redet.

»Vielleicht kann ich Ihnen, äh, dir ja helfen mit dem Kleinen.«

»Wie meinst du das?«

»Na, ich kann doch auf ihn aufpassen, wenn du zur Arbeit musst.«

»Das ist nett«, sagt Jenny. »Aber geht das denn? Du hast doch schon so viel Arbeit mit Toms Mutter.«

»Es wäre schön, wieder ein Kind im Haus zu haben. Für Greta bestimmt auch«, antwortet Helga.

Die betagte Kaffeemaschine blubbert vor sich hin, und in Jennys Kopf überschlagen sich die Gedanken. Carlchen ist noch so klein. Kann sie ihn dieser fremden Frau wirklich anvertrauen? Und was ist, wenn sie das Arbeitsangebot ausschlägt? Auf so etwas wartet sie seit Jahren. Jenny sieht, wie die mütterliche Helga den Kuchen anschneidet, hört, wie sie dabei leise schnaubt, und denkt daran, dass Tom ihr bisher nur Gutes über sie erzählt hat. Helga war in seiner Kindheit der Fels in der Brandung und sein sicherer Heimathafen, wenn seine Mutter in ihre Schwermut abgetaucht war.

»Was kann ich tun, damit die Stimmung zwischen uns besser wird?«, fragt sie schließlich.

Helga zuckt zusammen, fährt mit dem Zeigefinger an dem Messer entlang, fängt Krümel und Sahne auf, die schließlich in ihrem Mund landen. Dann wäscht sie nicht nur das Messer ab, sondern auch die Hand, die sie nach Jenny ausstreckt. »'tschuldigung«, sagt sie. »Ich bin manchmal ein wenig stur, aber …«

»Ich auch«, antwortet Jenny und grinst sie an.

»Warum hast du eigentlich keinen Kontakt zu deiner Mutter?«, will Tom auf der Rückfahrt in die Stadt wissen.

»Sie hat mir einen Mann nach dem anderen vorgestellt. Und immer zu ihnen gehalten. Selbst als einer übergriffig wurde, hat sie ihm geglaubt und nicht mir.« Jenny fallen nicht einmal mehr die Namen der Männer ihrer Mutter ein, und sie muss sich anstrengen, Tom die Orte zu nennen, an denen sie gewohnt hat. Frankfurt. Baton Rouge. Friedberg. Heppenheim. Kaiserslautern. Mannheim. Idar-Oberstein. Trier.

»Warum hat sie dir nicht geglaubt?«, fragt er nach einer Weile des Schweigens.

»Vielleicht, weil sie immer abhängig von den Männern war? Sie hatte nie eigenes Geld.«

»Und dein Vater?«

»Der hat sich vom Acker gemacht. Ich hab nie auch nur eine Karte bekommen. Zu Weihnachten nicht und auch nicht zum Geburtstag. Von Geschenken ganz zu schweigen. Vor einigen Jahren hab ich herausgefunden, wo er lebt, und ihn getroffen. Nach über dreißig Jahren. Er hat nur über sich geredet. Über sein Leben, in dem es eine einzige Konstante gab: Er war immer das Opfer.«

Jetzt versteht Tom, wieso sie bei dem Wohnungsthema so reagiert hat. Und auch, wieso sie denkt, dass es gut wäre, finanziell unabhängig zu sein.

»Wenn du den Job annehmen willst, dann kann ich erst mal bei Carlchen bleiben«, schlägt er vor, blickt über die Schulter und sieht auf dem Rücksitz den properen kölsche Jung, der rhythmisch seinen Schnuller traktiert und ernst aus dem Fenster schaut, als würde er einen großen Plan aushecken.

»Vielleicht musst du das nicht.«

»Wieso?«

»Helga hat angeboten, dass sie ihn nehmen könnte.«

»Und willst du das?«

»Wir können es zumindest ausprobieren. Dich hat sie ja offensichtlich auch großgezogen. Und wenn es nicht klappt, suchen wir eine Tagesmutter.«

Tom schaut in den Rückspiegel, und weil kein Auto hinter ihnen ist, bleibt er auf der Straße stehen, wartet den Gegenverkehr ab, macht einen U-Turn und rast zurück nach Porz.

»Was machst du?«

»Na, ausprobieren. Hast du doch eben gesagt.«

»Aber …«

»Dann haben wir zum ersten Mal in unserem gemeinsamen Leben ein paar Stunden nur für uns.«

»Du bist verrückt«, lacht Jenny.

»Nein. Verliebt.«

SECHS.
1955–1958

»Du bist verrückt, Konrad!«, rief Greta.

Er schaltete in den dritten Gang. Das sirrende, zirpende Motorengeräusch seines Autos war Musik in seinen Ohren, und er freute sich, dass ihm die Überraschung gelungen war. Vor Wochen schon hatte er diesen dunkelgrauen VW-Käfer bestellt, und niemand außer der Heidelberger Sparkasse, die junge Ärzte der Universitätsklinik als Kunden gewinnen wollte und deshalb großzügige Kredite anbot, war eingeweiht.

Und ja, Greta hatte recht. Er war wirklich verrückt, denn die dreitausendneunhundertfünfzig Mark, die der Wagen gekostet hatte, waren fast ein gesamtes Jahresgehalt. Aber er wollte sich endlich einmal etwas gönnen.

»Wo fahren wir denn hin?«, fragte sie neben ihm und strahlte.

»Ich will dir meine Heimat zeigen. Einverstanden?«

»Ja, sicher!«, sagte sie.

Sie fuhren am Neckar entlang aus der Stadt hinaus, an Feldern vorbei, auf denen zarte Pflanzen sprossen, und durch Wälder, in denen maigrüne Bäume regelrecht leuchteten.

Greta kurbelte die Scheibe herunter, streckte ihren Kopf hinaus und rief: »Es gibt nichts Besseres, als Auto zu fahren!«

Konrad war glücklich. Als sie auf der Autobahn an Darmstadt vorbeifuhren, der Tacho die Spitzengeschwindigkeit von 110 km/h anzeigte, lief im Loewe-Radio der Schlager ›Am 30. Mai ist der Weltuntergang‹.

Lauthals sangen sie mit: »Am 30. Mai ist der Weltuntergang. Wir leben nicht, wir leben nicht mehr lang. Doch keiner weiß, in welchem Jahr. Und das ist wunderbar.«

Je näher sie seiner Vaterstadt kamen, desto nervöser wurde Konrad. Und stiller. Fünf Stunden später fuhren sie endlich am Ortseingangsschild vorbei. Nach sechs Jahren im vom Krieg unversehrten Heidelberg war er erneut schockiert, wie sehr Köln von der Zerstörung gezeichnet war. Zwar wurde an allen Ecken und Enden gebaut, aber gäbe es den Dom nicht und den Rhein, hätte er sich nicht mehr zurechtgefunden.

»Köln war früher bestimmt einmal schön«, sagte Greta und hätte sich sofort auf die Zunge beißen können, denn sie spürte, wie angespannt Konrad war. Er krallte sich am Lenkrad fest, betätigte den Winker, fuhr links und rechts, über Plätze und Kreuzungen – und sagte nichts. Er kam ihr so verloren vor. Gerne hätte sie gewusst, wo er früher gewohnt hatte, aber weil sie von Tante Elis wusste, dass seine gesamte Familie tot war, konnte sie sich denken, dass die Erinnerung ihn schmerzte. Deshalb fragte sie lieber nicht.

»Hast du auch Hunger?«, unterbrach er das Schweigen.

»Ja«, antwortete sie.

Weil sie wusste, dass Benzin teuer war, und auch, weil sie das Auto am liebsten nicht verlassen wollte, schlug sie vor, sich bei einem Bäcker etwas zu kaufen, anstatt in ein Gasthaus zu gehen.

»Gute Idee«, sagte Konrad, fuhr über einen Platz, auf dem Straßenbahnen hielten, und parkte neben einem mittelalterlichen Stadttor, unter dem Kinder mit Murmeln spielten.

»Wonach riecht es hier?«, fragte Greta, als sie ausstiegen.

»Rohkakao«, sagte Konrad. »Nicht weit von hier ist Stollwerck, die Schokoladenfabrik.«

In einer Bäckerei verlangte er »Röggelschen« und redete mit der Verkäuferin in einer Sprache, von der Greta kein Wort verstand. Auch im Haus daneben, in dem Ecklokal, über dessen Eingang *Jos. Niedecken Lebensmittel und Feinkost* stand, wo Hollandkäse für sie abgeschnitten und mit freundlichen Worten verpackt wurde, hatte Greta das Gefühl, im Ausland zu sein.

Konrad sprach länger mit dem Verkäufer, kam regelrecht ins Erzählen, und Greta spürte mit jedem seiner Sätze, wie die Schwere von ihm abfiel und seine Heimatsprache ihn mit Wärme erfüllte. Der Verkäufer schaute Greta wohlwollend an, und als sie hinausgehen wollten, kam er hinter seinem Tresen hervor, begleitete sie zur Tür und wünschte ihnen auf Hochdeutsch viel Glück.

»Was hast du denn mit dem Mann besprochen?«, fragte sie Konrad grinsend, als sie wieder im Auto saßen.

»Dass ich der Frau, die ich heiraten will, mein Köln zeige.«

Greta erschrak, denn noch nie hatten sie über Heiraten gesprochen.

Auch Conny zuckte zusammen, dass ihm das so rausgerutscht war. Eigentlich hatte er sich vorgenommen, ans andere Rheinufer zu fahren, von wo aus man den schönsten Blick auf den Dom hat. Dort, wo es einigermaßen romantisch war, wollte er sie fragen. Jetzt hatte er es vermasselt.

Das Schlimmste war, dass sie nichts sagte, von ihrem Röggelschen abbiss und geradeaus schaute. Nervös knibbelte er an seinen Fingern, hatte keinen Appetit mehr und blickte auf den Chlodwigplatz, über den gerade eine Straßenbahn fuhr. Er war jetzt siebenundzwanzig, hatte sein Studium abgeschlossen und dachte, dass es höchste Zeit war, den nächsten Schritt in die Zukunft zu gehen. Es machte ihn wahnsinnig, dass Greta neben ihm weiter schwieg. Regen setzte ein. Die Tropfen prasselten auf das Autodach, und hinter dem Wasserfilm auf der Windschutzscheibe verschwamm die Welt.

»Ich weiß, dass ich erst deinen Vater fragen müsste«, sagte er schließlich und nahm dann allen Mut zusammen: »Oder willst du etwa gar nicht?«

»Doch«, sagte Greta leidenschaftslos und biss erneut von ihrem Roggenbrötchen ab. »Aber ich will meine Eltern nicht dabeihaben.«

Conny war erleichtert, dass sie nicht Nein gesagt hatte, und schob sich ein Stück von dem mittelalten Gouda in den Mund. Der Wagen war wie eine von der übrigen Welt abgeschlossene Kapsel. Sie blickten einander nicht an, aßen und spülten die Bissen mit Kölsch hinunter.

Seit über einem Jahr gingen er und Greta miteinander, und er fand es seltsam, dass sie nie von ihrer Familie sprach, obwohl die doch auch in Heidelberg lebte. Bisher hatte er nicht gefragt.

»Ich würde alles darum geben, wenn ich dich meiner Familie vorstellen könnte. Alles!«

Greta gab ihm keine Antwort.

»In jeder Familie gibt es einmal etwas. Sei froh, dass du sie noch hast«, sagte Conny, startete den Motor und fuhr auf der leeren Autobahn durch die mondlose Nacht zurück nach Heidelberg.

Greta stellte sich schlafend. In ihrem Kopf ratterten die Gedanken an ihre Familie. Seit Jahren vermied sie den Kontakt zu ihnen. Nur ab und zu schaute sie in der Heidelberger Innenstadtwohnung vorbei, wo ihre Eltern mit dem alten Großvater lebten.

Einzig und allein wegen Opa ging sie hin. Eine Träne rann über ihre Wange, als sie daran dachte, wie sehr sie ihren Vati geliebt hatte. Abgöttisch! Jahrelang hatte sie um ihn gezittert, als er im Krieg gekämpft hatte. Und dann, als er vermisst gewesen war, hatte sie für ihn gebetet und anders als ihre Mutter nie den Glauben an seine Rückkehr verloren. Auch nicht, als er schon zehn Jahre kein Lebenszeichen mehr von sich gegeben hatte. Dann, vor drei Jahren, hatte er plötzlich vor der Tür gestanden. Entlassen aus russischer Kriegsgefangenschaft. Nichts an ihm hatte mehr an den geliebten Vati erinnert. Er trank, hatte sie als Hure beschimpft, weil sie sich mit einem Schwarzen eingelassen hatte, und hatte ihr Kind bedroht. Ihr Vater war der Grund gewesen, warum sie Marie hatte ins Kinderheim geben müssen. Wegen ihm war die Kleine zu Hause nicht mehr sicher gewesen.

Aber vielleicht hatte Konrad recht. Vielleicht tat es ihrem Vater inzwischen sogar leid. Außerdem wollte sie, dass Opa dabei war, wenn sie heiratete.

Damit es nicht schiefging, bat sie Tante Elis, die sich sehr über diese Nachricht freute, mit ihr gemeinsam die Eltern vorzubereiten.

»Ein Arzt!« Ihre Mutter Emma war entzückt.

»Dann wird am Ende ja doch noch alles gut«, sagte ihr Vater und drückte sie an sich.

Conny zog seine besten Kleider an, kaufte einen Blumenstrauß für Gretas Mutter und eine Flasche Weinbrand für den Vater, ging mit pochendem Herzen die Treppe in der Plöck hinauf und klopfte an der Tür mit dem Schild *Schönaich & Sabronski*.

»Kommen Sie herein, junger Mann«, sagte Gretas Mutter, reichte ihm die Hand und nahm ihre Schürze ab.

In der Stube saßen Gretas Vater und Großvater am gedeckten Tisch, auf dem ein frisch gebackener Apfelkuchen stand.

Conny stellte sich vor und kam, noch bevor er sich setzte, auf den Grund seines Besuches zu sprechen. »Ich wollte fragen, ob ich um die Hand Ihrer Tochter Greta anhalten darf.«

Otto Schönaich, ein Hüne mit Hitlerbärtchen, grünen Augen und gebeugter Körperhaltung, bat ihn, sich zu setzen, und schaute ihn eindringlich an. »Eine Tochter ist das Wertvollste, was ein Vater hat«, sagte er schließlich.

Conny nickte höflich und hielt Frau Schönaich seine Tasse hin. Sie schenkte Kaffee ein, verteilte den Kuchen, und ihr Gatte nahm Conny ins Kreuzverhör. Ob er in der Lage sei, seine Tochter und spätere Kinder wirtschaftlich versorgen zu können?

»Ich habe eine Festanstellung in der Universitätsklinik. Als Arzt.«

»Und wo wollen Sie mit meiner Tochter leben?«

»Natürlich in Heidelberg. Ich habe nicht vor, in meine Kölner Heimat zurückzukehren.«

»Ist Ihr Vater auch Arzt?«

»Nein, er war Architekt. Er ist leider verstorben.«

Conny kam gar nicht dazu, von dem Kuchen zu essen, denn er wollte nicht mit vollem Mund sprechen. Ganz im Gegensatz zu Gretas Vater.

»Nun lass mal gut sein, Otto«, mischte sich Gretas Großvater ein und gab Conny mit einem Kopfnicken zu verstehen, dass er mit ihm einverstanden war.

Conny war nervös und hoffte, dass sie ihn nicht auf seine Konfession ansprachen. Denn wenn es ein Hindernis für eine Vermählung gab, dann die, dass Greta evangelisch war und er katholisch.

»Haben Sie sich schon einmal etwas zu Schulden kommen lassen?«, riss Otto Schönaich ihn aus seinen Gedanken.

»Selbstverständlich nicht! Ich habe gedient, war anschließend in amerikanischer Kriegsgefangenschaft und habe danach direkt mein Studium aufgenommen.«

»Hol drei Gläsche un dat Schlubberche aus dem Schrank, mien Emmache«, sagte Gretas Vater und prostete zusammen mit dem Großvater Conny zu. »Dann will ich Ihnen meinen Segen geben.«

»Ich weiß gar nicht, was du hast«, sagte Conny zu Greta, als er nach Stunden aus der Wohnung ihrer Eltern kam. Angetrunken. »Dein Vater, also der Otto, ist doch nett.«

»Und worüber habt ihr geredet?«, fragte sie skeptisch.

»Gefangenschaft.«

Als Conny wieder nüchtern war, machte er Greta einen formvollendeten Heiratsantrag.

Dann wurde in der elterlichen Wohnung Verlobung gefeiert. Vor den Augen der Eltern, des Großvaters und von Elise und Hermann Holloch gaben sich Greta und Conny die Hand und versprachen einander die Ehe.

Erst stießen sie mit Sekt an, und nach dem Kartoffelsalat mit Würstchen wurde das Verdauungsschnäpschen auf den Tisch gestellt. Otto Schönaich kippte zwei Gläser hintereinander, und Conny sah, wie Greta die Flasche wegräumte. Wankend stand er auf und holte die Flasche zurück.

»Noch bin ich hier der Herr im Haus«, sagte er und schenkte sich nach.

Hermann Holloch räusperte sich, legte seine Hand auf das Glas, und Gretas Großvater tat es ihm nach. Irritiert trank Conny einen weiteren Schluck mit seinem künftigen Schwiegervater, der sein eigenes Glas direkt wieder auffüllte.

»Vati, bitte«, raunte Greta, nahm erneut die Flasche vom Tisch und ging diesmal damit aus dem Raum.

»Hat er dir schon erzählt, dass er ein Auto hat?«, wandte sich Elise Holloch an Gretas Großvater und ihren Schwager, sichtbar bemüht, ein Gesprächsthema aufkommen zu lassen. Doch Ludwig Sabronski antwortete nicht, sondern beobachtete, wie Otto hinter Greta herging.

»Will noch jemand ein wenig Kartoffelsalat?«, fragte Emma. Ihre Augen flackerten unsicher. Ohne eine Antwort abzuwarten, verließ auch sie den Raum und ging mit der halb vollen Schüssel in Richtung Küche.

Conny konnte den bemühten Versuchen von Elise Holloch, nett zu plaudern, nicht folgen, denn all seine Aufmerksamkeit galt dem Gemurmel draußen im Flur, das immer lauter wurde. Er war irritiert, wusste nicht, wie er sich verhalten sollte. Dann hörte er einen kurzen Aufschrei. Eine Ohrfeige.

Mit einem Sprung war er bei der Tür und riss sie auf, sah, wie Otto Schönaich Greta in den Bauch boxte.

»Was machst du da?«, fragte er und stellte sich schützend vor sie.

»Diesem Weibsstück Zucht und Anstand beibringen«, lallte Otto. »Pass nur auf, dass sie dir nicht auf der Nase herumtanzt, wenn du erst einmal mit dem Luder verheiratet bist.«

Hermann Holloch und Elise kamen aus der Stube. »Wir gehen jetzt!«

»Wir auch«, sagte Conny, ließ Greta nicht los, ging mit ihr zurück ins Wohnzimmer, um seinen Hut und ihre Tasche zu holen. Gretas Großvater saß am Tisch und wischte sich mit dem Handrücken die Tränen weg.

»Es tut mir leid.« Weinend umarmte ihn Greta.

»Mir auch«, sagte Conny.

Otto Schönaich baute sich hinter ihnen auf. »Wenn das so ist, ziehe ich meine Erlaubnis wieder zurück.«

»Ich brauche deine Erlaubnis nicht«, sagte Greta. »Ich bin volljährig.«

»Das wollen wir mal sehen. Noch bist du Nutte meine Tochter.«

»So redet niemand mit meiner Braut!«, sagte Conny und war selbst erschrocken über seine Lautstärke. Er baute sich bedrohlich vor Otto auf.

»Verpiss dich mit deiner Ami-Hure!«, befahl Otto und zeigte zur Tür. »Wirst schon sehen, was du davon hast.«

Als sie unten auf der Gasse standen, schluchzte Greta. Sie war untröstlich.

»Der wird dir nie wieder etwas antun«, sagte Conny und nahm sie in den Arm. »Das verspreche ich dir.«

Schweigend fuhren sie zu viert im VW-Käfer über den Neckar. Als sie ausstiegen, verkündete Hermann Holloch kurz und knapp, was er und Elise ihnen zur Hochzeit schenken wollten.

»Die Besatzer verlassen im August das Haus. Dann könnt ihr nach der Hochzeit die mittlere Wohnung haben, denn wir ziehen nach unten.«

Über den Vorfall mit Gretas Vater wurde nicht mehr geredet. Otto Schönaich wurde totgeschwiegen.

Die nächste Hürde, die Conny und Greta nehmen mussten, war die der Konfession. Um das weitere Vorgehen zu besprechen, vereinbarte Conny einen Termin mit Pfarrer Schinder in der Jesuitenkirche und nahm Greta mit zu dem Termin.

»Ehen zwischen katholischen und nicht katholischen Christen sind meist für die Eheleute und ihre Kinder ein großes Unglück. Darum verbietet die Kirche die Mischehen.«

Mischehen? Greta musste ein Schmunzeln unterdrücken, denn für einen Augenblick dachte sie daran, was dieser Pfarrer sagen würde, wenn Konrad schwarz wäre wie Bob.

Ihr fiel auf, dass er sie nicht anschaute, fast so, als wäre sie gar nicht dabei.

»Wenn Sie Ihren katholischen Glauben ernst nehmen, lieber Herr Monderath, dann ist die Trauung mit einer evangelischen Person unmöglich. Sie sollten sich prüfen, ob Gott nicht eine katholische Frau für Sie ausgesucht hat.«

Greta sah Konrad an, wie unangenehm ihm dieses Gespräch war. Kurz hatte sie den Impuls, aufzustehen und vorzuschlagen, zu gehen, bis ihr einfiel, dass Konrad einmal gesagt hatte, dass die Kirche für ihn ein letzter Zipfel Heimat wäre, und sie blieb sitzen. Erst studierte sie den Staub auf den Büchern, die vor dem Pfarrer auf dem Schreibtisch lagen, und fragte sich, wann hier das letzte Mal geputzt worden war. Dann betrachtete sie seine knochigen, bleichen Hände, und plötzlich kam ihr der Vikar der evangelischen Heiliggeistkirche in den Sinn. Jener hatte seinerzeit ihre Marie getauft. Mit ebensolchen Händen. An der Gemeinde vorbei, weil sie unehelich geboren war und, schlimmer noch: ein »Mischlingskind«.

Pfarrer Schinder erzählte etwas von der Liebe Gottes, und Greta dachte daran, wie Marie im evangelischen Kinderheim behandelt worden war.

Evangelisch, katholisch oder sonst irgendetwas war ihr egal. Sie spürte Konrads Not und wollte nur noch, dass dieses elendige Gespräch endlich ein Ende fand.

»Ich wollte sowieso schon immer katholisch sein«, platzte sie mitten hinein.

Endlich nahm der Pfarrer sie wahr.

Schnell war ein Tauftermin ausgemacht, und danach bestellten sie das Aufgebot beim Heidelberger Standesamt.

»Fürchte dich nicht, denn ich habe dich erlöst; ich habe dich bei deinem Namen gerufen, du bist mein«, zitierte Pfarrer Schinder die Bibel an einem Samstagvormittag mitten im August und benetzte Gretas Stirn mit Weihwasser.

Es war ihr egal, was er sagte, denn sie glaubte an keinen Gott, denn wenn es einen gäbe, wäre das mit Marie niemals passiert.

»Der allmächtige Gott, der dir alle deine Sünden vergibt, der stärke dich mit seiner Gnade zum ewigen Leben. Friede sei mit dir.«

Sie hielt die Luft an, damit sie Schinders Mundgeruch nicht riechen musste.

Am Dienstag, dem 12. September 1955, zog Greta das taubenblaue Kostüm an, das sie sich nach einem ›Burda‹-Schnittmuster genäht hatte, und sagte auf dem Heidelberger Standesamt: »Ja!« Nur Hermann und Elise Holloch waren Zeugen, als Konrad ihr mit zittrigen Händen den schmalen Goldring auf den rechten Ringfinger streifte und sie mit seinen hellblauen Augen anstrahlte.

Am späten Nachmittag gingen sie zur Trauung in die Kirche. Und Greta hielt wieder die Luft an.

Zum Hochzeitsschmaus hatte Hermann Holloch die kleine Gesellschaft in den Gasthof *Zum Roten Ochsen* eingeladen. Dort wartete auf Greta ihre schönste Hochzeitsüberraschung: Opa Ludwig. Das hatte Tante Elise organisiert.

Sie aßen Schäufele mit Kartoffelsalat, tranken Weißherbst, und bevor der Nachtisch serviert wurde, stand Ludwig Sabronski, der inzwischen schon siebenundsiebzig Jahre alt war, auf und hielt eine kleine Rede.

»Mein lieber Konrad, du hättest keine bessere Frau finden können. Mien Gretche ist tapfer und fleißig wie kaum eine andere.« Seine Stimme brach immer wieder, als er von der Flucht aus Ostpreußen erzählte, auf der er und Greta den Rest der Familie verloren hatten und sie mit ihren fünfzehn Jahren seine größte Stütze war. Mit Tränen in den Augen erhob er sein Glas und wünschte dem Hochzeitspaar, dass es nie aufhören möge, sich zu achten und zu lieben. Dann verließ ihn die Kraft, und er musste sich setzen.

Tante Elise reichte Greta ein umhäkeltes Spitzentaschentuch, mit dem sie ihre Tränen abwischte.

Das frischvermählte Paar fuhr Opa Ludwig nach Hause. Konrad blieb unten im Treppenhaus stehen. »Für alle Fälle«, wie er Greta zuflüsterte. Sie nahm dem beinamputierten Großvater seine Krücken ab, legte ihren Arm um seine Taille und brachte ihn stützend nach oben.

»Ich möchte nur, dass du glücklich bist, mien kleene Leeve«, sagte er vor der Wohnungstür. »So glücklich, wie ich es mit meiner Guste war.«

Sie konnte nichts sagen, nickte nur und ging, bevor er die Tür aufschloss.

Greta putzte sich die Nase, als sie die Treppe herunterkam. Conny nahm sie in den Arm.

»Komm, Frau Monderath«, sagte er und war glücklich, dass er zum ersten Mal seit dem Jawort mit ihr allein war.

Sie fuhren ans andere Neckarufer in die Hirschgasse. Noch am Vortag hatten sie Gretas Kleider aus der Mansarde heruntergetragen, und jetzt öffnete Conny die vordere Kofferraumhaube und holte seine Siebensachen heraus. Zusammen schleppten sie alles nach oben in ihre gemeinsame Wohnung, die sie in den letzten Wochen frisch tapeziert und mit Möbeln von Hermann und Elise Holloch eingerichtet hatten.

Conny stellte den Koffer ab, schloss die Wohnungstür, auf der *Monderath* stand, auf, nahm Greta auf den Arm und trug sie über die Schwelle, wie es Rudolf Prack in dem Kinofilm ›Schwarzwaldmädel‹ getan hatte. »Jetzt beginnt endlich unser gemeinsamer Lebensweg«, sagte er und küsste sie.

Sie schlang ihre Arme um seinen Hals und strahlte ihn an.

Noch nie hatte er sich ihr körperlich genähert. Auch wenn er wusste, dass sie keine Jungfrau mehr war, achtete er sie, und es wäre niemals für ihn infrage gekommen, vor der Eheschließung mit ihr zu verkehren. Obwohl er als angehender Gynäkologe vertraut war mit der weiblichen Anatomie und in den letzten Jahren ein wenig Erfahrung in Sachen Frauen gesammelt hatte, fühlte er sich unsicher und wollte alles richtig machen. Deshalb hatte er in den letzten Wochen Studien betrieben und das Buch ›Die vollkommene Ehe‹ von Theodoor Hendrik van de Velde gelesen und sich so auf seine Rolle als Ehemann vorbereitet. Der Autor – selbst auch ein Frauenarzt – schrieb, wie wichtig ein harmonisches, blühendes Geschlechtsleben für das Gelingen einer Ehe war.

Die Männer, so hatte van de Velde geschrieben, *müssen besonders in dieser Hinsicht Führer ihrer Gattinnen sein.*

Conny las, dass es Ehemännern jedoch häufig an den richtigen Führer-Eigenschaften fehle und dass viele auch nicht über die anderen Qualitäten eines guten Partners verfügten. Weil es ihm so wichtig war, hatte er einen Bleistift zur Hand genommen und den Text markiert:

Sie haben von ihren Unvollkommenheiten keine Ahnung. Denn der Mann, welcher, mit einer normalen Potenz begabt, seine ehelichen Pflichten regelmäßig in für ihn physiologischer Weise erfüllt, meint damit alles geleistet zu haben, was seine Frau von ihm verlangen kann. Und wenn sie nicht befriedigt ist und auf die Dauer unbefriedigt bleibt, so reiht er sie – seufzend oder ungehalten, je nach seiner Art – ein bei den zwanzig bis achtzig Prozent (die Schätzungen der Autoren schwanken ungemein) der geschlechtskalten Frauen, beklagt sich über sein Pech, – und entfernt sich immer mehr von ihr.

Conny hätte nicht sagen können, ob die jungen Frauen, mit

denen er bisher geschlechtlich verkehrt hatte, befriedigt waren. Daran hatte er damals nicht einmal gedacht. Aber weil Greta die erste Frau war, die er liebte, und es ihm wichtig war, dass die Ehe mit ihr gelang, wollte er alles richtig machen. Er hatte sich regelrecht eingeprägt, dass der Geschlechtsverkehr aus Vorspiel, Liebesspiel, Geschlechtsvereinigung und Nachspiel bestand. Es erregte ihn ungemein, wenn er sich die dritte Phase vorstellte.

Die Geschlechtsvereinigung, die mit der Einführung des männlichen Gliedes in die Scheide anfängt und ihren Höhepunkt mit der beiderseitigen Lustlösung erreicht – und ihren Zweck in dem Erguß und der Aufnahme des Samens.

In der Hochzeitsnacht standen sie mit einem Gläschen Rüttgers-Club in der Hand auf dem Balkon ihrer Wohnung, blickten auf das Heidelberger Schloss und den Neckar, der silbern im Schein des Vollmonds glänzte.

Vorspiel, dachte Conny, stellte sein Glas auf der Sandsteinbrüstung ab, umschlang seine Gattin und küsste ihren Hals. »Sollen wir reingehen?«

»Ja«, hauchte sie.

Sie gingen ins Schlafzimmer und zogen sich langsam aus. Greta hatte ihm den Rücken zugedreht und hängte ihre Kostümjacke auf den Bügel. Dann öffnete sie den Reißverschluss ihres Rockes. Als sie den abstreifte, sah Conny unter ihrem zartrosa Unterrock ihre Strumpfbänder durchschimmern. In seinem Hirn rasten die Informationen über die Schwellung der *Labia majora*, das *Frenulum clitoridis*. Seine Erregung war schon jetzt, bevor er Greta auch nur berührte, kaum auszuhalten.

Er zog sein Hemd aus, schlüpfte aus seiner Hose, ging auf Greta zu, liebkoste ihren Hals, drehte sie sanft und küsste ihren Mund. Dann klopfte es an der Wohnungstür.

»Wir lassen uns nicht stören«, hauchte er, öffnete Gretas Büstenhalter und berührte zum ersten Mal ihre Brüste.

Es klopfte erneut. Diesmal lauter. »Konrad!«, rief Elise Holloch aufgeregt.

»Vielleicht ist ja was passiert«, flüsterte Greta.

Schweren Herzens ließ er von ihr ab, rannte mit nacktem Oberkörper in den Flur, riss sein Jackett von der Garderobe und bedeckte damit seine Erektion. »Was ist?«, fragte er durch den Türspalt.

»Radio«, stammelte sie außer Atem. »Moskau.«

Conny wusste, dass sein Namensvetter Adenauer vor einigen Tagen in die Hauptstadt der Sowjetunion geflogen war und vor seiner Abreise auf dem Flughafen gesagt hatte: »Ich gehe nach Moskau mit dem festen Vorsatz, alles zu tun, was in unseren Kräften steht, um dem Frieden in der Welt zu nützen. Um die Einheit unseres Vaterlandes wiederherzustellen und um zu erreichen, dass unsere Kriegsgefangenen zurückkehren.« Obwohl die Russen in den Jahren direkt nach dem Krieg die deutschen Gefangenen entlassen hatten, wurden rund zehntausend weiter festgehalten. Immer wieder hatte Conny von Gerüchten gehört, dass es sich bei diesen Gefangenen um Kriegsverbrecher handeln sollte.

In Windeseile zogen sich Greta und er wieder an und eilten in die Wohnung der Hollochs, wo Hermann vor dem Radioapparat saß.

»Was ist?«, fragte Conny atemlos.

»Adenauer und Bulgarin haben einander im Bolschoi-Theater beide Hände gereicht.«

»Still!« Elise Holloch machte den Ton lauter, damit man den Radiosprecher besser verstand.

»Dies bedeutet, dass die Bundesrepublik Deutschland diplomatische Beziehungen zu der UdSSR aufnimmt und neuntausendsechsundzwanzig namentlich bekannte Deutsche aus den sowjetischen Lagern entlassen und in die Heimat zurückkehren dürfen.«

Connys Herz drohte zu zerspringen, denn sein Onkel war namentlich bekannt.

Jeden Abend, wenn er von der Arbeit kam, hörte er zusammen mit Greta und den Hollochs die Nachrichten, erfuhr, dass der neunundsiebzigjährige Adenauer auf dem Flughafen Köln-Bonn von einer jubelnden Menschenmenge empfangen wurde, eine ältere Frau vor ihm auf die Knie ging und seine Hand küsste, weil ihr Sohn unter den Gefangenen war.

Und jede Nacht küsste Conny seine Greta und war schon immer durch das Reizspiel so erregt, dass er den *Coitus* nicht hinauszögern konnte und bei der *Immissio penis* eine schnelle Ejakulation hervorgerufen wurde.

Heimlich suchte er bei van de Velde nach Ratschlägen und machte sich größte Vorwürfe, als er las, was jeder Ehemann sich einzuprägen hatte: *Jede beträchtliche geschlechtliche Reizung der Frau, die nicht mit Lustlösung abschließt, stellt eine Schädigung dar, und deren Häufung führt zu dauernden oder auf jeden Fall schwer zu behebenden Nachteilen für Körper und Psyche.*

»Nun danket alle Gott« sangen die achthundert entlassenen Kriegsgefangenen, die beim ersten großen Transport am 7. Oktober 1955 im Grenzdurchgangslager Friedland ankamen.

»Mit Herzen, Mund und Händen«, sangen Conny, Greta, Elise und Hermann Holloch im dreihundert Kilometer entfernten Heidelberg vor dem Radio.

»Es ist ein ergreifender Moment, zu sehen, wie hier unten Tausende von Menschen die Zufahrtsstraßen zum Lager und zu dem Appellplatz, wo die Heimkehrer empfangen werden sollen, säumen; wie sie dastehen; sie sind seit Tagen schon hier und haben sich eingemietet und warten nun auf die Heimkehrer«, sagte ein Hörfunkreporter des Nordwestdeutschen Rundfunks salbungsvoll und gehetzt.

»Sollen wir auch fahren?«, fragte Greta, die sich in Friedland auskannte, schließlich hatte sie direkt nach dem Krieg für einige Monate im Lager und bei einer Bauersfamilie in der Nähe gelebt.

Conny zögerte, auch weil er dachte, dass es noch wochenlang dauern könnte, bis alle Gefangenen auf deutschem Boden waren.

In den nächsten Tagen trafen zahlreiche weitere Transporte an der Zonengrenze in Herleshausen ein, wo die Männer von Zügen in Busse umstiegen. Ein Vertreter des Suchdienstes des Deutschen Roten Kreuzes ging noch vor der offiziellen Übergabe durch die begleitenden Offiziere der Sowjets von Wagen zu Wagen. Er fragte die Männer nach ihren Namen, übermittelte sie an das Auswärtige Amt in Bonn, das sie im Radio verlesen ließ. Greta, die seit der Heirat selbstverständlich nicht mehr arbeiten musste – Conny hatte die Füllhalterfabrik höchstpersönlich davon in Kenntnis gesetzt –, saß den ganzen Tag mit einem Blöckchen vor dem Rundfunkgerät bei Tante Elise. Wenn Conny vom Dienst nach Hause kam, musste er nicht fragen. Er sah es ihrem Gesicht an, dass sein Onkel nicht dabei gewesen war.

Am 13. Oktober hatte er sich verspätet, da es in der Klinik bei der Geburt von Zwillingen zu Komplikationen gekommen war. Als er aus seinem Käfer stieg, sah er von außen das blaue Flackerlicht des Fernsehgerätes in der guten Stube der Hollochs.

»Schnell«, rief Greta, die am Fenster stand und auf ihn gewartet hatte. »Eine Fernsehübertragung aus Friedland.«

Keiner rührte die Platte mit den Leberwurstschnittchen an, die Elise Holloch vorbereitet hatte. Auch nicht die russischen Eier. Denn auf dem Bildschirm kamen Männer zu Wort, die ihren Angehörigen Grüße übermittelten.

Ernst Wissemann aus Paderborn. Adolf Herrel aus Oberkirch. Karlheinz Philipp aus Berlin. Dutzende. Hunderte. Sie sprachen schwäbisch, bayerisch, friesisch. Konrad wurde immer nervöser und konnte kaum atmen vor lauter Anspannung, schließlich war es schon länger her, seit Onkel Drickes ihm das letzte Mal geschrieben hatte. Dann endlich hörte er den vertrauten rheinischen Tonfall: »Isch jrüße meinen Kölner Neffen Konrad Monderath.«

In dieser Nacht küsste er Greta nicht. Er hielt sie nur lange fest und konnte nicht einschlafen. Vor Glück, denn endlich hatte er wieder eine Familie.

Am nächsten Morgen gab er in der Poststelle ein Telegramm an Heinrich Pütz, Lager Friedland, auf. *Wir holen dich ab. Konrad und Frau.*

Dann nahm er Sonderurlaub in der Klinik und fuhr mit Greta in Richtung Norden.

Greta erkannte das Dorf Friedland kaum wieder. Hatte es früher dort nur zwei kleine Geschäfte gegeben, in denen die Bauern das Notwendigste einkaufen konnten, so war der Ort nun voller Buden, an denen Coca-Cola, Uhren, Lederwaren und Bekleidungsstücke verkauft wurden. Metzger boten Würstchen an, Maler Suchschilder, Fotografen Begrüßungsfotos und fliegende Händler die Friedlandplakette.

Sie nahm Konrad an der Hand und zog ihn zielstrebig Richtung Lager, zu dem im Schritttempo Busse fuhren. Sie kamen nur langsam voran, weil ihnen Menschen den Platz versperrten. Mütter und Ehefrauen, Brüder und Väter, Kinder. Sie trugen an Stangen befestigte Schilder. Mit und ohne Fotos. *Ich suche Bruno Lotze, Leutnant aus Göttingen. Wer weiß etwas über Heinz Schmidke, geboren in Bottrop.*

Greta hatte Gänsehaut und erinnerte sich, wie auch sie Woche für Woche, immer wenn ein Zug aus dem Osten eingefahren war, am Bahnsteig in Friedland gestanden hatte – mit einem Schild *Wer kennt Otto Schönaich?*. Voller Angst und Hoffnung. Sie wusste genau, wie diese wartenden Menschen sich jetzt fühlten. Und sie ahnte, wie es Konrad gehen musste. Darüber geredet hatten sie nicht, denn sie wollte ihm nicht sagen, dass sie hoffte, jener Onkel sei der Alte geblieben und habe sich nicht so verändert wie ihr Vater.

»Hier spricht die Lagerleitung«, krächzte es in den Lautsprechern. »Wir fordern Sie auf, umgehend zurückzutreten.«

Die Menge gehorchte, doch kaum wurden die Bustüren geöffnet, stürmten Fotografen nach vorne und Reporter, die den entlassenen Kriegsgefangenen ein Mikrofon unter die Nase hielten.

»Komm«, sagte Greta zu Konrad, als sie in dem Chaos rund um die Busse immer weiter zurückgedrängt wurden, und ging mit ihm aufs Lagergelände. Von früher wusste sie, dass die Neuangekommenen beim Roten Kreuz registriert wurden. Das Lager war größer, als sie es vor neun Jahren kennengelernt hatte, damals im Winter 1946, als sie auf der Flucht mit ihrem Opa hier gelandet war. Tausende Menschen waren nach ihnen gekommen. Alle auf dem Weg zu ihrem alten oder auf der Suche nach einem neuen Zuhause. Flüchtlinge, Vertriebene, Zwangsarbeiter und befreite KZ-Insassen. Der Suchdienst des Deutschen Roten Kreuzes stand immer noch an derselben Stelle, war jetzt aber nicht mehr in einer Nissenhütte, sondern in einer gemauerten Baracke untergebracht. Was sich jedoch nicht verändert hatte: Die Außenwände waren noch immer mit Suchbildern und Plakaten übersät.

Greta wollte mit Konrad hineingehen.

»Sie können jetzt nicht rein. Wir erwarten die Heimkehrer«, sagte ein junger Helfer und hielt sie an der Tür auf.

»Ist Schwester Hilde hier?«, fragte Greta.

»Ja«, sagte der Helfer und zeigte in das hintere Ende des Raumes, in dem Rot-Kreuz-Schwestern nebeneinander an langen Tischen saßen und darauf warteten, dass die Neuankömmlinge sich ihnen gegenübersetzten und befragt werden konnten.

Greta reckte den Hals. Sie erkannte sie sofort. »Schwester Hilde«, rief sie, ließ Konrad los und stürmte auf sie zu.

Die Schwester stutzte.

»Ich bin's. Greta Schönaich.«

Das Gesicht von Schwester Hilde erhellte sich. »Du bist ja eine richtige Dame geworden«, sagte sie und schaute Greta von oben bis unten an. »Ich hab dich immer noch als Jungen in Erinnerung.«

Keiner hatte Greta damals für ein Mädchen gehalten. Das war Absicht. Opa Ludwig hatte ihr auf der Flucht die Haare geschnitten und ihr beigebracht, sich wie ein Kerl zu verhalten, damit die Männer sie in Ruhe ließen.

»Was machst du hier?«, fragte Schwester Hilde, zog Greta an sich und drückte sie fest an ihre Brust.

»Wir wollen den Onkel meines Mannes abholen«, sagte sie und winkte Konrad heran. »Das ist er, mein Mann.«

Schwester Hilde reichte ihm die Hand. »Wie heißt Ihr Onkel?«

»Pütz, Heinrich.«

Schnell schnappte sie sich einen Karteikasten mit den Buchstaben *PO-PY*, durchsuchte die Register und zog eine Karte heraus. »Er ist auf der Krankenstation. Ich bringe euch zu ihm.«

In Windeseile verließen sie die Baracke, gerade bevor die ersten Heimkehrer an den Tischen Platz nahmen.

»Ich hab so oft an dich gedacht, Greta«, sagte Schwester Hilde und hakte sich bei ihr unter. »Oder muss ich jetzt etwa Sie zu dir sagen?«

»Blödsinn!«

»Und hast du auch Kinder?«

Was sollte sie jetzt antworten? Sie konnte doch auf den paar Metern nicht von Marie erzählen. Und schon gar nicht vor Konrad.

»Wir sind erst seit ein paar Wochen verheiratet«, sprang Konrad ihr bei, als sie schwieg, und da waren sie auch schon an einem

Baracke, über deren Eingang in großen Lettern KRANKENSTATION stand.

Sie gingen hinter Schwester Hilde hinein und an Feldbetten vorbei, auf denen ausgemergelte Männer lagen, einer neben dem anderen. Es roch nach Eiter, Fäulnis und Desinfektionsmittel. Manche Patienten lagen unter Wolldecken, hatten entzündete Augen und schauten aus verwirrten Gesichtern. Andere schliefen, hatten ihre Füße umwickelt. Sie waren erschöpft, ausgezehrt, von Krätze geplagt. Am Ende lag ein Mann, der schnarchte.

»Herr Pütz?«, fragte Schwester Hilde.

Der Angesprochene drehte seinen Kopf und fingerte nach seiner mit Pflaster geklebten Brille.

Schwester Hilde verabschiedete sich, da sie zurück ins Suchdienstbüro musste. Sie wünschte ihnen allen viel Glück und drückte Greta zum Abschied ein letztes Mal.

Heinrich Pütz starrte ihn an. Lange. Fassungslos. Die stahlblauen Augen füllten sich mit Tränen. »Du siehst ja aus wie der Wilhelm, Jung.«

Conny erkannte ihn nicht. Kein Wunder, er hatte ihn das letzte Mal als Kind gesehen, vor einundzwanzig Jahren. Und doch war ihm der hagere, fünfzigjährige Mann, den die Gefangenschaft viel älter aussehen ließ, vertraut. Conny ging vor dem Feldbett in die Knie, schaute ihn fassungslos an, und dann weinte auch er. Er spürte Greta hinter sich, putzte sich die Nase, wischte seine Tränen weg und stand auf. »Das ist meine Frau«, sagte er.

Greta drückte die Hand seines Onkels und brachte vor Rührung kein Wort heraus.

Conny ließ sich die Krankenakte zeigen, und weil er selbst Arzt war und die Sanitäter jeden einzelnen Platz gebrauchen konnten, wurde sein Onkel noch am Nachmittag entlassen. Conny nahm den Rucksack mit den Habseligkeiten, Greta eine Tüte mit Verbandsmaterial, und dann gingen sie mit Heinrich Pütz hinaus. Durch das Lager, an weinenden Frauen vorbei, die von anderen Heimkehrern erfahren hatten, dass ihr Sohn oder ihr Ehemann verstorben war. An pickeligen Jugendlichen, die den Mann, der ihr Vater war, ungläubig ansahen.

Schweigend fuhr Conny durch das nächtliche Deutschland. Mit dem schnarchenden Onkel auf dem Beifahrersitz und Greta, die ebenfalls schlief, auf dem Rücksitz. Als sie am frühen Morgen in Heidelberg ankamen, färbte ein roter Lichtstreifen den Horizont, und über dem Neckar schwebte Nebel.

Sie räumten ihr Schlafzimmer für den Onkel und machten sich im Wohnzimmer mit Matratzen, die sie von Hollochs bekamen und die tagsüber hinter dem Sofa verschwanden, ein Nachtlager zurecht. Weil Heinrich, der Onkel Drickes genannt werden wollte, durch das Wohnzimmer musste, wenn er nachts zum Klo ging, war an Intimsphäre nicht zu denken.

Conny zeigte Greta, wie sie die eitrigen Wunden an Unterschenkeln und Füßen von Drickes pflegen konnte, und machte einen Plan, damit der magenkranke Kriegsentlassene wieder zu Kräften kam.

Als Conny am 18. Oktober vom Dienst kam, saß Onkel Drickes, der nun seit drei Tagen bei ihnen wohnte, mit Greta und den Hollochs vor dem Fernsehapparat. Bundespräsident Heuss war in Friedland und begrüßte weitere entlassene Gefangene.

Ein Heimkehrer hielt eine Rede: »Herr Bundespräsident, ich kann Ihnen versichern, dass die Männer, die hier stehen, genauso unschuldig sind wie alle, die früher entlassen wurden.«

Onkel Drickes nickte.

Dann sangen sie im Fernsehen das Lied der Deutschen. »Deutschland, Deutschland über alles, über alles in der Welt.«

Jeder in der Wohnstube kämpfte mit den Tränen.

Bei der zweiten Strophe suchte Conny Gretas Hand und drückte sie.

»Deutsche Frauen, deutsche Treue,
Deutscher Wein und deutscher Sang
Sollen in der Welt behalten
Ihren alten schönen Klang.«

Als die Kapelle den dritten Vers anstimmte, musste ein Redner den Text vorsagen, weil ihn keiner kannte. »Einigkeit und Recht und Freiheit für das deutsche Vaterland.«

An Weihnachten war Onkel Drickes dank Hühnersuppe und Spaziergängen am Neckar, die Greta täglich mit ihm machte, wieder bei Kräften. Und als an Silvester die Raketen der Amerikaner über dem Schloss gezündet wurden, hielt er eine kleine Rede: »Das Gretchen hat nicht nur dir der Himmel geschickt, sondern auch mir, lieber Conny.«

Sie stießen auf das Jahr 1956 an.

»Isch wünsche dem jungen Ehepaar baldigen Kindersegen.«

Den wünschte sich auch Conny. Und obwohl er seinen Onkel sehr mochte, widersprach er nicht, als dieser Ende Mai beschloss, nach Köln aufzubrechen. Er wollte dort seine Zukunft organisieren. Endlich wurden er und Greta nachts nicht mehr gestört, wenn der Onkel türenschmetternd zum Klo ging und auf dem Weg einen zischen ließ.

Und vor allem hatten sie jetzt endlich ihr Schlafzimmer wieder für sich.

Er beschäftigte sich weiter damit, was zu einer perfekten Ehe gehörte, und las in Balzacs Buch ›Analytische Studien zur Ehe‹ die Warnung: *Der Gatte, der seiner Frau nichts zu wünschen übrig läßt, ist ein verlorener Mann.*

Oft, wenn er alleine war, dachte er darüber nach, ob Greta erfüllt war. Er war sich nie sicher, denn sie machte immer mit, aber er spürte keine wirkliche Leidenschaft. Oft überlegte er, wie er mit ihr darüber reden könnte, was ihr so gefiele. Aber die Worte kamen nicht über seine Lippen.

Am Jahresende war Greta immer noch nicht schwanger. Dafür sah Drickes so aus, als er aus seinem hellgrünen Borgward Isabella stieg. Köln schien ihm gut zu bekommen. In jeglicher Hinsicht.

Greta und Tante Elise zauberten ein Weihnachtsmenü nach Vorschlägen von Clemens Wilmenrod, dem Fernsehkoch, der behauptete, selbst für hunderttausend Mark kein Rezept mit Margarine zuzubereiten, und den Elise Holloch wie einen Heiligen verehrte. Und Hermann Holloch – seines Zeichens Weinkenner – kredenzte den Traubensaft.

Zum Toast Hawaii gab es ein Gläschen *Kröver Nacktarsch* und zum Arabischen Reiterfleisch mit Erbsen, Karotten und Salzkartoffeln füllte er rheinhessischen Ruländer in die Kristallgläser. Als der Nachtisch – Quark mit Kondensmilch und Konservenmischfrüchten – aufgetischt wurde, sah Conny seinem Onkel an, dass der anstelle des klebrigen Eisweins, über dessen pfälzische Herkunft Hermann Holloch gerade referierte, auch lieber mit einem Glas Bier nachgespült hätte.

Dann wurden die Weihnachtsbaumkerzen angezündet. Doch bevor alle ihre Präsente auspackten, platzte es aus Onkel Drickes heraus: »Lieber Conny, mein Geschenk an dich ist eine Praxisbeteiligung.«

Er überreichte ihm ein weißes Emailleschild mit der Inschrift:

Dres. Pütz und Monderath
Hohenzollernring 2–10, Köln

Conny war platt. Alle anderen auch.

»Wie ist dir das denn so schnell gelungen, mein Lieber?«, unterbrach Hermann Holloch die Stille.

»Kölscher Klüngel. Ma kennt sisch, ma hilft sisch«, sagte Heinrich Pütz und schaute Conny durch seine dicken Brillengläser erwartungsvoll an.

»Was meinst du, Greta?«, fragte er, als er mit ihr alleine war und Onkel Drickes in ihrem Ehebett schnarchte.

»Tante Elis sagt, dass man so etwas nicht abschlagen kann.«

Im März fuhren sie hinter dem kleinen Möbeltransporter, den sie gemietet hatten, durch das Rheintal. Als Conny endlich den Dom sah, pochte sein Herz schneller, und er musste mit den Tränen kämpfen.

Sie richteten die Zweizimmerwohnung ein, die Drickes ihnen besorgt hatte. Dreißig Meter über der Stadt, im zehnten Stock eines neu errichteten Hochhauses am Barbarossaplatz. Mit Aufzug, Müllschlucker und Schwalbenschwanzdach.

Endlich funkte ihnen niemand mehr in ihr Leben, keine Tante Elise, die unangemeldet ein- und ausging, und auch kein Hermann Holloch, der eigentlich immer alles besser wusste und mit dem Conny nie richtig warm geworden war. Er war sich auch sicher, dass es Greta guttun würde, weit weg von ihren Eltern zu sein. Denn obwohl sie nie darüber sprachen, glaubte Conny zu spüren, dass das zerrüttete Verhältnis sie bedrückte, zumal Greta jederzeit damit rechnen musste, ihnen in der Stadt zu begegnen. Und er wusste, dass es sie quälte, dass sie ihren geliebten Großvater nicht besuchen konnte, weil der arbeitslose Vater immer in der Wohnung war.

Der Aufbau der Praxis verlangte Conny viel ab, und er rechnete es Greta hoch an, dass sie immer warmes Essen bereithielt – auch wenn er, wie so oft, Stunden zu spät nach Hause kam. Samstags brachte er Blumen mit, meist Nelken. Und sonntags lud er sie ins *Café Wahlen* ein, wo sie auf mit weinrotem Samt bezogenen Holzstühlen Platz nahmen.

»Baumkuchen ist unsere Spezialität«, sagte die Bedienung.

Greta wollte trotzdem eine Schwarzwälder Kirschtorte, und Conny überlegte laut, wie es wäre, auch so einen Kronleuchter zu haben und eine braune Blumentapete. »Das hat Stil.«

»Ja«, sagte Greta, rührte in ihrem Kaffee und überlegte, wie sie Konrad beibringen könnte, dass sie in zwei Wochen nach Heidelberg fahren musste. Wie die letzten Jahre schon wollte sie an Maries Geburtstag einen Brief für sie hinterlegen. Im Jugendamt. Aber das konnte sie ihm nicht sagen.

»Geht es dir gut, mein Schatz?«, fragte er und streichelte ihre Hand.

»Ja«, log sie und sagte, dass ihr Blumentapeten auch gefallen würden.

Sie flanierten den Hohenstaufenring entlang in Richtung ihrer Wohnung, wo es noch viele kriegsbedingte Baulücken gab und provisorische Geschäfte. Wie andere Kölner genossen sie das Schaufensterbummeln in der Mailuft und begutachteten Möbel, Elektrogeräte und Haushaltswaren. Es war so schön, dass es jetzt alles zu kaufen gab.

Als sie an einem Fachgeschäft vorbeikamen, in dem Kinderwagen, Wiegen und Babykleider ausgestellt waren, blieb Konrad stehen. »Schön«, sagte er und drückte ihre Hand.

Sie nickte und konzentrierte sich darauf, nicht so genau hinzuschauen, denn sie konnte keine Kinderwagen ertragen. Schon gar nicht im Mai, kurz bevor sich der Geburtstag von Marie zum achten Mal jährte. Sie starrte stattdessen auf die Schaufensterpuppe eines Mädchens, das hohl in die Welt lächelte und ein ausgestelltes Sommerkleid mit Petticoat, Lackschühchen und weißen Söckchen trug. Greta stellte sich vor, wie sie Marie so ein

Kleid nähte und für sich ein zweites aus demselben Stoff. Dann fiel ihr ein, dass sie nicht einmal wusste, welche Größe ihr Kind hatte.

Als Konrad am nächsten Tag in der Praxis war, stand Greta stundenlang am Fenster und schaute den Straßenbahnen nach, die unten über den Barbarossaplatz fuhren. Vom Rhein in Richtung Osten. Vom Norden in Richtung Südstadt, wo Brachflächen die Straßen säumten – manche mit Baracken bebaut. Ein Schutzmann regelte den Verkehr und gab den Rhythmus vor, in dem Busse, Autos und Radfahrer warten mussten oder fahren durften. Doch all das geschäftige Treiben war weit entfernt. Viel weiter als dreißig Meter. Im Radio sang das Rodgers Gesangsduett: *»Sei zufrieden mit dem Heute, wenn es dich auch wenig freut. Denk doch nur, wie viele Leute leben ohne jede Freud.«*

Der Nachrichtensprecher sagte, dass es neunzehn Uhr sei an diesem 10. Mai, und Greta breitete die gestärkte weiße Tischdecke aus. Sie legte Besteck parat und hielt die Teller warm, ebenso wie den falschen Hasen, die Dosenerbsen und die Kartoffeln, und hörte, dass das Bundesverfassungsgericht festgestellt hat, dass der §175 ordnungsgemäß zustande gekommen sei und nicht gegen das Grundgesetz der Bundesrepublik Deutschland verstoße.

Dann kam Doris Day mit ›Que Sera, Sera‹, und als Freddy ›Heimatlos‹ sang, hörte Greta Konrads Schlüssel im Schloss und tischte schnell auf.

»Wie war dein Tag?«, fragte er.

»Schön«, sagte sie und schenkte ihm Kölsch ein. »Und deiner?«

»Viel Arbeit. Aber gut.«

Köln, den 23. Mai 1957, schrieb Greta am nächsten Tag auf ihr schönstes Briefpapier.

Mein geliebtes Mariele,
heute wirst du 8 Jahre alt. Es ist so viel passiert, seitdem ich dir das letzte Mal geschrieben habe. Ich bin jetzt verheiratet. Konrad ist ein guter Mann. Ich darf mich nicht beschweren.

Sie wollte ihre Kleine nicht belasten, deshalb schrieb sie nicht, dass Opa Ludwig gestorben war und sie sich verloren fühlte in Köln. Dass sie sich überhaupt verloren fühlte in der Welt. Und einsam neben Konrad. Dass sie nichts empfand, wenn sie mit ihm intim war. Und dass sie das selbst nicht verstand, denn er war doch so bemüht. Und dass sie so tat als ob, damit das Bemühen schneller ein Ende fand. Das konnte sie doch nicht schreiben! Das konnte sie doch nicht einmal denken! Genauso wenig wie, dass sie am liebsten weglaufen würde, jedoch nicht wusste, wohin.

Dafür schrieb sie von der schönen Stadt am Rhein, in der vor einem Monat die erste Bundesgartenschau Deutschlands eröffnet worden war mit einer Seilbahn, die den Rheinpark und den Zoo verband. Sie erzählte von der Fütterung der Seelöwen – wie frech und vorwitzig vor allem eine kleine Robbe war.

Ich würde dich so gerne mitnehmen und mit dir die Giraffen besuchen und die Elefanten. Und wir würden Eis essen.

Tränen lösten die mit Tinte geschriebenen Worte auf, und sie holte ein neues Blatt.

Nach zehn Versuchen konnte Greta das Kuvert endlich zukleben und fuhr unter dem Vorwand, Tante Elise zu besuchen, nach Heidelberg.

»Wissen Sie etwas Neues von meinem Kind?«, fragte sie im Jugendamt.

»Es tut mir leid, aber ich darf Ihnen keine Auskunft geben«, sagte Karl-August Ebert, der früher der Vormund von Marie gewesen war, nahm den Brief entgegen und versprach, ihn aufzubewahren, falls das Kind je nach seiner Mutter suchen würde.

Zwei Tage blieb Greta in der Stadt, wohnte bei den Hollochs im Gästezimmer und versuchte, Tante Elise und auch sich klarzumachen, dass das Leben weitergehen musste. Onkel Hermann ließ sich beim Abendbrot informieren, welche Fortschritte der Aufbau der Praxis machte, und zeigte sich zufrieden.

Als die beiden schliefen, schlich Greta auf den Speicher und suchte ihre Sanellaschachtel, in der sie all ihre Geheimnisse aufbewahrte und die sie vor ihrem Umzug nach Köln hier versteckt hatte. Auch vor sich selbst.

Deshalb hatte sie sie nicht mit nach Köln genommen. Unter dem Schein einer Kerze schaute sie sich die beiden Fotos von Marie an und las den Brief, den Bob ihr an ihrem ersten gemeinsamen Silvester vor fast zehn Jahren geschrieben hatte.

Heidelberg, 12–31–1947
Mein kleine, susse, liebe Gretchendarling,
ich kann mir nicht vorstellen zu sein ohne Dich.
Jede Minute mit dir war besser als alles in mein Leben davor.
Jeder Umweg war notig, weil er mich gefuhrt hat zu dich. Bei dir bin ich angekommen. Du bist alles für mich.
Meine Heimat ist in dein Herz!
Du bist mein Glück, mein Leben, mein Alles.
I love you.
Bobby (Gluckspilz)

Das muss aufhören, sagte sich Greta und nahm sich fest vor, den Brief in den Fluss zu werfen. So wie sie es seinerzeit mit den Briefen gemacht hatte, die ihr Vater ihr im Krieg geschrieben hatte. Liebesbekundungen ohne jeglichen Wert.

Sie nahm den Hinterausgang, setzte ihre Füße vorsichtig auf den Kies, um jedes Geräusch zu vermeiden, und ging hinüber zum Neckar. Auf der Staustufenbrücke standen Menschen und lachten, deshalb ging sie flussaufwärts durch die mondhelle Nacht. Plötzlich fand sie sich an der Stelle wieder, an der sie und Bob gesessen hatten, als er aus dem Gefängnis gekommen war. Man hatte ihn verhaftet, weil er sie vor der Zudringlichkeit eines amerikanischen GIs geschützt hatte. Und weil er schwarz war.

Damals hatte er ihr gesagt, dass ihre Liebe keine Zukunft hätte.

»Was ist, wenn das alle Liebe ist, die wir jemals bekommen?«, hatte sie ihn gefragt.

Mit dem Brief in der Hand starrte Greta ins Wasser und wartete auf den richtigen Moment.

»Was, wenn das wirklich alle Liebe war, die ich jemals empfinden kann?«, flüsterte sie. Unter einem Tränenfilm sah sie den Mond über dem Schloss stehen. »Du weißt es«, sagte sie zu ihm und wusste es selbst auch.

Als Greta von der gegenüberliegenden Uferseite das Läuten der Heiliggeistkirche hörte, erschrak sie. Es war hell, und sie lag zusammengekrümmt auf den Uferkieseln. Ihr war klar, was sie zu tun hatte: Sie konnte die Erinnerung an die Zeit, in der es noch eine Zukunft gegeben hatte, die Zeit, als ihre Welt noch nicht zersprungen war, nicht wegwerfen.

In der Altstadt fand sie eine Postkarte, die das Schloss von der Hirschgasse aus zeigte. Im Mondenschein. Damit ging sie in ein Rahmengeschäft, suchte ein schönes Passepartout aus und ließ Bobs Brief hinter der Postkarte rahmen. Für die Ewigkeit.

»Das ist ja schön! Das muss einen Ehrenplatz bekommen«, sagte Conny, als seine Frau wieder in Köln war, holte Hammer und Nagel aus dem Werkzeugkasten und brachte das Heidelbergbild an der Stelle an, die Greta dafür ausgesucht hatte. Hinter ihrem Platz am Esstisch.

Als am nächsten Tag die letzte Patientin gegangen war, holte Conny das Buch ›Die vollkommene Ehe: Eine Studie über ihre Physiologie und Technik‹ aus dem Schrank und schlug das Kapitel über *Stellung und Haltung beim Coitus* auf. Er wollte herausfinden, welche Positionen die Befruchtungsmöglichkeiten positiv oder negativ beeinflussten. Ihn interessierten sowohl der wissenschaftliche als auch der praktische Standpunkt.

Erst war er ein wenig enttäuscht, dass der Autor nicht in Betracht zog, die berühmten Positionen orientalischer Liebesbücher wiederzugeben, weil diese seiner Meinung nach den Zweck nicht erfüllten. Das nächste Problem war, dass Conny die zweiseitige Aufstellung mit sämtlichen Indikationen und Kontraindikationen der verschiedenen Stellungen in Bezug auf Beförderung einer Schwangerschaft nicht entziffern konnte, da er infolge des Krieges kein großes Latinum hatte.

Er blickte auf die Armbanduhr. 19:30 Uhr. Eine halbe Stunde wollte er sich noch geben. Auf neunundzwanzig eng beschriebenen Seiten erörterte der holländische Autor die beiden in Betracht kommenden Koitus-Stellungen und ihre Variationen.

Die erste, in der die Vorderseite des Mannes der der Frau zugewendet war, war die *Positio obversa.* Die zweite, bei der er sich dem Rücken des Weibes zukehrte, war die *Positio aversa.*

Viele Wissenschaftler hielten die zweite Stellung aus entwicklungsgeschichtlichen Gründen für die naturgemäße. Nicht so van de Velde. Er war davon überzeugt, dass *die erste Stellung für den Menschen mit seinem jetzigen anatomischen Bau als die natürlichste betrachtet werden muß, weil bei ihr die leichten Biegungen, die den beiden Vergattungsorganen eigen sind (Vagina nach vorne, Phallos nach hinten) einander entsprechen.*

Mit dem Hut auf dem Kopf schaute Drickes durch die Tür. »Mach Feierabend, Conny. Du hast eine Frau, die auf dich wartet.«

»Gleich«, sagte Conny und las weiter, was unter der Überschrift *A. Erste Stellung. Positio obversa* zu finden war.

Erstens: Die Normalhaltung beim Coitus – womit sowohl die »mittlere« Haltung (Lage) gemeint ist, wie die am meisten übliche – ist die folgende: Die Frau liegt mit leicht gebeugten, gespreizten Oberschenkeln auf dem Rücken; der Mann, seine Schwere mehr oder weniger vermindernd, indem er sich mit Ellenbogen und Knie auf die Unterlage stützt, liegt auf seiner Gattin, seine Beine befinden sich zwischen den ihrigen. Diese Lage genügt im großen und ganzen sowohl physiologischen wie psychologischen Anforderungen. Besonders auch diesen, weil sie dem vom Manne unbewußt begehrten Gefühl des Besitzergreifens und Beschützens ebenso wie den entsprechenden seelischen Wünschen der Frau entspricht.

Conny überflog die Varianten: Strecklage, Beugelage. Reithaltung: Rückenlage des Mannes, *die Frau lässt sich, nachdem der Phallos eingeführt ist, geradeauf sitzend rittlings auf den Mann nieder.*

Ihm wurde heiß, und er las weiter, dass diese Stellung Nachteile hatte: Das Sperma floss sofort aus der Vagina ab. Auch unter einem anderen Aspekt schien sie dem Autor ungeeignet, *denn die völlige Passivität des Mannes und die Verlegung der ganzen Aktivität auf die Seite des Weibes läuft dem natürlichen Verhältnis der Geschlechter zuwider – was sich deshalb auf die Dauer rächen müßte.*

Es folgte die vordere Sitzhaltung (vis-à-vis), die vordere Seitenlage, und Conny überlegte kurz, ob er den Abschnitt mit der zweiten Stellung, der Positio aversa, auf morgen verschieben sollte. Aber dann blieb er dran. Bauchlage. Hintere Seitenlage. Knielage. Hintere Sitzhaltung.

Am Ende kam er zu dem Schluss, dass die Normalhaltung beim Koitus sowohl für die Fortpflanzung als auch für die Befriedigung der Frau die geeignetste sei. Wie gut, dass er das instinktiv sowieso schon gemacht hatte.

Er setzte sich ins Auto und fuhr den einen Kilometer vom Rudolf- zum Barbarossaplatz nach Hause, stellte den Wagen in der Tiefgarage ab und ließ sich mit dem Aufzug nach oben bringen. Als er im zehnten Stock ankam, roch er schon das leckere Abendessen und dachte an Balzac. Dieser schrieb, dass die Frau in der Liebe einer Harfe zu vergleichen sei, die ihre Geheimnisse nur dem preisgab, der sie gut zu spielen wusste. Er steckte den Schlüssel ins Schloss mit dem Vorsatz, aus dem klingenden Instrument ein singendes Wesen machen zu wollen.

»Wie war dein Tag?«, fragte er.

»Schön«, sagte sie und schenkte ihm Kölsch ein. »Und deiner?«

»Viel Arbeit. Aber gut.«

Zum Abendbrot gab es Nudelsuppe, und im Anschluss servierte ihm Greta Hühnerfrikasee mit Dosenerbsen.

»Schmeckt lecker«, sagte Conny und überlegte, ob er ihr gleich beim Abwasch helfen sollte, damit sie schneller Feierabend und Zeit für ihn hätte.

»Konrad, ich habe mir überlegt, dass ich wieder arbeiten will.«

»Aber du hast es doch gar nicht nötig, zu arbeiten. Ich verdiene genug.«

Greta schob den Teller von sich. »Ich kann nicht den ganzen Tag hier sitzen und nichts tun.«

»Aber du tust doch etwas, mein Schatz«, sagte Conny, lobte sie für die gute Haushaltsführung und rechnete in Gedanken nach, wann sie das letzte Mal menstruiert hatte, denn solche Verstimmungen waren schließlich zyklusbedingt.

Er vermied es, sie zu fragen, was sie arbeiten wollte, denn er wusste ja, dass Greta nichts gelernt hatte. Und dass sie für andere Menschen putzte, das war indiskutabel. Er sagte ihr, wie sehr er sie bewunderte, weil sie so gut nähen konnte, ihm und Drickes die Kittel bügelte und dafür sorgte, dass ihr Zuhause so gemütlich war.

Sie räumte den Tisch ab. Und sagte nichts.

Lange konnte er neben ihr nicht einschlafen, dachte an die Positionen, die die Befruchtungsmöglichkeiten positiv oder negativ beeinflussten, wagte jedoch nicht, sie auszuprobieren, weil Greta sich von ihm abgewandt hatte. Weil er an ihrem Atem hörte, dass auch sie noch wach war, sagte er: »Wenn wir erst einmal Kinderchen haben, dann wird alles gut.«

Aber die Kinderchen kamen nicht, und langsam machte er sich Sorgen.

Keinen Druck auszuüben, war das, was er seinen Patientinnen oft sagte, denn immer wieder stellte man in Studien fest, dass Frauen, die ein Kind adoptierten und ihren Kinderwunsch quasi begruben, plötzlich schwanger wurden. Und so vermied er jegliche weitere Andeutung in dieser Richtung. Heimlich machte er jedoch in seinem Kalender Notizen über Gretas Zyklus und rechnete ihre fruchtbaren Tage aus. An denen gab es dann auch einmal unter der Woche Nelken oder ein Fläschchen 4711, wenn er früher nach Hause kam.

Am Morgen ihres zweiten Hochzeitstages überraschte Conny Greta mit einer elektrischen Nähmaschine und der Ankündigung, dass sie abends chic essen gehen würden.

Der Regen klatschte an die Fenster, als er nach Hause kam und Greta nett zurechtgemacht auf ihn wartete. Er zog seinen guten Anzug an und rieb sich Old-Spice-Rasierwasser, das Greta ihm geschenkt hatte, ins Gesicht. Als er ins Wohnzimmer kam, hörte er, wie der Nachrichtensprecher eine Meldung aus Amerika vorlas: »Der demokratische Gouverneur von Arkansas hat in Little Rock neun schwarze Schüler am Betreten der örtlichen High School gehindert.«

»Mir ist schlecht«, sagte Greta, als sie im Aufzug nach unten fuhren. Sie schaute ihn panisch an.

Conny fühlte ihren Puls und sah den kalten Schweiß auf ihrer Stirn. Noch bevor sie wieder in ihrer Wohnung waren, musste sie erbrechen. Zum einen machte er sich Sorgen um sie, aber nach einem heimlichen Blick auf ihren Zykluskalender flammte auch eine leise Hoffnung in ihm auf. Schweren Herzens ließ er sie am nächsten Tag allein, aber es war ein Freitag, und der Terminkalender war voll.

Abends, als er nach Hause kam, ging es Greta wieder gut. Sie musste sich nicht mehr übergeben. Auch morgens nicht, und als sie wieder ihre Tage bekam, nahm er all seinen Mut zusammen und sprach das aus, was ihm seit Monaten auf der Seele lag: »Ich finde, du solltest einmal einen Arzt konsultieren.«

»Wieso?«

»Reine Routine, einfach nur …«

»Du meinst, weil ich nicht schwanger werde«, unterbrach sie ihn.

»Ja«, sagte er und war erleichtert, als sie einwilligte, sich von Drickes untersuchen zu lassen.

Bereits am nächsten Tag fuhr sie morgens mit ihm in die Praxis, damit sie vor Beginn der Sprechstunde drankam. Conny saß währenddessen in seinem Behandlungszimmer, blätterte in Patientenakten, ohne etwas zu lesen. Als er Stimmen im Flur hörte und sah, wie seine Tür aufging, sah er aufgeregt hoch.

»Es ist alles bestens«, sagte Drickes, und Greta lächelte.

Als sie sich verabschiedet hatte, drückte Drickes die Tür hinter sich zu und blickte Konrad ernst an. »Sie hat schon einmal ein Kind geboren. Weißt du das?«

»Ja!« Konrads Mund wurde trocken. Sein Herz raste. »Hat sie dir das erzählt?«

»Nein, hat sie nicht. Wo ist das Kind?«

Konrad zögerte, ballte seine Faust in der Kitteltasche und war wütend auf sich selbst, weil er nicht daran gedacht hatte, dass der Muttermund Einrisse zeigte, die bei einer Geburt entstehen. »Das spielt keine Rolle.«

»Willst du mir nicht sagen, was passiert ist?«

»Nein!«, antwortete er und dachte daran, wie oft ihn Gretas Kind beschäftigte. Er hätte so gerne gewusst, wo es sein könnte. Aber sie zu fragen, das war für ihn tabu, aus Angst, sie könnte wieder in diesen schrecklichen Zustand geraten, den er in der Psychiatrie bei ihr gesehen hatte.

»Körperlich hat sie nichts. Aber auf mich wirkt sie verspannt.«

Verspannt? Gut, Drickes war ein angesehener Gynäkologe, aber was wusste er schon über Frauen? Verheiratet war er jedenfalls nie gewesen, und Konrad wurde das Gefühl nicht los, dass er sich mehr für das gleiche Geschlecht interessierte. Das las er an Drickes' Blick ab, wenn er eine bestimmte Sorte Männer sah. »Ich will auf keinen Fall, dass du sie darauf ansprichst.«

Drickes schaute ihn fragend an.

»Ich hoffe, ich habe mich klar genug ausgedrückt.«

»Ja«, sagte der Alte nach einer gefühlten Ewigkeit und ging.

Conny bemühte sich, seiner Greta das Leben so schön wie möglich zu machen. Er führte sie ins Kino aus, besuchte mit ihr in der Ehrenfelder Rheinlandhalle den ersten deutschen Supermarkt und fuhr an einem Sonntag mit ihr nach Bensberg zum Schloss. Von dort hatte man nicht nur einen sensationellen Blick auf Köln, sondern man konnte, sobald es dunkel war, auch den ersten Sputnik sehen, den die Sowjets auf eine Erdumlaufbahn geschossen hatten.

Zu Weihnachten schenkte er ihr Stoff für ein Abendkleid, das sie trug, als sie gemeinsam an Karneval im wieder aufgebauten Gürzenich die Prunksitzung der Kölsche Funke rut-wieß vun 1823 besuchten. Mit Drickes, der Ehrenmitglied war und dessen Kopf die gleiche Farbe hatte wie die rote Jacke seiner Paradeuniform.

»Dat Gretsche is aber ganisch jeck«, lallte er in einer Pinkelpause, stützte sich mit der linken Hand an der Wand ab und schaute seinem Urinstrahl nach, der in der Pissrinne verschwand. »Die ist ja so was von verspannt. Verreis doch mal mit ihr, vielleicht wird sie dann locker.«

Conny antwortete ihm nicht und machte jedoch noch am selben Abend Urlaubspläne, denn auch er dachte, dass Greta ein Tapetenwechsel guttun würde.

Überall wurde für die Weltausstellung in Brüssel geworben, die vom 17. April bis 19. Oktober stattfinden sollte. In einer Mittagspause ging er in ein Reisebüro und buchte ein Doppelzimmer im Traditionshotel *Metropole.*

»Das wird gerne genommen«, sagte die Reisefachfrau.

»Was ist das?«, fragte Greta, als er ihr strahlend einen Hotelprospekt und Informationsmaterial über die Expo58 vorlegte.

»Wir fahren nach Brüssel. Über Pfingsten«, sagte er.

»Pfingsten?«, fragte sie wie aus der Pistole geschossen und stellte hektisch die Teller zusammen. »Wann ist Pfingsten?«

»Am 25. Mai. Ich dachte, wir fahren schon am 24. und kommen …«

»Äh, ich muss aber am 23. Mai in Heidelberg sein«, unterbrach sie ihn, ließ Spülwasser ein und wischte hektisch den Herd ab.

»Wieso?«

»Es ist wegen Tante Elise. Ich kann nicht darüber reden«, antwortete Greta und schaute ihn nicht an.

Conny blickte auf das Heidelbergbild an der Wand »Gut, aber sieh zu, dass du einen Tag später hier bist.«

»Und? Alles klar mit Elise?«, fragte er, als Greta am 24. Mai mittags im Kölner Hauptbahnhof aus dem Zug stieg.

»Ja«, sagte sie und lächelte.

Viereinhalb Stunden später checkten sie in ihrem Brüsseler Hotel ein und wurden zu ihrem Zimmer geführt. Einem mit dunkelrotem Samt ausgeschlagenen und schweren goldgelben Brokatvorhängen ausgestatteten Raum, in dem ein Himmelbett thronte. Beide fühlten sich deplatziert und trauten sich kaum, etwas zu berühren oder sich gar zu bewegen.

Sie speisten und wussten nicht, was sie mit den verschiedenen Messern und Gabeln anfangen sollten, und saßen danach im Clubraum, in dessen Mitte ein Flügel stand, auf dem ein seelenlos spielender Pianist die flüsternden Gespräche der Gäste nicht störte.

»Darf ich Ihnen noch eine Pink Lady servieren?«, fragte der livrierte Kellner, als er sah, dass Gretas Glas leer war.

»Klar«, sagte sie.

Conny bemerkte das Funkeln in ihren Augen, das er so selten sah. Und hätte platzen können. Vor Glück.

Greta kippte das Gin-Grenadine-Eiweiß-Gemisch, als wäre es Apfelsaft, und orderte das nächste Gläschen.

Auf dem Weg zum Fahrstuhl musste er sie stützen, im verspiegelten Lift zog sie Grimassen und sagte ihrem Spiegelbild: »Frau Monderath, ich glaube, wir ham einen kleinen Schwips.«

Als Conny die Zimmertür aufschloss, kickte Greta die Schuhe von den Füßen, schmiss ihre Handtasche in die Ecke, nahm Anlauf und sprang auf das Himmelbett. Sie hüpfte und lachte und riss sich die Kleider vom Leib. Und dann passierte es einfach. Ohne zu denken. Wild und innig und voller Vertrauen. Alles war möglich. Es war, als würden ihre Seelen tanzen.

Sie schauten einander an, als sie morgens aufwachten. Lange. Und Conny hatte das Gefühl, dass er endlich verheiratet war.

»Ich hab Hunger, Frau Monderath«, sagte er.

Greta ahnte, worauf.

Erst als die Staubsauger der Zimmermädchen näher kamen, duschten sie, sprangen in ihre Kleider, und bevor sie das Zimmer verließen, machte Greta das Bett.

Beschwingt schlenderten sie durch die Stadt. Händchenhaltend und nicht wie sonst untergehakt. Greta fühlte sich leicht neben Konrad und sicher und spürte Zuversicht. In Heidelberg hatte sie es kaum ausgehalten, weil es sie wahnsinnig gemacht hatte, ständig nicht an Marie denken zu wollen und an Bob – und gleichzeitig an nichts anderes denken zu können. Das war vergangen. Vorbei. Sie musste einen Schlussstrich ziehen. Vernünftig sein. Ihr Leben war jetzt. Hier. Mit Konrad.

Sie gingen durch die Galeries Royales Saint-Hubert, einem in italianisierendem Cinquecento-Stil gehaltenen Bauwerk mit leicht gebogenem Glasdach in gusseisernem Rahmen, und schauten sich die Schaufenster der einzelnen Läden an. Vor einem Schuhgeschäft blieb Greta stehen und studierte die eleganten Damenschuhe. Grüne Stöckelschuhe. »Was es alles gibt.«

»Komm«, sagte er, zog sie in den Laden und machte der Verkäuferin mit Händen und Füßen klar, welche Schuhe aus der Auslage er für seine Frau kaufen wollte.

»Das ist doch völlig unvernünftig, Konrad.«

»Es wird höchste Zeit, dass wir unvernünftig sind, mein Schatz!« Er schaute sie mit seinen strahlenden blauen Augen an.

Verliebt fuhren sie in den Brüsseler Nordwesten zum Ausstellungsgelände der Expo58, die unter dem Motto »Technik im Dienste des Menschen. Fortschritt der Menschheit durch Fortschritt der Technik« stand und auf der die beiden neuen Zukunftstechnologien Raumfahrt und Atomkraft erstmals einer breiten Öffentlichkeit vorgestellt wurden. Das Atomium schauten sie sich nur von unten an, weil dort ein extra Eintrittsgeld von dreißig belgischen Franken erhoben wurde. In den Philips-Pavillon von Le Corbusier kamen sie nicht hinein, weil der Andrang zu groß war. Auch durch den niederländischen Pavillon, der von symbolischen Deichanlagen und Entwässerungsgräben durchzogen war, schoben sich die Besuchermassen. Aber das war ihnen egal. Denn sie waren glücklich.

Als Greta und Konrad in den Bereich kamen, in dem die Kolonie Belgisch-Kongo mit einem kongolesischen Dorf präsentiert wurde, sahen sie schon von Weitem eine riesige Menschenansammlung.

»Sollen wir lieber gehen? Ich hab langsam genug nicht gesehen.« Konrad gab ihr einen Kuss und schlug vor, dass sie sich im Hotel von den Strapazen ausruhen könnten.

»Nur das hier noch«, sagte Greta und strahlte ihn an. Sie war neugierig, denn sie hörte lautes Rufen und Lachen. Es dauerte eine Weile, bis sie und Konrad sich in die erste Reihe vorgekämpft hatten.

Zu sehen war das wirkliche Leben in einem typischen Dorf im Kongo, mit fünfzehn kongolesischen Kunsthandwerkern, denen die Ausstellungsbesucher bei der Ausführung ihrer handwerklichen Tätigkeiten und Verrichtungen von Dingen des täglichen Lebens zuschauen konnten.

»Lass uns gehen«, sagte Konrad mit einem Mal ernst.

»Wieso?« Sie verstand ihn nicht. Bis sie in die Richtung schaute, in die er blickte. Und Kinder sah. Schwarze Kinder. Ein Mädchen in einem kurzen Röckchen. Dann rief jemand etwas, warf Bananen und fütterte die Kinder wie Affen im Zoo.

Greta fror, als wäre alle Wärme aus der Welt verschwunden. Um sie herum wurde es dunkel, sie spürte, dass Konrad sie wegtrug, und es war, als würden Bleigewichte an ihrem Körper hängen. Sie sank. Und sank. Immer tiefer.

»Greta!«

Sie sah Konrad unendlich weit entfernt, wollte nach oben zu ihm, aber sie sank weiter. Wurde panisch. Wütend auf sich. Auf jeden, der sie berührte, und gleichzeitig wollte sie nichts als gehalten werden.

»Greta!«

Sie sah, wie er litt. Wegen ihr. Und alles wurde nur noch schlimmer.

Panisch fuhr Conny noch mitten in der Nacht zurück nach Köln. Mit der apathischen Greta auf dem Beifahrersitz. Er machte sich solche Vorwürfe und hatte nichts als Angst. Was, wenn sie wieder versuchte, sich umzubringen? Noch vom Hotel aus hatte er seinen Onkel angerufen, ihm erzählt, dass er nicht mehr weiterwusste.

»Sie muss in die Psychiatrie«, hatte Drickes gesagt und versprochen, alles zu organisieren.

Vor der Universitätsklinik wartete er mit einem Rollstuhl, in den sie Greta setzten, weil sie zu schwach zum Gehen war. Der Chefarzt, den Drickes privat kannte, hatte extra sein Wochenende unterbrochen und untersuchte sie.

»Mithilfe der EKT kann die Krankheitsdauer bei phasischen Psychosen, insbesondere der Melancholie, entschieden verbessert werden.«

»Meinen Sie Elektroschock? Wie würde das aussehen?«, fragte Conny und sah, wie Greta völlig teilnahmslos vor sich hinstarrte.

»Die durchschnittliche Anzahl an Behandlungen beträgt dreizehn bis fünfzehn Schocks pro Patient und orientiert sich damit an den Erfahrungswerten des Cardiazolschocks. Die Schocks werden meistens an zwei Tagen pro Woche verabreicht.«

Conny schluckte seine Tränen hinunter und nickte. Dann ging er zu Greta. »Alles wird gut, mein Schatz.«

Sie zeigte keine Regung.

Er fuhr mit Drickes nach Hause. Alleine sein war unmöglich.

»Vielleicht braucht sie einfach nur ein Kind«, sagte Drickes und schenkte Conny einen Weinbrand ein. »Dann vergisst sie das erste.«

Conny antwortete ihm nicht, leerte das Glas in einem Zug, stand auf und schenkte sich ein nächstes ein.

Am nächsten Tag öffnete er in der Praxis den Brief einer Patientin.

Unser Sonnenschein ist auf der Welt. Danke, daß Sie mich so vorzüglich betreut haben.

Conny zog das Foto eines Babys aus dem Kuvert und schaute auf einen strammen Jungen mit einem Geburtsgewicht von dreitausendneunhundert Gramm. Er öffnete die Schublade seines Schreibtischs und legte das Bild zu den anderen.

SIEBEN.
August 2016

Tom streicht Carlchen, der auf Jennys Bauch schläft, über den heißen Kopf. Beide sind erschöpft, denn der Kleine zahnt und hat Fieber. Dann schleicht er durch seine Domburger Ferienwohnung, holt sich eine Flasche Wasser aus dem Kühlschrank und beschließt, nach draußen hinter den gläsernen Windschutz auf den Balkon zu gehen, sich dort auf die Liege zu legen und die letzten Sonnenstrahlen zu genießen. Auch er versucht, ein wenig zu schlafen, aber in seinem Kopf rattert es unentwegt. Seit drei Tagen wird in der Bastei das Talkshowstudio gebaut, alles in einem Affenzahn, damit in vier Wochen die Premiere stattfinden kann. Eigentlich hätte er gar nicht wegfahren dürfen, da auch die inhaltlichen Vorbereitungen auf Hochtouren laufen. Aber wenn schon kein Sommerurlaub möglich ist, weil auch Jenny wieder angefangen hat zu arbeiten, sagten sie sich, dass wenigstens ein Wochenende drin sein müsse. Doch bisher sind die Tage mit dem quengeligen Kind alles andere als erholsam.

Außer Helga hat Tom allen gesagt, dass er nicht zu erreichen ist. Trotzdem klingelt sein Handy. Und weckt Jenny.

Mist, dass er vergessen hat, es stummzuschalten. Er drückt den Anruf weg. Es vibriert erneut.

Drinnen legt Jenny das Baby behutsam zur Seite und sichert es mit Kissen ab, damit es nicht vom Sofa fallen kann. Dann kommt sie zu ihm auf den Balkon und schließt die Schiebetür, damit der Kleine nicht gestört wird.

»Ist was mit deiner Mutter?«, fragt sie.

»Nein. Es ist Henk.« Genervt drückt Tom den dritten Anruf weg. Auch ihm hat er gesagt, dass er ungestört sein will.

Sorry Henk, ich kann jetzt nicht, schreibt er schließlich und liest dann die Textnachricht, die fast gleichzeitig eingeht.

ES GIBT EIN WEITERES KIND. Sandra. Geboren 1968. Ihre Mutter hat sich von einem Kölner Gynäkologen behandeln lassen. Und sie erinnert sich auch noch gut an dessen Namen. Wir müssen reden!

Tom lässt sich nach hinten fallen und stößt einen Seufzer aus, der klingt, als hätte jemand einen Reifen aufgestochen.

»Ist was passiert?«, fragt Jenny.

»Allerdings. Henk hat ein weiteres Kind ausfindig gemacht, das mein Vater fabriziert hat.«

»Oha! Dann war dein Dad ja ganz schön umtriebig«, sagt sie und kommt übergangslos auf das Thema Kuckuckskinder zu sprechen, das in der Ausgabe von ›Lange vermisst‹, die sie derzeit vorbereitet, eine zentrale Rolle spielt. »Bist du sicher, dass dein Vater überhaupt von diesen Kindern gewusst hat? Früher hat man Kinder und Väter oft im Dunkeln gelassen. Wusstest du, dass nach einer Meta-Analyse von siebenundsechzig Studien die Rate der Männer, die ein Kuckuckskind aufziehen, bei fast zwei Prozent liegt? In den einzelnen Studien liegen die Raten zwischen null Komma vier und fast zwölf Prozent.«

Tom versteht nur Zahlen, kann Jenny nicht wirklich zuhören, denn sosehr ihn die außergewöhnlichen Fälle der Sendung, in der vermisste Menschen zusammengeführt werden, sonst interessieren, jetzt sind seine eigenen Gedanken lauter als alles andere. Er hält es auf seiner Liege nicht mehr aus, würde am liebsten rauchen oder irgendetwas gegen die Wand werfen. Vor Wut. Auch auf sich selbst, weil er nicht schon vorher eins und eins zusammengezählt hat. »Mein Vater hatte eine gynäkologische Praxis.

Ich möchte nicht wissen, welche von diesen Kindern dort gezeugt wurden.«

»Ach, du Kacke!« Jenny brauchte einen Moment, bis diese Information wirklich bei ihr angekommen ist. »Weißt du das schon länger? Also, ich meine, vermutest du schon länger, dass er als Arzt …?«

Auf dem Balkon nebenan sitzt ein Pärchen und stößt mit einem Sundowner an.

»Ich bin so bescheuert«, unterbricht Tom Jenny und haut mit der Faust auf die Balkonbrüstung. »Eigentlich liegt das doch auf der Hand. Wie kann man nur so doof sein.«

Die Nachbarn recken die Köpfe, und Tom dreht ihnen den Rücken zu.

»Wenn es um einen selbst geht, ist man oft betriebsblind«, sagt Jenny. »Ich hab mal gelesen, dass man immer dann, wenn die Psyche mit etwas überfordert ist, ein Geschehen aus dem Bewusstsein verbannt, und dass man dann sogar …«

»Bitte, Jenny. Verschon mich mit dieser Psychokacke«, sagt Tom etwas zu energisch. Und etwas zu laut.

Sie schweigt, hält es jedoch keine dreißig Sekunden aus. »Ich habe mal einen Dokumentarfilm über einen englischen Biologen gesehen, der in den Vierziger- und Fünfzigerjahren eine Fruchtbarkeitsklinik betrieb. Man nimmt an, dass er den meisten Samen selbst gespendet und sechshundert Kinder gezeugt hat.«

»Jenny, bitte!«

Weil er Angst hat, dass die Nachbarn trotz des Windes, der von der Nordsee her weht, etwas verstehen, geht Tom hinein und holt sich eine Flasche Bier aus dem Kühlschrank.

Jenny folgt ihm. »Henk weiß Bescheid?«

»Ich denke, das ist der Grund, warum er unbedingt mit mir reden will. Aber ich will mit diesem Mist nichts zu tun haben!«

»Aber das sind Kinder. Kein Mist«, sagt sie leise.

»So habe ich das nicht gemeint.«

»Aber gesagt.«

Um für einen Moment nicht reden zu müssen, geht Tom auf die Gästetoilette, sieht im Spiegel sich und gleichzeitig seinen Vater Konrad. Er wendet sich ab, starrt auf die sandfarbenen Fliesen, zählt auf fünfundfünfzig, holt tief Luft und drückt die Spülung. Dann geht er in den Wohnraum und setzt sich neben Jenny an den Esstisch.

Minutenlang sagen sie kein Wort. Tom kann auch das nur schwer ertragen. »Auch ein Bier?«, fragt er schließlich.

Sie nickt. »Was hast du jetzt vor? Mit Henk, meine ich?«

Er sieht ihren besorgten Blick. Den kann er jetzt nicht auch noch ertragen. Sein Handy vibriert. Wieder eine Nachricht von Henk. WIR MÜSSEN REDEN!!!!!!!!!

Toms Herzschlag beschleunigt sich. Was soll er ihm sagen?

Melde mich, schreibt er zurück, um Zeit zu gewinnen.

»Sei mir nicht böse«, sagt er zu Jenny. »Aber ich muss mal kurz an die frische Luft.«

Bevor sie antworten kann, ist er schon vor der Tür, nimmt nicht den Lift, sondern stürmt die Treppe hinunter und stapft schnellen Schrittes in der Dämmerung zum Strand. Das Meer hat sich zurückgezogen, der Wind gelegt. An der Wasserkante bleibt er stehen und starrt ins diesige Nichts. Warum um Himmels willen hat sein Vater auf diese besondere Art Halbgott in Weiß gespielt? Was für ein Skandal! Wasser läuft über seine Schuhe. Die Flut setzt ein. Und mit den Wellen, die den stärker werdenden Wind zu peitschen scheinen, bauen sich in seinem Kopf immer schlimmere Katastrophenszenarien auf. Er flucht, weil es niemanden gibt, den er fragen könnte. Selbst wenn seine Mutter nicht dement wäre, würde sie davon wahrscheinlich nichts wissen. Dann fallen ihm die Kartons im Keller seiner Eltern ein. Und er denkt gleichzeitig, dass er sie schreddern lassen muss, damit eventuelle Beweise verschwinden, und dass er das nicht darf, weil jeder, der in dieser Praxis gezeugt wurde, ein Recht darauf hat, die Wahrheit zu erfahren.

Tom hält dem Sog des zurückfließenden Wassers stand und verflucht seinen Vater. »Arschloch!«, brüllt er, aber der Wind schluckt das Wort. Als die nächste Welle vom zurück ins Meer abfließenden Wasser zusätzlich hochgedrückt wird und Tom gerade überlegt, was passieren würde, wenn das keine Einzelfälle sind und die Modewelle aus den USA, sich DNA-Tests zu schenken, über den Großen Teich schwappt, zieht es ihm den Boden unter den Füßen weg.

Klatschnass schleicht er sich in die Wohnung, aber auf dem Weg ins Badezimmer muss er durchs Schlafzimmer.

»Was ist passiert?«, fragt Jenny schläfrig.

»Nichts. Ich hab nur die Flut unterschätzt.« Tom versucht ein Lächeln, verschwindet ins Bad, lässt Wasser in die Wanne ein und schält sich aus seinen nassen Kleidern. Im Spiegel sieht er sein Konterfei. Sein Konrad-Gesicht, dem er erst entkommt, als es im Dampf langsam verschwindet.

Es dauert ein paar Minuten, bis er sich im heißen Wasser entspannt hat. Die Tür wird einen Spalt geöffnet. »Kann ich dich stören?«

»Ja, klar«, sagt Tom. »Du störst doch nicht.«

Jenny setzt sich auf den Badewannenrand.

»Sorry«, sagt Tom. »Aber die Hiobsbotschaft musste ich erst einmal verdauen.«

»Und jetzt?«

»Nichts jetzt«, antwortet er. »Ich will mit dir und dem Kleinen das Wochenende genießen.«

»Aber …«

»Bitte! Lass mich damit in Ruhe. Wenigstens an diesem Wochenende.«

Sie nickt, schaut ihn lange an und fängt schließlich an zu grinsen.

»Was?«, fragt Tom.

»Ich liebe dich trotzdem.« Sie beugt sich vor, um ihn zu küssen, da zieht er sie ganz zu sich in die Wanne und hört endlich auf zu denken.

Eng an Jenny gekuschelt sinkt er in einen unruhigen Schlaf, in dem er in eine Traumwelt abtaucht, in der er umgeben ist von vielen Menschen. Sie lachen ihn an. Und sehen aus wie er.

Das schreiende Baby weckt ihn auf. »Bleib liegen«, flüstert Tom und küsst Jennys Stirn.

Er gibt Carl auf dem Sofa ein Fläschchen, wiegt ihn sanft, wie das Schiff, auf dem er eben im Traum noch war. Seine Augen fallen zu, und er taucht wieder ein in diese Welt. Dann fällt ihm Henk ein. Und Sandra. Er reißt die Augen auf und sieht, wie der Kleine ihn nuckelnd anstarrt.

Als Carlchen satt und mit einer frischen Pampers wieder eingeschlafen ist, setzt Tom sich an seinen Laptop, gibt die Suchbegriffe *Fruchtbarkeitsklinik, England* und *Fünfzigerjahre* ein und wird rasch fündig.

Ein Vater und 600 Kinder – Brüder suchen »Bio Dad«, liest er in einem Artikel der ›Welt‹ vom April 2012. *Berthold Wiesner, ein Biologe, der nach dem Zweiten Weltkrieg in London eine umstrittene Fruchtbarkeitsklinik gründete, verhalf zwischen 1940 und 1960 Frauen zu 1500 Babys. Den Großteil des verwendeten Spermas soll Wiesner selbst gespendet haben.*

Tom spürt sein immer schneller schlagendes Herz in der Brust. Zitternd knallt er den Laptop zu.

Am Montag – sie sind erst spät am Sonntag zurück nach Köln gekommen – fährt er den Kleinen nach Porz, wo Tagesmutter Helga und seine Mam schon sehnsüchtig auf ihn warten. Weil sich die beiden voller Leidenschaft auf Carlchen stürzen, bemerken sie nicht, dass Tom nicht wegfährt, sondern in der Tiefgarage parkt. Dort setzt er den Wagen zurück, sodass es nur wenige Meter zu den Kellerräumen sind. Zielstrebig zieht er Kartons der Praxis seines Vaters aus dem Regal und packt so viele wie möglich in den Kofferraum seines X5ers. Er muss sich Klarheit verschaffen, indem er nach und nach alle Unterlagen auswertet.

Was für ein elendes Erbe, denkt er und fährt über den Rhein, zur Bastei, in der eine erste Bauabnahme stattfinden soll.

»Wunderbar.« Tom ist begeistert von den Farben sowie den Ideen für das Lichtkonzept und bespricht mit Christoph Himmelsbach, dem Architekten, die nächsten Schritte.

»Ich soll Ihnen Grüße von meiner Mutter ausrichten«, sagt der Architekt beim Verabschieden. »Sie kannte Ihren Vater gut.«

O Gott, denkt Tom und hofft, dass Himmelsbach nicht auch in der Praxis gezeugt wurde.

Im Sender nimmt er an einem Strategiemeeting teil, wägt mit seinen Redakteuren die Themen für die erste Sendung ab – die Verknüpfung von Weltpolitik mit nationalen Ereignissen soll das Prinzip der Sendung werden. Die Zunahme von islamistischen Anschlägen in Europa und auch die Motive von aus Deutschland stammenden Dschihadisten stehen im Mittelpunkt.

»Wir könnten Thomas Mücke einladen vom Violence Prevention Network«, sagt Victoria, die neue Redaktionsleiterin, die extra für die Sendung eingestellt wurde. »Der vertritt die Meinung, dass junge Menschen, die ohne Väter aufgewachsen sind, in die Arme von Radikalen getrieben werden. Nicht die Ideologie ist es, die sie anzieht. Vielmehr sind junge Männer anfällig für hypermaskuline Männlichkeitsbilder.«

»Interessant«, hört Tom sich sagen und überlegt, ob es nicht besser für ihn gewesen wäre, trotzdem ohne Vater aufzuwachsen. Er hat keine Antwort auf diese Frage.

Auf seinem Handydisplay erscheint das Konterfei von Henk, der erneut versucht, ihn zu erreichen. Tom reagiert nicht und sinniert, wie er ihm sagen könnte, dass sein Vater als Gynäkologe offensichtlich Samenspender war. Vergeblich, denn auch hierzu fällt ihm nichts ein.

Als er mit seinem Wagen aus der Tiefgarage des Senders fährt, traut er seinen Augen nicht. Hinter der Schranke steht Henk. Angelehnt an den einzigen Baum weit und breit, die Arme vor dem Körper verschränkt, wirkt er wütend und entschlossen. Tom ist fassungslos, dass er ihm hier auflauert, und er fragt sich, wen er alles angerufen hat, um herauszubekommen, wo er wann ist. Er lässt die Seitenscheibe herunter. »Was machst du hier?«

»Ich muss mit dir reden!«

»Aber …«

»Ich hab dir drei Tage Zeit gegeben, zu reagieren. DREI TAGE!«

»Aber ich muss jetzt den Kleinen abholen«, versucht es Tom.

Doch Henk hört ihm nicht zu, geht um den Wagen herum, öffnet die Beifahrertür und setzt sich neben ihn. »Warum gehst du mir aus dem Weg?«

»Ich gehe dir nicht …«

Bevor Tom den Satz zu Ende bringen kann, konfrontiert ihn Henk mit dem nächsten Vorwurf: »Warum hast du mir nicht gesagt, dass Konrad Gynäkologe war?«

»Ich dachte nicht, dass das wichtig ist«, sagt Tom. Hinter ihm hupt es. Im Rückspiegel sieht er nicht nur den Wagen des Intendanten, sondern auch die Ladefläche mit den Praxiskartons. FUCK! Er fährt los und versucht, Henk zu erklären, dass er auf diesem Auge blind war. Vergeblich.

Ihre Stimmen werden immer lauter, und Tom merkt nicht, dass er seine Wut auf dem Gaspedal auslässt. Bis er hinter der Drehbrücke geblitzt wird. Er bremst ab.

Nicht zu bremsen dagegen ist Henk. »Du hast mein Vertrauen missbraucht. Ich kann dir nicht glauben. Kein Wort!«

»Und was hast du jetzt vor?«, will Tom wissen.

»Ich habe einen Termin bei RTL und werde auspacken. Oder was meinst du, warum ich in Köln bin?«

Tom fühlt sich, als hätte ihm jemand in die Magengrube geschlagen. Fast verursacht er einen Auffahrunfall, weil er eine rote Ampel übersieht. Um ihn herum ertönt wildes Gehupe. »Das ist nicht dein Ernst, Henk. In welcher Sendung?«

»›Exclusiv‹.«

Du elende Kacke, denkt Tom und sieht Frauke Ludowig vor sich, wie sie Henk mit einem süffisanten Grinsen Antworten entlockt. »Ist dir klar, was das in meinem Leben anrichtet, wenn du damit an die Öffentlichkeit gehst?«

»Ach, jetzt ziehst du die Promikarte?«, sagt Henk und fährt wütend fort: »Es geht nicht nur um dein Leben.«

»DU ziehst doch die Promikarte! Oder meinst du, dass RTL sich auch nur die Bohne für diese Geschichte interessieren würde, wenn sie nichts mit mir zu tun hätte?« Aus den Augenwinkeln sieht Tom, wie Henk mit hochrotem Kopf nach vorne starrt. »Der Unterschied zwischen uns ist, dass ich seinen Namen trage. Dass ich folglich in alles, was Konrad jemals getan hat, hineingezogen werde.«

»Und weil du seinen Namen trägst, bist du Sohn erster Klasse und ich nur der Reagenzglaswurm, oder was? Du darfst alles. Ich darf nichts.«

Tom muss scharf bremsen, um nicht in das Stauende zu fahren, das sich vor der Abfahrt zur Autobahn gebildet hat. Er würde Henk am liebsten aus dem Wagen werfen, aber er weiß, dass das wenig zielführend ist. Seine Gedanken überschlagen sich. Wie um alles in der Welt kann er diesen Auftritt verhindern? »Wie viel Geld bieten sie dir?«

»Geld? Das ist offensichtlich das Einzige, was dich interessiert!«

Tom beißt sich auf die Zunge, jedes weitere Wort würde nur Öl ins Feuer gießen.

Mit quietschenden Reifen biegt er auf die Gilgaustraße ein und sieht schon von Weitem, dass vor dem Haus Helga und seine Mam hinter dem Kinderwagen stehen und auf ihn warten. Nach einer Schrecksekunde ist er froh darüber, denn so muss er Henk wenigstens nicht unbeaufsichtigt im Wagen lassen. Wer weiß, wozu der in der Lage ist, wenn er sich umdreht und die Kartons im Kofferraum entdeckt, die ein Stück über die Rücksitzlehne ragen.

»Wir haben einen Spaziergang gemacht und dachten, es lohnt sich nicht, wenn wir noch hochgehen. Außerdem schläft das Schätzchen endlich«, sagt Helga, als Tom ausgestiegen ist.

Relativ wortkarg hebt er den Kleinen aus dem Kinderwagen.

»Er hat immer noch Fieber und hat viel geweint.« Helga überreicht Tom eine Packung fiebersenkende Zäpfchen, die sie in der Apotheke besorgt hat.

»Danke«, sagt er und registriert, dass Henk sitzen bleibt. Zum Glück!

Doch dann schaut Tom zu seiner Mutter, die mit aufgerissenen Augen in den Wagen starrt. »Konrad?«

Jetzt hat auch Helga ihn entdeckt und ist ebenso entsetzt.

Henk steigt aus. »Guten Tag«, sagt er höflich und gibt erst Greta, dann Helga die Hand.

Beide schauen ihn fassungslos an. Für einen Augenblick ist es, als würde die Zeit stillstehen. Tom kann sich nicht erinnern, dass er Helga je sprachlos erlebt hat. Er setzt Carlchen behutsam in den Kindersitz, schielt auf die Kartons und ärgert sich, dass er nicht die Abdeckung über den Kofferraum ziehen kann. Dann verabschiedet er sich hektisch. »Tut mir leid, wir müssen los.«

»Aber …« Seine Mutter kann den Blick nicht von Henk abwenden.

»Bis morgen, Mam. Habt einen schönen Abend.« Tom gibt ihr ein Küsschen, nickt der immer noch fassungslosen Helga zu, schiebt Henk sanft in den Wagen und steigt schließlich selbst ein.

Er fährt rückwärts aus der Einfahrt und sieht, wie seine Mutter die Hand vor den Mund hält und wie Helga sie daran hindern muss, hinter dem Wagen herzugehen. Greta weint.

Tom könnte sich in den Hintern treten, dass er mit Henk zu seinem Elternhaus gefahren ist. Seit Monaten ist seine Mam psychisch in einem stabilen Zustand. Was, wenn sie wieder abrutscht, wie schon so oft in ihrem Leben? Was, wenn Henks Anblick etwas ausgelöst hat und sie in ihrer Demenz in eine Erinnerungsschleife gerät, aus der sie nicht herauskommt? Im Rückspiegel sieht er, wie Helga den Arm um seine Mutter legt und auf sie einredet. Und er sieht auch, dass Henk das Geschehen im Seitenspiegel verfolgt.

Tom biegt auf die Kölner Straße ein und fährt in Richtung Innenstadt. Er schweigt.

Auch Henk spricht kein Wort. Erst als sie hinter der Rodenkirchener Brücke sind, fragt er: »Wer war das?«

»Meine Mutter. Und Helga. Eine Nachbarin.«

»Was ist mit deiner Mutter?«

»Wieso fragst du?«

»Hat sie Alzheimer?«

Tom nickt und wundert sich, dass man ihr das jetzt offensichtlich ansieht. Und dann stellt er sich vor, wie ein Skandal rund um Konrad auch ihr Leben aufwühlen würde. Welche Lawine das lostreten könnte. Kurz vor der Severinsbrücke fährt er an den rechten Straßenrand. »Ich bitte dich, Henk. Und wenn es für meine Mutter ist. Lass uns in Ruhe rausfinden, was in der Praxis meines Vaters, äh, von Konrad, passiert ist. Sag diesen Termin bei RTL ab. Bitte!«

Henks Pupillen flackern. Ohne ihn anzusehen, sagt er kleinlaut: »Es gibt keinen Termin. Ich hab geblufft.«

»Arschloch.« Tom schüttelt erleichtert den Kopf.

»Selber Arschloch«, antwortet Henk.

Auf dem Rücksitz macht sich Carlchen bemerkbar, und Tom drückt den Startknopf. Motorengeräusche lullen den Kleinen immer ein.

»Wir müssen das klären, Henk. Du hast recht. Was hältst du davon, wenn wir beide uns demnächst in Domburg treffen? Dann können wir in Ruhe alles angehen«, sagt er beim Weiterfahren.

»Und wann ist dieses Demnächst?«

»Ich weiß es nicht. Ich stecke gerade in den Vorbereitungen für eine große Sendung.«

»Und ich arbeite auf einer Intensivstation. Ich habe gestern Nacht zwei Menschen in den Keller geschoben und bin ohne Schlaf hierhergefahren. Ich habe eigentlich nicht vor, nach Hause zu fahren, bevor wir nicht richtig geredet haben.«

»Okay«, sagt Tom, obwohl er nicht weiß, worüber sie reden könnten, denn ohne Fakten ist alles nur ein Stochern im Nebel. Er denkt an die Kartons im Kofferraum und überlegt, ob es Sinn machen würde, sie mit Henk auszuwerten und vielleicht sogar mit Jenny. Zu dritt wären sie schneller, und Henks medizinische Kenntnisse könnten auch von Vorteil sein.

Doch Tom weiß, dass das nur systematisch geht. Schon gar nicht in einer Nacht-und-Nebel-Aktion – zumal in Porz noch weitere Kartons lagern. Dafür braucht man Zeit. Und einen klaren Kopf. Den hat er gerade nicht. Vermutlich ist es bei Henk nicht viel anders.

Aber diese Aktion in Aussicht zu stellen, könnte vielleicht eine Lösung sein.

Über die Freisprechanlage ruft er Jenny an. »Ich bringe Henk mit. Wir könnten zusammen essen. Ist das in Ordnung für dich?«

»Ja klar!«, sagt sie. »Ist er in der Stadt? Das ist ja irre.«

Als sich die Fahrstuhltür öffnet, fällt Toms Blick als Erstes auf Pinky, das Einhornmonster, das Jenny offensichtlich aus der Abstellkammer geholt und mitten im Wohnzimmer platziert hat, als wäre es das wichtigste Spielzeug überhaupt. Er registriert, dass diese Message bei Henk ankommt, denn sofort erhellt sich dessen Gesicht.

»Das ist ja eine tolle Überraschung«, sagt sie und umarmt ihn. Und während sie über seine Schulter schaut, strahlt sie Tom an.

Er formt mit seinen Lippen ein lautloses *Danke-ich-liebe-dich*, wiegt den Kleinen, der wach geworden ist und den erneut das Zahnen zu quälen scheint.

»Wie lange hat er das Fieber denn schon?«, will Henk besorgt wissen, fühlt Carls Stirn und beruhigt Jenny und Tom, dass so kleine Kinder oft hohes Fieber haben. Dann rattert er sämtliche Tipps zum Thema Zahnen herunter, die Tom bereits alle recherchiert hat.

Innerlich muss er schmunzeln, denn man könnte meinen, Henk wäre Facharzt für Pädiatrie oder hätte selbst mindestens zwanzig Kinder großgezogen. Aber er lässt ihn reden und ist froh, dass endlich ein anderes Thema wichtig ist.

Carlchen schaut zwischen dem fremden Onkel und seiner Mutter hin und her und entscheidet sich für Schreien.

»Du hast Hunger, mein Schätzchen«, sagt Jenny, nimmt ihn auf den Arm, setzt sich mit ihm auf die Couch und legt ihn an ihre Brust.

»Was wollen wir essen?«, fragt Tom. »Sollen wir uns was kommen lassen?«

»Was habt ihr denn da?« Henk bietet sich an zu kochen.

Tom wirft Jenny einen fragenden Blick zu. Sie nickt.

Von der Couch aus beobachtet Jenny, wie Tom Henk zeigt, was in den Vorratsschränken ist, und wie sie sich auf ein veganes Curry einigen.

»Worauf muss ich Rücksicht nehmen?«, wendet sich Henk an sie. Doch bevor sie antworten kann, erklärt Tom ihm, was sie als stillende Mutter alles nicht verträgt.

Er könnte mit seinem umfangreichen Wissen eine Stillberatung leiten, denkt sie schmunzelnd.

Carlchen saugt kurz und fängt an zu weinen.

»Was hat er denn?«, fragt Tom. Auch Henk ist besorgt, und dann debattieren die beiden Brüder über ihren Kopf hinweg, was jetzt das Richtige wäre. Als Tom vorschlägt, sie solle die andere Brust benutzen, weil aus der ersten vielleicht zu wenig Milch kommt, wird die Mischung aus Geschrei und Gerede Jenny zu viel.

»Stopp!«, ruft sie. »Mach ihm ein Fläschchen fertig, Tom.«

Während Carl sich immer mehr in Rage schreit, gelingt es Tom, mit gezielten Handgriffen das Milchpulver abzuwiegen, das zuvor abgekochte Wasser in der richtigen Temperatur einzufüllen, und als der Kleine endlich trinkt, hört Jenny, wie Henk erklärt, dass Kinder, die zwischendurch ein Fläschchen bekommen, keine Lust haben, sich beim Trinken an der Brust anzustrengen.

Unglaublich, denkt sie, weil der Experte aus Holland natürlich auch das wusste. Sie blendet das Gerede aus und betrachtet liebevoll den kleinen Fachmann in ihrem Arm, der soeben das Ende der Stillzeit beschlossen hat. Jenny ist es recht, denn das ganze Abpumpen und Zufüttern ist, spätestens, seit er tagsüber stundenweise bei Helga ist, viel zu umständlich.

Es duftet nach Kokos und Curry, als Carlchen satt und endlich zufrieden ist. Schmunzelnd betrachtet Jenny das Brüderpaar in der Küche, diese doppelte Ausgabe von Tom. Der sitzt auf der Arbeitsfläche und schaut Henk zu, wie er mit gekonnten Griffen in der Küche hantiert, als wäre er hier der Hausherr.

»Sag Bescheid, wenn ich dir was helfen soll«, hört sie Tom sagen und weiß, dass das nur eine Floskel ist, denn er hasst Küchenarbeit und hat bis zu ihrem Einzug nichts anderes in dieser Küche gemacht, als den Startknopf der Espressomaschine zu drücken. Henk schmeckt das Curry ab und lässt ihn probieren.

»Klasse!«, lobt Tom. »An dir ist ein Koch verloren gegangen.« Er rutscht von der Arbeitsplatte und geht zu seinem Weinschrank.

Nach einem zufriedenen Bäuerchen legt Jenny Carlchen auf seine Krabbeldecke, und als sie sich an den Tisch setzt, serviert Henk gekonnt die drei Teller – selbstverständlich auf einmal.

»Was trinkst du, Jenny?«, fragt Tom, der sich und Henk ein Glas Chardonnay einschenkt.

»Das Gleiche wie ihr!«, sagt sie und freut sich auf den ersten Schluck Alkohol seit über einem Jahr.

»Bist du sicher?« Tom schaut sie mit großen Augen an.

»Ja«, antwortet sie entschieden.

Sie prosten einander zu, und Jenny schließt die Augen, als sich der Geschmack des Weins über ihre Zunge legt.

»Hm«, macht sie genüsslich und lobt dann Henks Kochkünste.

Carlchen strampelt und gibt glucksende Lachgeräusche von sich. Er scheint sich mit Pinky zu unterhalten.

»Wenn ich gewusst hätte, wie groß eure Wohnung ist, dann hätte ich ihm niemals so ein kleines Kuscheltier mitgebracht«, witzelt Henk.

»Wehe!«, sagt Tom und schenkt Wein nach.

Jenny genießt die Leichtigkeit, die sich in ihr breitmacht. Sie betrachtet Henk neben Tom. Und Tom neben Henk, wie sie auf die gleiche Art lachen und wie eine Einheit wirken.

»Wie lange bleibst du denn hier?«, will sie wissen, und noch bevor Henk antwortet, schlägt sie ihm vor, dass er ja auch bei ihnen übernachten kann.

Sie spürt, wie Tom sie unter dem Tisch anstößt.

»Gerne«, sagt Henk.

Mist, denkt sie, denn Toms kurzer Blick sagt ihr, dass ihm das nicht recht ist. Sie trinkt einen weiteren Schluck, um Zeit zu gewinnen. »In dem Zimmer herrscht allerdings das totale Chaos. Vielleicht ist ein Hotel doch …?«

»Macht nichts«, unterbricht sie Henk. »Ich bin anspruchslos.«

Augen zu und durch, denkt sie, stellt die Teller zusammen und führt Henk in das Zimmer, in dem er übernachten kann. Es ist das Büro, das Tom vor ihrem Einzug als Abstellraum genutzt und wo sie sich inzwischen breitgemacht hat, damit sie auch von zu Hause aus arbeiten kann. Sie räumt Aktenordner und Kladden vom Gästebett und legt sie auf den Schreibtisch, auf dem vor lauter Fotos und Papierstapeln nicht einmal ein Bleistift abgelegt werden könnte.

»Ich hoffe, das stört dich nicht«, sagt sie und holt Bettzeug aus der Schublade unter der Matratze.

»Überhaupt nicht«, sagt Henk. »Was arbeitest du?«

»Ich bin bei einer Fernsehsendung, die vermisste Personen aufspürt.«

»Nein!« Fasziniert lässt Henk sich auf das Gästebett fallen. »Jahrelang hab ich im Internet und auch im TV Such- und Familienbegegnungssendungen angesehen und dabei immer geheult.«

»Jenny ist das absolute Trüffelschwein, was diese Formate angeht«, sagt Tom, der mit Carlchen auf dem Arm in der Tür steht.

Jenny denkt daran, wie sie ihm geholfen hat, seine Schwester Marie zu finden, von deren Existenz er erst erfuhr, als seine Mutter dement war. Und wie die Suche von Marie sie zusammengebracht hat.

»Vielleicht haben mich diese Sendungen ja auch deshalb so angesprochen, weil ich unbewusst gespürt habe, dass in meiner Familie etwas nicht stimmt«, sagt Henk.

Jenny kann das nur bestätigen. Ihr sind viele solche Fälle bekannt.

»Auf allen Familienfotos steht mein Vater Wim am Rand. Immer so, als würde er nicht dazugehören.«

»Solche Bilder könnte ich dir auch zeigen«, lacht Tom. »Das heißt nichts.«

Sie sieht, wie sich ihr Baby auf Toms Arm geborgen fühlt. Und sicher. Sie geht zu den beiden. Streichelt über den Kopf ihres Babys und küsst Toms Hand. »Habt ihr auch Lust auf Eis zum Nachtisch?«

»Ja!«, antworten Henk und Tom wie aus einem Mund, und während Jenny das Mangosorbet aus dem Gefrierschrank holt, hört sie Henk fragen:

»Hattest du in deiner Fernsehsendung schon einmal so einen Fall? Also einen, bei dem der Erzeuger der Arzt war?«

»Nein«, sagt Jenny und portioniert das Eis. »Aber ich kenne einen ähnlichen Fall.«

Tom traut seinen Ohren nicht, als Jenny ohne Punkt und Komma von dem Londoner Betreiber einer Fruchtbarkeitsklinik Dr. Wiesner erzählt, der seinen Patientinnen mit seinem eigenen Sperma zum Mutterglück verholfen hat. »Kannst du dir das vorstellen? Sechshundert Kinder! Dieser Typ muss sich großartigst gefunden haben. Wie wäre es sonst möglich, dass er Gott gespielt hat und sich wieder und wieder fortpflanzen musste. Das ist toxische Männlichkeit in Hochpotenz!«

Henk hatte noch nie von diesem Fall gehört. Er schiebt das Eis zur Seite und zückt sein Smartphone. »Vielleicht war dieser Wiesner ja auch deshalb so aktiv, weil er zu wenig Samenspender hatte«, sagt er und liest vor, was er auf Wikipedia entdeckt:

Als ein Pionier der Samenspende gilt Berthold P. Wiesner (1901–1972). Wiesner betrieb zusammen mit seiner Partnerin Mary Barton von 1940 bis 1960 eine Fruchtbarkeitsklinik in der Londoner Harley Street, in der Frauen (vor allem aus der Mittel- und Oberschicht) mit unfruchtbaren Männern Spendersamen erhielten. Erhebliche Teile des gespendeten Samens musste Wiesner wegen damals mangelnder gesellschaftlicher Akzeptanz selbst beisteuern, weshalb er mit geschätzten 600 Nachkommen heute als kinderreichster Mensch gilt, der jemals lebte.

»Ah, das ist ja interessant mit der Akzeptanz«, sagt Jenny. »Außerdem hat man erst 1949 entdeckt, wie man Spermien haltbar machen kann. Die erste Samenbank in den USA gab es auch erst 1971.«

Da hat aber jemand ordentlich recherchiert, denkt Tom und hält Carlchen seinen Löffelstiel zum Umklammern hin. Es wäre ihm lieber, wenn Jenny dieses Wissen mit ihm und nicht mit Henk teilen würde. Nicht jetzt zumindest. Und erst recht nicht unter Alkoholeinfluss.

»Was hat ihn angetrieben?«, überlegt Henk und schaut Tom an. »Fand er sich so genial, dass er meinte, sich unendlich fortpflanzen zu müssen?«

Tom weiß genau, dass sich diese Frage auf Konrad bezieht und nicht auf Wiesner. Als würden mit dem Eis auch die Worte in seinem Mund schmelzen, schweigt er und tut so, als konzentriere er sich auf den Kleinen. Aber ihm entgeht nichts. Und während Henk nachdenklich Eis löffelt, versucht Tom, einen Blick von Jenny zu erhaschen, um ihr zu signalisieren, dass es Zeit für einen Themenwechsel ist. Aber sie schaut nur auf ihr Smartphone und tippt darauf herum, um ihr Wissen zu komplettieren.

Henk schiebt das Eisschälchen von sich. »Gibt es eigentlich noch Unterlagen aus der Praxis?«

»Nicht, soweit ich weiß«, antwortet Tom schneller, als er denken kann, und ist spätestens jetzt stocknüchtern. Er drückt Henk das Baby in die Hand, in der Hoffnung, dass er so auf andere Gedanken kommt, und räumt das Geschirr ab.

»Praxisunterlagen müssen zehn Jahre aufbewahrt werden«, sagt Jenny und füllt die leeren Weingläser auf. »Aber aus meiner Erfahrung weiß ich, dass Unterlagen in Ämtern oft länger gelagert werden. Vielleicht ist das ja bei Ärzten auch so.«

Tom kann es nicht fassen, dass sie einfach so drauflosquasselt. Was ihn am meisten stört, ist, dass Jenny offensichtlich völlig vergessen hat, dass dieses Thema nicht irgendein Fall für ihre Fernsehsendung ist, sondern sein Leben betrifft. Am liebsten würde er die Flasche vom Tisch räumen, den Wein wegschütten und laut »Ruhe!« brüllen. Aber er schweigt, stopft das Geschirr in die Spülmaschine, schrubbt den Wok und wirft den Spülschwamm ins Becken.

Endlich kommt ihm Carlchen zu Hilfe und macht das, was auch Tom am liebsten machen würde: Er schreit aus Leibeskräften. Gott sei Dank! Auf den Kleinen ist Verlass.

»Ja, was hast du denn?«, fragt Henk in einer singenden Tonlage, steht auf und geht mit ihm auf und ab. Aber das Baby will nicht von dem fremden Onkel getröstet werden und brüllt so lange, bis Jenny aufsteht, ihn an sich nimmt und an seinem Po riecht.

»Du brauchst eine frische Pampers, mein Schatz«, sagt sie. »Und außerdem musst du langsam mal schlafen.«

Henk folgt ihr ins Schlafzimmer, und Tom ist froh, dass die beiden endlich ein anderes Thema haben. Denn Carlchen ist wund, und natürlich weiß der holländische Fachmann, was man da am besten machen kann. Die besten Einschlaftricks kennt er sowieso.

Durch die angelehnte Tür sieht Tom, wie Henk und Jenny sich über die Wiege beugen und Carlchen in den Schlaf singen.

»Sei mir nicht böse, Henk. Aber ich kann nicht mehr, ich geh auch gleich ins Bett«, hört er Jenny wenig später sagen.

Henk schleicht aus dem Schlafzimmer und setzt sich an den inzwischen abgeräumten Esszimmertisch. »Und jetzt?«, fragt er.

Es ist gerade mal 21 Uhr, und normalerweise würde Tom fragen, was er ihm noch anbieten könne. Oder er würde vorschlagen, ob sie noch in eine Kneipe gehen sollen. Aber er will, dass dieser Abend endlich vorbei ist. »Ich bin auch müde«, flunkert er und lässt Henk einfach sitzen.

»Bist du sauer?«, flüstert Jenny, als er sich neben sie legt.

»Nein, wieso?«, lügt Tom.

»So still kenn ich dich gar nicht.«

Tom sagt nichts, kuschelt sich hinter sie. »Schlaf schön«, sagt er und küsst ihren Hals.

An ihrem Atem hört er, dass sie schnell eingeschlafen ist. Aber er ist hellwach. In seinem Hirn rattern die Sätze, die am Abend gefallen sind. Auch seine ungesagten. Ab und zu schielt er auf den Digitalwecker, und es scheint ihm, als wäre die Zeit gedehnt. Unendlich.

Um 22 Uhr würde er am liebsten wieder aufstehen. Irgendwas machen mit seiner Energie. Aber er bleibt liegen und konzentriert sich darauf, dass Jenny und Carl im gleichen Rhythmus atmen.

Um 23 Uhr ist er wütend auf seinen Vater, weil der ihm diese Suppe eingebrockt und hinterlassen hat.

Um Mitternacht fängt er an, Konrad zu verteidigen. Denn so kritisch er ihn sieht – dieses toxische Männlichkeitsbild passt trotzdem nicht zu ihm. Aber vielleicht kann man sich das alles auch nicht vorstellen, wenn man im Auge des Tornados ist, denkt er schließlich und schleicht, mit nichts als Boxershorts bekleidet, ins dunkle Wohnzimmer. Er will wenigstens sein iPad holen, damit er lesend auf andere Gedanken kommen kann.

»Ich kann auch nicht schlafen«, sagt Henk.

Tom erschrickt, macht Licht an und sieht ihn angezogen auf dem Sofa sitzen. »Willst du was trinken oder so?«

»Wasser«, antwortet Henk.

Tom schenkt auch sich ein Glas ein, löscht das Licht und setzt sich ans andere Ende des langen Sofas.

»Und jetzt?«, fragt Henk mit ruhiger Stimme.

»Ich hab keine Ahnung.«

Henk trinkt das Glas in einem Zug leer. Er schaut in die Richtung, aus der Tom spricht, und obwohl er ihn nicht sehen kann, spürt er dessen Unruhe, sein Gehetztsein. Muss er sich Sorgen um ihn machen oder ein schlechtes Gewissen haben, weil er Druck auf ihn ausübt? Seit er im Internet gesehen hat, wie Tom vor laufender Kamera zusammengebrochen ist, würde er am liebsten wissen, ob er schon öfter Panikattacken gehabt hatte.

Obwohl er sich selbst als psychisch stabil bezeichnet, verlor Henk den Boden unter den Füßen, als er erfuhr, dass Wim nicht sein biologischer Vater ist. Über fünfzig Jahre hatte er das Gefühl, dass er irgendwie nicht richtig sei, irgendwie nicht hineinpasse in die Familie, obwohl seine Eltern doch versuchten, ihm ein schönes Leben zu bereiten.

Als seine Mutter endlich mit der Wahrheit herausrückte, fiel er in einen Schockzustand. Die Lebenslüge stürzte ihn in eine Identitätskrise, er war von Überlebensängsten geplagt. Es dauerte Monate, bis er sich endlich auf die Suche nach seiner Herkunft machte. Als er dann von Konrad erfuhr, überkam ihn ein Gefühl von Angekommensein. Und obwohl er tot war, kehrte Ruhe ein, weil er endlich die Wahrheit kannte. Die irre Nähe zu Tom entschädigte ihn für alles.

Bis Henk vor drei Tagen erfuhr, dass Tom ihm eine wesentliche Information über den biologischen Vater vorenthalten hatte. Da kehrte das Gefühl von Verlorensein zurück. Doch er will nicht noch einmal abstürzen. Er braucht die Wahrheit, die Sicherheit – egal, wie hart sie ist. Dieses ewig Ungewisse ist Gift, das er aus seinem Leben verbannen muss. Deshalb ist er nach Köln gefahren. Er muss herausbekommen, ob seine Mutter bei Konrad in Behandlung war.

»Weißt du, was ich mich frage?«, unterbricht Tom seine Überlegungen.

»Nein?«

»Wie viele von uns da draußen rumlaufen. Wie viele von denen ich schon getroffen habe, ohne es zu wissen.« Tom redet leise, damit sie Jenny nicht stören.

»Ich hoffe nur, dass es eine genetische Schranke gibt«, sagt Henk nach einer Weile in die Stille hinein, »eine Art Warnsystem.«

»Wofür?«

»Na, stell dir mal vor, man würde sich in seinen Bruder oder seine Schwester verlieben, ohne es zu wissen.«

»O Gott«, sagt Tom. »Ich bin froh, dass mir das wenigstens bei dir nicht passieren könnte.«

»Du wärst nicht die erste Hete, die ich geknackt habe«, witzelt Henk und ist froh, dass sie wieder entspannt miteinander umgehen.

Als Tom minutenlang nichts antwortet und Henk an seinem Atem hört, dass er eingeschlafen sein muss, steht er auf und deckt ihn zu. Dann zieht er seine Schuhe aus und legt sich daneben.

»Oh, schau mal, Carlchen, was hier los ist.« Jennys Flüstern holt ihn sachte aus dem Schlaf. Henk macht ein Auge auf, sieht neben sich Tom auf dem Sofa liegen und vor sich den kleinen Carl, auf dem Arm seiner Mutter, der ihn mit großen Augen anschaut.

»Goedemorgen, mijn kleintje«, flüstert Henk, und dann wird aus dem Erstaunen ein Strahlen. Bedingungslos. Er kann sich nicht erinnern, wann er das letzte Mal so zauberhaft geweckt worden ist.

Mit Carlchen auf dem Schoß verfolgt er vom Sofa aus die hektische Morgenroutine, weil alle verschlafen haben. Jenny, die in der Dusche verschwindet. Tom, der neben ihm hochschreckt, für den Kleinen ein Fläschchen zubereitet und Kaffee kocht, den Jenny im Stehen trinkt.

»Kannst du dem Zwerg zu trinken geben, Henk?«, fragt Tom.

»Klar«, antwortet er, und während er dem schmatzenden Baby zuschaut, wie es gierig die Milch in sich hineinzieht und ihn dabei gebannt anschaut, spürt Henk, wie ruhig er ist. Und er weiß, dass er aufhören will, Tom weiter unter Druck zu setzen.

Nachdem sie den Kleinen frisch gemacht hat, hängt Jenny sich die Wickeltasche um und auch einen Rucksack voller Ordner, nimmt Carlchen und verschwindet mit Luftküssen im Aufzug. »Ich bin viel zu spät dran.«

»Dann geh ich jetzt auch«, sagt Henk zu Tom.

»Wohin?«

»Zum Bahnhof.«

»Ich bring dich.«

Schweigend fahren sie in die Tiefgarage und steigen in Toms Wagen.

Henk wundert sich, dass er den Motor nicht startet, sondern einfach nur geradeaus ins Leere schaut. »Was ist?«

»Es gibt doch Unterlagen aus der Praxis.«

»Und wo?«

Tom zeigt hinter sich auf den Kofferraum.

Mit dem Kleinen auf dem Arm stürmt Jenny die Treppe in Toms Elternhaus in Porz nach oben. Ihr Kopf dröhnt trotz der beiden Kopfschmerztabletten, die sie bereits genommen hat.

Helga steht schon in der Tür und nimmt Carlchen mit einem freudigen Lachen entgegen. »Ist was passiert?«, fragt sie.

»Wieso?«

»Du siehst schlecht aus. So dunkle Ränder unter den Augen.«

»Alles gut. Ich hab nur einen Kopf wie ein Wagenrad. Hab gestern Abend zum ersten Mal wieder Alkohol getrunken, und das hab ich jetzt davon.«

»Na, dann machen wir deiner Mama erst mal einen starken Kaffee. Was, mein Schätzchen?«

Kurz zögert Jenny, denn eigentlich hat sie keine Zeit. Doch dann nickt sie und folgt Helga in die Küche.

»Ja, wen haben wir denn da?«, ruft Greta, die am Tisch sitzt, und lässt den Kugelschreiber fallen. Sie hat kein Interesse mehr am Kreuzworträtsel der ›Apotheken-Umschau‹, klatscht in die Hände – wie jeden Morgen – und begrüßt den Kleinen, als würde sie ihn zum ersten Mal sehen. Wie jeden Morgen sagt Helga, dass sie sitzen bleiben soll, und gibt ihr dann das Baby in den Arm. Mit seinem unbestechlichen Charme strahlt Carlchen Toms Mutter an, denn er weiß, was jetzt gleich kommt. Noch bevor Greta das ›Sonnenkäferlied‹ anstimmt, spitzt er den Mund. Wie jeden Morgen.

Jenny setzt sich zu ihr, aber Greta interessiert sich nur für das Baby und singt: »Erst kommt der Sonnenkäferpapa, dann kommt die Sonnenkäfermama …«

Während im Hintergrund die Kaffeemaschine blubbert, schreibt Jenny ihrer Assistentin eine SMS, dass sie eine Stunde später kommt, und blickt dann auf das Kreuzworträtsel mit Kästchen, in die Wörter hineingequetscht wurden, die nicht unbedingt zur Frage passen. Sie würde so gerne wissen, wie Greta denkt und wahrnimmt in ihrer schrecklichen Krankheit. Dann hört sie ihren fröhlichen Gesang: »… Und hinterdrein ganz klitzeklein die Sonnenkäferkinderlein.«

Carlchen hängt an ihren Lippen. Er findet nichts schrecklich. Ist im Moment. Pur. Wie die demente Greta.

Helga stellt Jenny eine Tasse Kaffee hin. »Sag mal, wer war denn der Mann, den Tom gestern im Auto hatte?«

Jenny zögert. Spült sich mit dem viel zu heißen Getränk den bitteren Tablettengeschmack aus dem Mund und überlegt, wie sie die Wahrheit galant umschiffen könnte. Aber diese ewige Geheimniskrämerei ist anstrengend. An einem Kopfschmerzmorgen wie diesem allemal. Deshalb antwortet sie kurz und knapp: »Toms Halbbruder.« Und nimmt einen weiteren Schluck.

»Oha!« Helga lässt sich auf den Küchenstuhl plumpsen und starrt vor sich hin.

Jenny kann ihr beim Denken zuschauen. Ihr fällt auf, dass sie noch nie ein Foto von Toms Vater gesehen hat. Ungewöhnlich, dass nicht irgendwo in der Wohnung ein Bild des Verstorbenen hängt. »Was war Konrad eigentlich für ein Mensch?«

Bevor Helga antworten kann, sagt Greta: »Der hatte es faustdick hinter den Ohren.« Dann singt sie nahtlos weiter von Konrad, dem Sonnenkäferpapa, und führt Carls Händchen zusammen, sodass er neben all den Infos über die Sonnenkäferfamilie auch noch das Klatschen lernt.

Die übergewichtige Helga fängt plötzlich an, hektisch Zeitungsausschnitte von links nach rechts und zurück zu räumen. Die neuesten Diätrezepte. Die euphorischen Berichte im ›Express‹ und der ›Bild‹-Zeitung, weil der 1. FC Köln am ersten Spieltag gewonnen hat. Die Sensationsmeldung in der Regenbogenpresse: *Endlich ist es raus. Helene Fischer ist schwanger.* Beiläufig sagt sie: »Das war ein feiner Kerl, auf den lasse ich nichts kommen.«

Greta hört auf zu singen. »Ich auch nicht. Der Konrad ist ein feiner Kerl.«

Verrückt, denkt Jenny und fragt sich, was Toms Mutter eigentlich noch versteht. Manchmal kommt es ihr so vor, als würde Greta nur Stichworte nachplappern, und dann haut sie wieder Sätze raus, bei denen man denken muss, dass sie kombiniert.

Mit einer leichten Kopfbewegung gibt Helga Jenny zu verstehen, ihr zu folgen. An der Arbeitsplatte sagt sie leise: »Er hatte es nicht immer leicht. Mit einer kranken Frau.« Sie träufelt Metallpolitur auf die hochglänzende Spüle und reißt ein Stück von der Küchenrolle ab. »Man kriegt viel voneinander mit, wenn man so eng beisammen wohnt. Aber egal, was war, ich lasse nichts auf ihn kommen.«

Sie vermutet also auch, dass Toms Vater eine Geliebte hatte, denkt Jenny und schaut ihr zu, wie sie fast manisch die Politur einarbeitet.

»Sag mal, Helga, was weißt du über die Frauenarztpraxis?«

»Na, da hatte er auch zu kämpfen. Nach dem Skandal.«

»Welchem Skandal?«

»Frag Tom«, sagt Helga und wirft das zerknüllte Papier in den Müll.

Toms Herz schlägt wild. Nicht nur, weil er mit Henk in einem Affenzahn die Kartons in den Aufzug transportiert und sie in die Wohnung gehievt hat. Jetzt stehen die sechs Pappboxen vor ihnen, und sie starren wie gelähmt darauf.

»Fangen wir an«, sagt Henk entschlossen.

»Lass uns erst einen Plan machen.«

»Ich kann keinen Plan machen, wenn ich nicht weiß, was da drin ist.«

Sie schauen einander an. Eine gefühlte Ewigkeit. Und dann – wie auf ein Kommando – stürzt sich jeder auf einen Karton und reißt ihn auf. Sie ziehen eine Patientenakte nach der anderen heraus, finden Namen, Anamnesebögen, Notizen über Diagnosen und Therapien, Medikamentenlisten, Blutwerte, Röntgenbilder, Dokumentationen über Eingriffe, die Tom versteht, weil er das große Latinum hat – schließlich sollte ja auch er Arzt werden. Bestimmte Kürzel wiederum versteht Henk, weil sie international üblich sind.

»Wir werden Wochen brauchen, wenn wir so weitermachen«, sagt Tom. »Sollen wir uns nicht doch mal eine Taktik überlegen?«

Henk ist wie im Fieber und gibt keine Antwort. Weil sein Herz nach wie vor beängstigend schnell pocht und Tom eine aufkommende Enge in der Brust spürt, geht er in die Küche, gibt vor, sich etwas zu trinken zu holen, und versucht, unbemerkt von Henk zur Ruhe zu kommen. Er hat Angst vor dem, was sie finden könnten.

»Mist«, flucht Henk. »Wieder die falschen Buchstaben.«

Tom dreht sich um. »Was?«

»Ich suche meine Akte. Beziehungsweise die meiner Mutter. Oder die von Sandra. Prehn ist ihr Familienname. Oder Glowaky. Also Stephen. Wir müssen wissen, was da drinsteht.«

»Guter Plan«, sagt Tom, trinkt ein zweites Glas Wasser und hofft, dass das, wonach Henk sucht, nicht aufbewahrt wurde. Was er seinem Halbbruder verschwiegen hat: Er hat gestern recherchiert, dass Samenspenden unter Ärzten lange als sitten- oder standeswidrig galt. Erst 1970, und juristisch abgesichert im Jahre 1986, entschieden sich die Mediziner mehrheitlich, dass die behandelnden Ärzte selbst nicht als Samenspender fungieren durften, da es jeglicher Ethik widersprach. Deshalb müsste sein Vater ja das größte Interesse gehabt haben, die Unterlagen jener Fälle verschwinden zu lassen.

Henk reißt den letzten Karton auf und zieht die erste und die letzte Akte heraus. »Godverdomme!«

»Was?«

»Hier sind die Buchstaben B, D und G auch nicht drin.«

Jenny ist nur eine Ecke weitergefahren, damit Helga sie vom Küchenfenster aus nicht sehen kann. Dann nimmt sie die nächste Parklücke und tippt die Suchbegriffe *Monderath* und *Skandal* in ihr Smartphone. Innerhalb von Sekundenbruchteilen wird ihr Handy überflutet von Monderath-Skandalen. Allesamt beziehen sie sich auf Tom. Und alle handeln von irgendwelchen Frauengeschichten.

»Ogottogott«, murmelt sie und fragt sich kurz, was wohl der Wahrheit entspricht und was die Presse ihm angedichtet hat. Egal. Sie gibt noch den Vornamen von Toms Vater ein. Aber auch so findet sich nichts über die Praxis. Und erst recht nichts über einen Skandal, in dessen Mittelpunkt Dr. med Konrad Monderath steht.

Als sie wieder auf dem Weg in Richtung Stadt ist, kommt ihr hinter der Unterführung der Rodenkirchener Brücke Toms Auto entgegen. In einem Affenzahn rast er an ihr vorbei. Mit Henk auf dem Beifahrersitz.

In Porz ist Tom froh, dass keiner der Mieter und schon gar nicht Helga oder seine Mutter zu sehen sind, als er in die Garage fährt und zum zweiten Mal innerhalb kurzer Zeit rückwärts so nah wie möglich den Keller ansteuert.

»Die kriegen wir nicht alle ins Auto«, sagt Tom, als er im Kellerverschlag vor den restlichen Praxiskartons steht.

»Hauptsache, wir finden den Karton mit D.«

Nach und nach reißen sie jede Kiste auf, und endlich, bei der vorletzten, sind sie am Ziel.

»Hier ist es«, sagt Tom. Sie ziehen eine Akte nach der anderen raus, und dann haben sie, was sie suchen. *VAN DONGEN, BEATRIX.*

Tom sieht, wie Henks Hände unkontrolliert zittern und er bleich wie die Wand mit offenem Mund auf die Durchschläge der privaten Rechnungen schaut. Vorsichtig nimmt er sie ihm aus der Hand und liest die Behandlungsdaten.

»Wann genau bist du geboren?«, fragt er leise.

Bevor Henk antworten kann, hört er Jenny hinter sich. »Was macht ihr hier?«

ACHT.
August 1961 – Juli 1964

»Was machst du hier?«, fragte Heinrich Pütz.

Conny saß in seinem Behandlungszimmer am Schreibtisch, ihm gegenüber hatte ein magerer Mittvierziger Platz genommen. Er hatte nicht damit gerechnet, dass sein Onkel nach dem Mittagessen noch einmal in die Praxis zurückkommen würde, und hatte den Termin deshalb auf diesen Samstagnachmittag gelegt. »Das ist Herr Knoll. Herr Knoll, und das ist Dr. Pütz, mein Arztkollege.«

Der Besuch sprang auf, nahm Haltung an und machte einen angedeuteten Diener. »Angenehm. Ernst Knoll. Schering AG«, sagte er zackig.

Drickes warf Conny einen erstaunten Blick zu, zog sein Jackett aus und warf es in die Ecke. »Schering AG?« Er ging hinter den Schreibtisch und machte Conny mit einer kleinen Handbewegung klar, dass er sich erheben solle. Dann ließ er sich auf dem Schreibtischstuhl nieder. »Und in welcher Angelegenheit sind Sie hier, wenn ich fragen darf?«

»Ich wollte Ihnen und dem werten Herrn Doktor Monderath unser Produkt Anovlar vorstellen. Sicherlich haben Sie schon den Veröffentlichungen entnommen, dass es seit dem 1. Juni auf dem Markt ist. Ein Medikament gegen Menstruationsbeschwerden.«

»Ach«, sagte Drickes mit gespieltem Erstaunen. »Menstruationsbeschwerden?«

Angelehnt ans Fensterbord sah Conny, wie sein Onkel sich ein Spiel daraus machte, den Arzneimittelvertreter in Oberlehrermanier auszuhorchen. Er fragte nach Nebenwirkungen. Nach Thrombosen. Lungenembolien. Schlaganfällen. Und genoss es sichtlich, dass Knoll sich verhaspelte, als er Prozentzahlen von Versuchen an Laborratten herunterbetete.

Conny hätte nichts lieber getan, als dieses Gespräch sofort zu beenden. Er hatte sich in den letzten Wochen wieder und wieder anhören müssen, was Drickes zu diesem Medikament und besonders zu dessen Entstehungsgeschichte zu sagen hatte. Aus Erfahrung war ihm klar, dass der Alte nicht zu bremsen war, schon gar nicht, wenn er – wie immer – alles besser wusste als jeder andere.

»Wie der Name Anovlar schon sagt, findet kein Eisprung statt«, sagte der Vertreter mit weißem Schleim in den Mundwinkeln. »Daraus folgt dann auch eine weitere Nebenwirkung: Anovlar schützt vor der Empfängnis.«

»Ach«, wiederholte Drickes und tat ahnungslos. Dabei wusste er es. Natürlich. Ganz Deutschland wusste es. Spätestens, seit vor Wochen im ›Stern‹ Folgendes gestanden hatte: *Der 1. Juni 1961 wird vielleicht einmal ein historischer Tag genannt werden. Wir können heute schon mit Gewißheit sagen, daß an diesem Tag ein gewaltiger Schritt vorwärts getan wurde zur Lösung eines der brennendsten Probleme, das sich im Zusammenleben von Frau und Mann ergibt.*

»Wir leben hier in der Domstadt, junger Mann. Köln ist katholisch. Kennen Sie die Haltung der katholischen Kirche zum Thema Empfängnisverhütung?« Drickes biss die Spitze einer Zigarre an, spuckte die Krümel aus und entzündete ein Streichholz.

»Ja, aber …« Knoll verschwand hinter Qualm.

»Ihrem Wesen nach ist die eheliche Liebe auf die Weitergabe und den Erhalt menschlichen Lebens ausgerichtet. Das wissen Sie doch sicher, Herr, Äh …«

»Knoll«, ergänzte der Angesprochene und hustete.

Conny war klar, dass Drickes die Haltung der Kirche nicht die Bohne interessierte. Ihn interessierte auch nicht, dass diese revolutionäre Form der Empfängnisverhütung in der deutschen Gesellschaft grundsätzlich kritisch betrachtet wurde. Um das Trauerspiel zu beenden, machte er einen Schritt auf den Besucher zu und sagte: »Wir wollen Ihre Zeit jetzt nicht länger in Anspruch nehmen. Danke, Herr Knoll.«

Drickes warf den Kopf in seine Richtung, und obwohl Conny in den dicken Brillengläsern nur die Spiegelung des Fensters sah, wusste er, dass es ein Blick war, der ihn zum Schweigen bringen sollte. Dann zog der Alte die Luft tief in seine Lungen, wandte sich erneut Knoll zu und holte endlich zum großen Schlag aus. »Und jetzt raten Sie mal, wer die Forschungsgrundlage für dieses Anovlar entwickelt hat?«

Bevor der Vertreter antworten konnte, verkündete er triumphierend: »ICH! Ich habe die grundlegende Forschung zur hormonellen temporären Sterilisierung mit Progynon B betrieben. ICH! Ohne mich würde es diese Tabletten nicht geben.« Drickes haute mit der flachen Hand auf den Tisch, lief bedenklich rot an, wie immer, seit Anovlar auf dem Markt war und niemand, wirklich keine Sau – und vor allen Dingen nicht die Schering AG – ihm die Anerkennung zollte, die er seiner Meinung nach verdiente.

Ernst Knoll warf Conny einen Hilfe suchenden Blick zu, nestelte an der Innentasche seine Jacketts und zog eine Packung Reval heraus. Vor Nervosität, oder vielleicht auch nur, um Zeit zu überbrücken, zündete er sich eine Filterlose an und knibbelte Tabakkrümel von seiner Unterlippe. »Ich muss zugeben, dass ich das nicht wusste, Herr Doktor Pütz.«

»Tja!« Drickes blies eine Rauchwolke über den Schreibtisch. »Das wird nicht das Einzige sein, was Sie nicht wissen!«

Wie armselig, dachte Conny und schämte sich für seinen Onkel, der sich an diesem kleinen Außendienstmitarbeiter im schlecht sitzenden Anzug abarbeitete, weil der Vorstandsvorsitzende von Schering nicht mit ihm sprechen wollte. Dabei genoss Drickes als Gynäkologe großen Zuspruch. Seine Adresse wurde von ungewollt kinderlosen Paaren wie ein Geheimtipp weitergegeben, weil er unfruchtbare Frauen erfolgreich mit Hormonen behandelte. Aus ganz Deutschland und dem nahen Ausland kamen sie angereist, wenn die Kollegen nicht mehr weiterwussten. Doch das bedeutete ihm wenig, er wollte die Anerkennung der Fachwelt.

Draußen klingelte es. Vom Empfang waren Stimmen zu hören, dann ein Klopfen an der Tür.

»Ja«, sagte Conny.

Ihre Sprechstundenhilfe Erna Potthoff streckte den Kopf herein. »Das Ehepaar van Dongen ist da, Herr Doktor Pütz«, verkündete sie und kam mit einem gestärkten Kittel über dem Arm herein. Während Drickes sich erhob und sich von ihr in den Kittel hineinhelfen ließ, wunderte sich Conny, warum sein Onkel am Samstagnachmittag noch Patienten empfing. Er wunderte sich auch, dass Fräulein Potthoff, die normalerweise samstags nicht arbeitete, offensichtlich mehr wusste als er selbst.

Bewegungslos stand Drickes da, bis sie alle Knöpfe über seinem Bauch zugeknöpft hatte. Dann verließ er grußlos den Raum. Die Sprechstundenhilfe folgte ihm, schnappte sich im Hinausgehen sein Jackett und strich es glatt.

Conny nahm wieder seinen Platz hinter dem Schreibtisch ein. »Ich habe viele Patientinnen, die nach dem Mittel fragen. Es ist ein Segen. Vor allem für kinderreiche Familien.«

»Ja«, sagte Knoll und holte ein Paket Probepackungen aus seiner Aktentasche. »Wir suchen Ärzte, mit denen wir zusammenarbeiten können.«

»Und wie soll diese Zusammenarbeit aussehen?«

»Sie stellen uns die Ergebnisse der Behandlungen zur Verfügung. Das müssen Sie natürlich nicht umsonst tun.«

»Was führt Sie zu mir?«, fragte Dr. Heinrich Pütz und schaute freundlich über die Aktenberge auf seinem Schreibtisch auf das Ehepaar, das ihm gegenübersaß.

In gutem Deutsch mit stark holländischem Akzent murmelten die verlegenen Holländer etwas von Unfruchtbarkeit und davon, dass sie die Adresse von anderen Eltern erhalten hätten.

»Und warum kommen Sie zu mir? Ich meine, es gibt doch auch in den Niederlanden ausgezeichnete Kollegen.«

»Wir haben schon so viel versucht«, sagte Frau van Dongen leise und spielte mit ihrem Spitzentaschentuch.

»Und haben von Ihrer Erfolgsquote gehört«, ergänzte ihr Gatte.

Drickes musste die Frage nicht stellen. Er sah am unsicheren Blick des Mannes, dass die Kinderlosigkeit dieses Paares nicht an ihr lag. Er ließ sich die Röntgenbilder zeigen, die sie mitgebracht hatten – und die die Durchlässigkeit der Eileiter von Frau van Dongen bewiesen –, und studierte auch das Heftchen mit der minutiös festgehaltenen Basaltemperatur der vergangenen vierzehn Monate. »Na, das sieht doch gut aus. Sehr regelmäßig. Aber Sie wissen schon, dass ich Facharzt für Frauenleiden bin?« Er fixierte nun Herrn van Dongen. »Ich kenne einen sehr guten Urologen, vielleicht sollten Sie den einmal konsultieren.«

Unaufgefordert reichte der Angesprochene ein abgegriffenes Schreiben von einem Urologen über den Tisch. Ein kurzer Blick auf das Spermiogramm zeigte Drickes, dass dieser Mann zu hundert Prozent zeugungsunfähig war.

»Ich kann Ihnen anbieten, Ihre Gattin mit Fremdsamen zu behandeln und parallel dazu unterstützend Hormone verabreichen.«

Wim van Dongen, ein dünner Hüne mit schmalem Gesicht, nickte.

»Das Ganze ist allerdings nicht ganz billig.« Drickes klärte die finanziellen Konditionen. Einhundertzehn Mark für die Beratung und vierhundertzwanzig Mark für die Behandlung. Bar. Ohne Rechnung. Er wusste, dass dies zwei Drittel eines durchschnittlichen deutschen Monatslohnes waren und dass das niederländische Gehaltsniveau vergleichbar war. »In der Regel sehe ich die Patienten zwei-, zuweilen auch dreimal. Ausnahmen gibt es jedoch immer.«

Herr van Dongen reichte das Beratungshonorar über den Tisch und lächelte seine Gattin verstohlen an. Dr. Pütz bat ihn, das Behandlungszimmer zu verlassen, damit er dessen Ehefrau untersuchen konnte. Als sie auf dem gynäkologischen Stuhl lag und er ein Spekulum in sie einführte, um einen Blick auf ihren Muttermund zu erhaschen, sagte er: »Machen Sie sich keine Sorgen, gute Frau. Das kriegen wir hin.«

Während sie sich wieder anzog, betätigte Drickes den Knopf unter seinem Schreibtisch, sodass die Sprechstundenhilfe wusste, dass sie den Gatten wieder hereinführen konnte. Drickes fragte ihn nach seiner Körpergröße, notierte sich die Farbe seiner Augen. »Haben Sie ein Foto von sich mitgebracht? Das brauche ich für die Typangleichung. Dann können wir einen Spender aussuchen, der Ihnen am ähnlichsten ist.«

Beatrix van Dongen zog ein Hochzeitsfoto aus ihrer Handtasche, auf dem sie unbeschwert lächelte und er voll selbstverständlicher Zuversicht war, dass sie demnächst ein Kind bekommen würden.

Drickes steckte es zusammen mit den handschriftlichen Notizen über die äußeren Merkmale von Wim van Dongen und dessen Beruf des Wasserbauingenieurs in eine Kladde und warf einen letzten Blick auf den Zykluskalender seiner Frau. »Wir sehen uns in zehn Tagen wieder. Dann werden wir der Unfruchtbarkeit zu Leibe rücken.« Der Blick auf die Wanduhr hinter dem Paar zeigte ihm an, dass er sich beeilen musste. Er erhob sich und brachte die beiden zur Tür.

»Ich habe noch eine Frage«, sagte Wim van Dongen zögernd.

Conny, der eben den Schering-Vertreter hinausbegleitet hatte, sah, wie Drickes mit einem fremden Ehepaar in der halb geöffneten Tür seines Sprechzimmers stand.

»Nach welchen Kriterien suchen Sie die Spender aus?«, fragte der Mann mit holländischem Akzent.

Drickes warf seinem Neffen einen Blick zu und drückte die Tür wieder zu. Conny ging näher und lauschte – misstrauisch beäugt von Fräulein Potthoff.

»Na, da können Sie ganz beruhigt sein«, sagte Drickes drinnen und brüstete sich damit, dass die infrage kommenden Herren handverlesen seien und er höchstpersönlich darauf achtete, dass sie nicht nur äußerlich, sondern auch dem Bildungsniveau entsprechen würden. Deshalb hätte er auch nach dem Beruf gefragt. »Schließlich soll keiner merken, dass Sie nicht der Vater sind.«

Kopfschüttelnd ging Conny in die Praxisküche und schenkte sich aus der Thermoskanne einen Kaffee ein. Dann hörte er aus dem Flur: »Und noch ein Tipp zum Abschied. Erzählen Sie Ihrem Kind niemals davon. Und reden Sie auch untereinander nicht darüber. Der Vater soll das Kind so behandeln, als wäre es sein eigenes.«

Als Conny sicher sein konnte, dass das Ehepaar gegangen war, betrat er das Sprechzimmer seines Onkels und schloss die Tür.

»Wie kannst du solche Behandlungen durchführen, ohne sie mit mir abzusprechen?«

Drickes stand an seinem Waschbecken und wusch sich die Hände. »Nun spiel dich nicht so auf!«

»Donogene Inseminationen sind aus sittlichen Gründen standesunwür…«

»Sagt wer?«, unterbrach ihn Drickes.

»Der Deutsche Ärztetag 1959. Wenn das publik wird …«

Drickes kam Conny bedrohlich nahe und taxierte ihn. Hinter den Brillengläsern waren seine Augen bedrohlich groß. »Die Tabletten gegen Empfängnis sind auch sitten- und standeswidrig.«

»Der Deutsche Juristentag verlangt gesetzliche Strafandrohung gegen die beteiligten Ärzte und die inseminierten Frauen«, entgegnete Conny.

»Manchmal kommt es nicht darauf an, das zu tun, was legal ist, sondern das, was richtig ist. Jede vierte bis fünfte Ehe in Deutschland ist kinderlos. Schau dir nur mal die armen unglücklichen Leute an!«

Conny spürte einen Stich, weil er wusste, dass Drickes das exakt so formuliert hatte, um ihn zu treffen. Schließlich war auch seine Ehe noch immer ohne Kinder.

»Du kennst meine Meinung. Wir müssen etwas tun, wenn sich die Asozialen wie die Karnickel vermehren und jetzt auch noch die Intelligenz anfängt, Schwangerschaften zu vermeiden. Sonst bedeutet das: Gute Nacht Deutschland!«

Conny war es so leid. Es ging seinem Onkel nicht um eine thematische Auseinandersetzung, sondern einzig und allein darum, recht zu haben. Die Woche war anstrengend genug gewesen. Er wollte nur noch nach Hause und nahm die Türklinke in die Hand.

»Außerdem«, rief Drickes ihm nach. »Schau dir unsere Kontoauszüge an. Mit den Kleckerbeträgen, die wir von der Krankenkasse bekommen, könnten wir keine großen Sprünge machen. Das Röntgengerät finanziert sich auch nicht von alleine.«

Draußen klingelte es erneut.

»Na denn, Onkel. Schönes Wochenende«, sagte Conny, weil er keine Lust auf weitere Belehrungen hatte, und schloss die Tür von außen.

Am Empfang begrüßte Fräulein Potthoff einen jungen Blondgelockten, der schnell auf der Toilette verschwand. Conny räumte seinen Schreibtisch auf, schloss die Tablettenpackungen, die ihm der Schering-Vertreter dagelassen hatte, in den Schrank und sah durch die angelehnte Tür, wie der junge Mann aus der Toilette kam, einen Geldschein von der Sprechstundenhilfe überreicht bekam und wieder ging.

Als ihm wenig später im Treppenhaus eine Frau entgegenkam, ahnte Conny, dass sie gleich eine blondgelockte Spermiendosis verpasst bekommen würde.

»Du kommst aber spät heute!«, rief Greta aus der Küche. »Ist etwas passiert?«

»Der übliche Wahnsinn«, sagte Conny und gab ihr zur Begrüßung ein Küsschen. »Ich habe zum fünftausendsten Mal bereut, dass ich mich auf den Handel mit dem Alten eingelassen habe. Wären wir doch nur in Heidelberg geblieben.«

Greta lachte und stellte die Schüssel mit dem Kartoffelbrei auf den Tisch. »O Gott, was hat er denn wieder angestellt?«

»Das willst du gar nicht wissen«, sagte Conny, freute sich, dass es Rinderleber gab, und holte eine Flasche Bier aus dem Kühlschrank. »Was hältst du davon, wenn wir verreisen?«

»Wohin?«

»Rüdesheim.« Er trank einen Schluck Kölsch. »Wir müssten das nicht einmal bezahlen.«

»Wieso? Hat Onkel Drickes das spendiert?«

»Gott bewahre«, sagte Conny essend. »Da findet eine Art Ärztekongress statt. Im Oktober. Von der Schering AG. Ich bin eingeladen. Mit Gattin. Ohne Drickes. Und: Das muss er nicht unbedingt wissen.«

Nachdem Greta abgespült hatte, setzte sie sich zu Conny auf die neue Couch. Im Fernsehen ertönte die Titelmelodie der Ratesendung *Was bin ich*, in der ein Team aus Prominenten den Beruf eines Kandidaten erraten sollte. Als Erstes trat ein schlaksiger Mittdreißiger aus der Kulisse und schrieb seinen Namen auf eine Tafel. *Fritz Laubenthal.* Dann setzte er sich neben den Gastgeber Robert Lembke, der einen Gong anschlug. Alle mitratenden Zuschauer wussten, dass nun der Beruf des Gastes eingeblendet wurde. Auch Greta. Und weil sie mitraten wollte, versteckte sie sich hinter Connys Rücken und tauchte erst nach dem zweiten Gong wieder auf.

Der Gast machte eine für seinen Beruf typische Handbewegung und wurde gefragt, welches Sparschwein er gerne hätte. Conny hörte an Gretas Atem, wie hochkonzentriert sie war, und schmunzelte.

»Sind Sie mit der Herstellung oder Verteilung einer Ware beschäftigt?«, fragte die Schauspielerin Marianne Koch.

Laubenthal verneinte, und Robert Lembke, der Gastgeber, warf ein Fünfmarkstück in ein Sparschwein.

»Gehe ich recht in der Annahme, dass Sie nicht in einem Dienstverhältnis sind?«, wollte Hans Sachs, der Oberstaatsanwalt, der stets eine Fliege trug, als Nächster wissen.

Der Gast schaute fragend. Lembke musste übersetzen und schob das nächste Geldstück hinterher. Sein Hund Jacky, der neben ihm auf der Schreibtischplatte lag, war wie immer unbeeindruckt.

»Na, ein Intellektueller ist er nicht«, meinte Conny, der die Beine auf dem Couchtisch gelegt hatte.

»Pst!«, befahl Greta, stopfte Salzstangen in sich hinein und überlegte.

»Können Sie diesen Dienst an mir vollbringen?«, fragte der Schweizer Guido Baumann.

Wieder purzelte ein Fünfer ins Sparschwein, und Greta fing an, laut zu kombinieren. Plötzlich sprang sie auf: »Ich hab's! Der ist bei der Polizei. Der arbeitet an der Grenze.«

»Wie kommst du denn darauf?«, wollte Conny wissen.

»Das weiß ich einfach!«

Als das Rate-Team nach der zehnten unbeantworteten Runde aufgeben musste, wurde gelöst. Herr Laubenthal war ein bayrischer Beamter. Beim Bundesgrenzschutz. Greta klatschte in die Hände, tanzte durch die Wohnung: »Ja! Ja! Ja! Ich hab's gewusst!«

»Woher bloß?« Conny schüttelte lachend den Kopf. Es war verrückt, wie oft Greta bei dieser Sendung den richtigen Riecher hatte. Und vor allen Dingen hatte sie Spaß. Er war so froh, dass es ihr einigermaßen gut ging, dass sie dank Imipramin stabil war. Es war das erste Antidepressivum und noch recht neu auf dem Markt. Greta nahm es seit dem Klinikaufenthalt ein. Ohne darüber zu reden, hatten sie das Thema Kinder zur Seite gelegt.

Conny traute dem Beipackzettel von Imipramin nicht, seit herausgekommen war, welch verheerende Nebenwirkungen das Beruhigungsmittel Contergan auf ungeborene Kinder hatte. Er wollte lieber warten, bis Greta die Tabletten nicht mehr brauchte. Was die sexuelle Aktivität anging, hielt er sich zurück – und wenn, dann benutzte er Kondome.

Auch den Beruf des nächsten Kandidaten, Ernst Mössinger aus dem Badischen, erriet sie vor dem Rate-Team: »Der ist Schrankenwärter bei der Bahn!« Sie hatte eine diebische Freude und tanzte erneut durch das Wohnzimmer.

Immer wenn Conny sie so erlebte, lachend und fluchend und

voller Temperament, dann dachte er, dass man es wagen könnte, das Mittel bald abzusetzen.

»Und was machen wir morgen?«, fragte sie, als Robert Lembke sich bis zur nächsten Sendung verabschiedet hatte, und drückte den Ausschaltknopf.

Conny zog sie auf seinen Schoß. »Ausschlafen! Und dann vielleicht an den Rhein zum Schwimmen.«

»Gute Idee.«

»Oder wir bleiben den ganzen Tag im Bett liegen.« Dann küssten sie sich. Innig.

Am nächsten Morgen klingelte es an der Tür. Conny blinzelte auf den Wecker. 6:15 Uhr. Grummelnd drehte er sich um und drückte Greta an sich. Es klingelte erneut. Sturm. Dann klopfte es. »Verflucht!«, murmelte er, schlug die Decke zurück, schlüpfte in seine Schlafanzughose, schlurfte in den Flur und blickte durch den Türspion.

»Mach auf!«, befahl Drickes von draußen, und als Conny die Tür öffnete, schlug ihm eine Alkoholfahne entgegen. »In Berlin haben sie heute Nacht angefangen, eine Mauer zu bauen«, lallte der Onkel. Sein Kopf war knallrot, der Blick trübe und trotzdem entschlossen. »Stell das Radio an!«

Ungläubig gehorchte Conny und hörte die aufgeregte Stimme des Sprechers: »Die Welt hält den Atem an. Bewaffnete Volkspolizisten der DDR riegeln Ost-Berlin gegen West-Berlin ab. Die Telefonverbindungen zwischen der Bundesrepublik und der DDR sind vorübergehend unterbrochen. Auch West-Berlin ist von dieser Sperre betroffen.«

Verschlafen kam auch Greta im Morgenmantel dazu. Und war bald fassungslos und von unglaublichem Entsetzen erfüllt – wie die Berliner Bevölkerung. Conny legte schützend den Arm um sie.

Heinrich Pütz ließ sich aufs Sofa sacken. »Hast du einen Kaffee, Gretchen?«

»Ich mach einen«, sagte sie, und Conny war froh, dass er nicht nach einem Schnaps verlangte.

Obwohl es nichts Neues zu berichten gab und sich die Schilderungen der Reporter ähnelten – egal, ob sie am Brandenburger Tor standen, in der Kochstraße oder an der Bernauer im Wedding –, blickten sie stundenlang auf das Radio und saugten jedes Wort auf. Schweigend. Qualmend.

Es war, als würde die Welt stillstehen, als hätte die Sicherheit, in der sie sich wähnten, einen Riss bekommen. Nachmittags, als Drickes, der zwischenzeitlich eingenickt war, wieder zu sich kam und nach mehr Kaffee verlangte, starrten sie auf das Fernsehgerät, in dem das Unfassbare nun zu sehen war. Zugemauerte Fenster und Türen. Verzweifelte Menschen, die weinend zuschauen mussten, wie Bauarbeiter den Weg zu ihren Angehörigen verbarrikadierten. Und Drickes sagte noch immer kein Wort. Das war fast schlimmer als seine aggressive Wichtigtuerei, die er sonst an den Tag legte, wenn er betrunken war. Selbst abends, als der Regierende Bürgermeister von Berlin eine Fernsehansprache hielt, giftete er nicht in Richtung des 1933 aus Deutschland geflohenen und 1938 von den Nazis ausgebürgerten Willy Brandt – und beschimpfte ihn nicht wie sonst als Verräter. Schweigend hörte er dessen Worte:

»Die Mauer bedeutet, dass mitten durch Berlin nicht eine Art Staatsgrenze, sondern die Sperrwand eines Konzentrationslagers gezogen wird.«

»Will der denn gar nicht mehr gehen?«, flüsterte Conny Greta in einem unbeobachteten Moment zu.

»Nun lass ihn doch. Er hat schließlich so viel mitgemacht. Und er hat doch nur uns«, flüsterte sie zurück.

Conny betrachtete seinen Onkel und spürte die Einsamkeit,

die ihn umgab. »Du hast recht«, sagte er leise und dachte, dass man an einem Tag wie diesem, an dem man das Gefühl hatte, dass die Welt sich veränderte, niemanden allein lassen sollte. Selbst Drickes nicht.

Sechs Wochen später fuhren sie trotzdem ohne den Onkel, der inzwischen seine aufbrausende Grundkonstitution wiedergefunden hatte, und auch ohne dessen Wissen am Rhein entlang Richtung Rüdesheim. Der Altweibersommer tauchte die Welt in ein Licht, das selbst hinter ihren Sonnenbrillen golden war und warm. Auf dem Parkplatz am Rüdesheimer Hof standen bereits viele Autos – allesamt größer und teurer als der VW-Käfer, der sich wie ein vertrautes Familienmitglied anfühlte.

»Herr und Frau Dr. Monderath«, begrüßte sie die rotwangige Wirtin, deren draller Körper in ein Dirndl gepresst war. Der Blick, mit dem sie Greta musterte, entging Conny nicht. Eine Mischung aus Bewunderung und Neid.

Auch die anderen Ärzteehefrauen und weiblichen Angestellten, die ihnen auf dem Weg durchs Hotel begegneten, schauten ähnlich auf die mondän wirkende Greta in ihren Capri-Jeans und der über dem Bund geknoteten Bluse, der man nicht ansah, dass sie selbst genäht war – nach einem Foto von Brigitte Bardot, das Greta in der ›Quick‹ entdeckt hatte.

Aufsehen erregte Greta auch am Abend beim Empfang in der Drosselgasse. Conny war stolz darauf, dass sie alle Blicke auf sich zog. Nicht nur, weil sie ein hellblaues Cocktailkleid trug, das aussah, als wäre es von einem Pariser Couturier. Sie strahlte von innen, was er auch darauf zurückführte, dass das Antidepressivum inzwischen abgesetzt war.

Die Tische waren feierlich gedeckt und mit Platzkärtchen versehen. Greta hätte am liebsten sofort auf dem Absatz kehrtgemacht. Ihr waren die Menschen zu viel, sie fühlte sich klein unter ihnen – und das nicht wegen ihrer Körpergröße. Die Damen waren so elegant, so perfekt frisiert, so mit Manieren und Umgangsformen gesegnet, dass sie sich wie ein ungebildeter Bauerntrampel fühlte. Deplatziert. Und dann die Männer. Feist. Ihre Blicke taten ihr fast körperlich weh. Hätte sie doch nur etwas anderes angezogen. Etwas Weiteres, was die Brüste verbarg. Etwas Längeres, was ihre Beine versteckte. Sie lächelte gequält in die hohlen Gesichter und wünschte sich, die Erde würde sich auftun, oder es wäre schon übermorgen.

»Komm«, flüsterte Konrad.

Sie spürte seinen starken Arm, der sie sanft durch den Raum schob. Mitten hindurch, weil der Tisch, an dem sie platziert waren, auf der anderen Seite des Saales war. Natürlich.

»Dr. Wegginger«, stellte sich ihr beleibter Tischnachbar vor, verneigte sich vor Konrad und deutete Greta einen Handkuss an. Offensichtlich war er allein angereist.

Höflich prostete ihm Greta zu und konnte schon nach dem Vorspeisesalätchen entspannen, denn der Frauenarzt aus der Nähe von Worms wollte nichts von ihr wissen. Er legte keinen Wert auf Kommunikation. Ihm genügte es, sich selbst zuzuhören, schließlich hatte er viel zu erzählen, denn er war schon überall gewesen, hatte schon alles gemacht und kannte jeden. Er redete ununterbrochen und verspeiste dabei trotzdem so viel, dass es auch noch für eine hungrige Ehefrau gereicht hätte.

Als der Abend offiziell beendet war, ergriffen Greta und Konrad die Flucht und zogen – mit etwas zu viel Wein intus – die Hotelzimmertür hinter sich zu. Erschöpft ließ Konrad sich aufs Bett fallen und band die Krawatte auf. Greta schlüpfte aus ihrem Kleid, schwor sich, es nie wieder anzuziehen, und plumpste neben ihn. Auch sie starrte die Decke an, die voller sich drehender Wasserränder war. Oder drehte sie sich etwa? Grinsend dachte sie an den Dialekt des pfälzischen Tischnachbarn. Und dann fiel ihr ein, wie sie die ostpreußische Familie früher in Heidelberg, als sie kurz nach der Flucht oben im Bienenhaus am Berg gewohnt und abends keiner vor die Tür gedurft hatte, weil Ausgangssperre gewesen war, mit kleinen Dialekt-Vorführungen unterhalten hatte. Damals hatte sie Kapriolen von Frau Dabbisch und Frau Babbel, zwei Heidelberger Tratschweibern, vorgeführt. Sie sprang auf, stellte sich im Unterrock vor Konrad, stemmte die Fäuste in die Taille und holte Frau Babbel aus der Versenkung.

»Was kummese ma jetzt so dabbisch?«

Doch anstelle von Frau Dabbisch führte sie einen neuen Gesprächspartner ein. »A hald emol, so kenne dess awwa ned mache, isch bin de Herr Großschbresch. Isch hab jede Frau in ganz Deutschland unnersucht. Ja sogar in Europa. Dess kenne Se sich gar nitt vorschdelle, wie froh die ware, dass endlisch ä Experte uffgekreuzt iss.«

Konrad krümmte sich vor Lachen, und Greta legte noch einen Zahn zu. Plötzlich hielt Frau Babbel inne. »Was isch denn dess jetzt?«, flüsterte sie und zeigte auf die Wand zum Nachbarzimmer, hinter der ein Bettenrost quietschte. Rhythmisch. Das Geräusch wurde schneller und schneller und hörte nach dreißig Sekunden schlagartig auf.

»Isch sach inne, do driwwe wohnt ä Karnickelsche«, sagte die Wegginger-Imitatorin bierernst.

Konrad zog sie zu sich aufs Bett.

»Jetzt sage Se blos. Sinn Sie etwa aach ä Karnickelsche, Herr Doctor Monderath?«

»Das werden Sie gleich sehen.«

Beim Frühstück saßen sie wieder neben Herrn Großsprech, der natürlich wusste, dass es ein Frevel war, die Frühstückseier aufzuklopfen. »Sie müssen sie köpfen.«

»Oh, danke. Das wusste ich nicht«, sagte Greta und war versucht, ihn zu fragen, wie sie das Messer halten sollte. Dann spürte sie, wie Konrad sie unter dem Tisch leicht anstupste. Sie konnte ihn nicht ansehen, sonst wäre das unterdrückte Lachen aus ihr herausgebrochen.

Satt und mit einem belegten Leberwurstbrötchen, das sie in eine Serviette gewickelt und in der Handtasche verstaut hatte, stieg Greta in einen Bus, der die Arztfrauen zum Damenprogramm chauffierte: der Besichtigung einer Weinkellerei.

Das Programm für die Herren Gynäkologen fand im Hotelsaal statt. Hinter verschlossenen Türen. Ein Abgesandter der Schering AG referierte darüber, wie anders man in Amerika mit dem Thema Empfängnisverhütung umginge: »Zwei Millionen Amerikanerinnen schlucken regelmäßig Hormontabletten, um eine Empfängnis zu verhüten. Wenn sie zu den Ärzten kommen, machen sie kein Geheimnis daraus und wollen, dass die Antibabypille verschrieben wird. Die pharmazeutischen Firmen können offen dafür werben. Ganz im Gegensatz zu Deutschland.«

Dann wurden die Fachärzte über den Zweck dieser Tagung aufgeklärt. Insgesamt sollten sechshundert Gynäkologen aus dem ganzen Land Fragebögen über Patientinnen ausfüllen, die mit dem Präparat Anovlar behandelt wurden. »Unser Ziel ist es, mindestens 20 000 Zyklen auszuwerten.«

Unter vier Augen erläuterten Konzernmitarbeiter jedem Arzt den Fragekatalog und stellten Prämien für diese Zusatzarbeit in Aussicht. Das war attraktiv, doch Conny interessierte das Thema auch aus einem anderen Grund: Obwohl Abtreibungen in Deutschland bei Strafe verboten waren, nahmen Kriminalisten an, dass es bis zu einer Million illegaler durchgeführter Schwangerschaftsabbrüche pro Jahr gab. In seiner Laufbahn hatte er immer wieder Patientinnen gesehen, die wegen unsachgemäß ausgeführter Aborte schwere Schäden davongetragen hatten, viele starben an den Folgen. Wenn es also eine Möglichkeit gab, Schwangerschaften medikamentös zu verhindern, dann wollte er das auf jeden Fall unterstützen.

Mittags trafen sie wieder mit ihren Ehefrauen zusammen, aßen erst Saumagen, dann Fürst-Pückler-Eis zum Nachtisch und konnten schließlich wählen, ob sie eine Gondelfahrt zum Niederwalddenkmal machen oder lieber ein Kino besuchen wollten, in dem ein Film gezeigt wurde, der hier in der Nähe gedreht worden war. Mit Elvis Presley.

Dr. Wegginger fuhr sich mit der Serviette über den Mund, rief: »Natürlisch die Gondel«, und nahm Greta und Conny somit die Entscheidung ab, wozu sie sich nicht anmelden würden.

Weil die beiden öfter und gerne ins Kino gingen, wussten sie, dass die besten Plätze in der Mitte, nicht in der Loge waren. Erwartungsvoll und händchenhaltend saßen sie auf ihren Samtpolstern, als der Vorhang aufgezogen wurde.

»Viel Spaß«, flüsterte Conny seiner Greta ins Ohr.

»Den wünsche ich dir auch«, sagte sie und gab ihm ein Küsschen, als der Filmtitel ›Café Europa‹ erschien.

Auf der Leinwand fuhren Panzer der US Army durch einen deutschen Wald. Sie luden Munition, und Tulsa McLean, dargestellt von Elvis Presley, war einer der Panzersoldaten.

Conny streichelte mechanisch Gretas Hand, überlegte, wie viele seiner Patientinnen sich die Antibabypille verschreiben lassen würden. Ledigen durfte er das Mittel nicht geben, und Verheiratete brauchten die schriftliche Erlaubnis ihrer Ehemänner. Im katholischen Rheinland war das bestimmt für viele nicht einfach.

»Verlieben ist für mich ein Hobby«, rief Elvis auf der Leinwand und wettete um dreihundert Dollar mit seinen Kameraden, dass er die begehrteste Tänzerin Frankfurts innerhalb von drei Tagen in sein Hotelzimmer bekommen würde. Singend eroberte er ihr Herz. Natürlich!

Conny kämpfte mit der Müdigkeit, und als sein Kopf mehrfach nach vorne gesackt war, legte er ihn auf Gretas Schulter ab und atmete den Duft des Parfums ein, das er ihr zum Hochzeitstag geschenkt hatte. Chanel No.5. Er ließ die seichte Handlung an sich vorbeiziehen und wehrte sich nicht gegen den Schlaf. Zwischendurch tauchte er kurz auf, als Elvis ›Muss i denn ins Städele hinaus‹ sang, später, als er mit seiner Angebeteten Richtung Niederwalddenkmal gondelte – und dann, weil er spürte, dass Greta am ganzen Körper zitterte. Schlagartig war er hellwach. »Was ist los?«, flüsterte er.

Sie gab ihm keine Antwort, starrte auf die Leinwand, auf der GI Elvis versuchte, ein schreiendes Baby zu trösten.

Der Saal tobte, und Greta blinzelte eine Träne weg. Conny verfluchte sich dafür, dass er sich nicht im Vorfeld erkundigt hatte, dass es in dem Film um die Liebe zwischen einem GI und einer Deutschen ging und sogar ein Baby eine Rolle spielte. Er hätte aus dem Vorfall in Brüssel lernen müssen. Am liebsten wäre er mit Greta sofort aus diesem Kino verschwunden, aber dafür hätte eine halbe Reihe aufstehen müssen. Er schielte auf die Armbanduhr. Lange konnte es nicht mehr dauern, dachte er, drückte Gretas Hand und ertrug das elendig in die Länge gezogene Happy End kaum.

»Werden Sie nicht neidisch«, sagte Tulsa, also Elvis, der als Soldat eine Heiratserlaubnis bekam, in die Kamera.

Arschloch, dachte Conny und geleitete Greta hinaus.

»Ich bin so müde«, sagte sie, als sie endlich im Hotelzimmer waren, und legte sich angezogen aufs Bett.

Conny zog ihr die Schuhe aus und setzte sich zu ihr. »Willst du vielleicht eine Imipramin?«, fragte er nach einer Weile aus Angst, die Schatten könnten sie wieder ins Dunkle ziehen.

Sie nickte, und als sie das Mittel eingenommen hatte, half er ihr aus dem Kleid. »Geh ohne mich zum Essen«, sagte sie.

Conny wartete, bis sie eingeschlafen war, dann schlich er hinaus.

Am Buffet schaufelte Wegginger Blutwurst auf seinen Teller, als hätte er seit Tagen nichts zu essen bekommen. Kellnerinnen verteilten Weinkrüge auf den Tischen, und als alle saßen, erhob der Vorstandsvorsitzende von Schering sein Glas, dankte den anwesenden Ehefrauen, dass sie tagsüber auf ihre lieben Gatten für den Fortschritt der Medizin verzichtet hätten, und kündigte an, dass es morgen zum krönenden Abschluss eine Fahrt mit dem Ausflugsdampfer *Walküre* auf dem Rhein geben sollte.

Wegginger schüttete ein Glas Ruländer in sich hinein und schenkte direkt das nächste nach. Seine eh schon rot geäderten Wangen glühten noch mehr. »Wissen Sie, was interessant an dieser Veranstaltung ist?«

Conny war klar, dass sein Gegenüber keine Antwort brauchte, um weiterreden zu können, und dachte gar nicht erst über die Frage nach.

Und tatsächlich, schon platzte es aus Wegginger heraus: »Schering verliert kein Wort darüber, wer für die Grundlagen der Hormonforschung verantwortlich ist.«

Die nächsten zwanzig Minuten hörte Conny aus dem fleischigen Mund des Pfälzers die gleichen Worte, die Drickes sonst immer herunterbetete. Dass in den Dreißigerjahren der weibliche Zyklus erforscht worden war und in den damals vorgenommenen experimentellen Untersuchungen nicht nur die hormonell bedingte Sterilität hatte behoben werden können, sondern auch die temporäre Sterilität bewusst herbeigeführt worden war. »Und jetzt raten Sie mal, wer das entwickelt hat?«

»Heinrich Pütz«, sagte Conny triumphierend und schob sich ein Stückchen Brot in den Mund.

»Blödsinn! Clauberg. Carl Clauberg.«

Der Großsprech weiß also doch nicht alles besser, dachte Conny und legte eine Scheibe Käse auf ein Brot, das er Greta mit aufs Zimmer nehmen wollte.

»Aber die erwähnen den nicht, weil sie sich die Finger nicht schmutzig machen wollen«, ereiferte sich Wegginger weiter.

»Wieso?«

»Na, weil der Clauberg in Auschwitz war.« Er tunkte ein Stück Blutwurst in den Senf, schob es sich in den Mund und sprach kauend weiter: »Nicht als Gefangener. Als Arzt. Der hat dort experimentiert. An Frauen. Himmler war an einer billigen und schnellen Sterilisationsmethode für minderwertige Rassen interessiert.«

Conny ließ das Messer fallen, hörte das fröhliche Geplauder von den Nachbartischen nicht mehr. Er sah nur noch den vor Fett triefenden Mund von Wegginger, der sich immer mehr in Rage redete: »Der hat Einspritzungen in den Uterus gemacht. Eine Verbindung aus Formalin und Neo-Röntyum. Und jetzt raten Sie mal, wer die Substanzen geliefert hat?«

Bevor Conny nachfragen konnte, gab Wegginger die Antwort: »Schering.«

In Connys Hirn ratterte es. Clauberg. Der Name war einmal in Heidelberg gefallen. Ihm war, als hätten Drickes und Wilhelm Holloch über ihn gesprochen. »Wo ist dieser Clauberg jetzt?«

»Wahrscheinlich in der Hölle«, sagte Wegginger. »Die wollten ihm den Prozess machen, aber dann wachte er eines Morgens in der Untersuchungshaft auf und war tot.«

Greta saß im Bett, als Conny wenig später zu ihr nach oben kam.

»Was ist los?«

»Können wir abreisen?«, fragte sie kraftlos. »Ich will nach Hause.«

»Klar!« Conny war erleichtert, denn auch er wollte nur noch weg von hier.

Schweigend fuhren sie durch die Nacht nach Köln, doch als sie endlich angekommen waren, war Conny zu aufgewühlt, um sich schlafen zu legen. Als es hell wurde, schrieb er Greta einen Zettel, dass er kurz in der Praxis etwas zu erledigen hätte. Aber er fuhr nicht dorthin, sondern zur Wohnung seines Onkels in Köln-Lindenthal. Er klingelte Sturm. Vergebens.

»Der Dr. Pütz ist nach Bad Neuenahr gefahren. Ich glaube, in die Spielbank«, sagte eine Nachbarin, die sich neugierig aus dem Fenster lehnte.

Am Montag war Conny als Erster in der Praxis und hatte schon einen extrastarken Kaffee gekocht, als die Sprechstundenhilfe erschien.

Kurz nach ihr kam Drickes. Bestens gelaunt. »Die Dreizehn hat mir Glück gebracht, Fräulein Potthoff«, sagte er und verschwand in seinem Sprechzimmer.

Conny schnappte sich zwei Tassen Kaffee, ging ihm hinterher und verschloss die Tür. Dem Kaffeeduft gelang es nicht, den Geruch von kaltem Rauch zu neutralisieren.

»Sagt dir der Name Carl Clauberg etwas?«

»Guten Morgen heißt das«, erwiderte Drickes und verstaute seine Brieftasche in der Schreibtischschublade.

»Morgen.« Conny stellte ihm die Tasse hin und wiederholte seine Frage.

»Wieso?«

»Hast du mit ihm zusammengearbeitet?«

»Ja, sicher. In den frühen Dreißigerjahren. Wir haben Hormonforschung betrieben.«

Conny hörte sich an, wie Drickes über die Körpergröße von Clauberg lästerte. Wie er ihn einen Zwerg nannte, einen Gernegroß, der meinte, nicht nur eine, sondern zwei Frauen haben zu müssen. Die Worte kamen gehässig aus seinem Mund, schneidend, und dienten nichts anderem, als ihn auf- und Clauberg abzuwerten.

»Warst du in Auschwitz?«, fuhr ihm Conny in die Parade.

Drickes wurde blass. »Damit habe ich nichts zu tun!« Mit Schmackes stellte er seine Kaffeetasse ab, und es schien ihm egal zu sein, dass die braune Brühe herausschwappte und über seinen Tischkalender rann. Er schaute Conny wütend an und brüllte: »Wie kommst du überhaupt darauf, mir diese Frage zu stellen?«

Conny ließ sich nicht einschüchtern. Er hatte in den letzten beiden Tagen nicht geschlafen, war völlig aufgewühlt. »Wo warst du überhaupt im Krieg?«

»Was soll das hier werden? Ein Verhör?« Drickes' Stimme wurde lauter, sein Gesicht färbte sich rot. »Aber wenn es dich beruhigt: Ich war in Wernigerode, im Harz. In einem Lebensborn-Heim. Denn auch im Krieg wurden Kinder geboren und Gynäkologen gebraucht, falls dir das noch keiner gesagt haben sollte!« Dann stand er auf, ging nach draußen ins Wartezimmer und rief seine erste Patientin auf.

Es bedrückte Conny, dass er niemanden hatte, mit dem er hätte darüber reden können. Greta wollte er damit nicht belasten. Seit Rüdesheim war ihre Fröhlichkeit erneut verschwunden – und jetzt kam die dunkle Jahreszeit.

Je mehr Wasser den Rhein hinunterfloss war, desto mehr tat Drickes, als sei nichts gewesen. Conny sprach ihn auch nicht mehr darauf an und redete sich ein, dass alle Ärzte, die an den

Nazi-Verbrechen beteiligt gewesen waren, bestimmt längst zur Rechenschaft gezogen worden waren.

Stumm backte Greta in der Vorweihnachtszeit Plätzchen und lebte erst an Weihnachten wieder auf, als sie zu dritt feierten und Drickes ihnen als Geschenk einen großen Umschlag überreichte.

»Was ist das?«, fragte sie und breitete die Baupläne eines Mehrfamilienhauses auf dem Tisch aus.

»So werden wir zukünftig wohnen«, sagte Drickes. »Ihr könnt die große Wohnung im ersten Stock haben. Und ich eine kleinere in der Etage darüber. Den Rest vermieten wir.«

Eltern, Kind 1, Kind 2, Kind 3, las Conny als Beschriftung der Zimmeraufteilungen, und bevor er fragen konnte, mit welchem Geld er das Haus finanzieren wolle, fuhr Drickes fort: »Es gibt so günstiges Baugeld zurzeit, da wäre man dumm, wenn man nicht zuschlagen würde. Das Grundstück in Porz habe ich bereits gekauft. Direkt am Rhein.«

»Am Rhein?«, fragte Greta mit ungläubiger Begeisterung. »Das ist ja traumhaft!«

Sie liebte den Rhein und sagte auf den langen Spaziergängen, die Conny regelmäßig mit ihr unternahm, dass dieser Fluss das Schönste an ganz Köln war – ein Kraftstrom. Trotzdem hätte er es vorgezogen, wenn Drickes sein Vorhaben mit ihm abgesprochen hätte, denn eigentlich war ihm die örtliche Distanz zu seinem Onkel bisher ganz recht.

»Willst du das wirklich?«, wollte er von Greta wissen, als sie wieder allein waren. »Sollen wir nicht wieder zurück nach Heidelberg?«

»Quatsch!«, sagte sie. »Was sollen wir denn da?«

In der Zeit, in der in dem kleinen Ort direkt hinter der Kölner Stadtgrenze Bagger die Baugrube aushoben und der Grundstein gelegt wurde, sammelte Conny die ersten vierzig Fragebögen für Schering.

Als das Fundament gegossen wurde, übergab Drickes Greta ganz offiziell die Bauaufsicht, weil er dafür keine Zeit hatte. Conny hatte erst Zweifel, ob das nicht zu viel für sie sein könnte, doch dann registrierte er, wie sie aufblühte. Vielleicht, weil ihr die Aufgabe Struktur gab.

Als die zweite Etage hochgezogen wurde, erzählte sie begeistert, wie sie mit den Maurern nicht nur darüber verhandelt hatte, ihren Bierkonsum etwas einzuschränken, sondern auch, dass sie sich gegen den Polier durchgesetzt hatte, der meinte, eine krummgemauerte Wand sei gerade. Weil sie manchmal mehrfach täglich mit der Straßenbahn über den Rhein zur elf Kilometer entfernten Baustelle fuhr, machte sie den Führerschein – mit schriftlicher Genehmigung von Conny. Und nach dem Richtfest war sie es, die ihn und den ziemlich angetrunkenen Onkel zurück über den Rhein nach Köln chauffierte.

Sie war es auch, von der sich Drickes an einem Samstag nach Düsseldorf fahren ließ. Zur Fachausstellung für Sanitär- und Heizungstechnik, wo sie gemeinsam Fliesen aussuchen wollten, Duschtassen, Badewannen und Toiletten.

Unterdessen brütete Conny über den Ergebnissen seiner Untersuchungen, die er morgen zu Schering nach Berlin schicken wollte. Rund einhundert Patientinnen hatte er inzwischen die Antibabypille verschrieben. Weil es ihn selbst interessierte, stellte er eine Statistik zusammen. Bei rund zwanzig Prozent der Patientinnen trat Übelkeit auf. Einige hatten leichte Kopfschmerzen. Vier Prozent berichteten von gelegentlichem Sodbrennen. Sieben Prozent von einer gewissen Gewichtszunahme. Vierzehn Prozent von Brustspannungen.

Ihm rauchte der Schädel von all den Zahlen, aber weil es spät war und er allein in der Praxis arbeitete – die Sprechstundenhilfe war mit der Quartalsabrechnung beschäftigt –, rechnete er weiter und fand heraus, dass die Zahl der Nebenwirkungen geringer wurde, je länger die Frauen das Mittel einnahmen.

»Wollen Sie auch einen Dujardin, Fräulein Potthoff?«, fragte Conny, als er endlich alles zusammenhatte.

»O danke, Herr Dr. Monderath«, sagte sie überrascht. »Ich bin gleich fertig.«

Er schaute zu, wie die Fachkraft, deren Kopf halslos auf dem gedrungenen Körper saß, die letzten Patientenakten durchforschte und Kürzel für die verschiedenen Leistungen in eine Tabelle übertrug. Dann fing sie an, die Akten in den Schrank zu räumen. Um ihr zu helfen, griff Conny einen Stapel und reichte ihn ihr an.

»Nein, die nicht!«, sagte sie energisch, entschuldigte sich sofort für ihren Ton und verschloss den Aktenschrank. »Das sind die Privatpatientinnen, die muss ich für den Dr. Pütz noch extra auswerten.«

»Aha«, sagte Conny und legte den Stapel zurück. »Aber nicht mehr heute, oder?« Er reichte ihr das Glas.

»Meinen Sie?«

»Ja, sicher, Fräulein Potthoff. Sie müssen doch auch einmal Feierabend machen.«

Sie lächelte verlegen und nahm einen Schluck.

»Sie sind eine gute Kraft. Wir können froh sein, Sie zu haben.«

Die Sprechstundenhilfe wurde rot und nippte aus Verlegenheit erneut an ihrem Glas. »Danke, Herr Dr. Monderath.«

Conny schenkte sich und auch ihr ein weiteres Glas ein. »Darf ich Sie einmal etwas fragen?«

»Ja sicher, Herr Doktor.«

»Wie organisieren Sie das eigentlich mit diesen Männern? Also mit den Samenspendern.« Obwohl Drickes und er nie wieder darüber gesprochen haben, auch weil Conny in der Bauphase jegliche Konflikte vermeiden wollte, hatte er natürlich mitbekommen, aus welchem Grund seine Privatpatientinnen sich von ihm behandeln ließen. Außerdem hatte er einmal auf der Durchreiche im Labor ein Gefäß mit einer milchigen Flüssigkeit gesehen, die nichts anderes als Sperma sein konnte.

Die Sprechstundenhilfe zierte sich kurz. Als Conny ihr aber versicherte, dass es in Ordnung sei, darüber zu reden, leerte sie ihr Gläschen und sagte: »Es gibt für jeden Tag der Woche einen anderen. Sie melden sich am Vorabend entweder hier in der Praxis oder bei mir zu Hause von einer Telefonzelle aus und fragen, ob etwas ansteht.«

»Sie haben ein Telefon?«

»Ja, sicher. Das hat mir der Chef spendiert«, sagte sie, und durch ihr Gesicht huschte ein Hauch von Stolz angesichts ihrer Wichtigkeit.

Conny fiel auf, dass sie *Chef* mit derselben Bewunderung aussprach, mit der sie Drickes immer begegnete. Ganz offensichtlich genoss sie es, für diesen Chef etwas Besonderes zu sein. Zumindest dienstlich.

»Und woher kommen die Männer?«

»Die meisten studieren. Ich habe an der Universität einen Aushang gemacht.«

»Einen Aushang?« Jetzt wird es aber interessant, dachte er, setzte sich auf den Schreibtisch und schenkte ihr nach. »Was haben Sie denn da draufgeschrieben?«

»Gynäkologe sucht junge Männer zwecks Forschung.«

Conny musste aufpassen, dass er sich nicht verschluckte. Er stellte sich vor, wie Fräulein Potthoff den Herren erklärte, was der auf der Toilette bereitgestellte Emaillebecher und der auf den Frauenunterwäscheseiten aufgeschlagene Katalog der Firma Schöpflin Hagen mit der Forschung zu tun hatten.

»Der Montagsspender kommt aus bestem Hause. Der Dienstagsmann ist hochgewachsen und eine Sportskanone. Mittwochs kommt einer, der studiert sogar Theologie«, plauderte die Sprechstundenhilfe unter dem Einfluss des Alkohols ungewohnt offen und voller Stolz, weil sie es gewesen war, die die Männer aufgetrieben hatte.

Nur weil er sich auf den Punkt zwischen ihren Augenbrauen konzentrierte, gelang es Conny, ernst zu bleiben. Zufälligerweise hatte er am vergangenen Mittwoch gesehen, dass nach dem Weggang des Spenders die Seiten mit der Herrenunterwäsche aufgeschlagen waren. Und während Fräulein Potthoff weitererzählte, wer an den anderen Tagen zur Verfügung stand – samstags manchmal sogar ihr Bruder, der Fliesenleger war und das Geld gut brauchen konnte –, dachte Conny, wie verrückt das alles war.

Er verhinderte Schwangerschaften, Drickes sorgte im Zimmer nebenan für den Fortbestand der menschlichen Art. Die Frauen, denen er selbst die Anti-Baby-Pille verschrieb, brauchten eine Genehmigung ihrer Ehemänner. Ob die Ehemänner der Sonderbehandlungspatientinnen seines Onkels immer Bescheid wussten, das bezweifelte er. Er hätte Fräulein Potthoff fragen können. Sie hätte ihm heute alles erzählt. Doch Conny verzichtete darauf, denn obwohl er die Behandlungsmethode von Drickes nicht billigte, musste er ihm zugutehalten, dass das Geld in die gemeinsame Kasse floss – und auch in den Hausbau.

An einem Samstag Anfang Februar 1963 verteilten Conny und Greta ihre Möbel in der einhundertsechzig Quadratmeter großen Wohnung und packten die Kisten aus. Gemeinsam bauten sie die abgeschlagenen Ehebetten zusammen, ebenso den Schlafzimmerschrank, und schoben die Schubladen in die Frisierkommode. Dann kramte Greta nach Laken und Bezügen, und Conny bezog die Betten. Akkurat.

»Wenn ich gewusst hätte, wie gut du das kannst, dann hätte ich dich das immer machen lassen«, witzelte sie.

»Tja. Gelernt ist gelernt«, antwortete er und verwies auf seine Zeit in der Heidelberger Uniklinik.

Sie hatten keinen Blick dafür, als auf der anderen Rheinseite die Sonne unterging, und werkelten bis zur Erschöpfung. Nach einer traumlosen ersten Nacht in der neuen Wohnung richteten sie die Küche ein. Und während Greta Teller und Töpfe in den modernen Anbauschränken verstaute, nagelte Conny das gerahmte Bild vom Heidelberger Schloss und dem Neckar, der silbern im Schein des Vollmonds glänzte, an die Wand hinter der Eckbank.

Die leeren Kisten verstauten sie fürs Erste in einem der drei übrigen Zimmer.

Am nächsten Wochenende halfen sie Drickes, seine Wohnung einzurichten. Als auch dort alles stand, sagte er: »Conny, wir haben morgen früh einen Termin. Um 9 Uhr!«

»Aber die Praxis …«

»Fräulein Potthoff hat alle Termine verlegt«, unterbrach ihn der Onkel.

In einem Büro mit Blick auf den Dom legte ein Notar Conny ein Schriftstück vor, aus dem hervorging, dass er der Miteigner des Anwesens Zum Schönen Rheinblick 1A in Porz bei Köln war.

»Wir sind eine Familie«, sagte Drickes. »Du erbst ja sowieso einmal alles, und dann musst du auf den Teil schon mal keine Steuern bezahlen.«

»Danke.« Mehr brachte Conny nicht heraus, bevor ihm die Stimme versagte.

Im Mehrfamilienhaus direkt am Rhein zogen nach und nach immer mehr Mieter ein, und zu Connys Überraschung entstand ein Dreieralltag, der ganz gut funktionierte. Greta lebte in ihrer Rolle als Hausfrau auf, kochte und backte wie seinerzeit ihre Oma Guste und versorgte den Haushalt des Onkels gerne mit. Der verbrachte viel von seiner freien Zeit aushäusig, vor allem an den Wochenenden. Conny nahm an, in der Spielbank von Bad

Neuenahr, der Hohensyburg oder in Aachen. So genau wollte er es gar nicht wissen, denn er war froh, dass diese Tage nur ihm und seiner Greta gehörten.

Die vom Architekten ausgewiesenen Kinderzimmer wurden zu allem Möglichen genutzt. Einem Bügelraum. Einem Nähzimmer. Und einem Büro für Conny. Er wagte nicht, mit Greta darüber zu sprechen, denn das Kinderthema war insgesamt tabu. Wie auch ihre Schwermut.

Sie hatte das Antidepressivum abgesetzt, und somit hatte er auch keine Angst mehr vor den Auswirkungen von Nebenwirkungen auf ein ungeborenes Kind. Weil er von Drickes inzwischen gelernt hatte, wie man Hormone am besten dosierte, um regelmäßige Eisprünge hervorzurufen, gab er Greta diese Tabletten und führte heimlich Buch über ihren Zyklus. Er hatte ein ungutes Gefühl, weil er ihr gegenüber behauptete, dass es sich um ein Vitaminpräparat handelte, aber die Angst, dass er zu viel Druck auf sie ausüben könnte, war stärker als das schlechte Gewissen.

Mitte Mai fuhr Greta für ein paar Tage nach Heidelberg. Weil niemand für sie kochte, besuchten Drickes und Conny nach Praxisschluss das Brauhaus *Päffgen* in der Friesenstraße. Der Köbes tauschte ungefragt die leeren Kölschstangen gegen volle aus, und auf dem Bierdeckel war schon eine unübersichtliche Anzahl von Strichen. Conny starrte vor sich hin, in Gedanken bei Greta, die sich nicht hatte ausreden lassen, mit dem Auto alleine den weiten Weg nach Heidelberg zu fahren.

»Was ist denn schon dabei?«, lallte Drickes.

Conny wollte ihm nicht sagen, dass er Angst um sie hatte. Dass er immer und grundsätzlich in Sorge um sie war.

»Was ist denn schon dabei, wenn man das Glück einer Mutter im Auge hat«, wiederholte Drickes.

Conny dachte daran, wie Greta nach ihrem Kind geschrien, wie sie ihm von Marie erzählt hatte, und er leerte das Glas. Sie war jetzt dreiunddreißig Jahre alt, und aus seinem Studium und auch den Erfahrungen in der Praxis wusste er, dass die Fruchtbarkeit rapide abnahm, wenn eine Frau erst einmal die Dreißig überschritten hatte. Doch immer wieder fragte er sich, ob es bei Greta nicht auch einen seelischen Zusammenhang gab, dass sie nicht schwanger wurde.

»Was ist denn schon dabei?«, fragte Drickes nun schon zum dritten Mal. Endlich schaute er Conny an. »Ich würde mir wünschen, dass du mir etwas von meiner Arbeit abnimmst.«

Der Köbes zog zwei weitere Striche auf den Deckel. Conny dachte an seine eigene Sehnsucht nach einem Kind und überlegte, ob der Staat oder die Kirche das Recht hatten, zu bestimmen, wer ein Kind bekommen dürfe und wer nicht. Ging es dabei nicht um das ureigene Bedürfnis nach Glück? Er starrte auf das Glas, bis sich der dünne Schaumstreifen ganz aufgelöst hatte, dann leerte er es in einem Zug und stellte es schwungvoll zurück auf den Deckel. »Ich habe eine Bedingung!«

»Welche?«

»Wir brauchen mehr Samenspender.«

»Da rennst du bei mir offene Türen ein.«

Um Fräulein Potthoff zu entlasten, wurde eine zweite Sprechstundenhilfe eingestellt. Fortan waren die Nachmittage für die Privatpatientinnen reserviert, die zum Teil von weither angereist kamen. Weil der Andrang so groß war, arbeiteten sie auch an jedem vierten Wochenende eines Monats sonntags. An mehr Spender zu kommen, war kein Problem, weil sich der schnell verdiente Nebenverdienst an der Medizinfakultät der Universität wie ein Lauffeuer herumsprach. Bald verfügten sie über einen guten Stamm von Großen und Kleinen, Blonden, Rot- und Braunhaarigen, von Muskulösen und Untersetzten.

Conny inspizierte die jungen Männer selbst, und während diese schon längst ihre leicht verdienten zwanzig Mark in der Kölner Altstadt in Bier umsetzten, behandelten er und sein Onkel parallel Frau Krüner aus Merheim, Frau Biel aus Koblenz, Frau Stüssgen aus Kall in der Eifel und auch die bereits mehrfach aus Holland angereiste Beatrix van Dongen.

Die größte Herausforderung war die Organisation, denn keiner der jungen Männer besaß ein Telefon, und die Spermien konnten nicht haltbar gemacht werden. Deshalb war an manchen Tagen das, was nun auch Conny den Patientinnen versprach – die Typangleichung –, mehr oder weniger dem Zufall überlassen.

Ende Mai hatte sich Greta von ihrer Reise nach Heidelberg wieder erholt. Wie jedes Jahr hatte sie dort im Jugendamt einen Brief an die inzwischen vierzehnjährige Marie abgegeben. Sie hatte bei Tante Elise gewohnt, die hatte wissen wollen, warum sie und Konrad noch immer keine Kinder hätten. »Vielleicht ist es besser, wenn ich keine mehr bekomme«, hatte Greta gesagt. »Dann kann sie mir auch keiner wegnehmen.«

Als sie am Freitag das Treppenhaus putzte und den Eimer mit dem Wischwasser vor der Tür in den Gully kippte, wurde sie von einer fremden Frau angesprochen.

»Ich suche eine Putzstelle.«

Eigentlich wollte Greta nicht, dass jemand ihr die Arbeit abnahm, denn sie tat ihr gut und hielt sie vom Grübeln ab. Doch dann erzählte ihr die in der Nachbarschaft wohnende Fremde, die sich als Hedwig Overbeck vorstellte, dass sie Witwe war, nur eine kleine Rente bekam und eine Tochter hatte, die schneller wuchs, als man die Kleider bezahlen konnte.

»Wie alt ist das Kind denn?«

»Vierzehn. Sie heißt Helga.«

Ab dem nächsten Freitag putzte Frau Overbeck die Treppen, und Greta überreichte ihr nicht nur den Lohn, sondern auch einen Faltenrock, den sie in der Zwischenzeit für das Mädchen genäht hatte.

Als Frau Overbeck das nächste Mal zum Putzen kam, klingelte sie und stellte Greta ihre Tochter vor.

»Ich möchte mich bedanken«, sagte der Teenager.

»Passt er dir denn überhaupt?«

»Ja!«, antwortete Helga verlegen.

Greta betrachtete das Mädchen und fragte sich insgeheim, ob Marie nun auch schon ein wenig Brust hatte wie Helga. Sie bot dem Mädchen Saft an und Hefezopf, den sie gebacken hatte, und erkundigte sich nach ihren Hobbys.

»Ich sammle Zeitungsausschnitte vom 1. FC Köln«, sagte Helga schüchtern.

»Und wer ist dein Lieblingsspieler?«

»Hans Schäfer!«

Am nächsten Freitag bekam Helga ein von Greta genähtes Sommerkleid in Rot-Weiß, den Vereinsfarben des Kölner Fußballclubs. Und weil die Zeitungen voll hymnischer Berichte waren, seit der FC auf Platz eins der Oberliga West stand und bald um die deutsche Meisterschaft spielen würde, sammelte Greta jede Menge Meldungen in den Kölner Tageszeitungen und auch im Sportbericht, den sie extra für Helga am Zeitungskiosk kaufte.

Das Mädchen kam nun manchmal auch unter der Woche vorbei und brachte die Mappe mit, in die sie nicht nur die Fußball-Ausschnitte eingeklebt hatte, sondern auch Bilder von Freddy Quinn, für den sie sehr schwärmte. Greta genoss die Gesellschaft von Helga, die mit ihrer direkten Art und ihrer Unbeschwertheit jegliche Betrübtheit vertrieb. Zumindest für einige Momente.

»Ich ziehe Ihr Kleid am Sonntag an. Da kommt Präsident Kennedy. Ich fahre mit Mama nach Köln, damit ich ihn sehen kann«, sagte Helga stolz und spülte ihren Kuchen mit Sinalco herunter. »Kommen Sie doch mit, Frau Monderath!«

Greta wollte spontan ablehnen. Doch dann fügte Helga hinzu, wie sehr sie sich darüber freuen würde. Sie überlegte: Auf dem Spar-Küchenkalender stand, dass Konrad am Wochenende arbeiten musste, und Gesellschaft würde ihr wahrscheinlich guttun. Deshalb gab sie sich einen Ruck. »Ja, warum nicht.«

Am frühen Morgen des 23. Juni holten Helga und Frau Overbeck sie ab, und sie fuhren mit der überfüllten Straßenbahn über die Stadtgrenze nach Köln. Weil die Deutzer Rheinbrücke für den Verkehr gesperrt war, mussten sie mehrere Kilometer zu Fuß gehen, vorbei an Menschen, die hinter Absperrgittern die Straßen säumten, und anderen, die erwartungsvoll an ihren Fenstern oder auf den Balkonen standen. Die Rheinbrücke war mit amerikanischen und rot-weiß quer gestreiften Kölner Flaggen geschmückt. Dort fanden sie noch einen Platz, drängelten sich in die erste Reihe, und als alle Kirchenglocken Kölns zu läuten begannen, zückten sämtliche Zaungäste ihre mitgebrachten Fähnchen. Gretas Herz schlug schneller, als sie von Weitem den Konvoi mit den weiß gekleideten Motorradpolizisten erblickte, die in einer Formation vor dem offenen Wagen herfuhren, in dem der junge Präsident neben dem fast neunzigjährigen Adenauer stand. Helga wirbelte ihre Fähnchen durch die Luft und kreischte. So laut, dass der strahlende Kennedy den Kopf drehte und sie für den Bruchteil einer Sekunde ansah.

»Haben Sie das gesehen, Frau Monderath? Er hat mich angeschaut«, rief Helga einer Ohnmacht nahe, und Greta nahm sie kurz in den Arm. Das ist der Präsident von meinem Mariele, dachte sie mit Tränen in den Augen.

»Der offene Mercedes 300 SL mit John F. Kennedy und Bundeskanzler Adenauer ist jetzt vor dem Historischen Rathaus angekommen!«, schrie der Radioreporter ins Mikrofon, um das Jubeln der Zuschauer zu überstimmen.

»Wo ist der Spender?«, fragte Conny.

Fräulein Potthoff machte den Ton leiser, und das Glockengeläut war nun nicht mehr durch den Lautsprecher zu hören, sondern kam durch das gekippte Fenster von draußen. »Er ist nicht gekommen«, flüsterte sie verzweifelt.

»Das gibt es doch nicht!«, empört sich Drickes.

»Vielleicht kommt er nicht durch. Im Radio haben sie gesagt, dass vierhunderttausend Menschen in der Stadt sind.«

»Erst das Verkehrschaos wegen dem U-Bahn-Bau, und jetzt auch noch dieser Drecks-Kennedy. Der ist schuld, dass wir keinen Zündstoff haben.« Drickes' Halsschlagader schwoll gefährlich an. Er ging in die Küche und ließ Wasser für seine Blutdruckpille in ein Glas.

»Dann müssen wir die Patientinnen eben nach Hause schicken«, sagte Conny, der ihm gefolgt war.

»Die Frau ist aus Holland gekommen. Ich bitte dich!«

»Ja, was denn sonst?«

»Dann müssen wir eben ran.«

»Das ist jetzt nicht dein Ernst!«

»Stell dich nicht so an, Conny. Jeder muss sich opfern für den Fortbestand der Menschheit und dafür, dass die Elite sich fortpflanzt.«

Draußen drehte Fräulein Potthoff den Radioton wieder laut, weil der Präsident vor dem Rathaus eine Rede hielt. »May I greet you with the old Rheinish swing, Kölle Alaaf.« Das Volk jubelte frenetisch.

»Los, Conny. Wir machen *Schnick, Schnack, Schnuck*«, sagte Drickes.

Sechs Wochen später schickte Frau van Dongen einen Brief und teilte mit, dass alle zukünftigen Termine gestrichen werden konnten, weil sie guter Hoffnung sei. Als die Rechnung längst beglichen war und ein Foto des am 10. März 1964 geborenen Stammhalters, den die van Dongens auf den Namen Henk getauft hatte, bei den anderen in der Schublade lag, hießen die Patientinnen Erna Filthaut, Gertrud Flick, Annemie Wallraff. Und Elsa Bauer.

Frau Bauer war für Conny ein schwieriger Fall, weil die Röntgenaufnahmen ihrer Eileiter ein Bild ergaben, das er so noch nie zu Gesicht bekommen hatte.

»Wenn Sie mir erlauben, würde ich gerne meinen Kollegen hinzuziehen.«

Mit den Röntgenbildern ging er zu seinem Onkel und besprach den Fall mit ihm. »Verklebte Eileiter. Eigentlich können wir da nichts machen. Oder?«

»Ich schau mir den Fall gleich mal an.«

Conny ging zurück ins Behandlungszimmer, sagte Frau Bauer, dass sein sehr erfahrener Kollege sie gleich untersuchen würde, und bat sie, sich erneut unten herum frei zu machen und noch einmal auf dem gynäkologischen Stuhl Platz zu nehmen.

Elsa Bauer starrte zur Decke und zwang sich, ruhig zu atmen, als sie hörte, dass die Tür aufging und der andere Arzt ins Zimmer kam. Sie schloss die Augen, versuchte sich wegzuträumen, in einen moosbewachsenen Wald, um die notwendige Behandlung, die ihr unangenehm war, besser zu ertragen. Die beiden Ärzte redeten, drückten in ihr und auf ihrem Bauch herum. Sie ballte ihre Fäuste und presste auch vor Schmerz, den sie nicht zeigen wollte, die Augen zusammen.

Als der ältere der beiden Ärzte »Das ist ein sehr interessanter Fall« sagte, fing ihr Puls an zu rasen.

Dann erklärte Dr. Monderath, dass sie sich wieder anziehen könne. Sie nahm ihre Beine von den Stützen des gynäkologischen Stuhles, öffnete die Augen und richtete sich auf. Und sah ihn. Diese Brille. Diese Augen. Als er erneut sprach, hörte sie nicht die Worte, sondern nur diese Stimme. Und wusste es: Er war der Mann, der neben dem Teufel in Weiß gestanden hatte. Der Handlanger. In Auschwitz. Elsa Bauer hatte keine Kontrolle über ihren Körper und zitterte heftig.

»Beruhigen Sie sich, junge Frau«, sagte ihr Gegenüber.

Sie hielt es nicht mehr aus, sprang vom Behandlungsstuhl, floh in die Umkleidekabine und war kaum in der Lage, sich anzuziehen. Sie fühlte sich, als wäre sie tot und als wäre alle Farbe aus der Welt verschwunden.

Als sie an der Sprechstundenhilfe vorbeieilte, versuchte sie etwas zu sagen. Aber es ging nicht. Es war, als würde ihre Stimme nicht zu ihr gehören.

———

»Was um Himmels willen war das denn jetzt?«, fragte Drickes. »Manche Weiber sind wirklich überspannt.«

Conny hörte, wie Frau Bauer eilig die Praxis verließ, und wunderte sich. Er hatte die Patientin bisher als ängstlich erlebt. Aber so panisch?

Drei Tage später stand er morgens im Badezimmer vor dem Spiegel und rasierte sich, als die Tür aufgerissen wurde.

»Vor dem Haus steht Polizei«, rief Greta, die nur ihren blassgelben Morgenrock trug, und verschwand wieder im Flur.

»Was?« Conny wischte sich mit einem Handtuch den Schaum aus dem Gesicht und eilte zum Küchenfenster.

»Die holen Onkel Drickes ab!«, schrie sie aufgeregt.

Conny sah, wie zwei Polizisten seinen Onkel zu der grün-weißen Badewanne geleiteten, wie der Ford Taunus genannt wurde. Als Drickes um sich schlug, verdrehten sie seine Arme hinter seinem Rücken und legten ihm Handschellen an.

Barfuß, mit einer Trainingshose und einem Unterhemd bekleidet, stürmte Conny gefolgt von Greta aus der Wohnung.

Als sie unten ankamen, sahen sie nur noch, wie der Wagen hinter der Straßenecke verschwand.

»Was ist denn passiert?«, fragte die fünfzehnjährige Helga, die auf dem Weg zur Schule war.

»Keine Ahnung, Kind«, hörte Conny Greta sagen.

NEUN.
August 2016 – Dezember 2017

»Who the fuck is Heinrich Pütz«, fragt Henk und studiert die Patientenakte seiner Mutter.

Tom zögert. »Das war der Kollege meines Vaters. Mit ihm hat er anfangs die Praxis betrieben.« Was er nicht erzählt, ist das, was Jenny herausfindet, als sie diesen Namen und *Skandal* als Suchbegriffe in ihren Laptop eingibt.

»Holy shit, das war ja ein Nazi«, sagt sie mit ihrer rauchigen Stimme. Sie ist, genau wie Tom und Henk, übermüdet und aufgekratzt, weil sie die ganze Nacht hindurch versucht haben, die Praxisunterlagen zu sortieren.

Aufgerissene Kartons sind über die Wohnung verteilt, überall liegen Stapel von Krankenakten. Auf dem Tisch steht Plastikgeschirr vom Thai-Take-away neben leeren Bier- und Wasserflaschen, zwischen Fläschchen von Carl, den sie abwechselnd in dieser Nacht versorgt haben.

Henk wirft Daten über die Behandlungen seiner Mutter in den Raum. »23. Juni«, sagt er und rechnet in seinem müden Kopf. »Dann ist das also mein Zeugungsdatum.«

Tom nimmt ihm die Akte aus der Hand, sieht Zahlen, Kürzel und ist erleichtert, dass nirgendwo der Name Monderath vermerkt ist. Obwohl die DNA-Ergebnisse eindeutig sind, steht es hier wenigstens nicht Schwarz auf Weiß. Als würde das irgendetwas ändern. Er gibt Henk die Kladde zurück, füllt Kaffeebohnen nach und hört zwischen den Mahlgeräuschen und dem Blubbern der Espressomaschine, wie Jenny zusammenfasst, was sie im Netz findet.

»Skandal um Kölner Gynäkologen, steht in der Zeitung. 1964 liefen Ermittlungen, weil eine Patientin den Arzt als Assistenten von Carl Clauberg erkannt haben wollte.«

»Wer war denn Carl Clauberg?«, fragt Henk.

Bevor Tom antworten kann, platzt es aus Jenny heraus: »Auschwitz! Der hat in Auschwitz Versuche an Frauen vorgenommen. Wusstest du das, Tom?«

Tom nickt, geht zum Fenster, starrt hinaus auf die Domspitzen, hinter denen ein orangefarbener Streifen die Nacht vom Tag trennt, und denkt daran, wie er in der Oberstufe im Geschichts-Leistungskurs zum ersten Mal davon hörte. Wie seine Lehrerin nach der Klassenreise nach Auschwitz Vernehmungsprotokolle von 1964 verteilte. Sie wollte an dem Fall zeigen, dass es auch Kölner Täter gab. Aus der Mitte der Bevölkerung.

Die Sätze aus den Verhören haben sich für immer in Toms Gedächtnis eingebrannt:

Uns hat man im Block zehn insgesamt vierhundert Frauen zur Verfügung gestellt. Ganz normale Jüdinnen waren es. Ich hab nur an den Kaninchen geforscht. Alles andere hat Clauberg gemacht. Professor Clauberg, sagte Dr. med. Heinrich Pütz aus.

Und Frau Elsa Bauer erinnert sich an Sie, weil Sie lediglich Karnickel versorgt haben, oder was wollen Sie mir damit sagen?, fragte der Staatsanwalt.

Ich weiß nicht, woran die sich erinnert. Ich habe diese Frau noch nie gesehen. Ich habe keine Frauen geschädigt, verteidigte sich Dr. Pütz. *Ganz im Gegenteil: Ich war derjenige, der sie vor der Vernichtung gerettet hat.*

Damals erzählte der siebzehnjährige Tom niemandem in der Stufe, dass er diesen Dr. Pütz kannte. Dass er sein Großonkel war, sein Ersatzopa.

»Die haben ihm keinen Prozess gemacht, weil er verhandlungsunfähig war«, liest Jenny weiter vor.

Nie und nimmer war der verhandlungsunfähig, denkt Tom kopfschüttelnd und erinnert sich an den agilen Drickes, der temperamentvoll war und unternehmungslustig. Bis zu seinem plötzlichen Tod 1976 im Alter von einundsiebzig Jahren.

Unten im Hof des Gerlingquartiers fangen die Springbrunnen an zu sprudeln. Arno Breker hat sie Anfang der Fünfzigerjahre entworfen. Der deutsche Michelangelo des zwanzigsten Jahrhunderts, wie er in der Nazi-Zeit betitelt wurde, war nicht nur der Lieblingsbildhauer von Adolf Hitler und vom Versicherungsunternehmer Hans Gerling, der dieses Anwesen erbauen ließ, sondern offensichtlich auch von Dr. Heinrich Pütz. In seinem Testament hatte Pütz verfügt, dass Breker sein Grabmal gestalten sollte, und stand ihm deshalb schon zu Lebzeiten Modell. In Düsseldorf.

Als Sechsjähriger war Thomas, wie er damals noch genannt wurde, fasziniert, dass sein Onkel Drickes in Stein gehauen auf dem Friedhof stand, und er ging fest davon aus, dass alle Großeltern sich nach ihrem Tod in Statuen verwandelten.

Aus Toms Gedächtnis sprudeln die Erinnerungen.

Auschwitz. Davon hatte er zum ersten Mal mit vierzehn gehört, als in der Schule der Film ›Nacht und Nebel‹ von Alain Resnais gezeigt wurde. Szenen von Juden, die in Güterwagen gepfercht wurden und in Lager. Kinder, Alte, Männer, Frauen. Berge von Koffern, Brillen, Haaren, von Kinderspielzeug. Die Bilder der Hinterlassenschaften dieser Menschen lösten bei Tom eine Gefühlslawine aus. Mit niemandem konnte er damals darüber reden. Oder wollte es. Nicht mit den Mitschülern, von denen einige verlegen lachten. Auch zu Hause erzählte er nichts davon. Und dann, als er mit siebzehn Jahren erfuhr, dass sein Onkel Drickes, der immer so nett und großzügig war, an Menschenversuchen beteiligt gewesen war, entschied Tom, dass er nicht Mediziner werden wollte, wie es von ihm erwartet wurde. Gesagt hat er es keinem. Vor allem seinem Vater nicht. Immer öfter schwänzte er die Schule, fälschte Entschuldigungen. Er sah keinen Sinn im Unterricht und hatte kein anderes Ziel, als herauszubekommen, was sein Großonkel alles verbrochen hatte.

Tom besuchte Bibliotheken, Büchereien und Archive. In Köln, Bonn und einmal sogar in Koblenz. Immer war er mit dem Zug unterwegs, fuhr schwarz und versteckte sich auf der Toilette, wenn ein Schaffner kam. Über Heinrich Pütz fand er wenig mehr als das heraus, was er im Geschichtsunterricht bereits erfahren hatte. Dafür entdeckte er jede Menge Unterlagen über Verbrechen deutscher Ärzte in der NS-Zeit.

THE MOST HORRIBLE MAN IN THE WORLD. Diese Schlagzeile des englischen ›Women's Sunday Mirror‹ von 1955 findet Jenny im Internet. Neben dem Foto des fröhlich und entschlossen wirkenden Arztes mit dem Hitlerbärtchen steht: *Women were his victims – Pain his science.*

»Das ist ja der Wahnsinn«, entfährt es ihr. »Dieser Clauberg hatte sich in Sachen Hormonforschung einen Namen gemacht. Aber die Nazis hatten kein Interesse an Geburtenkontrolle. Im Gegenteil. Die arische Rasse sollte sich ja vermehren. Deshalb kam Clauberg mit seiner Forschung nicht weiter. Aber Himmler fand seine andere Idee, die minderwertigen Rassen billig zwangszusterilisieren, interessant.«

Jenny hat schon so viel zu diesem Thema gelesen. Trotzdem ist sie immer wieder erneut schockiert davon, wie pervers und menschenverachtend im Dritten Reich mit Frauen umgegangen wurde, die nicht dem Rasseideal entsprachen. Sie wurden zu Sterilisationen und Abtreibungen gezwungen, während man auf der anderen Seite nichts unversucht ließ, dem Führer so viele arische Nachkommen wie möglich zu schenken. Mütter, die viele Kinder zur Welt brachten, wurden mit Orden belohnt.

1942 erließ Reichsgesundheitsführer Conti eine Anordnung zur Hilfe bei Kinderlosigkeit in der Ehe, in der auch den »Kriegsverhältnissen« Rechnung getragen werden sollte. Bei einer »extensiven Sterilitätsbehandlung« sei besonders der »Urlaub des Mannes« aus dem Felde zu berücksichtigen, »da sonst eine Konzeptionschance verpasst wird«.

»Ich kann's immer wieder nur sagen: Das alles ist toxische Männlichkeit in Reinform«, sagt sie, und dann fällt ihr Herta Oberländer ein. Die einzig angeklagte Frau bei den Nürnberger Prozessen, eine grausame KZ-Ärztin.

Weil ihr keiner antwortet, blickt sie auf, sieht Henk, der mit der Akte seiner Mutter in der Hand zusammengekrümmt auf dem Sofa liegt und schläft. Und Tom. Wie zur Salzsäule erstarrt steht er am Fenster und blickt hinaus.

Sie klappt ihren Laptop zu, steht auf, streckt sich und reibt sich die Augen. »Tom?« Dann legte sie von hinten ihre Arme um ihn.

Er drückt ihre Hand.

»Wann ist dein Vater geboren?«, fragt sie ihn leise.

»1928. Warum?«

»Dann kann er mit diesen Verbrechen wenigstens nichts zu tun gehabt haben.«

Tom gibt ihr keine Antwort. Sie spürt, wie sein Herz rast, und überlegt, wie belastend es sein muss, einen Kriegsverbrecher in der Familie zu haben. »Helga hat vor Kurzem irgendwas von einem Skandal angedeutet.«

»Was genau hat sie gesagt?«

»Dass ich dich fragen soll. Willst du darüber reden?«

»Jetzt nicht«, flüstert er.

Jenny geht um ihn herum und schaut ihn an. »Was immer auch ist, du bist damit nicht allein. Verstehst du?«

Tom lächelt traurig. »Danke.«

Als Tom ohne Frühstück mit Carlchen nach Porz gefahren ist und Henk noch immer schläft, stellt sie sich unter die kalte Dusche, weil sie unbedingt wach bleiben will. Sie ruft in ihrer Arbeit an und meldet sich krank. Dann schüttet sie einen doppelten Espresso in sich hinein und setzt sich mit nichts als einem Badetuch um den Körper vor ihren Laptop und erstellt eine Excel-Tabelle. Barfuß schleicht sie zu Henk, zieht ihm die Patientenakte seiner Mutter aus der schlaffen Hand und überträgt ihren Namen und die Daten der Behandlung. Dann nimmt sie sich die Unterlagen der Mütter von Stephan Glowacki und Sandra Prehn vor, die beiden, die sich bei Henk gemeldet hatten, weil es eine väterliche DNA-Übereinstimmung gibt.

Henk wird wach und räkelt sich. »Hast du nicht geschlafen?«, fragt er.

»Nö«, sagt sie entschieden. »Weißt du, was IUI heißt?«

»Wieso?«, nuschelt er verschlafen und steht langsam auf.

»Dieses Kürzel taucht bei dir auf. Ich meine, bei deiner Mutter und bei der von Sandra und Stephan.«

»Intrauterine Insemination«, sagt Henk.

»Wir müssen alle Akten nach diesem Kürzel durchsuchen.«

Verschlafen schlurft Henk aufs Klo. Als er zurückkommt, ist er hellwach und greift entschlossen in einen der Aktenstapel.

»Lass das liegen«, bestimmt Jenny etwas zu laut und auch eine Spur zu herrisch. Aber sie kann nicht anders. Sie will nicht, dass er die Ordnung, die sie endlich hergestellt hat, wieder durcheinanderbringt. Sie ist wie im Fieber.

»Wie kann ich dir helfen?«, sagt er.

Sie zeigt auf einen Stapel, der am Ende des langen Tisches liegt. »Durchsuchst du den?«

»Ja, wen haben wir denn da?«, ruft Greta, und Carlchen strahlt.

Tom setzt ihn in die Wippe, die auf dem Küchentisch steht, und gibt ihr ein Begrüßungsküsschen. »Alles okay, Mam?«

»Ja, sicher«, sagt sie und hat nur Augen für den Kleinen.

»Und bei dir?«, fragt Helga Tom. »Du siehst schlecht aus. Hat der Zwerg dich die ganze Nacht wach gehalten?«

»So ungefähr.«

Anders als sonst setzt Tom sich nicht an den Küchentisch, sondern greift, bevor Helga ihm Kaffee einschenken kann, selbst nach der Glaskanne und sagt, mit dem Rücken zu seiner Mutter, die singend in die Hände klatscht, zu ihr: »Du hast Jenny etwas von einem Skandal angedeutet.«

Helga hat diesen unruhigen Blick, wie immer, wenn sie rauchen will.

»Hast du Kippen da?«, fragt Tom.

»Klar«, antwortet sie und kramt eine Packung aus der hintersten Ecke der Besteckschublade.

Sie überreden Greta, im Wohnzimmer weiterzusingen, tragen das fast sechs Monate alte Carlchen samt Wippe dorthin und gehen zum Rauchen auf die Terrasse. Von hier haben sie das Wohnzimmer gut im Blick.

Drinnen singt Greta das ›Sonnenkäferlied‹. Auf dem Rhein fährt ein Boot der Wasserschutzpolizei flussaufwärts, und obwohl Tom sich das Rauchen vor Monaten abgewöhnt hat, steckt auch er sich eine Zigarette an.

»Was hast du damals mitgekriegt?«

»Ich hab gesehen, wie sie ihn abgeholt haben.«

»Wen?«

»Na, den Alten!«

Durch die angelehnte Tür hört Tom abwechselnd seine Mutter und Carlchen lachen.

»Deine Eltern haben im Nachthemd auf der Straße gestanden und dem Polizeiauto hinterhergeschaut«, sagt Helga. »Der Alte saß auf dem Rücksitz und hat gebrüllt.«

Tom hatte keine Ahnung, dass Helga schon damals, als junges Mädchen, in seiner Straße wohnte. Immer ging er davon aus, dass sie seine Eltern erst kennenlernte, als sie mit ihrem Mann Alfred ins Haus zog.

Nicht ohne Stolz ergänzt Helga nun, dass sie damals alles, was über den Skandal in der Zeitung stand, aufbewahrt hat.

»Hast du das noch?«, erkundigt sich Tom, und obwohl er sich vorgenommen hat, nicht zu inhalieren, zieht er den Rauch bis in den letzten Lungenzipfel.

»Ich glaube, ich hab den Scheiß entsorgt.« Sie steckt sich eine zweite Zigarette an. »Dein Vater hat gelitten unter dem Alten, wenn du mich fragst.«

Tom findet es irre, dass Helga nie den Namen seines Großonkels ausspricht. Sie kann so leidenschaftlich parteiisch sein, das hat er schon immer an ihr gemocht. Wahrscheinlich, weil es meist er war, für den sie Partei ergriff.

Er sagt für heute alle Termine ab und geht hinunter zum Rhein, der Niedrigwasser hat, weil es seit Monaten viel zu wenig regnet. Der sonst so gewaltige Strom, an dem er aufgewachsen ist, verdient den Namen nicht mehr, wirkt kraftlos, ist nur noch ein Fluss, auf dem sogar die Schifffahrt eingestellt ist. Er geht Richtung Wasserkante, über Kieselfelder, die die Trockenheit freigelegt hat. Als er klein war, hat er sich vorgestellt, wie vor Tausenden von Jahren Mammuts über diese Steinchen getrottet sind. Und als er noch Naturforscher werden wollte, hat er alles abgesucht, weil er auch so einen großen Stoßzahn finden wollte wie der, den ihm sein Vater in der Kirche Sankt Maria im Kapitol gezeigt hatte. Die Rheinkiesel waren für ihn damals der faszinierende Beweis dafür, dass die Vergangenheit noch gegenwärtig ist.

Heute wünscht sich Tom hingegen nichts anderes, als dass eine gewaltige Welle den vertrockneten und stinkenden Schlick, der die Steine bedeckt, wegspült. Reinigt. Erneuert.

Er fühlt sich wie damals, als er in Auschwitz herausfand, dass sein Onkel ein Täter war. Über dreißig Jahre ist das her und ist doch so präsent, als wäre es eben passiert. Als er von der Klassenfahrt zurückkam, fuhr er direkt in die Innenstadt. Zielstrebig ging er in die Praxis. Niemals zuvor hatte er das getan. »Ich muss meinen Vater sprechen. Sofort!«, sagte er vor Aufregung zitternd der halslosen Sprechstundenhilfe. Sie versuchte, ihn hinzuhalten, weil Konrad in einer Behandlung war. Aber dann musste sie den Eindruck gewonnen haben, es ginge um Leben und Tod, und sie holte seinen Vater. Der erschrak, weil er dachte, dass etwas mit Mam passiert wäre, und führte ihn am Ärmel in das zweite Sprechzimmer.

»Wusstest du das mit Drickes?«, platzte es aus Tom heraus.

Sein Vater fragte nicht nach, bot ihm einen Platz an, wie er es wohl mit den Patientinnen immer machte.

Aber Tom blieb stehen. »Stimmt es, dass er in Auschwitz …?«, hakte er nach.

Konrad setzte sich. Und sagte nichts. NICHTS!

»Stimmt es, dass er in Ausch…?«

Konrad unterbrach ihn. Tom konnte sich nicht mehr an den genauen Wortlaut erinnern, nur an dieses Sich-Winden, dieses seltsame Drumherum-Reden, dass nichts bewiesen und dass Drickes als Frauenarzt in einem Lebensborn-Heim tätig gewesen sei. Später las Tom, dass es dabei um eine Tätigkeit ging, die man sich in der frisch gegründeten Bundesrepublik nicht unbedingt in den

Lebenslauf schrieb. Diese von der SS getragenen und staatlich geförderten Einrichtungen hatten kein anderes Ziel, als die Erhöhung der Geburtenziffern arischer Kinder herbeizuführen.

Tom weiß nicht mehr, wie das Gespräch damals endete. Er weiß nur, dass er heulend rausrannte, durch die Stadt irrte und sich schließlich ewig am Rhein herumtrieb. Auch als es bereits dunkel war. Mitten in der Nacht fand ihn Helga unter der Rodenkirchener Brücke sitzend. Zitternd vor Kälte und Angst. Sie brachte ihn nach Hause und log. Behauptete, dass er bei ihr und Alfred gewesen sei und dass sie beim Kartenspielen die Zeit vergessen hätten. Tom sah seinem Vater an, dass er kein Wort glaubte. Trotzdem sagte er nichts. Kein Wort. Auch später nicht. Als wäre das Zusammentreffen in der Praxis nie passiert. Als hätte es die Fragen nach Drickes' Vergangenheit nie gegeben.

In Gedanken setzt Tom einen Fuß vor den anderen und ist unter der Rodenkirchener Brücke angekommen.

Jenny I miss you, hat ein Sprayer auf einen der Brückenpfeiler geschrieben. Tom muss daran denken, wie sie ihm heute Morgen sagte, dass er nicht allein sei, und er spürt, wie warm sich das anfühlt.

»Oha, was machst du denn schon wieder hier?«, fragt Helga erstaunt, als Tom eine halbe Stunde später in der Tür steht.

»Ich dachte, ich bleib zum Essen. Was gibt es denn?«

»Döner«, sagt sie und wirft das Netz mit den Kartoffeln, die sie gerade schälen wollte, in die Gemüseschublade des Kühlschranks. »Du holst es beim Türken ab, Jung.«

Mit der Einkaufstasche, die sie ihm in die Hand gedrückt hat, damit es nicht so viel Plastikmüll gibt, ist Tom auf dem Weg durch die Porzer Innenstadt. Wie damals als kleiner Junge. Er schmunzelt, weil er Helgas direkte Art liebt und weil es so leicht ist, mit ihr umzugehen. Schon immer. Was für ein Glück, dass sie da war. Nicht auszumalen, was ohne sie aus ihm geworden wäre. In diesem belasteten Elternhaus, mit dem schweigenden Vater.

Er schaut dem türkischen Imbissbetreiber zu, wie der das Fleisch vom Spieß säbelt, und denkt daran, was ein Glück es ist, dass Helga immer noch da ist. Und sich jetzt um seine kranke Mutter kümmert und um Carlchen.

Als er die Kölner Straße überquert, sieht er vor einer Tankstelle einen Eimer mit Blumen stehen. Schmucklos in Zellophan verpackt. Tom fällt ein, wie Helga immer mit ihm zum Rosenmontagsumzug in die Kölner Innenstadt gefahren ist. Und während er Kamelle hortete, schrie sie sich die Seele aus dem Leib, um »Strüßscher« zu bekommen. Blumensträußchen, die die uniformierten Fußtruppen gerne mit einem Küsschen auf den Mund überreichten. Diese Karnevalssträuße, die sie nie aus der Folie ausgepackt hat, weil sie an der Anzahl ihren Marktwert – zumindest im Karneval – ablesen konnte, und die monatelang auf dem Schrank standen, selbst als sie längst vertrocknet waren und nach überhaupt nichts mehr aussahen.

»Was ist denn jetzt kaputt?«, fragt Helga erstaunt, als er ihr die gelblastige Straußmischung samt blauem Eimer entgegenhält.

»Ich wollte mal Danke sagen.«

»Du spinnst«, schimpft sie, und durch ihr Gesicht huscht ein Hauch von Verlegenheit, wie er sie nicht an ihr kennt.

Neugierig, wie sie ist, entgeht Greta nichts. »Der hat was angestellt! Kein Mann verschenkt einfach so Blumen.« Doch dann stürzt sie sich auf den Döner, als hätte sie nicht schon vor einer Stunde ein zweites Frühstück verdrückt. »Ich hab solchen Hunger.« Sie reißt das Alufolienpack auf und nimmt den ersten Bissen im Stehen.

»Langsam, Mam«, sagt Tom, und Helga verteilt rasch die Teller.

Als sie sitzen und Carlchen in seiner Wippe an einem Stück Pide mümmelt, klaubt Greta das Grünzeug zwischen dem Fleisch heraus.

»Mam, das ist gesund.«

»Du weißt auch nicht immer alles besser«, sagt sie und hält dem Kleinen ein Stückchen Fleisch hin.

Gierig greift er mit beiden Händchen danach, steckt es in seinen Mund. Er drückt die Augen zusammen und verzieht das Gesicht. Dann lacht er.

»Verrate das bloß nicht deiner Mutter«, sagt Helga grinsend.

Das ist genau der Spruch, mit dem ich großgeworden bin, denkt Tom und meldet trotzdem Bedenken an, denn das Fleisch scheint ihm viel zu scharf für Carl zu sein.

»Ich an seiner Stelle würde auch lieber Döner essen als diesen Pastinakenbrei oder wie der Scheiß heißt, ne, Carlchen?«, fragt Helga kauend. Als sie abräumt, erkundigt sie sich scheinbar nebenbei: »Sag mal. Dieser Holländer. Will der Geld?«

»Wieso?«

»Na, will der erben?« Mit einem kurzen Blick auf Greta schiebt sie hinterher: »Jenny hat mir gesagt, wer sein Vater ist.«

»Quatsch«, sagt Tom und sieht ihr an, dass sie mehr hören will als nur die Antwort auf diese Frage. Aber er schweigt.

»So was kommt in den besten Familien vor«, meint sie schließlich und wischt über die Wachstuchtischdecke.

»Genau«, sagt Greta.

Als Tom am Nachmittag nach Hause kommt, findet er Jenny ungeschminkt im Jogginganzug am Laptop sitzen. Von der Holzplatte des riesigen Esstischs ist kaum etwas zu sehen, weil er über und über mit Patientenakten bedeckt ist.

»Warst du nicht arbeiten?«

»Nein, ich wollte das fertig machen«, sagt sie müde, versichert sich kurz, dass mit dem Kleinen alles in Ordnung ist, und tippt weiter.

Tom ist irritiert. »Was fertig machen?«

»Ich will alle, die eine künstliche Befruchtung bekommen haben, auflisten.«

Kopfschüttelnd legt Tom Carl mit dem Bauch auf die Krabbeldecke und stellt sein derzeitiges Lieblingsspielzeug vor ihn hin.

»Ist Henk weg?«

»Ja«, sagt Jenny, ohne aufzublicken. »Soll dich grüßen.«

Carlchen stützt sich auf seine Hände und drückt sich hoch. Er strahlt das Stehaufhäschen an, wippt mit dem Oberkörper und wartet darauf, dass es sich bewegt. Vergeblich. Tom setzt sich zu ihm auf den Boden und lehnt sich am Sofa an. Er zieht den Hasen an seinem langen Ohr zur Seite, lässt ihn los, und als er wackelnd wieder wie eine Eins aufrecht steht, quietscht der Kleine vor Vergnügen. Dann, als der Hase aufhört, sich zu bewegen, hält er ebenfalls inne und wartet gebannt. Bis Tom das Spielzeug wieder in die Waagrechte bringt. Das geht alles automatisch, und zum Glück auch mit geschlossenen Augen, denn schon im Auto hatte Tom alle Mühe, sie offen zu halten.

Unter Carlchens Jauchzen und Jennys Tippen gleitet er in den Schlaf. Und wehrt sich nicht dagegen. Hört zwischendurch Babyschreien. Dreht sich weg, und als er wieder aufwacht, ist es draußen dunkel. Jenny tippt immer noch. Oder wieder. Mit weit aufgerissenen Augen starrt sie auf den Monitor, der ihr Gesicht beleuchtet.

»Wie spät ist es?«, fragt Tom.

»Halb elf.«

Tom betrachtet sie. Sie wirkt manisch. Fast getrieben. »Hör doch auf, Jenny. Du musst müde sein wie ein Hund.«

»Gleich.«

»Warum machst du das überhaupt?«

»Na, wenn sie alle erfasst sind, dann können wir sie anschreiben.«

Schlagartig ist Tom hellwach. Er steht auf, geht zu ihr und klappt den Laptop zu. »Wie, anschreiben? Was soll das?«

Sie schaut ihn erschrocken an. »Aber die müssen das doch wissen.«

»Sag mal, Jenny, geht's noch? Warum denkst du nicht eine Sekunde daran, das erst mal mit mir abzusprechen?«

»Aber …«

»Nichts aber«, sagt Tom laut und entschieden.

»Aber die haben doch ein Recht darauf, zu erfahren, woher sie kommen«, blafft Jenny zurück. »Was meinst du, wer du bist, dass du das zu entscheiden hast?«

Tom ist fassungslos. »Das hier ist nicht irgendein Fall. Das ist meine verfickte Familie. Und zuallererst muss *ich* mit dieser Scheiße erst einmal klarkommen.« Er kann die Akten nicht mehr sehen, nimmt den ersten leeren Karton und wirft sie hinein.

»Nicht!«, schreit Jenny, geht dazwischen und reißt ihm den nächsten Stapel aus der Hand. »Die sind noch nicht fertig.«

Tom wehrt sich, es kommt zu einem Handgemenge. Plötzlich sieht er Panik in ihren geröteten Augen. Und Tränen. Ihm fällt ein, dass sie seit über vierzig Stunden auf den Beinen sein muss. Kein Wunder, dass sie so aufgekratzt ist.

»Okay«, sagt er beschwichtigend. »Wir reden morgen weiter. Und du gehst jetzt bitte schlafen.«

Sie zögert.

»Bitte, Jenny!«

Sie nickt und trottet davon.

Eine halbe Stunde später betritt Tom seine Stammkneipe am Klapperhof, in der er seit Wochen nicht mehr war.

»Oh, hoher Besuch«, begrüßt ihn Kovan, der Wirt, und stellt ihm ungefragt ein Glas Kölsch vor die Nase.

Er leert es in einem Zug, starrt vor sich hin auf den Bierdeckel und ist noch immer erschrocken, wie schnell die Situation eben mit Jenny eskaliert ist. Wie schnell alles zerbrechen könnte, denn der Boden, auf dem sie sich bewegen – ihr gemeinsames Fundament –, ist noch verdammt dünn. Nach dem zweiten Kölsch hört er mit einem Ohr, wie die anderen Stammgäste am Tresen über den Sieg des 1. FC gegen Darmstadt diskutieren und wie sie bereits jetzt, nach dem ersten Spieltag, sicher sind, dass ihr Verein diesmal das Zeug hat, ganz oben mitzuspielen.

»Was meinst du, Tömmes?«, fragt Gas-Wasser-Scheiße-Hansi.

»Sowieso.« Tom schaut zu, wie Kovan den dritten Strich auf seinen Bierdeckel zieht, und denkt daran, dass Jenny ernsthaft vorhat, die ehemaligen Patientinnen seines Vaters anzuschreiben.

Eine Hand klopft ihm auf den Rücken und reißt Tom zurück in die Kneipenwirklichkeit. »Mach dir keinen Kopp. Wolfsburg nächste Woche hauen wir auch weg«, meint Chris Heukeshoven, der Bestatter aus der Römergasse.

»Sowieso«, sagt Tom und hat sich noch nie so wenig für Fußball interessiert wie an diesem Abend.

Als er am nächsten Morgen verkatert aufwacht, ist Jenny mit Carlchen schon weg. Die Patientenakten liegen wieder in den an der Wand gestapelten Kartons. Die Tischplatte ist leer.

Anders als sonst rufen sie einander tagsüber nicht an, schicken sich auch keine Textnachrichten, und abends, als der Kleine im Bett ist, schleichen sie umeinander herum. Von beiden Seiten räumen sie die Spülmaschine ein, schießen gleichzeitig hoch und sagen synchron: »Wir müssen reden.«

Erleichtert setzt Tom sich mit Jenny an den Tisch. »Darf ich Fragen stellen?«

Sie nickt.

»Wie viele künstliche Befruchtungen hast du gefunden?«

»Du meinst erfolgreiche?«

Er nickt.

»Zweitausendeinhundertvier.«

»Fuck!« Tom lässt sich gegen die Lehne seines Stuhls fallen. Dann setzt sein Gehirn aus. Denkblockade. Leere. Nichts.

Zwischendurch hört er Wortfetzen von Jenny, die ihn nicht wirklich erreichen.

»Anschreiben.«

»Soziale Medien.«

»Verein Spenderkinder.«

»Keine Angst, wir fragen anonym. Der Name Monderath wird nicht auftauchen.«

»Wer ist wir?«, fragt er schließlich.

»Also Henk und ich.«

Tom hat seine Fassung wiedergewonnen, atmet tief durch, beugt sich vor, nimmt ihre Hände in seine und schaut sie an. »Jenny, ich will das nicht!«

»Aber …«

»Bitte! Fang jetzt nicht wieder mit dem Aber-Kanon an.«

»Ja. Aber Henk hat doch schon angefangen.«

»Fuck!«

Auf der Vorbereitungskonferenz für seine Talkshow-Premiere kann er sich nicht wirklich konzentrieren. Routiniert beantwortet er die Fragen der Redaktionsleiterin nach seiner Präferenz der Gäste. Und als er danach auf die A57 fährt und die nicht enden wollenden Staumeldungen hört, hat er die Namen schon wieder vergessen. Das Einzige, was in seinem Kopf Platz hat, ist diese Unzahl: ZWEITAUSENDEINHUNDERTVIER.

Tom weiß, es ist eine völlig bekloppte Idee, an diesem Freitagnachmittag nach Holland zu fahren. Aber er kann nicht anders. Er muss mit Henk reden. Und zwar persönlich.

Es dauert über sechs Stunden, bis er in Amsterdam ist. Und weitere dreißig Minuten, bis er im Südosten der Stadt die Uniklinik gefunden hat. Kurz vor zweiundzwanzig Uhr holt er Henk aus seiner Nachtschicht. Tom beschwört ihn, dass er sich zurückhalten und dass er vor allem den Namen seines Vaters heraushalten soll. »Außerdem: Hast du schon mal was von Datenschutz gehört? Was, wenn diese Frauen heimlich in der Praxis waren und niemand weiß, wie ihre Kinder entstanden sind?«

Henk gibt ihm keine Antwort und scheint zu überlegen.

»Lass uns da doch irgendwie strategisch an die Sache rangehen. Man kann doch nicht einfach ein Schleusentor öffnen, ohne Kanäle gebaut zu haben.« Das Bild gefällt Tom. Denn das ist es – die Angst, dass eine Flutwelle über ihn hinwegschwappt und alles mit sich reißt. »Ich sehe ja ein, dass wir mit diesem Wissen etwas tun müssen. Aber lass es uns doch bitte gemeinsam machen und bitte langsam.«

Henk druckst herum.

»Wie viele hast du schon kontaktiert?«

»Zehn, glaub ich.«

»Okay«, sagt Tom.

Weil in Henks Brusttasche der Pieper vibriert, verabschieden sie sich. Nach nicht einmal fünf Minuten. »Ich melde mich.«

Sie umarmen sich schnell und kumpelhaft. Und Tom ist erleichtert, als er das Verschworene in Henks Augen sieht. Dann schaut er ihm nach, wie er mit schnellen Schritten in dem dreigeschossigen Funktionsbau verschwindet.

Als Tom vom Parkplatz fährt, kommt ihm ein Rettungswagen entgegen. Das blaue Flackerlicht schmerzt in seinen müden Augen, aber er rast wieder zurück Richtung Köln. Er weiß, wie idiotisch diese Aktion war, denn dieser Geist lässt sich nicht in die Flasche zurückstopfen. Aber die Zahl ZWEITAUSENDEINHUNDERTVIER steht wie eine bedrohliche Wand vor ihm, und er kann gar nicht anders, als alles zu versuchen, damit sie stehen bleibt. Und unsichtbar bleibt, was sich dahinter verbirgt.

Noch mitten in der Nacht, um vier Uhr, transportiert er die Kartons zurück in den Porzer Keller, in dem sie jahrzehntelang vor sich hingerottet sind. Auch so eine idiotische Aktion. Als würde das irgendetwas rückgängig machen. Trotzdem gibt ihm die alte Ordnung eine Art Sicherheit.

In den nächsten drei Wochen hat er keine Zeit, an den Praxiskram zu denken. Der Countdown bis zur ersten Talkshow läuft. Die Tage sind voller Termine. Vorbereitungsstress. Abstimmungen über das Kostüm. Das Licht. Und natürlich die Inhalte. Presseinterviews in dem bereits fertiggestellten Studio.

Zum Premierentag ist auch Henk angereist.

Henk war noch nie in einem Fernsehstudio und schon gar nicht hinter den Kulissen.

»Komm«, sagt Jenny, die ihn am Bahnhof abgeholt und zu der er inzwischen ein enges Verhältnis aufgebaut hat.

Er hat sie vor drei Wochen angerufen. Mitten in der Nacht, nachdem Tom auf seiner Arbeit aufgetaucht war. Damals war er unsicher, ob er sich Sorgen um Tom machen müsse. Sein Halbbruder hatte panisch gewirkt und getrieben, und es tat Henk leid, dass er keine Zeit für ihn gehabt hatte. Es tat ihm auch leid, dass er ihn angeschwindelt hatte, denn natürlich hatte er bereits mehr als zehn ehemalige Patientinnen angeschrieben. Er flunkerte auch, als Tom danach mehrfach nachfragte, ob sich welche zurückgemeldet hätten.

Nein, behauptete er. Aber das entsprach nicht der Wahrheit.

Henk schwieg nur, weil Jenny ihn darum gebeten hatte. Sie befürchtete, dass es für Tom in dieser stressigen Vorbereitungszeit zu viel sein könnte. Doch Henk will Toms Vertrauen nicht noch weiter strapazieren, und so hat er die drei Antwortschreiben, in der Frauen bestätigen, dass ihre Kinder in der Kölner Praxis gezeugt wurden, dabei und hofft, bald mit Tom über das weitere Vorgehen reden zu können.

In einer Art Foyer hängen Monitore von der Decke, auf denen nichts anderes zu sehen ist als Tom, der mit verschränkten Armen an einer Backsteinmauer lehnt und in die Kamera lächelt. Darunter prangt der Titel der Sendung: MONDERATH.

Jenny nimmt Henk an der Hand, zieht ihn an der Schlange der Zuschauer, die auf Einlass warten, vorbei und hört sie tuscheln.

»Das ist er.«

Lächelnd genießt er die Aufmerksamkeit, die er auf sich zieht. Als er die Einladung zur Sendung bekam, die natürlich mit dem Bild von Tom geschmückt war, beschloss er, seinen Bart abzurasieren, um seinem Bruder noch ähnlicher zu sehen. Auch backstage, wo zahlreiche Mitarbeiter durcheinanderwuseln, registriert Henk, wie sein Erscheinen bei allen für einen kurzen Moment der Irritation sorgt. Jenny, wie immer ganz in Schwarz gekleidet, scheint jeden Einzelnen zu kennen, wird mit Küsschen begrüßt und stellt ihn überall als Toms Bruder vor. Dann öffnet sie eine Tür, hinter der Tom auf einer Couch sitzt. Er hat die überschlagenen Beine auf den Tisch gelegt und liest Texte.

»Da seid ihr ja endlich«, ruft er, springt auf, umarmt erst Jenny und dann ihn.

»Du siehst toll aus«, sagt Henk. »So ausgeruht.«

»Du aber auch«, meint Tom. »Wo ist denn der Bart geblieben?«

Henk grinst und kramt eine kleine Schachtel aus seiner Jackentasche. »Ich hab dir was mitgebracht. Soll dir Glück bringen.«

»Danke!« Tom öffnet das Geschenk und zieht das rote Armband, an das ein silbernes Amulett geknotet ist, heraus.

Henk hat das Gleiche auch für sich machen lassen. Einen Baum, umschlungen von einem Kreis, auf dem die Namen Tom und Henk eingraviert sind.

»Cool«, ruft Jenny und sagt Tom, dass er das sofort anziehen soll.

»Gefällt es dir?«

Tom nickt und ist gerührt. Weil auch er selbst nah am Wasser gebaut ist, bringt Henk nicht über die Lippen, dass dieses Band ein Symbol dafür ist, dass sie nicht mehr alleine sind.

Es klopft, und ein Mitarbeiter streckt den Kopf durch die Tür. »Thomas Mücke ist da.«

»Danke, Jens.«

»Lars«, verbessert ihn der gut aussehende Mann, dessen Augen zwischen Tom und ihm hin und her springen.

»Ich komm gleich«, sagt Tom und verschließt die Hemdmanschette über dem Armband.

Während der Talkshow, die live im Fernsehen übertragen wird, sitzt Henk neben Jenny auf einem der wenigen Stühle, die hinter den Kameras stehen und für besondere Gäste reserviert sind. Aufgeregt verfolgt er die ebenso hektischen wie präzisen Abläufe und nimmt die Spannung wahr, bevor die Erkennungsmelodie ertönt. Die fünf Kameras fahren in Stellung. Tom sieht super aus, findet Henk. Seine braune Haut leuchtet geradezu in dem weißen Hemd und gut geschnittenen Anzug. Und die neue Brille lässt ihn interessanter aussehen, als er sowieso schon ist.

»Herzlich willkommen zu unserer ersten Sendung«, begrüßt Tom die Fernsehzuschauer und stellt seine Gäste vor.

Um inhaltlich zu folgen, ist Henks Deutsch nicht gut genug. Aber Tom hat ihm vorher kurz erklärt, dass es darum geht, herauszufinden, warum sich junge Männer, die im Westen aufgewachsen sind, radikalislamischen Gruppierungen anschließen. Als Gäste gibt es einen prominenten Politiker, den Henk nicht kennt. Und zwei Männer. Einen in Stuttgart geborenen jungen Deutschen, der islamistischer Kämpfer war. Und einen Vater, der seine beiden Söhne sucht, die vor Jahren zum IS übergelaufen sind.

»Warum sind vor allem junge Männer anfällig für hypermaskuline Männlichkeitsbilder?«, fragt Tom den Talkgast Thomas Mücke vom Violence Prevention Network.

Henk kann die Antwort nicht nur wegen seiner sprachlichen Lücken nicht verfolgen, sondern auch, weil er den Mann beobachtet, der ein Headset trägt und ein Funkgerät am Gürtel. Diesen Lars oder Jens, der Tom vorhin aus der Garderobe gerufen hat und der jetzt mit eleganten Bewegungen zwischen den Kameras hin und her tänzelt.

Also ich habe nichts gegen ein wenig hypermaskuline Männlichkeit, denkt Henk und betrachtet den durchtrainierten Körper, den knackigen Hintern und das Nashorn-Tattoo auf dem muskulösen Oberarm. Als könnte Lars, oder Jens, seine Gedanken lesen, dreht er sich kurz um und grinst ihn an.

»Kannst du mich dem jungen Mann vorstellen?«, raunt er Jenny nach der Sendung zu.

»Was willst du denn von dem?«, fragt sie irritiert und stürmt in die Kulisse.

»Super gemacht«, sagt Jenny zu Tom.

Er ist glücklich, denn nicht nur sie, sondern alles, was im Sender Rang und Namen hat, schart sich um ihn und gratuliert.

Ein Tablett mit Champagnergläsern macht die Runde, und Tom prostet allen zu. »Danke! Super Teamwork«, sagt er, nippt an dem Glas und stellt es schnell wieder ab. Er mag diese Prickelbrause einfach nicht.

»Ein Kölsch?«, fragt eine Fistelstimme von hinten.

»Klar«, meint Tom und bedankt sich bei dem Aufnahmeleiter. »Gute Arbeit!«

»Selber«, sagt Lars und haut Tom auf die Schulter. »Gut gemacht! Beste Sendung ever.«

Tom zuckt kurz, lächelt gequält und sucht das Weite. Obwohl er Kumpelhaftigkeit grundsätzlich mag, bleibt er bei Lars distanziert, da jener keine Grenzen kennt, sich in seiner Nähe immer zu bemüht benimmt und so tut, als wären sie enge Freunde.

Mit Jenny an der Hand geht er zu Henk, der mit großen Augen an der Wand steht und alles beobachtet.

»Ich bin stolz auf dich, kleiner Bruder!«, sagt er und drückt ihn kurz.

Kleiner Bruder, das fühlt sich gut an, denkt Tom und sieht, dass Henk nichts zu trinken hat. »Du willst doch sicher Sekt, oder?«

»Ach, heute wäre ich mit einem Kölsch glücklicher und am glücklichsten mit dem jungen Mann, der es verteilt«, sagt er und zeigt auf Lars, der zu laut und zu schrill und zu sehr auf Wirkung bedacht inmitten der Kamera-Crew steht und Bierflaschen ausgibt.

»Vergiss es«, erklärt Tom. »Der interessiert sich nicht für Kerle.«

»Da wäre ich mir nicht so sicher.«

Die Einschaltquoten, die am nächsten Morgen veröffentlicht werden, sind sensationell. Tom kann sich vor Gratulationen kaum retten. Alle großen Zeitschriften und Magazine berichten über die Sendung und betonen unisono, was für ein Gewinn es ist, dass DAS Gesicht des FFD die fast sechsmonatige Abstinenz endlich beendet hat.

Sein Pfund ist seine Authentizität, schreibt ›Spiegel online‹.

Endlich ist er wieder da!, prangt der Aufmacher auf der Titelseite des ›Kölner Express‹ über einem Foto von Tom, den sie wieder einmal als *kölschen Bradley Cooper* bezeichnen.

Die ›Frankfurter Allgemeine Zeitung‹ erinnert an den Beginn seiner Karriere, als Tom für den amerikanischen Nachrichtensender CNN vom Erdbeben in Haiti berichtete.

Helga hat diesen und alle anderen Zeitungsberichte bereits ausgeschnitten, wie alles, was in den letzten Jahren über Tom veröffentlicht wurde. »Die kommen alle in den neuen Ordner«, sagt sie stolz zu Tom, als er Carlchen, der die Nacht in Porz verbracht hat, bei ihr abholt. »Ich bin so froh, dass du wieder Arbeit hast, Jung.«

Über diesen Satz muss Tom schmunzeln, während er mit dem Kleinen zurück in die Stadt fährt. Als er jedoch sieht, dass die Einfahrt zur Tiefgarage des Gerlingquartiers mit einem ganz bestimmten roten Cabriolet zugeparkt ist, fällt ihm die Fröhlichkeit aus dem Gesicht.

»Fuck«, sagt er, hupt und kann nicht glauben, dass sein Bruder auf dem Beifahrersitz neben Lars sitzt. Dem Lars, der das Auto immer noch nicht abbezahlt hat und von dem Tom dachte, dass er den Schlitten nur gekauft hat, um Frauen abzuschleppen.

Der Aufnahmeleiter gibt ein Handzeichen und fährt ein paar Meter vor.

»Komm mir bloß später nicht mit so einem an, Chef«, sagt Tom zu Carlchen, als sich das Rolltor hebt und sie in die Tiefgarage einfahren.

Kaum ist er oben in der Wohnung, klingelt Henk und packt hektisch seine Sachen zusammen, weil sein Zug bald fährt.

»Ich muss dir noch etwas sagen«, meint er, als er schon mit seiner Reisetasche am Aufzug steht.

Tom ist erleichtert, als sein Handy klingelt. Er könnte den Anruf wegdrücken, aber hat keine Lust, jetzt noch schnell irgendwelche Sexgeschichten serviert zu bekommen. Und schon gar nicht welche mit Lars. Deshalb winkt er ab, umarmt Henk kurz und wünscht ihm eine gute Reise. Dann geht er mit Carlchen auf dem Arm zum Telefonieren auf die Dachterrasse.

»Die Schlüters wollen ausziehen«, sagt Helga am anderen Ende der Leitung.

»Die Schlüters wollen ausziehen«, wiederholt Helga, als Jenny zusammen mit Tom das nächste Mal zum Essen in Porz ist. »Wäre die Wohnung nicht was für euch?«

»Ich hab dir gesagt, dass ich davon nichts halte«, antwortet Tom und löffelt Kartoffelsuppe.

»Was ist das denn für eine Wohnung?«, fragt Jenny neugierig.

»Eine Etage drüber«, sagt Helga. »Das wäre ideal für euch. Und würde auch die ganze Hin-und-Her-Fahrerei sparen. Der Kleine sitzt ja mehr im Auto, als gut ist.«

»Vergiss es!«, erklärt Tom.

Nach dem Essen gibt Jenny vor, Helga beim Abwasch helfen zu wollen, und als sie sicher ist, dass Tom sie nicht hören kann, fragt sie: »Wie ist sie denn geschnitten?«

»Ich hab einen Schlüssel. Die Schlüters sind verreist. Ich zeig sie dir mal«, flüstert Helga.

In einem unbeobachteten Moment, als Tom mit seiner Mutter im Wohnzimmer alte Fotos anschaut und Carlchen schläft, schleichen sich die beiden hinaus und gehen nach oben. Helga schließt die Tür der Wohnung im zweiten Stock auf. Ein muffiger Geruch schlägt Jenny entgegen.

»Die wollen nach Spanien ziehen«, sagt Helga und reißt die Fenster zum Lüften auf.

Jenny schaut sich in der vollgestellten Wohnung um, in der Tapeten hängen, die schon vor dreißig Jahren wegen Geschmacklosigkeit aus den Läden verbannt wurden. Sie geht von einem Raum zum anderen und lauscht Helgas Argumenten nur mit einem Ohr. Doch als sie mit Tom auf der Fahrt zurück in die Stadt ist, spricht sie die Sätze selbst aus: »Du wärst näher bei deiner Mutter. Also wir könnten uns mehr um sie kümmern, ohne dass es ein größerer Aufwand ist. Und die tägliche Fahrtzeit fällt weg. Für Carlchen wäre das ideal. Außerdem sind das vier Zimmer, und …«

»Das kommt überhaupt nicht infrage«, unterbricht sie Tom.

»Das ist ein Sechser im Lotto. Überleg doch mal. Unser ganzes Leben würde einfacher werden.«

Tom bleibt stur. Und stumm.

Mit dem Kleinen auf dem Arm steht Jenny am Nachmittag am Fenster, blickt hinunter auf den Hof, der in Architekturzeitschriften Piazza genannt wird, und beobachtet, wie ein Security-Mann, der eben noch Biertrinker vertrieb, Rollerblader des Platzes verweist, weil die Hausgemeinschaft beschlossen hat, dass auch das verboten sei. Jenny versucht sich vorzustellen, welchen Ärger Carl bekommen würde, wenn er einen Ball gegen die Wand an der östlichen Platzbegrenzung des Ensembles kicken würde. Neben Lärmbelästigung würde man ihm vorwerfen, die Bauplastiken von Arno Breker zu schänden.

Sie gesteht sich ein, dass sie schon länger denkt, dass das Wohnen im Gerlingquartier nur ein Übergang sein kann. Dieses Architekturmonster, in dem man nur Marmor sieht und Muschelkalk. Wo kein Baum wächst und sie schon mehr als einmal darüber nachgedacht hat, wie man diese drei geschmacklosen Springbrunnen abstellen könnte, weil sie das Wasserplätschern nicht mehr hören kann.

»Hier kann doch kein Kind aufwachsen.«

»Hör auf jetzt, Jenny«, bittet Tom.

Nach dem Abendessen, als Carlchen schläft, versucht sie es erneut: »Der Kleine könnte sein eigenes Zimmer haben, und …«

Tom holt eine Flasche Rotwein aus dem Schrank, macht zwei Gläser voll und fläzt sich zu ihr aufs Sofa. »Ich bin nicht aus Porz weggezogen, um wieder zurückzukehren.«

»Du meinst, nach deinem Leben in New York wäre das ein Rückschritt?« Sie nippt an ihrem Wein, stellt das Glas ab, robbt sich an ihn heran, küsst sich an seinem Hals nach oben und flüstert lasziv und mit amerikanischem Slang in sein Ohr: »Porz, New York City, Cologne and Porz.«

»Verrücktes Huhn.« Tom stellt sein Glas ebenfalls zur Seite, und als er sie leidenschaftlich küsst, vergisst sie sämtliche weiteren Argumente.

Tom liebt ihren Geruch nach Vanille, liebt es, wie ihre Haut sich anfühlt und wie sie sich sanft aufbäumt, wenn er sie berührt. Seit er mit Jenny zusammen ist, weiß er, dass wirklich guter Sex etwas mit Vertrauen zu tun hat.

Mitten in der Nacht ziehen sie vom Sofa ins Schlafzimmer um, und Toms letzter Gedanke vor dem Einschlafen ist, dass es ihm gefällt, dass Jenny Zukunftsgedanken spinnt und offensichtlich nicht mehr zurück in ihr Appartement am Chlodwigplatz will.

Aber es gefällt ihm weniger, dass sie gleich am nächsten Morgen erneut von der Porzer Wohnung anfängt.

»Keine tausend Pferde bringen mich zurück. Und schon gar nicht in die Bude von Drickes!«, sagt Tom.

»Oh.« Mehr fällt Jenny nicht dazu ein.

Mittags, als Tom zwischen zwei Konferenzen Zeit hat, denkt er zum ersten Mal, dass Jenny vielleicht recht hat. Seine Wohnung im Gerlingquartier ist zwar groß, aber denkbar ungünstig geschnitten. Sie bräuchten dringend ein Kinderzimmer, und weil Henk öfter zu Besuch ist, wäre es auch gut, ein Gästezimmer zu haben. Er ruft Gerd Schlummers an, seinen Kumpel aus Jugendtagen, mit dem er früher Bonzenvillen besprüht hat und der heute erfolgreich in Immobilien macht. Schlummi erzählt ihm von zwei Villen in Lindenthal. Und einer Bunkerversteigerung.

»Im Leben ziehe ich nicht nach Lindenthal«, sagt Jenny entsetzt und schaut sich die Exposés nicht einmal an. »Zu diesem Snob-Volk passe ich nicht.«

Dann zeigt er ihr Fotos von verschiedenen Objekten aus ganz Deutschland, die beweisen, wie man einen Bunker aus dem Zweiten Weltkrieg umbauen und aufstocken kann.

»Das ist nicht dein Ernst, Tom. Ich will doch nicht in und auf einem Bunker leben! Diese Vibes sind schlecht für das Karma.«

Jenny lässt nicht locker, fragt immer wieder nach, ob Herr Kölmel, der die Wohnungen in seinem Elternhaus verwaltet, schon Nachmieter gefunden hat. Und als sie wieder einmal gemeinsam in Porz sind, fleht sie ihn an, sich mit ihr die inzwischen leer geräumte Wohnung wenigstens anzusehen.

Vierzig Jahre ist es her, dass Tom das letzte Mal über diese Schwelle gegangen ist. Mit einem Schlag erinnert er sich an alles. Den Zigarrengeruch und den präparierten Elefantenfuß, den sein Großonkel als Schirmständer genutzt hat und in dem für ihn immer ein kleines Geschenk versteckt war. Seit Ewigkeiten hat er nicht mehr an diesen Elefantenfuß gedacht und hatte sich auch noch nie überlegt, wie Drickes darangekommen sein könnte.

Dort am Fenster hat sein Ohrensessel gestanden, auf dem Tom als kleiner Junge mit ihm gesessen und zusammen auf den Rhein geblickt und die Schiffe gezählt hat. »Du bist so ein Querkopf wie ich«, hat Drickes, der wie ein Großvater für ihn war, immer zu ihm gesagt und ihn in die Wange gekniffen. Der kleine Thomas wusste, dass das ein Lob war.

Tom muss zugeben, dass er den Onkel gerne mochte und dass er sehr traurig war, als dieser starb. Später, als er in der Schule von dessen Verwicklung in die Auschwitz-Verbrechen hörte, verbannte er die schönen Erinnerungen.

Lange hat Tom auch nicht mehr an die Ereignisse an seinem achtzehnten Geburtstag gedacht. An jenem Tag eröffnete ihm sein Vater, dass Drickes Tom eine größere Summe Bargeld vermacht hatte, über die er nun verfügen könne. Es war für Konrad klar, dass dieses Geld weiter gewinnbringend angelegt werden sollte. Dafür hatte er bereits einen Termin bei der Kölner Sparkasse vereinbart. Doch Tom ging alleine zur Bank und überwies die sechsstellige Summe als Spende an eine Organisation, die sich gegen die weibliche Genitalverstümmelung in Afrika einsetzte. Er wollte keinen Pfennig von diesem Drecksgeld behalten. Gleichzeitig erklärte er seinem Vater endlich, dass er nicht daran dachte, Medizin zu studieren. Er zog aus, verließ vor dem Abitur das Gymnasium und jobbte erst einmal als Taxifahrer.

Ein seltsamer Duft reißt Tom aus seinen Erinnerungen. Es riecht nach Weihrauch. Er geht dem Geruch nach und sieht Jenny mit einer Räucherschale in der Hand mit kreisenden Bewegungen durch das frühere Schlafzimmer von Drickes gehen.

»Was um Himmels willen wird das denn jetzt?«

»Ich räuchere die Bude aus, damit sie von allen negativen Energien der Vergangenheit gereinigt wird.«

Tom studiert ihren Gesichtsausdruck, denn an so einen Scheiß kann sie doch nicht im Ernst glauben.

Sie hält nicht durch und muss grinsen. »Schaden kann es zumindest nicht!«

Dann verschwindet ihr Gesicht hinter dem göttlichen Qualm,

und von oben kommt ein Zeichen: Der an die Decke geschraubte Feuermelder springt an. Tom reißt die Fenster auf, damit der Rauch abziehen kann, aber das ohrenbetäubende Piepen hört nicht auf.

Mit der Räucherschale, die sie mit ausgestreckten Armen vor sich hält, läuft Jenny ins Badezimmer, stellt sie in die Dusche und löscht die Glut mit Wasser. Es zischt und qualmt nun noch mehr – und es stinkt. Hustend rennt sie zurück zu Tom. »Shit. Wie kriegen wir das Ding nur aus?«

»Steig auf meine Schulter, damit ich dich hochheben und du den Knopf reindrücken kannst«, schlägt Tom vor und geht in die Hocke.

»Gute Idee!«

Als sie auf seiner Schulter sitzt, er sich aufrichtet und sich streckt, kehrt endlich Ruhe ein. Doch nur für einen Augenblick. Denn als Tom Jenny wieder absetzt, werfen sie sich auf den Boden und bekommen sich vor Lachen nicht mehr ein.

Plötzlich steht Helga in der Tür und schimpft: »Seid ihr verrückt geworden? Ich war kurz davor, die Feuerwehr zu rufen.«

Auf dem Rückweg in die Stadt lachen sie immer noch. Trotz des Staus, in dem sie – wie schon so oft um diese Tageszeit – stehen. Von der Rückbank aus lacht auch der kleine Carl.

Es wäre ja doch ganz praktisch, wenn wir in Porz wohnen würden, denkt Tom. Zumindest solange der Kleine Betreuung benötigt. Aber in die Wohnung des alten Nazis zu ziehen, kommt nicht infrage. »Wie wäre es, wenn Helga einzieht und wir uns das Dach ausbauen?«

Einen Monat später liegen die Pläne für eine Aufstockung vor. Aus der unteren, einhundertdreißig Quadratmeter großen Wohnung werden zwei, und noch im Dezember zieht in eine von ihnen Helga ein.

Vor dem Haus wird im Frühjahr ein Kran aufgebaut, was für Greta mindestens genauso interessant ist wie für Carlchen, der inzwischen sitzen kann – in einem Hochstuhl, den Helga beim Otto-Versand bestellt hat.

Die nächsten Monate sind voller erster Male.

Carlchens erste Schritte. Sein erstes Wort: *Mama*, das er in verschiedenen Betonungen zu Jenny, Greta und auch Helga sagt.

Sein erster Geburtstag.

Der erste Jahrestag der Beziehung mit Jenny, an dem Carl schon *Kran* und *Papa* aussprechen kann.

Und der Jahrestag des Kennenlernens mit Henk am 1. Juli. Erst essen sie mit Jenny, mit der Henk sich bombig versteht, dann ziehen die beiden Brüder eine Nacht um die Häuser. Den Besuch von Konrads Grab auf dem Melatenfriedhof sparen sie diesmal aus. Aber für einen Moment muss Tom an Konrad denken und ist ihm dankbar. Ohne ihn gäbe es Henk nicht, und einen Bruder zu haben, bereichert sein Leben. Wobei ihm der eine reicht und er froh ist, dass sich alles beruhigt hat und sich keine neuen Ableger seines Vaters mehr aufgetan haben.

Tom erinnert sich nicht mehr, wie sie nach Hause gekommen sind. Und erst recht nicht, wann. Unter seinen geschlossenen Augen blendet das Licht, die Blase drückt, und bei der kleinsten Bewegung droht sein pochendes Hirn zu zerspringen. Er schält sich aus dem Bett, geht ins Bad und wühlt im Schrank nach Aspirin. Draußen kreischt Carlchen, und Henk lacht.

Als Tom ins Wohnzimmer kommt, sieht er, wie die beiden mit dem Geschenk spielen, das der holländische Onkel mitgebracht hat: ein aufblasbares Planschbecken samt einem großen Sack voll bunter Plastikbälle. Diese hat Henk ins Becken gekippt und den Kleinen hineingesetzt. Carlchen interpretiert das Bällebad auf seine Art und wirft unter Henks anfeuernden Rufen heraus, was er in die Händchen bekommt. Überall auf dem Boden des Einhundertzwanzig-Quadratmeter-Raumes liegen gelbe, rote, grüne und blaue Plastikbälle.

»Du bist ein Tier«, sagt Tom kopfschüttelnd zu Henk. »Wie kannst du nur so fit sein.«

»Papa«, kreischt der Kleine, will aus dem Becken klettern und schreit aus Leibeskräften, weil ihm das nicht gelingt.

Als Jenny vom Joggen kommt, stolpert sie über die auf dem Boden herumkullernden bunten Bälle.

»Ich glaube, ich muss mich noch einmal hinlegen. Mir ist so schlecht«, sagt Tom, drückt ihr den Kleinen in die Hand und verschwindet im Schlafzimmer. Auf dem Boden, neben dem Planschbecken, sitzt Henk und sieht aus wie eine aufgerissene Sofaecke.

»Wie konntet ihr nur so viel saufen? Wir haben doch ausgemacht, dass wir es ihm heute sagen«, zischt ihm Jenny zu.

»Sorry«, sagt Henk und massiert seine Schläfen. »Es war so lustig, und da hab ich alles vergessen.«

»Idiot!« Sie ist stinksauer. Seit Monaten haben sie den Zeitpunkt, an dem sie Tom einweihen wollten, immer wieder verschoben. Es war höchste Zeit, dass er erfuhr, dass Henk sich inzwischen mit Sandra getroffen hatte, und auch mit Stephan, der in den USA lebt, regelmäßig in Kontakt ist. Aber am wichtigsten war, dass sie ihm sagen mussten, wie viel sich darüber hinaus noch getan hat.

Als Henk Jenny im Herbst gestand, wie schwierig es war, sich an das Versprechen zu halten, das er Tom gegeben hatte, heckten sie einen Plan aus, wie sie ihn aus der Sache heraushalten und trotzdem nach weiteren Kindern von Konrad suchen könnten. Die Idee, weitere Patientinnen anzuschreiben, verwarfen sie. Wie sollten sie erklären, dass sie an die Adressen gekommen waren?

Weil Jenny durch ihre jahrelange Arbeit bei der Suchsendung das Know-how hatte, organisierte sie im Hintergrund. Sie legte eine gemeinsame E-Mail-Adresse an, die auf Henks Namen lief und auf die sie beide Zugriff hatten. Als Henk van Dongen schrieb sie das Internetportal *Spenderkinder* an, einen Verein, der mit dem Aufruf warb: *Wenn du auch ein Spenderkind bist, melde dich bei uns – wir könnten Halbgeschwister sein!*

Jenny formulierte Henks Suchanfrage, in der er erwähnte, dass er in der Kölner Frauenarztpraxis Dr. Pütz gezeugt worden war. Dabei hoffte sie inständig, dass sich niemand meldete, der auch den Namen von dessen Kollegen kannte.

Bei der Aktion hatte Jenny ein maximal beschissenes Gefühl. Doch als sich in kürzester Zeit drei Menschen meldeten, die wussten, dass sie in der Kölner Praxis entstanden waren, war ihre Neugierde stärker, und sie wagte den nächsten Schritt. Sie ließ Henk einen erneuten DNA-Test machen. Und zwar bei einem Anbieter, bei dem Tom nicht gemeldet war. Die in Köln gezeugten Fremdsamenkinder ließen sich dort ebenfalls testen. Beim Abgleich stellte sich heraus, dass diese jeweils andere biologische Väter hatten. Das gab Jenny den Mut, weiterzumachen – vielleicht würde sie Tom so am Ende beweisen können, dass es sich bei Henk, Sandra und Stephan um Ausrutscher handelte.

Wochen vergingen und Monate, die unter dem Eindruck des Umbaus und der vielen Entscheidungen, die zu treffen waren, standen. Da Toms Talkshow sonntagabends aufgezeichnet und ausgestrahlt wurde, waren die Wochenenden davon geprägt, und sie sahen sich wenig. Die Zahl der Rückläufe war inzwischen dreistellig. Darunter fanden sich auch Halbgeschwister, deren DNA nicht mit der Henks identisch war, weil ihr genetischer Vater ein anderer Samenspender war.

Bis drei weitere Spenderkinder auftauchten, die mit an Sicherheit grenzender Wahrscheinlichkeit denselben Vater hatten wie Henk – und somit auch wie Tom.

Weil in der Sommerpause Toms Arbeit ruhte, hatten Jenny und Henk sich diesen Sonntag seit Wochen als Tag der Offenbarung vorgenommen. Jetzt könnte sie vor Wut an die Decke gehen, denn noch bevor Tom wieder aus dem Schlafzimmer auftaucht, muss Henk zurück nach Amsterdam.

Dann gestehe ich es ihm eben alleine, beschließt sie. Sie hält das Agieren hinter Toms Rücken keine Stunde länger aus. Zögert dann aber doch und nimmt sich als Zeitpunkt das kommende Wochenende vor, wenn sie sich mit Tom für ein paar Tage in Domburg erholen will.

Tagelang legt sie sich den Anfangssatz zurecht.

Du musst mir versprechen, dass du nicht böse bist, wenn ich dir gleich … Käse!

Also, es ist so, dass ich dir schon lange sagen wollte, dass …

Ihr fallen Entschuldigungen ein. Ausflüchte. Und sie kennt Tom lange genug, um zu wissen, dass sie es damit nur noch schlimmer machen würde.

In Domburg wartet sie den ersten Tag ab. Verschiebt es am zweiten auf den dritten, und steht schließlich vor einem Strandspaziergang im Badezimmer am Spiegel, cremt sich das Gesicht mit Sonnenmilch ein und flüstert ihrem Spiegelbild zu: »Ich hab Mist gebaut, Tom.«

Sie weiß, dass er stinksauer sein wird. Mit Recht! Aber mit Carlchen in der Babytrage wird er seine Wut nicht rauslassen können. Das wird ihr Zeit verschaffen, ihm alles zu erklären. Sie holt tief Luft und drückt die Türklinke. »So, ich bin fertig. Wir können los.«

»Gleich. Ich muss das noch zu Ende lesen.« Tom, der das schlafende Kind bereits vor seinen Bauch gebunden hat, steht am Tisch, auf dem eine Zeitung liegt.

Jenny kommt näher, blickt über seine Schulter und erschrickt. Nicht wegen des Textes, denn Holländisch kann sie nicht lesen. Sondern wegen des Bildes, des Fotos von Jan Karbaat.

Sie hat bereits im April von diesem niederländischen Frauenarzt gelesen, der seit Jahren im Verdacht stand, in seiner Reproduktionspraxis Kinder mit seinen eigenen Spermien gezeugt zu haben. Stur hat er sich gewehrt, seine DNA überprüfen zu lassen. Nach seinem Tod nahm die Staatsanwaltschaft auf Antrag einiger Spenderkinder Proben von persönlichen Gegenständen wie seiner Haarbürste und Stützstrümpfen.

»Was steht denn da drin?«, fragt Jenny langsam.

»Wahnsinn«, sagt Tom. »Hast du schon von diesem Jan Karbaat gehört?«

Sie nickt stumm.

»Jetzt ist bewiesen, dass mindestens neunzehn Spenderkinder mit an Sicherheit grenzender Wahrscheinlichkeit von ihm abstammen. Der soll sogar Spermien verschiedener Männer in einem Eimer vermischt haben, weil er glaubte, dass die schneller schwimmen würden, wenn sie Konkurrenz hätten. Was für eine perverse Kacke.«

Händchenhaltend gehen sie am Strand entlang. Schweigend.

Ich hab Mist gebaut, Tom, hämmert es in ihrem Kopf. Aber Jenny bekommt die Worte nicht über ihre Lippen. Sie spürt, dass ihr Verschweigen sich zu einer unsichtbaren Kluft aufgebaut hat, einem Haarriss. Sie weiß, dass, wenn sie nichts sagt, aus diesem Riss ein Spalt wird. Und weiß, dass sie das nicht will. Sie holt tief Luft und bleibt stehen. »Tom?«

Sie reißt ihn aus seinen Gedanken. »Ganz Europa stürzt sich auf diesen Reproduktions-Skandal. Was meinst du, was los wäre, wenn das mit meinem Vater rauskommt? Ich sehe die Aufmacher regelrecht vor mir. Und neben jeder Schlagzeile mein Foto.«

Jenny würde die Wahrheit am liebsten herausschreien. Aber sie kann nicht. Und schweigt weiter.

Abends läuft sie durch den Ort in Richtung Supermarkt. Sie hat Tom gesagt, dass sie unbedingt noch Vanille Fla kaufen will, weil sie darauf so einen Heißhunger habe. Aber das ist nur vorgeschoben, denn sie muss unbedingt mit Henk telefonieren.

»Ich halte das nicht mehr aus«, schluchzt sie ins Telefon. »Tom trennt sich von mir, wenn das rauskommt. Und ich könnte das sogar verstehen.«

»Ich sage ihm, dass das alles meine Idee war und du nichts davon wusstest! Hab keine Angst. Alles wird gut.«

»Kommst du eigentlich wegen Lars so oft nach Köln?«, fragt Tom Henk, der ihn abgepasst hat, als er gerade zur Baustelle fahren wollte, weil es offensichtlich Probleme gibt.

»Nein. Wegen dir.«

»Super. Steig ein«, sagt Tom und rast durch die Stadt über den Rhein nach Porz.

Schon im Treppenhaus hören sie Greta schimpfen: »Was erlauben Sie sich. Ich bin die Hausbesitzerin. Und wenn ich Ihnen sage, dass das Waschbecken an diese Wand soll, dann kommt das Waschbecken an diese Wand.«

»Kacke«, flucht Tom und hechtet gefolgt von Henk die Treppe hinauf.

Mitten in einem der zukünftigen Badezimmer steht seine aufgeregte Mutter vor einem völlig entnervten Klempner, der Probleme hat, weil die Wandschlitze, die die Trockenbauer geschlagen haben, nicht mit den Plänen übereinstimmen.

»Ich hab alles versucht«, raunt ihm Helga, die den Kleinen trägt, zu.

»Papa! Papa!« Carlchen streckt die Ärmchen nach Tom aus und gibt erst Ruhe, als er endlich auf seinem Arm ist.

Er weiß, dass er Helga keine Vorwürfe machen kann. Seine Mutter ist neuerdings kaum zu halten, geht in jedem unbeobachteten Moment auf die Baustelle und tritt dort auf, als hätte sie das Sagen.

»Komm, Greta«, schlägt Helga vor. »Wir gehen runter und machen mal einen Kaffee.«

»Nein!« Greta bleibt stur stehen und schüttelt Helga barsch ab. »Du hast hier nichts zu bestimmen!«

»Guten Tag, Frau Monderath«, sagt Henk. »Schön, Sie wieder zu sehen.«

Erstaunt reißt sie den Kopf herum und schaut den Holländer mit offenem Mund an. »Die Frau ist verreist.«

Henk versteht nicht.

»Mam meint, dass du sie duzen sollst«, erklärt Tom, geht in den nächsten Raum, setzt Carlchen vor sich auf ein Fensterbrett und sucht die Nummer der Trockenbaufirma in seinem Handy. Er kocht regelrecht vor Wut, als er erfährt, dass frühestens nächste Woche jemand vorbeikommen und die richtigen Schlitze fräsen kann. Doch da hat der Klempner schon andere Termine.

»Fuck!«, sagt Tom und steckt das Handy ein.

»Fuck?«, wiederholt Carlchen und schaut ihn fragend an.

Aus dem Nachbarraum hört er seine Mutter Henk erklären: »Und hier machen wir dann das Kinderzimmer hin.«

Immer wenn Henk in den nächsten Wochen aufkreuzt, kümmert er sich um Greta, geht mit ihr spazieren, spielt mit ihr *Mensch ärgere dich nicht* oder sitzt neben ihr auf der Terrasse und blickt auf den Rhein. Tom ist froh, dass sie ihn nicht mehr mit Konrad anspricht, und es rührt ihn, wie vertraut Henk seiner Mutter zu sein scheint. Er ist auch froh, dass sie abgelenkt ist, denn je näher der Umzugstermin kommt, desto hektischer wird alles. Da fehlt es ihm manchmal an der Geduld, die man im Umgang mit Greta haben muss.

»Was redest du denn immer mit ihr?«, fragt er, als er Henk zum Bahnhof fährt.

»Ich frage sie nach dir aus.«

»Und was erzählt sie so?«

»Dass du beim Gewitter immer unterm Bett gelegen hast vor Angst.«

»Stimmt«, sagt Tom.

»Und heute hat sie mir erzählt, dass dein Vater sich wünschte, dass du ein Mädchen wirst. Er hatte schon einen Namen.«

»Echt?«

»Ja. Er wollte dich Lizzy nennen.«

Im Dezember ziehen sie endlich ein. Und natürlich machen die vielen fremden Männer vor dem Haus und der Lärm, den sie im Treppenhaus verursachen, Greta neugierig, sodass Helga Mühe hat, sie in der Wohnung zu halten.

Abends, als die Möbelpacker endlich abgezogen sind, das Sofa und die Betten am richtigen Platz und in jedem Raum Kartonberge stehen, kommt Helga, die es auch nur schwer unten ausgehalten hat, mit Carlchen und Greta nach oben.

»Wir wollten nur mal schnell gucken«, sagt sie.

Tom nimmt ihr den zappelnden Kleinen ab und übernimmt die Palastführung.

»Warum habt ihr das Sofa denn hier hingestellt?«, fragt Helga im Wohnzimmer. »Ich glaube, ihr tut euch keinen Gefallen, wenn ihr den Tisch so weit von der Küche entfernt stehen habt.« Im Kinderzimmer betrachtet sie skeptisch die Ecke, in der der Wickeltisch steht. »Ich will mich ja nicht einmischen, aber …«

»Dann misch dich bitte auch nicht ein!«, würgt Jenny sie entschieden ab.

Ups, denkt Tom und ahnt, dass das nicht die letzte Spannung ist, die zwischen den beiden auftreten wird. »Und, gefällt es dir, Mam?«, fragt er, auch um abzulenken.

»Ja, sicher«, sagt Greta, entdeckt in einem aufgeklappten Karton Pinky, das inzwischen etwas abgewetzte Einhorn, und schaut es mit riesigen Augen an.

»Willst du das haben?«, fragt er und drückt ihr das Ungetüm in den Arm.

»Ja, sicher«, sagt Greta und lässt es nicht mehr los.

Am Morgen nach der ersten Nacht in der neuen Wohnung wacht Tom neben der noch schlafenden Jenny auf. Über dem Bett ist ein großes Fenster, das den Blick auf den Himmel freigibt. Früher, als hier noch der Speicher war, befand sich an dieser Stelle eine schmale Dachluke, unter der er als kleiner Junge immer lag. Es war sein geheimer Rückzugsort.

Wie jetzt betrachtete er damals die vorbeiziehenden Wolken und stellte sich vor, dass nicht sie es waren, die sich bewegten, sondern er. Schwerelos flog er in seiner Raumkapsel. Es gab Tage, da wollte er für immer in dieser Kapsel bleiben, entfliehen, weil das Leben auf der Erde so schwer war.

Neben ihm bewegt sich Jenny. Er drückt sich an ihren warmen Körper und denkt, dass er keine Erdung hatte, bevor sie in sein Leben trat. Und er ist sich nicht sicher, ob sie es war, die seine Wurzel wachsen ließ, oder ob der Kleine dieses Wunder vollbracht hat.

Sie räkelt sich und strahlt ihn an. »Guten Morgen.«

Es klopft an der Tür.

»Wir machen nicht auf«, flüstert Jenny.

»Ich hab mal kurz ’ne Frage«, ruft Helga von draußen.

Jenny schnaubt. »Nicht schon wieder.«

»Pst, Baby«, murmelt Tom und grinst sie verschworen an. »Du wolltest unbedingt hierher!«

Er zieht sich eine Unterhose an und schlurft zur Tür.

»Ich wollte nur wissen, ob ich den Weihnachtsbaum kaufen soll?«

»Können wir gerne zusammen machen«, sagt Tom. »Aber vielleicht doch nicht heute.«

»Aber …« Helga kramt nach Argumenten. Dass sie eh schon spät dran seien und man ihrer Erfahrung nach morgen wahrscheinlich nur noch die verkrüppelten Reste bekäme, die keiner haben will.

»Wir kaufen gleich einen«, ruft Jenny von hinten.

Hätte mir das noch vor zwei Jahren einer prophezeit, denkt Tom zwei Stunden später, als er die zwei Meter hohe Douglastanne in die provisorisch eingerichtete Wohnung trägt, dass ich mal einen Weihnachtsbaum kaufe, dann hätte ich ihn nicht nur ausgelacht, sondern für verrückt erklärt. Er hasst Weihnachten. Bisher zumindest.

Als der Baum endlich steht, kommt Greta und sagt, dass sie so schöne Kristallkugeln im Keller hat, und besteht darauf, die jetzt sofort zu holen.

»Klar«, sagt Tom, der eigentlich lieber endlich frühstücken würde, und fährt mit ihr im Fahrstuhl nach unten.

Während sie in der hintersten Ecke nach dem alten Weihnachtsbaumschmuck kramt, sieht er die Praxiskisten und ist froh, dass deren Inhalt kein Thema mehr ist.

Am Weihnachtsabend zündet Jenny die unteren und Tom die oberen Kerzen an. Dann löscht Helga das Licht. Aller Augen richten sich auf Carlchen, der auf Gretas Schoß sitzt und erstaunt und mit offenem Mund das Flackern in sich aufsaugt.

»O du fröhliche«, fängt Greta an zu singen, und auch ihre Augen leuchten.

Das Lied löst bei Tom eine Flut von Erinnerungen aus, die allesamt nicht gut sind. Weihnachten voller Spannungen zwischen seinen Eltern, seinem Vater und Drickes, dazwischen er als einziges Kind.

»Christ ist erschienen, uns zu versühnen«, singen die anderen, und Tom spürt das große Glück, das Greta für Carlchen und Carlchen für Greta ist. So oft hat er sie in ihrem Leben unglücklich erlebt, in Schwermut gefangen, die der Kleine mit seinem unbestechlichen Charme wegzuzaubern scheint.

Und dann legt er seinen Arm um seine Mam und singt einfach mit.

Dass der Konrad immer so falsch singt, denkt Greta und spürt das aufgeregt atmende Kindchen auf ihrem Schoß.

»Mariele«, sagt sie. »Mein Mariele.«

»Mam?«, fragt Konrad und warum schauen sie jetzt alle so an Weihnachten mit Mariele und der fröhlichen Christenheit und

»Mam, sollen wir Marie anrufen? In Amerika?«

In Amerika? Ich verstehe das nicht und dann ist da ein Fernsehgerät mit vielen Menschen und alle lachen und schauen so

»Mommy«, ruft die schwarze Frau und winkt.

Greta winkt zurück.

»Das ist Marie, Mam«, sagt Konrad und ich verstehe das nicht und im Fernseher sitzt ein alter Mann und

»Gretchendarling«, sagt er.

»Gretchendarling«, wiederholt Greta.

»Mam, das ist Bob. Er ist in Amerika«, sagt Konrad. »Er wohnt jetzt bei Marie.«

»Amerika?«, fragt Greta. »Du weißt auch nicht alles besser.« Sie schaut auf, sieht Marie auf dem Stühlchen sitzen und geht zu ihr.

»Du bist mein Bobbele«, sagt sie und denkt Bob will mich heiraten und Mariele lacht auch und ist glücklich.

»Das ist vielleicht alles ein bisschen zu viel für sie«, sagt Tom zu seiner Schwester auf der anderen Seite des Ozeans.

Marie, die aus der Verbindung mit Gretas erster großer Liebe, dem schwarzen GI Bob Cooper, stammt, wurde als Kind gegen Gretas Willen nach Amerika adoptiert. Ihr ganzes Leben schwieg Greta darüber, und erst, als sie dement wurde, erfuhr Tom davon. Er machte sich auf die Suche nach ihr und fand sie schließlich. Und auch Bob, den seine Mutter jetzt offensichtlich nicht mehr erkannte. Tom ist froh, dass die ganze Suchaktion wenigstens Vater und Tochter zusammengebracht hat und Marie Bob zu sich in ihre große Familie holte.

Als er das Gespräch beendet hat, beobachtet Tom seine Mutter, die glücklich wirkt, wie sie zusammen mit Carlchen Geschenke auspackt. Beide sind Meister im Hier und Jetzt, der Kitt, der alles zusammenhält.

Zum ersten Mal erlebt er Gretas Demenz als eine Bereicherung, als einen Gewinn. Seit seine Mutter ihr Schweigen vergessen hat, kommt eine weiche und liebevolle Seite zum Vorschein, nach der er sich lebenslang gesehnt hat. Das Ende ihres Verschweigens hat einen Dominoeffekt ausgelöst, ohne den Tom wahrscheinlich nicht mit Jenny zusammengekommen wäre. Ohne den es kein Familien-Facetime mit Amerika gäbe und auch kein Familienweihnachten in Porz.

Verrückt, wie das alles zusammenhängt.

»Ich wollte dir noch Gute Nacht sagen«, flüstert Tom und deckt Greta zu. »Das war ein schönes Weihnachtsfest.«

Sie gibt ihm keine Antwort und stöhnt.

»Was hast du denn?«

»Bauchschmerzen.«

»Hast du vielleicht zu viel durcheinandergegessen?«

Greta schaut ihn entsetzt an. »Du kannst manchmal dumm fragen. Das ist doch klar, dass man Bauchschmerzen hat, wenn man ein Kind bekommen hat.«

Ihr Schmerz durchbohrt Tom wie ein Pfeil. Mitten ins Herz. Er setzt sich zu ihr ans Bett, hält ihre Hand, streichelt sie, ist hilflos. Was um alles in der Welt geht nur in ihr vor? Dann fällt ihm ein, was er gelernt hat, als Greta in der Gerontopsychiatrie war. Validation. Schmerzliche Gefühle, die ausgedrückt, anerkannt und von einer vertrauten Person validiert werden, werden schwächer. Schmerzliche Gefühle, die man ignoriert und unterdrückt, werden stärker. Einfühlung und Mitgefühl führen zu Vertrauen und verringern Angstzustände.

»Wo ist denn das Kind?«, versucht er es.

Greta schaut ihn lange an. »Im Krankenhaus. In Amerika?«

»Soll ich da mal anrufen und nachfragen, wie es dem Kind geht?«

»Ja«, sagt sie.

Er geht vor die Tür. Zählt bis zehn. Und geht wieder hinein. »Dem Kind geht es gut, Mam.«

»Gott sei Dank«, sagt Greta und schließt die Augen.

Tom bleibt bei ihr sitzen, bis sie schläft, und als er sich davonschleicht, wünscht er ihr, dass sie in ihren Träumen bei ihrem Kind sein kann.

»Warum warst du denn so lange weg?«, fragt Jenny, als er wieder nach oben kommt. »Ist was passiert?«

Bei einer Flasche Wein erzählt er ihr alles.

»Hatte sie Fehlgeburten?«, will Jenny wissen.

»Keine Ahnung.«

»Denn es ist ja schon ungewöhnlich, dass sie dich so spät bekommen hat. Und dass du nach Marie ihr Einzigster warst.«

»Ich hab mir das immer so erklärt, dass sie von einer Psychiatrie in die nächste kam. Oder dass sie nach Marie eigentlich kein Kind mehr wollte.«

»Keine Frau will kein Kind!« Jenny leert ihr Glas in einem Zug.

»Warum hast du eigentlich Carlchen erst mit über vierzig bekommen?«

»Ich hatte immer Angst. In mir war eine tiefe Überzeugung, dass ich das Kind sowieso wieder verlieren würde. Erst nach einem Burnout wurde mir im Rahmen einer Therapie klar, dass das damit zusammenhängt, dass meine Mutter viele Fehlgeburten hatte und extrem darunter litt. Da habe ich verstanden, dass es gar nicht meine Entscheidung war, keine Kinder haben zu wollen. Bis dahin habe ich alles getan, um eine Schwangerschaft zu verhindern. Alles!«

Tom stellt sein Glas weg und nimmt Jenny in den Arm. Sie fängt an zu weinen, und als er sie hält, ist ihm klar, dass Gretas Lebensdrama der Grund war, warum auch er sich immer gegen eine Familie entschieden hatte.

»Ich bin froh, dass es Carlchen gibt und dich, und ich hätte nichts dagegen, wenn wir nicht zu dritt bleiben.«

»Was?« Jenny windet sich aus seinem Arm und schaut ihn erschrocken an. »Aber …«

»Wir können auch heiraten.« Nichts davon hat Tom sich vorher auch nur eine Sekunde überlegt. Es kommt einfach so aus ihm heraus und fühlt sich richtig an.

Die ganze Nacht macht Jenny kein Auge zu. Und das nicht nur, weil sie sich stundenlang lieben.

Als Tom wach wird, hat sie den Tisch gedeckt und Frühstück zubereitet – was ungewöhnlich ist, denn dafür ist sonst immer er zuständig.

»Wo ist Carlchen?«, fragt er verschlafen.

»Bei Helga.«

»Super«, sagt er. »Dann komm doch wieder ins Bett.«

»Setzt dich, Tom. Ich muss mit dir reden.« Sie spürt ihr Herz in der Brust pochen und hat Angst.

»Was ist denn los? Hab ich irgendwas falsch gemacht?«, fragt er, setzt sich ihr gegenüber und reibt sich den Schlaf aus den Augen.

»Nein. Nicht du … Ich … ich hab Mist gebaut. Ich halte das nicht mehr aus.« Sie stottert, obwohl sie diese Sätze wieder und wieder einstudiert hat, und erträgt es kaum, ihn anzusehen. »Bei Henk haben sich noch mehr Geschwister gemeldet.«

Auf einen Schlag ist alles Weiche und Verliebte aus Toms Gesicht verschwunden.

Doch jetzt gibt es kein Zurück mehr. Jenny erzählt von einer Halbschwester aus Bochum, die schon immer wusste, dass sie auf diese Art entstanden ist. »Sie heißt Andrea und fand es als Kind normal, aber jetzt will sie ihren biologischen Vater suchen, weil sie sich bedanken will. Sie meint, dass er rein rechnerisch ja alt sein müsse, und sie will die Zeit nutzen.«

Dass Tom nicht nachfragt, dass er überhaupt nichts sagt, ist schlimmer, als würde er herumbrüllen.

Jenny redet noch schneller als sonst, weiß, wie verrückt es ist, dass sie sich viel zu sehr in Details verliert, aber sie kann nicht anders. »Einer aus Bedburg, ich glaube, er heißt Christian, möchte etwas über eventuelle Erbkrankheiten wissen. Und für die meisten ist es seltsam, dass die Hälfte ihrer Herkunft ein weißes Blatt ist. Die wollen die Lücke schließen, die …«

»STOPP!«, unterbricht Tom ihren Redefluss. »Wie lange läuft das schon?«

Jenny druckst herum, dass sie ihm das viel früher sagen wollten, aber weil er so viel zu tun hatte und der Umbau stressig war und …

»Wie lange?«, unterbricht er sie erneut.

Sie bekommt kein Wort heraus.

»Wie lange weißt du davon, Jenny?«

»Von Anfang an.«

Tom steht auf, geht ins Bad und spürt, wie der graue Schleier, der früher über seinem Leben in Porz lag, sich wieder über alles senkt. Keine zwei Minuten später kommt er angezogen heraus. Ohne sie anzublicken, zieht er die Schuhe und seine Jacke an.

»Wo gehst du hin?«

Der dicke Nebel hat seine Worte erstickt. Er bringt kein Wort heraus und schlägt die Tür hinter sich zu.

Tom geht hinunter an den Rhein. Setzt einen Fuß vor den anderen und zählt seine Schritte.

Achtundneunzig. Das hat er schon als Kind gemacht, wenn ihm Probleme über den Kopf wuchsen. Zählen, damit das Hirn etwas zu tun hat und man nicht denken muss.

Vierhundertdrei. Sein Atem kondensiert, er schlottert. Nicht nur, weil er viel zu dünn angezogen ist.

Eintausendachthundertvierzehn. Er sieht den Fluss nicht und auch nicht die Fußgänger mit ihren Hunden oder Kinderwagen.

Bei dreitausendfünfhunderteinundsiebzig bleibt er stehen. Unter der Rodenkirchener Brücke. Und *Jenny I miss you* verschwimmt in seinen Tränen.

»Frohe Weihnachten, Herr Monderath«, ruft ihm eine Gassigeherin zu, und ihr bellender Pudel springt Tom fröhlich an.

»Das wünsche ich Ihnen auch«, sagt Tom und geht weiter in Richtung Stadt.

Ohne zu zählen und ohne Ziel.

»Wo warst du den ganzen Tag?«, fragt Helga in einer Mischung aus Vorwurf und Sorge, als er am späten Nachmittag im Schutz der frühen Dunkelheit in Gretas Wohnung auftaucht.

»Ich hatte was im Sender zu erledigen«, lügt er und sieht ihr an, dass sie ihm nicht glaubt. Er verschwindet im Bad, muss pinkeln und lässt sich heißes Wasser über die durchgefrorenen Hände laufen. Draußen hört er Helga telefonieren.

»Planänderung. Ihr kommt zum Essen runter.«

Fuck, denkt Tom und schießt aus der Tür. »Ich muss wieder los.«

»Du setzt dich jetzt erst einmal hin und trinkst einen heißen Kakao, Jung.«

»Aber …«

»Kein Aber!« Sie schiebt ihn in die Küche, drückt ihn auf die Eckbank und holt die abgeschlagene Hahn-und-Henne-Tasse, die er schon als Kind hatte, aus der Mikrowelle.

Mit geschlossenen Augen pustet Tom in den dampfenden Kakao.

»Ich will mich ja nicht einmischen, aber kannst du mir bitte mal sagen, was los ist?«

Schweigend umklammert er die heiße Tasse und nimmt kleine Schlucke.

»Ich glaub, ich hab ein Deschavü. Das ist ja genau wie früher.«

Genau, denkt Tom. Deine Vorhaltungen sind es auch. Er macht Fluchtpläne, doch dann hört er den Schlüssel in der Tür und die Stimmen von Jenny, Greta und auch von Henk.

Helga wirft ihm einen verschworenen Blick zu, läuft in den Flur und schließt die Tür hinter sich. »Wir essen im Wohnzimmer. Greta, zeigst du Jenny, wo das gute Geschirr ist, dann könnt ihr schon mal den Tisch decken«, hört Tom sie draußen sagen.

In seinem Hirn rattert es. Wenn Jenny nicht in der Wohnung ist, könnte er schnell seinen Koffer packen und ins Hotel gehen oder den nächsten Flieger nehmen. Egal wohin. Hauptsache weit weg.

Helga kommt zurück, zieht die Tür diesmal von innen hinter sich zu, holt einen Teller aus dem Schrank, klatscht ihm eine große Portion Kartoffelsalat darauf, fischt ein Paar Wiener aus dem heißen Wasser und legt sie daneben. »Wenigstens essen musst du was«, raunt sie ihm zu. Dann packt sie die Salatschüssel und die Platte mit den heißen Würstchen samt Senf und Brötchen auf den uralten Dinett-Servierwagen, öffnet die Küchentür und schiebt ihn auf den Flur.

»Na endlich«, hört Tom seine Mutter im Flur sagen. »Ich hab so einen Hunger.« Und schon steht sie in der Küchentür und überlegt, was sie noch holen wollte. Sie beachtet Tom nicht weiter.

Keine zehn Sekunden später kommt Carlchen hinterher. Neugierig wie immer. »Papa«, ruft er, läuft zu Tom und will auf seinen Arm.

Als sich dann auch noch Greta zu ihm setzen will, gibt Tom sich einen Ruck. »Essen ist im Wohnzimmer«, sagt er, nimmt den Kleinen an die eine und seine Mam an die andere Hand und geht mit den beiden hinüber.

Bedröppelt sitzen Henk und Jenny nebeneinander und schauen Tom unsicher an.

»Hi«, sagt Henk leise.

Tom gibt ihm keine Antwort und setzt sich mit dem Kind auf dem Schoß ans Kopfende des Tisches.

Die einzigen Personen, die sprechen, sind Helga, Carlchen und Greta.

»Kartoffelsalat ist mein Lieblingsessen«, sagt sie.

»Lalalat«, erwidert der Kleine und stopft sich mit beiden Händen ein Wurststückchen in den Mund.

Aus dem Augenwinkel sieht Tom, dass Jenny, die eigentlich nicht will, dass er Fleisch oder Wurst isst, nicht einmal zuckt.

»Schmeckt lecker«, sagt Henk und lacht den Kleinen verlegen an.

»Hast du Kinder?«, fragt ihn Greta.

»Leider nein«, antwortet er.

»Mein Mann ist auch unfruchtbar«, erwidert sie mit vollem Mund.

Die Augenpaare von Tom, Jenny, Henk und Helga tanzen Tango. Es ist Tom nicht klar, wer zuerst anfängt – aber plötzlich lachen sie. Alle. Auch Greta.

Henk ist erleichtert, dass das Eis fürs Erste gebrochen ist. Und doch bleibt die Stimmung angespannt.

Als Jenny anrief und ihn anflehte, dass er kommen soll, setzte er sich sofort ins Auto. So konnte es nicht mehr weitergehen. Trotzdem hat er Angst vor dem Moment, wenn dieses Essen beendet ist und er sich vor Tom rechtfertigen muss.

Beim Nachtisch – es gibt Vanilleeis und heiße Himbeeren – überlegt er, wie er den Abend in Gretas Wohnung noch etwas verlängern könnte.

»Hast du denn Bilder von deinem Mann?« Das interessiert ihn ernsthaft, denn Henk hat noch nie ein Foto von Konrad gesehen und wundert sich, dass er noch nie danach gefragt hat.

»Ja sicher«, sagt Greta und kramt aus ihrer Handtasche, die

sie wie immer über der Stuhllehne hängen hat, eine abgewetzte Brieftasche hervor. Sie zieht einen grauen Führerschein von 1952 heraus und klappt ihn auf. »Was für ein schneidiger Mann er ist.«

Henk schaut auf den akkurat gekämmten Mittzwanziger, der ernst in die Kamera blickt. Und aussieht wie er. Wahnsinn!

Greta kramt weiter. Findet einen Brillenpass, den Personal- und schließlich den Blutspendeausweis. »Konrad hat die goldene Blutspendenadel vom Roten Kreuz«, sagt sie stolz und schiebt Henk den Ausweis hin.

Er liest den Namen. Das Geburtsdatum. Und die Blutgruppe Null. NULL? Es ist, als würde die Erde beben. Und er gleich mit. Er klappt den Ausweis auf, sieht unzählige Eintragungen und Stempel, die nachweisen, wann Konrad gespendet hat.

»Mit der Blutgruppe kann er unmöglich mein Vater sein«, sagt er zu Tom.

»Was?«, fragt der und bricht endlich sein Schweigen.

»Ich hab AB. Es ist völlig ausgeschlossen, dass ich einen Vater mit Blutgruppe Null habe.«

»Du weißt auch nicht immer alles besser«, sagt Greta und packt ihre Schätze zurück in die Handtasche.

ZEHN.
1968 – 1976

»Azoospermie.«

Es war dieses eine Wort aus dem Mund des Urologen, das Conny wie eine Kugel traf. Er brauchte die Erläuterung des Kollegen nicht. Als Arzt wusste er Bescheid. Azoospermie – das vollständige Fehlen von Samenzellen im Ejakulat. Keine Spermien. KEINE!

Bereits vor einer Woche hatte er Dr. Blücher konsultiert, weil er Schmerzen hatte. Beim Wasserlassen, beim Samenerguss, eigentlich immer. Wie heute war er auch damals abends, nachdem er seine eigene Praxis geschlossen hatte, zu dem Kollegen gegangen. Niemand wusste davon. Nicht Greta und erst recht nicht Drickes.

»Hatten Sie in der Vergangenheit Geschlechtskrankheiten?«

»Nein«, konnte Conny mit Sicherheit ausschließen.

»Unterernährung im Krieg kann eine Rolle spielen. Oder ein Unfall.«

Conny hielt sich an seinem Hut fest, den er auf dem Schoß liegen hatte, redete mit Blücher, als würde es um einen anderen Patienten gehen, nicht um ihn. Seine Augen wanderten immer wieder zu dem Familienporträt, das hinter dem Arzt auf der Anrichte stand. Eine Ehefrau und vier Kinder. Conny wahrte die Fassade, zeigte sich interessiert – und doch huschten die Sätze an ihm vorbei, waren ihm egal. Denn alles Gerede über Ursachen oder irgendwelche Veröffentlichungen in Fachzeitschriften war reine Zeitverschwendung. Es gab keine Behandlungsmöglichkeit bei Azoospermie.

»Melden Sie sich gerne, wenn etwas ist.« Sie verabschiedeten sich mit Handschlag, und Conny spürte, wie froh auch Blücher war, dass dieses Gespräch ein Ende fand.

Er musste sich am Treppengeländer festhalten, damit er nicht stolperte. Als er aus der schweren eichenen Eingangstür trat, schlug ihm auf dem Hohenzollernring das Leben entgegen. Es war bereits dunkel. Untergehakt schlenderten fröhliche Pärchen an ihm vorbei. Ihr Lachen tat Conny körperlich weh.

Auf dem Weg zum Parkplatz kam er am Kino Rex vorbei, vor dem eine lange Menschenschlange stand. Wie jeden Abend. Seit Monaten. Gezeigt wurde Oswald Kolles ›Wunder der Liebe‹. Erst im Januar hatte der Journalist Kolle die Zensurbehörden davon überzeugen können, dass es sich bei dem Film nur um Wissenschaft und nicht um Pornografie handelte. Conny wollte ihn sich schon lange mit Greta ansehen, aber der Film war stets ausverkauft. In einem Aushang sah er das Plakat mit dem Untertitel des Filmes: *Sexualität in der Ehe*. Das Schwarz-Weiß-Foto eines nackten Paares, das sich in den Armen lag und erfüllt wirkte, versetzte ihm einen Stich.

Als er vor seinem Auto stand, den Schlüssel schon in der Hand, spürte er den Widerstand. Er konnte jetzt nicht nach Hause fahren. Was sollte er seiner Frau sagen? Dass er als Arzt all die Jahre, in denen sie nicht schwanger geworden war, völlig betriebsblind gewesen war? Wie sollte er ihr erklären, dass er das, was er jedem ungewollt kinderlosen Ehepaar riet – nämlich, dass der Mann sich auch untersuchen lassen solle –, nicht auf sich übertragen hatte? Er war fassungslos, wie er Greta all die Jahre als kranke und seelisch belastete Frau im Fokus gehabt hatte und sie durch seine Blindheit nur noch unglücklicher gemacht hatte. Er konnte jetzt nicht nach Hause.

Der Köbes im *Brauhaus Päffgen* wunderte sich, dass Conny, der hier meist seine Mittagspause verbrachte, abends auftauchte. Er machte ein paar lockere Sprüche, aber als er merkte, dass die nicht zündeten, stellte er ihm wortkarg ein Kölsch vor die Nase. Und weitere. Immer wenn das Glas leer war. Für Conny gab es kein Genug heute.

Er wankte hinaus. Ziellos irrte er durch die Straßen und fand sich in der *Lolita-Bar* am Klapperhof wieder. Rosie hieß sie, die ihm tief in die Augen blickte, ihren Busen an ihn drückte, mit der er Sekt trank und bei der er sich nicht wehrte, als sie ihm ins Ohr hauchte, dass sie doch auch im Separee weitertrinken könnten. Conny stimmte zu, denn er wollte nicht reden, und noch weniger wollte er denken. Instinktiv wollte er sich beweisen, dass er trotz der Diagnose ein Mann war. Doch egal, was Rosie mit ihm anstellte, nicht einmal das klappte. Die einfachste Sache der Welt krieg ich nicht mehr hin, dachte er.

»Es ist nicht schlimm«, meinte sie, als sie aufgab und sich wieder anzog.

Das war das Schlimmste, was sie hätte sagen können. Alles stürzte über Conny zusammen. Und er fühlte die Angst von damals, als die Mauern des Brauhauskellers, in dem seine Familie gestorben war, ihn unter sich begruben. Ihn scheinbar aussichtslos gefangen hielten.

Mit einem Mal dachte er wieder klar, floh hinaus in die Nacht und wusste, dass damals im Krieg sein Schicksal besiegelt wurde.

»Wo um Himmels willen kommst du denn jetzt her?«, fragte Greta, als er kurz nach acht am Morgen die Wohnungstür aufschloss und in die Küche kam, wo sie auf der Trittleiter stand und die Oberschränke ausräumte.

»Wir müssen reden«, sagte Conny.

»Das glaube ich auch!«, erwiderte sie streng und schrubbte die Einlegeböden. Manisch, mit verkniffenem Gesicht – und ohne aufzublicken.

»Ich biete dir die Scheidung an«, sagte er und stand noch immer im Türrahmen.

»Hast du eine andere?«, fragte sie und warf den Putzlappen mit Schmackes in den Eimer, dass das Wasser nur so schwappte.

»Nein. Natürlich nicht. Wie kommst du denn da drauf?«

»Na ja. Wenn einer die ganze Nacht nicht heimkommt.«

Mit Schwung räumte sie Teller und Tassen zurück in den Schrank, dass man Angst haben musste, sie würden zerbrechen.

»Ich war beim Arzt, Greta. Ich kann keine Kinder zeugen. Es liegt an mir.«

Sie drehte sich um, schaute ihn fassungslos an und kletterte endlich von der Leiter.

»Es tut mir leid. Ich wusste es einfach nicht. Es tut mir leid, dass ich dir das alles angetan habe. Noch bist du in dem Alter, in dem du ein Kind kriegen kannst, deshalb gebe ich dich frei.«

»Das ist doch Quatsch, Konrad, und noch lange kein Grund, sich scheiden zu lassen«, sagte sie und setzte Kaffeewasser auf.

Die ganze Nacht hatte Greta kein Auge zugetan, war sich sicher gewesen, dass Konrad eine andere hatte. So ein Arzt war begehrt, und ein Frauenarzt konnte schnell Bekanntschaften machen. Sie hatte schon überlegt, dass sie dann wieder nach Heidelberg gehen würde, denn wo sollte sie auch sonst hin.

»Trink erst mal einen starken Kaffee«, sagte sie nun und schenkte ihm ein. Dann setzte sie die Pfanne auf den Herd, ließ ein dickes Stück Butter schmelzen und schlug Eier auf.

»Danke«, flüsterte er, als sie ihm den Teller hinstellte. Und während sie ihm zusah, wie er die Rühreier aß, empfand sie Erleichterung. Nicht nur, weil er wieder zu Hause war, sondern weil es nicht an ihr lag. Sie war also nicht krank.

Wie oft in den zehn Ehejahren hatte sie sich gefragt, wie es sein konnte, dass sie mit Bob nur ein einziges Mal geschlafen hatte und prompt schwanger geworden war. Mit Konrad hatte sie alles versucht. Hatte ihre fruchtbaren Tage ausgerechnet, nach dem Akt ihr Becken hochgelagert und manchmal sogar einen Kopfstand gemacht, damit sie den Samen so lange wie möglich in sich behielt.

»Scheiße, was ist heute für ein Tag?«, entfuhr es ihm.

»Freitag«, antwortete Greta.

»Ich muss in die Praxis.« Er sprang auf, eilte in den Flur zum Telefontischchen.

»Soweit ich weiß, haben sie Drickes angerufen. Du warst ja nicht zu erreichen.«

»Was?« Konrads Kopf färbte sich rot, er wählte hastig die Nummer der Praxis, war ungeduldig, weil die Wählscheibe bei den großen Zahlen viel zu lang brauchte, bis sie sich wieder zurückgedreht hatte. »Hören Sie, Fräulein Potthoff, ich bin in einer halben Stunde da. Mir ist etwas dazwischengekommen. Ich will auf keinen Fall, dass …«

In dem Moment drückte Greta auf die Gabel und beendete das Telefonat.

»Was soll das?«, fragte Konrad.

»Du gehst nicht in die Praxis.«

»Aber Drickes haben sie die Kassenzulassung entzogen. Der darf doch gar nicht. Das wäre praxisschädigend, wenn er praktiziert.«

»Wenn du mit deiner Fahne vor die Patientinnen trittst, ist das auch praxisschädigend. Du legst dich jetzt ins Bett und schläfst deinen Rausch aus!«

So hatte sie noch nie mit ihm gesprochen. Und vielleicht war das auch der Grund, dass er sich nicht weiter verteidigte, sondern wortlos ins Schlafzimmer ging und die Tür hinter sich zuzog.

Greta rief noch einmal in der Praxis an, erzählte der Sprechstundenhilfe etwas von Stromstörungen und davon, dass sie ihren Mann zu Hause brauchte, bis die Elektriker kamen. Nachdem sie aufgelegt hat, wollte sie noch einmal nach Konrad sehen. Sie hatte schon die Türklinke in der Hand, da hörte sie ihn drinnen schluchzen. Greta erstarrte. Sie hatte ihn noch nie weinen hören und traute sich nicht, hineinzugehen – aus Angst, seine Scham zu verletzen.

Das ist die Strafe, dachte Conny und drückte sich das Kopfkissen vor den Mund, damit man sein Schluchzen nicht hörte. Die Strafe dafür, dass ich Greta um ihr Glück gebracht habe.

Vor zwei Jahren, als ihre Eltern kurz hintereinander gestorben waren, hatte er mit ihr deren Heidelberger Wohnung ausgeräumt. Sie hatten nicht viel mitgenommen nach Köln. Eine alte Nähmaschine war Greta wichtig gewesen, was er nicht verstand, weil sie doch eine elektrische hatte, und eine alte Bibel.

Monate später, als er einmal nachts nicht hatte schlafen können, hatte er in dieser Bibel lesen wollen und darin einen Brief gefunden, der an Greta adressiert und ungeöffnet war. Aus Amerika. Auf dem Absender stand *Robert Cooper, New Orleans*. Tagelang hatte Conny damals überlegt, was er damit machen sollte. Er hatte Angst, ihn ihr zu zeigen, denn sie war so labil. Dann war ihm der Gedanke gekommen, dass dieser Brief im Zusammenhang mit ihrer verschwundenen Tochter stehen könnte, und hatte ihn geöffnet.

Wo bist du? Wo ist unsere Kind? Ich kann nicht auf anderes denken, aber an dich. Wir heiraten, wie ich habe versprochen dir. Ich sehne mich fur dir, mein Gretchendarling und fur dein grose Liebe.

Ich hätte ihr diesen Brief zeigen müssen und ihn nicht in seinem Praxisschreibtisch verstecken dürfen, dachte Conny jetzt und wälzte sich im Bett hin und her. Er überlegte, aufzustehen, hinauszugehen und ihr alles zu beichten. Reinen Tisch zu machen. Ihr endlich alles zu sagen. Auch, dass er vor einem halben Jahr, als er auf einem Ärztekongress in den USA war, diesen Mister Cooper heimlich besucht hatte. Diesen Bob, von dem Conny damals angenommen hatte, er hätte etwas mit dem Verschwinden von Gretas Kind zu tun.

Doch Maries Vater war aus allen Wolken gefallen, denn ihm hatte Gretas Mutter Emma 1953, als er in Heidelberg nach den beiden gesucht hatte, gesagt, Greta wäre verheiratet, und ihr Mann hätte Marie adoptiert. Eine große Lüge, denn damals war Greta ledig gewesen und schier verrückt geworden, weil man ihr das Kind weggenommen hatte. Und vielleicht auch, weil sie Bob Cooper nie vergessen konnte.

Das war der Grund ihrer Schwermut. Diese Lügen waren ein Verbrechen an ihrer Seele. Und er machte damit weiter, um sie zu schonen. Und auch sich. In Connys Kopf breiteten sich Schmerzen aus und pochten im Rhythmus seines Herzens. Er wälzte sich weiter hin und her und wusste keinen Ausweg.

Greta stand am Küchenfenster, starrte hinaus und wartete darauf, dass endlich der dunkelgrüne 300er SEL von Drickes in die Straße einfuhr. Aufgeregt packte sie den Stapel Bügelwäsche, den sie für diesen Moment bereitgelegt hatte, schlich ins Treppenhaus, eilte hinauf und schloss die Tür seiner Wohnung auf. Im Schlafzimmer räumte sie die Bettwäsche in den Schrank, als er pfeifend hereinkam, einige Tageszeitungen in den Elefantenfuß im Flur warf und seinen Hut auf die Ablage legte.

»Hast du Hunger?«, fragte sie.

»Klar!« Er ging ins Bad, ließ wie immer die Tür offen und pinkelte. »Was ist mit Conny?«

Sie antwortete nicht, ging in die Küche und schöpfte Kartoffeleintopf, den sie schon früher hochgetragen hatte, in zwei Teller.

Drickes setzte sich und begann zu essen. »Rede, Gretchen. Ich seh dir doch an, dass etwas ist.«

Stotternd erzählte sie, dass Konrad gestern erfahren hatte, dass er der Grund war, dass sie keine Kinder bekamen.

Drickes wischte sich den Mund mit einer Stoffserviette ab und trank einen Schluck Weinschorle. »Ich habe mir das schon oft überlegt. Aber ich wollte nichts sagen.«

Greta nahm all ihren Mut zusammen. »Ich habe ihn weinen hören. Und ich weiß nicht, was ich machen soll. Er wünscht sich doch so sehr ein Kind, und zum Adoptieren sind wir zu alt.« Dann fing auch sie an zu weinen, und Drickes nahm sie in den Arm.

Es tat gut, endlich den angestauten Tränen freien Lauf zu lassen. In der schweren Zeit, die hinter ihnen allen lag, war sie es gewesen, die Drickes Kraft gegeben hatte und Zuversicht. Sie glaubte ihm, als er ihr versichert hatte, dass er nie in Auschwitz gewesen war, obwohl es in den Zeitungen gestanden hatte. Und sie hasste es regelrecht, dass er dort wie eine Sau durchs Dorf getrieben worden war. Seither stand sie, je mehr Gegenwind er bekam, desto entschiedener an seiner Seite. Selbst als sie spürte, dass sich Konrad nach und nach von ihm distanzierte.

»Wenn ich dich nicht hätte, Gretchen«, hatte er mehr als einmal zu ihr gesagt, und jetzt war sie froh, dass er für sie da war. Wie ein Vater.

»Ich hab mir überlegt. Also ich weiß ja, dass du Frauen hilfst …« Sie brachte keinen vernünftigen Satz heraus, wollte sagen, dass sie darüber informiert war, was er in seinen Privataudienzen machte. Konrad hatte es ihr erzählt. Getobt hatte er, weil er Drickes nach dem Skandal nicht mehr in der Praxis hatte haben wollen.

»Oder bin ich dafür auch zu alt?«

Er strich über ihr Haar. »Natürlich nicht.«

»Er wäre so ein guter Vater«, sagte sie und putzte sich die Nase. »Und ich glaube, dass er, weil er seine ganze Familie im Krieg verloren hat, ohne Kind nicht glücklich sein kann.«

»Und was ist mit dir?«

»Ich hab mich damit abgefunden. Für mich ist das nicht mehr wichtig.«

»Hast du schon einmal mit ihm darüber geredet? Also darüber, ob er ein Kind akzeptieren würde, das nicht von ihm stammt?«

»Das kann ich nicht!«, flüsterte Greta, stand auf und räumte die Teller ab.

Drickes spürte, dass Conny ihm aus dem Weg ging. Mehr noch als sonst. Seit die haltlosen Gerüchte über seine Tätigkeit in der Hitlerzeit kursierten, blieb er auf Distanz. Nachdem Drickes damals aus der Untersuchungshaft entlassen worden war, hatte Conny die Praxis umstrukturiert und entschieden, dass fortan keine donogenen Inseminationen mehr vorgenommen werden sollten. Nur als Drickes nach seinem Freispruch – ja, das Einstellen der Ermittlungen war für ihn ein Freispruch! – darauf bestanden hatte, sich weiter um seine Privatpatientinnen zu kümmern, war es zu einem Wortgefecht gekommen.

Ein Satz hatte genügt, um Conny wieder zum Schweigen zu bringen: »Überleg dir, wie wir das Haus abbezahlen sollen.«

Im Laufe seiner Berufslaufbahn hatte Drickes nur selten mit unfruchtbaren Männern gesprochen. Den meisten war dieser Defekt peinlich. Aber einer hatte sich ihm einmal anvertraut und gesagt, dass die Diagnose dieselbe Wucht hatte wie die Nachricht, dass ein naher Angehöriger gestorben oder man selbst schwerstkrank sei. Und dass er die dummen Sprüche der anderen gefürchtet hatte, weil Unfruchtbarkeit landläufig mit Impotenz gleichgesetzt wurde.

Drickes wusste, dass es zwei Bedingungen gab, um dieses Thema anzusprechen. Er musste mit Conny alleine sein und möglichst in einer Situation, der er sich nicht entziehen konnte. Weil er bald Geburtstag hatte, wünschte Drickes sich von Greta und Conny einen gemeinsamen Ausflug nach Königswinter. Der Plan war, dort mit der Zahnradbahn zur Burg Drachenfels zu fahren und in dem Restaurant mit dem Panoramablick zu speisen. Dieser Ausflug schien ihm geeignet für das Vorhaben, deshalb schlug er Greta vor, dass sie an diesem Tag vorgeben sollte, unter Migräne zu leiden.

Der Altweibersommer tauchte das Rheintal in goldenes Licht, als Drickes sich von Conny in Richtung Süden chauffieren ließ.

»Das ist so schade, dass es Gretchen nicht gut geht«, sagte er.

Conny schaltete in den vierten Gang und schwieg.

Krampfhaft dachte Drickes über unverbindliche Gesprächsthemen nach und zündete sich eine Zigarre an. Am Horizont zeichneten sich die Hügel des Siebengebirges ab. »Mutter hat uns als Kindern immer erzählt, dass in Urzeiten der Rhein gestaut war und nicht weiterfließen konnte. Da kamen sieben Riesen …«

»… und haben das Flussbett freigeschaufelt«, ergänzte Conny. »Das hat mir Pap auch einmal erzählt.«

Wunderbar, dachte Drickes und ließ sich mit ihm auf ein Gespräch über seinen verstorbenen Bruder Wilhelm ein. Die Stimmung war gut wie schon lange nicht mehr.

Als sie oben auf dem Drachenfels ankamen, wollte Drickes ganz nach vorne zum Aussichtspunkt, wo die Felsen steil abfielen, sich der Rhein unten wie ein glitzerndes Band schlängelte und man einen Rundumblick von Köln über die Eifel bis hin zur Loreley hatte.

»Von oben sieht die Welt ganz anders aus«, sagte Conny. »Man erkennt die Strukturen. Und die Probleme scheinen weit entfernt.«

Drickes wusste, das war der richtige Moment. Er holte tief Luft. »Conny, ich weiß, dass dir das nicht recht ist, aber Gretchen hat sich mir anvertraut. Ich weiß Bescheid.«

Conny schaute ihn entsetzt an, hörte auf zu atmen und schien wie gelähmt.

»Ich kann mir vorstellen, wie es dir geht. Aber es gibt für alles eine Lösung.«

»Gibt es nicht«, sagte sein Neffe endlich und klang dabei wie ein trotziges Kind. »Azoospermie.«

»Wir sind die Spezialisten, Conny. Wir sitzen an der Quelle.«

Connys Halsschlagader schwoll an, sein Gesicht färbte sich rot. »Das kommt überhaupt nicht infrage!«, brüllte er und machte Anstalten, zu gehen.

»Denk doch mal an Greta. Sie hat mich darauf angesprochen. Sie will es. Ich bin mir sicher, wenn sie ein Kind hätte, wird alles gut.«

Sie gingen nicht ins Restaurant, sondern fuhren schweigend mit der Bergbahn hinunter, setzten sich ins Auto und rasten auf kürzestem Wege zurück nach Köln. Ohne ein einziges Wort miteinander zu wechseln.

Als sie ankamen, legte Drickes seine Hand auf Connys Arm. »Überleg es dir, Junge. Wir haben einen Spender, der ist prädestiniert dafür. 1,94 Meter groß, wiegt neunzig Kilogramm und ist sportlich. Er hat die gleiche Haarfarbe wie du. Ein Handwerker zwar, aber …«

Nachts lag Conny wach neben Greta. An ihrem Atem hört er, dass auch sie nicht schlief. Das Ticken des Weckers zerhackte die Zeit, die stillzustehen schien. Er wagte nicht, sich zu bewegen. Und dann kamen die Worte wie von selbst aus seinem Mund: »Willst du das denn?«

»Ja, sicher«, sagte sie und griff nach seiner Hand. »Ich will eine Familie mit dir.«

Leise Tränen benetzten seine Schläfen. Er rührte sich nicht. Greta ebenso wenig. Nur ihre Hände hielten einander fest. Entschlossen.

Mit Drickes besprach Conny, dass es besser für ihn wäre, den Spender nicht zu kennen. Deshalb vereinbarten sie, dass er nicht in der Praxis sein sollte, wenn Greta Behandlungstermine hatte.

Sie kam einmal pro Monat. Und jedes Mal musste Conny mit sich kämpfen, nicht doch zu schnüffeln, um sicher zu sein, dass der Spender auch seinen Kriterien entsprach. Er war an diesen Tagen maximal angespannt und blieb es zwei Wochen lang – bis Greta wieder menstruierte. Monatelang ging das so. Conny bewunderte ihre Tapferkeit, denn sie ließ sich nichts anmerken. Selbst ihre zyklusbedingten Verstimmungen, die durch die Hormongabe verstärkt wurden, nahm sie geduldig hin.

Normale Patientinnen könnten sich diese vielen Inseminationen gar nicht leisten, dachte er nach einem halben Jahr und betete heimlich dafür, dass Greta mit ihren achtunddreißig Jahren nicht doch schon zu alt war.

Ein halbes Jahr später, im Januar 1970, wusste Conny auch ohne Urintest, dass sie schwanger war. Sie litt unter extremer Übelkeit, musste sich mehrmals am Tag übergeben und war kaum mehr in der Lage, die Wohnung zu verlassen. Vier Monate lang.

Obwohl er immer dagegen gewesen war, dass Drickes sich mehr als nötig in der Praxis aufhielt, war er jetzt doch froh um dessen Mitarbeit, damit er Greta so oft wie möglich zur Seite stehen konnte.

Zum Glück nahm der Alte, wenn er wie üblich mehrmals in der Woche zum Abendessen kam, Rücksicht auf ihren Zustand und stellte seine Schimpfkanonaden auf die gesamte Kölner Ärzteschaft ein, die sich öffentlich von ihm distanziert hatte. Nur ab und zu musste es aus ihm heraus. Fast zwanghaft und offensichtlich, um seine innere Balance zu halten. »Die Idioten! Ohne mich würden diese Stümper nicht wissen, was sie verschreiben sollen. Ohne mich würden die kein Geld verdienen!«

Conny hatte aufgehört, sich darüber aufzuregen, er hatte jetzt andere Sorgen. Er drückte sogar zwei Augen zu, wenn sein Onkel Kassenpatientinnen behandelte, und verdrängte den Gedanken daran, wie diese Leistungen abgerechnet wurden.

»Normalerweise bekommen Männer einen Bauch in der Schwangerschaft, du lässt dir einen Bart wachsen«, sagte Greta, als es ihr im fünften Monat endlich besser ging.

»Soll ich ihn wieder abrasieren?«, fragte er und fuhr sich mit den Fingerspitzen über seinen Oberlippenbart.

»Nein, das ist doch modern! Und er steht dir gut.«

Sie blühte auf. Alles an ihr strahlte. Der größer werdende Bauch stand ihr, und Conny konnte ihn gar nicht oft genug streicheln und den Herzschlag ihres ungeborenen Kindes hören.

Zum ersten Mal seit Monaten fuhren sie gemeinsam in die Kölner Innenstadt. Kauften Schwangerschafts- und Babykleidung und suchten in einem Kindermöbelgeschäft alles aus, was sie brauchten: eine Wickelkommode, ein Kinderbettchen, einen Stubenwagen und einen Schaukelstuhl.

»Wenn Sie keine neutralen Stoffe haben wollen, dann können wir Ihnen nach der Geburt die Vorhänge und auch den Himmel des Stubenwagens in Hellblau oder Rosa anliefern«, sagte die Verkäuferin. »Was glauben Sie, was es wird?«

Gleichzeitig antworteten beide.

»Ein Mädchen.«

»Ein Junge.«

Dann schauten sie sich an und mussten lachen, denn darüber hatten sie noch nie gesprochen.

Händchenhaltend gingen sie zum Wagen. »Ich nehm natürlich auch einen Jungen«, sagte Conny fröhlich. »Aber wenn es ein Mädchen wird, dann soll es Lizzy heißen.«

»Einverstanden!«

»So, Frau Doktor Monderath, jetzt kommt der Höhepunkt des Tages. Wir fahren nach Bonn.«

Im Auto fragte sie ihm ein Loch in den Bauch. Sie hatten doch die ganze Ausstattung zusammen, was um Himmels willen sollte es in Bonn noch geben? »Jetzt sag schon! Ich kann diese Geheimniskrämerei nicht leiden. Bitte!«

Conny schaute in ihre grünen Augen, grinste und schwieg. Und sie wusste: Wenn einer schweigen konnte, dann er! In Poppelsdorf bog er in die Robert-Koch-Straße ein, fuhr den Venusberg hinauf und stellte den Wagen auf dem Parkplatz der Universitätsklinik ab.

»Aber hier krieg ich mein Kind nicht, das sag ich dir gleich«, meinte Greta, als sie merkte, dass sie den Schildern in Richtung Frauenklinik folgten.

»Nein, das musst du auch nicht.« Er griff ihre Hand, ging mit ihr durch die Glastür und fragte am Empfang nach Dr. Hansmann.

Keine fünf Minuten später erschien der Kollege im weißen Kittel.

»Darf ich dir Dr. Manfred Hansmann vorstellen?«, sagte Conny. Er hatte den jüngeren Arzt im vergangenen Herbst auf einer Tagung in Wien beim *1. World Congress on Ultrasonic Diagnostics* kennengelernt. Sie hatten im selben Hotel gewohnt und abends an der Bar eine Reihe von Gemeinsamkeiten festgestellt: Beide lebten im Rheinland, hatten in Heidelberg studiert und teilten ihre Begeisterung für die Möglichkeiten der Sonografie.

»Manfred, das ist meine Frau Greta, von der ich dir schon so viel erzählt habe.«

Noch wurde an den Geräten für die Gynäkologie geforscht, und sie waren nicht auf dem Markt, aber weil Hansmann in der Wäscherei der Uniklinik zufälligerweise ein lang vermisstes Ultraschallgerät, von dem niemand wusste, wer es dort abgestellt hatte, entdeckte, entwickelte er daran neue Methoden in der geburtshilflichen Ultraschalldiagnostik.

Ein wenig unheimlich war es Greta schon, dass sie sich unter diesen Apparat legen sollte, diesen Compound-Scanner, wie Konrads Kollege gesagt hatte. Weil sie sich aber sicher war, dass Konrad niemals etwas tun würde, das sie oder gar ihr ungeborenes Kind in Gefahr bringen würde, ließ sie sich darauf ein. Die beiden Männer waren begeistert von dem, was sie sahen. Für Greta war es nur ein undefinierbares Schwarz-Weiß-Flimmern. Aber als sie die Herztöne hörte, doppelt so schnell wie ihre eigenen, wurde ihr ganzer Körper von einer Glückswelle durchflutet. Als würde ihr Kind dieses Glück spüren, bewegte es sich. Das fühlte sich an, als würde in ihr ein Schmetterling mit den Flügeln flattern.

Es wird ein Junge, dachte sie in diesem Moment, und sie wusste, dass er Thomas heißen würde.

»Ist es nicht praktischer, wenn ich hier in der Nähe entbinde?«, fragte Greta einige Wochen vor dem Geburtstermin. Sie saß auf dem Sofa und hatte ihre geschwollenen Beine auf den Couchtisch gelegt.

Konrad setzte sich zu ihr und streichelte über ihren Bauch. »Kein Mensch der Welt will Porz als Geburtsort im Pass stehen haben«, versuchte er sie in breitestem Kölsch zu erheitern. »Stell dir mal vor, sie will einmal nach Amerika und wird bei der Einreise gefragt: Woher kommen Sie? Porz!«

»Er«, verbesserte sie ihn, und an dem sanften Tritt, den sie von innen bekam, spürte sie, dass sie recht hatte.

»Außerdem kenne ich die Kollegen im Kölner Klösterchen, und du wirst dort die besten Bedingungen haben, die man sich nur vorstellen kann.«

Greta dachte an die unsäglichen Umstände bei der Geburt ihrer Marie 1949. In der guten Stube der kleinen Heidelberger Wohnung, in der sie mit den Großeltern und ihrer Mutter gelebt hatte, hatte sie hinter einem Vorhang gelegen und sich geschämt, dass alle mitbekommen hatten, wie sie unter Schmerzen schrie. Gerade einmal achtzehn war sie da gewesen und hatte von der Hebamme zu hören bekommen, dass sie sich nicht so anstellen solle.

»Tut es beim zweiten Mal auch so weh?«, fragte sie Konrad leise, ohne ihn anzusehen, denn sie sprach nie mit ihm über ihr erstes Kind.

»In der Regel geht es schneller«, antwortete er und legte den

Arm um sie. »Aber keine Frau muss heute mehr Schmerzen erleiden. Wir können eine PDA machen.«

»Eine was?«

»Eine Periduralanästhesie. Dabei wirst du mit einer Spritze in die Wirbelsäule so betäubt, dass du vom Schmerz der Geburt kaum mehr etwas mitbekommst.«

»Und das ist sicher?«

»Ja, klar. Sonst würde ich es dir nicht empfehlen.«

Als Ende September, zwei Wochen vor dem errechneten Geburtstermin, Gretas Fruchtblase platzte, war Drickes der Erste, den sie informierte.

»Ganz ruhig, das kriegen wir«, sagte der Onkel, nahm das gepackte Köfferchen in die eine und Greta an die andere Hand, geleitete sie zum Auto und fuhr mit ihr über die Stadtgrenze nach Köln.

»Hast du Konrad erreicht?«, fragte sie, als sie über die Severinsbrücke fuhren und sie von einer ersten Wehe überrollt wurde.

»Ja sicher, Gretchen!«, sagte Drickes und stellte sein Auto vor der Klinik im absoluten Halteverbot ab. Schnappatmend stürmte er aus dem Wagen und kam kurz danach mit einem Rollstuhl zurück.

Ihre Angst wuchs. Sie war voller Sorge und Vorfreude gleichzeitig, als Drickes sie vorbei an Wartenden in die Klinik schob. »Lassen Sie mich durch, ich bin Arzt.«

»Wie, meine Frau ist im Kreißsaal?«, rief Conny, als ihn sein Kollege Dr. Spieß, mit dem er im Vorfeld alles für die Geburt abgeklärt hatte, aus dem Krankenhaus der Augustinerinnen, dem Klösterchen, anrief.

»Ich kann Dr. Pütz nicht erreichen«, sagte die Sprechstundenhilfe, der er hektisch aufgetragen hatte, ihn zu kontaktieren, damit er ihn vertrat.

Egal, dachte er und stürmte aus der Praxis. Und als er vor dem Krankenhaus in der Südstadt einen Parkplatz suchte, sah er, wo Dr. Pütz abgeblieben war. Sein Auto, das die Krankenwageneinfahrt blockiert hatte, hing am Haken eines Abschleppwagens.

Conny wartete nicht auf den Aufzug, sondern hechtete durch das Treppenhaus und stand keine zwei Minuten später atemlos vor dem Kreißsaal.

»Väter müssen draußen bleiben!«, bestimmte die Hebamme.

»Ich weiß, aber ich bin Gynäkologe«, sagte er und hörte von drinnen Gretas Stöhnen.

»Das ist egal«, meinte die resolute Mittvierzigerin und machte ihm die Tür vor der Nase zu.

Er gab nicht auf, klingelte erneut, und bevor die Hebamme etwas sagen konnte, stellte er seinen Fuß in die Tür und schaute sie scharf an: »Ich habe mit dem Oberarzt alles besprochen. Lassen Sie Dr. Spieß wissen, dass ich da bin.«

Die Hebamme machte auf dem Absatz kehrt, und Conny ging hinter ihr her.

»Du darfst dich nicht gegen die Wehen stellen, Gretchen«, hörte er seinen Onkel sagen, und dann sah er, wie Drickes im weißen Kittel neben Greta stand und ganz offensichtlich in diesem Kreißsaal das Kommando übernommen hatte.

»Einatmen und ausatmen«, befahl die Hebamme.

Greta schrie laut auf und entdeckte ihn endlich. »Das tut so scheißweh, Konrad. Warum kommst du denn erst jetzt?«

Er wusste, dass nun nicht die Zeit für Erklärungen war oder gar Vorwürfe gegen seinen Onkel. Also drängte er ihn zur Seite, nahm Gretas Hand und küsste sie. »Mach dir keine Sorgen. Ich bin jetzt hier.«

Sie schaute ihn mit angstvoll aufgerissenen Augen an und krallte sich an ihm fest.

»Lassen Sie den Anästhesisten kommen. Meine Frau bekommt eine PDA.«

»Aber …«, mischte Drickes sich ein, und auch die Hebamme hatte Argumente dagegen.

»Schluss jetzt, verflucht!«, brüllte Greta, als ihre nächste Wehe anrollte. »Lasst mich alle in Ruhe!«

Drickes faselte etwas von Undank, doch Conny schenkte ihm keinerlei Beachtung. Er war nur froh, dass endlich Dr. Spieß auftauchte und für Ordnung sorgte.

Greta sah der Hebamme an, wie sehr sie es hasste, dass nun auch noch der Oberarzt anwesend und die Ärztedichte im Kreißsaal damit wie bei einer Chefvisite war. Die Wehen raubten ihr alle Kraft. Es war nicht nur dieser Schmerz, der stärker wurde und mittlerweile unerträglich war. Wenn er nachließ, kam ein anderer: einer, der die verschütteten Bilder von Maries Geburt wieder nach oben drückte. Dieser Schmerz war Dunkelheit und Angst, Einsamkeit, Verlorenheit und Ausweglosigkeit. Sie wollte ihn nicht spüren, konnte sich dagegen jedoch genauso wenig wehren wie gegen die Wehen, die immer schneller kamen.

»Nein, ich kann nicht mehr!« Greta wimmerte. Und als die Kontraktionen wieder stärker, noch unerträglicher wurden, krallte sie sich an Konrad fest.

»Es ist gleich nicht mehr so schlimm«, sagte er und fragte in den Raum, wo der Anästhesist bliebe.

Greta hörte die Antwort nicht, wurde zurückkatapultiert in dieses Ausgeliefertsein vor einundzwanzig Jahren in der Heidelberger Stube. Damals hatte sie Angst davor gehabt, dieses Kind zu bekommen, das alle schon vor der Geburt als Problem angesehen hatten, weil sie erst achtzehn und ledig gewesen war. Frau Teufel, so hatte die Heidelberger Hebamme wirklich geheißen, hatte noch einen draufgesetzt, hatte sie wie Abschaum behandelt, weil sie ein Flüchtling war und sich mit einem Schwarzen eingelassen hatte.

»Setz dich auf, mein Schatz.« Konrad stützte sie, als sie den Rücken krümmte und eine Nadel zwischen ihren Lendenwirbeln eingeführt wurde. »Ganz ruhig«, flüsterte er, und für einen Moment fühlte sie sich in Sicherheit.

Sie war froh, dass es nicht lange dauerte, bis die Rückenmarksspritze wirkte und diese elenden Schmerzen endlich aufhörten. Und sie war auch froh, dass Schichtwechsel war und eine neue Hebamme kam.

»Das kriegen wir«, sagte Karin und lächelte Greta zwischen ihren gespreizten Beinen an.

Ihre Lider wurden schwer, sie konnte sich nicht wehren und nickte kurz weg.

»Drücken Sie ordentlich mit«, forderte Karin sie auf.

Greta lag kraftlos auf dem Rücken, versuchte es, doch sie hatte keine Kontrolle über die lahmgelegte Muskulatur.

»Du machst das wunderbar.« Konrad streichelte ihre Wangen.

Sie wollte nichts, als in Ruhe gelassen zu werden, und wieder sollte sie drücken und wusste nicht, wie.

»Man sollte ihr Oxytocin spritzen«, hörte sie Konrad über ihren Kopf hinweg sagen.

»Was?«, fragte Greta schwach und verstand nicht, dass sie jetzt ein Wehenmittel bekam. Sie hörte Zahlen. Zeitabstände. Die Öffnungsgröße ihres Muttermundes.

»Gleich kommt wieder eine!« Karin gab nicht auf. »Drücken. Jetzt!«

Greta stemmte ihre Füße gegen die Beinhalterung des gynäkologischen Stuhls, versuchte es. Wieder und wieder. Sie redeten auf sie ein. Konrad, Karin und ein Arzt, dessen Namen sie nicht kannte, weil er sich nicht vorgestellt hatte. Sie gaben alles, spornten sie an.

Greta funktionierte. Irgendwie. Und zwischendurch war es, als wäre sie nicht richtig da, als würde es gar nicht um sie gehen. Erst als sie »Saugglocke« hörte und auch Konrad ansah, dass seine Nervosität wuchs, war sie hellwach und ein geballtes Bündel Angst.

»Alles wird gut«, sagte er, und sie spürte, dass er sich selbst nicht so recht glaubte.

Dann wurde es hektisch. Und zwischen ihren Beinen wurde ein Kind herausgezogen. Ihr Kind. Das die Hebamme an den Füßen hielt, dem sie einen Klaps auf den Po gab, damit es schrie und endlich seinen ersten Atemzug machte.

———

»Es ist ein Junge«, sagte Conny mit Tränen in den Augen. »Du hattest recht.«

Er blieb bei dem Kleinen, der auf der Wickeleinheit gemessen und gewogen wurde, sah zu, wie man ihn abtrocknete, anzog, in ein Handtuch wickelte.

»Darf ich?«, fragte er Karin und nahm das Bündel hoch.

Das Neugeborene schaute ihn aus riesigen schwarzen Augen an. Ganz still und konzentriert. Es sah so weise und zeitlos aus, als wüsste es alles. Und als wäre es gut, endlich angekommen zu sein.

»Hallo!«, flüsterte Conny, und für einen Moment war ihm, als würden sich ihre Seelen berühren. Er legte Greta den Kleinen in den Arm und konnte sich nicht erinnern, wann er jemals so glücklich gewesen war. »Unser Thomas!«

Aus den Augenwinkeln sah er, wie der Kollege Greta versorgte und ihm mit einem Kopfnicken klarmachte, dass alles in Ordnung war.

»So, und jetzt bringen wir den kleinen Spatz ins Kinderzimmer«, sagte die Hebamme und trennte das Neugeborene von seinen Eltern. »Er muss sich von den Strapazen erholen. Und seine Mama auch.«

Die Luft war klar, als Conny nach draußen trat. Am Kölner Nachmittagshimmel war kein Wölkchen zu sehen. Nicht einmal der Kondensstreifen eines Flugzeugs zerschnitt das satte Blau. Alle Geräusche der Stadt waren verstummt. Die Welt war eine andere. Eine weite, reine, neue. Er fuhr aus der Südstadt heraus, wunderte sich, warum es an diesem Feiertag nach Alltag aussah. Warum die Menschen nicht alle lachten und tanzten, sondern über Zebrastreifen trotteten, in der Straßenbahn saßen und in ihren Autos. Introvertiert und ernst. Männer und Frauen. Jeder tat so, als wäre das Leben wie immer. Und dabei war doch alles anders an diesem 29. September. Als er über den Rhein fuhr und Schiffe hupten, hupte er zurück. Drei Mal kurz, ein Mal lang. Ja, sie hatten es verstanden und auch die Möwen, die zur Feier des Tages einfach nur im Wind segelten.

Beim Einfahren in die Porzer Wohnstraße sah er ein Polizeiauto. Daneben Drickes, dem man schon von Weitem anmerkte, dass er kurz vor dem Platzen war. Conny stellte seinen Wagen ab, hörte irgendetwas von Abschleppdienst und dass das eine Unverschämtheit sei, schließlich sei er Arzt. Drickes zeigte auf die Stoßstange seines 300er SEL und bestand darauf, dass die Polizei den Schaden aufnahm.

»Welchen Schaden? Ich sehe nichts, Herr Doktor«, sagte der Beamte.

Auch sein Kollege bückte sich und suchte nach einem Kratzer, einer Beule. Und fand nichts. Sie machten Anstalten, zu gehen.

Drickes ließ sich ihre Namen geben und drohte mit einer Dienstaufsichtsbeschwerde. Sie fuhren trotzdem. Oder erst recht.

Besser nicht einmischen, dachte Conny, denn er wollte sich nicht von dieser schlechten Laune anstecken lassen. Freundlich lächelnd ging er an Drickes vorbei und schloss die Haustür auf.

Als würde dem Alten plötzlich einfallen, warum sein Wagen im Halteverbot gestanden hatte, rief er ihm hinterher. »Was ist es denn, Conny?«

Er drehte sich auf dem Absatz um und strahlte. »Ein Junge.«

»Und alles dran?«

»Ja. Dreitausendsechshundertfünfzig Gramm schwer, zweiundfünfzig Zentimeter groß.«

»Na, bitte«, sagte Drickes und wandte sich wieder seinem Wagen zu.

Oben holte Conny sich eine Flasche Bier aus dem Kühlschrank und leerte sie in einem Zug. Dann ging er ins Wohnzimmer, ließ sich aufs Sofa fallen und atmete tief ein. Die Zeit stand still, und alles war Glück.

Sieben Kilometer nördlich, auf der anderen Rheinseite, lag Greta im Bett ihres Einzelzimmers und schlief.

Eine Krankenschwester trat an ihr Bett und weckte sie. »Sie müssen sich die Hände desinfizieren, Frau Monderath. Gleich wird ihr Kind gebracht.«

»Desinfizieren?« Müde richtete sie sich auf.

Die Schwester gab ihr keine Antwort, dafür spritzte sie ihr die keimtötende Flüssigkeit in die Hände, und während Greta sie zwischen ihren Fingern verteilte, schüttelte sie das Kissen auf. »Am besten, Sie legen sich auf die rechte Seite. Dann fangen wir mit der linken Brust an, und in vier Stunden nehmen wir die rechte.« Sie entblößte die Hälfte von Gretas Oberkörper, und als das Babybett hereingeschoben wurde, legte sie den Kleinen auf die Kissenmulde davor, nahm Gretas Brust in die eine und sein Köpfchen in die andere Hand und versuchte, beide zusammenzubringen. Das Neugeborene suchte mit seinen Lippen, aber auch die Brustwarze schien sein Interesse nicht wirklich zu wecken.

»Ich würde mich lieber setzen«, meinte Greta. »Könnten sie bitte das Kopfteil hochfahren?«

»Nein, nein«, entgegnete die Schwester. »Wir machen das immer so. Nur so gewöhnen sich die Kinder daran.«

Greta wollte nicht sagen, dass ihr das Stillen vertraut war, dass sie schon einmal ein Kind geboren hatte. Deshalb schwieg sie und versuchte, aus dieser verkrampften Lage heraus einen Blick auf ihr Baby zu werfen.

»Hallo, mein kleiner Thomas«, flüsterte sie und lächelte, weil er sie mit großen Augen anschaute. »Ich bin deine Mama.«

Wieder drückte die Schwester sein Köpfchen an ihre Brust. »Am besten, Sie lenken ihn nicht ab. Sonst wird das nichts.«

Greta hätte sie am liebsten rausgeschickt, um die paar wertvollen Minuten mit ihrem Kindchen alleine zu sein, um es kennenzulernen und das zu tun, was der Instinkt ihr sagte. Aber sie schwieg und hoffte darauf, dass der Kleine anfing zu trinken und so für sie beide der Druck aufhörte.

»Offensichtlich hat er keinen Hunger«, sagte die Schwester, als ihre Kollegin aus dem Säuglingszimmer das Baby pünktlich nach zwanzig Minuten wieder abholte.

»Aber …«

»In vier Stunden versuchen wir es erneut. Er muss sich erst einmal an den Rhythmus gewöhnen.«

Greta bedeckte ihre Brust, drehte sich weg und tat, als würde sie schlafen wollen. Die Schwester sollte ihre Tränen nicht sehen.

Conny stand im Kinderzimmer und zog an der Spieluhr, die über dem Stubenwagen hing. Im Rhythmus des Wiegenlieds von Brahms stellte er sich vor, wie in wenigen Tagen schon der kleine Thomas hier liegen und den Raum mit Leben füllen würde. Er dachte an diesen Blick, der ihn bis ins Mark getroffen hatte. An diese Verbundenheit, die unbeschreiblich war.

Im Rahmen seiner Krankenhaustätigkeit in Heidelberg war er bei vielen Geburten dabei. Doch diese war etwas völlig anderes.

Er streifte mit der Hand über den hellblauen Himmel und musste grinsen, weil Greta alles für einen Jungen vorbereitet hatte. Sie war sich so sicher gewesen und hatte sich nicht abbringen lassen. Dieser kleine Kerl hatte schon Wunder vollbracht, als er in ihrem Bauch war. So kraftvoll und entschlossen, wie sie in den letzten Wochen gewesen war, hatte er sie überhaupt noch nie erlebt. Er war sich sicher, dass dieser Junge sie auch in Zukunft stabilisieren würde.

Es war dunkel. Greta wachte auf, und wie gewohnt ging ihre Hand zu ihrem Bauch, um das Kind zu streicheln, das in ihr wuchs. Doch sie spürte etwas Weiches, Leeres. Schlagartig war sie wach.

»Mein Kind. Wo ist mein Kind?« Sie stand auf und musste sich am Bett abstützen, weil ihr schwindlig war. Sich an der Wand entlangtastend ging sie in Richtung Tür, hinaus auf den langen Krankenhausflur.

»Wo wollen Sie hin?«, fragte die Nachtschwester.

»Zu meinem Kind.«

»Ihr Kind braucht jetzt seinen Schlaf, und Sie auch«, sagte sie und nahm Greta am Arm.

»Fassen Sie mich nicht an!«, schrie Greta, schlug um sich und wankte in Richtung Stationsausgang. »Wo ist mein Kind?«

Aus einem der Patientenzimmer kam eine weitere Schwester geeilt, und weil sie es auch zu zweit nicht schafften, Greta zu überwältigen, riefen sie einen Assistenzarzt hinzu.

Sie schleppten sie zurück in ihr Zimmer, legten sie in ihr Bett, brachten rechts und links Gitter an, damit sie es nicht mehr verlassen konnte.

»Die geht da rüber, das sag ich dir«, sagte die eine Schwester.

»Sollen wir sie fixieren?«, fragte die andere.

Greta hatte das Gefühl, dass sie für die beiden nur ein Ding war. Ein störendes Etwas. »Aber ich bin doch nur eine Mama. Ich will zu meinem Kind«, stammelte sie und zitterte am ganzen Körper. Dann wurde alles grau, und sie hörte einen Schrei, der nicht klang wie der eines Menschen, sondern eines verwundeten Tieres. Und sie wusste, dieser Schrei kam von ihr.

»Ich nehme sie auf eigene Verantwortung mit nach Hause«, sagte Conny, den die Morgenschicht angerufen hatte, weil sie befürchteten, Greta würde sich etwas antun.

Er ging über alle Bedenken von Ärzten und Schwestern hinweg, zog sie an, setzte sie in den Rollstuhl, fuhr mit ihr zum Säuglingszimmer, wo hinter der Scheibe die teilweise schlafenden und schreienden Neugeborenen ordentlich nebeneinander in Bettchen lagen.

»Ich regle alles, Herr Kollege«, sagte Dr. Spieß, der hinzugeeilt kam, und Conny sah, wie er mit einer verdutzten Kinderkrankenschwester verhandelte.

Keine fünf Minuten später brachte dieselbe Schwester den kleinen eingewickelten Thomas und übergab ihn Conny.

»Warten Sie noch. Ich bringe Ihnen eine Tasche mit dem Notwendigsten für die nächsten Tage«, sagte sie und eilte wieder hinein.

»Dir nimmt niemand mehr dieses Kind weg, mein Liebling.« Conny legte Thomas Greta in den Arm. Er war sich nicht sicher, ob sie ihm glaubte.

Im Auto fing der Kleine an zu schreien und tat es immer noch, als sie in Porz ankamen.

»Er hat bestimmt Hunger«, sagte Conny und packte das Fläschchen aus, das ihm die Schwester mitgegeben hatte. Im Wasserbad brachte er es auf Körpertemperatur, überprüfte sie zur Sicherheit noch an seiner Wange und reichte es dann Greta.

Gierig zog der Zwerg die Flasche leer, und kaum hatte er ein Bäuerchen gemacht, fing er wieder an zu schreien.

»Was mach ich nur falsch?«, fragte Greta hektisch.

»Gar nichts«, versuchte Conny sie zu beruhigen, aber er nahm deutlich wahr, wie sehr sich ihre Angst und Nervosität auf den Kleinen übertrugen. »Du musst dich jetzt erst einmal ausruhen. So eine Geburt ist kein Pappenstiel. Wenn du wieder bei Kräften bist, dann geht das alles wie von selbst.«

Greta nickte ungläubig, stand auf und reichte ihm das Neugeborene.

»Leg dich einfach hin. Ich gehe mit ihm ans andere Ende der Wohnung, dann hast du deine Ruhe.«

Kraftlos trottete sie davon. Conny drückte den kleinen Thomas eng an seine Brust und ging mit ihm in Gretas Bügelzimmer und schloss die Tür hinter sich. Er hätte gar nicht so weit gehen müssen, denn der Kleine war schon im Flur ruhig. Vorsichtig setzte er sich mit ihm auf den Boden, lehnte sich an die Wand und hörte dem erschöpften Schnauben seines Sohnes zu. »Hey, mein kleiner Tömmes. Alles ist gut. Dir kann nichts passieren.«

Als er sich sicher war, dass das Baby eingeschlafen war, legte er es in den Stubenwagen, rief einen Kollegen an und bat ihn, auf unbestimmte Zeit seine Patientinnen zu übernehmen.

Am nächsten Morgen kam Drickes vorbei. Mit einem überdimensionalen Blumenstrauß. »Wo ist mein Gretchen?«, fragte er.

»Im Schlafzimmer«, flüsterte Conny.

Greta saß im Bett, versuchte, ihr Kind zu stillen, und weinte.

»Ich weiß nicht, was ich noch machen soll«, stammelte sie. »Er trinkt einfach nicht.«

Drickes legte den Blumenstrauß auf das Fußteil des Bettes, nahm einen Stuhl und setzte sich zu ihr. »Ach, das wird schon! Der junge Mann sieht doch proper aus, da musst du dir keine Sorgen machen.« Er nahm ihn ihr aus dem Arm und betrachtete ihn lange. »Der Junge ist perfekt.«

Als wäre dem Kleinen der Anblick des fremden Onkels zu viel, holte er tief Luft, verzog sein Gesicht und fing an zu schreien.

»Das ist gut für die Lungen«, sagte er und gab Greta das Baby zurück.

Sie hatte den Eindruck, dass Drickes das Geschrei zu viel war und dass er deshalb ebenso schnell verschwand, wie er gekommen war.

Konrad räumte nicht nur den Blumenstrauß weg, sondern nahm ihr auch Thomas ab. »Ruh dich aus«, sagte er, und wieder flossen ihre Tränen. »Alles wird gut, mein Liebling.«

Nichts wurde gut. Auch nach einer Woche nicht. Greta konnte das Weinen nicht stoppen und hatte immer nur Angst, dass ihrem Thommy etwas zustoßen würde. Schrie er, hatte sie Angst. Wenn er ruhig war, war diese Angst noch größer, und sie überprüfte, ob er überhaupt noch atmete. Das Stillenwollen hatte sie längst aufgegeben, Hauptsache er trank überhaupt.

»Dürfen wir uns Ihren Kleinen einmal ansehen?«, fragten Helga und ihre Mutter, die mit selbstgestrickten Babysöckchen vorbeikamen.

Auch andere Mieterinnen und Nachbarsfrauen kamen zum Gratulieren vorbei. Greta wusste, dass sie sich freuen müsste, aber über allem lag ein Schleier. Es war, als wäre das Glück nicht real.

»Isch hatte auch et ärme Dier«, sagte eine der Frauen in breitestem Kölsch und umschrieb so die Melancholie, die durch die Hormonumstellung ausgelöst wurde.

»Mein Michael hatte auch Dreimonatskoliken«, sagte eine andere. »Irgendwann war ich so fertig, dass ich dachte, ich ziehe ihn noch einmal schön an, fahre mit ihm auf den Rheindamm und löse die Bremsen vom Kinderwagen. Aber zum Glück hörte die Heulerei irgendwann von allein auf.«

Thomas schrie weiter, und auch seine Mutter kam aus ihrem Tal der Tränen nicht heraus, als sich ihr Hormonhaushalt längst wieder umgestellt hatte.

Helga, die inzwischen einundzwanzig Jahre alt war, schaute oft bei ihr vorbei. Sie hatte tagsüber viel Zeit, denn sie trug nachts Zeitungen aus und putzte am frühen Morgen die Sparkasse. Damit Greta schlafen konnte, trug sie den Kleinen mit einer Engelsgeduld durch die Wohnung.

»Könnten Sie sich vorstellen, meiner Frau im Haushalt zu helfen, Fräulein Helga?«, fragte Conny, der sich Sorgen machte, denn so langsam musste er wieder in die Praxis zurück.

»Liebend gerne«, sagte Helga. »Ich kann ihr auch mit dem Kind helfen, wenn es sein muss.«

Er war erleichtert, denn die Vorstellung, Greta in ihrem Zustand mit dem Baby allein zu lassen, machte ihm Angst. Er vereinbarte mit Helga ein festes Gehalt, und als er mitbekam, dass sie sich verlobt hatte, bot er ihr und ihrem zukünftigen Mann, Alfred Schmitz, die Wohnung unter dem Dach an, die Anfang des nächsten Jahres frei werden würde.

Im November durchschnitt das Babyschreien die St. Laurentiuskirche, als der Pfarrer den Kleinen auf den Namen Thomas Konrad Heinrich Monderath taufte.

Ihn nach Onkel Drickes zu benennen, war Gretas Idee. »Aus Dankbarkeit«, wie sie sagte.

Der Onkel revanchierte sich mit einer großzügigen Ausbildungsversicherung.

Der kleine Thommy, wie Greta ihn nannte, schrie weiter, und seine Mutter – das blieb Conny nicht verborgen – blieb in ihrer Schwermut stecken. Die Lichter des Weihnachtsbaumes zauberten keinen Glanz in ihre Augen, und er meinte, dass es vielleicht besser sei, dass sie wieder ihre Antidepressiva einnehme. Sie antwortete ihm nicht und schluckte stumm die Tabletten.

Im Fernsehen hielt Willy Brandt die Silvesteransprache. »1970 war ein recht gutes Jahr gewesen – wir brauchen nicht unzufrieden sein.«

Stimmt, dachte Greta und wünschte sich trotzdem, dass ihr Kind nicht mehr so viel schreien würde, denn schließlich müssten die Dreimonatskoliken jetzt vorbei sein. Sie war froh, dass Konrad den Kleinen versorgte und Drickes mit seinen üblichen Hasstiraden gegen den Bundeskanzler beschäftigt war. *Diesen Verräter*, wie er ihn stets bezeichnete, seit Brandt am 7. Dezember die Oder-Neiße-Linie als Westgrenze zu Polen anerkannt und in

Warschau mit einem Kniefall um Vergebung für die Gräueltaten der Nazis gebeten hatte.

Sie schlich hinaus auf die Terrasse. In der Nachbarwohnung war eine Party, und alle tanzten zu ›Venus‹ von Shocking Blue. Über dem Rhein funkelte der Abendstern, und Greta dachte an Marie, die ihn jetzt nicht sehen konnte, weil es bei ihr auf der anderen Seite der Erde noch hell war.

Thommy schrie, als im Januar 1971 im Radio verkündet wurde, dass die Amerikaner im Vietnamkrieg zum letzten Mal das Entlaubungsmittel Agent Orange einsetzen wollten.

Weil sein erster Zahn ihn quälte, verpasste er im März schreiend die erste Ausstrahlung der ›Sendung mit der Maus‹.

Den nächtlich übertragenen Boxkampf um den Weltmeistertitel im Schwergewicht zwischen Joe Frazier und Muhammad Ali verschlief er auf dem Arm von Konrad.

Und als Erich Honecker im Mai als Nachfolger von Walter Ulbricht zum Ersten Sekretär des Zentralkomitees der SED gekürt wurde, stieß Thommy sich bei einem Krabbelversuch an der Tür, bekam eine Beule an der Stirn – und schrie wieder.

Am 6. Juni hingegen schrie sein Großonkel. »In meiner Praxis hat dieser Dreck nichts verloren!«

Greta war mit dem Kleinen in die Praxis gekommen, um Konrad abzuholen. Vor lauter Wut beachtete Drickes sie nicht weiter. Mit hochrotem Kopf stand er vor Fräulein Oppermann, der neuen Sprechstundenhilfe, und pfefferte in hohem Bogen eine Zeitschrift aus dem angelieferten Packen des Lesezirkels in den Papierkorb.

Als er gegangen war, zog die Sprechstundenhilfe den ›Stern‹ wieder heraus und warf Konrad einen Hilfe suchenden Blick zu. »Was soll ich damit machen?«, fragte sie.

»Legen Sie sie ins Wartezimmer«, sagte Konrad.

Wir haben abgetrieben!, las Greta auf dem Titelblatt der Ausgabe, in der dreihundertvierundsiebzig prominente und nicht prominente Frauen öffentlich bekannten, ihre Schwangerschaft abgebrochen und damit gegen geltendes Recht verstoßen zu haben.

»Bist du dafür oder dagegen?«, fragte Greta Konrad auf der Fahrt nach Hause.

»Ich habe in meinem Berufsleben schon so viele Patientinnen gesehen, die durch Eingriffe bei Engelmacherinnen verpfuscht waren oder sogar starben. Es wird Zeit, dass dieses Abtreibungsgesetz, das die Nazis nach der Machtergreifung 1933 als eines der ersten erlassen haben und das sowohl die Frauen, die abtreiben, als auch diejenigen, die Abtreibungen vornehmen, mit Gefängnisstrafen bedroht, endlich verschwindet.«

»Stimmt«, sagte Greta und vermutete, dass Konrad auch dieser Diskussion mit Drickes aus dem Weg gehen würde, denn wenn ihm einer widersprach, wurde Drickes beleidigend. Gnadenlos. Überhaupt gab es außer ihm hauptsächlich Idioten auf der Welt.

Am 31. Dezember versteckten sich die Sterne hinter Nebel. In Gedanken war Greta wieder bei ihrer inzwischen zweiundzwanzigjährigen Tochter und hätte ihr so gerne erzählt, dass ihr Thommy sich prächtig entwickelt hatte, dass er schon vier Worte sprechen konnte: *Mama*, *Papa*, *Gaga* für seine geliebte Helga, *Tutu* für Schiffe und Autos. Seit ein paar Tagen konnte er laufen, und jetzt war nichts mehr vor ihm sicher. Aus der Nachbarwohnung dröhnte Peter Maffays Hit ›Du‹, und es waren seine Worte, die Greta in diesem Moment, als sie alleine auf der nächtlichen Terrasse stand, empfand. Denn Thommy war alles, was sie hatte auf der Welt, er war alles, was sie wollte.

Hinter sich im Wohnzimmer hörte sie lautes Geschimpfe. Wieder einmal redete sich Drickes in Rage. Dieser »Vaterlandsverräter«, wie er Brandt nannte, stand einmal mehr im Fokus, weil er zu allem Elend auch noch den Friedensnobelpreis verliehen bekommen hatte. Greta wusste, dass sie Konrad, der neben ihm saß und an dem alles abzuprallen schien, befreien musste. »Magst du mir mit den Raclettepfännchen helfen, Schatz?«, fragte sie, als sie hineinging.

»Klar!« Er schoss hoch und folgte ihr in die Küche, in der es nichts mehr zu tun gab, weil alles außer den Kartoffeln schon vorbereitet auf dem Dinett-Servierwagen stand. »Nächstes Jahr werde ich behaupten, dass der Fernseher kaputt ist.« Konrad fischte ein Cornichon aus einem Schälchen und biss hinein.

»Ach, lass ihn doch«, sagte Greta und schüttete das Kartoffelwasser ab. »Er hat doch nur uns.«

Am Neujahrstag kamen Helga und Alfred, die seit fast einem Jahr unter dem Dach wohnten, zum Gratulieren vorbei.

»Gaga«, rief Thomas und rannte auf sie zu. Er wollte nichts mehr, als auf ihren Arm und mit ihr aus dem Fenster schauen, wo gerade Drickes in seinen SEL stieg und vom Parkplatz fuhr. »Onko!«, sagte er und zeigte auf den Onkel.

»Nix Onko«, lachte Konrad und freute sich über das fünfte Wort des Kleinen. »In diesem Haushalt gibt es nur Jacobs Kaffee.«

Zu Connys Leidwesen war der Onko nur in der Küche zu eliminieren. In der Praxis wurde er ihn nicht los. Dass ihm die Kassenzulassung entzogen worden war, interessierte ihn nicht, weil er eh überwiegend Privatpatientinnen behandelte. Allerdings wurden die in der letzten Zeit deutlich weniger. Vielleicht hing das damit zusammen, dass mehr Kollegen donogene Inseminationen vornahmen, seit auf dem 73. Deutschen Ärztetag in Stuttgart 1970 ärztliches Denken über weltanschauliche Voreingenommenheit gesiegt hatte und beschlossen worden war, dass dieses Verfahren nicht mehr standesunwürdig sei.

Was zu neuen Problemen führte, denn wenn er nichts zu tun hatte, saß Drickes in seinem Behandlungszimmer, trank schon mittags Asbach Uralt und fand garantiert etwas, an dem er sich lautstark abarbeiten konnte – und es interessierte ihn einen feuchten Kehricht, ob im Wartezimmer Patientinnen saßen oder nicht.

»Das geht so nicht weiter«, sagte Conny, als die letzte Patientin vor dem Sommerurlaub gegangen war. Er nahm die Weinbrandflasche vom Tisch und schüttete den Inhalt im Waschbecken aus. »Du kannst hier nicht besoffen rumkrakeelen.«

»Sagt wer?« Drickes bäumte sich bedrohlich vor ihm auf.

»Sag ich!«

»Ist das alles?«, fragte Drickes und ließ einen zischen.

Conny fehlten weitere Worte.

Den Urlaub verbrachten er, Greta und der Kleine am Meer, obwohl sie ursprünglich in die Alpen hatten reisen wollen. Aber die hatte bereits der Onko als Ziel deklariert, deshalb fiel die Entscheidung leicht.

Gemeinsam entdeckten sie die holländische Küste und blieben in einem Örtchen hängen, das ihnen besonders gefiel – Domburg. Sie mieteten sich im Hotel ein, genossen das fremde Essen, ob es nun Frikandel hieß oder Fla, kauften mit ihren Gulden Plastikschaufeln und Eimer und verbrachten die Tage hauptsächlich am Strand. Als das Wetter in der zweiten Woche umschlug, nass wurde und kalt, dachten sie gar nicht daran, den Urlaub abzubrechen, und machten es sich im Hotelzimmer gemütlich. Hauptsache, sie waren für sich und mussten nicht damit rechnen, dass Drickes in ihr Leben platzte. Und weil er so gerne mit dem Wasser spielte, setzte sich Conny mitten am Tag mit seinem kleinen Tömmes in die Badewanne. Sie pusteten Papierschiffe hin und her, die sie aus einer Zeitschrift, in der Kronprinzessin Beatrix mit ihrem deutschen Gatten Claus von Arnsberg und den drei Kindern abgebildet war, gefaltet hatten.

Auch der Onko kam, bestens erholt und braun gebrannt, aus dem Urlaub in Berchtesgaden zurück. Er brachte seinem Patenkind eine Lederhose mit, die ihm immer noch nicht passte, als dieser Ende September zwei Jahre alt wurde.

Zur Feier des Tages führte Greta eine alte Familientradition wieder ein und backte Schwarzwälder Kirschtorte, wie ihre Großmutter Guste dies traditionell getan hatte. Helga und Alfred kamen zum Kaffeetrinken vorbei, und der kleine Tömmes zeigte ihnen aufgeregt den hohen Turm, den er mit seinem Papa aus Legosteinen gebaut hatte. Sie hatten auch ein Geschenk für ihn, aber gerade, als sie es überreichen wollten, klingelte es.

Vor der Tür stand Drickes mit einem riesigen Paket in der Hand, das mit einer überdimensionalen Schleife verziert war. »Na, wo ist denn unser Geburtstagskind?«, fragte er und stellte das Geschenk so ungeschickt auf dem Spielteppich ab, dass der Legoturm umfiel.

Tömmes fing an zu weinen, und alle Erwachsenen redeten wild durcheinander.

»Das können wir schnell wieder aufbauen«, sagte Alfred.

»Schau mal, was der Onkel dir mitgebracht hat«, versuchte Greta ihn abzulenken.

Weil der Junge sich nicht beruhigte und Drickes es nicht länger aushalten konnte, löste er selbst die Schleife, riss das Papier ab und präsentierte stolz sein Geschenk: ein Bobbycar. Knallrot. Thomas vergaß, warum er geweint hatte, ließ alles stehen und liegen und stieg auf das rote Gefährt.

»Na bitte!«, sagte der Onkel stolz, setzte sich an den Kaffeetisch und zündete sich eine Zigarre an.

Tömmes stieß sich mit seinen Beinchen ab, als hätte er noch nie etwas anderes getan, und brauste durchs Wohnzimmer.

»Man kann gar nicht früh genug mit dem Autofahren anfangen«, meinte Drickes, schaufelte ein Stück Schwarzwälder in sich hinein, betrachtete den Kleinen stolz aus seinen wässrigen Augen und spülte die Kuchenkrümel mit einem Schlückchen Klaren hinunter.

»Schau mal, mein Schatz, hier ist noch ein Geschenk für dich«, sagte Greta und zeigte auf das in Papier eingeschlagene Bündel. »Das haben dir Helga und Alfred mitgebracht.«

Neugierig stieg der Kleine von seinem Auto, kletterte auf Helgas Schoß und packte es mit ihr zusammen aus.

»Das ist Waldi, der Olympia-Dackel«, erklärte Alfred, der sich wie seine Gattin eine Stuyvesant genehmigte und stolz von ihrer ersten gemeinsamen Reise zur Olympiade nach München erzählte.

»Waldi«, wiederholte der Kleine und schien Gefallen an dem gestreiften Maskottchen zu haben.

»Wir haben gesehen, wie Ulrike Meyfarth den Weltrekord gebrochen hat«, sagte Helga. »Ich hab mir extra einen Ordner angelegt und alles über sie gesammelt. Das muss man sich mal vorstellen. Die ist erst sechszehn und ist in Rodenkirchen in die Schule gegangen. Auf der anderen Rheinseite.«

Conny sah, wie es in Drickes arbeitete, und er hoffte, dass er die beiden nicht unterbrach, um von seinem Urlaub zu erzählen – auf dem Obersalzberg, wo er sich mit ehemaligen Kameraden getroffen hatte.

Drickes zog gewichtig an seiner Zigarre und blies den Qualm aus. »Das hätte auch ganz anders ausgehen können.«

Keiner verstand so recht, was er damit meinte.

Er warf einen wissenden Blick in die Runde und setzte nach. »Na ja, wenn man bedenkt, dass die sich überlegt haben, die Spiele abzubrechen. Wegen der paar ermordeten Juden. Schenk mir noch ein Schnäpschen nach, Gretchen.«

Conny haute mit der Faust auf den Tisch. »Schluss jetzt!« Er ertrug es nicht mehr, wie unverblümt Drickes seine Naziideologie zur Schau trug und eine derartig abgeschmackte Bemerkung über die Geiselnahme und Ermordung von elf israelischen Athleten machte.

»Mein Gott, darf man denn heutzutage überhaupt nichts mehr sagen?«, fragte Drickes und kippte den Klaren.

Helga und Alfred sagten, dass sie noch bei der kranken Schwiegermutter vorbeischauen müssten, doch Conny wusste, dass das ein Vorwand war.

Als Helga den Kleinen absetzte, klammerte er sich an ihr fest. »Gaga, nicht gehen.«

»Ich komm ja morgen wieder«, sagte sie, streichelte ihm über den Kopf, nickte wie Alfred in die Runde und war im nächsten Moment aus der Tür.

Drickes schnappte sich das weinende Kind und zog es auf seinen Schoß. »Jetzt kommst du halt auch mal zu deinem Patenonkel.«

Tömmes stellte das Heulen ein und gleichzeitig auch das Atmen. Er blickte ängstlich in die Runde.

Unter dem Vorwand, ihm die Nase putzen zu müssen, nahm Conny den Kleinen auf den Arm, um ihn aus den Fängen des Onkels zu befreien. Wann bekommt er endlich die Kurve und geht auch, fragte er sich.

Aber Drickes dachte gar nicht daran. Er hatte Sitzfleisch und erzählte allen, die es hören wollten oder nicht, dass auch er als Kind von seinem Vater ein Auto bekommen habe. Damals noch aus Blech, und dass es das schönste Auto in der ganzen Straße gewesen sei, um das ihn alle anderen Kinder beneidet hätten.

»Was macht ihr denn alle für Gesichter?«, fragte er, als keiner auf seine Geschichten einging. »Ich dachte, das ist ein Kindergeburtstag. Hier ist ja eine Stimmung wie bei einer Beerdigung.«

In der Nacht wachte das Kind urplötzlich aus dem Schlaf auf, hustete bellend und bekam schlecht Luft. Zusätzlich wurde sein Einatmen von einem pfeifenden, fauchenden und rasselnden Geräusch begleitet. Conny nahm ihn hoch und versuchte, ihn zu beruhigen, doch der Kleine atmete immer schneller, war unruhig und brachte kein Wort heraus.

»Der erstickt uns!«, schrie Greta panisch, und sie riss ihn Conny aus dem Arm. »Mach doch endlich was!«

Mit zitternden Händen wählte er die Notrufnummer 112 und rannte den Rettungssanitätern, die keine sieben Minuten später in die Straße einbogen, entgegen.

»Mein Sohn bekommt keine Luft mehr«, sagte er und eilte mit den beiden Männern die Treppe hoch.

Tömmes röchelte mit aufgerissenen Augen, war ein Bündel Angst, und Greta weinte.

»Hat er das schon einmal gehabt?«, fragte der Sanitäter. »Sieht nach einem Krupp-Anfall aus.«

»Nein«, sagten Greta und Conny gleichzeitig, und dann riss Conny das Fenster auf, damit frische Luft hereinkam, weil er einmal in einem Fachmagazin gelesen hatte, dass dies abschwellend auf die Atemwege wirken konnte.

Einer der Sanitäter packte einen Vernebler aus dem Rucksack, befüllte ihn zusätzlich mit Adrenalin und ließ den kleinen Thomas, der auf Gretas Schoß saß, diesen Nebel einatmen. Aufgeregt wiegte sie ihn hin und her. Er röchelte weiter.

»Ist es nicht besser, wenn Sie ihn ins Krankenhaus bringen?«, fragte sie hysterisch.

»Sie müssen sich beruhigen, gute Frau«, sagte der eine Sanitäter. »Dann beruhigt sich auch Ihr Kind.«

»Wie soll ich mich beruhigen, wenn mein Kind stirbt?« Ihre Stimme überschlug sich.

Die beiden Männer blickten einander an.

»Gut«, sagte der zweite Sanitäter.

Conny zog sich rasch an, nahm Greta den Kleinen ab und trug ihn hinunter in den Rettungswagen. Im Morgenmantel rannte sie ihnen nach, stieg ebenfalls ein, und so fuhren sie mit ihrem nach Luft hechelnden Sohn durch die Nacht ins Krankenhaus am Urbacher Weg.

»Das ist ein typischer Pseudo-Krupp«, erklärte der Bereitschaftsarzt den Eltern und gab dem kraftlos schreienden Kind ein Kortisonzäpfchen.

Am nächsten Tag konnten sie ihren Thomas wieder abholen – mit Notfallzäpfchen und genauen Anweisungen, wie sie sich im Falle eines erneuten Anfalls verhalten mussten. Als der Kleine schlief, nahm Conny Greta ins Gebet, wie wichtig es sei, dass sie die Ruhe behielt. Dabei war er es, der unruhig war und Angst hatte. Vor allen Dingen um sie.

Die Anfälle kamen und gingen. Wie Drickes, der nur widerwillig akzeptierte, dass er in der Wohnung nicht mehr rauchen durfte.

»Ist die Luft in eurem Köln denn so schlecht?«, fragte Tante Elise Greta in Heidelberg, wohin sie am 22. Mai gereist war.

»Nein, eigentlich nicht.«

Elise Holloch, die den zweieinhalbjährigen Thomas zum ersten Mal sah, streichelte ihm mitleidig über den blonden Kopf.

»Ich habe vor einer Woche eine Fernsehsendung gesehen über das Ruhrgebiet. Da ist es normal, dass die Kinder krank werden, weil die Luft so schlecht ist.«

»Ich hab das auch gesehen. Aber das war doch nur erfunden«, sagte Greta und dachte daran, wie sehr die fiktive zweiteilige Serie ›Smog‹ auch sie beunruhigt hatte. Vor allem, da in der Zeitung stand, dass eine solche vom Menschen mitverursachte Umweltkatastrophe durchaus möglich sei. Was, wenn es auch in Köln nicht mehr hell wurde und sich im Säurenebel die Nylonstrümpfe der Frauen auflösten? Was, wenn nicht nur die Kinder keine Luft mehr bekamen und sich die Todesanzeigen in den Zeitungen vervielfachten?

»Isst er denn gerne Schokolade?«, riss Tante Elise sie aus ihren Gedanken.

Thommy, der seit ihrer Ankunft kein Wort gesagt hatte, antwortete mit: »Ja!«

Am nächsten Tag nahm Greta ihn nach dem Frühstück an der Hand. »Ich hab eine Kleinigkeit in der Altstadt zu erledigen, soll ich etwas zum Mittagessen oder zum Kaffeetrinken mitbringen?«

»Ich hab alles«, sagte Tante Elise und schlug vor, dass sie den Buben doch bei ihr lassen könne, damit sie schneller wäre.

Greta fand den Vorschlag nicht schlecht und sagte Thommy, dass sie bald wieder zurück sei. Aber der Kleine klammerte sich an ihren Rockzipfel und hätte sich mit aller Schokolade der Welt nicht überzeugen lassen, auch nur einen Millimeter von ihrer Seite zu weichen.

»Schau mal, wie schön es hier ist«, sagt seine Mama, als sie über das laute Wasser gingen.

»Thommy will auf den Arm«, sagt er, weil der Weg so weit war und sie so schnell ging.

»Aber ich kann dich nicht die ganze Zeit tragen, du bist mir viel zu schwer«, sagt sie und nimmt ihn hoch.

Er schlingt seine Arme um ihren Hals und atmet den Mamaduft ein und drückt sich fest an sie UND dann sind sie in einem großen Haus und er kann nicht auf den Tisch schauen, auf den seine Mama etwas legt

»Ich habe hier einen Brief für meine Tochter. Marie Schönaich. Sie hat heute Geburtstag.«

»So ein goldiges Kerlchen«, sagt die fremde Frau und gibt ihm einen Lolly.

Sie gehen wieder die Treppe hinunter und Mama weint.

»Nicht weinen, Mama«, sagt Thommy und schenkt ihr seinen Lolly.

Greta brachte kein Wort heraus und versuchte, sich zusammenzureißen. Den Schmerz wegzulächeln. An diesem Tag und allen Tagen. Es war, als hingen schwere Gewichte an ihr, die sie hinunterzogen in ein dunkles Gewässer. Mit aller Kraft versuchte sie, nach oben zu schwimmen. Ans Licht zu kommen.

»Hab ich dir gemalt, Mama«, sagte ihr kleiner Spatz.

Sie öffnete die Augen, sah ihren Thomas vor sich stehen, der ihr ein Blatt mit gelbem Krickelkrakel hinhielt.

»Oh, wie schön«, sagte sie und richtete sich auf. »Was ist das?«

»Meine Sonne.« Er strahlte sie an.

Greta gab sich einen Ruck, erhob sich vom Sofa und sagte sich, dass das doch alles Spinnerei sei. Sie hatte doch ein schönes Leben. Einen Mann, der wie kein Zweiter für sie sorgte, und dieses liebende Kind. Sie wollte nicht wieder abrutschen. Durfte es nicht. Und auf keinen Fall durfte sie Konrad etwas davon wissen lassen, denn dann würde er sie wegbringen in eine Klinik, weil er Angst um sie hatte. Aber Klinik würde bedeuten, dass sie von ihrem Kind getrennt werden würde. Das würde sie nicht überstehen.

»Wie geht es Ihnen heute Morgen, Frau Monderath?«, fragte Helga.

»Gut, danke«, antwortete Greta und lächelte.

»Hattet ihr einen schönen Tag?«, fragte Konrad, als er abends aus der Praxis kam.

»Ja«, sagte sie, setzte ein Lächeln auf und war froh, dass der Kleine seinen Pap in Beschlag nahm und von ihr ablenkte.

Sie fuhren nach Holland in den Urlaub, wo Greta viel schlief, weil sie immer so müde war. Und im September feierten sie Thommys dritten Geburtstag. Mit einer hohen Schwarzwälder Kirschtorte und vielen Geschenken, die natürlich alle getoppt wurden durch das Elektroauto, mit dem Drickes auftrumpfte.

»Das hat einen Vorwärts- und Rückwärtsgang und bremst sofort, wenn man das Gaspedal loslässt.«

Weil es regnete, wurde das Gefährt im Wohnzimmer ausprobiert, und Thommy, der wie ein Kronprinz hinter dem Steuer saß, rammte alles und jeden.

Draußen braute sich ein Gewitter zusammen, Blitze zuckten über dem Rhein, und als der erste Donner krachte, versteckte sich der Kleine aus lauter Angst unter dem Tisch.

»Sei keine Memme«, sagte Drickes und zog an seiner Zigarre, obwohl sie besprochen hatten, dass drinnen nicht mehr geraucht werden sollte, weil der Junge immer wieder seine Pseudo-Krupp-Anfälle bekam.

Konrad öffnete das Fenster und schwieg. Aber Greta sah ihm an, dass er kurz davor war, die Beherrschung zu verlieren. Es war anstrengend für sie, die Spannungen zwischen ihm und seinem Onkel auszuhalten, und nicht immer hatte sie die Kraft, zu vermitteln.

Weil er drei war und sie wollte, dass er mit anderen Kindern aufwuchs, kam Thommy in den Kindergarten. Greta bläute den Erzieherinnen ein, wie sie sich zu verhalten hatten, wenn ihrem

Sohn wieder einmal die Luft wegblieb. Er weinte, wenn sie ging, und sie weinte, weil sie ihn abgeben musste, und weinte, weil jetzt zu Hause keiner mehr war. Ohne Struktur war es noch anstrengender, gegen das Abgleiten anzukämpfen, deshalb flüchtete sie in den Schlaf.

Am vierten Geburtstag gab es keine Torte und auch keine Luft für den Kleinen. Mit blauen Lippen lag er im Bett, sein schneller Atem hörte sich pfeifend und brummend an.

»Thommy«, schrie Greta und nahm ihn hoch.

»Gleich wird es wieder gut.« Konrad kramte nach der Notfallmedizin, nahm ihr den Jungen ab und führte ihm ein Zäpfchen ein.

Wie sie es schon oft getan hatten, gingen sie mit ihm raus auf die Terrasse an die frische Luft. Der Junge wollte reden, brachte aber kein Wort heraus, war maximal unruhig und schaute panisch.

»Ich halte das für Asthma«, sagte der Kinderarzt im Krankenhaus, zu dem sie gefahren waren, weil der Anfall nicht besser wurde und Greta und Konrad Angst hatten, dass Thommy erstickte.

Auch wenn sie ihn am nächsten Tag wieder mit nach Hause nehmen konnten und es so war, als wäre nie etwas gewesen, wurde Greta den Gedanken nicht los, dass sie ihn verlieren würde. Wie Marie, die ihr auch genommen worden war, als sie vier war. Diese Angst breitete sich wie ein grauer Schwermut-Teppich über ihr aus. Sie konnte sich nicht dagegen wehren, wurde sie den ganzen Herbst nicht mehr los. Je kürzer die Tage wurden, desto schlimmer wurde es. Selbst der Schlaf war kein Fluchtraum mehr.

»Mama!«, schrie Thommy verzweifelt, zog an ihrem Rockzipfel, damit sie nicht weiterging. »Mama!«

Greta sah nur den Rhein, der sie magisch anzog, der wie ein alter Vertrauter endlich Ruhe versprach.

»Mama!« Er schrie immer lauter.

Greta sah nun auch ihn. Nahm all ihre Kraft zusammen.

»Komm, Mama!«, schrie er und zog sie nach hinten.

Endlich machte sie kehrt und ging mit ihrem Kind an der Hand den Damm hinauf. Sie fragte Helga, ob sie abends bei dem Kleinen bleiben konnte, packte ein paar Sachen in einen Koffer und rief Konrad in der Praxis an. »Ich kann nicht mehr.«

Keine halbe Stunde später war er da, nahm sie schweigend in den Arm und führte sie aus der Wohnung.

»Mama!«, hörte sie Thommy rufen, aber sie hatte keine Kraft, sich umzudrehen.

»Die Mama kommt bald wieder, Jung«, sagt Helga.

»Mama«, schreit er und klettert auf die Kücheneckbank. Draußen fährt Pap mit ihr weg. »Mama. Ich will zu meiner Mama!« Thomas trommelt mit beiden Händen gegen die Fensterscheibe.

Er will nicht auf den Arm genommen werden. Schlägt um sich. Rennt zur Tür und schreit und stellt sich auf die Zehenspitzen, damit er die Klinke herunterdrücken kann, und läuft schreiend hinaus.

Der Onko hält ihn fest und nimmt ihn mit in seine Wohnung. *MAMA*, schreit es in ihm, aber Thomas bekommt kein Wort mehr heraus. Auch vor dem Fernseher nicht, vor den er gesetzt wird und Salzstangen bekommt und Saft und das Sandmännchen sieht, das Gute Nacht wünscht.

»Wo ist meine Mama?«, fragt er endlich leise, denn sie ist immer da, wenn das Sandmännchen kommt.

»Der geht es jetzt gut«, sagt der Onko und schmiert Leberwurstbrot.

»Heute darfst du mal länger aufbleiben und mit dem Onkel Fernsehen schauen.«

Thomas mümmelt an der Schnitte und starrt auf den Bildschirm, in dem ein Mann redet.

»Pass schön auf, Tömmes. Hier kannst du was lernen. Das ist Prof. Heinz Haber. In der Sendung ›Stirbt unser blauer Planet?‹ erzählt der über die ungewisse Zukunft unserer Erde.«

Thomas versteht nichts. Er weiß nicht, was das ist, Zukunft. Er will nur, dass seine Mama zurückkommt und sein Pap.

»Hast du gehört?«, fragt der Onko. »Auch der Professor warnt vor den Folgen eines unkontrollierten globalen Bevölkerungswachstums. Das ist genau mein Reden! Iss dein Brot, Jung, dann wirst du stark.«

»Warum ist er nicht bei Helga?«, fragte Conny, als er kurz vor Mitternacht zurückkam.

»Na, weil er zu mir wollte«, behauptete Drickes.

Conny wusste, dass das nicht stimmte, denn sein Sohn wollte nie zu dem Alten. Aber er hatte keine Energie, mit ihm zu diskutieren, nahm das schlafende Kind hoch und bemerkte, dass es sich eingenässt hatte. Bevor Drickes sich über den Fleck auf seiner Couch beschweren konnte, waren sie schon im Treppenhaus.

Tömmes wurde wach, als Conny ihm die Hose auszog. »Pap«, sagte er und klammerte sich an ihm fest.

»Du darfst heute bei mir schlafen«, flüsterte er ihm ins Ohr, trug ihn ins Ehebett und deckte ihn zu.

An Schlaf war nicht zu denken. Die Bilder von seiner Greta, die kein Wort sprach auf der Fahrt und die sich in der Psychiatrie völlig teilnahmslos von einer Krankenschwester wegbringen ließ, quälten ihn.

Seit Monaten hatte er gespürt, dass es ihr nicht gut ging, und ihre Schwermut hatte auch an ihm wie Blei gehangen. Aber wenn er sie nach ihrem Befinden gefragt hatte, dann hatte sie immer vorgegeben, dass alles in Ordnung sei. Wie schlecht musste es ihr also ergangen sein, dass sie heute von sich aus Alarm geschlagen hatte?

Als es draußen hell wurde, hatte Conny das Gefühl, höchstens eine halbe Stunde geschlafen zu haben.

»Wo ist meine Mama?«, war die erste Frage von Tömmes, als er die Augen aufschlug.

»Die Mama ist in einem Krankenhaus. Und bald, wenn es ihr besser geht, kommt sie wieder nach Hause.«

Conny war froh, dass der Kleine nicht nachfragte, wann bald ist, denn er hätte ihm keine Antwort geben können.

Am Freitagabend packte er Gepäck für ein Wochenende in den hellblauen BMW 2000 und fuhr mit Tömmes am nächsten Morgen Richtung Holland. Conny brauchte Abstand. Erholung. Und hoffte, dass nicht nur der Kleine am Meer besser atmen konnte, sondern auch er selbst.

An der ersten Tankstelle hinter der deutschen Grenze hielt er an, kaufte Zigaretten für sich und eine Tüte weiche Lakritztaler für seinen Stammhalter.

Sie fuhren an Heerlen vorbei, an Herentals, an Antwerpen. Und als sie endlich das weiße Ortseingangsschild von Domburg passierten, steckte sich der Kleine den letzten Taler in den Mund.

»Ist das ein Gespensterschloss, Pap?«, fragte er ängstlich, als er das Bad Paviljoen sah.

»Nein. Es gibt in Wirklichkeit keine Gespenster.«

»Doch!«

»Nein. Aber vielleicht lebten hier früher Ritter«, sagte Conny, weil das für das Kind allemal spannender war, als ihm zu erzählen, dass das Ende des neunzehnten Jahrhunderts in einem überschwänglichen holländischen Neorenaissance-Stil gebaute

Gebäude, das ziemlich abgewrackt aussah, einst einen großen Konzert- und Kursaal enthalten hatte und Treffpunkt für die wohlhabende Mittelschicht aus ganz Europa gewesen war.

Sie checkten auf der gegenüberliegenden Straßenseite im Hotel ein, zogen sich ihre Gummistiefel an und gingen hinunter zum Strand. Es war Flut, die Wellen brachen, und der Gegenwind schaffte es, Conny die Sorgen aus dem Kopf zu blasen. Es gab nur den Moment, das Kind, das seine Hand fest umklammerte, und das Meer. Tapfer marschierte der Kleine neben ihm, und als er immer langsamer wurde, nahm er ihn huckepack und trug ihn weiter bis zum Strandpaviljoen Noordduine, wo sie windgeschützt ein Glas heißen Kakao tranken und warmen Apfelkuchen aßen.

Der Rückweg war einfacher, weil sie jetzt den Wind im Rücken hatten. Außerdem war er spannend, weil die Ebbe eingesetzt hatte und überall angespültes Strandgut lag. Tömmes fand den Teil eines Fischernetzes und wollte es unbedingt mitnehmen, aber es wäre selbst für Conny zu groß gewesen.

»Haben das die Ritter vergessen?«, fragte er.

»Ich glaube, die Ritter fischen nicht. Aber vielleicht ist es aus Amerika angespült worden.«

»Was ist Amerika?«

»Das ist ein großes, großes Land auf der anderen Seite des Ozeans.« Conny zeigte in Richtung Westen, wo sich Wolkenstreifen vor dem blauen Horizont orange färbten.

»Ich kann es aber nicht sehen.«

»Das ist auch viel zu weit entfernt.«

»Ist alles, was man nicht sehen kann, viel zu weit entfernt?«, wollte Tömmes wissen.

»Ja!«, sagte Conny und dachte an seine Frau. Ihre Krankheit konnte man nicht sehen. Und selbst wenn Greta da war, war sie weit weg in ihrer dunklen Welt.

Als die beiden zum Abendessen ins Pfannkuchenhaus an der

Herenstraat gingen, schaute der Kleine in eines der Fenster. »Das will ich auch«, sagte er.

Conny sah erst den von innen beleuchteten Globus auf der Fensterbank, der dem Jungen so gefiel, und dann im Wohnzimmer dahinter eine lachende Familie. Sie saßen am Tisch. Spielten. Unbeschwert. Ihre Leichtigkeit versetzte ihm einen Stich. Ich will das auch, dachte er.

Mit roten Wangen fiel Tömmes in den Schlaf. Conny lag auf dem Bett daneben und starrte in die Dunkelheit des Raums. Alles hätte er darum gegeben, eine Familie zu haben, in der Lachen an der Tagesordnung war. Wie sehr wünschte er sich eine gesunde Frau. Von außen betrachtet waren sie eine Vorzeigefamilie. Er hatte alles erreicht, war verheiratet, hatte einen Sohn, war erfolgreich im Beruf, hatte eine gut gehende Praxis, sie lebten im Wohlstand. Aber hinter dieser Fassade türmten sich die Probleme, und er hatte keine Idee, ob sie zu lösen waren. Conny wusste, dass er alles aufgeben würde. ALLES, wenn er es gegen die Leichtigkeit der fremden Familie eintauschen könnte. Gegen eine von innen leuchtende Welt.

»Ich hab dich lieb, Pap«, flüsterte der Kleine neben ihm und kuschelte sich an.

»Ich dich auch, mein Schatz«, sagte Conny und spürte wie schon lange nicht mehr diese bedingungslose Liebe zu seinem Kind, die ganz anders war als seine Liebe zu Greta. Es war eine Verbundenheit für die Ewigkeit.

Am nächsten Tag, nachdem sie am Strand Kanäle geschaufelt und zugesehen hatten, wie das herannahende Meer sie flutete, fuhr er mit Tömmes nach Middelburg, fand rasch das Landkartengeschäft, das ihm der Domburger Hotelier beschrieben hatte, und kaufte einen Globus.

Stolz saß der Kleine auf dem Beifahrersitz und hielt seinen Schatz in den Händen.

»Hier ist Deutschland«, zeigte Conny am Abend im Hotelzimmer das Heimatland auf dem Erdball und fuhr mit einem Bleistift ans Meer nach Holland, wo sie jetzt waren. Dann drehte er die beleuchtete Kugel um 180 Grad. »Und hier ist Amerika.«

Pap sagt, dass er schon mal in Amerika war.

»Lange bevor du auf der Welt warst.« Pap zeigt ihm, wo. »Am Mississippi. Das ist ein Fluss, der ist viel breiter als unser Rhein.« Und dann erzählt er von Schlangen, die es dort gibt.

»Schlangen?«, fragt Tömmes erschrocken und stellt sich vor, wie sein Pap mit ihnen kämpft.

Pap ist stark. Der stärkste von allen. Er hat bestimmt gewonnen.

»Wenn die wachsen, kriechen sie aus ihrer alten Haut heraus«, sagt Pap und erzählt von Jimmy, einem kleinen Jungen, der ihm die Haut der Schlangen geschenkt hat.

»Ich will auch nach Amerika.«

»Später, wenn du groß bist.«

»Mit dir.« Er drückt sich an seinen Pap und weiß, dass er nirgendwo hinfahren wird ohne ihn. Dass er immer mit ihm zusammen sein will.

Im Radio sang Rex Gildo, dass der letzte Tanz für Marie sei und er nie vergehen würde, denn nur mit ihr und ihm würden die Wunder geschehen.

»Soll ich es leiser machen oder aus?«, fragte Konrad.

»Nein«, sagte Greta, denn sie war froh, wieder in die Welt eintauchen zu können. Selbst wenn man von dieser Welt nicht viel mehr sehen konnte als den Nebel, der schwer im Oberrheintal hing.

Sie fuhren an Freiburg vorbei. Noch über vierhundert Kilometer bis nach Köln, dachte sie und konnte es kaum erwarten, ihren Jungen, den sie seit über zwei Monaten nicht gesehen hatte, endlich wieder in die Arme zu schließen.

»Tömmes freut sich sehr auf dich«, sagte Konrad, als könnte er ihre Gedanken lesen, und lächelte sie an.

Sie war dankbar dafür, was er alles für sie getan hatte, damit sie diese Dämonen loswerden konnte. Nach einem Monat in der Nervenheilanstalt hatte er sie abgeholt und in die Schweiz gebracht, in ein Sanatorium am Westufer des Zürichsees. Dort musste sie nicht mit elf anderen Frauen in einem Saal schlafen, die ihre Köpfe gegen die Wand schlugen, schrien und fixiert wurden. In Kilchberg wurde sie als Mensch behandelt, bekam nicht nur eine andere Dosierung der Psychopharmaka, sondern führte auch Gespräche, die sie verstehen ließen, dass es die Vergangenheit war, was sie immer wieder in die Schwermut zog, und sie dadurch aus der Gegenwart glitt. Dabei wollte sie nichts mehr, als stark zu sein für das Hier und Jetzt und ihre kleine Familie, die ihr alles gab.

»Auf dem nächsten Rastplatz muss ich tanken«, sagte Konrad. »Wenn du willst, können wir dort auch eine Kleinigkeit essen.«

»Ich brauche nichts«, meinte sie, denn sie wollte so schnell wie möglich in Köln sein.

Während Konrad an der Autobahnraststätte Renchtal Benzin nachfüllen und auch den Stand des Scheibenwischwassers überprüfen ließ, kaufte Greta drinnen für Thommy eine Schneekugel mit Schwarzwaldmotiv, für Helga eine Stange Peter Stuyvesant und für Onkel Drickes eine Flasche Schwarzwälder Kirschwasser.

»Ich wär mir ja nicht so sicher, ob Schnaps für ihn die beste Idee ist«, sagte Konrad, als sie weiterfuhren und im Radio Abba ›Waterloo‹ sang.

»Wieso, was hat er denn wieder angestellt?«

»Das willst du alles gar nicht wissen, mein Schatz. Aber ich muss zusehen, dass er endlich aus der Praxis aussteigt.«

»So einer wie Onkel Drickes gibt niemals auf.«

Hinter Mannheim überholten sie eine LKW-Kolonne der US Army, und in den Nachrichten wurde verlesen, dass die dreitägigen Gespräche zwischen Bundeskanzler Helmut Schmidt und US-Präsident Gerald R. Ford in der amerikanischen Hauptstadt Washington zu Ende gingen. In der gemeinsamen Abschlusserklärung hoben sie vor allem eine Annäherung ihrer Positionen bezüglich der Weltwirtschaftslage hervor.

»Warst du in Amerika, Mama?«, wollte Thommy wissen, als sie ihn nach weiteren fünf Stunden endlich in die Arme schloss.

»Nein, wie kommst du denn darauf?«, fragte sie.

»Seit er diesen Globus hat, denkt er, dass alles, was weit weg ist, in Amerika ist«, sagte Helga, stellte den Suppentopf auf den Tisch und machte Anstalten, zu gehen.

Greta begleitete sie zur Tür und umarmte sie zum Abschied. »Danke für alles«, flüsterte sie ihr ins Ohr und schenkte ihr die Stange Zigaretten.

»In Amerika sind auch die Ritter«, sagte Thommy und holte aus seinem Kinderzimmer das Schwert aus Holz, das Alfred ihm geschnitzt hatte, und ließ sich nicht davon abbringen, dass auch der Schneekugel-Schwarzwald in Amerika war.

»Ich hab dich lieb, Mam«, sagte er, als Greta ihn abends ins Bett brachte, und klammerte sich an sie.

»Ich dich auch, mein Schatz.«

In den zwei Wochen bis Weihnachten weigerte sich der Junge, in den Kindergarten zu gehen. Er wich seiner Mama nicht von der Seite, trug den roten Ritterumhang mit dem Wappen, den Greta ihm inzwischen genäht hatte, und verteidigte die Wohnung gegen

Eindringlinge. Jede Nacht kam er ins Schlafzimmer und legte sich zwischen sie und Konrad, der die Besucherritze mit einer Decke gepolstert hatte. Sie waren glücklich, weil sie einander hatten. Alle drei.

Ritter Thommy packte an Weihnachten die Geschenke aus. Konrad – beziehungsweise das Christkind – hatte in Köln einen großen Kasten mit dem Spielzeug besorgt, das in diesem Jahr neu auf den Markt gekommen war: Playmobil. Sofort machte sich der Kleine daran, die Ritterburg aufzubauen und die Plastikfigürchen in Stellung zu bringen.

Da trat Onkel Drickes auf den Plan und deutete auf den größten Karton von allen. »Und das hier ist von mir.«

Dass er nie sagen konnte, dass das Christkind die Geschenke gebracht hat, dachte Conny und beobachtete seinen Kleinen, der sich per Handschlag bei dem Onko bedanken musste.

»Das ist eine große Carrerabahn. Damit kannst du Autorennen fahren«, sagte Drickes.

Conny konnte sich nur mit Mühe ein triumphierendes Lächeln verkneifen, denn sein Tömmes war nicht an Autorennen interessiert. Für ihn zählten nur die Ritter.

Auch an Silvester, als Helmut Schmidt seine erste Fernsehansprache als Kanzler hielt, stand der Carerrakarton noch unausgepackt unter dem Weihnachtsbaum

»Auch so ein Sozi«, moserte Drickes. »Aber wenigstens hat er gedient.«

An Mitternacht stießen sie mit Sekt an. »Endlich sind wir wieder Kölner«, sagte Conny, der sich sehr darüber freute, dass Porz eingemeindet worden war. Aber noch mehr freute es ihn, dass es seiner Greta wieder gut ging.

Zwölf Monate später hielt Helmut Schmidt wieder die Neujahrsansprache: »Hatte das Wachstum 1973 noch bei fünf Prozent gelegen, war es wegen der Ölkrise 1974 auf 0,9 Prozent gefallen. 1975 schrumpfte die deutsche Wirtschaft um 0,9 Prozent – die zweite Rezession. Wir haben Probleme. Das schwierigste darunter ist nach wie vor die Arbeitslosigkeit, die wir entschieden und mit allen Mitteln bekämpfen müssen.«

»Sie haben ein Problem«, sagte auch Herr Glaubwitz, der Prüfer der Kassenärztlichen Vereinigung, Ende Januar.

»Wieso?«, fragte Conny.

»Wir müssen eine Plausibilitätsprüfung durchführen, weil an mehreren Tagen zu viele Stunden abgerechnet worden sind. Aber vor allem, weil Gerüchte aufkamen, dass die Tätigkeit von Dr. Pütz in Rechnung gestellt wurde.«

Conny stand Rede und Antwort, war sich sicher, dass es sich um eine Verwechslung handelte. Aber als Glaubwitz Auszüge vorlegte, die den Verdacht der Kasse erhärteten, spürte er, wie sein Blutdruck stieg. Er hatte alle Mühe, vor dem Prüfer die Fassung zu wahren. »Unsere Sprechstundenhilfe muss da einiges übersehen haben«, erklärte er und versprach, alle zu viel getätigten Zahlungen selbstverständlich zurückzuüberweisen.

»Wie kann so etwas passieren?«, herrschte er Fräulein Oppermann an, als Herr Glaubwitz draußen war.

Sie verteidigte sich heulend, dass sie das gemacht habe, was Dr. Pütz und Fräulein Potthoff ihr aufgetragen hatten.

»Ich habe hier das Sagen!«, sagte Conny.

Er ging in sein Sprechzimmer und rief Drickes an. »Du musst sofort in die Praxis kommen. Es gibt ein Problem.«

»Aber …«

»Nichts aber!« Conny wurde lauter. »Schwing deinen Arsch ins Auto und komm hierher. Und falls du besoffen bist, nimm dir ein Taxi.« Er knallte den Hörer auf die Gabel.

Keine halbe Stunde später kam Drickes durch die Tür. Mit hochrotem Kopf. »Was ist passiert?«

»Die KV hat uns geprüft. Wie kann es sein, dass du …«

Drickes fiel ihm ins Wort. »Bringen Sie mir einen Kaffee, Fräulein Oppermann.« Dann verschwand er in seinem Sprechzimmer.

Conny ging hinter ihm her. »Die Praxis läuft seit über einem Jahr auf meinen Namen. Du hast hier nichts mehr zu bestimmen.«

Mit zitternder Hand servierte die Sprechstundenhilfe den Kaffee, Drickes kippte einen großen Schluck Weinbrand hinein, trank alles in einem Zug und schaute Conny durch seine dicken Gläser provozierend an. »Ist das alles?«

»Nein. Ich will, dass du aufhörst. Du bist über siebzig. Es wird langsam Zeit.«

»Idiot!«, zischte Drickes. »Ich werde noch gebraucht. Das beweisen die Patientinnen, die von weither kommen.«

Conny verkniff sich die Bemerkung, dass es so viele ja nicht mehr waren. Doch der Alte gab noch mehr als früher damit an, wie vielen Paaren er – und nur ER – zum Familienglück verhelfen würde.

Drickes schenkte sich einen zweiten Asbach in die leere Kaffeetasse. »Da du meine Arbeit nicht fortsetzen willst, habe ich gar keine andere Wahl, als weiterzumachen. Wie kann man nur so dumm sein, das ganze Geld liegen zu lassen.«

Unbeeindruckt rief Conny die Sprechstundenhilfe herein. »Bringen Sie mir den Terminkalender von Dr. Pütz«, befahl er.

»Du bist zu dumm, das zu kapieren.« Drickes redete sich in Rage. »Schau doch, was auf der Welt los ist. Die Schwachköpfe und Inkompetenten, die Gammler, das ganze Gesocks, das einen auf freie Liebe macht, diese verlausten Affen vermehren sich wie die Karnickel.«

Conny hörte nicht zu, sondern studierte die Termine.

Drickes schenkte sich einen dritten Weinbrand ein und war nun thematisch beim genetischen Niedergang der Menschheit. »Wenn wir Ärzte nicht gegensteuern und für Erbgesundheit sorgen, dann …«

»Schluss jetzt!«, brüllte Conny und haute mit der flachen Hand auf den Tisch. Erbgesundheit! Dieser Begriff hat einst das Schicksal seiner Lizzy besiegelt. Er war kurz davor, den Alten hinter dem Schreibtisch hervorzuziehen und ihm eine reinzuhauen. Stattdessen rief er erneut Fräulein Oppermann, die inzwischen noch mehr einem Nervenbündel glich, und drückte ihr den Terminkalender in die Hand. »Sie sagen sämtliche Ersttermine von Dr. Pütz ab, und die laufenden Behandlungen enden zum 1. Oktober. Alle!«

Drickes stand auf, ging um den Schreibtisch herum und schob Conny zur Seite. »Geh mir aus dem Weg!« Dann ließ er einen ziehen, ging hinaus ins Klo und pinkelte. Ohne die Tür hinter sich zu schließen.

»Warum ist Drickes bei der Einschulung nicht dabei?«, fragte Greta.

»Er hat zu tun«, sagte Konrad und fotografierte seinen Kleinen, der stolz wie Oskar seine Schultüte präsentierte, auf der lauter Ritter abgebildet waren.

Greta brachte ihn jeden Morgen zur Schule und holte ihn mittags wieder ab.

»Wenn ich Geburtstag habe, dann kann ich schon lesen und schreiben«, sagte Thommy zwei Wochen, bevor er sechs werden sollte.

»Meinst du?« Greta freute sich, dass das Lernen für ihn ein großes Abenteuer war, das ihm neue Welten eröffnete.

Am Mittwoch, dem 29. September, schmückte sie die Wohnung mit vielen Girlanden und Luftballons, backte Kuchen und bereitete Spiele wie Sackhüpfen und Eierlaufen vor, die sie mit den fünf Jungs, die Thommy zu seinem Geburtstag eingeladen hatte, machen wollte.

Außer Atem kam sie kurz nach zwölf an der Grundschule an. Sie war etwas zu spät und reckte den Hals, um ihn zwischen den vielen Kindern zu erkennen. Sie sprach Mitschüler an, die nur mit der Achsel zuckten, und als keiner mehr aus dem Schulgebäude kam, ging sie hinein, um nach ihm zu suchen. Doch auch hier war er nicht. Greta klopfte am Lehrerzimmer, Frau Klemm, seine Klassenlehrerin, hatte aber ebenfalls keine Idee, wo er sein könnte.

In der Hoffnung, dass Thommy sich den Schulweg schon eingeprägt hatte und allein heimgegangen war, eilte sie nach Hause. Aber auch da war er nicht. Greta alarmierte Helga und suchte gemeinsam mit ihr die Gegend ab. Sie radelten den Rhein entlang, riefen auf Spielplätzen seinen Namen, klingelten bei Schulfreunden. Keiner hatte den Sechsjährigen gesehen. Er war spurlos verschwunden. Greta starb tausend Tode und alarmierte schließlich Konrad, der erklärte, dass er die Polizei einschalten würde.

Die Westerneisenbahn, in der er saß, tutete und blies Qualm aus, wie der Onko, der am Rand stand und ihm zuwinkte, wenn er vorbeifuhr.

»Diesen Geburtstag wirst du ewig in Erinnerung behalten«, hatte der gesagt, als er ihn mit dem Auto aus der Grundschule abholte. »Du hast das ganze *Phantasialand* für dich.«

Thomas wusste nicht, was ein *Phantasialand* war, aber weil der Onko sagte, dass es dort lauter Überraschungen gebe, war er sicher, dass Mam und Pap dort waren und seine Geburtstagsgäste auch.

Aber in *Phantasialand* war nur ein fremder Mann, der sie in Empfang nahm. Der Onko sagte, er sei der Chef.

Thomas verstand nicht, dass der ehemalige Schausteller Gottlieb Löffelhardt, den sein Großonkel in der Spielbank kennengelernt hatte, diesen Freizeitpark in einem ehemaligen Braunkohle-Tagebau im Süden Brühls eröffnet hatte. Er reckte den Hals und schaute, wo er seine Eltern entdecken könnte. Und die anderen. Aber da waren nur er, der Onko und der Chef.

»Womit will er fahren?«, fragte der fremde Mann.

»Mit allem, nicht wahr, Tömmes?«, sagte Drickes, der stolz darauf war, dass der Chef extra für ihn den Freizeitpark aufgeschlossen hatte. An einem See gab es auch andere Attraktionen wie die Oldtimerfahrt, den Abenteuerspielplatz und das Hawaii-Restaurant, das sie allerdings nur durchs Fenster besichtigen konnten. »Du darfst fahren, womit du willst.« Tömmes hatte keine Freude daran, weil er alleine war und der Onko immer mit dem Chef sprach.

»Fahren wir jetzt wieder nach Hause?«, fragte er leise, als er aus dem Oldtimer gestiegen war.

»Gleich«, sagte der Onko, weil er sich erst noch Alt-Berlin anschauen wollte, eine Nachbildung der Berliner Straße Unter den Linden im Stile der Zwanziger- und Dreißigerjahre, inklusive Neptunbrunnen und Brandenburger Tor im Maßstab eins zu zwei.

»Berlin, da habe ich vor dem Krieg gewohnt«, schwärmte er, und Thomas stellte sich vor, dass die Welt vor dem Krieg kleiner gewesen war und der Onko auch.

»Jetzt muss ich Ihnen noch die Westernstadt Silver City mit der ersten Wildwasserbahn Deutschlands sowie zwei Achterbahnen zeigen«, sagte der Chef zum Onko.

Thomas trottete hinter den beiden Männern her und wagte nicht zu sagen, dass er dringend austreten musste. Als er es nicht mehr aushielt, öffnete er seine Hose und pinkelte – im Stehen, wie sein Pap ihm das beigebracht hatte – gegen ein künstliches Gebirgsmassiv.

»Dass du dich auch nicht zu benehmen weißt«, herrschte der Onko ihn an, gab ihm eine Kopfnuss und zwang ihn, sich bei dem Herrn Löffelhardt zu entschuldigen.

Wie eingefroren vor Angst, streckte Thomas seine Hand aus und verneigte sich. »Es tut mir leid, Herr Löffelhaar.« Er wagte nicht, dem Chef in die Augen zu schauen. Und auch dem Onko nicht, der ihn mit Vorwürfen des Undanks überschüttete, als sie zurück nach Köln fuhren. Er blickte auf seine Finger und zählte sie in Gedanken ab, damit die Zahlen in seinem Kopf die Worte vom Onko zur Seite schoben. Eins, zwei, drei, vier, fünf, sechs, sieben, acht, neun, zehn und eins …

Als sie in Porz ankamen, sah er ein Polizeiauto vor dem Haus stehen und seinen Pap. Da konnte er seine Tränen nicht mehr zurückhalten.

»Wie kannst du nur? Was erlaubst du dir?«, herrschte Conny Drickes an und hob den weinenden Jungen aus dem Wagen.

»Spiel dich nicht so auf«, blaffte der Alte und verschwand im Haus.

Conny gab Greta den Kleinen auf den Arm, unterhielt sich noch kurz mit den Polizisten, ging ins Haus und klingelte an der Wohnungstür seines Onkels Sturm.

»Du hast Tömmes ohne unsere Erlaubnis nicht aus der Schule abzuholen!«, brüllte er, als dieser endlich öffnete

»Sagt wer?« Drickes knöpfte seinen Hosenschlitz zu.

»Sagt sein Vater!«

»Aha!« Der Alte schaute ihn scharf an, verschwand in der Küche, öffnete den Kühlschrank, zog den Korken aus der angebrochenen Flasche Weißwein, schenkte sich ein Glas ein und leerte es in einem Zug.

»Mehr als ›Aha‹ hast du dazu nicht zu sagen?« Conny wurde lauter.

»Ich würde mir an deiner Stelle mal Gedanken darüber machen, *wer* sein Vater ist.«

Conny schaute ihn irritiert an. »Was willst du damit sagen?«

»Hast du dir mal überlegt, woher diese große familiäre Ähnlichkeit kommt?«

Worte wie dumpfe Schläge. Konrad musste sich am Türrahmen festhalten, damit er nicht ins Taumeln geriet.

»Hast du natürlich nicht.« Drickes schenkte sich verächtlich Wein nach.

»Du … du hast das nicht wirklich getan«, stotterte Konrad.

»Erst nach einigen Versuchen«, sagte der Alte. In seiner Stimme schwang Stolz mit. »Aber mit den Spermien der Jungen hat es eben nicht geklappt. Und so bleibt alles in der Familie. Besser geht es doch nicht. Du solltest mir dankbar sein.«

Es dauerte eine gefühlte Ewigkeit, bis diese Informationen bei ihm ankamen. »Weiß Greta das?«, fragte er und hatte Angst vor der Antwort.

»Nein!«

Konrad atmete durch, straffte sich, ging auf Drickes zu und schaute ihm in die Augen. »Wenn du es ihr sagst, bringe ich dich um.«

»Ist das alles?« Drickes blickte Konrad geringschätzig an. Dann ließ er ihn einfach stehen und verschwand ohne ein weiteres Wort in seinem Wohnzimmer.

Als Konrad die Wohnungstür aufriss, stand Alfred davor.

»Ich wollte nur …«, stotterte er.

Konrad war kurz irritiert und fragte sich im Weitergehen, ob er etwas gehört haben könnte.

»Wo ist das Land Phantasia?«, fragte Tömmes und schaute auf seinen erleuchteten Globus.

»Das gibt es nicht«, sagte Konrad und erzählte ihm von Amerika. Wie jeden Abend saß er an seinem Bett und begleitete ihn in die Welt der Träume. Mit Geschichten von den Schlangen und Jimmy. Als Tömmes eingeschlafen war, betrachtete er ihn so, wie er es Hunderte von Nächten zuvor gemacht hatte. Es war wie immer. Und doch spürte er, dass alles anders war, denn er würde dieses Kind nie wieder ansehen können, ohne an Drickes zu denken.

Das Licht im Globus flackerte. Konrad knipste es aus, und als er am Fenster vorbeiging, sah er, wie der Alte vom Hof fuhr.

»Ich bin so froh, dass Thommy nichts passiert ist«, sagte Greta und kuschelte sich im Bett zu Konrad unter die Decke.

Er konnte nicht antworten. In ihm stürzte alles ein.

Bewegungslos starrte er nach oben und verfluchte den Tag, an dem er zu Drickes Kontakt aufgenommen hatte.

Mitten in der Nacht tastete der Widerschein von Scheinwerfern über die Decke. Konrad hörte, wie der Motor von Drickes' Auto ein letztes Mal aufheulte, die Wagentür zugeschmettert wurde und der Alte kurz danach im Treppenhaus krakeelte.

Greta wollte aufstehen.

»Bleib liegen«, sagte Konrad und erhob sich. »Ich kümmere mich.«

Leise öffnete er die Wohnungstür und lauschte. Offensichtlich bekam Drickes eine Etage über ihnen den Schlüssel nicht ins Schlüsselloch. »Alles Arschlöcher«, lallte er.

»Soll ich Ihnen helfen, Dr. Pütz?«, fragte Alfred, der aus der Spätschicht in der Spiegelfabrik kam.

Drickes fluchte weiter, beschimpfte den Mieter, dessen politische Gesinnung ihm nicht gefiel, als Gesocks.

Konrad knotete das Band seines Morgenmantels zu, nahm sich ein Herz und ging nach oben. »Schluss jetzt«, sagte er. »Jetzt ist es genug.«

»Ah, der Herr Oberschlappschwanz«, empfing ihn Drickes.

Wortlos nahm Konrad ihm den Schlüssel aus der Hand und öffnete die Tür.

Als der Alte hineinwankte, rülpste er laut. »Alles Arschlöcher!« Hinter ihm fiel die Tür ins Schloss.

Konrad entschuldigte sich bei Alfred, der mit einem Nicken nach oben ging. Als er sich abwandte, um zurück zu Greta zu gehen, hörte er ein lautes Rumpeln, so als wäre Drickes in seiner Wohnung gestürzt. Aber das war ihm egal.

Am nächsten Morgen war es verdächtig ruhig. Es war Samstag, und normalerweise hörten sie an Tagen, an denen man länger liegen bleiben könnte, den Frühaufsteher Drickes von oben stampfen. Oder er klingelte, weil er wissen wollte, ob es schon frische Brötchen gab.

»Ich geh mal nach ihm schauen«, sagte Greta und stellte eine Tasse Kaffee neben ein belegtes Brot auf ein Tablett.

»Lass mal, ich mach das«, sagte Konrad und ließ das Frühstück für den Alten stehen.

Er nahm den Zweitschlüssel vom Brett und horchte oben an der Tür, bevor er aufschloss. Es stank erbärmlich. »Drickes?«

Er suchte ihn im Schlafzimmer. Das Bett war unberührt.

Im Badezimmer brannte Licht, die Tür war angelehnt. Und da saß er. Zusammengesackt, mit heruntergelassener Hose, auf der Toilette.

Konrad hielt sich eine Hand vor Mund und Nase. Mit der anderen stupste er ihn an. »Drickes?«

Sein Onkel reagierte nicht, sondern fiel steif zur Seite auf den Boden.

Konrad zog ab, riss das Fenster auf und atmete erst einmal tief durch. Dann fühlte er Drickes' Puls, legte ein Badetuch über ihn und rief den Bestatter an.

ELF.
Dezember 2017 – Januar 2018

Tom steht am Tresen seiner Stammkneipe in der Kölner Innenstadt. Hier hängen sie alle ab: der Klempnermeister aus der Norbertstraße, der Psychologe vom Friesenwall genauso wie Christoph Heukeshoven, der Bestatter aus der Römergasse. Sie haben sich zum Zigarettenholen daheim kurz abgemeldet oder sind wie er einfach geflohen, weil sie es nicht mehr ausgehalten haben.

»Und?«, fragt Gas-Wasser-Scheiße-Hansi, ohne Tom anzusehen. »Alles klar?«

»Sicher«, antwortet er und bestellt ein Kölsch. In seinem Hirn rattern die Gedanken um diesen verfickten Blutspendeausweis und um Jenny, die natürlich sofort wieder anfing zu kombinieren. Er hat keinerlei Kontrolle – weder über seine Gedanken noch über ihr Handeln hinter seinem Rücken, denkt er bitter und leert das Glas in einem Zug.

Es kann doch sein, dass es sich um eine Verwechslung handelt? Dass in so einem Ausweis die falsche Blutgruppe steht? Irgendeine! Tom kann sich diese Fragen noch so oft stellen und weiß doch, dass es nicht stimmt. Dafür hat sein Vater zu oft gespendet, und das DRK ist schließlich nicht irgendein Bumsverein.

Kovan stellt ihm ungefragt ein Kölsch vor die Nase und zieht den zweiten Strich auf den Deckel. Tom lächelt müde und hätte jetzt gerne ein Gespräch mit ihm begonnen. Egal worüber. Hauptsache über etwas anderes als die Patientenunterlagen, die bei den künstlichen Befruchtungen in den meisten Fällen Drickes als behandelnden Arzt ausgewiesen haben. Dr. Heinrich Pütz hatte im wahrsten Sinne des Wortes alles in der Hand, denkt Tom, und der fürchterliche Verdacht lässt sich auch mit noch so viel Kölsch nicht herunterspülen.

Als Heukeshoven vom Barhocker rutscht und Richtung Toilette verschwindet, geht Tom ihm nach und stellt sich neben ihn ans Urinal.

»Kann ich dich mal was Fachliches fragen, Chris?«

»Ja, sicher.«

»Wie beantragt man eine Exhumierung?«

»Kommt drauf an«, sagt der Bestatter. »Man braucht einen Gerichtsbeschluss. Auch das Ordnungsamt und das Gesundheitsamt müssen ihre Einwilligung dazu geben. Es müssen gewichtige Gründe vorliegen, um die Totenruhe zu stören. Um was geht es denn?«

»Erbsache. Ein entfernter Onkel.«

»Wie lang ist er denn schon tot?«

»Seit über vierzig Jahren.«

»Ich frag mal so«, meint der Bestatter, legt eine Kunstpause ein und schlackert den letzten Tropfen ab. »Geht es um dich?«

Tom nickt, wäscht sich die Hände. »Wie lange dauert so was?«

»Das ist alles eine Frage des Preises.«

In den Augen von Heukeshoven leuchtet etwas Konspiratives, und so sagt er: »Geld spielt keine Rolle.«

»Das kann man unter ›Umbetten‹ laufen lassen«, nuschelt der Bestatter, als sie wieder am Tresen stehen.

»Okay«, raunt Tom, damit die anderen ihn nicht verstehen, und erteilt ihm per Handschlag den Auftrag, Heinrich Pütz oder das, was nach über vierzig Jahren noch von ihm übrig ist, aus der Erde buddeln zu lassen, um Gewissheit zu erlangen.

»Prost!« Ihre Gläser stoßen mit dem unteren Teil aneinander. Damit ist das Geschäft besiegelt. Heukeshoven wischt sich den

Schaum von der Oberlippe und deutet an, dass er auch in der Gerichtsmedizin Leute kenne. »Wenn es nicht amtlich sein muss, dann geht auch das schnell.«

Mit geschlossenen Augen richtet Tom sich auf, lehnt sich an die Wand an und hofft, dass seine rasenden Kopfschmerzen weniger werden. Doch mit jedem Herzschlag, den sein alkoholgetränktes Blut durch den Körper pumpt, droht sein Kopf zu explodieren. Er blinzelt mit einem Auge und sieht, dass er im Wohnzimmer seiner leer geräumten alten Wohnung sitzt. Neben ihm Schlummi, sein alter Kumpel, im derangierten dreiteiligen karierten englischen Anzug. Krampfhaft versucht er, sich zu erinnern. Sieht Bilder, Fetzen. Wie sie bei Kovan einen Absacker getrunken haben. Oder zwei. Und Arm in Arm wankend über den Gereonshof gestolpert sind.

»Fuck«, sagt Tom, richtet sich mühsam auf, geht ins Bad und lässt kaltes Wasser über den Kopf laufen. Aber die Schmerzen bleiben. Der pelzige Geschmack im Mund auch, obwohl er ihn ausgespült hat.

»Ich brauch einen Kaffee, Schlummi«, sagt er und weckt den Kumpel mit der schief sitzenden Fliege über dem geöffneten Vatermörderkragen.

Gemeinsam steuern sie das nächste Café am Hohenzollernring an, neben einer Apotheke, in der Tom sich mit Aspirin versorgt, bevor er versucht, mit einem doppelten Espresso wach zu werden. »Wann musst du die Bude übergeben?«, fragt er Schlummi, der in seinem Auftrag die Wohnung bereits verkauft hat.

»In zwei Wochen. Am 10. Januar. Da ist der Notartermin.«

»Dann gib mir den Schlüssel.«

»Wieso gehst du nicht in ein Hotel, wenn …?«

»Frag nicht rum und gib mir den Schlüssel!«

Auf dem Rückweg deckt er sich mit einer Zahnbürste ein und überlegt kurz, in den Sender zu fahren, denn in seinem Büro steht wenigstens ein Sofa und liegen Handtücher in der Dusche. Aber selbst zwischen den Jahren arbeiten Kollegen, und er könnte jetzt einfach niemanden ertragen. NIEMANDEN, deshalb geht er auch in kein Hotel.

In seinem Handy türmen sich die Nachrichten. Von Gott und der Welt, von Henk und, die meisten, von Jenny. Er sieht, dass sie auch mehrfach versucht hat, ihn telefonisch zu erreichen. Ihre Stimme vom Anrufbeantworter hallt durch die leere Wohnung.

»Ich halte dein Schweigen nicht mehr aus, Tom!«

Und ich dein Handeln nicht, denkt er und starrt vor sich hin. Sie hat sein Vertrauen missbraucht. Vertrauen, DAS Fundament einer Beziehung. Tom weiß genau, wie Jenny tickt und was passieren würde, wenn er sich zurückmeldet. Sie würde alles in Bewegung setzen, um herauszufinden, was mit seinem Vater war oder ist. Sie würde sich wieder nicht an Absprachen halten, ihn wieder überrennen, vielleicht wieder mit Henk im Schlepptau. Das könnte er jetzt nicht ertragen. Und noch viel weniger ertragen könnte er, dass sie sich dann wieder Sorgen um ihn macht, weil er zusammenbrechen könnte. Tom will nur eines: in Ruhe gelassen werden.

Er fühlt nichts. Es ist, als wäre in ihm ein schwarzes Loch, das alle Emotionen verschluckt und so komprimiert, dass sie nie mehr zurückkehren können.

Was soll er hier nur, wo an diesem 29. Dezember noch mehr als sonst die Zeit stillzustehen scheint? Als würde sie schneller vergehen, wenn er in Bewegung ist, läuft er durch die Stadt. Manisch. Runter zum Rhein. Und eilt wieder zurück, weil ihm dort zu viele Menschen sind. Tom sieht über sich die dunklen Wolken, vor sich seinen kondensierenden Atem und spürt, wie sein Herz schneller schlägt. Er würde gerne fliehen. Sich wie früher in ein noch größeres Elend stürzen, in die Not anderer, über Kriege berichten und Naturkatastrophen, mit einem Kalender, der so voll ist, dass es keinen Raum gibt für das eigene Befinden, das eigene Elend.

Tom setzt sich ins Auto, rast – immer auf der äußersten Spur – ziellos über die Autobahn den noch dunkleren Wolken entgegen, die sich im Westen zusammenballen. Hinter der niederländischen Grenze wird er geblitzt, fährt trotzdem wie der Teufel weiter und ruft Heukeshoven an, um zu erfahren, ob sich schon etwas getan hat.

Eine Mitarbeiterin des Bestattungsunternehmens sagt, dass der Chef auf einem Hausbesuch sei, und fragt, ob sie ihm vielleicht weiterhelfen könne. »Handelt es sich um einen Trauerfall?«

»Nein. Es ist privat«, antwortet Tom und beendet das Gespräch.

Er drängt den Vordermann per Lichthupe von der Spur und rast trotz des Tempolimits 100 mit 160 km/h an Maasmechelen vorbei. »Trauerfall, Trauerfall, Trauerfall. Ja, das ist Trauerfall! Und was für einer!«, brüllt er und geht auch dann nicht vom Gas, als der Himmel aufreißt und wolkenbruchartiger Regen gegen die Windschutzscheibe platzt. Die Scheibenwischer kämpfen mit den Wassermengen. Innerhalb von Minuten ist die Straße überschwemmt. Rücklichter rasen auf ihn zu. Vollbremsung. Um ein Haar wäre er in das Stauende gefahren. Toms Augen sind weit aufgerissen, er zittert am ganzen Körper, denkt, Trauerfall, und würde gerne wenden. Aber er ist auf dem Autobahnring um Antwerpen gefangen.

Eine Stunde später kommt er in Domburg an. Ohne Schlüssel für die Wohnung. »Fuck!«

Er überlegt, ob er das Restaurant unten im Badpaviljoen aufsuchen soll, denn er kann sich nicht erinnern, wann er das letzte Mal etwas gegessen hat. Dann fallen ihm die deutschen Feriengäste, die hier zwischen den Jahren gerne Urlaub machen, und legt den Rückwärtsgang ein.

Als er kurz vor Antwerpen die Hafenkräne sieht, überlegt er, sich ein Hotel zu suchen, weil ihm ständig die Augen zufallen. Aber er fährt einfach weiter. Erst nach achtzig Kilometern, auf dem Parkplatz einer Raststätte hinter Hasselt, gibt er auf. Doch als er die Augen schließt, wird das Gedankengewitter wieder lauter, und die Blitze zerfetzen die Müdigkeit.

Irgendwann am Nachmittag desselben Tages wird Tom auf einem harten Boden wach. Im Badezimmer seiner früheren Wohnung gibt es eine Fußbodenheizung, sodass er nicht zu sehr gefroren hat. Routinemäßig checkt er sein Handy. Unzählige Nachrichten und Anrufversuche von Jenny, Henk und diesmal auch von Helga sind aufgelistet. Und eine von Heukeshoven mit dessen Handynummer.

»Die haben das Grab geöffnet. Ein Knochen ist schon seit gestern in der Rechtsmedizin«, sagt Chris.

Tom ist mit einem Schlag hellwach. »Und jetzt?«, hallt seine Stimme.

»Das dauert normalerweise, aber ich denke, in drei bis vier Tagen wissen wir Bescheid. Ist ein wenig schwierig wegen Silvester, aber die sind mir noch was schuldig, deshalb geben sie Gas.«

Tom will gar nicht wissen, wen Chris alles bestochen hat. Hauptsache, er hat bald Klarheit. Und egal, wie das Ergebnis sein wird, veranlasst Tom schon jetzt, dass das Grab von Heinrich Pütz abgeräumt und eingeebnet wird.

»Was sollen wir mit dem Grabstein machen?«, fragt Heukeshoven. »Der scheint ja einen künstlerischen Wert zu haben.«

»Von mir aus kannst du ihn ins *Phantasialand* bringen. Die können die Statue ja in der Horrorshow ausstellen.«

»Ich hab dir ein DNA-Kit besorgt, wegen dem Abgleich«, sagt Heukeshoven fünf Stunden später in Kovans Kneipe.

Nach dem letzten Bier, weit nach Mitternacht, begleitet Tom Chris ins Bestattungsunternehmen, wo dieser ihm zwischen Ausstellungssärgen und Urnen mit einem sterilen Wattestäbchen Zellen aus der Mundschleimhaut abreibt. »Kann ich sonst noch was für dich tun?«, fragt er, als er den Abstrich vorschriftsmäßig verstaut hat.

»Haste Schnaps?«

»Meinst du nicht, dass du genug hast? Du siehst richtig scheiße aus.«

Mit einer Flasche Whiskey bewaffnet, wankt Tom kurze Zeit später über den Gereonshof, und in seiner leeren Wohnung angekommen, versucht er, die Bilder von Konrad im Sarg loszuwerden. Doch sie werden mit jedem Schluck deutlicher. Und schärfer. Er sah aus, als würde er schlafen. Und er schwieg. Wie immer.

Dann tauchen aus der Tiefe seines Gehirns Bilder auf von seinen Eltern, die sich streiten. Laut. Und schwarz gekleidet.

»Der Junge kommt mir nicht mit auf die Beerdigung«, brüllt sein Vater, und Tom will auch diese Erinnerung wegsaufen. Vergeblich. ES. GEHT. EINFACH. NICHT. Er ist siebenundvierzig und sechs gleichzeitig. Und fährt mit dem Finger auf dem Globus die blaue Linie entlang, ist auf dem Mississippi, auf einem Schaufelraddampfer voller Schlangen. Allein.

Lautes Klopfen reißt ihn aus seinen wirren Träumen.

»Mach auf, Tom. Verdammt noch mal! Ich weiß, dass du da drinnen bist«, hört er Jenny rufen.

Er will etwas sagen, aber bringt kein Wort heraus. In seinem Kopf hämmern Sätze, aber sein Schweigen wird immer lauter. Es ist, als wäre seine Zunge gelähmt. Er atmet flach und stellt sich tot, wie er es gemacht hat, wenn sein Pap abends nach ihm schaute.

Wenn ich tot bin, dann wird er endlich wissen, was er an mir hat, denkt der sechsjährige Thomas. Dann wird er alles bereuen. Aber Tömmes ist nicht tot, und Pap löscht schweigend das Globuslicht. Und weint nicht.

»Tom!« Sie poltert gegen die Tür, klingelt Sturm. »Wie lange willst du dich noch verbarrikadieren? Lass uns reden, bitte.«

Thomas ist vor Konrads Zimmer und wartet, bis er endlich rauskommt und wieder lieb zu ihm ist. Aber die Tür bleibt verschlossen.

Draußen knallen einzelne Böller. Wie viel Uhr ist es?, denkt Tom, als er mit einem Quadratschädel zu sich kommt. Und welcher Tag? Blind greift er nach seinem Handy und öffnet die Augen einen Spalt. Sonntag. 31. Dezember 2017. Und keine Nachricht von Jenny. Das irritiert ihn, und er überlegt, ob sie wirklich da gewesen ist oder ob er das nur geträumt hat. Er hat keine Ahnung, nur eine dumpfe Angst, dass er irgendeine Scheiße gebaut hat.

Dann vibriert das Smartphone, und auf dem Display erscheint der Name *Chris*.

Tom richtet sich auf, lehnt sich gegen die Badewanne, zögert kurz und nimmt den Anruf entgegen. Er hört die Floskeln des Bestatters nicht und auch nicht dessen Erklärungen. Das Einzige, was er wahrnimmt, ist die Zahl. 99,9 Prozent.

Ein Kanonenschlag. Und danach Stille.

Auch in Tom. Bewegungslos starrt er vor sich hin und erwartet, dass jetzt alles zusammenkracht. Dass die Gewissheit, dass der alte Nazi sein Erzeuger ist, ihm endgültig jeglichen Halt entzieht und er ins Unendliche abstürzt.

Doch nichts.

Nicht einmal Hass kommt auf, wenn er an Drickes denkt. Es gibt keinerlei Verbindung zu ihm. Tote Leitung.

Dafür macht sich ein Gefühl von Befreiung in ihm breit. Und

Tom begreift, dass diese Klarheit auch etwas Gutes hat. Wusste er nicht schon immer, dass es sich falsch anfühlte? Dass in seiner Familie etwas nicht stimmte? Stets dachte er, es würde an ihm liegen. Dass er dafür verantwortlich sei. Für den Zustand seiner Mutter. Für die Distanz seines Vaters.

Tom nimmt nicht wahr, dass es langsam dunkel wird und die Welt draußen mit lauten Böllern die bösen Geister des alten Jahres vertreibt.

Er hat Tränen in den Augen, hinter denen sich das bunte Licht bricht, das für Augenblicke das Badezimmer erhellt, wenn Feuerwerkskörper am Himmel funkeln und roten, blauen und goldenen Regen ausschütten. Alle Glocken der Stadt läuten und werden übertönt vom Dicken Pitter, wie die Kölner die Petersglocke im Dom liebevoll nennen.

Endlich spürt Tom den lebenslangen Schmerz darüber, einen Vater gehabt zu haben, der sich bemühte, ein Vater zu sein. Dessen Schweigen mehr wehtat als alle Schläge. Und endlich kann er weinen wie ein Kind.

ZWÖLF.
Januar 1977 – September 1997

Lange stand Thomas vor dem Zimmer seines Vaters und wartete. Er wagte nicht, anzuklopfen oder gar hineinzugehen, denn er wusste, dass sein Pap zu tun hatte. Den ganzen Tag schon arbeitete er, und Mam lag im Schlafzimmer, weil sie Kopfschmerzen hatte.

Als sein Pap nicht rauskam, schlich er zurück in sein Zimmer, kniete sich vor seinem Bett und faltete die Hände. »Lieber Gott«, murmelte er. »Es tut mir leid, dass ich gestern vergessen habe zu beten. Bitte lass Pap nicht mehr böse auf mich sein. Ich verspreche dir …«

Er hörte, wie im Flur eine Tür geöffnet wurde. Sein Herz klopfte. Durch den Türspalt sah er, wie sein Vater zur Toilette ging.

»Was machst du denn für ein Gesicht?«, fragte Pap, als er wieder herauskam.

Thomas ging hinter ihm her in die Küche und hätte gerne gesagt, dass er mit ihm spielen wolle. Aber er hatte sein ernstes Gesicht gesehen und traute sich nicht.

»Willst du auch was trinken?«

Er nickte, nahm das Glas Tritop Orange entgegen und setzte sich auf die Eckbank.

Pap öffnete eine Bierflasche und setzte sich nicht. »Ich hab zu tun. Geh in dein Zimmer und such dir was zum Spielen.«

Thomas lauschte seinen Schritten, die sich leise entfernten, dann schloss sich die Bürotür hinter ihm. Draußen krachte es.

Neugierig blickte er aus dem Fenster und sah, wie auf der Straße Kinder aus der Nachbarschaft Böller untersuchten. Wenn sie einen Blindgänger gefunden hatten, zündeten sie ihn an. Er würde auch gerne rausgehen und Spaß haben wie die anderen, aber er wollte Pap nicht stören.

Es krachte erneut, und Thomas sah Alfred, der mit entschiedenen Schritten aus dem Haus kam und die Kinder verscheuchte. Dann kehrte er mit seinem Besen die Reste der Feuerwerkskörper zusammen und brachte sie zum Ascheeimer. Als er endlich nach oben blickte, winkte Thomas ihm zu. Alfred winkte zurück.

Kurze Zeit später klingelte es an der Tür. Sein Pap öffnete.

»Wir wünschen Ihnen und Ihrer Familie alles Gute zum neuen Jahr, Herr Monderath«, sagte Helga.

»Danke. Das wünsche ich Ihnen auch.«

»Ruht Ihre Frau?«, flüsterte sie und überreichte ihm eine Neujahrsbrezel.

Pap nickte. Thomas, der in der Küchentür stand, wäre gerne mit Helga mitgegangen, aber das sagte er lieber nicht.

»Kann der Jung uns ein wenig Gesellschaft leisten?«

»Wenn er will«, sagte Pap und schaute ihn fragend an.

Sein Herz hüpfte vor Freude.

Im Dachgeschoss war es warm, es roch nach Frischgebackenem, Zigarettenrauch und Kaffee. Thomas setzte sich an seinen Stammplatz, bekam eine Tasse heißen Kakao, ein Stück Neujahrsbrezel mit viel Butter, und dann durfte er die Fische füttern.

»Die haben heute noch nichts bekommen«, sagte Alfred. »Die haben auf dich gewartet, Jung.« Er schob einen Hocker vor das Aquarium, ließ Thomas aufsteigen und reichte ihm die Trockenfutterflocken. »Aber nicht zu viel auf einmal.«

»Ich weiß«, sagte er und hatte Spaß, die bunten Fische dabei zu beobachten, wie sie an die Wasseroberfläche schwammen, gierig ihre Münder öffneten und nach den Flocken schnappten.

»Das habe ich von Alfred bekommen«, sagte Thomas eine Stunde später stolz und stellte das große Bonbonglas, in dem in einer Handbreit Wasser kleine Fische schwammen, auf den Küchentisch.

»Schön«, sagte seine Mam.

»Wir müssen mehr Wasser einfüllen, hat Alfred gesagt. Für den Transport hat es gereicht. Aber jetzt brauchen sie mehr, hat er gesagt.«

Sie reichte ihm einen Messbecher voller Wasser.

»Aber, Mam. Das ist ja ganz heiß«, schrie Thomas entsetzt und sah ihr an, dass sie gar nicht richtig wach war. »Davon sterben sie doch!«

»Entschuldigung«, stammelte Greta und nahm ihm den Literbecher wieder ab, füllte ihn mit kaltem Wasser auf und gab ihn weiter.

Als es nach weiteren sechs Bechern für die vier Guppys kein Seebeben mehr gab, entspannten sie sich schnell und schwammen im Kreis. Thomas drückte sich am Glas die Nase platt, und ihm war, als würden die Fische ihn ebenfalls beobachten. »Der Alfred hat ganz viele. Diese hier hat er gezüchtet.«

»Schön«, sagte seine Mam und schälte Kartoffeln.

»Und das Futter krieg ich auch von ihm. Und später gibt mir der Alfred auch noch andere Sorten und Wasserpflanzen.«

»Mach jetzt bitte den Tisch frei, damit wir aufdecken können«, sagte Mam und setzte einen Topf Wasser auf. »Und dann wasch dir die Hände.«

Thomas beschloss, das Glas in sein Zimmer zu stellen, rannte hinaus, schob den Globus zur Seite, um auf seinem Nachttisch Platz für die Fische zu schaffen. Als er in die Küche zurückkam, zog er das zum Aquarium umfunktionierte Bonbonglas mit beiden Händen vorsichtig bis zum Rand des Tischs, drückte es fest gegen seinen Bauch und kippte es leicht an, damit er mit der rechten Hand darunterfassen konnte. Es war überraschend schwer. Er atmete flach, drehte sich langsam Richtung Küchentür, und als er den ersten Schritt machte, drehte sich auch Mam um und stieß mit ihm zusammen. Das Glas rutschte, fiel ihm aus der Hand und zersplitterte am Boden.

»Mama, nein!«, schrie Thomas, stürzte sich zwischen die Scherben und versuchte, die Guppys zu retten. Aber sie waren so winzig und glitschig, dass sie ihm immer wieder aus den blutenden Fingern flutschten, die die Pfütze rot färbten.

Auch seine Mam ging in die Hocke, um ihm zu helfen. Vergebens.

»Was ist denn hier los?«, fragte Pap, der plötzlich in der Tür stand.

»Meine Fische!«, schrie Thomas und merkte nicht, dass er sich die Hände noch mehr aufschnitt. Aber er sah, dass die Guppys aufgehört hatten, zu zappeln.

Seine Mam fing an zu weinen. »Es tut mir so leid«, schluchzte sie, richtete sich auf und zog ihn zu sich nach oben.

»Geht zur Seite, sonst schneidet ihr euch noch mehr«, sagte Pap, holte unter dem Spülbecken den Handfeger, kehrte die Scherben auf eine Schaufel und kippte sie in den Mülleimer. Mit den toten Fischen. Dann wischte er das Wasser auf.

Thomas zitterte am ganzen Körper. Auf der Eckbank zog Mam ihn auf ihren Schoß und drückte ihn fest an sich. »Wir können den Herrn Schmitz fragen, er gibt dir bestimmt wieder neue, Thommy.«

»Ich will keine neuen mehr!«, schrie er und wehrte sich mit Händen und Füßen. Dabei stieß er gegen das gerahmte Bild vom Heidelberger Schloss, das hinter der Eckbank hing. Es fiel von der Wand.

Pap konnte es gerade noch auffangen. »Kannst du nicht aufpassen?«, brüllte er ihn an und gab ihm eine Ohrfeige. Die erste überhaupt. »Und jetzt hör endlich auf, dich so aufzuführen.«

Thomas stockte der Atem. Er spürte die heiße Wange noch minutenlang, und sie fühlte sich schlimmer an als der Schmerz, den er empfand, als er an die toten Guppys im Mülleimer dachte. Seine Mutter deckte den Tisch.

»Ich hab keinen Hunger«, sagte er leise. »Kann ich in mein Zimmer gehen?«

»Nichts da!«, bestimmte Pap.

Er widersprach nicht.

Es gab Kartoffelsalat und Würstchen und wenig Worte. Und das Heidelbergbild hinter seiner Mutter hing schief.

Konrad war wütend auf den Jungen, aber noch wütender auf sich selbst. Wie hatte es passieren können, dass ihm die Hand ausgerutscht war? Er hatte sich fest vorgenommen, sein Kind niemals körperlich zu züchtigen, aber jetzt war es einfach passiert.

Verstohlen sah er den Kleinen an, der verloren in seinem Kartoffelsalat herumstocherte. Am liebsten hätte er ihm gesagt, dass es ihm leidtat. Aber Nachgeben war nun einmal keine Erziehungsmethode. Und der Junge musste lernen, sein Temperament im Zaum zu halten.

Er wischte sich den Mund ab, bedankte sich bei Greta für das leckere Abendessen und stand auf. »Ich mach noch ein bisschen, damit ich endlich fertig werde.«

»Ja, sicher«, sagte sie.

Er wollte dem Jungen über den Kopf streichen, aber noch bevor er ihn berührte, zuckte Tömmes zusammen. »Hilf deiner Mutter in der Küche, ja?«

Ohne ihn anzusehen, nickte der Kleine.

Konrad zog die Tür hinter sich zu, sackte auf seinen Bürostuhl und starrte vor sich. Er wollte so nicht sein. Auch Greta gegenüber nicht. Aber er konnte sich nicht dagegen wehren, seit das Band gerissen war, das diese kleine Familie zusammengehalten hatte. Seit Drickes ihm reinen Wein eingeschenkt hatte, konnte er nicht mehr schlafen und war ein Nervenbündel. Es verging kein Tag, an dem er sich nicht fragte, ob Greta nicht doch Bescheid wusste, ob sie nicht mit Drickes gemeinsame Sache gemacht hatte. Schließlich hatten die beiden sich immer gut verstanden. Aber wie gut? Wie eng waren sie wirklich miteinander gewesen?

Es verging auch kein Tag, an dem er sich nicht fest vornahm, das gerissene Band wieder zusammenzuknoten. Er wollte endlich einen Betondeckel über die Vergangenheit schieben und froh sein, dass der Alte nicht mehr in seinem Leben herumpfuschen konnte.

Aber obwohl er 1,80 Meter tief verrottete, funkte Drickes fleißig weiter. Bei der Testamentseröffnung Ende November, zu der Konrad alleine gegangen war und behauptet hatte, seine Gattin sei krank, war er beruhigt, dass Drickes Greta nicht extra erwähnt hatte, sondern ihm allein alles vermachte. Fast alles. Denn am Ende las der Notar den letzten Abschnitt vor. *»Ich vererbe dem am 29. September 1970 geborenen Thomas Konrad Heinrich Monderath zweihundertfünfzigtausend Mark. Das Geld soll bis zu seinem achtzehnten Geburtstag gewinnbringend angelegt werden.«*

Konrad wäre fast vom Stuhl gefallen. Nach dem Termin war er postwendend aufs Standesamt gegangen und hatte beantragt, dass der »Heinrich« gestrichen wurde. Sein Sohn sollte in Zukunft nur noch einen zweiten Vornamen haben.

Dann, kurz vor Weihnachten, kam Tömmes mit der Frage zu ihm, ob alle toten Menschen zu Steinen werden würden.

»Wieso meinst du das?«, hatte er gefragt.

»Weil der Onkel Drickes in Stein auf dem Friedhof steht.«

Konrad hätte platzen können. Aber er hatte geschwiegen. Hatte er Greta nicht schon bei der Beerdigung klar und deutlich gesagt, dass er nicht wollte, dass der Junge mit auf den Melatenfriedhof ging? Was hatte sie dort mit ihm verloren? Schlimm genug, dass es ein Vermögen gekostet hatte, den von Arno Breker in Stein gehauenen Drickes von einem Düsseldorfer Steinmetz anliefern zu lassen. Konrad hatte das nicht ablehnen können, genauso wenig wie den Wunsch, auf der sogenannten Millionenallee bestattet zu werden, an der die pompösesten, monumentalsten und teuersten Gräber zu finden waren. Denn nur unter dieser Bedingung war Konrad erbberechtigt. Weil Drickes ihm offensichtlich nicht getraut hatte, hatte er den Notar als Testamentsvollstrecker eingesetzt.

Durch seine Bürotür drangen Sätze der Abendroutine. Ermahnungen, nicht zu trödeln und sich die Zähne zu putzen. Und dann, als Konrad annahm, der Junge läge schon längst im Bett, hörte er einen dumpfen Knall. Er sprang auf, rannte ins Kinderzimmer, in dem Tömmes rotwangig auf dem Bett und Greta im Türrahmen stand. Auf dem Boden lag der Globus. Die Welt war aus den Angeln gebrochen. Die Südhälfte von der Nordhälfte getrennt.

»Das war ich«, stotterte Greta, ohne ihn anzusehen. »Ich bin dagegengekommen. Das kann man sicher wieder reparieren.«

Konrad sah erst Greta, dann Tömmes an. Er wusste, dass sie ihm nicht die Wahrheit sagte. Und er wusste auch, dass es nichts zu reparieren gab.

»Ich geh schon mal ins Bett«, sagte Greta eine halbe Stunde später.

»Ja, ich komme auch bald«, antwortete er und sortierte Papiere auf seinem Schreibtisch.

Das sagte er immer. Jeden Abend. Seit drei Monaten. Und immer schlief er dann hier in seinem Büro auf der kleinen Couch.

Und morgens schlich er ins Schlafzimmer, legte sich noch für eine halbe Stunde in sein Bett und stand dann mit Greta auf.

In den Osterferien fuhren sie nach Holland. Diesmal hatten sie mitten im Dorf ein Ferienhaus gemietet, in dem es einen Hof gab, auf dem der Junge üben konnte, Fahrrad ohne Stützräder zu fahren.

»Vöran, Tömmes!«, rief Konrad und rannte in einem seltenen Moment des Glücks lachend neben ihm her und fing ihn auf, wenn er ins Trudeln geriet. Und dann, als er sich sicher war, dass er es alleine schaffte, ließ er ihn los.

»Ich kann besser Fahrradfahren als alle anderen«, rief der Kleine im Übermut, und weil er sich umdrehte, um zu überprüfen, ob ihm seine Eltern zuschauten, schlingerte er und stürzte. Er weinte, weil er sich die Knie auf dem Split aufgeschlagen hatte.

Konrad setzte ihn auf einen Stuhl, holte das Verbandszeug aus dem Auto und pulte ihm mit einer Pinzette die Steinchen aus der Wunde. Tömmes schrie wie am Spieß.

»Das hast du jetzt von deiner Angeberei!«, sagte Konrad, und schon, als die Worte seinen Mund verlassen hatten, bereute er sie. Aber er konnte dieses Prahlen, diese Wichtigtuerei einfach nicht leiden – es erinnerte ihn an Drickes. Das durfte man erst gar nicht hochkommen lassen.

»Warum bist du immer so streng mit ihm?«, fragte Greta, als der Kleine im Bett lag.

Er gab ihr keine Antwort, sondern las in der ›Frankfurter Allgemeinen Zeitung‹, die er am Kiosk gekauft hatte, dass in Karlsruhe Generalbundesanwalt Siegfried Buback mit zwei Begleitern von RAF-Terroristen in seinem Auto erschossen worden war.

»Ist dir schon mal aufgefallen, dass er keine Krupp- und Asthmaanfälle mehr hat, seit wir regelmäßig ans Meer fahren?«, fragte Greta ein paar Minuten später.

Konrad legte die Zeitung zur Seite. »Stimmt.«

»Wir könnten das Haus kaufen«, sagte er auf der Rückfahrt. »Der Vermieter hat es mir angeboten. Für kleines Geld.«

Greta war einverstanden, und weil sie nicht nachfragte, musste er ihr nicht sagen, dass das Geld dafür aus dem Nachlass von Drickes stammte.

Das Haus war ein Neuanfang. Gemeinsam renovierten sie es in den nächsten Ferien. Und während Konrad mit Tömmes ein Hochbett für ihn zimmerte, nähte Greta auf ihrer mitgebrachten Maschine Vorhänge. Es war das einzige Haus in der Schuitvlotstraat, das abends den Blick nach drinnen verwehrte.

An jedem möglichen Wochenende und vor allem in den Schulferien fuhren sie dorthin, und es wurde eine zweite Heimat.

Als Tömmes acht war, kaufte er morgens um die Ecke im Supermarkt frische Brötchen und brachte für Konrad seine Tagesration Zigaretten mit. Zwei Päckchen.

Als er neun war, konnte er dank Konrad Skat spielen, und weil Greta immer weniger Lust hatte, mitzuspielen, lehrte er ihn mit zehn Schach. Tömmes war richtig gut, und sie spielten manchmal den ganzen Tag.

Als er elf war, veranstalteten sie ein Turnier im Garten. Greta lag am Ende des Grundstücks unter einer Hainbuche in eine Decke gewickelt auf einem Liegestuhl und schlief.

Tömmes gewann. Weil er einen Freudenschrei ausstieß, stand sie auf und schlich ins Haus. Sie hatte oft Migräne und ertrug keine Geräusche.

Zu seinem zwölften Geburtstag wünschte sich Tom, wie er nun genannt werden wollte, einen Walkman. Fortan hatte er mehr Musikkassetten als Unterhosen im Gepäck, hatte nur noch die Kopfhörer auf den Ohren und verlor das Interesse am Spielen.

—

Als sie einen Monat vor seinem dreizehnten Geburtstag in Holland ankamen, fing es an zu regnen. Und dieser Scheißregen hörte einfach nicht auf. Ganze zwei Wochen nicht. Tom langweilte sich zu Tode. Er wollte nicht ständig mit seinem Vater Schach spielen, während seine Mam mal wieder Ruhe brauchte. Ruhe im Quadrat. Seine Musik störte sie sogar, wenn er in seinem Zimmer war. Dabei hörte er Die Toten Hosen auf Kopfhörer. Er war genervt.

Nach dem Mittagessen – es gab Reis mit irgendeinem Scheiß – wartete er, bis seine Eltern sich zu einem Mittagsschläfchen hingelegt hatten, wickelte seinen Walkman in eine Plastiktüte, zog die Regenjacke an und ging ans Meer. Er kämpfte gegen den Wind, der laut war, aber trotzdem keine Chance hatte gegen Campino. Jedes Wort, das er sang, traf Tom bis ins Mark, und ihm war, als würde dieser Düsseldorfer Sänger ihn verstehen. Als Einziger.

»Das Meer rauscht du bist allein
Es riecht nach Fisch du willst zufrieden sein.«

Er spulte ›Reisefieber‹ immer wieder zurück, floh damit Richtung Westkapelle, hatte das Stück schon weit über zwanzig Mal gehört, grölte den Text mit, war nass bis auf die Knochen –, und dann leierte die Musik. Die Batterien waren leer. Wie Campino hatte er alles verloren, war nicht weit gekommen. Tom blickte auf die Wellen. Die Nordsee schlug ihm ins Gesicht. *Du läufst weiter nach vorn*, befahlen die Hosen in seinem Kopf, obwohl er sie nicht mehr hören konnte. *Deine Leiche wurde schnell gefunden.*

Wie viele Tage würde das seine Eltern interessieren? Zwei, wie im Song?

Mit schleppendem Gang machte er sich auf den Rückweg. Ohne Antwort auf diese Frage und ohne Idee, ob er weiterleben wollte.

»Wie um Himmels willen siehst du denn aus?«, empfing ihn seine Mam.

»Nass eben«, antwortete Tom, und dabei überschlug sich seine Stimme.

»Red nicht so mit deiner Mutter!«, sagte sein Vater.

Abends hatte er Fieber. 39,4. Reisefieber eben.

Im nächsten Jahr, vor den Sommerferien, als er immer noch im Stimmbruch war und seine Mutter um zwei Kopflängen überragte, wäre er so viel lieber in Köln geblieben bei seinen Kumpels. Noch lieber hätte er mit seinem neuesten Freund Schlummi, der seit Kurzem in seiner Klasse und zwei Jahre älter war, eine Europatour mit dem Interrailticket gemacht.

»Du bist erst vierzehn«, sagte Mam. »Außerdem ist der kein Umgang für dich.«

Einmal hatte sie ihn gesehen. Ein einziges Mal! Und gemeint: »Der spritzt sich doch bestimmt Haschisch.«

Tom hatte alles versucht. Kam mit der Idee, mit den Falken ins Ferienlager in die Eifel zu fahren. Mit der Kirchengemeinde. Und als ihm nichts mehr einfiel, erzählte er vom schulischen Förderprogramm der Stadt. »Die bieten Kurse an in Deutsch, Mathe, Englisch und Physik. Dann kann ich alles aufholen.«

Er merkte, dass seine Mam ernsthaft überlegte.

»Du kannst mit vierzehn nicht alleine zu Hause bleiben«, erklärte sein Pap.

»Aber Helga und Alfred sind doch da. Und denen könnte ich am Wochenende im Schrebergarten helfen.« Tom hätte sich auf die Zunge beißen können, dass er das gesagt hatte. Er wusste, dass er es jetzt übertrieben hatte. Erst letzte Woche, als er helfen sollte, die kleine Rasenfläche hinter dem Haus zu mähen, hatte er gesagt, wie sehr er Gartenarbeit hasste.

»Kein Aber«, bestimmte sein Vater dann auch.

Am Tag vor der Abreise lungerte Tom mit seinen Freunden wie immer unter der Rodenkirchener Brücke herum. Sie hingen auf angeschwemmten Baumstämmen ab und auf Europaletten und hatten ihre Füße auf einer hölzernen Kabeltrommel abgelegt. Ein Joint machte die Runde, und im Gegensatz zu seiner Mutter wusste Tom, dass man das Zeug rauchte.

»Fuck«, sagte Schlummi, als sein Freund Max angeschlurft kam.

Auch Tom bewunderte dessen neue Frisur. Einen waschechten Iro. Nach dem nächsten Joint waren sich alle einig: Das wollen wir auch.

Es war schon dunkel, als Tom sich ins Haus schlich.

»Du lieber Gott.« Helga, die ihm im Treppenhaus entgegenkam, schlug sich entsetzt die Hand vor den Mund.

»Du verwechselst mich«, kicherte er und ging weiter.

Leise schloss er die Wohnungstür auf und schlich ins Bad.

»Tom?«, rief seine Mutter.

»Komm gleich.« Er zog die Tür hinter sich zu und drehte den Schlüssel um. Dann schaute er in den Spiegel. Seine blonden Haare waren an den Seiten abrasiert. Und der stehen gebliebene Kamm in der Mitte leuchtete. Rot.

»Fuck«, sagte er leise.

»Du bist aber ganz schön spät«, sagte seine Mutter von draußen.

Er gab ihr keine Antwort.

»Tom. Ist alles klar?«

Er atmete tief durch, dann ging er zur Tür, drehte den Schlüssel und machte auf.

Sein Anblick verschlug ihr die Sprache. Aber nur für zehn Sekunden. »Was hast du mit deinen schönen Haaren angestellt?«

»Ferienfrisur«, sagte Tom linkisch und grinste verlegen.

»Kannst du mir eine Sache versprechen?«, fragte Greta, als Konrad nach Hause kam. Er wunderte sich, dass sie mit dem Essen auf ihn gewartet hatte, obwohl es kurz vor Mitternacht war.

»Ja, ich verspreche dir, dass ich keine Arbeit mit in die Ferien nehme. Ich habe alles fertig gemacht. Deshalb komme ich auch so spät.«

»Das ist es nicht«, sagte sie.

»Was?« Er schenkte sich ein Glas Kölsch ein.

»Ich will ohne Ärger in den Urlaub fahren.«

»Gut.«

»Geh bitte jetzt nicht an die Decke – aber unser Sohn hat sich eine Ferienfrisur zugelegt.«

Konrad war froh, dass sie ihn vorbereitet hatte, sonst wäre er wahrscheinlich in Ohnmacht gefallen, als er am nächsten Morgen Tom sah. Aber er tat so, als wäre alles wie immer.

»Hilfst du, die Koffer ins Auto zu tragen?«, fragte er und hatte heimlich Spaß daran, zu sehen, dass seine Nicht-Reaktion den Jungen fast aus der Fassung brachte.

»Ja, klar«, sagte dieser so brav wie schon seit Jahren nicht mehr.

An den ersten Tagen war das Wetter traumhaft. Sie verbrachten die Nachmittage am Strand. Also er und Greta, denn Tom wollte nichts anderes als in seinem Zimmer bleiben, Musik hören und schlafen.

»Lass ihn«, sagte Greta täglich. »Sind doch Ferien.«

Eine Woche schaute Konrad sich das an. Dann hielt er es nicht länger aus. »Ich gebe dir einen Tag Zeit, deine Stinkbude aufzuräumen und irgendwas zu tun.«

Tom reagierte nicht.

»Hast du mich verstanden?«

Er nickte. Wenigstens das.

Bevor sie an den Strand gingen, kaufte Konrad sich Zigaretten bei Albert Heijn. Beim Bezahlen war er irritiert; er hätte schwören können, dass er noch einen Zwanzigguldenschein gehabt hatte.

»Hast du Geld aus meinem Portemonnaie genommen?«, fragte er Greta, als er Windschutz und Sonnenschirm aufgebaut hatte.

»Nein, das mache ich doch nie«, sagte sie und cremte sich mit Sonnenmilch ein.

Den ganzen Tag ließ ihn der Gedanke, dass Tom sich bedient haben könnte, nicht los. Abends zählte er sein Geld, bevor er wie immer sein Portemonnaie neben den Autoschlüssel auf die Anrichte im Flur legte.

»Ich hab so ein blödes Grummeln im Bauch«, sagte er am nächsten Tag, als Greta sich wieder unter dem eben aufgestellten Schirm räkelte. »Ich geh noch mal kurz nach Hause. Hier will ich nicht aufs Klo.«

Sein vorgetäuschtes Grummeln wurde Wirklichkeit, als er in die Straße einbog. Schon von Weitem sah er, wie sein Sohn aus dem Haus kam und zielstrebig ins Dorf ging. In einer ganz anderen Geschwindigkeit als sonst und wahrscheinlich mit dem Geld, das in seinem Geldbeutel fehlte. Mit sicherem Abstand folgte er ihm und sah, dass Tom sich vor der Kirche mit anderen Jugendlichen traf. Kurz nur. Sie tauschten etwas.

Konrad ging zurück ins Haus, setzte sich an den Küchentisch und wartete. Das Hoftor quietschte und wurde zugeworfen, dann drückte Tom die Küchentür auf.

»Wo kommst du her?«, fragte Konrad.

»Supermarkt«, nuschelte Tom, der vergeblich versuchte, seine Überraschung zu verbergen.

»Was hast du gekauft?«

»Lakritz.«

»Zeig!«

»Hab's schon gegessen«, sagte Tom kichernd und wollte in sein Zimmer gehen.

Konrad sprang auf, stellte sich ihm in den Weg und schnupperte.

»Hey, entspann dich, Pap. Werd locker.«

»Hast du Haschisch?«

Keine Antwort.

»Ob du Haschisch gekauft hast an der Kirche?«

»Das ist hier nicht illegal, für den Fall, dass dir das noch keiner gesagt haben sollte.«

Konrad holte aus und verpasste ihm eine Ohrfeige.

Regungslos und provokant schaute Tom ihn an. »Ist das alles?« Dann drehte er sich um und verschwand in seinem Zimmer.

Wie angewurzelt stand Konrad da und starrte auf den leeren Platz, an dem Tom eben noch gestanden hatte. Was war das denn jetzt? Wie in Trance ging er zurück zum Strand.

»Alles gut?«, fragte Greta.

»Ja«, log er, zog sich bis auf die Badehose aus, lief Richtung Meer und sprang kopfüber in die kühle Nordsee. Er kämpfte mit den Wellen und seinem Entsetzen. Schwamm hinaus. Weiter, als er es jemals getan hatte. Immer wieder tauchte er unter und hörte es endlich nicht mehr. Dieses: »Ist das alles?« Doch sobald er an der Wasseroberfläche nach Luft schnappte, tönte es umso lauter: IST. DAS. ALLES?

Konrad erhöhte die Frequenz seines Beinschlages, grub sich wie ein Wahnsinniger immer weiter hinaus, weil er nicht nur den Satz loswerden musste, er musste sich auch diesen Gedanken, dieses Bild, diese Erinnerung aus dem Hirn kämpfen. Vergeblich. Er sah Tom vor sich und hörte Drickes. »Ist das alles?«

Er gab auf. Ließ sich von den Wellen zurück an den Strand treiben und warf sich neben Greta bäuchlings in den Sand.

»Was ist denn mit dir los?«, fragte sie.

Er zögerte einen Moment. Dann setzte er sich auf und schaute sie entschlossen an. »Dein Sohn ist drogenabhängig.«

»WAS?«

»Während wir denken, dass er in seinem Zimmer rumlümmelt, deckt er sich an der Kirche mit Drogen ein.« Er rieb sich den nassen Sand von den Händen und fingerte nach seinen Zigaretten. »Ich lass mir von dem Knaben nicht länger auf der Nase herumtanzen. Ich nicht. Ab jetzt werden andere Saiten aufgezogen!« Er drückte die halb angerauchte Kippe im Sand aus, baute in einem Mordstempo Windschutz, Sonnenschirm und die Liegestühle ab und verstaute alles in der Strandkabine. Schweigend.

Greta war wie vom Donner gerührt und plötzlich bleich, obwohl sie sich seit Tagen gebräunt hatte. Langsam stopfte sie die Badetücher in die Tasche, warf sich ihr selbst genähtes Frotteekleid über und verließ mit ihm den Strand. Sie hatte Mühe, mit ihm Schritt zu halten.

»Was hast du jetzt vor?«, fragte sie, als sie in die Schuitvlotstraat einbogen.

»Das wirst du schon sehen.«

Ohne auch nur ein Wort zu sagen, setzte er sich in den Wagen, fuhr nach Middelburg und kam mit einer Haarschneidemaschine zurück.

»Tom!«

Weil er nicht antwortete, ging Konrad in sein Zimmer, riss ihm die Kopfhörer von den Ohren, zerrte ihn in die Küche und drückte ihn auf einen Stuhl.

»Ej, was soll das?«, fragte er.

»Das ist das Ende der Ferienfrisur.« Konrad drückte mit seinen Beinen Toms Knie zusammen und machte die Haarschneidemaschine an.

Tom wehrte sich mit Händen und Füßen.

Greta konnte sich nicht erinnern, Konrad je so erlebt zu haben. Obwohl ihr Herz blutete, packte sie Toms Hände und hielt sie fest, nur damit dieser Kampf schneller zu Ende war. Und das Elend auch.

Als sie mit zitternden Händen die Handschaufel mit den roten Haaren draußen in den Mülleimer kippte, fing es an zu regnen. Die Tropfen vermischten sich mit ihren Tränen.

Nachts schlich sie sich zu Tom ans Bett. »Entschuldigung. Es tut mir leid«, sagte sie und streichelte ihm über den Kopf.

Er wich ihr aus, drehte sich weg, rollte sich wie ein Embryo zusammen und zog die Bettdecke über sich.

»Ich hätte das nicht tun dürfen, Tom.« Leise weinte sie vor sich hin. Hilflos.

Nachts lag sie neben Konrad und hörte an seinem Atem, dass auch er nicht schlief. Sie fragte sich, wie aus diesem liebenden Vater so ein harter Brocken hatte werden können.

Ich will nicht, dass du so mit ihm umgehst! Dass du so unerbittlich bist! Sie bewegte ihre Lippen, hatte aber keine Kraft für Worte.

Es regnete die ganze Nacht hindurch und hörte die nächsten zehn Tage nicht mehr auf.

Auch der Kölner Sommer war keiner, und Greta war froh, dass Konrad wieder in die Praxis musste. Sie war auch froh, als die Schule wieder begann und sie wenigstens für ein paar Stunden am Tag alleine war, sich nicht zusammenreißen musste. Dass sie sich nach dem Aufstehen, Waschen, Anziehen, Frühstückmachen wieder ausziehen und ins Bett legen konnte, weil sie die Angst, dass die Dämonen zurückkehren könnten, wegschlafen wollte.

Wenn Tom aus der Schule kam, saß sie zurechtgemacht am Küchentisch. »Ich hab dir dein Lieblingsessen gekocht.«

Sie hätte ihn gerne gefragt, warum er sich die Haare nicht wieder wachsen ließ, weil er mit seinem kahl rasierten Schädel so hart aussah. Aber sie fragte nicht.

Nur einmal wagte sie es, ihn auf das Haschisch anzusprechen. »Du weißt, dass das auf Dauer nicht gut ist«, sagte sie.

»Auf Dauer sind deine Leck-mich-am-Arsch-Pillen auch keine Lösung«, konterte er und ließ sie stehen.

Am Sonntagmorgen klingelte es Sturm. Alfred stand atemlos vor der Tür und wollte Konrad sprechen.

»Heute Nacht haben sie an unser Haus gesprayt«, sagte er. »Die ganze Vorderseite ist vollgeschmiert.«

»Was?« Konrad war entsetzt.

»*Macht kaputt, was euch kaputt macht* und so einen Blödsinn haben die geschrieben.«

Kopfschüttelnd zog Konrad eine Strickjacke über und verließ die Wohnung, um den Vandalismus zu begutachten. Greta schlich ins Zimmer ihres schlafenden Sohnes, kramte in seiner Umhängetasche und fand, was sie suchte. Eine Spraydose. Schnell steckte sie das Corpus Delicti in ihren Rockbund und stülpte die Bluse darüber. Dann entdeckte sie Toms schwarze Fingerspitzen. Sie weckte ihn.

»Geh ins Bad!«, sagte sie. »Und schließ dich ein. Ich bring dir gleich Terpentin, damit du die Farbe von den Fingern kriegst.«

»Aber …«

»Mach nicht lange rum. Dein Vater ist draußen und begutachtet die Häuserwand. Die Spraydose bringe ich in Sicherheit.«

Mit einem Satz war Tom aus dem Bett und verschwand im Bad.

———

»Wo ist er?«, hörte Tom seinen Vater im Flur.

»Er duscht sich. Wieso?«

Tom ahnte, dass Konrad jetzt wieder einmal sein Zimmer

durchsuchen würde. Und er musste grinsen, weil er sicher war, dass er diesmal nichts fand.

Ab jetzt maulte Tom nicht mehr, wenn er aus der Schule nach Hause kam, sondern brachte manchmal sogar über die Lippen, dass das Essen gut sei. Er war froh, dass er die Entschuldigungen für die Schule nicht mehr fälschen musste, weil seine Mutter ihm sie nun schrieb. Doch am meisten rechnete er Greta an, dass sie sich dafür starkmachte, dass er nicht mehr mit in dieses verkackte Domburg fahren musste. Nie mehr.

Seinem Vater gegenüber kapselte er sich ab. Konrad bestrafte ihn mit Schweigen. Und dieses Schweigen erwiderte er.

Sechzehn war er inzwischen und zählte die Monate, bis er endlich erwachsen war und ausziehen konnte. Schlummi, der von der Schule geflogen war, lebte in einem besetzten Haus. Nichts hätte Tom lieber getan, als seine Siebensachen zu packen und auch dort einzuziehen.

Für die Schule machte Tom nur das Allernötigste, weil ihn eigentlich nichts interessierte. Er kam trotzdem einigermaßen durch. Zumeist saß er in der letzten Reihe, und statt für den Aufbau der Materie interessierte er sich für den ›Playboy‹, den er sich von dem Geld kaufte, das er seiner Mam aus dem Portemonnaie stibitzte. Unter dem Tisch studierte er die Playmates des Monats. Claudia, das süße Früchtchen aus Wien. Oder die schöne Pizzabäckerin Sharry, bei der außer der Pizza nichts flach war. Lineare Gleichungssysteme fand er todlangweilig, genauso wie die naturgeografischen Gegebenheiten des Mittleren Ostens, dafür weckte der Artikel ›Bumsfidel in Budapest‹ sein Interesse. Dass im Paris des Ostens gefiedelt wird, was der Bogen hält, stand schließlich in keinem Lehrplan. Die Zeitschrift war nicht nur unterhaltsam, sondern auch informativ. Denn wie, wenn nicht mithilfe der ›Playboy‹-Meinungsumfrage ›Nimm alles in den Mund, Mann!‹ hätte er erfahren, was Frauen im Bett wollen?

Sein Wissen probierte Tom fortan mehr schlecht als recht aus. Knutschte mal mit Susi, mal mit Bea aus der Parallelklasse, probierte Petting mit Petra und versuchte Isabel nach einer Fete flachzulegen. Doch die machte ihn zur Schnecke, weil er kein Kondom dabeihatte, und hielt ihm einen Vortrag über Aids. Dumme Kuh, dachte Tom, denn eigentlich fand er Isa sowieso laaaangweilig. Wie die Lerninhalte.

Und dann kam sie. Groß, mit langem, blondem Haar, grazilen Bewegungen und einer rauchigen Stimme. Die neue Lehrerin. »Guten Tag. Mein Name ist Marion Berl.«

Tom war schockverliebt. Was für ein Glück, dass er sich für den Geschichts-Leistungskurs gemeldet hatte, obwohl er sich dafür einen Scheiß interessierte. Er hatte gewürfelt. Es hätte jedes andere Fach sein können. Jedes!

Die Jungs aus der letzten Reihe stritten sich um einen Platz in der ersten. Tom setzte sich durch und saß ihr fortan gegenüber. Marion Berl mit den schönen Händen, dem langen Hals und den aufgeworfenen Lippen. Es war ihm egal, dass sie sich in den nächsten Wochen mit dem Nationalsozialismus beschäftigten, diesem Thema, das nun wirklich allen und jedem in der Klasse zum Halse heraushing, weil sie es seit Jahren durchexerziert hatten, als gäbe es kein anderes. Sogar in Deutsch.

Für Frau Berl hätte Tom sogar die ›Todesfuge‹ von Paul Celan auswendig gelernt oder dessen Gedicht ›Soviel Gestirne‹ vorgetragen.

»Es ist schön, dass Sie sich so für dieses Thema interessieren, Tom«, sagte sie ihm an dem Tag, als es ihm gelungen war, endlich alleine mit ihr zu sein, weil er im Vorbereitungskomitee für eine Studienreise nach Auschwitz war.

Er atmete ihr samtiges Parfum ein. Sein Herz galoppierte. »Sie können Du zu mir sagen!« Tom blickte in ihre tiefblauen Augen. Eine Sekunde nur, denn er hatte Angst, darin zu ertrinken.

Dann kamen die anderen.

Ob sie mit dem Bus fahren sollten oder mit Bahn oder Flieger, stand als erste Frage im Raum.

»Ganz klar Bus!«, sagte Tom und hatte viele Argumente, die jedoch alle vorgeschoben waren, denn er stellte sich vor, dass der Fernreisebus die größtmögliche Nähe zu Frau Berl versprach.

Prospekte verschiedener Hotels in Krakau machten die Runde, ein Programm wurde ausgearbeitet und zuletzt der Zeitrahmen festgesteckt.

Tom ließ seine Haare wieder wachsen, duschte zweimal täglich und hörte nur noch ein einziges Musikstück: ›Für Immer‹ von den Ärzten. Er schlief mit diesem Lied ein und wachte damit auf. Damit er nicht ständig zurückspulen musste, hatte er es auf einer Audiokassette aufgenommen. Vierundzwanzig Mal auf jeder Seite. Nächtelang lag er wach und sah Marion vor sich mit Augen tiefer, tiefer als das Meer. Und mit Lippen zart wie Samt.

»Und weil du unerreichbar bist, küss' ich dich in meinem Traum«, sang Farin Urlaub.

Tom drückte sein Kopfkissen an sich, dachte an ihren Körper, den er berühren wollte. Für immer, für immer. Und er zählte die Wochen, die Tage, die Stunden.

»Hast du auch nichts vergessen?«, fragte seine Mam.

Er schüttelte den Kopf.

Sie steckte ihm einen Fünfzigmarkschein zu und ging auf die Zehenspitzen, um über sein Haar streicheln zu können, das schon fast zwei Zentimeter lang war.

»Ich bring dich«, meinte sein Vater.

»Das ist doch nicht nötig«, meinte Tom und wunderte sich. Denn noch nie hatte dieser sein Gymnasium auch nur von Weitem gesehen.

»Doch!«, sagte Konrad.

Sie saßen nebeneinander im Wagen, und erst, als der Bus zu sehen war, der auf dem Schulhof parkte, brach Konrad sein Schweigen: »Du wirst bestimmt gute Nerven brauchen in Auschwitz.«

Dann stieg er aus, und als Tom die Reisetasche aus dem Kofferraum wuchtete, öffnete er seine Arme und drückte ihn an seine Brust. »Gute Reise, Tömmes!«

Tom war leicht irritiert, weil er sich nicht erinnern konnte, wann sein Vater ihn das letzte Mal umarmt hatte.

Im Bus saß er in der zweiten Reihe. Direkt hinter Frau Berl. Natürlich.

Und auch im *Hotel Wyspiański* in Krakau wohnte er auf demselben Flur wie sie. Die Vorstellung, dass nur eine Wand sie trennte, raubte ihm fast den Verstand. »Ich träum von dir. Ich liebe dich. Für immer. Für immer.«

Egal, was er tat, er hatte sie immer im Blick. Im Frühstücksraum registrierte er, dass sie Tee trank und viel Orangensaft, und er stellte sich vor, wie er ihr einmal das Frühstück ans Bett bringen würde. Auf der anschließenden Führung durch die Stadt hatte er keine Augen für den Marktplatz, die Burg Wawel, die Altstadt und das ehemalige jüdische Ghetto-Viertel. Er hatte nur Augen für sie, die überall Andenken kaufte und Bücher. Als er sah, dass sie sich mit ihrer schweren Tasche abmühte, bot er ihr Hilfe an. Und es war ihm egal, dass seine Mitschüler sich über ihn lustig machten. Ihm war alles egal. Nur nicht, dass sie ihn nicht duzte, sondern ihn wie alle anderen mit Sie ansprach.

»Was Sie morgen erleben und sehen werden, ist wahrscheinlich schlimmer als alles, was Ihnen je in Ihrem Leben begegnet ist. Ich will, dass Sie wissen, dass ich für Sie da bin. Es gibt keine Fragen, die Sie mir nicht stellen können«, bereitete Frau Berl die Klasse am Vorabend auf Auschwitz-Birkenau vor.

Tom wusste genau, welche Fragen er ihr stellen wollte, aber er wusste auch, dass jetzt ein anderes Thema als seine Liebe zu ihr auf dem Plan stand.

Keiner sprach ein Wort, als sie das Lager betraten. Es war erschreckend größer, als Tom es sich vorgestellt hatte. Auf einer dreistündigen Führung wurde ihnen das Stammlager gezeigt mit den nicht enden wollenden Stacheldrahtzäunen. In Block fünf sah er das, was er Jahre zuvor schon in einem Film gesehen hatte: die Vitrinen mit den Koffern, den Brillen, den Haaren. Bergeweise. Es war kein Abbild, sondern Realität und ließ ihn die Zahl von mehr als einer Million systematisch ermordeter Juden, Sinti und Roma endlich begreifen.

»Und dabei ist das hier nur ein Bruchteil«, sagte Frau Berl.

Dann sah Tom die Schuhe. Kinderschuhe. Staubig und voller Dreck, und ihm war, als würde er ihre ehemaligen Besitzer hüpfen, laufen, stolpern sehen. Das war vor fünfzig Jahren geschehen und war doch ganz nah.

Lang gezogene Holzbaracken in Birkenau, in denen rechts und links dreigeschossige Holzpritschen standen, auf denen mehr Menschen untergebracht waren als ursprünglich vorgesehen. Zusammengepfercht warteten sie hier auf die Gaskammern, die wie die Krematorien noch heute stumme Zeugen der Tötungsmaschinerie waren. An einem Ort zu stehen, an dem so viele Menschen ermordet wurden, der getränkt war von Hass, Verzweiflung und Angst, trieb Tom die Tränen in die Augen. Er konnte, wollte nicht fotografieren wie viele seiner Mitschüler, die Bilder brannten sich sowieso für immer in sein Gedächtnis ein.

Am Ende der Führung standen sie in Birkenau vor der sogenannten Judenrampe.

»Hier entschieden Ärzte, wer arbeitsfähig war oder direkt in die Gaskammer geschickt wurde«, sagte Frau Berl.

Ärzte, dachte Tom kopfschüttelnd und war froh, dass sein Vater zu jung war, um hier gewesen sein zu können. Wenigstens das.

Im Bus zurück nach Krakau war es mucksmäuschenstill. Jeder war in seine Gedanken versunken. Nach dem Abendessen schlug Frau Berl vor, dass sie sich in einem kleinen Nebenraum zusammensetzen könnten, um zu reden oder vielleicht auch gemeinsam zu schweigen.

Nicht alle gingen mit, einige zogen sich auf ihre Zimmer zurück. »Haben Sie etwas dagegen, wenn wir Wein trinken?«, fragte Tom Frau Berl.

»Natürlich nicht. Wenn ich auch einen kriege?« Sie grinste ihn an, und zum ersten Mal seit Stunden vergaß er den Horror, ging los und bestellte beim Kellner drei Flaschen Rotwein für alle. Schließlich hatte er von dem Extrataschengeld seiner Mam noch keinen Pfennig ausgegeben.

»Wie kann man Kinder umbringen?«, fragte Bea gerade, als er zurückkam.

»Was müssen die SS-Leute gefühlt haben, die zuhörten, wenn die Opfer in den Gaskammern schrien?«, wollte Isa wissen. »Was waren das nur für Menschen?«

Die entkorkten Flaschen wurden gebracht und in die Mitte gestellt. Einer schenkte ein und reichte die Gläser in die Runde.

»Ich frage mich, wie Ärzte das mit ihrem Eid vereinbaren konnten«, sagte Tom und nahm einen ersten Schluck.

»Das ist ein sehr interessanter Hinweis«, erklärte Frau Berl. »Denn gerade in Auschwitz waren namhafte Ärzte tätig.« Dann erzählte sie von Josef Mengele, der als Lagerarzt in Birkenau eingesetzt war, die Selektionen vornahm, die Vergasung der Opfer überwachte und menschenverachtende medizinische Experimente an Gefangenen durchführte. Er sammelte Material und betrieb Studien zur Zwillingsforschung, zu Wachstumsanomalien, zur Transplantation von Knochenmark, zu Sterilisationsmethoden sowie zur Behandlung von Malaria und Fleckfieber. »Aber er war nicht der Einzige. Im Block zehn waren Frauen untergebracht, die systematisch unfruchtbar gemacht wurden.«

Tom hatte den Begriff *Negative Bevölkerungspolitik*, den die Lehrerin im Anschluss erklärte, noch nie gehört.

»Die Nazis töteten nicht nur sogenanntes unwertes Leben, sie wurden auch präventiv tätig«, fuhr sie fort und berichtete von Professor Carl Clauberg, dem Gynäkologen, der Himmler im Führerhauptquartier persönlich seine Pläne zur Sterilisierung von Männern mit Röntgenstrahlen und der von Frauen mittels einer Reizflüssigkeitsinjektion unterbreitet hatte und dafür im Herbst 1942 in Auschwitz-Birkenau eine eigene Abteilung bekam. Die benötigten Medikamente und Röntgenkontrastmittel lieferte die Berliner Firma Schering.

»Clauberg hatte ab 1938 bereits hochdosierte Hormonpräparate ohne Rücksicht auf Verluste an Frauen getestet. Bei den Menschenversuchen im KZ ging er noch rücksichtsloser vor.«

»Warum wissen Sie so viel darüber?«, fragte Tom.

»Ich bin im Studium darauf gestoßen. Und dann ließ mich dieses Thema einfach nicht mehr los, weil es eine himmelschreiende Ungerechtigkeit ist.«

Wäre Tom nicht schon in Frau Berl verliebt gewesen, spätestens jetzt wäre er für sie entbrannt, weil sie sich so leidenschaftlich für Gerechtigkeit einsetzte.

»Die Frauen, die nicht an diesen Behandlungen starben, trugen lebenslang an den Folgen, hatten Schmerzen, eitrige Entzündungen, waren unfruchtbar. Und keiner der Ärzte von Block zehn wurde letztlich zur Verantwortung gezogen. Firmen wie Siemens, die Clauberg das Röntgengerät lieferten, oder die Pharmafirma Schering haben nie Stellung bezogen. Auch nicht dazu, dass sie bis heute viel Geld mit Claubergs Forschung verdienen, denn er gilt als eigentlicher Vater der Antibabypille.«

Eine Flasche Wein machte die Runde. Tom schenkte Frau Berl nach.

»Übrigens, dieser Clauberg hatte interessanterweise einen Kölner Arzt als rechte Hand.«

»Können wir das nicht im Kurs zum Schwerpunkt machen? Es gab doch sicher auch Opfer aus Köln?«, fragte Isa.

»Das ist eine super Idee«, sagte Frau Berl und leerte ihr Glas in einem Zug.

Tom ärgerte sich, dass nicht er auf die Idee gekommen war, denn jetzt hatte Isa alle Aufmerksamkeit der Lehrerin.

»Aus dem Stegreif weiß ich von drei Kölnern. Zwei Ärzten und einem Opfer.« Sie erzählte von Herta Oberheuser, die als Ärztin im KZ Ravensbrück für Menschenversuche verantwortlich war. Und von Renée Duering aus Braunsfeld, der Tochter eines jüdischen Kaufmanns, die Auschwitz und die Sterilisationsbehandlung in Block zehn überlebte und als eine der wenigen nicht gänzlich unfruchtbar war und nach dem Krieg eine Tochter bekam. »Und dann gab es noch Claubergs rechte Hand. Heinrich Pütz. Der kam aus Lindenthal.«

Es dauerte einen Moment, bis dieser Name zu Tom vorgedrungen war und in seinem Kopf wie in Zeitlupe explodierte. Heinrich Pütz. Ein Allerweltsname dachte er. Zufall.

»Wurden die zwei Ärzte vor Gericht gestellt?«, fragte ein Mitschüler.

»Herta Oberheuser ja. Sie wurde als einzige Frau beim Nürnberger Ärzteprozess angeklagt und verurteilt. Als Clauberg hingegen 1955 aus russischer Gefangenschaft kam, hatten die Alliierten nicht mehr das Sagen. Die Grundstimmung in der neu gegründeten Republik war, lieber nach vorne zu schauen, statt sich ewig mit den alten Kamellen auseinanderzusetzen. Zudem saßen in den Gerichten einst nationalsozialistische Juristen. Trotzdem erstattete der Zentralrat der Juden Strafanzeige gegen ihn.

Bevor es jedoch zur Verhandlung kam, ist er im Untersuchungsgefängnis gestorben.«

Tom saß da, mit hängenden Schultern, und starrte die ganze Zeit auf den Boden. Was war mit Pütz? Keiner stellte diese Frage. Aber er musste es wissen. Verflucht! Er gab sich einen Ruck, und ohne dass er aufblickte, kamen die Worte aus seinem Mund: »Und der andere Arzt?«

»Pütz?«, fragte Frau Berl.

Tom nickte.

»Der ist auch im Rahmen der *Heimkehr der Zehntausend* von Adenauer zurückgeholt worden. Er machte in Köln eine Praxis auf und wurde erst Jahre später von einem ehemaligen Opfer erkannt. Zu einem Verfahren gegen ihn kam es nicht, weil er als ›nicht verhandlungsfähig‹ deklariert wurde. Trotzdem hat er noch weiter als Gynäkologe gearbeitet. In einer Praxis am Rudolfplatz.«

Onkel Drickes. Onko. Nervös fing Tom an, sich zu kratzen. Und war mit einem Mal nicht mehr Teil des Geschehens, sondern entrückter Zuschauer. Er sah den Onkel vor sich, wie er immer mit am Küchentisch gesessen hatte, gelacht und Geschenke gemacht und dem kleinen Tömmes immer das Gefühl gegeben hatte, etwas ganz Besonderes zu sein.

Tom setzte sich auf seine Hände, weil er das Zittern nicht kontrollieren konnte. Aus Scham und Angst, dass alles herauskommen würde und er als Verwandter auch zum Kreis der Schuldigen gehörte.

»Wie kann das sein?«, fragte eine Mitschülerin empört.

»In der frühen Bundesrepublik gab es viele Mediziner, die als Gutachter die Täter in Schutz nahmen und es den Opfern schwer machten, Anerkennung zu finden.«

Alles Blut, alle Wärme schien Toms Körper zu verlassen, er fror, und in sein Hirn hämmerten sich die Worte, die Frau Berl vorlas. Sätze, mit denen Rosa Finkelstein, eine der Frauen von Block zehn, ihr Martyrium beschrieb:

»Nach dem Erwachen lag ich wieder auf meiner Pritsche und war im Unterleib vollkommen verblutet. Ich bekam dann so furchtbare Schmerzen, dass ich mich wand wie eine Schlange. Ich grub mir vor Schmerzen die Fingernägel ins Fleisch.«

Tom spürte, wie sich alles um ihn drehte. Ihm wurde schlecht. Er schaffte es gerade noch zur Toilette und kotzte dort im hohen Bogen gegen die Wand. Dann verkroch er sich auf sein Zimmer.

»Ist alles okay, Tom?«, fragte Frau Berl durch die geschlossene Tür.

»Ja«, log er und hatte Schüttelfrost.

»Kann ich etwas für Sie tun?«

Er schüttelte den Kopf und dachte das Gegenteil. Aber er hatte weder die Kraft noch den Mut, ihr, dem wichtigsten Menschen auf der Welt, die Wahrheit zu sagen.

Sie klopfte erneut. »Tom?«

Er hätte schreien können. Die Tür aufreißen. Denn er brauchte sie so sehr! Doch er gab sich einen Ruck, holte tief Luft und sagte: »Ich muss einfach nur schlafen.«

Dass er einfach nur schlafen müsse, sagte er auch am nächsten Tag auf der Rückreise im Bus. Da dieser nicht voll besetzt war, legte er sich auf die letzte Bank, schloss die Augen, damit er in Ruhe gelassen wurde. Doch an Schlaf war nicht zu denken. Tom hörte nicht das Geplapper seiner Mitschüler. Der Versuch, mit Farin Urlaub die Flucht aus der Horrorwelt zu schaffen, scheiterte. Denn die Sätze, die bisher seinen tiefen Gefühlen für Frau Berl entsprachen, bekamen plötzlich eine andere Bedeutung.

Du siehst mich nicht. Du fühlst mich nicht vermischte sich mit Schwarz-Weiß-Bildern von der Eisenbahnrampe, an der die Familien der neu angekommenen Juden gnadenlos auseinandergerissen wurden.

Du atmest nicht. Du liegst ganz still,
Ausgemergelte Menschen. Leichenberge.
Für immer, für immer,
Für immer, für immer.

Die Stoßdämpfer konnten nicht alle Schlaglöcher abfedern, durch die der Bus fuhr. In Toms Kopf wurden sie zum rhythmischen *Klack-klack* der Güterzüge, wenn sie über die Schienenstöße fuhren. Gen Osten. Und Menschen in die Todesfabrik lieferten.

Eine Hand berührte Tom an der Schulter. Erschrocken schlug er sie weg.

»Tom, kann ich irgendetwas für dich tun?«, flüsterte Frau Berl.

Er öffnete die Augen und erschrak. Hatte er richtig gehört? Du? Wie gelähmt blickte er in ihr Gesicht, das sich über ihn beugte, das ganz nah war, wie ihr Duft.

»Nein!«, flüsterte er und hätte sich im gleichen Augenblick verfluchen können, weil es nicht stimmte.

»Na gut. Wenn was ist, du weißt ja, wo ich bin«, sagte sie, streifte lächelnd seine Hand und ging.

Tom setzte sich langsam auf. Es war dunkel draußen. Alle schliefen. Was war das? Sie hatte du gesagt. DU! Er wollte sie zurückrufen, hinter ihr hergehen. Aber er konnte nicht. Weil er einfach nicht wusste, was er ihr hätte sagen können. Außer dass er in den Arm genommen werden wollte und sie liebte. FÜR IMMER!

Als sie in Köln ankamen, trödelte Tom bewusst und wartete den Moment ab, bis alle Mitschüler endlich weg waren. Er wollte sich entschuldigen, ihr sagen, dass sie es nicht persönlich nehmen sollte, dass er so abweisend gewesen war. Er wollte ihr endlich das Wichtigste gestehen: seine Liebe.

»Sollen wir Sie vielleicht nach Hause fahren?«, fragte sie ihn.

Tom erschrak. Erst über das Sie. Und dann über den Mann, der hupend auf den Schulhof fuhr.

»Das ist mein Verlobter«, sagte sie und winkte ihm zu. »Es macht ihm sicher nichts aus …«

»Danke«, sagte Tom und schlurfte in Richtung Straßenbahn. Er setzte einen Schritt vor den anderen und fühlte nichts als Leere.

Wie ferngesteuert nahm er die nächste Bahn in Richtung Innenstadt, stieg am Rudolfplatz aus und ging direkt zu dem Haus, neben dessen Eingang ein weißes Emailleschild angebracht war. *Dr. med. Konrad Monderath.*

»Ich muss meinen Vater sprechen. Sofort!« Er zitterte vor Aufregung.

»Und Sie sind wer?«, fragte die halslose Sprechstundenhilfe.

»Tom Monderath.«

»Aber das geht jetzt nicht. Der Doktor ist in Behandlung, hat einen Termin nach dem anderen.«

»Das muss gehen!« Tom schaute sie so an, dass es keinen Zweifel an seinem Vorhaben gab.

Sie hielt seinem Blick nicht stand, gab schließlich auf, kam mit einer Mischung aus Wut und Verunsicherung hinter ihrer Theke hervor, klopfte zaghaft am Sprechzimmer an und ging hinein. Nach kurzer Zeit kam sie zurück und bat Tom, im Wartezimmer Platz zu nehmen.

Er dachte gar nicht daran und blieb wie angewurzelt stehen.

Konrad stellte seiner Patientin ein Rezept aus und begleitete sie schneller als sonst zur Tür. Dann sah er seinen Sohn. Mit tiefen schwarzen Rändern unter den Augen und einem gehetzten Blick. Konrad nahm nicht wahr, dass das Wartezimmer voll war, und bemerkte auch den aufgeregten Blick von Fräulein Potthoff nicht, sondern er sah nur Tom, der grußlos auf ihn zukam, ins Sprechzimmer ging und seine Reisetasche fallen ließ.

»Was ist passiert?«

»Wusstest du das mit Drickes?«, platzte es aus Tom heraus.

Mist, dachte Konrad, nahm hinter seinem Schreibtisch Platz und versuchte, Zeit zu gewinnen. »Setz dich, bitte.«

Aber Tom blieb stehen. Und starrte ihn an. »Stimmt es, dass er in Auschwitz ...«

In Konrads Hirn überholten sich die Gedanken. Was konnte Tom wissen? Was konnte er über Drickes in Auschwitz in Erfahrung gebracht haben? Wie könnte er ihm erklären, dass ...

Tom fuhr ihn an. »Ob das stimmt, will ich wissen?«

»Ich weiß nichts Genaues. Ich kann nur sagen, dass bewiesen ist, dass er als Frauenarzt in einem Lebensborn-Heim tätig war.«

»Was soll das denn sein?«

Bevor ihm Konrad erklären konnte, welchem Zweck diese Heime im Dritten Reich gedient hatten, redete Tom weiter: »Ein Verbrecher war er. Hat Frauen gequält und ...« Er schrie und fing an zu heulen. »Wie kann es sein, dass du mit ihm zusammengearbeitet hast? Mit diesem Folterknecht?«

Konrad stand auf und ging um seinen Schreibtisch herum. »Tom, bitte, lass uns zu Hause in Ruhe darüber reden.« Er berührte ihn am Arm.

Tom schlug seine Hand weg, bückte sich nach seiner Reisetasche und ergriff die Flucht.

Wie gelähmt blieb Konrad stehen und starrte auf die Tür, die er hinter sich zugeworfen hatte.

Es klopfte, und dann streckte Fräulein Oppermann den Kopf herein. »Kann ich die nächste Patientin schicken?«

»Geben Sie mir noch fünf Minuten.«

Er ließ sich auf seinen Schreibtischstuhl fallen und stützte seinen Kopf auf den Händen. Langsam zog sich alles zu einem Gedanken zusammen: Noch nie, noch keine einzige Sekunde im siebzehnjährigen Leben von Tom hatte er sich Gedanken darüber gemacht, wie es für ihn sein musste.

Konrad schämte sich. In all den Jahren, seit Drickes sich ihm offenbart hatte, hatte er nur seine eigenen Wunden geleckt. Und Tom sogar dafür bestraft. Dabei war er der Allerletzte, der etwas für diese Situation konnte. Der Junge hatte sich seinen Erzeuger schließlich nicht ausgesucht. Und erst recht nicht so einen. Er musste mit ihm reden, das war klar. Aber trotzdem durfte Tom niemals die ganze Wahrheit erfahren.

Als er abends nach Hause kam, saß Greta am Küchentisch und wartete mit dem Essen auf ihn.

»Wo ist Tom?«

»Der ist noch nicht hier. Wahrscheinlich braucht der Bus länger.«

Sie unterhielten sich wie üblich über Nichtigkeiten, er antwortete automatisch auf ihre Fragen. Aber er dachte an nichts anderes als daran, wo Tom jetzt war. Nach dem Essen ging er zum Rauchen auf die Terrasse. Es nieselte, das Thermometer zeigte fünf Grad. Hinter dem Rhein verschwand das letzte Licht.

»Ich hab was Wichtiges in der Praxis vergessen«, sagte er, um einen Vorwand zu haben, rauszufahren und ihn zu suchen. Aber wo? Er hatte keine Ahnung, wo Tom sich aufhalten könnte, denn er hatte in den letzten Jahren den Kontakt zu ihm verloren.

Ziellos fuhr er durch die Straßen und kam sich wie der allerletzte Versager vor. Der egoistischste Vater von allen. Dann tauchte ein neuer Gedanke auf: Es gefiel ihm, wie Tom auf Distanz zu Drickes ging. Einige Kilometer suhlte er sich fast darin. Dann riss er das Steuer herum. »Idiot«, beschimpfte er sich und fuhr nach Hause.

Schon im Treppenhaus hörte er Stimmen aus der Wohnung, und als er aufschloss, wollte Helga gerade gehen.

»Tom war bei uns«, sagte sie und wagte nicht, ihn anzusehen.

»Wir haben Karten gespielt und die Zeit vergessen.« Dann war sie auch schon aus der Tür gehuscht.

Schlechte Lügnerin, dachte Konrad, als er den völlig durchnässten Tom am Küchentisch sitzen sah. Aber das war egal. Hauptsache, er war da.

»Schön, dass du wieder zurück bist«, sagte Konrad.

Tom blickte nicht auf, aß und schwieg.

In den nächsten Wochen überlegte Konrad Tag und Nacht, wie er das Gespräch mit ihm aufnehmen könnte. Aber er hatte keine Idee. Die Zahl der verschluckten Sätze wurde immer größer, und schließlich wurde das Schweigen zu einem Bollwerk, das unüberwindbar wurde.

An seinem achtzehnten Geburtstag schaufelte Tom die übliche Schwarzwälder Kirschtorte in sich hinein – zum Abendbrot, weil er den ganzen Tag geschlafen hatte – und sagte, dass er sich gleich noch mit ein paar Kumpels treffen wollte.

»Und wann kommst du nach Hause?«, fragte Greta.

»Keine Ahnung. Ich bin jetzt volljährig, Mam.«

»Aber du weißt schon, dass du morgen Schule hast.«

Er gab ihr keine Antwort, und als er gehen wollte, hielt Konrad ihn vor der Wohnungstür auf.

»Wir sollten zusammen zur Bank gehen.«

»Wieso?«

»Dort wartet ein größerer Betrag auf dich.«

Konrad war froh, dass er Tom einen Termin abringen konnte, und stand eine Woche später vor der Hauptgeschäftsstelle der Kölner Sparkasse am Hahnentor. Tom ließ ihn warten. Eine Viertelstunde schon. Normalerweise hätte Konrad das zum Wahnsinn getrieben, aber er versuchte, seine Wut erst gar nicht hochkommen zu lassen. Dann endlich sah er ihn. Groß, dünn, schlaksig und ganz in Schwarz gekleidet.

»Was? Zweihundertfünfzigtausend Mark? Was ist das für Geld?«, fragte Tom.

Konrad war froh, dass Herr Flick, der Anlageberater, ihm die Antwort abnahm.

»Diese Summe hat einst Dr. Pütz für Sie angelegt. Der Betrag hat sich dank gut gewählter Aktienfonds inzwischen fast verdoppelt. Sie besitzen also rund eine halbe Million Mark.«

Aus den Augenwinkeln sah Konrad, dass sämtliche Farbe aus Toms Gesicht gewichen war.

»Ihr Vater hat mich beauftragt, eine neue Anlagestrategie zu entwerfen.« Herr Flick blätterte ein Portfolio auf, legte es Tom vor und fing an zu erläutern.

Tom stand auf. »Kann ich das mitnehmen?«

Selbstverständlich, aber …«

Er griff nach den Papieren und verließ grußlos den Raum.

»Mein Sohn muss das erst einmal verkraften«, murmelte Konrad, nur um irgendetwas zu sagen, und verabschiedete sich.

Zwei Tage später platzte Fräulein Potthoff während der Sprechstunde mitten in eine Untersuchung. »Telefon. Es ist die Sparkasse. Dringend!«

Zwischen zwei Patientinnen rief Konrad zurück und wurde direkt mit dem Bankdirektor verbunden.

»Ihr Sohn war heute da. Er hat uns angewiesen, sein Geld einer gemeinnützigen Organisation zu überweisen.«

»Wie bitte?«

»Ich dachte nur, ich sage Ihnen das. Vielleicht reden Sie noch einmal mit ihm. Noch haben wir die Überweisung nicht veranlasst.«

Vor dem Haus in Porz stand ein Krankentransportwagen. Erst erschrak Konrad, weil er dachte, es sei etwas passiert. Doch dann sah er, dass an dem Mercedes Benz 220D/8 von 1971 das Rotkreuzschild übermalt war. Und hinter dem Steuer saß ein junger Mann, der wie alles andere als ein Rettungssanitäter aussah.

Als er die Wohnungstür aufschloss, hörte er Greta sagen: »Willst du nicht besser warten, bis du mit der Schule fertig bist?«

Konrad hängte seinen Mantel an die Garderobe, ging zu Toms Zimmer, in dem dieser Kleider in Bananenkartons schmiss.

»Nein, will ich nicht!«

»Jetzt sag du auch mal was, Konrad. Er kann doch nicht einfach so ausziehen.« Greta stand mitten im Zimmer und warf ihm einen Hilfe suchenden Blick zu.

Um Zeit zu gewinnen, ging er erst einmal ins Bad und wusch sich die Hände.

Tom verstaute Bücher und Schallplatten und trug den ersten Karton aus der Wohnung.

»Ich weiß von deiner Überweisung«, sagte Konrad, als er zurückkam.

»Aha! Ich dachte, es gibt so was wie ein Bankgeheimnis.« Er schleppte den zweiten Karton nach draußen.

»Tom, bitte, mach jetzt keinen Fehler. Mit dem Geld kannst du deine Zukunft aufbauen.«

»Ich mach mit dem Drecksgeld das Einzige, was man damit machen kann: Es soll Mädchen und Frauen zukommen, die genitalverstümmelt sind.«

Gretas Kopf ging wie bei einem Tennismatch hin und her. »Um was geht es hier eigentlich? Kann mir das mal einer von euch sagen?«

»Das könnt ihr in Ruhe besprechen, wenn ich nicht mehr da bin«, sagte Tom und schleppte den letzten Karton hinaus.

Greta lief hinter ihm her. »Aber sag doch wenigstens, wo du jetzt hingehst.«

»Ich ruf dich an, Mam.«

Durch das Küchenfenster sah Konrad, wie er die Kartons in

dem Krankenwagen verstaute. Bei aller Empörung tauchte in ihm eine Spur von Stolz auf. Immerhin hatte Tom das geschafft, wozu er nie in der Lage war: sich kompromisslos von Drickes nicht kaufen zu lassen. Aber neben dem Stolz machte sich ein großer Schmerz breit – er spürte, dass er seinen Sohn endgültig verloren hatte.

Tom ließ sich auf den Beifahrersitz fallen. »Gib Gas, Mann!«

Schlummi steuerte den alten Diesel wie ein Schiff aus Porz heraus, und als sie über die Deutzer Brücke fuhren, kurbelte Tom die Fensterscheibe herunter und schrie: »Es gibt tausend gute Gründe, auf dieses Land stolz zu sein!«

Schlummi drehte die Musik der Toten Hosen auf Anschlag. Und beide grölten lauthals mit.

Tom zog zu seinem Kumpel ins besetzte Haus, dem legendären LC36 am Hans-Böckler-Platz. Das Gebäude war mit fünfunddreißig Bewohnern und deren Besuchern, die oft über Nacht blieben, völlig überfüllt, deshalb schlief er auf einer Matratze in Schlummis Bude. Das war zum einen lästig, weil Schlummi einen völlig anderen Tagesablauf hatte, oft Frauen abschleppte und die halbe Nacht mit ihnen vögelte – laut! –, und andererseits war es für Toms Plan, weiter in die Schule zu gehen, alles andere als förderlich. Aber es war allemal besser als sein Porzer Kinderzimmer und dieses schweigende Bemühen seines Vaters.

Und so zog er das mit der Schule durch. Meistens jedenfalls, nur an den Tagen, an denen er in der Straßenbahn kaum die Augen offenhalten konnte, zweifelte er an seinem Vorhaben. Manchmal fuhr er statt zur Schule zu seiner Mam, einfach, weil er wusste, dass er dort den stärksten Kaffee bekam. Und immer einen Zwanziger.

»Ein halbes Jahr bis zum Abi, Tom. Halt durch. Dann stehen dir alle Türen offen.«

Er nickte, gab ihr ein Küsschen, versprach alles, sogar, an Weihnachten nach Hause zu kommen, und nahm auch die belegten Brote mit, die sie ihm geschmiert hatte.

Am Heiligabend machte er wie sein Vater gute Miene zum bemühten Spiel. Er saß die Stunden ab, schlug sich den Wanst voll und war froh, als alles vorbei war und er sich im LC36 die Hucke vollsaufen konnte. Froh war er auch, als er kurz nach Silvester endlich ein eigenes Zimmer bekam. Winzig klein, zugig, unter dem Dach. Aber mit einer Tür, die er hinter sich verschließen konnte.

Das Abi schaffte er mit Ach und Krach. Die schlechteste Note hatte er in Geschichte. Eine Fünf. Frau Berl, die seit den Osterferien Berl-Haarhaus hieß, wollte mit ihm darüber sprechen – mehrfach –, weil sie nicht nachvollziehen konnte, warum er so abgesackt war. Aber Tom ging ihr aus dem Weg.

Er meldete seinen ersten Wohnsitz in Berlin an, um der Wehrpflicht zu entgehen, blieb aber weiter in Köln, machte den Taxischein, um an Geld zu kommen, und überlegte, sich an der Uni einzuschreiben. Egal für welchen Studiengang. Hauptsache, er war krankenversichert. Manes, einer der Mitbewohner, mit dem er sich angefreundet hatte, empfahl ihm Theaterwissenschaften. Da ging Tom sogar einmal hin und hörte etwas von Ibsen und Lebenslügen. Hey, scheinheilige Verlogenheit, Doppelmoral und krampfhaftes Festhalten am schönen Schein, damit kenne ich mich aus! Darüber könnte ich sofort promovieren, dachte er und verzichtete auf weitere Vorlesungen.

Zwischendurch, wenn es möglich war, nahm Manes, der einmal Kameramann werden wollte, ihn mit zu Dreharbeiten. Noch arbeitete er als Assistent und war vor allem für den Ton zuständig. Er zeigte Tom, worauf es bei den verschiedenen Mikrofonen ankam, und verschaffte ihm schnell einen ersten Job.

Der Sommer 1989 war heiß. Klimatisch und politisch. Seit Ende Juni der Stacheldraht an der österreichisch-ungarischen Grenze geöffnet worden war, flohen immer mehr DDR-Bürger auf diesem Weg nach Österreich und kamen von dort in die BRD. Und weil es inzwischen viele Privatsender gab, die mit Nachrichten versorgt werden mussten, war der Bedarf an freien Kamerateams groß. Tom schloss sich dem Kameramann Robert an und Oliver, der als Jungreporter hauptsächlich für SAT1 unterwegs war. Er liebte diese Arbeit, bei der Improvisation und Schnelligkeit gefragt waren und man jeden Tag neue Leute und andere Orte kennenlernte.

Seinen neunzehnten Geburtstag vergaß er, denn da war das Team in Prag unterwegs, wo immer mehr Ost-Deutsche über die Zäune der deutschen Botschaft kletterten und auf dem Gelände zusammengepfercht unter hygienisch denkwürdigen Bedingungen die Nacht im Freien verbrachten. Sie nahmen alles in Kauf, wenn sie nur nicht zurück in die DDR mussten.

Tom war dabei, als am Abend des 30. September 1989 Bundesaußenminister Hans-Dietrich Genscher auf den Balkon der Botschaft trat. Zum Glück hatte er ein Richtmikro in der Tasche. In dem Gedränge wäre es unmöglich gewesen, es zum Auto und ihrer Ausrüstung zurückzuschaffen.

Er hatte gerade das Mikro eingeklinkt, da fing Genscher auch schon an: »Wir sind zu Ihnen gekommen, um Ihnen mitzuteilen, dass heute Ihre Ausreise …«

Dann schrien und jubelten Tausende Flüchtlinge, und der Ton war gnadenlos übersteuert. Aber das war Tom in diesem Augenblick egal, denn die Freude der Menschen über ihren frei gewordenen Weg in die Bundesrepublik steckte auch ihn an.

In der Nacht, als in Berlin die Mauer aufging, saßen sie im Auto und fluchten wie die Kesselflicker, weil sie nicht vor Ort waren.

Einen Tag später drehten sie abends vor dem Schöneberger Rathaus, wo mehr als zwanzigtausend Menschen aus Ost und West zusammenkamen, weil der West-Berliner Senat führende Politiker zu einer Kundgebung eingeladen hatte. Und das, bevor das Ende der DDR sichere Sache war und das SED-Regime sogar überlegte, mit Spezialeinheiten der NVA eine weitere Eskalation der Lage zu verhindern.

»Ich appelliere an die Verantwortlichen in der DDR: Verzichten Sie jetzt auf Ihr Machtmonopol!«, rief der birnenförmige Kanzler, den Tom zum ersten Mal aus der Nähe sah.

Und Willy Brandt, früher Regierender Bürgermeister Berlins und Bundeskanzler, sagte: »Berlin wird leben, und die Mauer wird fallen.« Unter dem Jubel der Menschen setzte er hinzu: »Jetzt wächst zusammen, was zusammengehört.«

Weil Berlin plötzlich das Zentrum der Welt schien, zog Tom dorthin. In eine WG am Tempelhofer Ufer. Dort hatte er zwar nur ein winziges Gesindezimmer, das war ihm jedoch völlig egal, denn er war ständig unterwegs. Aber er war telefonisch erreichbar, und seine Mitbewohner schrieben ihm die Nachrichten auf, die man für ihn hinterließ. Tom arbeitete inzwischen mit mehreren Kameraleuten und genoss es in vollen Zügen, überall dabei zu sein. Er schlief kaum noch, die Arbeit war wie eine Droge. Allerdings verlor sie ihre Faszination 1990 deutlich, als er bei seiner ersten längeren Doku Helmut Kohl im Wahlkampf begleitete. Es war unglaublich langweilig, und an manchen Tagen hätte Tom kotzen können, weil der Pfälzer wieder und wieder gebetsmühlenartig seinen Spruch aufsagte: »Durch eine gemeinsame Anstrengung wird es uns gelingen, Mecklenburg-Vorpommern und Sachsen-Anhalt, Brandenburg, Sachsen und Thüringen in blühende Landschaften zu verwandeln, in denen es sich zu leben und zu arbeiten lohnt.«

Wenn Tom sich an seinen wenigen freien Abenden in den Kneipen rund um den Alex herumtrieb und erlebte, wie viele

Neonazis in Ost-Berlin unterwegs waren, war er sich nicht so sicher, dass die deutsche Einheit eine gute Idee war.

»Telefon für dich!« Eine Mitbewohnerin riss ihn aus seinem Tiefschlaf. Sie streckte ihm den Apparat entgegen, aber weil das Kabel nicht lang genug war, musste er von seinem Hochbett steigen.

»Hast du Zeit, mit nach Beirut zu fliegen?« Es war Manes.

»Was? Wieso?« Tom war noch nicht richtig wach.

»Frag nicht lange. Bist du dabei? Ja oder nein?«

Im Flieger erzählte ihm Manes, dass er den Tipp von einem CNN-Kollegen bekommen hätte und er diesen wiederum einem SAT1-Redakteur weitergegeben hatte. »Gestern ist das an Saddam Hussein gesetzte Ultimatum für einen Rückzug verstrichen. Die Amis haben was vor. Die werden nicht ruhig bleiben.«

»Geil!«, sagte Tom. Endlich ging es mal um was. Krieg! Er konnte die Landung kaum erwarten und rechnete damit, dass er spätestens bei der Ankunft eine schusssichere Weste überreicht bekommen würde. Doch das blieb aus. Sie fuhren in ein Luxushotel, das voll war mit Journalisten aus der ganzen Welt, und erlebten den Beginn der Operation »Desert Storm« im Fernsehen. Live auf CNN.

»This is our first war since Vietnam.« Die Stimme des Reporters überschlug sich vor Euphorie. Bilder von Flugzeugträgern, anlandenden Kriegsschiffen, Helikoptern, von denen sich Soldaten über der saudi-arabischen Wüste abseilten, Panzerkolonnen im Sand. Spannend hintereinandergeschnitten. Da wäre Tom jetzt gerne dabei gewesen.

Manes drückte ihm ein kühles Bier in die Hand. »Morgen kommt er endlich«, sagte er und meinte den jungen Reporter, der von hier aus für SAT1Blick Nachrichten produzieren sollte.

Christian hieß er und hatte einen ebenso jungen Cutter im Schlepptau. Es stellte sich rasch heraus, dass beide keine oder wenig Erfahrung hatten, aber großmäulig versuchten, das zu kaschieren. Das allein wäre Tom egal gewesen. Aber dass sie tagelang in diesem Hotel blieben und maximal hundert Meter vor die Tür gingen, um nichts anderes zu drehen als Aufsager, das war mehr als frustrierend. Die Bilder von Kampfhandlungen für den Schnitt lieferte nach wie vor CNN.

Sogar in Köln ist mehr los, was diesen Krieg angeht, dachte Tom frustriert. Er hatte mit Schlummi telefoniert, der aufgeregt von Demos berichtete, auf denen alle »Kein Blut für Öl« skandierten. Sogar der Rosenmontagszug war abgesagt worden. Und er saß hier in der Sonne, lag meist am Pool und pegelte ab und zu ein bisschen den Ton. Er hielt es nicht mehr aus.

»Was für eine Scheiße machen wir hier eigentlich?«, fragte er abends an der Hotelbar – mit zugegebenermaßen etwas zu viel Bier intus. »Das ist doch die reinste Propaganda, was CNN da an Bildern liefert. Was ist mit den Opfern? Den Zivilisten? Warum gehen wir nicht raus und berichten über die?«

Manes gab ihm keine Antwort.

»Wir können doch nicht einen gut bezahlten Urlaub machen, und da draußen geht die Welt unter, verdammt.«

Er wollte abreisen. Aber noch während er versuchte, das zu organisieren, war es Ende Februar, und der Krieg war schon wieder vorbei.

»Ich bin froh, dass dir nichts passiert ist«, sagte Greta am Küchentisch. »Mensch, studier was. Das ist doch kein Beruf. Du musst auch an deine Zukunft denken.«

»Ich mache nichts anderes als das, Mam.« Tom dachte wirklich seit Tagen darüber nach, wie er es schaffen könnte, Journalist zu werden. Er wollte nicht mehr in der zweiten Reihe stehen. Er wollte gestalten, an die Menschen ran und über ihre Not berichten.

»Warum willst du denn nicht Arzt werden wie dein Vater? Da kannst du auch Menschen helfen.«

»Vergiss es.«

Als Mam fertig war, nervte ihn Helga. Auch sie hatte sich Sorgen gemacht und, wie sie sagte, jeden Tag einen Rosenkranz für ihn gebetet. »Mensch, Jung. Das ist doch kein Leben. Wenn du später mal eine Familie gründen willst.«

»Wenn ich eines nicht vorhabe, dann das.«

»Ach, Quatschkopf«, sagte sie und zündete sich eine Zigarette an.

Tom sagte ihr nicht, dass er vor einem halben Jahr in Berlin bei pro familia gewesen war, weil er sich in Sachen Vasektomie hatte beraten lassen wollen.

»Sie sind gerade mal zwanzig«, hatte ihm dort eine junge Ärztin gesagt und ihn mit dem Hinweis weggeschickt, dass er gerne in ein paar Jahren wiederkommen könne.

Dumme Kuh, hatte Tom damals gedacht. Denn wenn er irgendetwas in seinem Leben sicher wusste, dann, dass er niemals Kinder haben wollte. Und genauso wusste er, dass er sich auch nie wieder verlieben würde. Niemals wieder wollte er so verletzt werden wie bei Frau Berl.

Tom fuhr erneut Taxi und schrieb Journalistenschulen an.

Bitte registrieren Sie sich bis zum 21. März, hieß es aus Hamburg. Aus München erhielt er die gleiche Antwort.

Er ärgerte sich, dass es dafür zu spät war, ihm das nicht früher eingefallen war und er mit seinem Umzug zurück nach Köln unnötig Zeit verplempert hatte.

Weil die Nachtschichten lukrativer waren, fuhr er zwischen Mitternacht und acht Uhr morgens Taxi, und wenn er den Wagen nicht direkt danach abgeben musste, schaute er in Porz vorbei und frühstückte mit seiner Mutter. Allerdings nur an den Wochentagen, an denen sein Vater in der Praxis war. Manchmal sagte sie ihm, dass Konrad nach ihm fragte. Dass er wissen wollte, wie es ihm ging, und sie versuchte zu vermitteln. Dann legte Tom größere Besuchsabstände ein, und sie hörte mit ihren Vermittlungsversuchen auf.

Er schrieb Bewerbungen und schickte sie an Produktionsfirmen und Nachrichtenredaktionen, bewarb sich als Reporter, weil er wusste, dass er das besser konnte als all die Nulpen, mit denen er bisher zusammengearbeitet hatte. Manche schrieben zurück und verlangten Arbeitsproben. Er hatte keine. Mist!

In der Tagesschau sah er in einem Beitrag, wie reguläre Truppen der Jugoslawischen Volksarmee Patienten aus dem Krankenhaus von Vukovar gefangen nahmen, von denen zweihundert auf einer ehemaligen Schweinefarm von Angehörigen der Jugoslawischen Volksarmee und serbischen Freischärlern ermordet und in einem Massengrab vergraben wurden. Es folgte eine Meldung über Bundesfrauenministerin Angela Merkel und direkt danach ein Vorbericht über den neunzehnten Spieltag der Fußballbundesliga.

Fuck, dachte Tom, während er sich im Taxi die Nacht um die Ohren schlug. Diese Kurzmeldungen nervten ihn. Er wollte über diese Krisengebiete berichten. Länger. Intensiver, sodass es den Zuschauern unter die Haut ging und sie nicht schon beim Wetterbericht alles vergessen hatten. Aber ohne Arbeitsproben hatte er keine Chance.

Immer wieder fuhr er die Hornstraße an, in der das erste Hochhausbordell Europas stand. Bis vier brachte er Freier nach Hause. Nach Lindenthal, Hahnwald oder Braunsfeld, wahrscheinlich zu ihren Gattinnen. Ins Familienidyll. Kurz vor Morgengrauen fuhr er dann die Sexarbeiterinnen nach Kalk oder Chorweiler. Viele kamen aus Ländern des früheren Ostblocks.

»Darüber sollte man was machen«, sagte er zu Manes und wollte ihn begeistern, weil das ein gutes Thema für eine Arbeitsprobe sei.

»Lass bloß die Finger davon«, warnte ihn sein Freund. »Wenn du eine von den Frauen vor die Kamera kriegst, dann hast du sofort die Mafia am Hals. Und die Frauen auch.«

Im nächsten Frühjahr schickte Tom seine Bewerbungsunterlagen an die Journalistenschulen in München und Hamburg und kam bei beiden nicht einmal in die Vorauswahlrunde.

In Rostock-Lichtenhagen fanden die massivsten rassistisch motivierten Angriffe in Deutschland nach Ende des Zweiten Weltkrieges statt. Und er fuhr Taxi!

Tom hatte keine Idee, wie es weitergehen könnte, und war kurz davor, aufzugeben, als er im Herbst eine junge Frau zum Flughafen fuhr. Mit Unmengen von Gepäck.

»Wollen Sie auswandern?«, fragte Tom im Scherz.

»Nein, ich will eine Klinik aufbauen.«

Tom war neugierig. »In Afrika, oder wo?«

»Nein, in Bosnien.« Und dann erzählte sie ihm von den Frauen, die von serbischen Soldaten in zu Bordellen umgewandelten Hotels und Fabriken tage- oder monatelang gefangen gehalten und vergewaltigt worden waren.

Tom war wie elektrisiert. Tausend Fragen gleichzeitig. »Und wie macht man so was? Ich meine, eine Klinik im Kriegsgebiet aufbauen. Und darf ich fragen, was Sie von Beruf sind?«

»Gynäkologin. Ich habe selbst noch keinen richtigen Plan. Und weiß auch noch nicht, woher ich das Geld bekomme. Aber die Frauen brauchen Hilfe, das ist Fakt.«

Kurz vor dem Ziel sagte sie ihm, dass er sie in den militärischen Teil des Kölner Flughafens fahren sollte. Dort war Tom noch nie gewesen, und er fand es spannend, wie Bundeswehrsoldaten nicht nur ihn, sondern auch die junge Frau mit den bunten Leggings und den langen Ohrringen bei der Kontrolle am Haupttor taxierten. Angekommen, weigerte sich Tom, Geld von ihr anzunehmen. Er half ihr, das Gepäck auf einen Trolley zu hieven, und bevor sie in einem der Gebäude verschwand, rief er ihr nach: »Wie heißen Sie eigentlich?«

»Monika Hauser.«

»Manche packen es einfach an und quatschen nicht ewig rum«, sagte er, als er mit Manes das nächste Mal am Tresen saß. Für Tom war klar: Er wollte in dieses Kriegsgebiet und über die Opfer berichten.

»Ohne Journalistenausweis kannste das vergessen.«

»Okay. Und wie kommt man an einen?«

Am nächsten Morgen rief er seine Mutter an. »Mam, kannst du mir fünfhundert Mark leihen?«

Als er das Geld am Nachmittag abholte, fragte sie: »Hast du Mist gebaut? Bist du in Schwierigkeiten?«

»Nein«, sagte Tom.

Sie grinste. »Ist das wieder für einen guten Zweck?«

»Den besten«, sagte er und gab ihr ein Küsschen auf die Wange.

Konrad kaufte eine Satellitenschüssel, als er von Greta erfuhr, dass Tom sie aus Sarajewo angerufen und ihr erzählt hatte, dass er für ntv arbeitete. Jeden Abend saßen sie vor dem Fernseher und schauten nichts anderes mehr als diesen ersten deutschen Nachrichtensender, der mit Beteiligung des US-Senders CNN Nachrichten rund um die Uhr ausstrahlte.

Und dann, ein paar Wochen später, war es so weit: »Und nun sehen Sie einen Beitrag unseres Korrespondenten Tom Monderath.«

Konrad spürte, wie sein Herz vor Aufregung pochte. Greta suchte seine Hand und krallte sich an ihm fest.

Man hörte Toms Stimme, sah eine Frau aus einem Helikopter der UN klettern und Equipment ausladen. »Im Bosnienkrieg wurden laut Europarat zwanzigtausend Frauen und Mädchen vergewaltigt. Andere Schätzungen gehen von bis zu fünfzigtausend Opfern aus, genaue Zahlen gibt es nicht«, sagte er und berichtete von der Gynäkologin Monika Hauser, die in Zentralbosnien ein Zentrum für diese Frauen aufbauen wolle.

»Bei internationalen Hilfsorganisationen stoßen wir mit unserem Anliegen, uns ausschließlich um die im Krieg vergewaltigten Mädchen und Frauen zu kümmern, auf Desinteresse«, sagte die Ärztin in die Kamera und ergänzte, dass sie sich mit rund zwanzig bosnischen Psychologinnen und Ärztinnen zusammengeschlossen habe und gemeinsam mit ihnen Konzepte entwickele, wie kriegstraumatisierten Frauen und ihren Kindern noch während des Krieges geholfen werden könne.

Konrad verfolgte den Fall und spendete wie viele andere Deutsche. Als Monika Hauser Ende 1993 von den ARD-Tagesthemen zur Frau des Jahres gewählt wurde, hätte er Tom am liebsten angerufen. Aber er wusste nicht, wo er steckte. Und selbst wenn, was hätte er ihm sagen sollen? Dass er stolz auf ihn war und glaubte, dass er seinen Weg machen würde? Konrad war sich nicht einmal sicher, ob er den Mut gehabt hätte, diese Worte auszusprechen.

Zum Rauchen ging er auf die Terrasse und blickte in die sternenlose Nacht. Im Rhein spiegelte sich die Sichel des Mondes, und er überlegte, ob dieser Mond auch in der Welt, in der Tom jetzt war, schien.

Im folgenden Jahr gab er aus Altersgründen die Praxis auf, und weil ihm nichts anderes einfiel, mit dem er die langen Tage hätte füllen können, beschloss er, seine Lebenserinnerungen aufzuschreiben. Stundenlang saß er in seinem Büro am Schreibtisch und widmete sich hauptsächlich der Zeit, in der sein Pap noch lebte und in der Trajanstraße immer die Sonne schien.

Im Juli 1995, als bosnisch-serbische Milizen achttausend muslimische Männer und Jungen zwischen dreizehn und achtundsiebzig Jahren regelrecht abschlachteten, sah Konrad in Toms Reportage, wie er mit Müttern, die ihre Söhne verloren hatten, sprach und mit Frauen, die um ihre Männer weinten. Und mit Adem, einem fünfzehnjährigen Jungen, der überlebt hatte. Er hatte niemanden mehr. Alle Familienmitglieder waren tot.

Konrad schaltete den Fernseher aus und starrte ins Leere des dunklen Wohnzimmers.

»Ich geh jetzt ins Bett. Es ist schon spät«, rief Greta aus dem Flur. »Mach nicht mehr so lange.«

»Ja«, antwortete er, blieb sitzen und wusste, dass er das Projekt Lebenserinnerungen nicht fortsetzen würde, weil er es nicht ertrug, sich dem Leid zu stellen, das er als Kind und Jugendlicher erfahren hatte.

Tom lebte auf der Überholspur. Jahrelang. Er arbeitete inzwischen als Freelancer meist für CNN. Sein Leben war bestimmt von Blutvergießen und Chaos in allen Ecken der Welt. Bosnien, Somalia, Ruanda, Afghanistan. Er stürzte sich von einem Elend ins andere, und immer wenn das eine vorbei war und er dachte, jetzt muss ich nach Hause und eine Pause einlegen, trieb ihn die Unruhe weiter, und er saß im nächsten Flieger.

Aber jetzt, Ende August 1997, war er fest entschlossen, nach Paris zu fliegen und von dort in den Süden zu fahren, in die Provence. Vier Wochen ohne Ziel.

Auf dem Weg zum Flughafen schaute er in Porz vorbei.

»Setz dich zu mir«, sagte sein Vater.

Tom schielte auf die Uhr.

»Bitte. Ich muss mit dir reden.«

Reden? Jetzt? Nach Jahren, in denen das Schweigen schwer gewesen war wie Blei und alles erstickt hatte? Nach Jahren, in denen immer unausgesprochene Vorwürfe im Raum gestanden waren, Tom immer ein schlechtes Gewissen gehabt hatte, weil er nicht der Sohn gewesen war, der er hätte sein sollen. Nach Jahren, in denen er gar nicht mehr nach Hause gekommen wäre, wenn es seine Mam nicht gegeben hätte. Jetzt wollte er reden?

Tom sah ihn kurz an. »Nein! Ich bin spät dran.«

Er ging grußlos. Drehte sich nicht noch einmal um, weil er den traurigen Blick seines Vaters nicht ertragen hätte.

Konrad starrte auf die Tür, die Tom hinter sich geschlossen hatte.

Ich wollte dir sagen, dass ich dich liebe. Es waren keine Worte. Nur Gefühle.

Er fasste sich ans Herz, spürte wieder diese Stiche. Und sackte in sich zusammen.

Eine Träne rollte über seine Wange.

Er sah sein ganzes Leben vor sich.

Im Zeitraffer.

Dann sah er seinen Pap. Und Lizzy.

Sie warten.

Nachmittags landete Tom in Paris, traf sich mit Jane, der amerikanischen Flugbegleiterin, die er vor zwei Wochen auf einem Rückflug aus dem Westpazifik kennengelernt hatte, wo er über den Absturz einer Boing 747 kurz vor der Landung auf der zu den USA gehörenden Pazifikinsel Guam berichtet hatte. Die Luft in der Seinemetropole war ebenso verführerisch wie die Dreiunddreißigjährige, mit der er den Abend im Hotel verbrachte und dann, als sie Hunger hatten, zu Fuß durchs Marais schlenderte, wo sie noch nach Mitternacht vor dem *Barav* saßen und eine Flasche Roten leerten.

Toms Mobiltelefon klingelte. Er warf einen Blick aufs Display. Diesmal war es nicht die Nummer seiner Mam, die heute mehrfach versucht hatte, ihn zu erreichen. Es war eine amerikanische Nummer

»Du bist doch in Paris, Tom, oder?«, fragte eine Redakteurin von CNN.

Er bejahte.

»Lady Di ist verunglückt. Im Tunnel Pont d'Alma. Kannst du da drehen? Ein Team habe ich schon.«

Zehn Minuten später saß Tom im Taxi und berichtete live vom Unglücksort, stand mit seinem Kamerateam vor dem Krankenhaus Pitié Salpêtrière, in das sie die englische Prinzessin gebracht hatten. Übers Telefon wurde er gebrieft, bekam Daten zur gescheiterten Ehe mit dem britischen Thronfolger, den gemeinsamen Söhnen William und Harry, Dianas Verhältnis zu Dodi Al-Fayed, dessen Tod bereits bestätigt worden war, und jonglierte damit die ganze Nacht für die Millionen amerikanischer Zuschauer. Zu filmen gab es nichts anderes als das Heer von Kollegen aus allen Ländern und der Krankenhausfassade mit einem beleuchteten Zimmer, hinter dem irgendwer hätte liegen können.

Kurz vor sechs Uhr morgens wurde der Tod Dianas bekannt gegeben. Der Akku von Toms Mobiltelefon war längst leer, deshalb benutzte er erst das des französischen Kameramanns, dann telefonierte er mit dem des Assistenten. Er war aufgedreht, brauchte keinen Schlaf, genauso wenig wie sein Team. Sie filmten, wie Dianas Butler im Krankenhaus ankam, und rasten zum Flughafen, weil sie hörten, dass dort Charles mit Dianas Schwestern landen würde. Fieberhaft telefonierte Tom mit der New Yorker Redaktion, ließ sich auf jedem Flugzeug, das an diesem Tag noch nach London startete, einen Sitz buchen.

Eine halbe Stunde nach Dianas Sarg landete auch er in der britischen Hauptstadt.

Ohne sich auszuziehen, fiel er in sein Hotelbett und wachte nach zehn Stunden wieder auf. Er stellte sich unter die kalte Dusche, um zu sich zu kommen. Dann wählte er die Nummer von zu Hause, weil er seiner Mutter erzählen wollte, wo er jetzt war und warum.

Helga nahm den Anruf entgegen. »Dein Vater ist tot.«

Dein. Vater. Ist. Tot. Tom konnte dazu nichts sagen, denn diese Worte waren so unwirklich, so völlig außerhalb von allem. Stattdessen spulte er ein Programm ab, das er nicht stoppen konnte. »Hast du gesehen, was in Paris los war? Ich muss hierbleiben, in London, weil …«

»Du musst nur eins!« Helgas Tonfall am anderen Ende der Leitung hatte an Schärfe gewonnen. »Du musst sofort nach Hause kommen. Wenn nicht, dann hole ich dich eigenhändig ab und ziehe dich an den Ohren über den Ärmelkanal.«

Eine halbe Stunde später ging Tom durch die Stadt, in der Hunderttausende Menschen weinend zum Buckingham Palace, der Residenz der Queen, und zum Kensington Palace, Dianas Wohnsitz, pilgerten. Dort legten sie Blumen, Kondolenzkarten, Fotos, Briefe, Trauersprüche und Kerzen vor den eisernen Gittern der Paläste nieder.

You will always remain in our heart. We love you, las Tom und weinte auch. Um Lady Diana, die er nicht kannte. Für seinen Vater hatte er keine Tränen, denn die waren hinter einem Schweigevorhang versiegt.

DREIZEHN.
Januar – Oktober 2018

»Hallo? Sind Sie da, Herr Monderath?«, fragt eine männliche Stimme mit arabischem Einschlag.

Tom macht ein Auge auf und sieht durch die offene Badezimmertür eine dunkle Uniform. Er rappelt sich auf. »Ja. Ist was passiert?«

»Da unten steht eine Frau. Und Polizei. Wir haben versucht, Sie anzurufen, aber …«

Tom schreckt auf, eilt zum Wohnzimmerfenster. Mitten auf dem Platz steht Helgas alter Fiesta. Daneben ein Polizeiwagen. »Ich kümmere mich«, sagt er, räuspert sich, reibt sich den Schlaf aus den Augen und folgt dem Wachmann in den Aufzug. Im Spiegel erkennt er, wie elend und abgerissen er aussieht. Und obwohl der Mann des Wachschutzes dezent auf den Boden schaut, weiß Tom, dass auch ihn sein Aussehen peinlich berührt.

Vor der Tür stolpert er über aufgeweichte Raketenpappe, schaut auf einen Pulk von Wachleute und Polizisten, die an Helgas Wagen klopfen und mit dem Abschleppdienst drohen. Der Wind peitscht den Regen über den Gereonshof. Tom schlägt den Kragen hoch, geht schneller und hört: »Dieser Platz ist absolut autofrei. Sie fahren jetzt hier runter, oder wir rufen den Abschleppdienst.«

Als Helga Tom sieht, kurbelt sie die Scheibe runter. »Na endlich!«

»Was um Himmels willen machst du hier?«, fragt er und merkt an den Blicken, dass die Polizisten ihn erkennen.

»Ich muss mit dir reden. Aber die haben mich ja nicht reingelassen. Und ich steh doch nicht bei diesem Mistwetter hier draußen rum.«

»Sorry«, sagt Tom zu einem der Polizisten. »Ich kümmere mich.« Er geht um den Wagen herum, und als Helga den Verriegelungsknopf nach oben gezogen hat, steigt er ein. »Was soll das denn? Los, fahr hier runter.« Er schiebt den Sitz nach hinten. Zwischen seinen Füßen liegt ein Dreikantschlüssel.

»Du bist lustig. Was das soll? Seit fünf Tagen bist du verschollen. Hast du sie noch alle?«

»Fahr endlich los!«

Empört lässt Helga den Motor aufheulen und fährt in einer großen Kurve in Richtung Von-Werth-Straße.

»Pass auf, dass du nicht den Springbrunnen rammst, verdammt!« Tom wischt mit der flachen Hand über die beschlagene Frontscheibe, damit sie überhaupt etwas sieht. »Fahr rechts!«, befiehlt er, als sie die Absperrung durchfahren haben. »Und jetzt halt an.«

Sie kramt nach ihren Zigaretten.

»Gib mir auch eine«, sagt Tom, der in Stress-Situationen mit Helga immer rückfällig wird. Im Seitenspiegel beobachtet er, wie die Polizei den umgeklappten Absperrpfosten verriegelt, und ahnt, wofür Helga den Dreikantschlüssel, der noch immer zwischen seinen Füßen liegt, gebraucht hat.

Schweigend blicken sie geradeaus und sehen nichts als die Scheibe, die wieder beschlägt. »Ich brauche ein paar Tage Abstand. Ist das denn so schwer zu verstehen?«, sagt er schließlich.

»Du bist wie dein Vater. Der hat auch immer Abstand gebraucht.«

»Welcher?«, fragt Tom betont langsam.

Helga drückt ihre Zigarette aus, zieht eine weitere aus der Packung und schaut ihn nicht an.

»Was weißt du, Helga?«

»Nichts.«

Tom kennt sie lange genug, er hört an ihrem Tonfall, dass sie etwas verbirgt. »Los, rede.«

»Ich weiß wirklich nichts, Tom. Nur Alfred hat gemeint, dass er mal etwas mitbekommen hätte.«

»Was?«

»Einen Streit zwischen deinem Vater und dem Alten.«

»Um was ging es bei dem Streit? Mensch, lass dir doch nicht alles aus der Nase ziehen!«

»Alfred meinte, er hätte gehört, wie der zu Konrad sagte, ob er sich nicht wundere, woher die familiäre Ähnlichkeit komme. Hinter vorgehaltener Hand hat man ja schon länger darüber geredet, was für ein Spezialist der Alte war.«

Der Regen prasselt auf das Dach, und Tom bekommt kaum noch Luft vor lauter Qualm.

»Warum hat niemand mit mir drüber geredet? Er nicht und auch nicht Mam.«

»Nicht alle dunklen Ecken brauchen Licht.«

»Was willst du damit sagen?«

»Jeder hat das Recht darauf, etwas nur alleine mit Gott auszumachen. Schließlich braucht man etwas, worüber man beim Jüngsten Gericht mit ihm reden kann.«

Tom schüttelt den Kopf. Er will jetzt nicht mit Helga über ihren Glauben diskutieren. »Aber es geht doch nicht nur um Konrad. Es geht doch vor allem um mich!«

»Vielleicht wollte dein Vater dich vor der Wahrheit schützen.«

Aber die Wahrheit sucht sich doch sowieso ihren Weg, denkt Tom. Die kriecht durch alle Ritzen. Und diese Wahrheit stand die ganze Zeit zwischen mir und ihm.

Helga macht den Motor an. »Man kann doch nicht nur nach hinten schauen. Du fährst jetzt mit mir nach Hause.«

»Einen Scheiß werde ich!«, sagt Tom und reißt die Beifahrertür auf. »Ich brauche Zeit, Helga.«

Sie dreht den Zündschlüssel wieder um und steigt ebenfalls aus. »Hast du schon einmal an den Kleinen gedacht? Der steht den ganzen Tag am Fenster und fragt nach seinem Papa.«

Dieser Satz trifft Tom mitten ins Herz. Nein, denkt er und schämt sich. Ich war nur mit mir selbst beschäftigt.

»Du kannst ja bei Greta in deinem früheren Kinderzimmer schlafen. Das muss Jenny gar nicht mitbekommen.«

»Na, so weit kommt's noch.«

Wieder oben kramte Tom seine Siebensachen zusammen. Sieht sich ein letztes Mal um und denkt an Carlchen, der hier in seinem Bällebad saß, der sein Leben flutete mit diesem Lachen und der ihm jetzt mindestens so fehlt wie Jenny. Dann gibt er beim Concierge den Wohnungsschlüssel ab und schreibt Schlummi eine Nachricht: Danke, Bruder.

Langsam fährt er Richtung Porz. Überall in der Stadt sind Kehrmaschinen unterwegs, die des alten Drecks Herr werden wollen. Dass er fünf Tage weg war, ist Tom erst jetzt bewusst. Und auch, wie schlimm es für Jenny gewesen sein muss, dass er nicht ein einziges Mal auf ihre Kontaktversuche reagiert hat.

Je näher er ihrer gemeinsamen Wohnung kommt, umso mehr Zeit lässt er sich, weil er nicht weiß, wie er es angehen soll. Er kann doch nicht einfach aufkreuzen und »Hier bin ich wieder!« rufen. Was, wenn sie überhaupt nicht da ist? Was, wenn sie ebenfalls beschlossen hat, sich eine Auszeit zu nehmen? Schließlich hat sie ihre kleine Wohnung nur untervermietet, und soweit Tom sich erinnert, stand dort ein Mieterwechsel an. Er fährt in die Tiefgarage und sieht, dass ihr Auto dasteht. Wenigstens das. Weil er nicht mit der Tür ins Haus fallen will, schreibt er ihr eine Nachricht.

Es tut mir leid. Aber in den letzten Tagen musste ich zu mir kommen. Blödsinn, denkt er und löscht es.

Entschuldigung, Jenny, aber … Auch dieser Versuch fällt der Korrekturtaste zum Opfer.

Er bleibt im Wagen sitzen. Nach der zehnten nicht losgeschickten Entschuldigungs-Sorry-tut-mir-leid-Floskel nimmt er all seinen Mut zusammen und formuliert: Kann ich mit dir reden, Jenny?

Am blauen Haken sieht er, dass sie es gelesen hat, aber sie schreibt nicht zurück.

Ich hab Mist gebaut, legt er nach.

Ich auch, antwortet sie endlich. Aber das ist noch lange kein Grund, sich nachtragender als jeder Elefant zu verhalten.

Ich kann mit diesem Hintenrum nicht umgehen.

Und ich mit diesem Schweigen nicht.

Er steigt aus und fährt mit dem Aufzug nach oben.

Das mit dem Zusammenziehen war keine gute Idee, schreibt sie.

Was meint sie damit?, fragt er sich und hat nicht den Mut, zu klingeln. Er bleibt vor der Tür stehen und liest ihre nächste Nachricht:

Ich denke, es ist besser, wenn ich wieder ausziehe.

Tom bekommt weiche Knie und setzt sich vor die Tür. Ich will das nicht.

Und ich will DAS nicht.

Unten im Treppenhaus begrüßen Nachbarn ihre Besucher. »Alles Gute zum neuen Jahr!« Ihr Lachen verschwindet hinter der verschlossenen Tür.

Was kann ich tun, dass es geht?, fragt Tom.

Nicht vor Schwierigkeiten davonlaufen.

Okay. Aber dann hör auf, hinter meinem Rücken Nachforschungen anzustellen.

Akzeptiert. Das war nicht in Ordnung. Ich habe den richtigen Zeitpunkt verpasst. Aber wenn man dir was sagt, was dir nicht passt, muss man immer damit rechnen, dass du entweder an die Decke gehst oder dich verziehst.

Mir kannst du alles sagen!

Alles?

Ja.

Es entsteht eine längere Pause. Was gibt es noch?, will Tom wissen.

Jenny sitzt auf der anderen Seite der Tür und tippt die Worte, die sie nicht einmal vor sich aussprechen kann.

Lars ist Carlchens Vater.

Sie zögert. Es ist nicht so, dass sie immer nur Angst um Tom hatte, sondern auch um sich. Angst, noch einmal so tief abzustürzen wie vor Jahren. Wenn sie diese vier Worte jetzt in die Welt schickt, dann sind sie nicht mehr zurückzuholen. Sie könnten eine Lawine auslösen. Und Jenny ist sich nicht sicher, ob sie die aushält. Auch sie hat in den letzten Tagen überlegt, zu fliehen. Ganz wegzugehen aus Köln, weil sie sich so gefangen fühlte hier, so hilflos und verletzt. Ja, sie hat Mist gebaut. Ja, sie hätte Tom das nicht vorenthalten dürfen. Und sie hätte ihm längst sagen müssen, dass diese Samenbanknummer erstunken und erlogen ist. Sie schließt die Augen und drückt blind auf *Senden*. Als sie sie wieder öffnet, sieht sie den blauen Haken.

Keine Reaktion. Eine Ewigkeit nicht. Angst kriecht in ihr hoch.

Dann klopft es. Leise an der Tür.

Jenny weiß es, bevor sie aufmacht.

»Lars ist was?«, fragt Tom, als er endlich im Flur steht. Ohne ihre Antwort abzuwarten, zieht er sie an sich und lässt sie nicht mehr los.

Es fühlt sich gut an. Warm. Sicher.

»Jenny, warum hast du denn Gott und der Welt diese Scheiße erzählt?«

Sie schält sich aus der Umarmung, macht Kaffee, nur um irgendwas zu tun und ihn nicht anschauen zu müssen. »Weil es mir peinlich war.«

Ganz langsam scheint bei Tom diese neue Wahrheit anzukommen. Er muss sich setzen. »DER?!«

Jenny erzählt ihm von dem Tag, als sie Sabine, Toms Assistentin, das erste Mal vertreten hatte und Tom sie nur anblaffte und sie ihm nichts recht machen konnte. Nach diesem beschissenen Arbeitstag hatte Lars, dem Toms Launen nur allzu vertraut waren, sie zu einem Feierabendbier eingeladen.

Daraus wurden dann so viele Kölsch, dass sie sich bis heute nicht mehr erinnern kann, wie sie mit ihm auf der Damentoilette gelandet ist.

Krampfhaft versucht Tom, sich an diesen Tag vor zweieinhalb Jahren zu erinnern. Das war, nachdem sich seine Mutter auf der Autobahn verfahren hatte, er mitten in der Nacht nach Aschaffenburg raste und dort zum ersten Mal mit der Diagnose Demenz konfrontiert wurde. Er war mit den Nerven am Ende damals. Und weiß, dass er manchmal ein Arsch ist.

»Ich wollte ihn nicht in meinem Leben haben! Auf keinen Fall. Aber ich wollte das Kind. Ich wäre verrückt geworden, wenn ich noch einmal abgetrieben hätte«, hört er Jenny sagen, und dann sieht er sie zum ersten Mal wieder als die, in die er sich verliebt hat, als er nach seiner Schwester in Amerika suchte.

»Ich wollte meinem Kind nicht irgendwann einmal erzählen müssen, dass es auf dem Damenklo entstanden ist. Bei einem besoffenen Fick im Stehen! Deshalb erfand ich das Märchen von der Samenspende.«

Tom will das Kopfkino schnellstens verlassen, konzentriert sich auf seinen Part bei dem Spiel und muss schmunzeln. »Na, dann bin ich ja wenigstens an Carlchens Entstehung beteiligt. Wenn auch nur indirekt.« Er geht zu Jenny und schließt seine Arme um sie. Sie küssen sich. Ziehen sich gegenseitig aus, verstreuen überall im Wohnzimmer ihre Kleider und lieben sich. Leidenschaftlich wie noch nie, seit sie hier wohnen.

»Da ist noch was, Tom«, sagt sie ernst, als er vor Erschöpfung nicht mehr denken kann.

»O Gott. Was kommt denn jetzt noch?« Er richtet sich auf und blickt in ihr ernstes Gesicht.

»Ich bin schwanger.«

»Von wem?«

»Na, von dir, Blödmann.«

Carlchen wacht auf. Watschelt in seinem Schlafsack durch die Wohnung, sucht im Schlafzimmer und schreit aus Leibeskräften, weil dort keiner ist.

»Hier sind wir!«, ruft Tom, springt auf und geht ihm entgegen.

»Papa«, ruft der Kleine, will nur noch auf seinen Arm und weicht ihm den ganzen Tag nicht von der Seite.

Drei Tage später ist Tom auf dem Weg nach Amsterdam. Er muss endlich mit Henk reden und aufräumen.

Die Radionachrichten, dass die Spitzen von Union und SPD optimistisch in die Sondierung starten, dass der seit mehr als zehn Monaten ohne Anklage in der Türkei inhaftierte Korrespondent Deniz Yücel sich selber als Geisel bezeichnet und dass Donald Trump nach einem Enthüllungsbuch verkündet, er sei ein sehr stabiles Genie, hört Tom und hört sie auch nicht. Denn nach Tagen im Vater-Werden-Taumel hat sich Drickes wieder in die erste Reihe geschoben. Der Nazi. Der Assistent von Clauberg. Tom denkt an Heinrich Himmler. An Rudolf Hess, Hermann Göring, Josef Goebbels, Baldur von Schirach. Und an Hans Frank, den Schlächter von Polen.

Wie sind deren Nachkommen damit klargekommen, dass ihre Väter oder Großväter Naziverbrecher und Massenmörder waren? Vor einigen Jahren hat er einmal einen Film über Rolf, den Sohn von Josef Mengele, gesehen. Der kannte seinen Vater nicht und hat ihn in Paraguay aufgespürt, wohin der international Gesuchte geflohen war. Was er dort fand, war nur noch ein jämmerliches, sich selbst bedauerndes Etwas, das keinerlei Reue zeigte und jede Beteiligung am Massenmord oder persönliche Verbrechen abstritt.

Auf einer Raststätte, wo Tom tankt und einen Kaffee trinkt, recherchiert er und findet einen Artikel der ›Welt‹ von 2008, in dem der Mengele-Sohn, der den Mädchennamen seiner Frau angenommen hatte, das jüdische Volk um Verzeihung bittet. »Die Schuld wird nicht weitervererbt«, sagte er. »Der einzige Weg für uns ist es, unser Leben als Schicksal anzunehmen, da wir die Vergangenheit nicht ändern können, und uns auf das Hier und Jetzt zu konzentrieren.«

Als Tom wieder auf die Autobahn fährt, empfindet er bittere Genugtuung darüber, dass es Drickes nicht mehr gibt. Dass der schon lange tot ist und er sich nicht mit einem verschwurbelten Vater-Sohn-Dings auseinandersetzen muss wie bei diesen ganzen Familienzusammenführungsserien *Long lost Family* oder *Vermisst*. Angewidert sieht er vor seinem inneren Auge, wie sich in diesen Sendungen immer alle in die Arme schließen, tränenreich, sich sofort super verstehen – und das, obwohl sie nichts anderes verbindet als ein paar blöde Gene.

Die Pflicht, nur noch mit einer Geschwindigkeit von einhundert fahren zu dürfen, entschleunigt Toms Gedanken, und das Fahren bekommt etwas Meditatives. Hinter seiner Wut tauchen kurz nach Venlo Marie auf und Henk. Er muss schmunzeln, als er sich bei dem Gedanken erwischt, dass er sich mit beiden sofort super verstanden hat. Und das, obwohl sie nichts anderes verbindet als ein paar blöde Gene.

Es dauert ewig, bis er im autofeindlichen Amsterdam einen Parkplatz gefunden hat und nach über einem Kilometer endlich an der richtigen Adresse angelangt ist. Herengracht 135. Henk wohnt im dritten Stock des schmalen Neubaus, in dem Tom noch nie war.

Er sieht verschlafen aus, kein Wunder nach fünf Nachtwachen. Und er ist reserviert. Das wundert Tom ebenso wenig, schließlich hatte er sich in den Tagen nach Weihnachten nicht gemeldet, obwohl Henk Dutzende Male versucht hat, ihn zu erreichen.

»Tee oder Kaffee?«

»Was trinkst du?«

»Earl Grey.«

»Dann trinke ich das auch«, sagt Tom und findet, dass Henks Appartement ausgesprochen gemütlich ist, wenn auch für seinen Geschmack etwas zu vollgestellt. Er studiert die Pokale auf dem Regal und Fotos von Henk als junger Synchronschwimmer. Alleine auf dem einen, mit seiner Mannschaft auf dem anderen Bild. Und dann als Trainer im Jogginganzug, wie seine Jungs ihn euphorisch hochheben.

»Wann hast du denn deinen nächsten Wettkampf? Das muss ich mir mal ansehen.«

»Ich habe es aufgegeben. Hatte etwas wenig Zeit in den letzten anderthalb Jahren.«

Das klingt bitter, denkt Tom, und er ahnt, wie sehr die Vater- und Geschwistersuche Henks Leben durcheinandergewirbelt hat.

Der Smalltalk fällt ihm schwer, deshalb ist Tom versucht, vorzuschlagen, ob sie nicht besser hinuntergehen sollen, um sich in dem Erdgeschossladen *Amnesia* mit Cannabis einzudecken und sich die Schädeldecke wegzuquarzen.

»Warum bist du gekommen?«, fragt Henk.

»Ich weiß jetzt, wer unser Erzeuger ist.«

Henk hört nicht, dass das Wasser kocht. Er vergisst den Tee und vergisst auch, dass er sich vorgenommen hatte, Tom die kalte Schulter zu zeigen, weil er es endgültig satt hat, dass immer nur nach dessen Regeln gespielt wird. Er schaut ihn mit großen Augen an.

»Heinrich Pütz. Der Onkel von Konrad. Ich habe ihn exhumieren lassen. Es ist zu neunundneunzig Prozent klar.«

»Dieser Nazi?«

Tom nickt.

Nazi, rauscht es in Henks Kopf und erstickt alle weiteren Gedanken. Er setzt sich und nimmt nur verschwommen wahr, dass Tom den Tee aufbrüht und Tassen auf den Tisch stellt. Es ist angenehm, dass er nicht spricht und ihm Zeit gibt, diese wieder einmal vakant gewordene Vaterstelle neu zu besetzen. Diesmal also mit Heinrich Pütz.

»Und wie geht es dir damit, Tom?«, fragt er endlich, als der Tee schon lauwarm geworden ist.

»Was den Nazi betrifft, bin ich seltsam ruhig. Aber was mich wirklich tief verletzt, ist, dass ich um das Wissen über meine Herkunft betrogen wurde. Dass meine Eltern, also Konrad und Greta, mich die ganzen Jahre belogen haben.«

Henk steht auf, geht um den Tisch herum und nimmt Tom in den Arm. Er weiß genau, wie er sich fühlt. Wie es ist, kein Fundament mehr zu haben, auf Treibsand zu stehen. Die Umarmung gibt ihm Halt, und Tom ebenso.

Abends schlendern sie durch die Stadt. Henk hat sich in der Vergangenheit oft vorgestellt, wie es sein wird, Tom sein Amsterdam zu zeigen. Seine Welt. Aber das ist jetzt nicht wichtig, denn die Welt, das sind jetzt sie beide. Nichts anderes spielt eine Rolle.

»Und was machen wir nun mit dem Wissen?«, fragt Henk.

»Jenny und ich haben uns zwei Dinge überlegt. Das erste ist, dass wir jemanden beauftragen, der alles zusammenstellt, was es über Pütz gibt. Sodass du, ich und alle anderen, die er gezeugt hat, die Möglichkeit haben, zu erfahren, wer er war und was er gemacht hat.« Tom erzählt Henk nicht, dass er diese Person bereits gefunden und gestern kontaktiert hat. Frau Berl. Beim Gedanken daran, dass es ihm durchaus eine gewisse Genugtuung verschafft hat, zu erfahren, dass sich der Herr hinter dem Bindestrich in Luft aufgelöst hat, muss er schmunzeln. Und es ist verrückt, dass sich nach fast dreißig Jahren sein Puls beschleunigt, wenn er an sie denkt.

»Gute Idee«, sagt Henk. »Und das zweite?«

»Jenny hat eine Kollegin, die halbtags für ihre Sendung Menschen auf der ganzen Welt aufstöbert. Die würde ich engagieren, dass sie so professionell wie möglich nach weiteren Pütz-Nachfahren sucht. Du kannst dich natürlich gerne weiter daran beteiligen. Aber Jenny hält sich jetzt raus. Es ist besser für uns, wenn wir das trennen. Sie ist schließlich meine Frau und übrigens demnächst die Mutter meines zweiten Kindes.«

Tom hat noch nie mit einem Mann im Doppelbett gelegen, und erst recht nicht in einem, das nur einen Meter vierzig breit ist. Kurz zögerte er, schließlich ist Henk schwul, aber dann ist er doch zu ihm unter die Decke gekrochen und fühlt sich wohl. Na ja, fast, denn solange das Licht an ist, glotzen ihn sämtliche Mitglieder des niederländischen Königshauses der letzten vier Generationen an.

»Du hast sie doch nicht alle«, sagt Tom lachend und betrachtet die Wand, die von oben bis unten zugekleistert ist mit den königlichen Gesichtern. Henk kennt sie alle, von Königin Juliana bis hin zu ihrem Urenkel Claus-Casimir von Oranien-Nassau.

»Vielleicht sollte der auch einen DNA-Test machen«, albert Tom. »Denn wer weiß, ob sein Opa, Prinz Claus, wirklich zeugungsfähig war.«

Henk klatscht vor Freude in die Hände. »Die Beatrix war öfter in Köln, hab ich gehört. Stell dir vor, dass König Willem-Alexander unser Bruder ist.«

»Gott bewahre. Nicht der auch noch. Ein Holländer in der Familie reicht«, sagt Tom, und als Henk das Licht löscht, sind alle Oranier aus seinem Bewusstsein verschwunden.

Sie können beide nicht schlafen.

»Verrückt ist ja, dass deine Mutter doch recht damit hatte, dass Konrad unfruchtbar war«, sinniert Henk in die Stille hinein.

Tom sagt lange nichts. Er spürt eine tiefe Sehnsucht nach der Mam, bei der er nach einer Taxischicht die Füße unter den Küchentisch gestreckt hat und deren unausgesprochene hundertprozentige Solidarität er spürte. Im Schutz der Dunkelheit weint er. Leise. Zum ersten Mal überhaupt, wegen ihrer Krankheit. »Ich würde alles darum geben, mit ihr darüber reden zu können.«

»Ach, Tom.«

»Ich kann nicht einmal sagen, ob sie überhaupt noch weiß, wer ich bin.«

Henk legt den Arm um ihn, und dann kann er endlich seinen Tränen freien Lauf lassen.

Am nächsten Nachmittag fährt er zurück nach Köln. Mit Souvenirs für Greta und Helga und zwei Teddys – einem für Carlchen und einem zweiten für sein Geschwisterchen. Die Vorfreude verrutscht, als er in Porz um die Ecke biegt und den Wagen sieht, der vor dem Haus parkt. Das rote Cabriolet.

Fuck! Warum hat Jenny mir das nicht gesagt?, denkt Tom und hat den Impuls, bei seiner Mam vorbeizuschauen, um dort die Zeit abzusitzen, bis der Fahrer des Wagens sich wieder verkrümelt hat. Doch dann gibt er sich einen Ruck und nimmt den Lift ins Dachgeschoss. Mit den beiden Teddys unterm Arm. Bevor er den Schlüssel ins Schloss steckt, holt er einmal tief Luft, dann öffnet er die Tür.

»Papa, Papa«, ruft Carlchen, kommt ihm entgegengerannt und zeigt ihm einen Affen, der auf Knopfdruck Handzimbeln gegeneinanderschlägt, seine Zähne fletscht, die Augen verdreht und mit dem Kopf wackelt.

»Schön«, lügt Tom, denn er hat noch nie in seinem gesamten Leben etwas Hässlicheres gesehen als dieses Spielzeug. Gefolgt von Carl, bringt er seine Reisetasche ins Schlafzimmer und legt die Teddys ab. Dann geht er langsam ins Wohnzimmer, wo Jenny und Lars vor der Couch auf dem Boden sitzen.

»Hallo, Lars«, sagt er und spürt einen Hauch von Eifersucht auf diesen sechzehn Jahre Jüngeren. »Nett, dass du da bist.«

»Hi«, antwortet der, erhebt sich, geht auf Tom zu und reicht ihm die Hand.

Tom registriert seine Unsicherheit und ist froh, dass Lars ihm diesmal nicht auf den Rücken haut. Er gibt Jenny ein Begrüßungsküsschen und sagt, dass er sich erst einmal einen Kaffee macht. Die beiden wollen keinen.

»Komm, ich zeig dir mal, was der Schimpanse noch so alles kann«, lockt Lars Carlchen und zeigt ihm die anderen Programme.

Er kann auch noch sitzend hopsen, was den Kleinen extrem erfreut. Und singen – oder so was Ähnliches. Auf jeden Fall ist es laut. Tom empfindet das Mahlgeräusch der Espressomaschine als Wohltat, betrachtet von der Küchenzeile aus Carlchen und Lars nebeneinander und sieht die verblüffende Ähnlichkeit. Die helle Haut. Die roten Haare. Die braunen Augen. Das versetzt ihm einen Stich. Er spürt erneut Eifersucht. Doch die macht sich breit, weil er weiß, dass die beiden etwas verbindet, was er niemals mit dem Kleinen haben wird. Und dass er ihn ab sofort teilen muss.

»Komm, Papa«, ruft der kleine Affenfan.

»Ja«, sagt Tom und setzt sich zu den dreien auf den Boden, und ist Lars dankbar, dass er diesen spukhässlichen Eisbrecher angeschleppt hat, der dafür sorgt, dass der verkrampfte Versuch der drei Erwachsenen, miteinander ins Gespräch zu kommen, gelingt.

Abends, als er Carlchen ins Bett bringt, ist der Kleine umrahmt von seinen neuen Spielsachen. Links liegt der Affe – ohne Batterien, weil, er muss schließlich auch schlafen –, rechts ruht der neue Teddy. Und für den Jungen ist die Welt so in Ordnung.

»Gute Nacht, mein Schatz«, sagt Tom und gibt ihm ein Küsschen auf die Stirn. »Träum was Schönes.«

Dann geht er hinunter zu seiner Mutter und hört, schon bevor er ihre Wohnungstür aufschließt, den Fernsehton: »Am Nachmittag viele, oft dichte Wolken, vor allem im Norden und Osten gelegentlich Regen oder Nieselregen …«

Er geht um ihren Fernsehsessel herum, damit sie ihn von vorne sieht und nicht erschrickt – und macht den Ton leiser. »Hallo, Mam, ich bin aus Amsterdam zurück«, sagt er und reicht ihr eine weiße Dose mit einer Krone und Windmühlenmotiven. »Da sind Pfefferminzdrops drin. Die magst du doch so gerne.«

»Sicher«, sagt Greta und steckt sich sogleich drei davon in den Mund.

Im Fernsehen läuft der Vorspann des *Tatorts*. Tonlos.

»Willst du das sehen?«

»Nein, das ist doch sowieso immer dasselbe«, sagt sie und schaltet den Fernseher aus.

Tom schaut ihr zu, wie sie die Pfefferminzdragees in sich hineinstopft. »Und was hast du heute gemacht?«

»Jeden Tag der gleiche Scheiß«, sagt sie.

Er setzt sich neben sie und verflucht dieses Alzheimer, denn er würde jetzt gerne normal mit ihr reden. Sie fragen, wie es für Konrad früher war, wenn Drickes auftauchte. Überhaupt würde er gerne wissen, ob sie jemals darüber geredet haben. Sie und Konrad. Oder ob es so war, wie er vermutet: dass das Wesentliche nie gesagt wurde.

»Du siehst traurig aus«, meint Greta.

Tom zuckt zusammen und weiß nicht, was er darauf sagen soll.

Sie tätschelt seine Hand. »Nur weil du diesen Globus kaputt gemacht hast.«

Dann weiß sie also doch, wer ich bin, denkt er.

»Ich werde deinem Pap sagen, dass ich das war.«

Tom ist tief gerührt. »Mam, du hast ihm gesagt, dass du das warst. Du hast für mich gelogen.«

»Der muss auch nicht immer alles wissen«, sagt sie, bietet ihm ein Pfefferminzdragee an und schaut so verschworen wie damals nach der Taxischicht.

»Wie hat Lars eigentlich reagiert, als du es ihm gesagt hast?«, will Tom wissen, als er nach einer Stunde wieder oben in der Wohnung ist.

»Er hat nach einer Schrecksekunde gefragt, ob er jetzt Alimente zahlen müsse.« Jenny lacht. »Im Sender behaupten sie, dass er spielt und deswegen immer klamm ist.«

»Und? Was hast du ihm geantwortet, also, wie soll das jetzt laufen?«

»Ich hab ihm gesagt, dass ich keinerlei Erwartungen an ihn habe. Dass ich einfach nur will, dass Carlchen weiß, dass er sein Erzeuger ist.«

»Erzeuger? Hast du wirklich Erzeuger gesagt?«

»Ja, was denn sonst? Sein Daddy etwa? Oder Papa Nummer zwei.«

»Und wie willst du das Carl erklären, wenn er es versteht?«

»Mein Gott, Tom. Eins nach dem anderen. Das hängt ja auch davon ab, welche Rolle Lars in seinem Leben spielen will. Er braucht schließlich auch erst einmal Zeit, das alles zu verarbeiten.«

Sie kuscheln sich auf dem Sofa aneinander.

»Ich hätte es gut gefunden, wenn du mir Bescheid gegeben hättest, dass Lars vorbeikommt.«

»Hast recht«, sagt Jenny. »Ich wollte ja nur mal in Ruhe mit ihm telefonieren. Und dann stand er plötzlich vor der Tür.«

»Und wie war es für dich?«, fragt Tom. »Ich meine, als er Carl zum ersten Mal gesehen hat.«

»Zugegebenermaßen komisch. Vor allem, weil mir vorher nie aufgefallen ist, wie ähnlich der Zwerg ihm sieht.«

»Stimmt. Aber ich finde es gut, dass du es gemacht hast. Auch weil wir jetzt endlich pädagogisch wertvolles Spielzeug im Haus haben.«

»Hör auf. Wie werden wir dieses Monster bloß wieder los?«

Tom lacht. »Also von mir gibt es kein Taschengeld für Batterien. Niemals!«

Am nächsten Tag fährt er in sein Büro und tut das, was er sonst immer zwischen den Jahren macht. Aufräumen. Als Erstes das Fensterbrett. Dort legt er das ganze Jahr über alles ab, worüber er unentschieden ist und was er sich irgendwann noch einmal ansehen will. Es ist inzwischen ein Ritual und ein Hochgenuss, dass sich das meiste von alleine erledigt hat und er es mit Schmackes in den Papierkorb schmeißen kann.

Seine Assistentin Sabine ruft ihn an. »Hier ist Lars Heuser. Er fragt, ob er kurz mit dir reden kann.«

»Klar«, sagt Tom. »Schick ihn rein.«

Lars war noch nie in seinem Büro und schaut sich unsicher um. »Ich hab gesehen, dass dein Wagen in der Tiefgarage steht, und gestern wollte ich nichts sagen«, druckst er herum.

Tom bietet ihm einen Platz an und befürchtet, dass Lars mit ihm über seine Vaterrolle sprechen will.

»Es ist wegen der Kohle, die ich dir noch schulde.«

»Kein Problem«, sagt Tom erleichtert. Er denkt an das Gerücht, von dem Jenny ihm erzählt hat, und überlegt, dass es bestimmt nicht schadet, wenn ihr Verhältnis in dieser Hinsicht geklärt ist. »Was hältst du davon, wenn wir einen Vertrag abschließen, dass du mir monatlich einen fixen Betrag überweist?«

»Gute Idee«, erwidert Lars. »Wärst du mit hundertfünfzig einverstanden?«

»Klar«, sagt Tom, obwohl er weiß, dass es so noch Jahre dauert, bis der Wagen abbezahlt ist. Aber was soll's. Hauptsache, Lars begegnet ihm nicht ständig mit diesem schlechten Gewissen.

Als Lars gegangen ist, findet Tom ganz unten auf dem Fensterbrett ein ›ZEIT‹-Dossier, das er ausgedruckt hat, als er Anfang letzten Jahres im Netz recherchierte, ob auch in Deutschland Fälle bekannt sind, dass Ärzte als Samenspender fungierten. Er wusste bislang nur von dem holländischen Jan Karbaat und dem in London agierenden Berthold Wiesner.

Fündig wurde Tom nicht, dafür fiel ihm dieses Dossier von 2010 auf. Mit dem Titel *Ich will wissen, wer er ist.* Autor ist Henning Sußebach, ein Kollege, den Tom schon lange schätzt. Der Journalist beschreibt eine Frau namens Sonja, die mit achtzehn erfuhr, dass sie mithilfe einer anonymen Samenspende gezeugt wurde. *Seitdem quälte sie eine einzige Frage: Wer ist mein leiblicher Vater?*

Tom überfliegt die ersten Zeilen noch einmal und bleibt hängen, als Sonja sich fragt, wie ihre Kindheit verlaufen wäre, wenn ihre Eltern sie schon als Kleinkind eingeweiht hätten, wie viele Psychologen das empfehlen. Sie ist sich sicher, dass die Lüge ihre Familie zersetzt hat.

Wie bei mir, denkt Tom, lässt das Telefon klingeln und liest weiter, wie Sonja im Internet entdeckt hat, dass es in Deutschland mehr als hunderttausend Menschen gibt, die gezeugt wurden wie sie. Und dass nur etwa fünftausend davon wissen.

Sußebach schreibt spannend, seine Sätze haben Sogwirkung. Dank ihm wird nicht nur die Welt des Spenderkindes lebendig, sondern auch die ihres Schöpfers Prof. Dr. med. Thomas Katzorke, dieses Arztes, von dem Sonjas Mutter auf Nachfrage erzählt hat. Katzorke betreibt seit 1981 das Kinderwunschzentrum Novum in Essen, die größte deutsche Reproduktionsklinik, in der Sperma – das weiße Gold – der Rohstoff ist.

Was treibt die Männer? Wollen sie sich ihre Männlichkeit beweisen? Oder ihren Altruismus?, will Sußebach wissen.

»Die wollen Geld«, sagt Katzorke.

Sonja schrieb dem Arzt eine Mail: *Da auf Ihrer Internetseite keine Anlaufstelle gezielt an die Spenderkinder vorhanden ist, versuche ich Sie auf diesem Weg zu erreichen, in der Hoffnung, eine Antwort zu bekommen.*

Interessiert liest Tom die nächsten Zeilen des Dossiers.

Zwei Wochen, nachdem Sonja an Novum geschrieben hatte, kam ein Brief von Dr. Katzorke. Er entnehme ihrer Mail, sie sei ›unter Umständen durch eine Behandlung mit Spendersamen gezeugt‹ worden. Eine ›Aufbewahrungspflicht für ärztliche Unterlagen‹ habe bis 2006 ›nur für 10 Jahre rückwirkend‹ bestanden – womit er nahelegte, Sonjas Akte 1996 vernichtet zu haben.

Sußebach fällt auf, *»dass Katzorke in seinem Gesprächsmodus von jovial auf abwehrend wechselt«*, sobald die Rede auf Sonja kommt. *»Hinter verschränkten Armen sagt er, dass es doch möglich ist, dass Sonjas Mutter damals fremdgegangen sei.«* Außerdem, so erzählt der Arzt dem Journalisten weiter, *»hat er seinen Spendern Anonymität zugesichert und sagt, er habe ›noch nie Daten rausgegeben‹. Er wäre ja verrückt: Wer würde noch spenden? Und welche Preise müsste er bezahlen?«*

Tom knallt den Ausdruck auf den Schreibtisch und ist fest entschlossen die Flucht nach vorne anzutreten. Kurz überlegt er, ob es Sinn macht, Henning Sußebach spontan anzurufen und ihn zu fragen, ob er über seine eigene Entstehung berichten will, bevor andere es tun. Doch dann entscheidet Tom sich dagegen und wählt die Nummer des Intendanten.

Gemeinsam mit Gisbert Wehrle und dem hinzugezogenen Medienanwalt Carsten Höver überlegen sie eine Strategie.

»Ich will, dass das in der Sommerpause rausgeht, damit die Arbeit in der Talkshow davon nicht tangiert wird«, sagt Tom.

Damit ist Wehrle einverstanden, aber wie schon beim Erstgespräch unter vier Augen versucht er, Tom zu überzeugen, sich in den hauseigenen Sendungen zu offenbaren. »Wenn wir es veröffentlichen, dann haben Sie die volle Kontrolle darüber, Herr Monderath.«

Tom weiß, dass er für Wehrle ein super Thema in der Saure-Gurken-Zeit ist, wenn Parlamentsferien sind und selbst in der Fußball-Bundesliga nichts passiert. Sein Schicksal ist ein Fall, der höchste Einschaltquoten garantiert. »Ich will ein Exklusiv-Interview geben. Eins! Nicht vor der Kamera, sondern für die Printmedien. Am geeignetsten erscheint mir Henning Sußebach von der ›ZEIT‹, weil er in der Vergangenheit immer wieder über dieses Thema geschrieben hat. Außerdem ...«

»Die ›ZEIT‹ wird sich nicht auf eine Veröffentlichungsstrategie einlassen«, sagt Höver. »Keines der halbwegs seriösen Printmedien würde das tun.«

Fuck, denkt Tom. Darauf hätte er auch selber kommen können. Er gibt sich geschlagen und lässt sich auf Wehrles Vorschlag ein, ein Interview vorab aufzuzeichnen, das dann zu einem strategisch günstigen Zeitpunkt ausgestrahlt wird. Bis dahin soll höchste Geheimhaltungsstufe gelten.

Zwei Wochen später erwarten Tom und Carsten Höver in der Lobby des Kölner *Hyatt* die beliebte Moderatorin des Frühstücksfernsehens, Martina Schnarre, zum Vorgespräch. Es ist ihre sendungsfreie Woche, in der sie extra aus Berlin angereist ist.

Sie kommt zu spät – die Bahn, man kennt das ja. Tom führt sie in den dritten Stock. In ein Zimmer, in dem sie unter sich sind und keine ungewollten Zuhörer haben. Ein Zimmer mit Domblick, wo Henk bereits wartet.

Die Augen von Martina Schnarre spielen Pingpong zwischen den beiden Brüdern. »Ich wusste gar nicht, dass du Geschwister hast, Tom.«

»Ich auch nicht«, sagt er. Und dann erzählen die beiden Brüder ihre Geschichte.

Draußen ist es inzwischen dunkel geworden, und Henk wird das Schönste geboten, was Köln zu bieten hat: der beleuchtete Dom.

»Ich frage mich immer wieder, was Pütz angetrieben hat«, sagt Tom. »Fühlte er sich so genial und so besonders, dass er sich deshalb unbedingt und so viel wie möglich vermehren wollte?«

»Dabei hat man doch inzwischen nachgewiesen, dass die Frauen die Intelligenz vererben«, wirft Henk ein.

»Oder er war einfach nur eine arme Sau, die unglücklich war, weil er keine eigene Familie hatte«, gibt Martina Schnarre zu bedenken.

Kurz nach Karneval begleitet Tom Jenny zu ihrer Frauenärztin.

»Sie sind jetzt in der zwölften Woche«, sagt diese, spritzt Gleitgel auf den noch leicht gewölbten Bauch und sucht mit dem Schallkopf nach dem Wesen, das am 22. August auf die Welt kommen soll.

Tom schaut der Gynäkologin scheu über die Schulter, erkennt – nur weil sie es erklärt – auf dem Bildschirm Ärmchen und Beinchen. Sehr surreal, denkt er. Dann sieht er das kleine Herz pumpen. Und hört es. Er spürt Jennys Hand, die seinem Zittern Halt gibt.

Jetzt weiß er, dass dieses Phantom Wirklichkeit ist und ab sofort seinem Leben einen neuen Takt vorgibt.

»Das ist unser Kind. Ohne Wenn und Aber«, flüstert er Jenny ins Ohr und küsst ihre Freudentränen weg.

»Wollen Sie wissen, was es ist?«, fragt die Ärztin.

»Nein«, antworten beide synchron, obwohl sie sich darüber nicht abgestimmt haben.

»Mam, hab ich dir eigentlich schon gesagt …«, Tom hält inne und genießt die Neugierde, die Greta stets übermannt, wenn man einen Satz mit diesen Worten beginnt.

»Ich werde Papa!«

»Das hab ich mir doch gedacht«, ruft Helga fast triumphierend und umarmt ihn. »Endlich, Jung!«

»Oha«, sagt Greta und liest weiter in einer alten ›Hörzu‹.

»Freust du dich denn, Mam?«

»Wie kann ich mich freuen, wenn einer gestorben ist.«

Tom blickt auf den Artikel, in den sie vertieft ist. Über den Zaubergeiger Helmut Zacharias, der im Februar 2002 verstarb. An Alzheimer.

»Was ist Alzheimer?«, will Greta wissen

Tom und Helga schauen einander irritiert an.

»Das ist eine Krankheit im Gehirn«, sagt Tom. »Dabei verlieren besonders alte und manchmal auch junge Menschen ihr Gedächtnis.«

»O Gott!«, sagt Greta. »Wenn man nur so was mal nicht bekommt.«

»Genau, Mam!« Tom lässt den Korken einer Sektflasche knallen und füllt die drei Gläser, die Helga ihm hinhält. »Lasst uns auf das Leben anstoßen.«

Am Abend des 21. Juli kündigt beim Sommerfest des Senders ein Kanonenschlag das Feuerwerk der Kölner Lichter an und lässt auf dem Dach alle Gespräche verstummen. Zum Glück, denn über Tom und der hochschwangeren Jenny sind seit ihrem Erscheinen ein ganzer Schwall von Verheißungen niedergeprasselt.

»Du wirst schon sehen, was das mit dir macht«, sagte Manni, der Oberbeleuchter, der vier Kinder mit drei Frauen hat.

»Schlaft schon mal vor«, empfahl die alleinerziehende Sabine.

Und Gisbert Wehrle, der einundsechzigjährige Intendant, der vor einem Jahr mit seiner halb so alten neuen Liebe Zwillinge bekommen hat, gab ihnen den Ratschlag: »Lesen Sie *Mann und Vater sein* von Jesper Juul.«

Nur Lars nervte nicht, versorgte Tom mit dem einen oder anderen Kölsch und Jenny mit Süßkartoffelpommes.

Die ersten Feuerwerkskörper explodieren, und goldener Funkenregen verzaubert über dem Dom den Nachthimmel.

Tom legt den Arm um Jenny und denkt an das Lichterfest vor

drei Jahren. »Weißt du noch, 2015? Damals konnte ich dich nicht ausstehen.«

»Ich dich erst recht nicht. Außerdem ging es mir richtig kacke, denn ich wusste nicht, was ich machen würde, wenn der Pränataltest positiv wäre.«

»Hättest du damals abgetrieben, wenn der positiv ausgefallen wäre?«

»Nein!«

Als sie zu Hause sind, findet Tom in seinen Mails einen Link zum geschnittenen Interview von Martina Schnarre, das am nächsten Montag ausgestrahlt werden soll.

Warum haben sie es nie gesagt? ist der Titel. Die Eröffnungsmusik untermalt die Kamerafahrt hin zum leger gekleideten Tom, und wenn sie fünfundvierzig Grad um ihn herumfährt, sieht der Zuschauer, dass er sich mit dem Rücken an einen Mann lehnt. Gleichzeitig drehen sich beide um und blicken in die Kamera. Grinsend. Henk und Tom. Eine selbstverständliche Einheit.

Obwohl Tom mehrfach beim Schnitt dabei war und jeden Satz kennt, den er und Henk gesagt haben, ist er unruhig – und ruhig zugleich. In fünf Tagen wird das alles in der Welt sein, denkt er. Ein wenig Muffensausen hat er vor der Welle, die diese Enthüllung auslösen wird, aber er steht dazu, dass er sich nicht mehr hinter seiner Lebensgeschichte verstecken will.

Gute Arbeit! Danke!!!, schreibt er der Kollegin.

Es ist weit nach Mitternacht, und eigentlich müsste er schlafen. Aber er ist viel zu aufgekratzt und geht hinunter zum Rhein, der wegen der auch diesen Sommer fehlenden Niederschläge weit in sein Flussbett zurückgefallen ist. An den Rändern der Buhnen sind in den letzten Wochen Weiden in die Höhe geschossen. Dazwischen wächst grasartiges Gestrüpp, das von Wildgänsen in

Beschlag genommen wurde. Sie schnattern kurz, als Tom an ihnen vorbeigeht, lassen sich jedoch nicht wirklich in ihrer Nachtruhe stören. Er geht bis vor zur Spitze, lässt sich dort nieder und lauscht dem leisen Rauschen des Wassers. In Gedanken hört er noch einmal die Sätze, die er im Interview gesagt hat:

»Ich kann nichts für meine Herkunft.«

»Ich kann nichts für die Art meiner Entstehung.«

»Aber ich kann sagen, dass ich dankbar bin für dieses Leben. Und für meinen Bruder Henk.«

Als das erste Licht am Horizont das Ende der Nacht ankündigt, hat Tom die Füße ins Wasser gesteckt und schaut auf den Fluss, an dem er die meiste Zeit seines Lebens gelebt hat. Der alles weiß, denkt er. Der schon immer wusste, dass ich der Sohn von Greta und Konrad bin, von Drickes und auch von Helga und Alfred. Sie alle haben mich zu dem gemacht, der ich bin. In diesem Mietshaus hinter mir am Rhein. Und selbst Rhenus, der Flussgott, ist mein Vater.

Ursprünglich hatten Jenny und er vor, ein, zwei Wochen mit Carlchen in Domburg zu verbringen. Doch wegen der andauernden Hitze, der fortgeschrittenen Schwangerschaft und nicht zuletzt wegen des zu erwartenden Medienechos haben sie entschieden, in Köln zu bleiben und sich in ihre Wohnung zurückzuziehen. Mit Lebensmitteln haben sie sich so eingedeckt, dass sie erst an Weihnachten wieder vor die Tür müssten. Wäre nicht Helga, die jede – wirklich jede! – Zeitung kauft und die Artikel über den Skandal rund um Toms Entstehung in einem eigens dafür angelegten Ordner abheftet, würde er nichts davon mitbekommen. Denn er widersteht auch der kleinsten Versuchung, sich in den sozialen Medien herumzutreiben, und er hat vorgesorgt, dass sämtliche Anfragen nach weiteren Interviews von Carsten Höver beantwortet werden.

Sie lauten immer gleich: *Herr Monderath und sein Bruder Henk van Dongen bitten um Verständnis, dass es nur dies eine Statement in dieser Angelegenheit geben wird.*

Zusammen mit Greta bringt Helga Eis vorbei, und sie hat diesen Blick, der Tom verrät, dass sie es kaum aushält, ihm nicht zu erzählen, was sie alles gelesen hat.

»Vergiss es!«, warnt er sie.

»Ich hab doch nichts gesagt. Aber ich heb das alles für dich auf, Jung. Dann kannst du es später einmal lesen.«

»Das wird nicht passieren«, sagt er, genießt sein Eis, genau wie seine Mutter.

Tom fühlt sich frei. Nicht nur, weil dieses Lebensgeheimnis endlich raus ist, sondern auch, weil er sich um nichts anderes kümmert als darum, was in diesen vier Wänden passiert. Er kann sich nicht erinnern, wann er überhaupt in seinem Erwachsenenleben einmal nicht die Nachrichten verfolgt hat. Ihn interessiert null, wo in der Welt welcher Sack Reis umfällt und wer wann etwas dazu sagt. Es gibt nur ihn, Jenny mit ihrem dicken Bauch und Carlchen, der es genießt, dass sein Papa mit ihm in der Badewanne mit zwei Legoschiffen eine Ritterschlacht veranstaltet.

Angst ist etwas, was Tom nicht kennt. Und dann, am 22. August im Kreißsaal, übermannt sie ihn. Absolut. Was, wenn Jenny etwas passiert? Oder dem Kind? Stundenlang hilflos zuzusehen, wie sie sich quält, bringt ihn an seine Grenzen. Er versucht alles, um ihr die Situation zu erleichtern. Kühlt ihr den Nacken mit feuchten Lappen und liebt sie, obwohl sie ein verdammter Boss ist und ihm diesen ins Gesicht schleudert, weil sie alles einfach nicht aushält und keine Energie mehr hat. Es quält ihn, sie so zu sehen, und er wünscht sich nichts mehr, als einen Pausenknopf zu drücken oder eine Taste, die die Zeit vorspult. Denn es dauert ewig und wird von Minute zu Minute schlimmer.

Doch dann, als die Hebamme die Kleine auf Jennys Brust legt, ist alles schlagartig vergessen. Tom blickt in diese weit geöffneten Augen, und sie sieht ihn an. Sie, seine Tochter. Und er hat das Gefühl, dass er sie schon ewig kennt. Dann trifft sein Blick den von Jenny, und sie fangen beide an zu weinen. Vor Glück.

»Wie sollen wir sie nennen?«, flüstert Tom und küsst Jenny zärtlich.

»Na, Gretchen. Wie sonst?«

Am Mittag seines Geburtstags Ende September taucht unangemeldet Henk in Köln auf.

»Ich hab eine Überraschung«, sagt er, duldet keinen Widerspruch und bugsiert Tom mit seiner kleinen Familie ins wartende Taxi.

»Weißt du, was er vorhat?«, fragt Tom Jenny auf der Fahrt in Richtung Altstadt.

Sie gibt ihm keine Antwort, grinst frech und drückt ihm einen Kuss auf die Wange.

Eigentlich habe ich die Nase voll von Überraschungen, denkt Tom und versucht, eine gute Miene aufzusetzen. Das Taxi bringt sie auf die andere Rheinseite, zur Frankenwerft, wo Tom mit dem dreieinhalbjährigen Carl an der Hand und dem kleinen Gretchen im Tragetuch hinter Jenny und Henk an Bord der *MS Esperanza* geht. Sie finden einen Platz auf dem Achterdeck. Das Schiff legt ab, fährt in Richtung Süden, und als es unter der Deutzer Brücke ist, dreht sich die illustre Schar der Passagiere zu ihm um und fängt an zu singen.

»Happy Birthday to you. Happy Birthday to you.« Die Stimmen hallen unter der Brücke.

Tom schaut in die Gesichter der fremden Menschen, von denen viele überdurchschnittlich groß sind und auffallend hellblaue Augen haben. »Happy Birthday, lieber Tom …«

»Wer sind die?«, fragt er Henk.

»Unsere vierundfünfzig Halbgeschwister und deren einhunderteinundsechzig Kinder«, antwortet Henk.

»Fuck!«, entfährt es Tom. »Hast du das gewusst, Jenny?«

Sie grinst und strahlt ihn mit ihren funkelnden Augen an. »So ganz ohne Geheimnisse ist das Leben doch langweilig.«

Alle applaudieren, und einige kommen nach vorne, um ihm persönlich zu gratulieren. Herbert aus Andernach, Karin aus Menden, Anne aus Simmerath. Tom kann sich die Namen nicht alle merken, ist jedoch überwältigt von ihrer Herzlichkeit. Nachdem die Boardcrew dafür gesorgt hat, dass jeder etwas zu trinken hat, tritt Tom mit Gretchen nach vorne. Er schnappt sich das Megafon und prostet allen zu. »Auf das Leben!«

»Auf das Leben!«, antworten zweihundertfünfzehn Stimmen im Chor.

Tom schaut zufrieden auf die fröhlichen, wild durcheinanderredenden Frauen und Männer.

»Ohne dich hätte ich diese bunte Truppe niemals kennengelernt«, sagt er zu Jenny und küsst ihre Stirn, bevor er mit Henk die Runde macht und weitere Geschwister begrüßt. Christina aus Bonn, Alex aus Dortmund, Andreas aus Düren, Uwe aus Gelsenkirchen.

Als er zu Jenny zurückkehrt, sitzt sie mit Carl auf dem Schoß an der Reling und singt mit ihm das Lied, das der Kleine bei Greta gelernt hat: »Erst kommte der Sonnenkäferpapa.«

Die Spermatheka dieser Marienkäfer kommt Tom in den Sinn, und er muss grinsen, denn noch nie hat der Text so gepasst wie heute. Deshalb nimmt er erneut das Megafon und hält es Carl vor den Mund.

»Dann kommt die Sonnenkäfermama«, singt der Kleine und erschrickt, als er seine Stimme verzerrt über den Lautsprecher hört.

Jenny und Tom unterstützen ihn: »Und hinterdrein, ganz klitzeklein. Die Sonnenkäferkinderlein.«

Carl lacht sich scheckig und ruft immer wieder »Sonnenkäferpapa« ins Megafon, was unter der Rodenkirchener Brücke besonders schön hallt. Als sie die Brücke durchfahren haben, sieht Tom parallel zum Fluss auf dem Heinrich-Lübke-Ufer ein rotes Cabriolet.

»Papi«, ruft Carlchen ins Megafon und winkt.

Auch Tom hebt die Hand. Lars grüßt zurück, hupt und gibt Gas.

Während der Schifffahrt Richtung Bonn fängt Tom viele Gesprächsfetzen seiner Halbgeschwister auf. Jede und jeder hat einen Rucksack mitbekommen, der durch Drickes nicht leichter geworden ist. Alle haben an der Bürde dieses Erbes ihr Leben lang zu tragen. So wie er.

Er blickt auf seine Tochter und verspricht ihr in Gedanken, dass er nichts unversucht lassen wird, um ihr diesen Rucksack nicht weiterzugeben. Wenigstens nicht so voll. Zumindest wird er ihr nichts verschweigen. Auch dem kleinen rothaarigen Carlchen nicht. Hauptsache, er kommt später nicht mit einem Nashorn-Tattoo nach Hause.

EPILOG.
14. Februar 2019

Über einem Berg von Zuschriften und Zeitungen sitzt Tom im Wohnzimmer unter dem Dach. Er ist alleine mit Greta, die neben ihm auf dem Sofa schläft, und dem ebenso schlafenden Gretchen in der Wiege dahinter. Jenny und Helga sind mit Carl in dessen Kindergarten und basteln für den bevorstehenden Karneval.

Er sortiert endlich die Briefe, die er nach dem Enthüllungsinterview bekommen hat. Es sind überwältigend viele. Die meisten von Betroffenen, die ihr Leben lang auf der Suche nach ihren Wurzeln sind.

Dann blättert er in der ›Süddeutschen‹, der ›Frankfurter Allgemeinen Zeitung‹ und schneidet Artikel aus, die er später lesen und eventuell aufbewahren möchte. Am Ende nimmt er sich die ›ZEIT‹ vor, die so dick ist, dass man selten Zeit findet, sie wirklich zu lesen, und findet darin das neueste Dossier von Henning Sußebach mit dem Titel ›Tief in den Genen‹.

Tom überfliegt erst den Artikel und bleibt dann hängen.

Christina M. war schon erwachsen, als ihre Eltern ihr eröffneten, dass sie mit der Samenspende eines Fremden gezeugt wurde. Und zwar in einer Essener Klinik. Ihre Mutter erinnert sich noch an den Namen des damals jungen Arztes: Dr. Katzorke. Zwölf lange Jahre versuchte Christina, an Unterlagen über ihren biologischen Vater zu gelangen, und stieß immer auf Granit. Alle Suchanfragen wurden abgeschmettert mit Argumenten wie Verjährung, Akten seien nicht aufgehoben worden, und das, obwohl das Bundesverfassungsgericht 1989 entschied, dass jeder Bürger ein Recht auf Kenntnis der eigenen Abstammung habe.

Inzwischen ist Greta aufgewacht.

»Willst du einen Kaffee, Mam?«

»Nein«, sagt sie. »Dann muss ich nur wieder pinkeln.« Sie setzt sich auf und studiert neugierig die auf dem Couchtisch liegenden Briefe.

Weil Tom Angst hat, dass sie alles durcheinanderbringt, drückt er ihr einen Block und einen Kuli in die Hand. »Schreib was auf. Du schreibst doch immer gerne.«

»Was soll ich schreiben?«

»Schreib auf, was du siehst oder hörst, Mam.«

Auf dem Rhein tutet ein Schiff.

Sie setzt den Stift an und legt los: *Draußen fährt ein Schiff vorbei es fährt nach Holland aber es ist mir egal wo es hinfährt. Scheißegal*, hängt sie noch an und unterstreicht es. Fett!

Tom muss grinsen, denn er mag dieses Spitzbübische, das manchmal noch aufblitzt.

»Und jetzt?«

»Schreib auf, was man alles für Schwarzwälder Kirschtorte braucht.«

Sie legt los. Während sie mehrfach *Zucker und Mehl* hintereinanderschreibt, bis ihr die *Sahne* wieder einfällt, liest er weiter.

Christina M. gründete mit anderen Betroffenen den Verein Spenderkinder. In deren Namen kämpfte sie jahrelang für die Rechte der Samenbankkinder und hatte regelmäßig mit Dr. Katzorke zu tun, der dem Arbeitskreis Donogene Insemination vorstand und die Interessen der Berufskollegen vertrat. *Lange verdächtigte sie ihn, sich absichtlich, beinahe lustvoll, zwischen Spender und Kinder zu stellen*, schreibt Sußebach.

Doch irgendwann stieß Christina M. auf eine Ungeheuerlichkeit, die sich liest wie ein Drehbuch, das man jedem Autor mit der Begründung, dass das nun wirklich sehr konstruiert sei, um die Ohren gehauen hätte. Der Essener Professor, der jahrelang auch vor Gerichten seine Samenspender schützte, schien durchaus persönliche Interessen zu haben. Und die waren nicht nur finanzieller Natur.

Bei einem in den USA gemachten DNA-Test bekam Christina M. das Ergebnis, dass ein Mann mit dem Kürzel »TK« ihr biologischer Vater sei. Schnell stellte sich heraus, so schreibt es der ›ZEIT‹-Journalist, dass es Thomas Katzorke war, der bei einem Gentest, *den er gemacht hat, um Krankheitsrisiken zu testen, offenbar vergaß, im Datenschutz-Klein-Klein anzukreuzen, dass seine Ergebnisse nicht mit anderen abgeglichen werden sollen.*

Verrückt, denkt Tom kopfschüttelnd, dass mithilfe der DNA-Analyse auch dieses Geheimnis gelüftet wurde. Und er fragt sich, was der größere Skandal ist: dass der Essener Arzt als Samenspender fungierte oder dass er – vermutlich bewusst – seine biologische Tochter so viele Jahre um das Wissen über ihre Herkunft betrog.

»Und jetzt? Was soll ich jetzt schreiben?«

»Schreib: Mein Sohn Tom weiß, woher er kommt.«

Er schneidet das Dossier aus der ›ZEIT‹ heraus und wirft den Rest der Zeitung in den Papiersack. Dann locht er die Briefstapel und heftet sie in einem Ordner ab.

Als Tom fertig ist, beobachtet er Greta, die emsig schreibt. Zeile für Zeile.

Mein Sohn Tom weiß woher er kommt
Mein Sohn Tom weiß woher er kommt
Mein Sohn Tom weiß woher er kommt
Mein Sohn Tom weiß woher er kommt

Sie schnaubt, blättert um …

… und fängt eine neue Seite an.

Es ist die letzte. Sie spitzt den Mund, wie sie es immer tut, wenn sie konzentriert ist, überlegt kurz und setzt den Kugelschreiber an.

Mein Sohn Tom weiß woher er kommt von mir
Mein Sohn Tom weiß woher er kommt von mir
Mein Sohn Tom weiß woher er kommt von mir
Mein Sohn Tom weiß woher er kommt von mir
Mein Sohn Tom weiß woher er kommt von mir
Mein Sohn Tom weiß woher er kommt von mir
Mein Sohn Tom weiß woher er kommt von mir
Mein Sohn Tom weiß woher er kommt von mir
Mein Sohn Tom weiß woher er kommt von mir

Tom setzt sich neben sie. »Mam?«

Sie schaut erschrocken auf.

»Ich hab dich lieb.« Das hat er ihr seit seiner Kindheit nicht mehr gesagt.

Ihr Mund verzieht sich zu einem Lächeln. Viele Falten umspielen ihre Augen, in denen er ein Blitzen sieht. Und eine tiefe Verbundenheit. Für immer.

Nachwort

Als ich in ›Stay away from Gretchen‹ meinen Protagonisten Tom Monderath einen DNA-Test machen ließ, weil er auf der Suche nach seiner Schwester war, geschah das, was am Schreiben das Wundervollste ist: Plötzlich tauchten da noch zwei Übereinstimmungen auf, und weitere Familiengeheimnisse wollten ans Licht. Das passierte einfach. Ohne dass ich es mir zuvor überlegt hatte.

Manche dieser Mirakel erweisen sich als Sackgassen, aber dieses hatte für mich einen besonderen Reiz, weil ich ein Thema bearbeiten konnte, das mich beschäftigt, seit ich 2009 den kanadischen Dokumentarfilm ›Bio-Dad‹ gesehen habe. Es ist ein Film über Berthold Wiesner, den möglicherweise kinderreichsten Mann der Welt. Er war als Samenspender für eine Klinik aktiv, in der künstliche Befruchtungen vorgenommen wurden. Dass er diese Klinik in London selbst betrieb, ist der eigentliche Skandal. Der Regisseur Barry Stevens erfuhr mit fast fünfzig Jahren, dass auch er in jener Klinik gezeugt wurde. Filmisch begibt er sich auf die Suche nach seinem biologischen Vater und findet ihn nach Jahren mithilfe von DNA-Analysen. Es ist Wiesner, der rund sechshundert Kinder gezeugt haben soll und dessen Geheimnis Jahrzehnte nach seinem Tod durch den Film ans Tageslicht kam.

Am Ende seines Filmes beschäftigt sich Stevens mit zukünftigen Möglichkeiten der Herstellung von Menschen. Und fragt: Wann ist es so weit, dass in den Genlaboren nicht nur das Geschlecht, sondern auch Intelligenz, Schönheit und weitere gewünschte Attribute zusammengepuzzelt werden können? Diese Zeit hat längst begonnen: Ein gehörloses Paar aus den USA wünschte sich ein besonderes Kind. Junge oder Mädchen? Egal, nur taub sollte es sein. Sie waren erfolgreich.

Von Kindern der amerikanischen Samenbanken, dieser ersten Generation, die erwachsen geworden ist und sich auf die Suche nach ihren Vätern und ihrer Identität machte, habe ich 2002 zum ersten Mal in einem ›Spiegel‹-Artikel gelesen. Inzwischen gibt es weltweit Initiativen, die sich fragen, ob die Mütter und Spender auch nur eine Sekunde daran gedacht haben, wie es für die Kinder ist, so entstanden zu sein. Und wie es ist, mit diesem besonderen Erbe leben zu müssen.

Es freut mich für diese Männer und Frauen, dass sie mithilfe der DNA-Analyse ihrer Herkunft auf die Spur kommen können. Es freut mich auch, dass das Bundesverfassungsgericht 1989 bestimmte, dass es in Deutschland zu den Persönlichkeitsrechten eines Menschen gehört, seine genetische Herkunft zu kennen. Das OLG Hamm entschied 2013, dass ein durch künstliche Befruchtung gezeugter Mensch das Recht auf die Herausgabe des Namens seines/ihres biologischen Vaters hat.

Trotzdem lassen sich deutsche Frauen in Spanien Eizellen einsetzen, weil ihnen dort die Anonymität der Spenderin garantiert wird. Und Samenspender tingeln durch Talkshows, brüsten sich als »Sperminator«, weil sie Dutzende von Kindern zeugten, vorbei an jeglichen rechtlichen Bestimmungen.

»Utopien der Menschenzucht sind vielleicht so alt wie die menschliche Zivilisation selbst«, sagt die Historikerin Prof. Dr. Maren Lorenz. Über Konzepte für die »Verbesserung des Menschengeschlechtes« schrieben schon im 18. Jahrhundert politisch-ökonomische Denker in Deutschland und Frankreich, um durch eine gezielte Fortpflanzungspolitik eine starke und gesunde Bevölkerung zu schaffen, etwa für eine effiziente Agrarproduktion oder ein schlagkräftiges Militär.

Als der Hype um die »Menschenzucht« in Europa schon wieder abebbte, nahm er in Amerika erst richtig Fahrt auf. Sie gipfelte darin, dass Einwanderungsgesetze erlassen wurden, die auf Zuchtideen basierten.

Bis zum Ende des 19. Jahrhunderts etablierte sich schließlich die Eugenik als eigene Wissenschaft.

Im Dritten Reich wurde die Idee der nationalsozialistischen Lebensborn-Heime entwickelt, in denen SS-Leute mit blonden »Arierinnen« »hochwertige Rassekinder« zeugen sollten.

Anfang der Achtzigerjahre gründete der Brillenunternehmer Robert Graham in den USA eine Samenbank der Nobelpreisträger. Grund dafür war, dass er befürchtete, die Menschheit würde immer dümmer werden, weil sich die Smarten mehr und mehr weigerten, sich zu vermehren. Die Kundinnen standen Schlange, nur die Nobelpreisspender blieben aus. Da erweiterte Graham sein Spermienangebot – zum Beispiel mit Olympiagewinnern.

Im Laufe meiner Recherchen zum Thema Reproduktionsmedizin bin ich auf sehr viel Unsägliches gestoßen, von dem ich vieles nicht in meinem Roman ›Was ich nie gesagt habe‹ unterbringen konnte. Es gab aber einen gemeinsamen Nenner: Die medizinischen Akteure im Bereich der Frauenheilkunde waren in der Hauptsache Männer. Für sie war die Frau ein Forschungsfeld, sie hatten die Macht über den weiblichen Körper. Einer dieser Männer heißt Carl Clauberg, auf den ich im Grenzdurchgangslager Friedland gestoßen bin. Sämtliche Fakten wie seine Tätigkeit – vom Zwangssterilisieren von Jüdinnen in Auschwitz bis zur Tatsache, dass seine Forschung als Grundlage der Antibabypille gilt – entsprechen der Realität.

Monika Hauser, die Tom als Taxifahrer zum Flughafen gebracht hat, ist ebenso eine reale Person. Die Gynäkologin engagiert sich seit dem Jugoslawienkrieg 1991 für kriegstraumatisierte Frauen. Die von ihr gegründete feministische Frauenrechtsorganisation medica mondiale unterstützt seit nunmehr dreißig Jahren Frauen und Mädchen, die sexualisierte Gewalt erlebt haben. Dafür arbeitet medica mondiale mit über vierzig Partnerorganisationen in dreizehn Ländern zusammen, u. a. weiterhin in Bosnien und Herzegowina, Kosovo, Afghanistan, der Demokratischen Republik Kongo, Liberia und Nordirak. Dieses weltweite Engagement ist nur durch Spenden möglich.

In den historischen Kapiteln habe ich aus Gründen der Authentizität die damals übliche Sprache verwendet. Von Begriffen wie beispielsweise »Mongolismus«, die Menschen mit Down-Syndrom herabsetzen, distanziere ich mich in aller Form. Auch sämtliche diskriminierenden Äußerungen gegenüber Juden, Sinti, Roma und Afroamerikanern habe ich verwendet, um den Zeitgeist abzubilden. Sie entsprechen nicht meiner persönlichen Weltanschauung.

Das im Kölner Hänneschen Theater vorgeführte Stück ›Kreppchensmacher‹ habe ich aus dramaturgischen Gründen um einige Jahre vorverlegt. Aber so, wie ich es beschrieben habe, wurde das Stück im Kölner Puppentheater aufgeführt. Es war mir wichtig, es hineinzunehmen, weil daran deutlich wird, dass die NS-Ideologie alle Bereiche durchdrungen hat und sich der Judenhass so spielerisch in den Köpfen der Kleinsten festsetzte.

Über Hans Abraham Ochs bin ich regelrecht gestolpert. Er lebte, wie ich es im Buch beschrieben habe, gemeinsam mit seiner Mutter und dem kleinen Bruder in der Kölner Trajanstraße. Vor dem Haus Nummer 41 erinnert ein Stolperstein an ihn. Warum er im Alter von acht Jahren von Hitlerjungen zu Tode geprügelt wurde, ist nicht überliefert. Die in meinem Roman genannte Ursache habe ich erfunden. Aber um den Hass der aufgewiegelten und irregeleiteten Kinder und Jugendlichen zu zeigen, wollte ich an ein reales Opfer zu erinnern.

Von meinem Vater Werner habe ich zum ersten Mal von den Rechenbeispielen gehört, die ich im zweiten Kapitel zitiere. Seine, und später auch meine, Volksschule lag gegenüber der Korker Anstalt, die heute ein Epilepsiezentrum ist. Auch von dort verschwanden im Zuge der Aktion T4 einhundertdreizehn Menschen und wurden, weil sie als »unwert« galten, in der NS-Tötungsanstalt Grafeneck ermordet. Im Gedenken an diese Toten habe ich die Figur der Lizzy entwickelt.

Die Fakten rund um Lizzys Einweisung, ihren Aufenthalt in Waldniel und ihren Tod sind verbrieft und wurden dankenswerterweise von Andreas Kinast überprüft.

Beim Entwurf der Figur von Konrad Monderath hat mich eine Zufallsbegegnung auf dem Kölner Melatenfriedhof entscheidend beeinflusst. Es war im Sommer 2018, und ich betrat zum ersten Mal die Gräberfelder, auf denen die zivilen Opfer der großen Bombardierungen auf Köln bestattet sind. Mittendrin stand ein alter Mann vor einem Grabstein. Ich registrierte, dass er mich beobachtete. Langsam habe ich mein Rad in seine Richtung geschoben, und als ich auf seiner Höhe war, hat er in breitestem Kölsch gefragt, ob er mir helfen könne. Er kenne sich aus, sagte er, denn er sei täglich hier, um Menschen zu helfen, die sich nicht zurechtfänden oder die etwas wissen wollten. Ich musste meine Frage nach den Massenbestattungen gar nicht zu Ende stellen. Es war, als hätte ich eine Quelle angestochen. Ohne Punkt und Komma erzählte er von seiner zehnjährigen Schwester, an deren Grab er stand und die bei einem der letzten Angriffe auf Köln zu Tode kam. Hier lagen seine Großeltern, die Nachbarn aus der Agrippastraße. Zu jedem Namen hatte er eine Geschichte.

Er selbst war damals sieben Jahre alt gewesen und hatte nur überlebt, weil sein Vater ihn eng an den Körper gebunden hatte und mit ihm weglaufen konnte. Eine Erinnerung nach der anderen ist nur so aus ihm herausgeplatzt: von Menschen, die am flüssigen Asphalt festklebten und dann verbrannten … von seiner Schwester, der der halbe Kopf weggeschossen wurde … von Holzsandalen, die er auch im Winter trug, und den dadurch ausgelösten Erfrierungen, unter denen er bis heute leidet.

Was Jugendlichen in der NS-Zeit abverlangt wurde und wie sie die Kriegsjahre erlebten, weiß ich aus Materialien des NS-Dokumentationszentrums der Stadt Köln. Zusammen mit Zwangsarbeitern mussten sie in Keller kriechen, um Bombenopfer zu bergen. Oder das, was von ihnen übrig geblieben war. Das wurde dann akribisch protokolliert und beispielsweise als »1 Eimer Leichenteile« erdbestattet. Unter großem NS-Pomp im Heldengrab, damit die Stimmung in der Bevölkerung nicht kippte.

Dieser alte Kölner, dem ich danach nie wieder begegnet bin, obwohl ich mehrfach auf Melaten nach ihm Ausschau gehalten habe, hat mir vielleicht deshalb so viel erzählt, weil wir uns fremd waren. Wäre ich sein Kind, hätte er vielleicht geschwiegen – auch, um mich nicht zu belasten.

Über das Wesentliche nicht reden zu können aus Angst, das Gesagte würde das brüchige Fundament ins Wanken bringen, zieht sich durch beide Zeitebenen meines Romans. Die zerstörerische Sprengkraft des Schweigens ist mir bestens vertraut. Doch ich weiß: Die Wahrheit bahnt sich ihren Weg. So oder so!

Susanne Abel
März 2022

Literatur- und Filmverzeichnis

LITERATUR

Bachinger, Eva Maria: *Kind auf Bestellung: Ein Plädoyer für klare Grenzen*, Wien, Deuticke 2015

Dick, Walter: *Köln: Menschen 1945–1960*, Köln, Emons 2014

Kinast, Andreas: *Das Kind ist nicht abrichtfähig. Euthanasie in der Kinderfachabteilung Waldniel 1941–1943*, Köln, Weimar, Wien, Böhlau 2021

Klee, Ernst: *Auschwitz, die NS-Medizin und ihre Opfer*. Frankfurt/Main, S. Fischer 1997

Kopetzky, Steffen: *Propaganda*, Hamburg, Rowohlt 2021

Lang, Hans-Joachim: *Die Frauen von Block 10. Medizinische Versuche in Auschwitz*, Hamburg, Hoffmann und Campe 2013

Meis, Daniel: *Köln im Nationalsozialismus 1933–1945. Eine Bestandsaufnahme*, Berlin, wvb Wissenschaftlicher Verlag 2021

Miller, Edward G.: *A Dark and Bloody Ground – The Hürtgen Forest and the Roer River Dams 1944–1945*, Texas, A&M University Press 2003

Plotz, David: *The Genius Factory*, London, Simon & Schuster 2006

Reiß, Matthias: *»Die Schwarzen waren unsere Freunde«: Deutsche Kriegsgefangene in der amerikanischen Gesellschaft 1942–1946*, Paderborn, Brill Schöningh 2001

Rüther, Martin: *Köln im Zweiten Weltkrieg*, Köln, Emons 2005

Schießl, Sascha: Das Tor zur Freiheit, Göttingen, Wallstein 2016

Van de Velde, Theodor Hendrik: *Die vollkommene Ehe: Eine Studie über ihre Physiologie und Technik*, Rüschlikon-Zürich, Albert Müller Verlagsgesellschaft 1926

INTERNET-PUBLIKATIONEN

Golgovit, Eva: *Ne pleurez pas, mes fils*, Paris, Manuscrit.com https://www.goodreads.com/book/show/33086336-ne-pleurez-pas-mes-fils

Luft, Mareike: *»Aus Soldaten denkende Menschen machen«. Die Lageruniversität im amerikanischen Kriegsgefangenenlager »Camp Como«* http://use.uni-frankfurt.de/hallstein/campcomo/
Markl, Matthias: *»Grüße aus Oklahoma!«*, Diplomarbeit, Historisch-Kulturwissenschaftliche Fakultät der Universität Wien https://utheses.univie.ac.at/detail/46539#
Skates, John Ray: *Das Lagerleben im Camp Clinton*, Mississippi Historical Society http://www.newsouthernview.com/pages/nsv_shm_camp_clinton_pow.html
Sußebach, Henning: *»Ich will wissen, wer er ist«*, ›Die Zeit‹, 2010 https://www.zeit.de/2010/42/DOS-spenderkinder/komplettansicht
Sußebach, Henning: *»Tief in den Genen«*, ›Die Zeit‹ 2019 https://www.zeit.de/2019/08/kuenstliche-befruchtung-samenspende-kind-eltern-insemination
Wilking, Silvia: *Der Gynäkologe Carl Clauberg (1898–1957) zwischen verachteter Normalität und bagatellisierten Extremen: Frauenkörper als Objekte der Liebe, der Profession und der Täterschaft*, Dissertation, Hamburg 2016 https://ediss.sub.uni-hamburg.de/handle/ediss/6120

Alle Quellen wurden zuletzt am 24. Februar 2022 abgerufen.

FILME UND DOKUMENTATIONEN

Anonym gezeugt, ›Menschen hautnah‹, WDR (Regie: Michaela Bruch, 2015)
Bio-Dad – Berthold Wiesner (Regie: Barry Stevens, 2009)
Der blinde Fleck in meinem Leben, ›37 Grad‹, ZDF (Regie: Julia Kaulbars, 2021)
Klassenfahrt nach Auschwitz – deutsche Jugendliche und der Holocaust, ZDF (Regie: Marta Schröder, 2017)
Menschenversuche in Auschwitz (Regie: Sonya Winterberg, Sylvia Nagel, 2019)
Nacht und Nebel (Originaltitel: *Nuit et brouillard*, Regie: Alain Resnais, 1955)
Oral history interview with Renee L. Duering (Interviewer: Judith Antelman, Sandra Bendayan, Jake Birnberg, 1992)
United States Holocaust Memorial Museum, https://collections.ushmm.org/search/catalog/irn507699
The World at War, 26-teilige Fernsehserie, BBC (Regie: Jeremy Isaacs, Laurence Olivier, 1973/74)

Dank

Ohne die Anregungen, Veröffentlichungen und das Fachwissen zahlreicher Personen wäre es mir nicht möglich gewesen, diesen Roman zu schreiben und mit Leben zu füllen.

Mein besonderer Dank gilt dem Kölner NS-Dokumentationszentrum, vor allen Dingen für die Veröffentlichung der Kriegstagebücher von jugendlichen Zeitzeugen des Zweiten Weltkriegs.

Andreas Kinast für sein Buch ›Das Kind ist nicht abrichtfähig‹ und dafür, dass er sich bereit erklärt hat, mit Tom Monderath in Kontakt zu treten.

Dem Historiker und ehemaligen Leiter Kommunikation der Diakonie Kork Klaus Freudenberger für seine Unterstützung.

Oberstleutnant a. D. Hans-Friedrich Konze, Mitglied im »Team Museum Hürtgenwald«, für militärhistorische Beratung.

Ellen und Hans-Jürgen Lubberger, die mir die Aufzeichnungen ihres Vaters Ernst Fey über dessen amerikanische Kriegsgefangenschaft zur Verfügung gestellt haben.

Den Lübecker Hebammen Heike Ortmanns-Gerdes und ihrer Tochter Katrin Oppermann, die mich bei der Arbeit an der Geburt von Tom und seiner Tochter Gretchen unterstützten.

Der Journalistin Eva Völker, die mich im Museum Friedland auf Carl Clauberg aufmerksam gemacht hat.

Monika Hauser, der Gründerin der Frauenrechtsorganisation medica mondiale, dafür, dass ich sie in meinem Roman auftauchen lassen darf und dass ihre Begegnung mit Tom Monderath zu einem Wendepunkt in seinem Leben wurde.

Dem ›ZEIT‹-Journalisten Henning Sußebach für seine hervorragende Recherchearbeit in Sachen Reproduktionsmedizin und seine Beratung.

Wolfgang Niedeckens BAP für den Song ›Do kanns zaubere‹.

Des Weiteren danke ich:

Dem Leiter des Kölner Dombauarchivs Dr. Klaus Hardering.

Der Intendantin des Hänneschen Theater Köln, Frauke Kemmerling.

Der Kölner Gynäkologin Annette Moog.

Der Internistin Dr. med. Susanne Gut.

Meiner Agentin Lianne Kolf und Mitarbeiterinnen der Agentur Kolf.

Barbara Laugwitz und dem gesamten Stab von dtv.

Ein ganz besonderer Dank gilt meiner Lektorin Martina Vogl für unsere außergewöhnlich gute Zusammenarbeit.

Und ich danke Gottes Entschuldigung für Verwandte – meinen Freunden, die mich auf ganz unterschiedliche Art bei der Arbeit an diesem Buch unterstützt haben:

Gerhard Arbogast. Norbert Geis. Gesa Holz. Isabel Kleefeld. Christiane Kleinhans. Petra Krüner. Stephanie Prehn. Tom Spieß. Petra Steppat. Stephan Wehrle.

Ganz am Schluss gilt mein ganz besonderer Dank meiner kleinen Großnichte Ari Abel. Zu erleben, wie selbstverständlich sie als Eineinhalbjährige mit gehandicapten Erwachsenen umgeht, hat sie zu einem Vorbild für Carlchen werden lassen. Ihre Urgroßmutter Else wäre stolz auf sie gewesen und hätte sie geliebt.